하늘나라가 그들의 것이니라

독립투사 김예진·한도신 부부가 살아온 길

To Live for the People, To Die for the Lord

이 도서의 국립중앙도서관 출판예정도서목록(CIP)은 서지정보유통지원시스템 홈페이지(http://seoji.nl.go.kr)와
국가자료공동목록시스템(http://www.nl.go.kr/kolisnet)에서 이용하실 수 있습니다.
CIP제어번호: CIP2019019838(양장), CIP2019019837(무선)

하늘나라가
그들의 것이니라

독립투사
김예진·한도신
부부가
살아온 길

김동수 지음

To *Live* for the People
To *Die* for the Lord

"의를 위하여 박해를 받은 사람은 복이 있다.
하늘나라가 그들의 것이다."
(마태복음 5:10, 표준새번역 개정판)

하늘나라는 어느 특정한 지역이나 시대가 아니라
사랑과 정의, 진리와 자유의 힘이 전진하고
승리하는 바로 그 자리, 그 순간에 있다.
여기 두 주인공, 김예진과 한도신,
그들은 늘 그 속에서 살았다.

차례

책을 펴내며

이 책은 내가 영어권 독자들을 위해 미국에서 발간한 *To Live for the People, To Die for the Lord* (사람을 위하여 살다, 주님을 위하여 죽다)(The Oaklea Press, 2018)를 저본 삼아 우리말로 편집한 것이다. 이 책은 19세기 말부터 살아온 나의 아버지 김예진(金禮鎭, 1898~1950)*과 나의 어머니 한도신(韓道信, 1895~1986)의 개인사를 다뤘지만, 남과 북, 일본, 중국, 미국 등과 관련되는 이야기여서 서술 범위를 정하고 표현을 가다듬는 과정이 쉽지 않았다. 그래서 역사적 배경을 말하면서 두 개인이 실제로 겪어온 이야기를 시대별로 전기처럼 꾸며놓았다.

저본으로 사용한 영문판과 이 책은 다음과 같은 차이점이 있다.

1. 중요한 인물과 지명, 그리고 작은 사건들의 내용을 더 첨가하고 많은 주

* 본관은 충주(忠州)이며, 자는 두칠(斗七), 호는 정계(正溪)이다. 평안남도 대동군 출신으로, 김두연(金斗淵)의 맏아들이다.

석을 달았다. 이런 설명이 역사의 현실성을 보강하는 데 도움이 되리라 믿기 때문이다.

2. 중요한 사건이나 이름 등이 처음 나올 때, **굵은 글씨**로 표시하고 미주를 달아 적절한 설명을 붙였다.
3. 외국 이름이나 사건 등의 표기는 되도록 외래어표기법에 따랐고, 원어는 괄호 안에 표기했다. 특히 동아시아권 인명의 경우 한자를 괄호 안에 표기했다.
4. 사진은 대부분 개인적으로 소장한 것이거나 공공 저작물을 사용했다. 또한 저본과 다르게 미국 관련 사진을 줄이고 우리 역사와 관련한 사진을 더 추가했다.
5. 역사적인 사건들은 거의 공적으로 알려져 있으므로 특별하거나 새로운 정보가 아닌 이상 그 출처를 일일이 밝히지 않았다. 해당 내용은 참고문헌에 수록한 온라인 사전이나 문서에 의존했음을 밝힌다. 그러나 일간지나 사이트에서 직접 인용을 한 경우에는 해당 매체와 일자, 또는 사이트 주소를 밝혔다.
6. 김예진·한도신 부부의 삶과 그들이 살아간 시대를 독자들이 쉽게 파악할 수 있도록, 책의 말미에 개인 연표와 함께 당대의 주요 사건 연표를 실었다. 또한 본문에 등장하는 인물들을 쉽게 찾아볼 수 있도록 '색인'을 달았으며, 본문에 인용한 성경 구절의 장절을 책의 말미에 실었다.
7. 인용한 성경 구절은 한글성경 표준새번역 개정판을 사용했다.
8. 우리나라 사람이 보편적으로 알고 있는 역사적 사건의 개요는 생략하거나 축약했다.

이 책의 일차 정보는 주인공 한도신의 방대한 '자서뎐' 육필 수기, 그것을 정리하여 출판한 『꿈 갓흔 옛날 피압흔 니야기』(김동수·오연호 정리, 돌베개, 1996; 민족문제연구소, 2016)와 『김예진, 그의 생애와 사상』(이민성 지음, 쿰란출판사, 2010)에서 인용했다. 그러나 보이지 않는 산 기록은 내 가슴속에 깊이 새겨진 어머니의 '녠날 니야기'다. 기회가 있을 때마다 다른 사람들에게 들려주시던 "나라 사랑의 끝없는 가시밭길에서 겪은 크고 작은 일들"은 나의 마음에서 영원히 지울 수 없는 한도신의 구전실화(口傳實話)의 역사다. 그리고 어린 마음에 생생하게 새겨진 아버지의 훈계, 인간관계, 태도와 습관, 기도생활 등이다.

구전은 사실성과 정확성이 부족할 수 있다. 다른 정보의 출처는 1970년대부터 1990년대까지 기록한 두 분의 옛 친구들과 친척들(16명)의 인터뷰 테이프, 국가기관의 항일투쟁 기록, 추적할 수 있었던 일본 법정 기록, 일본 경찰 조서, 신문 보도, 한국 근대사에 관련된 국문과 영문 백과사전, 기타 참고 자료들이다. 뒤에 첨부한 참고문헌이 정보의 범위와 출처를 대략 보여준다. 대화체나 일부 상황 설명은 저자의 상상과 창의적 구현의 산물임을 밝힌다.

이 책을 마무리하기까지 한국산문작가협회 황경원 수필가의 수고가 무척 컸다. 철자법부터 표현 양식, 문맥을 다듬는 데까지 많은 도움을 주셨다. 또한 나의 아내 백하나 교수의 수고와 격려가 새벽까지 생각하고 검색하고 쓰는 나의 고된 작업에 커다란 힘이 되었다. 또한 김예진목사기념사업회의 성원과 격려에 감사한다. 끝으로 이 글의 가치를 인정하여 책으로 출판해 주신 한울엠플러스(주)에도 감사한다. 무엇보다 이 책을 읽어주실 독자들께 감사를 드린다.

2019년 봄, 서울에서

김동수

이야기를 시작하며

2016년 여름 미국에서 태어나 미국에서 살고 있는 나의 두 딸이 온 가족과 더불어 한국에 와서 나의 80세 생일을 축하해 주었다. 온 가족 11명이 같이 모이게 된 것은 여러 해 만에 처음 있는 일이었다. 우리는 친구, 친지들과 성대한 축하 모임을 마친 뒤에 집으로 돌아와 딸들과 거실에 모여 쉬고 있었다.

"아빠, 오늘 밤에는 우리 할아버지, 할머니에 대해서 이야기 좀 해주세요." 큰딸 성숙(수재나, Susanna)이 요청을 해왔다.

"가끔 이런저런 이야기를 조금씩 들었지만 우린 그분들에 대해서 정말 잘 몰라요." 둘째 딸 성혜(스테파니, Stephanie)가 한마디 하였다. 내 큰손자 녀석 마이크[Mike, 만 24살이 된 이 손자는 집안 어른의 이름을 빌려 쓰는 서양 풍습에 따라 외증조할아버지의 이름 예진(Yejin)을 중간 이름으로 사용하고 있다]가 방에 들어오며 끼어들었다.

"우린 증조부께서 한국에서 유명한 목사였다고 들었는데 또한 총과 폭탄을 사용하였다지요? 실례지만 테러범같이 들리는데요! 어떻게 두 가지 다 가능한 것인지 몹시 궁금한데요." 이야기를 들어보니 분명 나에게 상당히 도전이 되는 말이었다.

"그래, 좀 이상하고 혼란스럽지? 내가 지금까지 이야기 전체를 들려주지 못해 미안하다. 그분은 사실, 종교적 극단주의자, 탈옥범, 테러리스트, 그러면서 동시에 성자 같은 분, 주님을 위하여 헌신하고 순교하신 분, 자유를 위해 싸운 애국투사로 알려져 있지. 증조할머니 역시 희생적인 조력자로서 큰 용기와 지혜를 지닌 최고의 여걸이었지. 그러니 이 특별한 두 인물을 잘 이해하기 위해서는 너희들이 그들의 고귀한 목적, 그 당시 역사적 배경, 그리고 하나님의 신비한 섭리를 알아야 한다. 그러자면 하룻밤 사이에 다 말하기에는 너무 긴 이야기가 되겠구나"(그리고 옛날 우리나라 이야기를 영어로 하자니 그것도 쉬운 일은 아니었다).

나의 아버지 김예진과 나의 어머니 한도신은 진실로 놀랄 만한 분들이었다. 그들 삶의 이야기는 유별나게도 특이하고 장대하다. 나는 이 책을 통해 자녀들이 듣기 원하는, 또는 들어야 할 전체적인 이야기를 말해주기로 작정했다. 지금 내 나이 만 81살이고 보니 나에게 주어진 시간이 얼마 없다. 우리 가족의 위대한 정신적 유산을 미국에 사는 우리 자녀들, 손주들, 그리고 여러 친척에게 남길 필요를 느낀다. 바라기는 한국의 격동적인 근대사를 알고 싶어 하는 다른 사람들에게도 이 실화가 재미있고 유익한 정보가 되었으면 좋겠다. 사실 독립투사 부부가 살아온 이야기는 너무 특별하고 강한 인상을 주어서, 전 세계 어디에서나 참으로 자유와 정의를 믿고 지지하는, 그리고 압박받는 사람들의 존엄성을 믿고 지지하는 사람이라면 누구나 그들 이야기에 매료될 것이라 믿는다.

독자들이 금세 발견하겠지만, 이 이야기는 고통과 수난으로 차 있다. 하지만 기독교인의 신앙, 소망, 사랑을 통하여 최후 승리와 참 기쁨이 넘치고 있다. 또한 이 책은 독자들이 웃고, 울고, 도전받고, 감동받고, 감사하게 할 것이다. 어떤 창작 소설도 그들의 진짜 삶에서 일어나는 극적인 사건들과 필적할 수 없을 것이다. 여기 이야기 속의 중요한 사건들과 인물들은 어머니 일기, 면담 기록, 역사적 문서와 신문 기사 등에 근거한 사실들이다.

내가 간절히 바라고 원하는 바는 이 이야기가 단순히 한 가문의 자랑스러운 전통을 서술하는 데 그치지 않고, 그 특별한 시간과 장소에 우연히 있었던 이 평범한 두 개인을 통해 행하신 전능하신 하나님의 놀라운 역사를 보여주는 것이다. 인간의 모든 굴레와 압박과 부정의에도 불구하고, 하나님의 진리는 전진하고 있고 이들의 삶의 이야기는 그 진리를 증언하고 있는 것이다.

나는 이 위대한 이야기를 세상과 나눌 수 있어 무척 기쁘다. 독자 여러분이 지금 나와 같이 그 옛날 1902년 여름, 겨우 7살 된 나의 어머니가 살던 북한의 한 조용하고 작은 시골 마을에 한 발자국 들어가 보기를 원한다.

제1장

시골 소녀 하루가 다르게 자라다

양도(洋道)

"뻐꾹! 뻐꾹! 뻐뻐꾹"

멀리 뻐꾹새의 은은하고 리드미컬한 소리가 낮은 언덕을 넘어 푸른 논두렁을 지나 동네 초가집들과 텃밭 위로 서서히 울려 퍼진다. 그 늦은 오후의 평화로운 고요함이 온 지역을 두루 덮고 있다.

"이 나쁜 자식아! 네가 양도에 빠지다니! 네가 어떻게 그럴 수 있냐? 내가 널 어떻게 해야 되겠니?" 여자의 날카로운 목소리가 동네의 평온을 잠시 깨뜨린다. 이것은 한 엄마가 어린 자식의 못된 짓을 야단치는 것이 아니다. 할머니가 장성한 아들이 서양의 도를 따른다고 경멸하고 한탄하는 소리다. 아들은 그 **양도**[1]를 열성적으로 믿었다.

나이에 비해 키가 작고 눈이 생쥐같이 생긴 도신이는 겨우 7살인데 이 욕설을 들으며 양도가 그렇게 나쁜 것인지, 할머니가 왜 그처럼 야단법석인지 알 수가 없었다. 그러나 확실한 것은 할머니는 그렇게 노발대발하지만 아버지는 새로 믿게 된 양도를 끄떡없이 지키는 것이다. 이 집안의 유일한 성인 남성인 아버지는 오히려 당당하다. 아버지는 이 집안의 가장이니까. 매 주일 아버지는 성경과 찬송집, 이 두 권을 들고 예배당에 간다. 교회당은 아주 멀어서 두 개 동네를 지나 언덕 위에 있다. 할머니는 아들이 매주 몇 번씩 그 먼 교회당에 가는 것을 막을 길이 없어 자신의 불행한 팔자를 저주하며 탄식한다.

"스물일곱에 과부 되고 여덟 살 난 애를 길러낸 내 팔자야!" 할머니는 어린 아들이 잘되기만 바라면서 온갖 고생하던 이야기를 자주 늘어놓는다. 남의 하녀 노릇, 산나물 캐기와 생선장수, 삯바느질, 그리고 여러 막일 하던 고생이 잊히지 않는다. 그런데 다 성장한 외아들이 그 미친 양도에 마음을 다 빼앗겨 버린 것이다. 이제는 그 아들의 극진한 효도와 봉양을 기대할 수 없게 된 것이다. "아이고, 내 가련한 신세야, 내 불쌍한 신세야!"

한번은 할머니가 자신의 사촌오빠를 찾아가 답답한 처지를 호소했다.

"알겠다, 알겠어. 너 고생이 많구나."

"어떻게 하면 좋을까요?" 할머니가 울며 물었다.

"염려 마라. 우리 가족이 알아서 해결해 주마." 할머니의 큰외삼촌에게는 세 아들이 있었다. 다음 날 밤, 아빠가 예배당에서 돌아오는 길에 불한당의 습격을 받고 머리에서 선혈을 흘리며 집으로 돌아왔다. 미친 양도짓 하지 말라는 세 괴한이 누구였는지는 의심할 여지가 없었다. 할머니가 담뱃가루를 머리 상처에 발라주며 탄식의 눈물을 흘렸다. 그러나 충격과 통증에도 불구하고 아빠는 놀랍게도 조용하고 평화로워 보였다.

다음 날 밤 할머니의 사촌오빠를 찾아왔다. "들어오세요." 아빠는 짧게 말했다. 할머니가 부엌에서 떡을 준비할 동안 노인은 긴 담뱃대를 빨며 아빠를 걱정스레 바라보고 있었다.

"너는 청주 한씨 가문의 종갓집 장손이다. 네가 집안 전통을 이어갈 놈이다." 아빠는 조용히 길게 이어지는 노인의 연설을 들어야 했다.

"너는 엄격한 유교의 효도 의무를 타고 난 놈이다. 그게 무슨 뜻인지 아냐? 너는 너의 어미를 존경하고 순종해야 한다. 유교 신앙은 우리 부모와 가족을 잘 돌봐야 하는 것이다. 만일 네가 조상에게 제사를 안 드리면 누가 할 것이냐? 그건 상상도 할 수 없는 일이다. 이 가문에서 아무도 오랜 전통을 버리고 다른 나라의 미친 신앙을 따를 수는 없느니라. 아무도 안 된다!"

"큰외삼촌." 아빠가 용기를 내어 입을 열었다. "저의 신앙은 미친 서양 유행이 아닙니다. 실은 모든 사람들을 위한 참 진리의 종교입니다. 이 종교를 다만 서양 전도자가 소개한 것뿐입니다." 노인의 목구멍 깊은 곳에서 "우르릉" 소리가 났다. 아빠는 침착하게 말을 이었다.

"사실은 우리 온 가문 사람들이 예수 그리스도의 복된 소식을 심각하게 배우고 받아들일 생각을 해야 합니다."

"미친 개새끼 같으니! 가망이 없군!" 할머니의 큰외삼촌은 신발을 신으며 "퉤!" 침을 뱉고 집을 떠났다.

남동생의 슬픈 죽음

"목이 타요! 물 좀 주세요!" 돌석이, 도신의 세 살 아래 남동생이 큰 병이 났다. 할머니와 이웃 할머니의 간호를 받으며 뜨거운 온돌방 이불 아래서 죽어가는 소리로 돌석이가 외친다. 어제 할머니와 도신이가 동네 이웃집 굿판에서 얻어온 쑥떡에 악귀가 묻어 와 돌석에게 들어간 모양이다. 할머니 말을 전해 들은 무당은 "돌석이에게 절대로 물을 주지 말고 아주 뜨겁게 해서 악귀가 말라서 나가게 하라"고 말했다.

굿을 하던 날 무당은 거의 하루 종일 노래하고 춤추고 북을 치고 주술을 펼쳤다. 굿이 끝나자 무당은 제사상에 바쳤던 음식물들을 동리 사람들이 나누어 주었다. 다른 식구들은 그것을 먹고 모두 별일이 없었는데 돌석이만 병이 난 것이다. 처음에는 배가 아프다고 하더니 다음엔 토하고 다음 날 아침에는 설사를 하고 열이 났다. 돌석이는 아파서 울며 몸부림 쳤다.

"물 한 모금만 주세요, 딱 한 모금만!" 이른 저녁녘에 돌석이는 더욱 절박해 보였다. 땀에 젖은 붉은 얼굴로 그 뜨거운 이불에서 기어 나와 물을 달라고 애원했다. 도신은 겁에 질려 온몸이 오그라들 것만 같았다. 언제 악귀가 나올지 알 길이 없었다.

도신에게는 잊을 수 없는 두려운 경험이 하나 있었다. 도신이가 돌석이 나이만 했던 어느 가을날부터 고금[2]이라는 병에 걸려서 이틀 걸러 심한 오한과 고열에 시달리며 땀을 흘렸다. 무척 주기적으로 증상이 나타나는 고통스러운 질병이었다. 하루는 할머니와 이웃집 할머니가 도신을 데리고 뒷산 낮은 언덕으로 올라갔다. 할머니가 "찾아오는 절뚝발이 새서방과 운을 떼야 한다"고 했으나 도신은 그 뜻을 알 수 없었다. 갑자기 어린 도신이를 치마로 덮어씌우고는 포대기로 싸서 묶었다. 숨을 쉴 수가 없었다. 갑자기 세상이 빙빙 돌고 정신을 차릴 수 없어 거의 초주검이 되었다. 죽을까 봐 너무 놀라서 울어댔다. 얼마 후 도신이를 풀어준 이는 염라대왕이 아니라 언덕 밑으로 내려온 할머니였다. 너무 놀라고 혼이 나서 할머니 품에 안겨 마냥 울었다. 할머니는 웃으면서 "이제 됐다. 네 병이 놀라서 떨어졌다"고 했다. 그 후에도 도신이는 한동안 더 앓다 어느샌가 병이 떨어져 나갔다. 그때를 생각하면 지금도 도신이는 놀라서 죽을 것만 같았다.

"엄마, 돌석이에게 찬물 한 모금만 갖다줄까요?" '물'이라는 말을 듣자마자 할머니는 도신이를 그 더운 방에서 쫓아냈다. 돌석이는 계속 울부짖었지만 잠시 후 할머니들의 힘에 눌려 언제 그랬냐는 듯 다시 조용해졌다. 시간이 아주 느리게 흘러가는데 악귀가 언제 뛰쳐나올지 모두 걱정했다. 밖은 어둡고 방안은 조용했다. 도신이는 돌석이가 드디어 악귀의 손아귀에서 벗어났을지 궁금했다.

잠시 후 방문이 스르르 열리더니 누군가 속삭이는 소리가 들렸다. "애가 죽었어!" 도신의 가슴이 충격과 슬픔으로 내려앉았다. 밤에 돌아온 아빠는 아들의 죽음을 듣고 기가 막혔다. 다음 날 자식을 묻고 돌아와서 그 터무니없는 불쌍한 죽음을 한탄하며 눈물을 흘렸다.

서양 선교사들은 기독교 신앙뿐만 아니라 서양 의술도 들여왔다. 아빠는 그

서양 의사들이 질병을 미신이 아니라 과학으로 치료한다는 대단한 이야기를 들어왔다. 우리나라에서 전혀 보지 못한 의료 기적을 척척 이룬다는 것이다.

밤새 생각하다 다음 날 아침 아빠는 분에 차서 큰일을 저지르기로 작심했다. 헛간에서 날선 도끼를 들고 나와서 큰 소리로 외쳤다.

"이제는 더 이상 이 무지한 미신의 세상을 받아들일 수 없소. 오늘 이 집안을 아주 깨끗이 정리하겠소." 그러고는 뒤뜰로 가서 오색의 헝겊이 달린 뽕나무를 찍어냈다. 우물가 뽕나무는 할머니와 엄마가 가지마다 가족의 평안을 비는 헝겊 조각을 매달고 새벽마다 별의별 소원을 비는 곳이다. 아빠는 베어낸 그 오래된 나무와 오색 헝겊 조각을 모두 앞마당으로 가져왔다. 또 광에서 안 쓰는 사기그릇, 놋 쟁반, 상, 받침대, 동전, 촛대, 무복, 고깔 같은 굿이나 제사 때 쓰이는 물건을 몽땅 끄집어내어 마당 한가운데 산더미처럼 쌓아놓았다. 이렇게 집안 물건을 뒤집는 동안 엄마와 할머니는 손을 떨며, 도끼를 휘두르는 사람을 감히 말릴 엄두를 내지 못하고 있었다. 아빠는 그 잡동사니 위에 석유를 붓고 불을 질렀다. 무서운 불길과 검은 연기가 푸른 하늘로 치솟았다.

동네 사람들과 이웃 동네 사람들까지 이 대낮의 봉화를 보러 몰려왔다. 어떤 사람은 이 미친 사람의 행동에 호기심을 갖고, 다른 이들은 악귀로부터 종국에는 보복을 당할 것을 염려하는 눈치였다.

할머니는 이불 밑에서 울며 떨고 있었다. 지난 50여 년 동안의 신앙과 전통이 다 박살 난 것이다! 돌석이의 죽음으로 이미 질려 있는 데다 이제는 자신의 아들, 한씨 가문의 3대 독자가 성난 악귀의 보복으로 당장 즉사할지도 모른다는 두려움에 잔뜩 질렸다. 할머니가 낳은 세 자녀 중 홀로 남은 아들이 아닌가? 검은 불길이 사라진 후 싸늘한 공포가 온 집안을 휩쓸었다. 그러나 어린 도신이는 아빠가 미친 사람이 아니라 집안싸움에서 승리한 장군 같았다.

마지막 항복

그 엄청난 소동이 벌어진 후 어떠한 흉측한 일도 일어나지 않았고 집안에 불안하나마 평온이 유지되었다. 일상사가 전처럼 계속되었지만 두 진영, 즉 두려워하며 격노에 찬 할머니와 가득 찬 불만으로 지친 아빠 사이에 팽팽한 긴장과 갈등은 소리 없이 이어지고 있었다.

그러던 몇 달 후 하루는 아빠가 크고 거친 목소리로 찬양가를 불러댔다. "영광, 영광, 할렐루야! 영광, 영광, 할렐루야! 그의 진리 전진하리라!" 그러자 할머니가 방에서 쏘아댔다. "저기 또 개가 짖고 있네." 그 소리를 듣자마자 아빠가 찬양을 멈추고 마당으로 나왔다.

"어머니, 내가 집안의 평화를 위해 지금까지 참아왔소이다. 그러나 이제는 이런 모욕을 더 당하며 살 수는 없소." 아빠가 큰 홍두깨를 들고 할머니 방에 들어가 경대 거울을 부셔버렸다.

"어머니, 이제 낡은 어머니 모습 다 부서졌소이다. 당신 아들 모습도 다 깨졌소." 숨을 고르고 다시 외쳤다. "우리가 한 지붕 아래서 같이 살 수 없다고 결정했소이다. 오늘 나 이 집을 아주 나가겠소. 어디 가든 내가 믿는 신앙을 실천할 자유를 누릴 것이오. 커다란 슬픔 가운데 오늘 어머니께 이별을 고하오!" 잠시 후 아빠는 갓을 쓰고 괴나리봇짐 두 개를 달랑 메고 대문으로 나가는 것이 아닌가? 놀란 할머니가 뛰쳐나와 "이 자식아, 이게 무슨 짓이냐?" 하며 붙잡았다. 엄마도 부엌에서 뛰쳐나와 봇짐을 붙잡았다. 두 여자가 매달려 붙들어도 분에 찬 20대 청년을 당해낼 수는 없었다. 두 여인이 울며불며 제발 진정하라고 사정했다. 도신이도 멀리서 발을 구르며 애원했다. 할머니 머리 단장이 다 흩어져 내리고 엄마의 겉치마가 찢어졌다. 비참한 전투 광경이었다. 어쩌면 외아들과 남편을 아주 잃어버릴지도 모른다는 혹심한 불안감이 전쟁의 마지막에 결정적인 일격을 가했다.

"이게 다 내 잘못이다. 나는 네가 무엇을 믿는지 이해 못 한다. 제발 집에 그냥 있어다오, 네가 무엇을 하든 내버려 둘 터이니. 우리는 네 말대로 하마.

한도신의 부친 한성은과 모친 홍필례(1917년경)
한도신의 아버지 한성은은 강압적으로 온 가정을 기독교로 개종시켰다.

제발 집을 떠나지는 말아다오." 할머니가 절절하게 울며 사정했다.

"좋소. 그럼 둘 다 내 말 따라 하겠소? 내 지시에 따라 한다는 조건하에서 내가 마음을 바꾸어 집에 그냥 살겠소. 이제부터는 무엇을 해야 하는지 내가 말하는 대로 하는 거요. 나중에 군소리 없기요."

아빠의 선언은 사령관처럼 확고하고 구체적이었다. 그 뒤 며칠 동안 아빠는 모두가 따라야 할 구체적인 지시를 내렸다.

첫째, 집안의 자질구레한 일을 멈추고 한글을 읽힐 것.

둘째, 예배당 노래를 배울 것.

셋째, 일요일마다 아침 예배에 참석할 것.

넷째, 몇 달 내로 세례를 받을 수 있도록 규정된 성경 공부를 할 것.

다섯째…… 요구 조건은 늘어만 갔다.

이 명령을 수행하기 위하여 성경, 찬양가, 인문 입문 두 권씩을 사 오고, 그러고는 두 여인에게 강제로 언문[3]을 가르치기 시작했다. 아버지는 가르치는 일에 열의는 있었으나 인내심이 부족했다. 생전 처음 글을 배우는 나이 먹은 두 학생은 가르침을 따르는 데 무척 힘들어했다. 집안에서 '탄실이'(아명)라고 불리는 도신이는 어려운 말의 뜻은 알 수 없었으나 어깨 너머로 보며 글자의 구성과 소리를 금세 터득할 수 있었다. 그래서 어머니와 할머니에게 글을 읽어주고 쓰는 것도 도와주었다. 늙은 여학생들의 진도가 너무 더디자 아버지가 명령을 내렸다. "오늘부터 네가 가르쳐라!" 그래서 도신이는 7살 때 어머니와 할머니의 '선생'이 되었다. 할머니가 한글 성경을 제대로 읽는 데는 석 달이 걸렸고, 어머니는 이런저런 집안일을 하느라 거의 일 년이나 걸렸다.

바로 옆집에 도신이보다 두 살 위 '오채'라는 사내아이가 살았는데 좋은 소꿉동무였다. 오채 아버지는 아버지와 서양의 도에 대해서 토론하고 때로는 논쟁하느라 저녁에 자주 들르곤 했다. 오채 아버지는 도신이네 집에서 많은 변화가 일어나는 것에 상당히 생각이 많아 보였다. 하루는 오채 아버지가 큰 홍두깨를 빌려갔다. 도신이는 '오채네도 곧 예수 믿는 집이 되는구나' 하고 무척 신이 났다.

하루 종일 초조하게 기다려도 오채네 집에서는 때려 부수는 소리, 우는 소리, 싸우는 소리가 들리지 않았다. 나중에 들으니 오채네 집은 순순히 받아들여 양도 가정이 되었다고 했다.

어떤 집에서는 양도를 따르기 위해 폭력을 동반하는 유혈혁명이 일어나는가 하면 다른 집에서는 평화롭게 조용한 개종이 일어났던 것이다. 아버지는 무력을 사용해 위압적인 태도로 개혁과 현대화를 이끌어냈다. 도신의 어머니와 할머니는 글을 술술 읽을 수 있게 되었을 뿐 아니라, 몇 개월 후에는 손녀 선생 도신이와 함께 미국 선교사 **소안론**(蘇安論)[4]에게 세례를 받을 수 있었다. 온 가정이 개명을 하고 신실한 교인이 되었다. 중요한 것은 할머니, 어머니가 생전 처음으로 자기 이름[5]을 갖게 되었다. 도신의 아버지는 그 동네에서 처음으로 상투를 자르고, 현대인 차림을 했다. 그는 교회당 집사, 그리고 후일에는 장로가 되었다. 자기를 때렸던 세 친척도 나중에 교회당에 나가게 되었다. 동네에서 많은 사람들이 차차 토속적 미신 행위를 뒤로하고 기독교 신앙과 생활을 따르게 되었다.

교회당에 나가면 자연히, 또는 권고를 받아 생활이 변화하게 마련이다. 교회당에 나가면서 담배와 술을 끊게 되고, 투전과 '계집질'을 삼가게 되었다. 동네 사람들이 눈에 띄게 변화하고 발전했다. 그 변화와 발전은 늘 억눌려 살던 사람들, 특히 여자들과 어린아이들에게 성장할 수 있는 길을 서서히 열어 주었다.

도신이, 영민한 소녀 학생

멀리서 요란한 개 짖는 소리와 함께, 교회에서 운영하는 여학교 길목으로 들어오는 일본 순사들의 군화소리가 저벅저벅 들려왔다.

"야, 빨리 도망가서 바깥 통소간(화장실)에 숨어라!" 선생이 나이 많은 학생들에게 급히 일렀다. 어디서나 인구조사를 하여 사람 수대로 세금을 낸다고 하니 일본 놈들에게 세금을 적게 내기 위해서 머릿수를 줄여야 했다. 과부들과 아낙네들이 책을 주워 모아 밖으로 도망치고 교실에는 선생과 어린 학생 몇 명만 남았다. 도신이는 반에서 가장 어린 학생이라 숨을 필요가 없었다. 조선 사람들은 모두 헐렁거리는 흰옷을 입는데 일본 순사들은 단추가 번쩍거리는 제복 차림에 장화를 신고 칼을 찼으니 모두 기가 죽을 만하다.

"여기 선생이 누구요?" 매서운 눈초리로 순사가 물었다.

"예, 접니다."

"왜 이렇게 학생이 적소?"

"나리님, 이곳은 여자들만을 위한 학교입니다. 동네 사람들이 여자들은 교육이 별로 필요 없다고 믿습니다. 그래서 학생들 수가……." 칼 찬 순사들이 교실을 둘러보는 동안 도신이는 겁먹은 얼굴을 숨기려 내내 머리를 숙이고 있었다. 뒤로 길게 땋은 머리를 만지작거리며 학교에서 배운 노래를 속으로 몇 번이나 읊조렸다.

학도(學徒)야 학도야 청년 학도야
벽상(壁上)의 괘종(掛鐘)을 들어보아라
소년이로(少年易老)에 학난성(學難成)하니
일촌광음(一寸光陰)도 불가경(不可輕)일세[6]

대개 규모가 큰 공립학교는 일본의 통치와 규제가 더 엄격했다. 선생이나 학교 관리들은 긴 칼을 차고 다니며 학생들을 죄인처럼 위협적으로 다루었다.

도신의 아버지는 훌륭한 교인이 되려면 여자라도 잘 배워야 한다고 믿었다. 비록 남존여비의 유교적 위계질서 속에서 장성했지만 아버지는 모든 사람은 다 하나님의 자녀이기에 기본적으로 평등하다는 기독교의 가르침을 믿었다. 그래서 서당에 다니던 10살 도신이를, 도시에서 온 청년들이 시작한 야간학교에 보내 제대로 교육받게 했다. 그 야간학교에서 도신은 우리나라 이야기, 한문, 산수를 배웠다. 이 여성 야학은 일 년 뒤 남학교와 합쳐졌다. 여하튼 도신은 공부가 재미있었고 배우는 것마다 모두 잘해냈다.

이 과정을 마치면서 도신은 평양에 있는 정신여자학교에 가기를 원해서 아버지가 다니는 신흥교회 방승건 조사(助事)[7]에게 추천서를 받으러 갔다. 정신여자학교는 선교사가 세운 기독교 학교라 소속교회 목사의 추천이 필요했다.

"지금까지 공부한 것이면 도신에게 충분합네다. 여자애를 '과교육(過敎育)' 시키지 마시오." 아버지는 약간 놀랐지만 목사와 다투고 싶지 않아 그냥 빈손으로 돌아왔다.

"왜 여자는 과교육해서는 안 된답니까? 도대체 과교육이 뭔데요?" 도신은 크게 실망했다. 그러나 도신이도 아버지와 다투고 싶지 않았다. 얼마 후에 그 야속한 방 조사가 평강 용강군 교회로 옮겨가자 도신은 속이 시원했다.

그런데 한 달 후 엉뚱한 일이 생겼다. 이사 간 방 조사로부터 아버지에게 편지가 왔다. 자기네 용강군 안에 취업견습소가 개설되는데 도신이를 보내지 않겠냐는 제의였다. 대마로 옷감을 만드는 6개월 훈련 과정인데 매삭 3원의 수당과 매일 2시간씩 집중해서 일본어를 가르친다며 유혹하는 것이다.

"도신이가 온다면 우리 선모와 거기 같이 다니고 우리 집에 거하면 될 거요." 불친절한 조사로부터의 얼마나 친절한 초청인가! 선모는 바로 전 학교에서 같이 공부한 친한 동무인 데다 다른 계획도 없고 해서 그 직업학교에 가기로 했다. 물레질과 길쌈은 도신이 잘할 수 있었고 일본어 훈련 교본은 쉽게 따라할 수 있었다. 일본 여선생 나카무라(中村)는 도신의 뛰어난 재능과 공손한 태도를 무척 좋아했다. 그러나 처음 집을 떠나 남의 집에서 살자니 집이 몹시 그리웠다. 어느 날 오후 나카무라 선생이 도신에게 살짝 말을 건넸다.

"도신 학생, 요사이 좀 우울해 보이네요. 몸이 아프거나 마음이 외롭지 않아요? 혹시 향수병이라도 걸렸다면 나와 같이 있으면 어때요? 나도 고국의 집과 부모로부터 혼자 떠나와 있어 몹시 외로워요. 학생이 만일 나의 숙소에 같이 머문다면 내가 학생의 모든 것을 돌봐주고 수당은 학생이 다른 데 쓰면 돼요. 도신 학생, 어떻게 생각해요?"

솔깃한 제의였다. 며칠을 고민한 끝에 도신은 그 고마운 제안을 받아들이지 않기로 했다. 지금까지 어른들이 단단히 심어준 인상을 결코 지워버릴 수 없었기 때문이다. 일본 사람들은 누구나 다 신뢰할 수 없고 간교하다는 인상!

도신은 학교생활을 잘 해냈다. 6개월 후 졸업 실기 시험인 옷감 디자인과 방적에서 도신은 가장 빠르고 아름답게 작품을 완성했다. 누구나 도신이가 같은 반 30명 중 첫째라는 것을 알았다. 그런데 군청 직원은 군의 재정으로 하는 직업훈련에서 다른 군에서 온 학생이 1등을 했다는 사실을 난처하게 여겼다. 그래서 도신에게 사정을 해서 1등과 2등 축하상품은 같은 것이니 1등을 군내 학생에게 양보하도록 했다. 상품은 일제 손베틀이었다. 1등 자리는 양보했지만 최신 손베틀을 집에 가져온다는 것이 매우 기뻤다.

나카무라 선생은 끝내 고마운 분이었다. 그 선생님의 추천으로 평양에 있는 1년제 실업학교인 양잠기업강습소에 입학했다. 평안남도 전체에서 선발된 55명의 학생이 기숙사에서 생활하며 이론을 배우고 실습을 했다. 학생은 14세에서 40세까지의 여성이었고, 선생은 모두 생사·견직물 분야 전문가인 일본인들이었다. 처음 며칠은 책으로 누에 배양에 대해 배우고, 그 후에는 실제로 누에를 치는 기술을 배웠다. 가을에 양잠해서 제사(製絲)해 온 것으로 직조를 시작했다. 도신은 이번에도 모든 과정을 잘 마쳤다. 다음 해 봄 2등으로 졸업했다.

애국심과 전문 기술

이 학교 졸업생 중 1, 2, 3등은 도청에서 관비로 일본에 유학할 수 있는 특전이 주어졌다. 도신은 약간 두렵기는 했지만 새로운 모험에 자신 있게 도전하리라 마음먹었다. 아버지의 허락만 받으면 진짜 전문가의 길이 열리는 것이다.

"절대로 안 된다!" 아버지는 단호했다.

"우리 기독교인들은 정치적으로 우리 민족을 탄압하는 거대한 일본제국의 권력과 또 우리를 조직적으로 착취하는 식민지 경제체제에 저항하고 싸워야 한다." 도신은 그것이 자기가 유학 가는 것과 어떻게 연관되는지 잘 이해가 되지 않았다.

"내 말을 믿어라. 우리 인생에서 중요한 것은 기술이 아니라 정신이다. 개인의 성공이 아니라 전체의 승리란다. 자유를 위한 승리! 일본은 조선을 식민통치하며 모든 면에서 우리 민족을 억압하고 착취하고 있지 않느냐? 네가 일본에서 전문가로 훈련을 받고 나면 너는 그 불의한 세력과 싸우기보다 그 제도의 손쉬운 도구가 되고 말 것이다. 중요한 것은 나라와 민족을 위해서 옳게 사느냐 아니면 너 혼자 잘살기 위해 불의하게 사느냐 하는 신앙의 문제이다. 알겠느냐?"

도신은 아쉽지만 외국 유학의 꿈같은 기회를 포기하기로 했다. 도청 직원이 아버지를 불렀다. 왜 유학을 반대하는지 이유를 묻고, 비용이 전혀 안 드니 좋은 기회라고 설득하기 위해서였다.

"일본, 안 돼! 일본, 안 돼!" 아버지는 일어로 서툴게 말하며 손사래를 쳤다. 일본 관리들과 조선 관리들이 설명을 한다고 했지만 설득은커녕 논쟁이 되고 논쟁은 욕이 되었다.

"조선 사람들은, 촌에 사는 가난한 농사꾼들도 너희 놈들이 한 일을 다 알고 있어. 돕는 척하지 마. 너희는 우리 원수야, 원수!"

아버지는 분에 찼지만 웃으며 집에 돌아왔다. "그놈들이 나중에 나에게 뭐라고 막 욕하는 모양인데 나는 한 마디도 못 알아들었어. 그러나 나는 내가 하고 싶은 말은 다 하고 왔어. 나는 일본 놈들에게 결코 굽히지 않을 거야!"

도신 아버지의 격노는 결코 그곳에 있던 일본 관리들을 향한 불쾌감만이 아니었다. 실은 조선 사람들이 전반적으로 가지는, 일본의 무자비한 침탈에 대한 깊은 증오와 반발이었다. 특히 조선 사람이라면 여러 해 전 분노와 수치와 절망을 안겨준 나라의 비극을 잊을 수 없었다.

도신이가 출생한 1895년 그해 10월 8일 새벽, 일본 사무라이 낭인들이 궁궐에 침입하여 제26대 왕이며 대한제국 제1대 황제인 고종(高宗, 1852~1919)의 비 **명성황후**(明成皇后, 1851~1895)를 **시해**하는 비극이 벌어졌다.[8] 왕비를 칼로 무자비하게 난자하고 시신을 석유로 태워 묻어버렸다. 명성황후는 당시 치열한 국제경쟁과 갈등이 고조되던 조선반도의 분위기 속에, 허둥대고 허약하며 혼란했던 조선 조정의 뒤에서 단연 강한 반일세력으로 군림하고 있었다. 명성황후의 시해는 조선 사람들 대다수와 도신의 아버지, 그리고 어린 도신까지도 일본에 악감정을 품게 하는 악랄한 만행이었다.

제2장

맑은 사랑 수정처럼 꽃피다

약혼, 혹은 약혼의 약속

"오늘 뭔 일이 있는 거죠?" 가장 예쁜 옷을 입고 머리를 머리방울로 단장하라는 할머니의 성화에 도신이는 약간 이상한 생각이 들어서 물었다.

"오냐, 오늘 너 특별한 사람을 만나게 될 게다. 너 무척 좋아할 거다!" 도신이는 알아차렸다. 할머니는 전부터 도신의 혼사를 주선하려고 했었다. 도신이 가슴이 작은 북처럼 울리기 시작했다. 전부터 선보자는 요청들이 있었지만 도신은 학교를 핑계로 미뤄왔었다. 그러나 곧 있으면 도신이 18살이 되고, 얼마 후면 학교를 졸업한다.

"혼사같이 중요한 일을 영원히 미룰 수는 없지 않냐? 어서 두루마기를 걸치고 길순네 집으로 가자." 길순이 어머니가 중매를 한 모양이다. 길순이는 도신보다 한 살 많은 친한 동무로, 그 집과 도신네 집은 여러 해 동안 알고 지내는 사이였다. 길순네 집에 도착했을 때 도신은 부끄럽고 떨려서 숨도 잘 쉴 수 없었다. 그런데 길순 엄마와 신랑 측 할머니는 있는데 정작 신랑 될 사람은 보이지 않았다.

세 늙은 아낙들이 오늘 겨울 날씨가 좋다고 웃음꽃을 피우며 이야기하는 동안 도신은 신랑감을 기다리며 시간이 멎은 듯했다. 20여 분 흘렀을까, 교복 차림의 한 중학생이 헐레벌떡 방으로 들어왔다. 아마도 운동을 하다 온 모양이었다. 도신은 살짝 그 남학생을 훔쳐보았다. 나이가 15살 하고 넉 달 되었다고 들은 그 학생은 키가 늘씬하고 잘생긴 편이었다. 그는 밝은 시선으로 도신이를 슬쩍 쳐다보고는 미소를 던졌다. 도신은 좋아하는 눈치를 들키지 않으려고 내내 머리를 숙이고 있었다. 두 할머니가 귀엣말을 속삭이다 기분 좋게 웃어댔다.

“자, 얘야, 어떠냐?” 남학생의 할머니가 물었다.

“할머니 생각에 달렸지요.” 침착하게 남학생이 대답했다.

“너는 어떻게 생각하냐?” 할머니가 도신에게 물었다.

“전 할머니 생각에 따르겠어요.” 도신이 주저하며 조용히 속삭였다.

“좋다. 그러면 기다리자. 저 남자를 기다리자.” 할머니도 속삭였다. 도신은 그게 무슨 뜻인지 알 수 없었다. 길순이 어머니는 확신을 가지고 이 중요한 일을 매듭짓고자 했다.

“양측이 일단 합의했으니, 이제 우리는 행복한 한 가정이나 마찬가지요. 약속의 증표를 만들고 이 기쁜 날을 축하합시다”라고 중매를 한 길순 어머니가 선언했다. 그러고는 황금색 종이 두 장과 빨간 인주를 가지고 나왔다. 두 젊은이가 각기 종이에 자기 이름을 썼다. ‘김예진.’ ‘한도신.’ 엄지손가락에 인주를 묻혀 종이에 누르고 서로 교환했다. 단 한 번 보고 마치 백지어음처럼 두 사람의 전 삶을 엮어 매는 약속에 합의한 것이다.

세 늙은 여인은 호떡을 사 와서 약혼 합의를 축하했다. 그러나 장차 신랑과 신부가 될 두 사람은 그 조촐한 잔치를 같이 즐길 수 없었다. 그들은 다만 집안 어른들이 짝지어 준 사랑과 축복의 진정한 의미를 언젠가는 알 수 있기를 속으로 기도할 뿐이었다.

금니, 사랑의 선물

“도신아, 뜨개질 끝났냐?” 사흘 전, 청색과 자주색 두 털실 타래를 기숙사로 가지고 와서 남자 토시를 떠달라던 할머니가 그것을 찾으러 왔다.

“네, 다 끝났어요. 할머니” 도신은 요새 도시 사람들이 즐겨 쓰는 소매가 붙은 긴 장갑을 내놓았다. 사실 도신은 바쁜 중에도 정성을 다해 짠 작품이었다.

“너 이거 누구 것인 줄이나 아냐?”

“물론 아버지 것이겠지요?”

“에이고, 정말 모르냐? 알면서 모른 척하는 거 아니냐? 이거 네 약혼자 김예진 것이야. 다행히 멋있게 잘 떴구나. 예진 학생은 잘사는 기독교 가정의 맏아들이야. 언젠가 예진이가 교회 목사가 된대. 공부도 잘한단다. 좋은 집안에, 기독교인에, 미남에, 고등교육에……. 도신아, 너는 나이도 차고, 눈도 작고, 키 작은 ‘촌 체닌데(시골 처녀데)’, 네 입장에서 뭘 더 바라겠니?”

“네 알아요, 할머니. 늘 감사하고 있어요.” 도신은 그 사람이 영원히 자기 사람이 될 것을 조용히 기도하고 있었다.

어느 날 예진의 여동생이라는 처녀가 편지를 가져왔다. 긴 종이에 만년필로 세로로 내려 써서 둘둘 만 두루마리 편지였다. 도신은 강습소 반의 나이 든 학생들이 하도 놀리고 참견하는 바람에 그 편지를 읽을 새가 없었다. 하는 수 없이 기숙사 변소에 들어가서 그 두루마리 편지를 읽기 시작했다. 편지는 이렇게 시작했다.

“집에서 멀리 나와 있어 어떻게 지내시오? 너무 외롭지 않기를 바라오. 그리스도와 함께 있음으로 매일 기쁘게 지내기 바라오…….” 그러고는 다시 엄숙하게 “우리가 어디에 있든지 우리는 하나님의 자녀의 책임을 지고 가야 하오”라고 말하는 편지 끝머리는 달콤한 사랑의 편지라기보다는 설교조의 글이었다. 그러나 도신은 가슴을 두근거리며 두 번, 세 번 읽고서야 가슴에 편지를 감추고 변소에서 나왔다. 도신은 생각하고 글 쓸 틈이 없고 또 남이 볼까 두려워 2월에 졸업할 때까지 회신을 미루기로 했다.

그러나 이틀 후 여동생이 또 하나의 편지를 들고 왔다. 이번 편지는 사무적인 내용이었다. 정확한 졸업 일자와 시간, 언제 집에 갈 예정인지, 어떻게 가는지, 기차로 갈지 도보로 갈지 등을 묻는 것이었다. 도신은 그냥 말로 알려주고 오빠에게는 말하지 말라고 부탁했다. 왜냐하면 졸업식 때가 바로 예진의 학기말 시험 기간인 것을 알기에 다른 데 신경 쓰지 않게 하기 위해서였다. 드디어 졸업식 날이 왔다. 천만다행으로 식을 마치고 기념사진을 찍고 선물을 교환하는 동안 그 남자는 나타나지 않았다. 도신은 혹시나 길에서 마주칠까 걱정되어 같은 군으로 걸어갈 두 동무를 설득해서 학교 정문이 아닌 뒷길로 빠져 나갔다. 반시간 동안 좁은 길을 걷고 크게 난 신작로를 또 한 시간 걸었다. 신작로(新作路)는 곧고 넓어서 걷는 사람과 소달구지는 물론이고, 자동차도 왕왕 다닐 수 있는 신식 도로다.

"따르릉, 따르릉, 따르릉." 뒤에서 누군가 자전거 종을 울리며 다가왔다. 순간, 뒤를 돌아보니 한 학생이 장갑 낀 손을 높이 쳐들고 미소를 지으며 다가오는 것이 아닌가!? 그 남학생이다! 갑자기 도신의 가슴이 뛰었다. 자전거가 저만치 가다 되돌아왔다. 그는 장갑 낀 손을 높이 쳐든 채 환하게 웃으며 지나갔다. 그러고는 시내로 들어가 사라져버렸다.

"너 그 남자 봤지? 너 보고 웃더라." 옆의 동무가 흥분했다.

"야, 그 남학생이 너 보고 무척 좋아하는 듯하더라." 다른 동무가 놀려댔다.

"난 잘 보지 못했는데…… 누구를 보고 웃었는지 어떻게 아니?" 하고 도신이 시침을 딱 떼었다. 혼인하기까지는 사랑의 표현을 마음대로 못 하는 세상이라 도신도 어쩔 수 없었다.

그 며칠 뒤에 도신은 예진이 그날 자전거 사고가 났다는 이야기를 들었다. 도신을 찾아 '고맙다'는 인사를 하러 몇 시간이나 자전거를 타고 왔다 돌아가는 길에 우연히 선생님을 만나 인사를 하려고 급히 자전거를 세우는 순간, 자전거와 함께 곤두박질을 치는 바람에 앞니가 부러졌다는 것이다. 도신은 너무 미안해서 어떻게든 고마움을 전하고 싶었다. 궁리 끝에 아버지의 허락을 받고 자신의 소중한 머리채를 잘라 인모장수에게 팔기로 했다. 다음에 또 한

번 자르기로 하고 이를 고칠 만큼 충분한 돈을 마련해 편지와 함께 평양 예진의 집으로 보냈다. 고맙고 미안하다는 말과 함께 보내는 돈으로 부러진 앞니를 금으로 치료하라고 전했다. 이 선물은 예진은 물론이고 그 부모, 조부모, 이웃들까지 감동시켰다.

숭고한 시련과 사랑의 승리

예진이 만 17세 되는 날 아침, 그의 아버지가 평양시에서 자전거로 한 시간이나 걸려 도신의 부모를 찾아왔다. 교회에 정식 약혼식을 신청하기 위해서였다. 교회법상 남자가 만 17세가 되어야 약속이나 결혼을 할 수 있었다. 그 당시 유행하는 조혼(早婚)[1]을 금지하기 위해 서양 선교사들이 도입한 교회법이었다.

양가 부모가 한 씨네 교회 목사, 김성호 목사에게 가서 약혼 허락과 주례를 부탁하자 난처한 표정을 지으며 "좀 기다려야겠다"고 말하는 것이 아닌가. 그러면서 평양 김 씨네 교회 한승곤 목사가 보냈다는 편지를 내보였다.

> 내가 보건대 양가에서 교회법을 어기면서 약혼 합의를 이미 사전에 한 모양이오. 이 경우는 노회 시찰회에서 조사해서 필요하면 적절한 처벌을 내려야 할 것이오. 그러니 이 문제가 해결될 때까지는 일체 기독교 예식을 거행하지 말 것을 통고하오. 만일 이 경고를 따르지 않으면 당신 자신도 교회법 위반으로 문제가 될 것이오.

양가 부모는 이 예상치 않았던 일로 크게 실망하고 당황했다. 곧 시찰회에 항의하기로 했다. 며칠 후, 시찰회 재판을 담당하는 평안도의 미국 선교사가 약혼자 김예진과 한도신이 지난 18개월간 교환한 모든 편지를 제출하라고 했다. 그 18개월이란 신랑이 만 17세가 되기까지 기다린 기간이었다. 어느 날 시찰회 재판부는 양가 부모와 양 교회 목사를 소환해 청문회를 열었다. 문제의 초점은 그동안 약혼은 몰래 했지만 결혼은 하지 않은 두 남녀 사이에 무슨 일이 있었는지 심의하는 것이었다. 서로 교환한 연애편지가 확실한 물적 증거였다. 사적 사랑의 서신이 종교재판에 회부된 것이다!

공교롭게도 그 물적 증거는 엄청나게 많았다. 도신은 졸업하고 나서 처음으로 약혼자에게 긴 편지를 썼다. 편지 내용은 자기 가족, 친구들, 교회, 계절 등에 관한 일상적인 것이었다. 예진의 편지는 나이에 비해서 도신이 처음 생각했던 것보다 훨씬 더 성숙한 내용을 적었고(어쩌면 그동안 빨리 철이 들었는가?), 그는 크리스천이 되는 것의 의미, 자기의 이상, 일본 지배하에 있는 나라의 운명 등에 관해서 진솔하게 썼고 끝에는 언제나 성경 구절을 넣었다. 우편국이 전국에 들어서고 배달 문화가 발달하면서, 남의 신세를 지지 않고 편지를 교환하는 일이 쉬워졌다. 그래서 한 달에 두세 번씩 서로 편지를 주고받을 수 있었던 것이다. 사랑한다는 말을 하지 않고 따뜻한 사랑을 전했다. 편지를 쓴다는 것은 자기 마음속 사랑을 표현하는 것이고, 서로 깊이 아는 데 가장 좋은 방법이었다. 그런데 지금 그 마음속을 몰래 털어놓은 편지가 여러 사람들 앞에서 재판을 받게 된 것이다.

"나는 시찰회 판정관으로서 이들 두 젊은이 사이에 나눈 모든 편지와 다른 편지를 다 심의했습니다. 나는 교회법을 범하였다고 볼 수 있는 어떠한 증거도 찾을 수 없었습니다. 사실 그들의 관계는 크리스천 결혼 후보자로서 드물게 아름답고 순수하다고 판단합니다. 심지어 미국의 크리스천 중에도 이런 훌륭한 모범을 찾아보기 어렵다고 생각합니다. 어서 부모님들의 요청을 승낙하고 우리 주님의 이름으로 축복해 주기 바랍니다."

이 사건은 분명한 승리로 종결되었다. 참으로 그 모든 편지 어디에도 신앙의 규율을 범하려는 흔적이나 불순한 정욕의 불꽃이 없었다. 다만 상호 존경과 사랑의 오랜 기다림이 조용히 불타고 있었다.

나중에 알게 되었지만 이 재판소동 뒤에는 과히 순수하지 못한 숨은 이유가 있었다. 양가 부모가 한 목사의 교묘한 음모가 있었던 것을 알게 되었던 것이다. 한 목사네는 도신이보다 한 살 아래의 어여쁜 딸이 있었다. 사실은 한 목사의 아내가 예진네 집에 조용히 중신아비를 몇 번 보내서 자기네 딸과 어떻게 연결해 보려고 했다고 한다. 후에 예진은 자신이 겪었던 이상한 경험을 실토했다. 한번은 한 목사가 공부에 바쁜 예진을 불러 자기 딸과 함께 교적부를 전부 정리하라고 하였다. 별로 정리할 것도 없는데 다시 장부에 옮겨 쓰느라 몇 시간 고생하며 땀을 흘렸다고 했다. 목사의 딸은 일에 별로 도움이 되지 않았으나 자리를 지켰다고 한다.

한때 예진의 할머니가 이미 약속한 손자며느리를 바꾸어 볼까 생각했던 모양이다.

"예진아 들어봐라. 한 목사 딸은 더 어여쁘고, 더 젊고, 더 배운 도시 처녀가 아니냐? 한 장로 딸은 촌(시골) 처녀다. 그 여자는 키가 작고 눈도 작고 그리고…… 너 어떻게 생각하냐?"

"할머니, 전에 도신 씨가 재주 있고 부지런하고 똑똑하고 충실한 여자라고 칭찬하며 내 생의 반려자로 선택해 주셨지 않아요? 그러나 지금은 제가 뜨거운 기도를 통해서 하나님이 나를 위해 선택해 준 것으로 확신하게 되었어요. 할머니, 하나님의 뜻을 함부로 바꿀 수 없잖아요? 물론 키가 작지요. 금이나 보석도 작지요."

할머니는 손자 녀석의 대담한 답변에 놀라 할말을 잃고 말았다.

신랑의 꿈, 유산되다

혼인식 꼭 일주일 전의 일이다. 그날 아침 도신의 아버지가 지게꾼 다섯을 이끌고 길을 떠났다. 30리를 걸어서 평양시 순영리 83번지, 앞으로 사돈 될 집으로 짐꾼들이 혼인예물을 잔뜩 지고 가는 것이다. 신랑과 가족을 위해 손으로 지은 옷 12벌, 솜이불 10채, 그리고 다른 귀한 선물들! 한 씨네는 여러 침모를 시켜 한 달도 더 걸려 이 예장을 준비했다. 이런 예장은 시댁에 대해 신부 측 가문의 재산과 자긍심과 감사를 표시하는 것이다. 지게꾼들은 오후에 돌아왔는데 아버지는 돌아오지 않았다. 어머니와 할머니는 종일 시댁에서 얼마나 흡족해했는지 알고 싶어 안달이 났다. 저녁때가 되어서야 아버지가 돌아왔다. 아버지는 술 취한 사람처럼 정신이 없어 보였다. 술은 입에 대지도 않는 사람인데. 모두 그 집에서 얼마나 좋아하는지 물었다. 아버지는 한참 머뭇거리다 몇 마디 힘들게 뱉었다.

"난 모르겠소. 정말 무어라고 말할지 모르겠소. 빌어먹을, 젠장! 신랑이 갔어요. 신랑이 사라졌다는 말이오. 신랑 없이 혼인식을 하다니, 상상이나 하겠소?" 이 소리를 듣자 모두가 충격에 빠졌다. 오만 가지 질문이 쏟아졌지만 아버지조차 이 해괴한 사건에 곤혹스러워 할말이 없었다. 한참 후에야 이야기를 꺼냈다.

아버지가 김 씨 댁에 갔을 때 무슨 급한 일인지 그 집 식구라고는 모두 나가고 병환 중인 시할아버지와 걱정에 젖은 시할머니만 집을 지키고 있었다고 한다. 그러니 예물을 받고 감탄할 사람이 없었던 것이다. 예진이가 학교에서 돌아오기를 기다리고 있는데 시할머니가 마지못해 실토를 했다. 예진이가 이틀 전에 마지막 졸업시험까지 놓치면서 자기 동무, 박신호라는 놈과 같이 도망을 쳤다는 것이다! 그 동무가 '자기는 한 동무와 같이 미국으로 가는데 훔친 거액의 돈은 돌아와서 반드시 갚겠다'고 아버지에게 편지를 남겼다고 한다. 혼비백산한 양쪽 집에서 벌써 두 항구도시에 수사반을 보낸 상태였다.

도신은 망연자실해서 아무 말도 할 수 없었다. 예진에게 갑자기 무슨 일이 생긴 것일까? 내가 무엇을 모르고 있었나? 내가 무엇을 놓치고 있었더라도 이건 너무 무책임한 행동이 아닌가? 어떻게 이렇게 무책임한 남자에게 한평생을 맡기고 살 수 있을까? 어머니와 할머니는 너무 당황스럽고 걱정에 가득 찼다.

가만히 생각해 보니 지난 몇 통의 편지에서 예진이 "희생", "인내", "기다림" 등 고상한 단어를 썼던 기억이 났다. 두 사람의 삶의 목적이 단순히 가정생활의 행복 이상이어야 한다는 생각을 받아들일 수 있느냐고 묻기도 했다. 또 다른 편지에서는 어떤 높은 목적을 위해서 사적인 평안을 희생할 각오가 있느냐

1930년대 평양의 숭실대학교 교정
김예진은 1916년 3월 한국 최초의 이 서구식 고등교육기관에 입학했다.

고 도전도 했다. 도신은 무슨 의미에서 그런 말을 하는지 이해는 잘 안 갔지만 예진이 요청하면 무엇이든지 기쁘게 따르겠노라고 성실히 회답했다. 예진은 한동안 도신을 방문하지 않았지만 도신은 그가 학교 공부도 힘들고 대학 입학 시험 준비로 바쁠 것이라고만 생각했다. 최근의 편지에서는 그가 세상에서 도신을 가장 사랑하지만, 그 사랑이 영광스럽게 귀환하는 날을 기다릴 용기와 인내를 가지기 바란다고 했다. 도신은 그날이 속히 오기를 바라지만 그때까지 기다리고 있겠노라고 회답했다.

이런 고상한 말들을 들으면서 도신은 숭실중학교에서 공부하는 햇병아리 철학가가 늘 자신을 비행기 태우는 것이라고 느꼈다. 숭실은 조선에서 첫 명문사립학교 중의 하나로 예진의 지적 성장을 가져온 요람임에 틀림없었다. 숭실은 1897년 미국 선교사 **베어드 박사**(William M. Baird)[2]가 세운 학교로 지금의 고등학교 수준이었다. 그 학교의 교육목표는 성서의 원리에 따라 하나님과 사람과 나라를 사랑하는 것이다. 수백 명의 야심 찬 젊은 남자들이 그 학교에 들어가 단지 새 지식을 흡수하는 것이 아니라 뜻있는 젊은 크리스천으로서 새로운 정신과 새로운 능력을 배양하고 있었다.

그 학교에서는 모든 사람들이 당면하고 있는 종국적 문제의 해결을 고민하며 정예학생들 사이에 많은 토론과 논쟁이 있었다. 고민의 근본적 문제는 모든 조선 사람들이 당면하고 있는 심대한 비운, 즉 피식민지 민족의 운명을 극복할 길을 어떻게 찾느냐 하는 것이었다. 현대화라는 구실 밑에 일본 지배자들은 모든 조선 사람들을 억압하고 종속시키고 착취하고 있다. 예진에게는 나라의 주권이 없는 민족은 자유가 없는 노예나 다름없었다. 크리스천은 존엄한 인간으로서 진정한 자유를 찾기 위해 싸워야 한다고 예진은 믿었다. 숭실에서 졸업을 앞두고 그의 번민은 날마다 더 깊어만 갔다. 어떤 때는 가까운 친구들과 그런 문제를 토론하며 밤을 새우기도 했다. 미국으로 같이 도망가기로 한 박신호가 그중의 하나였다.

천만다행으로 이틀 후 경찰이 도망간 두 학생을 잡았다는 소식이 왔다. 어느 항구(신의주?)에서 잡아 집에 무사히 데려왔다는 것이다. 물론 그들 체면은 말이 아니었고 부모를 뵐 면목도 없었다. 그러나 그들의 슬픔은 부모의 책망보다 자신들의 꿈이 산산이 깨져버린 것이었다. 그들은 철없이 그냥 도망간 것이 아니라 고귀한 꿈을 이루려고 떠난 것이라고 변명했다. 그들은 해외의 문명국에 가서 준비를 하고 유능한 젊은 지도자로 돌아와 나라의 어두운 운명을 구하려 한 것이다. 그리고 지금 그 꿈이 유산된 것이다.

사랑의 과실

마치 큰 폭풍이 지나간 후처럼, 더 깊고 단단한 평온이 두 집에 깃들고 혼인 계획을 다시 진행했다. 결혼 전날 도신에게 편지 한 장이 날아왔다. 그것은 예진이 낯선 항구에서 약혼자에게 보냈던 마지막 편지였다.

(전략) 내 가슴이 몹시 아픕니다. 내가 부모의 허락을 절대 받을 수 없다는 것을 알기에 이렇게 극단적 수단을 택하지 않을 수 없었소. 나는 우리 집안의 장자요. …… 이 편지를 받을 때쯤 나는 황해나 태평양 어디에 있을 것이오. …… 어느 날 나는 당신에게로 반드시 돌아올 것을 약속하오.

다행히 그 "어느 날"은 벌써 왔고 그는 이미 돌아왔다. 두 약혼자는 지나간 충격과 실망을 감추면서 부끄러운 미소를 나누었다.

"지금부터는 믿을 수 있을까요?" 작은 눈의 여인이 존경하면서도 도전하는 말을 건넸다.

"앞으로는 절대로 도신 씨 모르게, 도신 씨 동의 없이 떠나지 않을 거요. 약속하오."

"그렇다면 나도 약속드리지요. 나는 예진 씨 높은 꿈이나 이상을 추구하는 데 방해가 될 만큼 짐이 되지 않을 거예요." 두 사람은 살아가는 동안 동반자로서 서로 사랑하고 존중하기로 약속하는 것이다. 그때는 대부분의 부부관계가 남자는 지배하고 여자는 종속되고 멸시당하는 시대였는데 동등한 권리와 의무를 약속하는 것은 비록 개인의 사적인 결혼서약이지만 일종의 혁명적인 것이었다.

혼인식은 1915년 12월 23일에 한 장로의 교회에서 거행했다. 날씨는 맑고 따뜻했다. 도신은 전통혼례에 맞는 화장에다 화려한 예복을 입고 인력거(人力車)를 타고 교회로 갔다(가마[乘轎]를 타지 않은 것은 예식을 간단히 하자는 신랑의 부탁이 고려되었던 모양이다). 교회식 혼례는 김성호 목사의 긴 설교 때문에 한 시간도 훨씬 넘게 걸렸다. 물론 전통적인 혼인 예식이었다면 하루 종일 걸리고 온 동네가 잔치에 참여하였을 일이다.

관습에 따라 신랑은 처가에서 며칠 동안 같이 지내고 시집으로 가게 된다. 마침 성탄절이라 새 부부는 몇 번인가 그 동네 교회에 함께 걸어갔다. 신부의 키가 신랑 어깨에 이를 만큼 작았지만 완벽한 현대식 부부 같았다. 그때에는 모든 아내들이 '밖앝주인' 가는데 서너 발짝 뒤에서 따라가는 것이 상례인데 이 신식 부부는 나란히 걸어 다니니 많은 아낙네들의 호기심 어리고 부러운 눈길이 뒤를 좇았다. 미국 선교사들의 영향으로 많이 바뀌고도 있었지만 촌에서는 [아직 '남녀 7세 부동석(不同席)의 세상이니] 남녀 간의 어떤 접촉도, 목사와 악수조차도 허용되지 않았다. 어떤 교회에서는 아예 교회당 건물을 기역자(ㄱ)로 지어 남녀가 옆에 앉거나 바라보지도 못하도록 갈라놓고 목사는 가운데 서서 설교를 했다. 왜 남녀를 갈라놓아야 하나? 새 신랑과 신부는 오히려 더 솔직하고, 더 대담하고, 그래서 낭만적으로 행동했다.

신사의 황당한 예절

신혼 첫날밤은 새 신부에게 오싹하고 가슴 떨리게 하는 시간이다. 오랜 관습을 따라 아주머니들과 다른 여자친척들이 수줍은 신부에게 첫날밤을 훔쳐보겠노라 전부터 공언했다. 혼인식 날, 긴 하루를 보내고 사람들을 다 보내고 이른 밤에 새 부부가 처갓집 안방에 들어갔다. 먼저 서로 절을 하고, 남포등을 껐다. 조용히 옷을 갈아입고, 온돌방 새 솜이불에 살며시 누웠다. 아니나 다를까, 방문 밖에서 무엇인가 움직이는 것이 보이고 시시덕거리는 소리가 들려왔다. 신부는 너무 신경이 쓰여서 숨도 제대로 쉴 수 없었다. 조금 후에 손가락 몇 개가 문창호지에 구멍을 내고 있지 않은가! 천만다행으로 옆의 신랑이 조금도 자세를 흐트러뜨리지 않았다. 죽은 듯한 완전한 침묵이 결국 이 장난꾸러기 여인들을 돌려보내고 말았다. 참으로 고요하고 평화로운 밤이었다.

"이젠 잘까요? 다들 간 것 같아요." 나이 어린 남편에게 용기를 내도록 신부가 속삭였다.

"그럽시다. 편히 주무시오." 남편은 곧장 진짜 잠 속으로 떨어지고 말았다. 긴 하루였다. 신부는 오래 기다렸고 피로했다. 그러나 이제는 잠을 잘 수 없게 되었다.

둘째 날 밤은 달라야 했고 과연 달랐다. 이 밤은 아름다운 크리스마스 전야! 푹신하고 따뜻한 이불 속에 눕자마자 신랑은 신부의 손을 꼭 잡았다. 그리고 긴 기도를 드렸다.

"하늘에 계신 하나님 아버지, 우리에게 이 아름다운 밤을 함께 허락하심을 감사드립니다. 우리에게 당신의 사랑과 평화로 오시옵소서……." 그러고는 다시 평화로운 잠에 빠졌다! 노처녀 도신의 기대에 찼던 설렘이 안개처럼 사라져버렸다. 이게 어찌된 일인가? 그가 남자로서의 기능을 못 하는 것일까? 많은 생각이 신부의 마음을 스쳐갔다. 무엇인가 중요한 일을 숨겨온 것이 아닐까? 다음 날 아침 어머니에게 어젯밤 신방에서 무슨 일이 벌어졌는지, 아니 벌어지지 않았는지 일러바치고 싶었다. 그러나 한참 고민 끝에 마음을 돌이키고 누구에게도 아무 말을 하지 않기로 했다.

셋째 날 밤은 더 큰 근심과 좌절감에 빠졌다. 잠자리에 들면서 어젯밤처럼 손을 꼭 잡았으나 더 이상 움직이지 않았다. 오랜 기다림이란 잔인하고 절망적이었다. 도신은 모든 것을 다 내던지고 깊고 어두운 늪에 풍덩 빠지고 싶은 심정이었다. 모든 꿈을 포기하고 어두움에 영원히 사라지려는 찰나, 도신은 마른 입술에 가벼운 그러나 뜨거운 입술을 느꼈다. 그리고 어렴풋이 속삭이는 소리가 들려왔다.

"사랑하는 사람이여, 내가 당신 안으로 들어가게 허락하겠소?" 처음에는 무슨 말인지 알 수 없었지만 지친 신부는 너무나 갑자기 세상이 바뀌는 데 놀라지 않을 수 없었다. 이제는 신부 자신이 부끄럽고 주저되어 숨을 고르고 있었다. 다시 달콤한 유혹의 소리가 들려왔다.

"사랑하는 사람이여, 내가 당신 안으로 들어가도록 허락하겠소?" 도신은 오래전에 교회에서 배운 성서구절로 조용히 화답했다.

"오, 내 주여, 내 마음속에 어서 오시옵소서."

제3장
젊은이 신념에 불타다

평양의 김씨 가문

평양(平壤). 이 도시는 김두연(金斗淵) 씨네가 사는 곳으로 흔히 "동양의 예루살렘"[1]이라 불렸다. 원래 김씨 가문은 평안남도 강서군 성태면 성삼리 가랑골이라는 곳에서 농사를 지으며 살았는데 1911년 장남 예진의 교육을 위해서 조선의 오랜 고도이며 우리나라에서 두 번째로 큰 이 도시로 나와 살게 된 것이다. 이 도시와 인근 지역은 1905년경 '대부흥운동'이라는 종교적 성황기가 있었는데 전에 없던 영적 각성과 복음의 확산을 불처럼 경험하게 되었다. 새 교회가 여러 곳에 건립되고 수많은 사람들이 교회로 몰려왔다. 소년 김예진이 출석하던 평양의 **산정현장로교회**(山亭峴長老敎會)[2]는 이 부흥운동의 중심이었다. 이 교회는 현대식 벽돌 건물에서 600여 명의, 대부분 교육받고 비교적 잘사는 중산층 교인들이 예배와 다른 활동에 활기 있게 참석했다.

예진은 13살 되던 해에 한 부흥회에 참석하였다가 큰 은혜를 받고 장차 주님의 종, 즉 목사가 되기로 서원했다. 그 생의 목표를 향하여 예진은 지덕이

동양척식주식회사
이 일본 기관이 조선의 토지와 지하자원을 체계적으로 탈취했다.

겸비한 청년으로 장성해 갔다. 나이 17세에 결혼하고 19세에 출석하는 교회에서 집사(執事)가 되었다. 그 교회 역사상 최소 연령 기록이어서 "아기 집사"라 불렸다. 그는 아주 활동적이어서 주일학교 부장, 교회 제직회 서기, 풍금대리 반주자로 활약했다. 그리고 가끔 교회나 대학의 노방전도단(路傍傳道團)을 이끌었다.

1916년 1월 초 도신이 평양 시댁에 왔을 때 새 신부는 김씨 집안의 13번째 식구(예진과 그 부모, 조부모, 손아래 동생 셋, 그리고 집안일을 도와주는 네 명의 일꾼들)가 되었다. 1917년 1월 22일 며느리는 첫딸 선명(先明)이를 낳았다. 장자가 첫아이를 얻은 것을 기뻐했지만 조부모들은 손자가 아니라서 섭섭해 하는 듯이 느껴졌다. 바로 다음 달에 시어머니가 세 번째 아들을 낳았다. 그래서 식구가 15명으로 늘어났다. 그 시절에는 어머니는 언니 같고 할머니는 어머니 같았다. 새 며느리는 가장 격인 시할머니의 지시를 받으며 온갖 집안일을 돌볼 뿐만 아니라 어린 시동생까지 돌보며 때로 젖까지 먹여 키웠다.

김 씨네는 도시 사람이 되었지만 그 당시 대부분의 사람들은 전통적으로 가난한 농사꾼이어서 부유한 지주 밑에서 소작인으로 살아갔다. 일본이 조선을 합병한 이후 많은 조선 농민들이 새로 부과된 농지법과 규제 때문에 조그맣게 일구던 땅을 일본 회사나 일본 농업인들에게 빼앗기고 더 가난해졌다. 예를 들면, **동양척식주식회사**(東洋拓殖株式會社)[3]가 생겨 조선의 토지, 산림, 광물 등을 조직적으로 개발하고 수탈해서 새로 이민 오는 일본인 농민들에게 이전해서 조선의 새로운 대지주로 만들었다. 조선 소작인들은 높은 소작료

평양 숭실대학교 학생들

1917년, 1학년 김예진 학생(동그라미)은 꿈이 많은 청소년이었다.

(50%)나 대여금 이자(20%)를 내고 그렇지 못하면 나라를 떠나야 하는 신세가 되었다. 1916년 통계에 의하면 토지조사사업 이후 우리나라 농가의 1호당 평균 경작(논밭)면적은 1.6정보여서 자작농은 겨우 20.1%, 지주는 2.5%에 불과했고 나머지는 소작농이었다고 한다.

선명이가 태어났을 때 예진은 숭실대학교 2학년이었는데 농과를 전공하게 되었다.[4] 예진의 관심은 농업기술 자체가 아니라 근본적 개혁을 통하여 농민들을 고질적 빈곤, 무지, 질병, 억압으로부터 해방시키는 일이었다. 그는 일본인들의 착취체계를 완전히 변환시키기를 원했다. 그는 나라의 밝은 장래를 위하여 빛나는 이상과 꿈으로 늘 불타고 있었다.

예진의 모친은 어린아이처럼 순진해서, 집안 살림을 야무지게 꾸려가지를 못했다. 굶주리는 가난한 이웃 사람들에게 늘 후한 인심과 관심을 베풀었다. 할머니가 예진을 위해 평양에 나가 있는 여러 달 동안 시어머니는 본촌 살림을 맡아 했는데, 이런저런 이유로 큰 쌀독을 비우고 다른 곡물 항아리도 많이 축을 냈다. 할머니는 이 사실을 알고 불같이 화를 내며 부실한 관리를 따지고 나무랐다.

예진은 어머니의 자선하는 마음을 내려 받은 듯 실리적이지 못했다. 자기네처럼 잘사는 집안이면 일본 통치체제에 적절히 협력하며 편히 살 수 있을 터이지만 그는 그렇지 못했다. 그는 잘사는 대학생 신분임에도 불구하고 많은 가난하고 집 없는 도시 변두리 사람들의 고통에 늘 관심이 컸다. 창백하고 가냘픈 그의 몸은 허약한 지성인의 인상을 주지만 한편 그의 빛나는 눈동자와 진실한 성격은 신앙과 사랑을 겸비한, 겸허하면서도 열정적인 사람의 모습을 보였다. 그는 여자 앞에서도 쉽게 눈물을 흘렸다. 그러니까 어머니의 부드러움과 아버지의 날카로운 견식과 포부가 융합하여 대학에서 전공을 선택하게 된 셈이었다. 예진은 불쌍한 농민들을 위하여 농업 현대화와 토지개혁의 장기적 전망을 생각했던 것이다.

어느 겨울 아침에 예진은 처가에서 준 1원 30전을 들고 책을 사러 광명서관으로 향해갔다. 길에서 우연히 한 늙은 걸인이 쓰레기 더미 옆에서 신음하고 있는 것을 목격하게 되었다. 거지의 몸은 퉁퉁 부어 있었고, 열이 나는데도 곧 얼어 죽을 것만 같았다. 아무도 이 걸인을 거들떠보지 않았다. 사각모에 잘 차려 입은 대학생 예진은 자기의 비단 외투로 걸인을 감싼 후 들쳐 업었다. 비상간호를 위해 그 걸인을 언덕 중턱에 있는 만수대 양로원으로 데려가려는 것이다. 구경하던 몇 사람이 피와 똥물이 그 걸인 몸에서 흘러내리는 것을 보고 지게꾼을 불러 실어가라고 소리쳤다. 예진은 대답할 겨를도 없어 들쳐 업은 채 언덕으로 올라갔다. 그러나 양로원에서는 시청의 요청이나 목사의 추천이 없으면 환자를 받을 수 없다고 거절했다. 예진은 자기 돈을 몽땅 털어주고 비용을 더 대겠노라고 사정사정해서 임시 입원을 시키고 돌아왔다. 물론 그날 책은 살 수 없었다. 할머니가 기가 막혀 "거지대장"이라고 힐난했고 도신은 말없이 예진의 얼룩진 외투와 옷을 빨았다.

사흘 되던 날 아침, 학교 가기 직전에 양로원에서 한 사람이 찾아왔다. 양로원에 맡긴 걸인이 죽었으니 빨리 시체를 처리해 달라고 했다. 그 '선한 사마리아인'은 어떻게 할지 몰라 앉아서 기도만 하고 있었다.

"시청에 가서 횡사자 매장하는데 도와달라고 말해보세요." 아기 엄마의 지혜로운 충고로 양로원 사람과 같이 시청에 가서 행인을 매장할 나무관 살 돈을 받았다. 잔뜩 부어오른 걸인 노인의 몸을 작은 관에 겨우 집어넣고 둘이서 공동묘지에 묻었다. 그러고는 나무 묘비에 무어라고 써야 할지 망설였다. 이름도 생년월일도 알 리가 없었다. 예진은 잠시 기도한 후 팻말에 이름을 썼다.

"삼일지우(三日之友)". 과연 사흘 동안의 벗이었다.

불에 연단된 사랑

얼마 후 김씨 가족은 시내 장별리 다른 큰 집으로 이사해서 예진 부친은 친구 송영수 할아버지와 함께 쌀 정미소를 차리고 동업하게 되었다. 그 친구가 얼마 안 있어 건강이 악화된 관계로 그만두고 대신 도신의 부친, 한 장로가 동업자로 같이 하기로 했다.

보통 다른 정미소들은 크고 둥근 돌판 위에 벼를 얹고 당나귀가 끄는 큰 맷돌로 겨를 벗겨내어 쌀을 골라내었다. 그러나 김-한씨 정미 기업소는 훨씬 효율적이고 생산적인 전기 분쇄기를 설치하여 현대식 정미소를 운영했다. 밤과 낮 2교대제로 총 16명의 남자 일꾼이 정미소에서 일을 했다. 그리고 거의 같은 수의 여자들이 벼를 고르고, 가라지를 골라내고, 청소를 했다. 사업이 잘 돌아가고 차차 돈이 모이기 시작했다. 끼니때마다 서른 명 가까이 되는 일꾼들이 밥을 먹었다. 부엌 도우미가 둘이 있었지만 도신은 늘 바빴다. 그러나 매일 친정아버지를 볼 수 있어 무척 행복했다.

원래 예진은 늘 쾌활하고 아이처럼 행복했다. 어느 날 오후 몹시 침울한 표정으로 집에 돌아왔다. 그는 앞으로 학교에 갈 수 없게 되었다고 털어놓았다. 자기와 다른 세 친구가 "불온한 연설" 때문에 서울에 있는 조선총독부[5]의 명에 의하여 학교로부터 무기 정학처분을 받았다는 것이다. 1911년에 있었던

105인 사건으로 구금되는 민족 지도자들
이 사건으로 약 600명이 구속되고 나중에 105명이 조작된 혐의로 기소되고 옥고를 치렀다.

소위 105인 사건[6]을 알게 되면서 지난 몇 개월 동안 예진과 다른 학생들은 일본의 압박에 몹시 분노하게 되었다고 한다. 이 사건은 1910년 강제병합 이후 민족운동을 압살하기 위한 허위 조작으로 수많은 조선의 지도자들을 구금하고 처단하였던 사건이다. 강제병합 이후 조선 사람들은 국가 주권과 기본 자유를 상실했다. 일본 제국주의 식민정책은 조선의 모든 분야에서 민권을 억압하고, 과중한 세금을 부과하고, 많은 토지를 압수하고, 강제 노역을 동원하고, 관습과 교육기관과 종교단체에 변혁을 강요해 왔다. 모든 조선 사람들을 무자비하고 잔인하게 취급해서 슬픔과 분노가 쌓여갔다.

그래서 예진과 다른 세 학생들(설명화, 김취성, 임수일)이 학교 연설경연대회에서 이런 민족 문제를 공개적으로 규탄하기로 하였다. 예진은 "수난당하는 인민 대중(민족)의 십자가를 지고 나아가자!"라는 제목을 걸고 일본의 식민정책을 강하게 비판하고 동료 학생들이 궐기할 것을 불같은 연설로 호소하여 큰 호응을 얻었다. 그러나 이 일로 연설자 모두가 무기정학을 당했다.

이렇게 무기정학을 당하고 집에서 무료하게 시간을 보내는 동안 채정민[7] 목사가 평안북도 순천 제남교회에 전도사 자리가 있다고 소개했다. 예진은 그 일자리를 맡기로 했다. 이것이 결혼 이후 처음으로 정당하게 아내와 헤어져 사는 계기가 되었다.

약 한 달 뒤, 도신이 몹시 앓기 시작했다. 그 병의 원인에 대해서 의심 가는 데가 있었다. 며칠 전에 큰 병을 앓고 회복 중이라는 시삼촌이 왔을 때 식사를 대접한 일이 있었기 때문이다. 이틀 후 그녀의 병세가 심해져서 병원에 입원하지 않을 수 없었다. **기홀병원**[8]의 의사들이 장질부사(장티푸스)라고 진단했지만 본인에게는 알려주지 않았다. 그 열로 거의 의식을 잃을 지경이 되었다. 환자가 남편을 불러달라고 여러 번 애원했으나 그는 오지 않았다. 사실은 시댁에서 예진에게 입원 소식을 알려주지 않았던 것이다. 환자가 아주 위험한 단계에 이르자 그제야 시아버지가 순사들 주재소의 전화를 통해서 위급한 소식을 전했다. 소식을 듣고 남편은 말과 기차를 갈아타고 온종일 걸려서 왔다. 남편을 보자마자 도신은 "왜 이제야 오시나요? 이제는 너무 늦었어요"라고 중얼거리고 의식을 잃었다. 의사들은 며칠 더 두고 봐야 하겠지만 지금 상태가 좋지 않다고 말했다. 그 말을 듣자마자 예진은 교회의 작은 기도방으로 가서 계속 금식기도를 하였다. 가족들이 권하는 음식도 거부한 채, 그는 눈물어린 기도를 계속하며 울부짖을 뿐이었다.

"주여, 부디 제 아내를 고쳐주소서. 나의 아내의 생명을 구하여 주소서!"

다음 날, 예진의 할머니가 그를 보러 교회에 왔다. 예진은 혹시나 좋은 소식을 기대했지만 그다지 희망적인 소식이 아니었다.

"예진아, 일이 잘될 거다." 할머니가 손자를 안심시키려고 조용히 말을 꺼냈다.

"혹시라도 네 아내가 끝내 일어나지 못해도 너는 괜찮을 거다. 넌 다른 여자, 더 좋은 여자를 얻으면 되지 않냐?" 화가 난 손자가 할머니에게 외쳤다.

"할머니, 그냥 가세요. 만일 아내가 살아나면 나도 살고, 만일 죽으면 나도 이 방에서 기도하다 죽을 거요. 정말입니다."

이제 집안의 걱정은 아픈 며느리로부터 같이 죽을지도 모르는 장자에게로 바뀌었다. 그래서 가족들이 그 둘 다를 위해서 기도를 드리게 되었다.

예진의 금식기도 나흘 만에 도신이 조금씩 기운을 차리기 시작했다. 가족들이 두 번이나 예진을 찾아갔으나 믿지 않고 계속 기도만 하고 있었다. 하는 수 없이 시아버지가 의사에게 부탁해서 유니폼 입은 간호사를 보내서 기쁜 소식을 확인시켰다. 예진이 달려왔을 때 환자는 혼돈 상태에서 몇 번이나 속삭였다. "왜 이제 오시나요?"

며칠 후 열이 떨어지자 퇴원시켜 집으로 돌아왔다. 남편은 옷장에 있는 두터운 솜이불을 몽땅 꺼내 병원 침대처럼 높이 쌓았다. 아내를 눕히고 밤낮으로 돌보아 주었다. 물론 집안 식구들은 예진에게 병을 옮을까 마음을 졸였으나 그를 말릴 수 없었다.

도신은 점점 정신이 들고 귀도 열리면서, 퉁퉁 부어오른 젖을 보고 이제 갓 석 달 된 어린 딸과 여러 날 떨어져 있었던 것에 놀랐다. 그동안 시어머니가 딸에게 젖을 먹이고 있었다. 예진은 도신을 열심히 간호했지만 아무 탈이 없었다. 도신이 일어나 앉아 죽을 먹기 시작한 후 전도사 예진은 섬기는 교회로 돌아가야만 했다. 떠나기 전에 아내에게 고백했다. "내가 당신을 무척 사랑하는 것을 알고 있었소. 그러나 지금은 나보다 하나님이 당신을 더 사랑하시는 것을 알게 되었소. 살아나서 고맙소."

전야의 전율

1919년 2월 중순경 예진의 정학이 해제되었다. 그는 3월 초순에 시작하는 새 학년 준비를 위해 전도사 일을 사직하고 집으로 돌아왔다. 거의 매일 밤 나가서 대학 클럽활동이나 준비공부로 바쁘게 지냈다. 아니, 도신은 그렇게만 알고 있었다.

그런데 예진과 동료 학생들은 1918년 1월에 미국 윌슨(Woodrow Wilson) 대통령이 선언한 「민족자결주의 원칙(The Principle of Self-determination of Peoples)」이라는 문서를 공부하고 있었다. 그의 14개 조항에는 "모든 식민지 주장은 자유롭고, 개방적이며, 완전히 공명정대한 조정"이 있어야 한다는 내용이 포함되어 있어, 예진을 비롯한 사람들은 이것이 모든 식민지 국가의 독립운동에 일종의 도덕적 지원을 의미한다고 환영하였다.[9]

그 전 1907년에 헤이그 밀사 사건이 있은 이후 강제 폐위된 대한제국 고종

황제[10]가 1919년 1월 21일 갑자기 승하하는 사건이 발생하였다. 일본의 보호하에 덕수궁에 유폐되어 있던 황제는 공식적으로는 심장마비 또는 뇌출혈로 서거하였다지만 여러 상황과 증언들에 의하면 이 사건은 독살임이 분명했다. 일본 당국은 이 사건을 은폐하려 했지만 소문이 순식간에 퍼져나갔다. 대부분의 조선인들은 이 또 하나의 비극에 대해 몹시 분노했다. 전국적인 애도의 물결이 전국적인 항의운동으로 번지게 되었다. 2월 8일 일본 도쿄에 있는 600여 명의 조선 유학생들이 '2.8 **독립선언서**'[11]를 발표하며 60여 명이 구금되었다. 이 용감한 선언은 자유와 독립을 갈망하던 모든 조선인들에게 큰 영감을 주었고 일본 식민주의에 항거하고 투쟁할 준비를 가지게 하였다.

예진과 친구들은 다른 지역에서의 비슷한 계획과 연대하여 일본 식민지배에 대항한 큰 규모의 시위를 생각하고 있었다. 서울을 중심으로 각 지역의 지도자들이 3월 1일 거국적 항의 시위를 은밀하게 조직하였다. 도쿄에서의 2.8 선언 정신을 계승하여 모든 폭력을 배제한 평화적인 시위의 원칙을 세웠다. 숭실대학교는 평양지역의 계획을 수행하는 비밀본부 역할을 했다. 많은 대학생들과 교회지도자들이 중요 활동을 담당하며, 예진도 구체적인 계획의 한 지도자로 나섰다. 시위 전야 이른 저녁에 서울로부터 '독립선언문'이 도착했다. 참석한 지도자들은 숨을 죽이며 이 문서를 읽어 내렸다.

> 선언문
>
> 우리는 오늘 조선이 독립한 나라이며, 조선인이 이 나라의 주인임을 선언한다. 우리는 이를 세계 모든 나라에 알려 인류가 모두 평등하다는 큰 뜻을 분명히 하고, 우리 후손이 민족 스스로 살아갈 정당한 권리를 영원히 누리게 할 것이다.[12]

이 문서의 원문은 과히 길지는 않지만 많은 한문이 섞여 있어 보통 사람들이 이해하기가 어려웠다. 대중의 힘찬 함성이라기보다 지식인의 고상한 호소 같은 문장이었다.[13] 그러나 전체 문장의 대의는 분명했다. 이 선언이 결코 일

宣言書

公約三章

朝鮮建國四千二百五十二年三月 日 朝鮮民族代表

대한독립선언

총 33인의 민족대표가 이 독립선언문에 서명하고 200만 명이 넘는 민중이 만세운동에 참여했다.

시적 분노와 적대감에서가 아니라 전 인류의 보편적 가치, 즉 자유, 평등, 정의, 평화, 그리고 행복을 향한 진정한 희망에서 나왔다는 것이다.

> 오늘 우리 조선의 독립은 조선인이 정당한 번영을 이루게 하는 것인 동시에, 일본이 잘못된 길에서 빠져나와 동양에 대한 책임을 다하게 하는 것이다. …… 세계 평화와 인류 행복의 중요한 부분인 동양 평화를 이룰 발판을 마련하는 것이다. (중략)
>
> 아, 새로운 세상이 눈앞에 펼쳐지는구나. 힘으로 억누르는 시대가 가고, 도의가 이루어지는 시대가 오는구나. 지난 수천 년 갈고 닦으며 길러온 인도적 정신이 이제 새로운 문명의 밝아오는 빛을 인류 역사에 비추기 시작하는구나. 그래서 우리는 떨쳐 일어나는 것이다. 양심이 나와 함께 있으며 진리가 나와 함께 나아간다. …… 수천 년 전 조상의 영혼이 안에서 우리를 돕고, 온 세계의 기운이 밖에서 우리를 지켜주니, 시작이 곧 성공이다. 다만, 저 앞의 밝은 빛을 향하여 힘차게 나아갈 뿐이다.

선언문의 어조는 온건하고 평화적이며 특히 마지막 내용은 시위가 비폭력적이어야 한다는 조건을 강조하고 있다.

세 가지 약속

하나,

오늘 우리의 독립 선언은 정의, 인도, 생존, 존영을 위한 민족의 요구이니, 오직 자유로운 정신을 드날릴 것이요, 결코 배타적 감정으로 함부로 행동하지 말라.

하나,

마지막 한 사람까지, 마지막 한 순간까지, 민족의 정당한 뜻을 마음껏 드러내라.

하나,

모든 행동은 질서를 존중하여 우리의 주장과 태도를 떳떳하고 정당하게 하라.

조선을 세운 지 (단기)4252년 3월 1일(서기 1919년 3월 1일)

조선 민족대표

문서 끝에 서명한 민족대표 33인은 여러 분야를 대표해서 생명을 내놓고 나선 사람들이었다. 그들의 종교적 배경을 보면 놀라운 사실을 발견하게 된다. 불교 2명, **천도교**[14] 15명, 기독교 16명. 이는 우리나라 전 민족 2000만의 1.3%도 안 되던 기독교인들이 민족의 자주와 독립을 위해서 얼마나 열성적인 참여를 하였는지 보여주고 있다.[15]

그날 밤 준비모임에 참석한 지도자들은 다음 날 가져올 자유와 독립의 영광스런 전망과, 아울러 알 수 없는 결과에 대한 두려움으로 가슴이 떨렸다. 무슨 일이 일어날까? 참석자들은 마음속으로 몇 번이나 "만세!"를 조용히 외쳤다. 공동토의와 결의, 사적인 서약과 각자의 신앙에 따른 기도를 마치고 다음 날 시위를 준비하기 위해 각기 조로 나뉘어 헤어졌다.

예진도 4명의 학생을 집으로 데리고 와서 내일 시위를 위한 중요한 준비에 들어갔다. 도본을 가지고 수백 개의 손 태극기를 만드는 것이었다. 아내는 재봉틀로 시위대 앞에서 사용할 커다란 태극기를 만들었다. 긴장과 흥분이 흐르는 온밤을 서로 격려하면서 일손을 나누고 기도하며 지새웠다. 동이 트기 전에 아침을 먹고 젊은이들은 태극기가 가득한 가마니 몇 개를 메고 조용히 학교로 향했다.

3.1 만세시위

온 민족이 기다려 온 이날, 3월 1일! 정오가 가까워지면서 많은 사람들이 여러 곳에 꾸역꾸역 모여들기 시작했다. 큰 체육대회라도 곧 시작할 듯 많은 군중이 모였다. 군중은 세 곳에서 따로 모였다. 장로교는 장대현교회 앞마당이자 숭덕학교 교정에서, 감리교는 감리교 남산현교회 뜰 안에서, 천도교는 천도교구당에서 각기 천 수백 명이 모여 오후 1시에 '광무황제 봉도식'을 거행하였다. 장로교 집회에서는 봉도식은 찬송가와 기도로 간단히 조의(吊意)를 표하고 식이 끝나자 돌연히 대형 태극기가 단상에 게양되었다. 도인권(都寅權)[16]이 단상에 뛰어올라 이제부터 조선 독립선포식을 거행하겠다고 선언했다. 식은 목사 김선두(金善斗)가 사회하였고, 목사 정일선(丁一善)이 독립선언서를 낭독하고 목사 강규찬(姜奎燦)이 연설했다. 그리고 군중은 애국가를 불렀다. 모두가 삽시간에 흥분과 감격에 벅차올랐다. 미리 준비하였던 태극기를 군중에게 나누어 주자 우레와 같은 만세소리가 터져 나왔다. 이렇게 세 개의 장소에서 봉도식과 독립식을 마친 많은 군중들이 시위행진을 시작해서 시내 중심가에서 합류하여 대대적인 행진에 들어갔다.

많은 사람들이 몰려오자 대학 악대와 남자 응원대가 앞서 가고 많은 학생들과 일반 군중들이 함께 두 손을 높이 들고 "대한독립만세"를 부르며 시내 중심지로 행진했다. 예진도 다른 학생들과 같이 큰 태극기를 들고 악대 앞에서 만세를 목청 높여 외쳤다. 더 많은 사람들이 계속 대열에 합류했다.

멀리서 일본 경찰은 무언가 이상한 조짐을 곧 알아챘다. 학생들과 일반 사람이 뒤섞인 너무 많은 군중들이 이상한 깃발, 대한 국기를 흔들며 어떤 구호를 반복해서 외치면서 행진하는 것이 아닌가? 경찰은 이 행진이 보안법하에

3.1 만세운동
1919년 3월 1일부터 여러 달 동안 각 도시 각 지방마다 독립을 부르짖는 만세 소리가 진동했다.

서 절대 금지된 범법행위인 위험한 정치적 항의시위라는 것을 금세 깨달았다. 그들은 즉시 병력을 총동원해서 행진을 정지시키고 군중을 해산시키기로 했다.

예진과 몇 명의 친구들은 악대 앞에서 행진하던 관계로 첫 번째로 대열에서 끌려갔고 시위 지휘자와 군악대 대원들이 무자비하게 맞으며 끌려갔다. 몇백 명은 경찰서와 구치소로 잡혀갔다. 그러나 사람들의 시위는 계속되었고 만세소리는 끝없이 퍼져나갔다. 시간이 지날수록 오히려 더 많은 사람들이 시위에 참여했고, 옆에서 구경하던 사람들도 주먹을 불끈 쥐고 힘차게 외쳤다. "대한독립만세! 만세! 만세!"

경찰은 지금까지 이렇게 광폭하고 많은 군중을 통제해 본 일이 없어 몹시 당황했다. 그들은 군대를 불렀다. 군대 헌병들은 군중을 향해 긴 칼을 휘둘러 사람들을 처절하게 죽이거나, 소방서 쇠갈고리로 시위자들을 마구 찍었다. 그리고 그들을 향해 총을 쏘기 시작했다. 처음에 평화적으로 시작되었던 시위는 순식간에 선혈이 낭자한 아수라장의 거리가 되었고, 자랑스러운 외침이 아우성과 비명과 울음으로 바뀌는 참극이 벌어졌다. 어떤 시위자들은 너무 무자비한 폭압에 분격해서 낫과 도끼를 들고 싸우러 나섰지만, 미친 듯 날뛰는 군인들이 쏜 총에 무력하게 쓰러졌다. 온 시가지가 비명과 살상과 피로 범벅이 된 비극적 혼돈에 빠지게 되었다. 이 처참한 대소동 속에 이제는 아무것

평화시위에 잔인무도하게 대응하는 일본 군경
수많은 시위자들에게 총칼로 대응하고 어떤 곳에서는 법적 절차 없이 공개 처형했다.

도 전과 같지 않은 세상이 되어버렸다.

김-한씨 정미소도 여러 시간 전에 기계가 멈추었다. 모든 일꾼들이 거리로 뛰쳐나가고 집에는 걱정에 찬 며느리 도신과 어린 아이들만 남아 있었다. 오후 늦게 예진의 할아버지와 아버지가 지쳐서 집으로 돌아왔다. 신고 나간 고무신도 잃어버리고, 목소리도 잔뜩 쉬어 있었다.

"애기 아빠에게 무슨 일이라도 생겼어요? 괜찮아요?" 도신이 급하게 물었다. 시아버지가 찬물 두 그릇을 꿀꺽꿀꺽 마시고 나서야 대답을 했다.

"예진이는 운이 좋았다. 첫 번째로 체포되었다! 지금은 누구나 길에서 살육되고 있다!"

큰길에서는 총소리와 아우성 속에서도, 경찰과 헌병들의 무자비한 구타와 살육으로 대열이 무너져도, 시위와 만세소리는 계속되고 있었다. 목이 잠겨버린 사람들은 두 팔을 번쩍 들어 용감한 항거의 뜻을 보여주었다.

이런 만세시위는 그날과 밤, 그 이후 여러 날 동안 조선반도 각지, 큰 도시와 지방에 산불처럼 퍼져나갔다. 서울과 평양, 의주, 진남포, 원산, 그리고 광주, 부산, 대구, 수원 등에도 번져나갔다. 일본 관헌의 보복은 상상할 수 없을 만큼 더욱 모질고 잔인해졌다. 3월 1일 이후 6주간 평양지역에서만 거의 400여 명이 참살당하고 6000명 이상이 잡혀 들어갔다. 경찰서, 유치장, 유도장, 그것도 모자라 뜰 안에 노천수금(露天囚禁)까지 했다.

대부분의 시위 지도자들과 처음에 체포된 사람들은 평양시의 가장 큰 '암정감옥소'에 쓸어 넣어 대혼란을 야기했다. 감방마다 죄인 아닌 죄인들을 너무 많이 집어넣어 누울 자리도 없었다. 더 운이 나쁜 구류자들은 감옥소 뒷마당에 내팽개쳐졌다. 여러 사람들이 태형(笞刑)을 받고 풀려났다. 그런데도 그들은 흥분하여 만세를 불렀고, 감옥소 밖에서도 가족을 잃은 사람들이 언덕에 올라 만세를 불러 화답했다.

처음 몇 주간은 하루에 밥과 물을 한 번씩 나누어 주었다. 늦봄의 땡볕, 배고픔과 목마름, 견딜 수 없는 밀집 등으로 많은 구류인들이 병을 앓게 되었다. 시위하다 다치거나 아픈 사람들은 대부분 치료를 받지 못하고 방치되었다. 그동안에도 조사는 계속되었지만 어떤 공식 기소가 없이 몇 달이나 흘러갔다. 그렇게 방면이나 변호의 기회도 없이 막연히 시간만 흘렀다. 차차 감옥 인구가 줄어들고 형편이 나아졌지만 여전히 지옥이었다.

지옥에의 방문

처음 몇 달은 죄수들과 연락이나 면회가 전혀 허락되지 않았다. 그러나 수천 가족들의 항의를 무마시키려는 듯 감옥소 당국은 직계 가족의 제한된 면회를 하루 200명만 허락했다. 그런데 그 방법이 아주 교묘하고 굴욕적이었다. 매일 새벽 1시에 감옥소 관리가 나와서 번호가 적힌 나무패를 군중을 향해 던져서 누구든 그 패를 줍는 사람이 그날 아침 구금된 가족을 만나게 하는 것이었다. 서로 그 패를 차지하려고 가끔 싸움이 벌어지고 새벽 정적을 깨는 고성이 오갔다. 그러면 관리는 질서를 지키지 않으면 나무패를 더 이상 배분하지 않겠다고 겁을 주었다. 한 나이 많은 여자는 50일 밤을 샜지만 허탕을 치고 하는 수 없이 젊은이 두 명을 사서 그 나무패를 집있다고 한다.

도신은 행운이었다. 정미소 일꾼들을 동원한 덕에 밤을 새우지 않고 며칠 만에 그 귀중한 패를 얻어 남편 면회를 할 수 있었다. 아침 10시에 감옥 사무실에 가서 등록을 하고 거의 하루 종일을 기다렸다. 오후 4시에 다시 등록하고는 단 5분간의 면회를 위해 또다시 차례를 기다려야 했다.

드디어 창살이 달린 작은 창문에 남편이 나타났다. 평소 그의 가냘픈 몸과 창백한 얼굴이 좀 더 야위어 보였지만 그의 눈은 여전히 빛이 났다. 그는 아내 등에서 잠이 든 아기를 보고 빙긋이 미소를 지었다. 다른 식구들은 다 안전하다는 소식을 전하자 하나님께 감사했다. 아기 엄마가 가슴속에서 어떤 따뜻한 말을 하려는 순간, 면회 시간이 끝나고 남편은 그 작은 창문에서 사라져버렸다. 도신은 사랑하는 사람과의 그 짧은 시간을 아름답지만 슬픈 꿈처럼 아쉽게 보냈다.

두 번째 면회는 더 힘들게 이루어졌다. 정미소 일꾼들을 늘 사용할 수 없어 도신은 아이를 들쳐 업고 여러 날 밤을 감옥소 앞에서 지새웠다. 잠을 잘 못 잔 데다 가족이 가져온 음식도 제대로 먹지 않아 녹초가 되곤 했다. 네 번째 밤에 도신은 혼자서 그 번호표를 잡을 수 있었다. 뜻밖의 행운을 얻었지만 기진맥진한 몸을 가누기조차 어려웠다. 아침에 감옥소 정문으로 가서 등록하기 위해 줄을 서서 기다렸다. 줄을 선 사람들은 저마다 꼭 만나야 할 중요하고 긴급한 이유를 되뇌었다. 딸이 혼인하게 된 일, 집을 팔아야 할 일, 소를 사야 하는 일 등. 도신이 차례가 왔을 때 관리가 엄한 태도로 물었다.

"왜 그 사람을 만나야 하오?"

"왜요? 나는 그 사람 꼭 만나고 싶어서요. 나는 그 사람 아내요." 말을 마치자마자 도신은 시멘트 바닥에 쓰러지고 말았다. 갑자기 구내에 큰 소동이 일었다. 일본 관리들은 우는 아기를 업은 채 쓰러진 여자를 어떻게 해야 할지 몰라 쩔쩔매고 있었다. 다른 일들이 일시에 정지되었다. 병원에, 경찰에, 소장 사무실에 전화를 걸었지만 특별한 지시가 내려오지 않았다. 관리들은 감옥소 행정구역에 또 무슨 폭동이라도 일어날까 겁이 났다. 지옥의 검붉은 불은 언제 어디서나 터져 나올 수 있다.

도신이 희미하게 의식을 찾았을 때 여러 사람들이 둘러앉아 팔과 다리를 주무르고 있었다. 아기는 다른 사람 품에 안겨서 울고 있었다. 머리가 너무 아파서 도신은 들을 수도, 볼 수도, 말을 할 수도 없었다.

제복에 금줄이 몇 개 붙은 고위급 관리가 다른 관리 몇 명과 함께 나타나 아직 땅에 누워 있는 여인에게 명령조로 호령했다.

"당신, 내일 오시오."

"당장 이 자리에서 죽어도, 오늘 내 남편 만나야겠소." 도신은 젖 먹던 힘까지 다 짜내서 단호하게 말했다.

"나, 이곳 소장의 특별 명령으로 내일 그 사람을 보게 할 터이니 오늘은 그냥 집으로 가시오."

"만일 오늘 집에 가면 내가 죽을지 모르오. 나는 오늘 꼭 보아야 하겠소."

많은 사람들이 웅성거리고 소장은 몹시 난처했다. 그는 지독한 여자라고 중얼거리며 천천히 물러갔다.

생명을 내걸고 쟁취한 귀중한 5분, 그러나 그 귀중한 순간이 금세 지나가 버렸다. 그 5분 동안 무슨 말을 했는지, 무엇을 들었는지 기억할 수 없었다. 다만 철창문이 닫히기 직전 남편이 부드럽게 하던 말만 귀에 남았을 뿐.

"주 안에 강건하시오. 내 당신 위하여 기도하겠소." 감옥 관리들이 인력거를 불러 도신을 집으로 보냈다. 그 후 그들이 별칭으로 붙인 "죽었소 사람", 그녀는 매주 나타나 승강이를 벌이고 당당한 태도로 면회할 기회를 얻곤 했다.

제4장
무엇을 위해 싸웠나?

소박한 반성

여름이 다가오면서 감옥소 인구가 꾸준히 줄어들었지만 3.1 운동[1]으로 들어온 사람은 아직 1000여 명이 넘었다. 누구나 이제는 감옥소 안팎이 정상에 가까워지는 것을 느끼게 되었다. 죄수 아닌 죄수들이 서로 이름을 알게 되고 하급 조선 간수들조차 알아보게 되었다(누구의 아들, 누구의 아저씨, 누구의 이웃, 옆 교회의 집사 등등). 많은 조선 간수들이 자기들이 감시하는 재감자들에게 은근히 존경의 뜻을 표하고 유용한 바깥소식을 알려주었다.

조선총독부는 처음 며칠 동안 만세사건의 소식을 철저히 감추다가 일부 극단분자들의 산발적인 '소요사건'으로 축소하려 했다. 그러나 간수들이 몰래 가져온 일본 일간지에 따르면 결국 총독부는 전국적으로 만세사건에 참여한 사람의 수가 106만 명이라 보도했다. 3월 1일부터 4월 11일까지 진압과정에서 553명이 죽고, 1만 2000명이 체포되고, 8명의 경찰과 군인이 죽고, 158명이 부상당했다고 한다. 평양의 경우, 사건 발생 이래 평양경찰서에 검거된 총

수는 470명으로 그중 검사국 송치가 47명, 즉결처분이 172명, 석방 156명, 조사 중인 사람이 95명이라 했다(≪매일신보≫, 1919. 3. 21).

그렇지만 예진과 다른 재감자들은 이 수치가 상당히 축소되었음을 직감했다. 평양만 치더라도 이보다는 상당히 많았을 것이라 추측되는데 전국적으로 누적된 통계는 더 많을 것이라 믿었다. 들리는 소문에는 여러 곳에서 적지 않은 교회당과 가옥이 불탔고 무고한 백성들이 총칼에 쓰러졌지만 보고되지 않았다고 한다. 4월 15일 **제암리**[2]에서는 온 동네 남자들이 밖에서 잠근 교회당 안에서 불타 죽었다고 했으며 여기저기에서 이와 비슷한 사건이 일어났다고 했다. 이것은 3.1 운동 동안에 일어났지만 지금까지도 알려지지 못하고 숨겨진 대학살 사건들임에 틀림없었다.

일본 당국은 처음부터 평화적인 시위임을 알았지만 조선의 독립이라는 의도가 분명해지자 태도가 무자비하고 잔혹하게 돌변한 것 같았다. 감옥소 안에서 이루어진 긴 무작위 조사는 지도자들, 특히 대학생들에게 더 심한 심문으로 이어졌고 더 많은 정보를 얻으려 고문이 자행되었다. 무자비한 구타를 가하거나, 밤잠을 못 자게 하거나, 코에 물을 붓거나, 가족의 허위 사망 소식 등으로 심신을 괴롭혔다.

어떻게 평화롭고 정당한 만세운동이 이렇게 되었을까? 수많은 사람이 죽고, 다치고, 붙잡히고, 형을 살게 되고, 온 백성이 수난과 고통을 짊어지게 되었다. 이게 다 어떻게 된 일인가? 감옥 안팎에서 많은 사람들이 열띤 토론과 심한 논쟁을 벌이기도 했다. 어떤 사람들은 아무런 성과도 없이 많은 사람들의 희생만 가져온 이 만세운동은 전적으로 실패라고 한탄했다. 그러나 많은 뜻있는 사람들은 비록 당장 눈에 보이는 성과는 없을지라도 전 민족이 일어나 자유와 독립의 정당한 권리를 외치는 목소리와 마음을 하나로 묶었다는 것은 큰 성공이라 믿었다. 자유는 결코 공짜가 아니어서, 오직 무거운 값을 치르려는 용감한 사람들만이 자유와 권리를 찾을 수 있다고 주장했다. 그들은 노예로 무릎 꿇고 사느니 차라리 자유인으로 담대히 서서 죽으리라 선언했다.

3.1 운동의 목적은 조선 사람 모두가 일본 강점에서 벗어나 자주와 자유와

평화를 원한다는 것을 세계에 공포하는 것이었다. 선언이나 공포가 독립을 가져오지는 않겠지만 최소한 민족의 주권을 주장하는 생명의 부르짖음이었다. 그리고 그 부르짖음이 여러 갈래 여러 길로 독립의 거대한 물결을 터놓을 것이었다.

3.1 운동은 국외에도 영향을 주었다. 중국의 5.4 운동[3]은 3.1 운동에서 처음으로 자극을 받아 일본의 침략과 전통적 봉건주의를 동시에 항거하는 대시위를 벌였고, 3.1 운동은 대만, 인도네시아, 인도의 독립운동에도 간접적인 영향을 주었다. 최근 프랑스에서 공개된 공식 정부 자료에 의하면 3.1 운동 이후 파리에서 우사 **김규식 박사**[4]를 만난 베트남의 청년 호찌민(胡志明)은 3.1 운동의 감격스러운 소식을 듣고 고국에 돌아가 독립운동을 시작했다고 한다. 이처럼 한민족의 독립의지가 아시아 피압박 민족에게는 알려졌으나 정작 독립을 청원하고 지지를 호소한 열강 국가에서는 아무런 반응이 없었다. 강대국들은 자국의 식민지 이해관계로 한통속일 뿐 약소국가의 독립과 자유에는 관심이 없었던 것이다.

사슬에 매인 환자

감옥 안에서 수사와 심의가 계속되었다. 평양지방법원과 재심법원에서 혐의자 1435명의 기소를 준비하고, 8월 9일 예진을 포함한 44명의 주모자들이 6개월 징역을 언도받았다. 다행인지 불행인지 다른 곳에 갈 곳이 없어 죄수의 처지는 바뀌지 않고 다시 옆 감방으로 돌아왔다.

그 와중에 예진은 숨이 차는 건강이상 증상을 느끼기 시작했다. 영양 부족, 누적된 긴장, 열악한 위생, 특히 고문과 위협이 수반되는 오랜 감방생활이 드디어 그의 건강을 해치게 된 것이다. 그의 호흡 곤란은 날이 갈수록 더 심해지고, 다리가 붓고, 심한 피로감과 고열 등 추가적인 증상이 뒤따랐다. 감옥 내 의무실에서는 "심장병"이라 진단하고 즉시 병원의 치료가 필요하다고 했다.

騷擾事件의 後報
仁川
江西
平壤
元山

여러 지방의 '만세소요' 사건의 주모자 명단

≪매일신보≫, 1919. 3. 12. 대학생 김예진(22세)이 평양지역의 주동자 중 하나로 기소되었다.

그런 진단도 징역을 언도받은 죄수라서 가능한 대우였다.

죄수 김예진은 자신의 아버지와 교회 사람들이 모은 400냥 보석금과 김동원 장로와 다른 한 유명 사업가의 보증으로 병보석으로 감옥에서 나오게 되었다. 환자 겸 죄수인 예진은 평양기홀병원에 입원하였다. 그 병원은 지역의 첫 서양병원으로서 1894년 조선인의 고충과 수난에 대해서 매우 동정적인 미국 선교사의 부인 로제타 홀(Rosetta Hall)이 설립한 현대식 병원이었다. 예진은 간병 간호사가 배치된 병원 특실에 입원하여 중요한 환자가 되었다. 그의 침대는 푹신하고 식사는 더할 수 없이 좋았고 의료진이나 다른 대우도 뛰어났다. 그는 갑자기 지옥에서 천당으로 옮겨진 것 같았다.

병원에서의 정식 진단은 '급성 심장 대상부전'이었다. 생활양식이나 환경의 절대 향상, 적절한 운동, 음식 조절과 투약이 필요하다고 했다. 감옥의 관리가 매일 병원을 방문하였으나 의료상의 이유로 직접 환자를 볼 수는 없었다. 치료를 받는 동안 예진은 벌써 완쾌된 기분이었고 사기가 높아졌다. 도신은 매일 두 번 예진을 만날 수 있어 너무나 행복했다. 늘 간식거리와 밖의 소식, 그리고 예쁜 딸과 더불어 아름다운 미소를 가져갔다. 남편이 완전히 낫기를, 그러나 되도록 천천히 낫기를 기도했다.

매일 다른 문병인들(교회 사람들, 대학 동기생들, 옛날 친구들)의 방문도 받았다. 그들이 오기 전후로 담당 간호사가 틈틈이 새 소식과 미소를 전달해 주곤 했다. 간호사 임은심은 예진보다 2살 아래인데 한결같이 지극한 친절과 예의를 보였다. 도신이 올 때마다 언제나 따뜻한 미소와 친절한 인사로 맞이했다. 도신은 거의 매일 간호사에게 고맙다는 말과 함께 남편을 잘 돌보아 달라며 작은 선물을 전했다.

지혜롭고 강인하고 현실적인 도신과는 달리 간호사 임 씨는 몸매가 날씬하고 얼굴이 예쁘고 사랑스러웠다. 첫날 예진이 병원에서 임 씨를 보았을 때 흰 제복을 입은 매혹적인 간호사가 마치 천상의 성스러운 천사처럼 보였다. 나중에 임 씨가 무척 외로운 처녀라는 것을 알게 되었다. 몇 달 전에 홀어머니를 여의고 그녀의 유일한 언니는 소식이 끊긴 지 오래되었다고 했다. 하루는 임 씨가 부드럽고 간절한 목소리로 조심스럽게 물었다.

"앞으로 도신 씨를 '형님(언니)'으로, 예진 씨를 '오라버니'로 불러도 될까요?"

"물론 좋지요. 오라버니면 더 잘 돌보아 줄 터이니." 더 가까운 관계를 바라면서 부부가 선뜻 그러라고 했다. 임 씨는 자기의 외로움을 씻어 내려는 듯 살짝 눈물을 흘렸다.

병보석 기간은 빌려온 시간인데 느린 치유과정은 빨리도 지나갔다. 새벽에 회진을 도는 의사들은 이 특별환자에게 느리지만 꾸준한 진전이 있다며 애써 안심시키려 했는데, 환자는 오히려 자신의 불확실한 미래를 마음놓고 즐기는 듯했다. 임 씨는 이제 부부의 여동생으로 오라버니를 더욱 세심하게 돌보아 주었다. 도신이 있는 동안에도 스스럼없이 환자에게 안마를 해주고 예쁘게 노래까지 불러주었다.

하루는 예진이 아내에게 너무 힘들 터이니 앞으로는 하루에 한 번만 오고 간식은 그만 가져오라고 했다. 생각해 주는 것이 고마우면서도 왠지 버림받은 것 같은 묘한 감정이 들었다. 일종의 질투의 감정이 아닐까? 임 씨는 남편을 하루 종일 돌보는데, 아내는 단지 시간 방문객이 아닌가?

그날 밤 도신은 무엇인가 이상한 생각이 들었다. 다음 날 아침, 도신은 정기 방문시간보다 조금 일찍 병원으로 갔다. 숨을 깊이 들이쉬고 열쇠구멍을 통해 방을 들여다보았다. 이게 무슨 날벼락이란 말인가! 임 씨가 남편의 무릎에 앉아 연신 입을 맞추며 무엇인가 속삭이는 것이 아닌가? 남편은 무척 행복해 보였다. 도신은 순간 정신이 아득해졌다. 당장 문을 부수고 들어가 이 부정한 애정행각을 벌이는 연놈의 목을 비틀어 놓고 싶었다. 배신에 대한 참을 수 없는 분노와 복수심이 이글거렸다. 그러나 하나님의 은혜로 도신은 참고 또 참았다. "일흔 번씩 일곱 번이라도 용서하라"는 마태복음 18장 22절을 조용히 외우면서 마음을 가까스로 가라앉혔다.

아침 9시가 되자 전처럼 문을 두드리고 웃음을 띠고 병실로 들어갔다. 상기된 얼굴로 임 씨가 곧 방에서 나갔다. 같이 있자고 붙잡아도 갑자기 급한 용무가 있다고 사라졌다. 남편은 덤덤하고 조용했다. 별로 말도 못 나누고 애꺼지 보채는 바람에 가장 재미없는 방문을 마치고 돌아왔다.

처음으로 오후 방문을 건너뛰었다. 이제는 밀려난 아내가 무엇을 해야 할까? 남편의 신분은 어쩔 수 없는 죄수에다 미혼 간호사 겸 애인의 완벽한 보호관리하에 있는 환자다. 그는 임 씨의 도움이 늘 필요하지만 그 도움은 그로 하여금 희생적 사랑으로 살아가는 아내를 배신하게 만들고 있다. 만일 도신이 두 사람의 관계를 끊으려 한다면 임 씨가 무엇을 할지 알 수 없는 일이다. 정치적인 연관성까지 생각한다면 이 야릇한 사랑의 삼각관계는 더 복잡하게 될 것이다. 만일 남편이 마음이 변한다면 임 씨가 어떤 보복을 할 수 있을까? 아니, 혹시 임 씨가 일본 경찰의 끄나풀이라면 어쩔 것인가? 긴 생각과 기도 끝에 도신은 이 가슴 아픈 형편을 그리스도인의 방법으로 극복하기로 작정했다. 로마서 12장 21절은 도신이 "악에게 지지 말고, 선으로 악을 이기십시오"라는 명령이었다. 그래서 외로운 임 씨를 진정으로, 남편보다 훨씬 더 뜨거운 사랑으로 대하기로 결심했다.

다음 날 아침, 도신은 임 씨를 위해 특별한 선물을 준비해 갔다. 비단 옷감과 옷을 지을 돈을 가져가서 임 씨를 꼭 껴안아 주었다. 임 씨는 아주 행복해 보였지만 약간 당혹한 표정으로 방을 나갔다. 잠시 남편이 화장실에 간 사이, 도신은 침대를 정돈하다 베갯잇 속에서 무엇을 발견했다. 두루마리 편지! 도신은 얼른 그것을 아기 포대기 속에 집어넣었다. 이것이야말로 이미 의심했던 것의 물적 증거였다. 그날 밤 도신은 슬픈 눈물과 허탈한 미소를 지으며 그 긴 편지를 몇 번이나 읽었다. 편지는 이렇게 시작했다.

"저의 가장 친애하는 오라버니, 이렇게 뜻밖에 만나서 섬길 수 있는 것은 저의 가장 큰 행운입니다. 저는 오라버니와 그 가지신 큰 목적을 존경합니다. 저는 독립을 위한 오라버니의 용감한 투쟁에 깊이 감동되었습니다." 편지의 나중 부분은 더 낭만적인 어조로 바뀌었다.

"저의 사랑하는 임이여, 저는 그 부드러운 사랑을 결코 잊을 수 없습니다. 오라버니가 어디에 가시든 제가 곁에 가서 돕고 싶습니다. 가능한 속히 저를 상하이로 불러주시기 바랍니다. 저는 당신을 위해 저의 생명을 바칠 것입니다."

도신은 남편을 향한 임 씨의 과감한 애정에 큰 위협을 느끼게 되었다. 그러나 도신에게는 다른 길이 없었다. 도신은 감당하기 어려운 성경 구절을 마음에 새겼다. "악을 악으로 갚거나 모욕을 모욕으로 갚지 말고, 복을 빌어 주십시오. 여러분으로 하여금 복을 상속받게 하시려고, 하나님께서 여러분을 부르셨습니다"(베드로전서 3장 9절). 다만 더 큰 사랑과 더 친절한 행동으로 임 씨의 마음에 감동을 주는 길밖에 없었다. 도신은 그때 젊은 여자들 사이에서 유행하는 옷, 높은 구두, 그리고 돈, 음악회표 등을 사다 주며 임 씨를 따뜻이 보살폈다. 남편은 약간 곤혹스러워하면서 한편 고마워하는 눈치였다. 임 씨의 마음이 도신에게로 향하는 듯했다. "형님의 마음이 너무 곱다"고 몇 번이나 감탄했다. 곱든 말든 도신은 이 사랑의 싸움에서 이기고 있다고 느끼기 시작했다.

새장에서의 탈주

어느 아침 예진을 방문하는 동안 임 씨는 없었다. 조용히 남편이 아내를 불러 속삭였다. 무슨 고백이나 사과가 아닐까?

"오늘 밤, 내가 이곳을 몰래 떠날 거요. 집에 가서 돈과 옷가지를 좀 준비해

주오. 자정에 들르겠소." 너무 놀라서 이 위험한 계획에 대해서 더 알기를 원했지만 남편은 속히 집에 가라고 슬며시 등을 떠밀었다. 도신은 근심에 차서 집으로 돌아왔다. 서둘러 가을 옷가지 보따리와 돈 1400냥을 마련했다. 시아버지가 준 1000냥과 자기 돈, 그리고 집안 친척의 도움으로 400냥을 준비했다. 어두운 침묵 속에서 기다리는 동안 오만 가지 의문이 떠올랐다. 그 병원에서 무사히 빠져나올 수 있을까? 심장병 치료는 어떻게 할 것인가? 어디로 가서 숨으려는 걸까? 만일 경찰에 다시 체포된다면 어떻게 될까? 임 씨를 데리고 갈까?

자정이 좀 지나서야 어떤 이가 도신과 시아버지를 밖으로 불러냈다. 동네 입구에서 인력거에 타고 있는 남편과 몇 명의 남자를 만났다. 도신은 남편이 두 동행인과 함께 상하이로 간다는 것을 알게 되었다. 일행 중에 임 씨는 없었다. 도신은 옷 보따리와 돈주머니와 눈물에 젖은 자기 마음을 전했다.

"언제 당신을 다시 볼 수 있을까요? 안전하고 건강하게 지낼 수 있습니까?" 도신은 울먹였다. 반달 아래 창백한 얼굴의 남편이 두 손을 잡고 속삭였다.

"하나님이 당신과 늘 같이 하시기 바라오. 하나님은 나와도 늘 같이 하실 거요. 나의 사랑이 당신과 늘 같이 할 거요." 도신은 그 말이 진실이기를 바랐다. 그러나 입을 맞추지 않고 그는 떠났다.

다음 날 아침 도신은 전처럼 병원에 갔다. 임 씨와 도신이 마주쳤을 때 두 사람은 깜짝 놀라는 척하며 서로 소리쳤다.

"환자가 어젯밤에 감쪽같이 사라졌어요!" 임 씨가 소리를 지르며 한쪽 눈을 살짝 감았다.

"뭐라고요? 어디로? 아픈 사람이 어떻게?" 도신도 고함치듯 소리를 지르며 한쪽 눈을 살짝 감았다.

여자들이 미처 환자 방에 들어가기도 전에 벌써 경찰과 관리들이 들이닥쳐 여기저기(침상, 침상 밑, 베갯잇, 쓰레기통, 환자복 등)를 조사하고 있었다. 한쪽에서는 병원장, 주치의, 간호사 등과 심문 같은 면담을 하고 있었다. 방문록을 조사했으나 전날 밤 이상한 사람의 이름은 없었다. 혼자 도망쳤나? 일단 이 환자-죄수가 살려면 조만간 큰 병원에 다시 나타나야 하리라는 결론을 내렸다. 다시 잡히는 것은 결국 시간문제였다. 보석 보증을 섰던 두 사업가도 별 문제 없이 넘어갔다. 시아버지가 한 사업가를 통해서 상당히 큰돈을 경찰 형사부에 기부한 덕이었으리라.

환자가 사라졌으니 그 도망자와 많은 시간을 같이 보낸 간호사에게 수사가 집중되었다. 본인은 강력하게 부인했지만 간호사 임 씨가 환자의 도주 계획에 대해서 무엇인가 알았으리라 의심한 것이다. 그런데 임 씨의 배경을 조사하는 과정에서 그 여자가 처녀가 아니라 유부녀라는 사실이 밝혀졌다! 그 여자는 다른 도시에 사는 실업가와 결혼한 사이인데 그 남편은 폭행과 마약 문제로 경찰에 이미 알려진 사람이었다. 그 남편을 소환했을 때 그는 도망간 아내를 발견했다고 며칠 후 기쁘게 달려왔다. 그러나 그는 아내를 보자마자 그녀가 자신의 사업을 망쳤다며 순사들 앞에서 마구 폭행을 가했다. 경찰은 둘을 겨우 말려 각기 구치소에 집어넣었다가 이틀 만에 석방하였다. 남편에게 두들겨 맞은 간호사는 너무 억울해서 울기만 할 뿐, 도망간 환자에 대해서는 아무것도 아는 것이 없었다. 결국 남편이 그 여자를 강제로 끌고 갔다. 6개월간 받은 간호사 훈련이 허사가 되고 병원의 천사 자리는 날아가 버렸다. 병원에서 어떤 조치를 취하기 전에 임 씨는 '원래 속한 곳'으로 되돌아갔다. 김예진이 도망간 탓인가 아니면 그와의 잘못된 사랑의 탓인가?

아픈 사랑

예진이 도주한 지 한 주 후에 옛 친구인 피 씨의 아들이라는 청년이 서해안 작은 어항 당포에서 찾아왔다. 자기 집에 와 있는 손님이 배가 준비되지 않아 아직 떠나지 못했다고 알려주면서 돈과 옴(피부병) 약을 급히 보내달라는 부탁을 받고 온 것이다. 도신은 약과 속옷, 그리고 400냥을 더 마련했다. 자기가 좋아하는 은비녀를 팔고 친척 어른들의 도움을 받아 어렵게 돈을 만들었다.

그날 밤 피 씨 아들을 따라 기차로 당포역까지 가서 다시 어두운 20리 흙길을 걸어갔다. 아이를 업고 두어 번 넘어지기도 했으나 남편을 다시 본다는 기대에 힘들지 않았다. 그 집에 도착했을 때 다 식은 저녁상이 준비되어 있었으나 남편은 없었다. 피 씨가 둑에 나가서 검은 바다 물결을 향해 소리쳐 불렀다. "애야, 울지 마라, 애야, 울지 마라."

조금 후에 어둠 속에서 남편이 나타났다. 같이 왔던 두 청년은 어디에 숨었는지 보이지 않았다. 도신은 남편을 금방 다시 만나게 되어 뛸 듯이 기뻤다. 남편도 무척 기뻐했다. 그러나 도신은 마음 한구석에 슬픔이 있었다. 그 많은 돈을 가지고 떠났는데 왜 또 돈이 필요할까?

도신은 400냥을 주면서 이 돈은 자기 은비녀를 팔고 친척들에게 구걸해서 마련한 것이라고 설명해 주었다. 자초지종을 들어보니 가져간 돈 1400냥 중에서 500냥을 벌써 써버리고 없었다. 상하이까지 배삯은 200냥이면 충분한 것이다. 속이 상했지만 도신은 조용히 물었다.

"왜 이렇게 큰돈을 낭비하십니까? 차라리 불쌍한 은심이에게나 보내주시지……." 잠시 주저한 후 남편의 고백이 나왔다.

"사실은 오는 길에 그렇게 했소. 동지에게 부탁해서 우편으로 부쳤지." 도신의 가슴이 주저앉았다. 남편이 도망가는 동안 안전하고 편하도록 자신이 할 수 있는 모든 희생을 하였건만 남편은 자기 애인에게 거금을 보낸 것이다. 도신의 마음은 아팠지만 아픈 사랑의 마음으로 말했다.

"그래요? 오, 잘하셨군요."

"은심이는 어떻게 되었소?" 남편은 버리고 온 애인을 아직 잊지 못하고 사정을 물었다. "괜찮은 것 같아요. 처음 며칠은 심한 조사를 받았지만 그 후 별일이 없는가 봐요."

그날 밤 잠자리에 들자 남편이 말을 꺼냈다.

"나 은심이에 대해서 더 많이 알고 있다오." "그래요?" 도신은 모른 척 시치미를 떼고 남편의 이야기를 듣기만 했다. 임 씨는 처녀가 아니라 중신아비를 통해서 부자 사업가와 결혼했었다고 한다. 그런데 그 사람이 술주정뱅이에다 의처증이 심해 걸핏하면 때려서 도저히 같이 살 수가 없었다고 한다. 교회 사람들의 도움으로 어머니와 함께 도망 나와서 평양에서 훈련을 받고 보조간호사로 정착하였다. 거기서 예진을 만나 그의 애국심에 감동을 받고 그의 인격에 매료되었던 것이다. 그리고 그녀가 예진이 도주하는 데 큰 역할을 하게 되었다. 모든 방문자는 등록하게 되어 있는데 밤에 은밀히 자주 찾아오는 '그녀의 애인'과 '그녀의 남동생'은 아무도 의심하지 않아 기록하지도 않은 것이다. 그들이 상하이 임정에서 온 요원이었다는 것을 일본 경찰들이 알 턱이 없었다.

임 씨는 진정으로 예진을 돕고자 했다. 자기 목숨을 바쳐서라도. 그녀는 상하이까지 같이 가서 옆에서 돕고자 간절히 원했다. 그러나 예진은 앞으로 닥칠 모든 것이 위태하고 불확실하기 때문에 그녀의 정성을 거절하지 않을 수 없었다. 예진은 그녀의 친절에 보답할 길이 없었다. 이런 이야기를 하는 동안 남편은 약간 슬픈 기색을 보였다. 이불 밑에서 남편의 손을 꼭 잡고 도신이 속삭였다. "오, 돈 보내신 것 정말 잘하셨군요."

제5장

애국심의 대가를 치르다

운명의 전환

찬바람이 부는 11월 중순 어느 아침, 예진과 두 동행자가 작은 배를 타고 당포항을 떠났다. 커다란 기대와 더불어 알 수 없는 미래에 대한 두려움으로 예진의 가슴은 두근거렸다. 이번 항해는 "고요한 아침의 나라", 사랑하는 조국을 처음 떠나는 것이다. 그가 전에 고국에서 도망하려던 것은 4년 전의 일이었다. 이번에는 동쪽이 아니라 서쪽으로, 자기 교육의 야심이 아니라 나라의 독립을 위해, 무엇보다 부모와 아내 될 사람을 망연자실하게 하지 않고 그들의 축복과 지원을 받으며 가는 것이다. 특히 **대한민국임시정부**(大韓民國臨時政府)[1] 요원들의 초청으로 가는 것이다!

나중에 상하이로 가는 큰 기선으로 옮겨 탔을 때 그 배에는 많은 짐과 여러 나라 사람들이 타고 있었다. 많은 중국인들, 다른 동양 사람들, 러시아 사람들, 몇 명의 서양 사람들도 있었다. 이 세 여행객은 다른 사람들과 사귀지 않고 조용히 지냈다. 예진은 상하이라는 도시와 그곳에 세운 임시정부에 대해

상하이 임시정부 청사
이 청사는 미주 대한인국민회가 모금한 독립의연금으로 마련한 첫 건물이다(1919. 10. 11).

서 많은 의문이 있었다. 두 동행인 중 한 사람은 전 유학생, 다른 한 사람은 평화운동가라 하였는데 그곳에 새로 가는 예진 동지를 위해 그들이 아는 대로 설명을 해주었다.

"상하이는 정말 놀라운 곳이오!" 전 유학생이 말했다.

"거기에는 볼 만한 좋은 것들이 많이 있소이다. 큰 호텔, 고급 식당, 교회, 박물관, 아주 높고 지붕이 평평한 현대식 건물들, 현대 제도와 시설과 새 공업 기술. 모두 전기를 쓰고 전차, 기차, 편의시설들……. 상하이는 19세기 중반 이후로 이처럼 발전해 왔는데, 이런 큰 발전이 어디에도 없었다오."

"그 발전은 아마도 큰 국제도시였기 때문이었을 거요." 평화운동가가 말을 이었다.

"상하이는 영국, 불란서, 미국, 이태리 같은 서양 해양세력에 속한 커다란 국제 식민 정착지가 있소. 이 열강들은 1842년 **난징조약**[2]에 따라 영국군이 청나라 조정을 강압해서 상하이를 외국인들에게 개방시켰는데 남부와 북부 일부를 특권지역으로 빼앗아 자기네 정착지인 조계(租界)를 만든 거요."

"상하이 임시정부는 어떻소? 좀 이야기해 줄 수 있소?" 예진이 물었다.

"아직은 초창기요. 그러나 빨리 성장하고 있다오. 최근에 와서 많은 애국자들과 항일투사들이 조선, 일본, 심지어 미국에서까지 들어오고 있소." 전 유학생이 대답했다.

상하이 난징 거리
1920년경 번화한 황푸탄(黃浦灘) 전경. 상하이는 화려한 외국 침략지였다.

"임정과 많은 조선 사람들이 안전하다고 생각하는 불란서 조계에 있소. 불란서는 비록 식민지를 가진 강대국 중의 하나지만 그래도 자유와 그것을 위한 혁명을 존중하는 나라요. 거기에서 우리나라가 일본의 지배와 압제로부터 해방되도록 국내와 해외에서 효과적인 투쟁을 할 수 있을 것이오."

매일 이른 아침 배 갑판 위에 서서 황해의 동쪽 수평선 위로 솟아오르는 붉고 찬란한 태양을 보면서 예진은 앞으로 일어날 일에 대한 포부와 기대로 가슴이 벅차올랐다. 무슨 사명이 주어지든 그는 목숨을 가리지 않고 최선을 다할 것을 자신에게 약속했다. 이제는 자신이 망명 중인 애국자의 신분임을 절감했다. 다시는 과거로 돌아갈 수 없는 것이다. 이제는 탈옥범으로 수배 중인 조선으로 다시 갈 수 없다. 아마도 그는 다시는 가족을 볼 수 없게 될 것이다.

일행이 상하이 부두에 도착한 것은 나흘째 되는 오후였다. 큰 도시 풍경과 더불어 이상한 냄새가 코를 찔렀다. 모든 것이 두려울 만큼 낯설었다. 다음 날 아침 예진은 여러 원로 신사들을 만나 인사를 드렸다. 누가 누군지 잘 알 수 없었다. 그리고 후에는 그가 가장 존경하는 **백범 김구**(白凡 金九)[3] 선생을 뵙게 되었다. 그분은 오랜 항일투쟁으로 널리 알려진 애국지사였다.

"우리 투쟁의 심장인 상하이로 온 것을 환영하오." 그의 음성은 엄숙하면서도 부드러웠다.

백범 김구 선생
1920년경. 그는 상하이 대한민국임시정부 초창기에 경무국장으로 활동했다.

"만나 뵙게 되어 영광입니다. 모두 참여하는 투쟁에 합류할 수 있어 기쁩니다." 예진은 그분의 권위에 자신을 낮추어 인사를 드렸다.

"저는 이 공동투쟁의 목적에 충성을 다할 것을 서약합니다. 그리고 적지만 저의 부친이 이 목적을 위해 보내는 기부금을 드립니다." 예진은 1000냥이 들어 있는 봉투를 드렸다.

"고맙소, 예진 씨. 아버님께도 계속해서 보내주시는 성원에 감사하오. 전에도 적지 않은 돈으로 우리 독립운동을 지원했는데 이제는 아들까지 보내주었소." 예진은 부친이 전에도 기부금을 보낸 것을 모르고 있었다.

"지금 우리나라는 당신 같은 젊은 혁명가가 필요하오. 나라를 위하여 생명의 위협도 감수하겠소?" 김구 선생은 심각한 눈초리로 예진에게 물었다. 예진은 주저 없이 그러겠노라 서약했다.

"그럼 좋소. 나중에 중요한 임무를 맡기겠소. 우선은 기본 군사훈련을 거칠 것이오." 정부 내 특정한 자리를 임명하지 않고 중요한 임무를 맡긴다고 했다.

훈련 기간, 예진은 생전 처음으로 육혈포, 장총, 폭탄, 다른 소형 무기 사용법을 배웠다. 그는 전혀 생각지 않았던 자신의 모습을 보며 놀랐다. 이게 무슨 변화인가! 앞으로 주어질 '중요한 임무'란 아마도 고국에 돌아가 이런 무기를 사용하는 일이 아닐까?

값비싼 첫 대가

무소식이 희소식이라 하였던가. 몇 달째 소식은 없었지만 가족들은 예진이 상하이에서 좋은 동지들 사이에서 잘 있을 것으로 믿으며 별로 염려하지 않았다. 어느 날 밤에 예진의 아버지가 '특별 손님' 네 사람을 모셔왔다. 그들을 몰래 집 안쪽 예진 할머니 방에 모시고, 할머니는 도신의 방으로 잠자리를 옮겼다. 식사는 일꾼들조차 모르게 도신이 직접 대접했다. 그들은 상하이 임시정부에서 특수 임무를 띠고 온 사람들이라고 했다. 그러나 무슨 임무인지는 알 수 없었다.

어느 날 그중 한 사람이 도신에게 격문(檄文)[4] 한 다발을 주며 시내 요소마다 한 장씩 뿌리라고 부탁했다. 도신은 이 위험한 부탁이 남편으로부터 오는 명령이라 믿고, 그 격문 다발을 아기 포대기에 감추고 시내 밤거리를 다니며 몇 집 건너 한 장씩 던져 넣었다. 이런 이상한 격문이 여기저기 떨어지면 대개 다음 날 아침 많은 사람들이 놀라 동요하게 되고 온 시내는 흥분과 희망과 두려움이 물결치게 된다. 사람들은 머지않아 무슨 큰일이 벌어질 것을 예감하는 듯했다.

"웬 젊은 아녀자가 이 늦은 밤에 다니오? 집이 어디요?" 순사가 도신을 잡았다.

"아이고, 미안합네다. 제가 저기 우리 외삼촌댁에서 저녁을 먹고 애가 그냥 자기에 이야기하며 놀다가 시간 가는 줄 모르고 이렇게 늦어서 집에 갑니다." 도신이 둘러댔다.

"그 집이 어디요? 당장 그리로 갑시다." 도신은 위험을 느꼈지만 침착하게 한 친척집으로 순사를 데리고 갔다.

"아주머니, 내가 선명이 자길래 시간 가는 줄 모르고 여기서 놀다 집에 늦게 가는데 순사 나리님이 정말인지 알려고 같이 왔습네다. 지금 몇 시쯤 되었을까요?"

"아이고, 미안합니다. 일찍 보낼 것을 우리가 붙잡아 늦게 보냈습니다. 다 우리 잘못입니다, 나리님. 이 젊은 엄마를 용서하세요." 아주머니는 자세한 영문도 모르고 사과부터 했다. 순사는 "앞으로 일찍 다니라"고 훈계하고 사라졌다.

일주일쯤 지난 어느 날 아침, 40~50명의 헌병이 김-한씨 정미소와 저택을 습격해 왔다. 그들은 다짜고짜 저택 쪽으로 들어와 숨어 있던 3명을 체포했다. 그리고 온 집안을 이잡듯이 뒤지기 시작했다. 그들은 도신 방에 들어가 장롱에서 현금 한 다발을 끄집어냈다. 도신은 알지도 못한 돈이 나온 것이다. 다른 헌병들은 뒤뜰 큰 항아리에서 무슨 문서, 큰 도장, 현금을 찾아냈다. 볏단 속에서 보에 싸인 등사기 2대를 꺼냈다. 그들은 주인인 예진의 부친을 찾았는데, 마침 부둣가에 벼를 사러 나가고 없었다. 다행히 길 건넛집 사람이 사태를 목격하고 곧장 부둣가 시장으로 달려가 위험한 상황을 알리고 곧 숨으라고 했다. 체포된 젊은이 셋과 집안 어른들, 남자 일꾼과 정미소 서기가 경찰서로 끌려갔다. 모든 일이 갑자기 멈추고 정미소는 재난지역처럼 되었다.

특별 손님이 있다는 사실조차 모르고 있었던 남자 일꾼과 서기는 그날 밤 석방되었다. 그러나 예진의 할머니와 도신은 사흘을 더 심문을 받았다. 심문하는 형사들이 모두 (몇 명이 집에 드나들었는지, 그들의 이름이 무엇인지, 돈이 어디서 났는지, 무슨 일을 맡겼는지 등등) 털어놓으라고 두 여자를 위협했다. 두 여자는 만족할 만한 대답을 할 수 없어 "소 좆 몽둥이"라는 것으로 매를 맞았다. 이 몽둥이는 가늘고 긴 소 힘줄을 엮어 만든 회초리로, 때리면 살점이 묻어날 듯 몹시 아팠다. 두 여인은 너무 고통스러워 울다가 나중에는 눈물마저 말라버렸다. 그들의 죄라면 (남편 있는 곳에서 온) 손님 밥 대접한 것뿐인데 이런 벌을 받는 것이다. 그러나 경찰들이 말하는 것을 보면 그들은 이미 모든 것을 알고 다만 확인하려는 것 같았다. 먼저 잡혀온 한 사람이 심한 고문을 못 이겨 모두 실토한 모양이었다.

사흘 후, 두 여인은 드디어 집으로 돌아왔다. 주인장(예진 부친)이 돌아오면 몇 가지 '간단한 질문'이 있으니 즉시 경찰서에 들르라고 했다. 그러나 할머니는 예진 아버지가 절대 집에 오지 않도록 사방에 알렸다.

잘나가던 정미 공장은 즉시 운영이 중단되고 사업은 거의 도산에 이르게 되었다. 어두운 소문은 빨리도 퍼져나갔다. 정미소는 개인들과 회사들로부터 적지 않은 부채와 수입 어음을 가지고 있었다. 예진 부친의 친구인 임창식 씨는 담보물 없이 4000냥을 대부해 주었는데 일이 이렇게 되자 자기 돈을 다 잃을까 걱정이 되어 재산 차압을 시행하기로 했다. 할머니가 몇 주만 기다려주면 동업인과 의논해서 공장과 집을 처분해서 빚을 다 갚겠다고 사정을 했지만 만일 당국이 '역적의 집'으로 몰아붙이면 모든 것이 압수된다고 생각한 것이다.

며칠 후 차압하는 사람이 법원 문서를 들고 일꾼 넷을 데리고 왔다. 그들은 정미 기계, 창고에 쌓인 벼, 가구, 옷, 재봉틀, 큰 장롱 등 모든 값나가는 물건에 압류증서를 붙이기 시작했다. 물론 도신이 시집올 때 가져온 좋은 옷들도 다 포함되었다. 나이 든 신부는 울지 않았다. 한 일꾼이 주일날 입을 비단옷 한 벌은 제외한다고 선심을 썼다. 도신은 도도하게 서서 말했다.

"값싼 동정은 필요 없어요. 저는 마음속에 더 귀중한 것들을 가지고 있어요." 집달리가 이 젊은 여자의 대담한 말에 약간 놀랬다. 그렇지만 그는 엄숙하게 선언했다.

"누구든 이 봉인을 찢으면 감옥에 갈 것이오. 증서가 붙은 모든 물건은 동결이오."

차압하는 사람은 일꾼과 같이 평양에서 그리 멀지 않은 신태평에 사는 동업인, 곧 도신의 부모 집으로 향했다. 온 집안 식구가 모든 것을 잃었다고 큰 상실감에 빠졌다. 그러나 도신은 모든 것을 잃은 것은 아니라고 믿었다. 왜냐하면 이미 이웃을 통해서 몰래 이 소식을 알렸기 때문이다. 집달리가 한 씨 집에 도착했을 때 놀랍게도 그 집에는 별로 값나가는 것이 없었다. 실망해서 떠나면서 그들은 "가난한 집에서도 여걸을 길러낼 수 있군!" 하면서 감탄했다. 이웃들은 첫딸의 요상한 운명 때문에 한씨 가문이 기울어졌다고 한탄했다. 이틀 후 한 장로는 이웃집에서 약 60석의 벼와 값비싼 가구와 비단옷 등을 다시 가져왔다.

마지막 희망의 소실

약 한 달 동안 불확실하고 우울한 시간이 흘러갔다. 그러나 다행히도 집과 공장이 팔렸다. 들어온 선금으로 임 씨 부채를 다 갚고 차압된 물건이 해제되었다. 물론 물어야 할 빚이 더 있는 데다, 곧 집을 비워야 하고, 들어올 수입은 없었다. 그러나 뜻이 있으면 길이 있는 법, 도신은 믿는 구석이 있었다. 사실은 외상거래가 많이 있어 받을 돈이 상당히 있고 도신은 청구할 모든 영수증을 가지고 있었던 것이다. 큰 외상 거래처는 두 금광 광산회사, '문수봉 광산'과 '수안홀골 회사'였다. 그들은 자기네 광부들을 먹이기 위해 늘 외상으로 쌀을 사가곤 했던 것이다. 도신은 그들의 영수증 약 40개를 간직하고 있었는데, 그 수취계정이 약 1만 3000원 또는 13만 냥에 이르렀다. 그 외상값을 다 받지 못하더라도 그 일부만 받아도 가족이 한동안 살아가는 데 별 지장이 없을 듯싶었다.

그러는 동안 예진 부친이 자기 어머니에게 편지를 남기고 자취를 감추었다. 시골에 사는 아내에게는 아무런 편지가 없었다. 도신이 시아버지의 엉망으로 쓴 편지를 읽어드렸다.

> 어머니 전 상서
>
> 저는 만주 영변 지방으로 갑네다. 돈은 넉넉히 가져가 오니 저로 인하여 염려하지 마옵소서. 사돈 양반 한 장로가 회사운영을 도울 것이외다. 제가 속히 오리라 기대하지 마소서. 저는 나라가 독립하여 일경들이 나를 추적하지 않을 때까지 고국에 돌아오지 않으리다. 부디 무강하시고 가내 제절이 평탄하소서.
>
> 소자 김두연 올리나이다.

시할머니는 아들의 망명이 불가피하다고 생각하는 모양이었지만 도신은 시아버지가 자기 가족에 대해서 무책임하다고 느꼈다.

어느 추운 아침에 시할머니와 도신은 큰 기대를 가지고 길을 떠났다. 아이를 등에 업고 문수봉 광산으로 30리 길을 걸어갔다. 광산주인 이윤기 씨는 평소 사업할 때 좋은 친구 사이였는데 그날 그의 인사가 웬일인지 차갑고 불친절했다.

"할머니, 웬일로 여기까지 오셨습니까?"

"자네, 우리가 온 이유를 알 터인데. 자네 외상거래 청산이 늦었다네. 그래 현금을 좀 받으러 왔네. 실은 꼭 받아야 할 처지네." 시할머니도 차갑게 대답했다.

"그래요? 제가 당신 아들한테서 쌀을 가져왔지, 할머니한테서 가져왔나요?"

"누구한테서 가져왔든 자네 도장이 찍힌 영수증이 있네. 자네는 지불할 의무가 있다네!" 그러자 이 씨가 사무실 밖으로 나가려 했다.

"부탁드리는데요. 저희가 지금 어려운 사정에 있습니다. 오늘 반만이라도 지불해 주시겠습니까?" 도신이 사정을 했다.

"잠시 후 돌아오겠소" 하고 그는 문 밖으로 나가버렸다. 두 여인은 난로 앞에서 몸을 녹이면서 반시간 이상을 기다렸다. 아마 이 씨가 돈을 마련하러 갔을 것이라고 믿었다. 이 씨가 와서 밖으로 나오라고 불렀다. 정미소에 아내와 함께 오면 늘 점심대접을 했으니 우선 점심대접을 할 모양인가? 그런데 가자는 방향이 이상했다.

"저기 주재소로 갑시다. 거기서 이 일을 의논합시다."

"아니, 왜 우리가 순사 주재소로 가오? 그냥 외상값을 물면 되지 않소?" 시할머니가 항의했다. 그러나 그는 대답도 없이 앞장서서 주재소로 갔다. 두 여인은 할 수 없이 그의 뒤를 따라갔다. 주재소 작은 방에는 긴 칼을 찬 일본 순사와 조선 순사, 그리고 민간인 한 명이 있었다.

"무엇 때문에 돈을 거출하려고 하오?" 조선 순사가 따졌다.

"이 씨가 외상으로 우리 쌀을 사가곤 했는데 아직 5000원 빚이 있소. 그래서 우리에게 빚진 것을 받으러 왔소이다. 여기 증거로 영수증이 있소이다."

순사가 "어디 봅세다" 하고는 영수증을 다 받아 들여다보고는 말을 이었다.

"야, 큰돈이네! 어째서 당신 아들이 이 큰돈을 받으러 오지 않았소? 아들이 어디 있소?"

"난 모르겠소. 그냥 사라졌소." 할머니 목소리가 오그라들었다.

"그러면 아들이 나타나면 와서 이 돈을 받으면 되겠소." 일본 순사가 고개를 끄떡끄떡하고는 그 영수증 뭉텅이를 받아 쥐었다. 그리고는 갑자기 그 영수증을 마구 구겨서 활활 타는 난롯불 속에 던져버리는 것이 아닌가!

"아이고, 우리 돈! 우리 돈!" 하고 할머니가 고성으로 소리를 지르며 마룻바닥에 쓰러졌다. 그 종이 다발이 활활 불타오르고 도신의 눈에는 검은 분노가 활활 불타올랐다.

"너희 순사 놈들, 너희는 사람들의 생명과 재산을 보호할 책임이 있다! 그런데 자기 빚을 갚지 않으려는 이 부정한 놈을 오히려 두둔하냐? 나쁜 놈들!"

"옘병할! 너희들은 우리 보호를 받을 자격이 없어." 조선 순사가 소리쳤다. "너희 온 집안이 반역자들이고 범법자들이야! 당신네 둘 제 발로 걸어 나갈 수 있을 때 빨리 꺼져. 아니면 우리가……." 말이 채 끝나기 전에 둘은 걸어 나올 수밖에 없었다. 돌아오는 먼 길에서 시할머니가 계속 울먹였다. "이제 우리는 어쩌란 말이냐?" 같은 질문이 도신의 마음에도 끓어올랐지만 할머니를 위로해 드려야 했다.

"할머니 염려 마세요. 우리는 어떻게든 살아남을 것입니다. 우리나라가 독립을 성취할 때 다 복수하고 크게 승리할 것입니다."

며칠 후 두 여인은 수안홀골 광산회사로 다시 길을 떠났다. 그곳은 문수봉보다 평양에서 더 먼 곳이어서 오후 늦게야 눈을 맞으며 도착하게 되었다. 그래도 이 회사 주인은 저녁을 잘 대접하고 밤을 지내게 해주었다. 이런 친절한 태도를 보아 이번에는 돈을 좀 받아갈 수 있으리라 기대하였다. 그러나 다음 날 사업 이야기를 시작하자 그 주인의 태도가 돌변했다. 어젯밤에 이 씨와 전화 통화라도 하였을까?

"문수봉에서 돈 좀 받았습니까?" 그가 물었다.

할머니가 거기서 무슨 일이 일어났는지 설명했다.

"그렇다면 왜 여기 오셨습니까?"

"아니, 그 사람이 돈을 안 주었다고 자네도 돈을 못 준다고 말하려는가?" 할머니가 항의했다.

"꼭 그런 것은 아니지만 당신네 같은 역적 집안에 돈을 주면 우리도 일을 당하게 된답니다."

"그게 도대체 무슨 소리요? 누가 역적이오?" 할머니가 따졌다.

"생각이나 해보았소? 우리나라가 주권을 찾는 날 우리의 원수인 일본놈들과 합작한 당신이야말로 반역자라는 것을 아시오?"

광산회사 주인이 이 일을 의논하기 위해서 순사 주재소로 가자고 했다. 도신은 거절하였으나 할머니가 하는 수 없이 따라나섰다. 거기서 거의 같은 일이 벌어졌다. 할머니의 영수증을 다 받은 후에 일본 순사의 지시로 주인은 고작 100원을 주었다. 총 8000원 외상 잔고에서 단돈 100원! 도신은 화가 치밀어 할머니에게 다시 가서 그 돈을 광산 주인의 더러운 얼굴에 던져버리라고 간청했다. 그러나 할머니는 돈을 꼭 쥔 손을 떨며 그럴 수가 없었다. 어떻게 이 억울함을 풀 수 있을까? 언제 이 원한을 복수하고 풀 수 있을까? 그러나 도신에게는 시편의 한 구절이 도전해 왔다.

"악한 일은 피하고, 선한 일만 하여라. 평화를 찾기까지, 있는 힘을 다 하여라"(시편 34장 14절).

도덕적 갈등

기차게 젊고 강한 의지로 무장한 예진, 그리고 방금 상하이에 도착한 다른 사람들. 그들은 새 세상에 대해서 빨리 배우고 특이한 상황에 잘 적응해 나갔다. 이들은 조선반도와 만주 여러 지역에서 온 8~10명의 젊은이들인데 교육, 종교, 이념 등 배경이 각기 달랐다. 그러나 '나라를 구한다'는 열정과 신념에는 하나였다. 그들은 매일 신기한 투쟁 방법을 배웠다. 어떻게 무기를 숨기고 사용하는지, 어떻게 신체의 요부를 차서 남을 굴복시키는지, 어떻게 혼자서

산이나 숲에서 생환하는지, 어떻게 다른 장소나 다른 그룹과 몰래 연락하는지, 어떻게 사람들을 설득하여 활동적인 그룹으로 조직하는지 등등. 어떤 때는 멀리 나가서 싸우는 기술을 실습하기도 했다. 밤이면 대개 일본과 결사적으로 싸우는 그들의 목적을 재확인하며 시간을 같이 보냈다. 여러 훈련생들이 일본 관헌들을 사살하기 위해서는 자기 목숨을 바치겠다고 공개적으로 서약했다. 이러한 집중적인 훈련기간에 그들은 점점 자살 특공대같이 되어갔다.

나이 13살에 교회 목사가 되기로 서약한 기독교 지성인 김예진은 이런 군사훈련, 즉 사람을 죽이는 훈련에 대해서 차차 회의를 느끼게 되었다. 종국적으로 기독교인들은 '아가페', 신적인 사랑을 믿는데 그 사랑은 원수까지 사랑해야 하는 것이다. 더군다나 3.1 운동은 모든 폭력의 사용을 부인하는 '평화적' 시위가 아니었던가? 만일 대한민국임시정부가 그 운동의 산물이라면 어떻게 그 평화원칙과 사살업무를 조화시킬 수 있는가? 예진은 혼란스러운 정신적 고뇌에 빠졌다.

한 달이 넘는 훈련을 마치면서 예진은 훈련단원과 교관에게 용감하게 자기 소신을 밝혔다. 자기는 나라를 구하기 위해 목숨을 걸고 최선을 다하겠지만 의도적으로 죽거나 죽이는 일은 하지 않겠노라고 선언했다. 그리고 오직 자신이 믿는 예수 그리스도만을 위해서 목숨을 바치겠다고 고백했다. 그 고백을 들은 모두가 실망감과 불쾌감을 나타냈다.

어느 날 밤 백범 선생이 예진을 불러 깊은 마음속 이야기를 나누게 되었다. 예진은 솔직히 자신의 신앙과 비폭력의 도덕적 신념을 설명했다. 한참 이야기를 듣고 나서 선생은 미소를 지으며 말을 꺼냈다.

"자네 생각을 이해하네. 누구도 사람을 죽이거나 죽임을 당하는 것을 좋아하지 않네. 절대 좋아해서는 안 될 것일세. 증오나 폭력이나 어떤 파괴행위도 근본적으로 잘못된 것일세. 우리 모두 그것을 알고 있네." 그러고는 그는 미소를 감추고 자세를 바꾼 후 말을 계속했다.

"우리, 즐겁지 않은 사태를 이야기해 보세나. 자네가 우연히 한 불쌍한 젊은 처녀가 어느 치한에게 강간을 당하는 장면을 목격했다고 가정해 보세. 그

처녀가 바로 자네 누이동생이라 생각해 보세. 그런 상황에서 자네는 용감한 남자로서, 아니 그 오라버니로서 무엇을 할 것인가?" 예진은 아무 대답을 할 수 없었다.

"자네 답변을 내가 알고 있네. 그런 위기상황에서 자네는 그녀를 치한의 공격에서 구하기 위해 분노의 폭발, 폭력적 행위, 위험한 싸움을 시작하지 않겠는가? 그 과정에서 그 강간범을 크게 다치게 해도 옳은 일로 정당화하지 않겠는가? 정당화되든 아니되든 자네의 폭력행위는 정의를 위한 명령, 이 경우 자네 누이동생에 대한 사랑의 이유 때문이 아닌가? 진정한 사랑은 정의를 위하여 우리로 하여금 싸울 수밖에 없도록 만드네. 지금 우리나라는 일본 식민주의자들에 의해서 강간을 당하고 있네. 지금 조선반도에서 무슨 일이 벌어지고 있나 자세히 보세. 무자비한 일본 침략자들에 의해서 수십만 명의 사람들이 체포되고 고문당하고 살해되고 있고, 또한 그들의 가족, 사업, 존엄, 희망이 다 파손되고 섬멸되고 있네. 우리 동족들을 위한 진정한 관심과 사랑은 우리로 하여금 지금 당장 옳은 일을 하지 않을 수 없게 만드네. 이런 상황에서 개인적 안전이나 도덕적 보호를 위해 아무런 행동을 하지 않는다는 것은…… 결국 지성적 사치나 도덕적 회피주의나 다름없네. 진정한 사랑은 진리와 정의를 위하여 희생하는 것을 의미하네. 그 희생은 도덕적·종교적 희생이기도 하네. 그렇네. 3.1 운동은 평화스러운 거사였고 또 그래야만 했네. 그것은 일본과 전 세계에 정당하고 과감한 선언이었기 때문이야. 그러나 한편 외치는 것만으로는 자유와 독립을 가져올 수 없네. 그 선언의 목적을 성취하기 위해서는 결단과 희생을 가지고 조직적인 투쟁을 시작하여야 하네."

예진은 선생의 열정적이고 설득력 있는 말씀에 감복했다. 그는 자기의 애국심이라는 것이 다분히 개인적·지성적·도덕적 계산에 국한된 것이었음을 깨닫게 되었다. 그러나 진정한 사랑은 자신을 극복하고 자신을 희생하도록 강권하는 것이다. 예수가 하나님의 사랑을 대변했다면 그 사랑이야말로 이타적이고 희생적인 사랑이었다. 사도 바울은 자기 동족이 하나님과 회해하기 위해서라면 자신이 하나님과의 관계에서 떨어져 나가도 좋다고 하지 않았던

가? 이런 생각이 그 마음속에 스치면서 예진은 다시 선생에게 질문을 던졌다.

"알겠습니다마는 한 가지 질문이 더 있습니다. 폭력을 수단으로 싸우는 것이 독립을 성취하기 위해서 유일한 또는 최상의 길일까요?" 다시금 미소를 지으며 선생은 설명을 주었다.

"아닐세. 폭력수단은 유일한 길도 최상의 길도 아니라네. 그러나 우리의 경우에 불가피한 길이라 하겠네. 장기전을 수행하고 분명한 결과를 보기 위해서 반드시 필요한 길이라네. 사실 우리 임시정부는 최종적으로 자유롭고 자주적인 국가를 성취하기 위하여 여러 다른 계열로부터 다양한 수단과 방법을 모색하고 있다네. 예를 들면, 국제사회에 우리의 독립을 호소하고, 우호적인 나라에서 구체적인 지원을 받고, 백성의 계몽과 일반 교육을 강조하고, 군사적 항거와 개인 공격을 결행하는 등등. 지금 우리 사정처럼 정치적·외교적·군사적 힘이 없는 실정에서는 적의 중요한 기반에 대한 소그룹의 공격이나 개인적인 폭거는 필요하고 효과적이라네. 우리의 목적은 적의 군사적·행정적 기능을 최대한 마비시키는 일이라네. 적은 우리의 이런 행위를 '테러주의자'라고 하겠지만 우리는 '자유를 위한 독립운동가'라 하네." 선생은 말을 이었다.

"그건 그렇고, 우리는 자네의 경우 자네와 자네 가족이 가진 것을 활용하는 것이 폭력수단보다 더 효과적이라 생각하네. 자네는 평양지역을 잘 알고 많은 사람과 교회, 단체, 다른 자원들을 잘 알고 있네. 자네는 그들을 효과적인 항거 집단으로 조직하고 동원할 수 있을 것일세. 사실 폭력수단은 자네가 가진 최고의 재능은 아니라고 보네. 우리는 신념을 가진 그곳 사람들의 힘을 자네가 조직하는 것이 필요하네. 그래서 이 밤에 자네를 부른 것일세. 예진 동지, 그런 일을 감당할 준비가 되었소?"

"예, 저는 준비가 되었습니다." 예진이 힘주어 대답했다. 두 사람은 앞으로 전개될 사명의 꿈으로 어떤 전율을 느꼈다. 다음 이틀간 백범 선생과 다른 이들이 예진에게 구체적인 계획과 지시를 주었다. 예진은 무척 고무되고 흥분했다.

제6장

갑자기 운명이 뒤틀리다

사라진 고향집을 향하여

나라를 위하여 싸우는 일은 먼저 자신과 싸우는 일이다. 각 독립투사는 중요한 과업을 위하여 상하이를 떠나기 전에 자기 자신의 우려와 두려움과 절망을 극복하기 위하여 싸워야 한다. 백범 선생과 다른 어른들이 예진의 손을 잡고 주어진 사명의 성공을 바라며 엄숙한 이별을 고했다.

남만주 한 포구로 향하는 큰 배로 떠나며 예진은 자기 겨울 솜옷 속에 소형 무기를, 보릿자루 속에 실탄을 감추었다. 또한 비상약과 식량, 그리고 약간의 옷을 챙겼다. 그의 몸과 마음은 조국으로 가는 길에 어떠한 위험과 고난도 이겨낼 준비가 되어 있었다. 그의 사명이란 평양을 위시하여 평안남도 내에 젊은 남자들의 항일 소집단과 결사대를 조직하는 일이었다. 항해하는 동안 예진은 많은 생각과 잠정적인 계획까지 세우고 있었다. 누구를 접촉할지, 어떻게 사람들을 움직일지, 어떻게 그들을 훈련할지, 어디에 지하 은신처를 설치할지, 어떻게 적을 괴롭히고 경찰을 혼란시킬지 등. 상하이에서 받은 무술과 정략훈련이 빨리 생각하고 움직여야 하는 활동가에게 큰 도움이 되었다.

그의 첫 할 일은 잡히지 않고 평양에 잠입하는 것이었다. 배가 신의주 맞은편 안동(현재의 단둥) 근처 항구에 도착하자 계획대로 든든한 자전거를 구입하고 개인 나룻배로 압록강을 건넜다. 기차로 간다면 평양까지 네다섯 시간이면 충분했겠지만, 예진은 작은 시골길을 찾아 달렸다. 경찰 검문소를 거치지 않기 위해 큰길이나 교차로나 다리들을 피하여 여러 시간을 돌아서 갔다. 그는 여관이나 주막집에 들를 수 없었고, 자전거는 탔지만 거지나 다름없는 행색으로 먼 길을 갔다. 그는 곧 지쳐버렸다. 살을 에일 듯한 추운 날씨에 목적지까지 가지 못할까 봐 두려웠지만 그렇다고 되돌아가거나 한곳에 머무를 수도 없는 처지였다. 그는 하늘로부터 특별한 힘을 달라고 간절하게 기도했다. 사흘 만에 드디어 평양 근교에 도착했으나 그의 자전거가 더 이상 쓸 수 없게 되어버렸다! 앞바퀴가 그만 휘어진 것이다. 자전거는 산속에 버리고 보릿자루를 둘러메고 야음을 틈타서 자신의 집에 접근하게 되었다. 아, 꿈에도 그리던 고향집, 따뜻한 보금자리를 바라보며 너무 기뻐 예진의 가슴은 두근거렸다!

그런데 이 무슨 이상한 광경인가! 정미소 기계는 정지되어 있고 인기척이 전혀 없었다. 가까이 가서 문패를 자세히 보니 부친의 이름 김두연이 아니라 문 씨였다! 가족이 이사한 모양인데 어디 물어볼 사람도 없다. 아니, 누구에게도 물어볼 수 없는 것이다. 갈 곳 없는 추운 밤, 완전한 절망의 한가운데 하나님의 도우심을 간구했다. 그러다 생각해 보니 산정현교회 강규찬 목사 사택이 그대로 있을 듯싶어 그곳으로 찾아갔다. 그가 가족의 행방을 알리라.

강 목사가 갑자기 나타난 이 젊은 집사를 가만히 맞아주었다. 초라한 모습을 보고 저녁을 먹인 후 따뜻한 목욕을 권했다. 그 후 예진은 깊은 잠에 빠졌다. 다음 날 늦게 일어나자 강 목사는 가족의 형편을 들려주었다. 경찰 습격, 사업 파산, 집 급매, 가족 해체, 부친의 경찰 수배 등. 두 달 사이에 얼마나 급작스럽고 슬픈 변화의 소식인가! 예진의 부친은 만주 어디로 피신하고 가족은 시골 본가로 돌아갔다는 것이다. 아내와 어린 딸은 신태평 본가로 돌아갔다고 했다.

강 목사의 기도를 받고 예진은 누군가를 만나 무엇을 전달해 주기 위해 목사 사택을 떠났다. 물론 아내를 곧 찾아갈 것이다.

불운과의 첫 대면

음력 동짓달 2일 상하이로 가버린 사랑하는 남편이 갑자기 처가에 나타났다. 도신은 너무나 놀라고 기뻤으나 첫마디가 걱정에 찬 의문이었다.

"당신! 왜 나오셨습니까?"

"여보, 내 염려 마시오. 나 볼일 있어 나왔소이다."

그러고는 권총 두 자루를 꺼내주며 빨리 감추라고 했다. 도신은 총을 얼른 검은 천에 싸서 집 뒤의 안 쓰는 낮은 굴뚝 속에 숨기고는 농짝을 열어 새 옷을 꺼내주었다. 기쁨과 공포가 동시에 넘쳐 온몸이 떨렸다. 너무나 들을 말, 할 말이 많았다. 그런데 갑자기 방문이 확 열렸다. 악명 높은 조선 순사 양도제가 신발을 신은 채 방에 들어왔다.

"이 사람 누구요?"

"예, 우리 손님올시다, 나리."

"이 사람 이름이 뭐요?" 뒤따라 들어온 일본 순사가 물었다.

"이정제라 합니다, 나리." 도신이 대답했다. 두 순사가 크게 웃더니 손가락질했다.

"이봐! 우리가 어제부터 이 집을 지키고 있었어. 당신 김예진 맞지? 하하하." 크게 웃으며 일본 순사가 놀란 예진의 손에 수갑을 채웠다. 도신은 충격을 받고 가슴이 무너져 내리는 듯했다. 사지에서 돌아온 남편에게 저녁 대접은커녕 손 한번 잡아보지 못하고 일을 당한 것이다. 이것이야말로 순식간의 꿈, 불길한 짧은 꿈 같았다. 순사들이 예진을 데리고 나가면서 양도제가 도신을 놀려댔다.

"어이, 애기 엄마, 잘 믿는다는 야소교 장로의 딸이 거짓말을 곧잘 하는군."

"그렇소, 목사의 딸이라도 그리 하겠소." 도신이 쏘아붙였다. 도신의 아버지가 속삭였다.

"얘야, 조용히 기도하고 있어라. 내가 어떻게 무엇이든 할 수 있으면 할 터이니."

도신의 아버지가 셋을 따라나서며 도신에게 속삭였다. 순사들은 예진을 신태평 기차역으로 데려가서 밤차로 평양에 호송할 계획이었다. 신태평 기차역까지는 신작로 길로 십 리가 넘는데, 기차역과 주재소, 전화, 우편국이 있었다.

"양도제, 내 말 좀 듣게나. 지금 내 주머니에 400냥이 있는데 자네와 저 일본 순사가 그 돈을 다 쓰고 당국에는 단순히 잡으려던 범인은 체포하지 못했다고 보고하면 어떻겠나? 생각해 보게." 도신 부친이 슬쩍 제의했다.

"노인 양반, 솔직히 귀가 솔깃하오만 저 사람 때문에 안 되겠소. 순사마다 사진을 가지고 다니며 이 범인을 잡으려 했는데 우리는 사진도 없이 쉽게 잡았소." 양 순사가 자랑스럽게 말했다.

"그럼 좋소. 최소한 저 죄수 먹여서나 보냅시다. 밤기차 시간은 충분히 있으니." 그래서 기차역 근처 좋은 식당에 들어가기로 했다. 노인은 제일 좋은 요리와 소주를 주문했다. 그래서 모두 맛있는 음식을 먹으며 오랜만에 느긋하게 좋은 시간을 가졌다. 두 순사는 맛있는 요리와 더불어 소주를 몇 잔 마셨다. 한 장로가 슬쩍 순사들을 치켜세웠다. 누가 누구를 잡든 간에 이 추운 날씨에도 순사 나리들이 자기 의무에 충실한 모습이 훌륭하다고 말했다. 일본 순사가 이 모든 수고가 다 나라를 위해서, "대일본제국과 조선을 위해서"라고 자랑했다. 그들이 기분이 한참 올라가 있는 순간에 높고 긴 기적 소리가 들렸다. 아차! 너무 늦었다. 밤기차가 이미 떠나는 것이다! 약간 당황한 일본 순사가 죄수를 주재소-면사무실에 감금했다가 내일 아침 첫차로 호송할 것을 명령했다. 그래서 예진을 결박한 채 모두 면사무소로 갔다. 잠시 후 일본 순사는 옆구리에 찬 긴 일본도를 덜렁거리며 군가를 부르면서 기분 좋게 집으로 갔고, 근심에 찬 노인은 기도하면서 집으로 돌아갔다.

목적지 없는 도망

예진은 수갑을 차고 밧줄로 발이 묶인 채 한쪽에 두 순사가 자는 방에서 밤을 지내기로 했다. 그 옆은 사무실인데 여섯 명의 야경꾼(강제로 동원된 "지역 봉사원들")이 컴컴한 석유등 밑에서 당직을 서고 있었다. 이 젊은이들은 기대하지 않았던, 상하이로부터 온 혁명가를 맞아 흥분했다. 상하이 임시정부와 자주 듣던 항일 영웅들에 대해서 호기심이 많았다. 이 특별한 죄수는 낮은 책상에 의지한 채 그 환상적인 국제도시와 새 문명(세계 여러 나라에서 몰려드는 청년들, 독립전쟁을 준비하기 위한 군사훈련, 중국 정부가 주는 지원, 미국의 한인 교포들이 보내는 많은 성원금 등)에 대해서 자세히 늘어놓기 시작했다. 야경원들은 너무 황홀해서 야경 당번조차 돌지 않고 이야기를 들었다. 한 순사가 반쯤 졸다가 고백하였다.

"선생, 독립이 되는 날 제발 우리 생명 살려주오. 우리는 단지 생존하기 위해 이 일을 하는 것이오."

예진은 대꾸도 하지 않고 밤이 새도록 김구, 안창호, 여운형, 이동녕, 신규식 선생들 같은 용감하고 위대한 임시정부 지도자들에 대해서 이야기를 계속했다. 잠들지 않으려고 애쓰면서 야경원들은 이야기에 매혹되어 흥분했다. 그러나 예진은 그들보다 더 흥분할 일이 생겼다. 이야기를 하면서 손을 한쪽으로 계속 비틀자 좀 헐겁던 수갑이 살짝 열린 것이다! 이것이야말로 하나님으로부터 오는 신호다! 그는 과장을 섞어서 무용담을 계속하면서 책상 밑 자기 발을 묶은 밧줄을 살살 풀어나갔다. 잘 시간이 되지 않았느냐며 시간을 물으니 아무도 회중시계를 가진 사람이 없었다. 밖의 달을 보라고 했더니 한 사람이 나가서 달인지 별인지 한참 보고 들어와 새벽 2~3시쯤 되었을 것이라고 보고했다. 예진은 사무실의 두 문이 잠겨 있지 않은 것을 알았다. 머리가 시리다고 하자 한 사람이 그의 방한모를 머리에 씌워주었다. 이때야말로 하나님이 예비하신 기막힌 시간이다. 수갑을 차고 발이 묶여 있던 죄수가 빈개같이 일어나 석유등을 박살내고 말았다. 갑자기 흑암이 덮치자 모두 혼비백산하여 소리를 질렀다. 그 충격과 혼란 중에 불이 붙은 모양이었다. 연기가 자욱했다.

예진은 쏜살같이 두 문을 박차고 나갔으나 높은 싸리 울타리가 앞을 막았다. 길을 찾을 겨를도 없이 그 울타리를 머리로 박아 구멍을 내고 뛰쳐나갔다. 그는 사력을 다해 달려갔다. 고함소리, 아수라장, 개 짖는 소리를 뒤로하고 계속 달렸다. 어디로 갈지 알 수 없기에 무조건 동쪽, 평양 방향으로 정신없이 달렸다. 얼어붙은 밭과 논두렁, 작은 길과 낮은 언덕을 그냥 달려갔다. 너무 빨리 달려서 마치 하늘을 날아가는 느낌이 들었다. 그러다 갑자기 땅을 향해 수백 번을 구르며 곤두박질치는 것 같았다. 온몸의 뼈가 모두 으스러지는 듯했다. 지옥의 바닥인가 아니면 끔찍한 악몽인가? 그는 순간 번쩍하는 섬광을 보았다.

"주님, 내 영혼을 받으소서. 제가 주께로 갑니다." 그러고는 의식을 잃어버렸다. 한참 후 그가 의식을 다시 찾았을 때 하얀 눈이 얼굴에 내려 있었고 온몸이 쑤셨다. 도대체 무슨 일이 일어난 것일까? 그는 얼어붙은 넓은 논밭을 정신없이 달렸던 것 외에는 아무것도 기억할 수 없었다. 천천히 손과 팔, 무릎, 다리, 머리를 움직여 보았다. 여기저기 상처가 나고 통증은 있어도 다행히 어디도 부러진 데는 없는 것 같았다. 상하이에 값진 기념물로 가져가려던 그 기적의 수갑과 방한모도 온데간데없어졌다. 찬찬히 둘러보니 칼로 자른 듯 높은 언덕 사이의 철로 옆에 자신이 널브러져 있는 것이 아닌가? 그 가파른 언덕 위에서 굴러떨어진 것이었다. 아픈 몸이 오그라들고 눈은 점점 더 세차게 내렸다. 이대로 죽을 수는 없었다. 그렇다고 마냥 이런 상태로 누워 있을 수도 없다. 멀리서 개 짖는 소리가 계속 들려왔다. 예진은 개처럼 천천히 기어나갔다. 얼마쯤 가다 천천히 산 쪽으로 걷기 시작했다. 반시간쯤 걸었는데 온몸이 아파서 영원한 미로의 길을 가는 듯했다. 그러다 갑자기 생각이 떠올랐다. 처가 '당숙 할아버지'가 이 근처 농가에 살고 있다. 그가 나를 살려줄 수 있으리라. 그가 나의 구원자가 되어야 한다.

언덕 아래 외톨이 집이라 찾기가 어렵지 않았다. 그 새벽에 그 집 문을 두

드리니 당숙 할아버지가 아무 말 없이 나와서 예진을 맞아주었다. 그는 아랫동네 면사무소 겸 주재소에서 무슨 큰일이 벌어진 줄 알았다고 했다. 연기가 자욱하게 피어오르고 여기저기서 사람들이 고함치고 온 동네 개가 다 짖어댔다고 한다. 그는 예진의 큰 상처에 독주를 바르고 담뱃잎으로 싸매주었다. 그리고 두터운 검은 외투를 입혀주며 산에 올라가 숨어 있다가 안전할 때 내려오라고 했다.

산길은 눈으로 완전히 덮여 있었다. 소나무 가지와 검불로 가려진 구덩이 같은 작은 참호 하나를 발견했다. 날씨는 그리 춥지 않았으나 눈발은 점차 더 굵어졌다. 예진은 그 구덩이에 기어들어가 몸을 웅크리고 금세 깊은 잠에 빠져들었다.

신기한 탈출 작전

새벽 5시 반경, 아직 사방이 어두운데 도신과 어머니가 쌓인 눈을 헤치며 걸어서 신태평 주재소를 찾아갔다. 조용한 사무실 문을 두드렸다.

"여보세요, 여보세요. 어제 밤에 들어온 죄수 밥 가져왔습네다." 이 이른 새벽에 누군가가 깨기를 기다렸다. 조금 지나 한 순사가 문을 열고 나오더니 욕부터 쏟아냈다.

"그 망나니 새끼, 어젯밤에 도망갔소. 지금쯤 상하이에 도착했을 거요. 나쁜 놈, 불까지 지르고."

두 여인은 혼비백산했다. 진짜 도망갔을까? 아니, 이 눈 오는 밤에 어디로 갔을까? 뒤뚱거리며 머리에 이고 온 따뜻한 밥과 옷 보따리처럼 갑자기 마음이 무거워졌다. 건물을 돌아 나오는 길에 우연히 도신의 발에 차이는 것이 있었다. 집어 들고 보니 털이 달린 남편의 방한모였다! 눈이 오기 전에 이 모자를 벗고 도망갔나? 도신이 생각해 보니, 그렇다면 눈에 발자국은 안 생겼을 것이니 다행이었다. 그러나 수갑을 차고 얼마나 멀리 도망갔을 것인가? 만일 다시 잡힌다면 경찰이 고문으로 그를 죽일지도 모른다. 걱정이 태산 같았다.

이른 아침 눈이 멎고 날씨가 비교적 따뜻해졌다. 백여 명의 헌병들이 평양에서 트럭으로 내려오고 거의 비슷한 수의 순사들이 기차로 신태평에 왔다. 이 일대에서는 전례가 없는 대군사작전이 벌어졌다. 긴 총에 칼을 꽂고 신태평과 그 일대(장인 집 기준으로 동편으로는 신흥동, 두동리, 신대평, 서편으로는 고창동, 샛천리, 구대평, 일화리, 남쪽으로는 주자도, 상단, 하단, 담광이, 북쪽으로는 상산리, 금천리 등)에 도망자 수색전이 체계적으로 이루어졌다. 그들은 동네의 모든 집을 샅샅이 뒤지기 시작했다. 안방, 사랑방, 부엌, 헛간, 나뭇단, 장독대, 심지어 바깥 변소까지 뒤졌다. 동네 사람들은 영문도 모른 채 무서워 밖에 나가지 못하고 개들만 누런 또는 검은 제복을 입은 외부 침입자들에게 험하게 짖어댔다. 심하게 달려드는 개에게는 총을 쏘았지만 누구도 항의할 수 없었다. 동네를 샅샅이 수색하고는 동네 밖 논두렁, 언덕, 산등성이를 뒤지기 시작했다. 산에서는 웅덩이, 수풀, 산소, 큰 나무 밑 등을 총검으로 찔러 보았으나 워낙 눈이 많이 쌓여 도망자 흔적도 찾을 수가 없었다. 눈 속에서 무엇인가 급히 움직이면 모두 소리를 지르고 탕탕 총을 쏘았다. 새들이 놀라서 후르르 날아가고 높은 가지에 쌓인 눈이 쏟아져 내렸다. 군인들은 흥분해서 달려갔지만 결국 사슴이나 산토끼인 것을 알고는 기운이 빠졌다. 무릎까지 눈이 쌓인 산길에서 도망자 하나를 찾느라 지친 군경들이 오후 중반에 수색을 종결하고 순사 몇 명만 남기고 모두 돌아갔다. 나중에 들은 이야기지만 어느 집에서는 총을 들고 안방에 들이닥친 헌병을 보고 놀란 한 만삭의 며느리가 유산을 하였다고 한다.

일대에 불안하지만 평온이 다시 깃들은 늦은 오후, 아직 마음이 안정되지 않은 도신은 아기를 업고 문밖에 나와 동네를 살펴보며 남편이 어디로 갔을까 염려하고 있었다. 지금쯤 평양 어느 안전한 곳에 숨어서 쉬고 있을까?

일기는 따뜻한 편이지만 눈 때문에 여행하기에는 좋지 않은 날이다. 도신은 근심 어린 시선으로 동네 주위를 둘러보고 있었다. 집집마다 굴뚝에서 올라오는 희거나 검은 연기가 터무니없는 이날의 소동을 마감하는 듯싶었다.

집 앞의 신작로에도 지나가는 소달구지 하나 보이지 않았다.

그런데 그 신작로 너머 철길을 한 농부가 절뚝거리며 지나가고 있었다. 볏단을 잔뜩 실은 소를 따라가며 그 절름발이는 도신 쪽을 여러 번 돌아보며 갔다. 이런 날씨에 절뚝거리며 가는 농부가 가엾다고 생각하며 집으로 들어왔다.

"너 그 사람 봤냐? 그 사람 봤냐?" 당숙 할아버지가 어느새 뒷문으로 들어와 있다가 다급히 물었다. 누구를 보았냐고 묻기도 전에 "그 사람 네 남편이다. 네 남편이 기찻길 따라 조금 전에 이곳을 지나갔다." 그 말을 듣자마자 도신은 눈물을 와락 쏟고 말았다.

"아이고, 우리 불쌍한 선명이 아빠, 손이라도 흔들어 줄걸……."

"무슨 소리냐? 절대로 안 되지. 순사들이 이 집과 동네 일대를 감시하고 있어. 저 언덕에서 망원경으로 이 집을 늘 보고 있단 말이야. 너 손 흔들어 주면 네 남편을 저놈들에게 넘겨주는 거야." 그 말을 들으니 가슴이 섬뜩하고 등골이 서늘했다.

어떻게 이제야 도망가는 것일까? 절뚝거리며 혼자 무사히 갈 수 있을까? 당숙 할아버지가 그날 일어난 일을 자세히 알려주었다.

한밤중에 예진이 다쳐서 집에 들어왔을 때 할아버지는 침착하게 그의 상처를 싸매주고 산속에 숨도록 했다. 언덕 너머 자기 집은 너무 위험했던 것이다. 아침 늦게 예진이 산속 구덩이에서 깨어났을 때 너무 몸이 아파 움직일 수 없었다. 사실은 수색대의 총소리와 떠드는 소리가 숨어 있는 근처까지 와서 도저히 나올 수가 없었다고 한다. 오후에 군인들이 다 떠나고 동네와 산과 들판이 아주 조용해졌다. 그래도 꼼짝 못 하고 하나님의 도움을 기다리며 기도했다. 오후 늦게 할아버지가 흰 두루마기와 지게와 누룽지 등을 산에 가져다 놓았다. 잠시 후 한 나무꾼이 천천히 내려와서 그 언덕 너머 집에 들렀다. 그 집에서 휴식하기에는 너무나 위험했다. 그렇다고 절뚝거리는 형편에 어디로 급히 갈 수도 없었다. 그래서 궁리해낸 것이 바로 볏짐 농사꾼의 행세였다고 한다. 불행한 무릎 부상이 오히려 탈출에 도움을 준 축복이었던 것이다.

얼마 후 평양 일대에는 소문이 파다하게 퍼졌다. 김예진이 신태평에서 체포되어 꽁꽁 묶여 있다가 여러 명의 순사들 앞에서 귀신처럼 도망쳤다는 것이 알려지자 그에게 '축지술'의 마술이 있다고도 했다. 어떤 미신을 믿는 여자가 도신에게 찾아와 남편이 숨은 날개가 있는지, 발밑에 '돌돌이'가 달려 있는지, 머리 뒤에도 눈이 있는지 묻는 웃지 못할 일마저 있었다. 사람들이 평양 여기저기에서 그를 보았다는 소식을 전해주었다. 어느 날 저녁에는 분주한 사거리에서 한 혐의자를 호송하는 순사를 총으로 쏘고 둘이 도망쳤다고도 했다. 도대체 진짜 사실인지 헛소문인지 분간할 길이 없었다. 한 가지 분명한 것은 남편이 더 큰 위험을 무릅쓰고 아직 여기저기 나다닌다는 것이었다. 언제 어디서 무슨 일을 당할까? 도신은 늘 가슴이 두근거리고 마음을 졸여야 했다.

第7장

일제 강점권력 가슴에 폭탄을 던지다

항일투쟁 임무

상하이 임시정부로부터 국내로 밀파되었을 때에 예진의 첫 임무는 무기를 사용하는 일보다 평양지역에 사는 친구들 중에서 뜻있는 사람들을 모아 훈련하고 동원하는 일이었다. 그런 점에서 그는 성공적이었고 결과도 좋았다. 이듬해 2월 말까지 그와 동지들은 숭실대학교 기숙사에서 모여 3.1 운동 1주년을 기념하기 위해 격문을 다량으로 준비하여 많은 사람들에게 몰래 살포하였다. 예진은 또한 조선의 독립을 위한 전국적인 무력항쟁 단체인 **대한독립의용단**(大韓獨立義勇團)[1] 조직에 참여했다. 그 조직의 총무인 **김석황**(金錫璜)[2]은 1920년 4월에 평양기홀병원에 잠입하여 활동하고, 예진은 평남지부 서무부장으로 활동했다. 그해 6월에는 나라의 독립을 위한 전쟁에서 싸우다 죽으리라 서약한 20여 명의 젊은이들을 규합하여 **대한독립일신청년단**(大韓獨立日新青年團)[3]을 조직하였다. 또한 후에 군자금 모금과 송금으로 임시정부를 도운 **반석대한애국부인청년단**(盤石大韓愛國婦人青年團)[4]을 만드는 데 조언을 했다.

예진은 밤낮으로 다른 은신처를 사용하며 관심 있고 의식화된 사람들을 조직하는 일로 바빴다. 그는 중학교 동창들, 대학 친구들, 교회 사람들, 친척과 친구들, 때로는 나라를 위해 새 희망을 찾는 낯선 사람들까지 규합해서 조직을 넓혀나갔다. 예진은 약관 20세 초반의 대학생이었지만 투철한 신념과 철저한 신앙의 힘으로 많은 사람들을 움직였다. 조용하지만 설득력 있게 나라 잃은 민족의 서러움을 달래고, 자유와 해방을 성취하기 위한 거룩한 투쟁노력을 호소해서 감동을 주었다. 이 일은 압박하는 일제에 대한 증오보다 희생된 우리 동포에 대한 사랑이 더 큰 목적이었다. 이런 일로 많은 지하 모임과 공부와 토론이 있었다.

예진에게는 동지를 규합하고 훈련하고 투쟁조직을 결성하는 일 이외에 또 하나 중요한 활동이 있었다. 즉, 독립운동자금을 모집하는 일이었다. 흔히 '군자금'이라는 이 재원을 마련하기 위하여 임정 연통부의 지시에 따라 몇 명의 동지와 더불어 위험을 무릅쓰고 활동해야 했다. 이 자금은 임정의 활동을 위한 지원과 또한 국외(주로 만주) 무력투쟁을 위한 지원(주로 무기 구입)을 목적으로 모금한 것으로, 여러 지방에서 크고 작은 규모의 모금활동을 은밀하게 진행하여야 했다. 물론 뜻있는 독지가의 기부가 있었지만 대부분 여성들의 조직을 통해서 호소와 설득으로 여러 사람이나 소그룹 등에서 소액을 모금하는 것이었다. 그러나 더 중요한 활동은 친일 부호들을 위협하고 강요해서 거액을 탈취하는 행위였다. 김예진과 동지들은 만일 여의치 않으면 친일 부호를 응징한다고 육혈포를 가지고 그들을 협박하고 반강제로 거액을 내놓게 했다. 이로 인하여 때로는 일본 경찰의 추적을 피해야 했다. 여러 지역에서 이런 '강도질'로 몇이 체포되기도 하였다.[5]

시간이 흐를수록 사람들을 조직하던 예진은 이들을 실질적 투쟁도구와 수단으로 무장시켜야 할 필요성을 절감하게 되었다. 그런 와중에 몇몇 동지들이 상하이 임시정부로부터 비밀 지령이 떨어졌다는 것을 알게 되었다. 즉, 일제의 주요 시설을 폭파하라는 지령이었다! 고위 지도자들이 즉시 계획을 세우기 시작했다. 곧 상하이로부터 전문 요원들이 도착했다.

무기를 밀수입하는 일은 일본 신민주의자들에게는 심각한 범죄행위로 보이겠지만 예진은 압박받는 백성의 자유와 독립을 위한 것이라면 모든 책임 있는 애국자들이 마땅히 감당해야 할 성스러운 사명이라고 믿었다. 김구 선생의 엄숙한 충고가 예진의 귓가에 맴돌았다. "나라와 민족을 향한 진정한 사랑은 개인적인 도덕성이나 법적인 한계성을 극복해야 한다. 나에게 무슨 일이 일어나든 그 사랑을 실천해야 한다."

밤 강도를 만난 행운

여기저기서 예진의 영웅적인 활동에 대한 소문이 믿을 수 없을 정도로 계속 들려오는데, 가족들은 아직 그가 살아 있다는 위안을 받기는커녕 거의 고문을 당하는 심경이었다. 언제 무슨 일이 그에게 닥칠지 알 수 없었다. 도신은 행여 끔찍한 소식이 날아올까 늘 노심초사했다.

지난번 도망 소동이 두어 달 지난 어느 날 밤, 갑자기 집의 뒤뜰에 남편이 나타났다. 도신은 기뻐해야 할지 질겁을 해야 할지 몰라 그저 온몸을 사시나무처럼 떨었다.

"방금 진남포에서 오는 길인데 오늘밤으로 자전거로 평양에 가야 하오. 뭐 좀 먹을 것이 있소? 오래 머물 수 없소."

"예, 예, 물론이지요. 내 당장 저녁상을 준비하리다." 떨리는 손으로 도신과 어머니가 연기가 나지 않도록 조심조심 음식을 준비했다. 어쩌면 이것이 그가 집에서 하는 마지막 식사가 될지도 모르는 일이다. 비밀 밤참을 먹는 동안 도신은 밖을 살폈다. 온 마을이 어둡고 조용하다. 개 짖는 소리 하나 없이 모두 잠들어 있다. 도신의 아버지가 가만히 속삭였다.

"사위, 내 말 듣게나. 급한 줄은 아네만, 만일 이 밤중에 자네 혼자 자전거로 가다가는 필경 순사에게 잡힐 것일세. 자네 아내와 선명이를 데리고 천천히 걸어가게. 아내는 자네가 모시는 귀부인이고, 자네는 부인의 머슴으로 행세하게." 참으로 좋은 생각이었다. 예진은 허름한 차림에 아기를 업고 도신은 잘 차려입고 작은 항아리 같은 짐을 머리에 이고 길을 떠났다. 캄캄한 한밤중이라 아무것도 보이지 않았지만 여기저기 날아오르는 도깨비불이 길을 비추어 주려는 듯했다. 이고 가는 것이 무엇인지 모르지만 쇳덩어리처럼 묵직했다.

"인제 가면 언제 다시 오시나요?"

"마나님, 지금 나의 운명은 마나님 손에 달려 있소이다. 나도 모르나이다. 언제나 사랑은 하지만……." 몰래 속삭이는 길에 무엇인가 철거덩 철거덩 하는 소리가 앞에서 들렸다! 순사들이 총이나 쇠몽둥이를 들고 지키는 것이 분명했다. 오싹 소름이 끼쳤다. 그렇다고 물러설 수도 없었다. 조심스럽게 어둠을 헤치면서 두려움을 억누르며 앞으로 나아갔다.

"이 밤중에 어디를 가는 놈들이냐?" 둘 중 하나가 억센 손으로 남편의 목을 움켜쥐고 호령했다. 남편은 겁에 질렸는지 한마디 말도 못했다.

"나리님들, 그 사람 상관 마시라우요. 그 사람 우리 집 머슴인데 말을 잘 못합니다. 우선 나리님들 우리들을 보호하기 위해서 밤낮으로 수고해 주셔서 감사합네다. 이 밤중에 길을 가는 나의 딱한 사정을 들어보시라우요." 그러고는 마나님은 자신의 딱한 사정을 하소연했다. 평양 본가에 계신 어머니가 지금 운명하실 것 같아 마지막으로 인삼 꿀을 드시게 하려고 서둘렀지만, 저녁 기차를 놓쳐서 하는 수 없이 이 머슴을 데리고 가는 길이라고 했다. 늦기 전에 어머니를 볼 수 있도록 보내달라고 애원했다.

그런데 어둠 속에서도 자세히 보니 이 순사들이 이상한 데가 있었다. 제복도 안 입고 순사패도 안 달고 수염이 덥수룩한 것이 도둑놈 같았다. 밤길 강도가 틀림없었다. 잠시 조용했다. 절박한 부부는 불안해서 어쩔 줄 몰랐다. 머슴은 기도를 하는지 눈을 감고 있었다. 드디어 늙은 도둑이 입을 열었다.

"딱한 이야기를 들으니 내 마음도 슬퍼지는군. 야, 아들아, 이 사람들 그냥 보내주자. 우리도 아픈 부모가 있지 않으냐?" 이렇게 이해심이 많은 강도를 이 절박한 밤길에 만났으니 얼마나 행운인가? 마나님은 고맙다고 말하고 머슴은 몇 번이나 절을 했다. 그러고는 평양시에 들어가기 전에 지키는 순사들이 더 있느냐고 물었다.

"어림없는 소리. 여기가 어디라고 밤중에 나오나? 여기는 우리 영역인데……." 두 강도는 자랑스럽게 대답하고는 껄껄 웃어댔다.

혼은 났지만 운이 좋은 부부가 시가에 도달했을 때 환영하듯 닭 우는 소리가 사방에서 들렸다. 머슴은 그 묵직한 항아리를 들고 어디론가 사라지고 귀부인은 아이를 받아 업고 강 목사 사택으로 갔다. 언제 다시 만날지 아무런 약속도 없이 부부는 다시 헤어졌다.

도망범이 보낸 딸기 상자

5월 초 어느 날 한 젊은이가 도신에게 상자 하나를 들고 왔다. 신선한 딸기 한 상자!

"저는 김예진 씨의 가까운 친구인 허영진의 아들입니다. 이거 김예진 씨가 보낸 겁니다. 아주머니가 이것을 원할 듯해서 보낸다고 합니다." 얼마나 놀라운 기쁨인가! 도신은 깜짝 선물 자체보다도 생명을 내놓고 숨어 다니는 신세에 자기를 생각해 주는 남편의 자상한 마음에 감동을 받았다. 그런데 어떻게 임신한 것을 알았을까 의아했다. 그것은 사실 예상치 못 한 아주 우연한 임신이었다. 음력 2월 24일 한밤에 갑작스럽게 남편이 집에 나타나서 위험하고 애틋한 밤을 함께 지냈었다. 그렇게 둘째가 생긴 것이다.

작은 촌동네에서는 비밀이란 없다. 소문이 금방 퍼지고 어떤 여자들은 남편이 없으니 마술력으로 임신했다고 수군거렸다. 경찰도 그 사실을 알게 되었다. 그들은 언제, 어떻게 그 도망범이 자기네 감시를 피해와서 자고 갔는지 알고자 했다. 심문할 때 도신은 자기 남편의 방문을 대담하게 진술하고 혼인관계를 자랑스럽게 선언했다. 한 못된 순사가 멸시하는 말을 뱉었다.

"그게 진짜 그놈의 아이냐? 차라리 다른 놈의 씨를 받았기 바란다. 그러면 적어도 그 애는 반역자의 자식은 아닐 터이니. 그러면 나라에서도 네게 상을 줄지 모른다."

갖은 모욕과 소문에도 불구하고 도신은 임신한 것이 기쁘고 자랑스러웠다. 이제는 뱃속 아기에게 아빠가 보낸 신선한 딸기를 먹일 수 있어 더욱 행복했다. 그 딸기를 가져온 청년이 좋은 소식도 가져왔다. 내일 숭실대학교 근처 방 목사 사택에 가면 남편을 만날 수 있다는 것이다. 방 목사는 가까운 옛 친구 선모의 부친이다.

다음 날 아침 일찍 큰 기대를 가지고 그곳으로 찾아갔다. 그 집에 도착해 보니 남편은 심한 독감에 걸려 회복 중에 있었다. 너무나 반가웠지만 너무나 애처로웠다.

예진은 계속 기침하며 자기가 어떻게 만주에 갔다가 겨우 돌아왔는지 길고 긴 이야기를 털어놓았다. 얼마 전 네 대표가 만주 어느 곳에서 조선 독립투쟁을 위한 비밀전략회의에 참여하였다고 한다. 여러 참석자들은 각기 정치적 이념이 다른 만주와 조선의 타 지역에서 온 사람들이었다. 그 모임이 어디에서 모이고 무슨 성격의 회의였는지 전혀 밝히지 않은 채 그냥 큰 비밀회의였다고 했다. 회의에서 논쟁이 많았지만 3.1 운동의 목적을 달성하기 위해서는, 그래서 일본 식민주의 통치에서 해방되기 위해서는 좀 더 공격적인 무력 개입이 필요하다는 점에서 모두 합의하였다고 한다. 지금까지의 모든 평화적 노력은 조선반도에서 별 효과를 거두지 못했기 때문이었다. 회의 안팎에서 밀고 당기고 호소해서 같이 간 대표들은 평양지역의 투쟁 그룹을 위하여 상당한 수의 소형 무기와 탄약과 문서들을 할당받게 되었다.

그 무기들을 무사히 조선 땅으로 밀수입하는 일은 여간 어려운 일이 아니었다. 그들은 압록강을 건널 때 안전을 위해 암호를 짓고 둘씩 두 편으로 나누어 야심한 밤에 몰래 작은 배로 강을 건너게 되었다. 예진이 탄 배가 조선쪽 강가에 이를 즈음 두 번째 배 근처에서 수차례 총소리가 났다. 예진은 걱정이 태산 같았다. 첫 번째 팀이 미리 약속된 비밀장소에서 이틀이나 기다려도 두 번째 배 동지들의 소식은 없었다. 알아보니 두 번째 배에 총격이 가해져 한 명은 총에 맞아 죽고 다른 한 명은 물에 빠졌는데 시체를 찾을 수 없었다. 그들

중 한 사람은 예진의 가까운 친구 장 모씨[6]였다. 기가 막혔다. 조선 땅에 도달하기도 전에 동지의 절반과 어렵게 구한 무기의 반을 잃은 것이다. 그러나 슬퍼할 겨를도 없이 목숨을 건 고귀한 투쟁은 계속되어야 했다. 살아남은 두 용사는 같은 목적지를 향하여 서로 다른 길을 달리게 되었다. 누구든 경찰에 걸리면 끝장나는 것이다. 예진은 위험한 짐을 자전거에 싣고 주로 새벽과 저녁에 한적한 시골길과 언덕길을 달렸다. 그는 제대로 먹을 수도 잘 수도 없었다. 산이나 숲속에서 밤을 지새우며 춥고 습한 시간을 보내야 했다.

드디어 밤에 평양 근교에 도착했다. 그러나 최종 목적지까지 더 갈 수가 없었다. 몹시 지치고 허기가 진 데다 온몸이 아파서 그 추운 밤을 견디기 어려웠다. 다음 날 아침에 무슨 방책을 찾기로 하고 우선 근처 버려진 농가에 들어가 밤을 지내기로 했다. 그 집은 얼마나 오래 버려져 있었는지 어둡고 냄새가 나고 축축했다. 가져온 귀한 짐을 꺼진 바닥 밑에 감추었다. 볏짚을 모아 잠자리를 만들고 그대로 쓰러져 잠에 빠졌다.

그가 다시 깨어났을 때는 다음 날 늦은 아침이었는데 몸이 너무 아파서 도저히 일어날 수가 없었다. 심한 기침과 고열이 계속되었다. 그는 지푸라기 이불을 덮고 마지막 남은 식량을 먹었다. 그리고 처마에 고인 누런 빗물을 마셨다. 그러나 몸은 차도의 기미가 보이지 않았다. 누구를 부를 수도 없었다. 며칠을 꼼짝 못 하고 누워서 앓다가 '이렇게 혼자 죽는구나' 하는 생각에 이르게 되었다. 그가 무기를 가지고 평양까지 침투하는 데는 성공하였으나 그 성공을 위해서 그는 죽는 것이다!

어느 날 아침, 우연히 그곳을 지나던 한 행인이 신음소리를 듣고 이 빈 농가에서 어떤 거지가 죽어가는 것을 발견하게 되었다. 겨우 의식을 찾은 걸인은 그 행인에게 근처 교회에 알려달라고 부탁을 했다. 교회에서 사람이 오고, 그가 방 목사에게 연락을 해주었다. 옛 친구인 방 목사와 한 청년이 그를 사택에 데려가 정성껏 간호해 주었다. 천만다행으로 한 주간의 휴식과 정성 어린 간호 덕분에 그는 빠른 속도로 회복이 되어갔다. 소식을 들으니 자기 파드너도 무사히 도착했다고 한다. 이런 위험과 죽을 고비를 겪었음에도 불구하고 남편은 사기가 높았다. 완쾌될 것이라며 아내를 안심시켜 주었다. 그리고 아이의 잉태를 몹시 기뻐했다.

마음 같아서는 며칠 옆에서 고생하는 남편을 돌보고 싶었으나 오후에는 집으로 돌아가야만 했다. 하루 종일 그녀가 집에 없으면 단박에 동네 순사들이 의심을 할 것이기 때문이다. 경찰들은 언제든 어디나 수색할 수 있고, 또 전화로 서로 정보를 공유한다. 그래서 언제 다시 볼지 모르는, 몸도 불편한 남편을 두고 떠나야 했다. 그가 보내준 딸기처럼 달고 새콤한 잠깐의 만남이었다.

살짝 스친 죽음의 맛

예진과 다른(보통 네 명에서 때로는 일곱 명까지의) 동지들이 한동안 '자래옷'이라는 동네에 사는 **허영진**(許永鎭)[7]의 집에 숨어서 기거하고 있었다. 자래옷은 대동강을 끼고 평양 북쪽의 아름다운 절벽산 모란봉 근처에 있는 작은 동네였다. 이곳은 평양시에서 가까운 위치이면서 사람들의 왕래가 적은 곳으로 비밀운동을 하기에 적합한 장소였다. (원래 김치공장으로 지었던) 그 집 지하실은 비밀집회를 하거나 숨어 지내기에 안성맞춤이었다. 대부분의 사람들은 그 집에 큰 지하실이 있다는 사실조차 몰랐다.

어느 이른 새벽에 예진은 어떤 지역의 동지들과 연락하기 위해서 그 집을 나섰다. 돌아오는 길에 자래옷 근처에서 연속적인 총소리가 들렸다. 순간, 큰 위협이 느껴졌다. 그는 자래옷으로 가지 않고 그곳을 내려다볼 수 있는 모란봉으로 올라갔다. 위에서 보았으나 멀리 연기와 군대 트럭이 오가는 것이 희미하게 보일 뿐 자세한 것을 알 수 없었다. 그러나 무언가 큰일이 벌어진 것이 틀림없었다. 이제는 갈 곳이 없었다. 모란봉 아래로 내려갈 수도 없었다. 곧장 순사들에게 잡힐 것이기 때문이었다.

다음 날, 산에 오르는 사람들로부터 경찰이 허영진의 집을 습격해서 그와 다른 동지들이 죽었다는 소식을 들었다. 예진의 가슴이 무너져 내렸다. 생사

평양 모란봉
김예진은 경찰을 피하여 이 봉오리에서 일주일간 숨어 있었다.

를 같이하며 깊이 사랑하던 동지들이 쓰러지고 자신도 하마터면 죽을 뻔했던 운명에 비통한 눈물을 흘렸다.

분명히 누군가 허 선생네 비밀 은신처를 밀고해서 그 아침에 경찰이 습격한 것이다. 뜻밖에도 안에서 강력한 저항이 있었던 모양이다. 서로 총질하고 양쪽 사람들이 다치게 되었다. 허영진은 담장을 넘어 피하려다 밖에 있던 순사 저격수의 총에 맞아 죽었다. 대부분의 서류를 불사르고 대부분의 동지들이 죽거나 심하게 다쳤다고 한다. 자신의 신분이 드러나는 것은 시간문제였다.

위기를 맞을 때마다 그랬듯이 예진은 하나님의 보호와 인도하심을 간절히 기도하며 모란봉에 숨어서 며칠 머물기로 했다. 그는 모란봉 일대가 경찰에 의하여 둘러싸이고, 입구마다 총을 든 순사가 지키고 있다는 것을 알게 되었다. 그는 도랑에 고인 물을 마시며 일주일을 산에 숨어서 버텼다. 순사들은 산을 수색하는 대신 끈질기게 밑에서 기다리며 시간을 끌었다.

그동안 예진은 허기가 져서 죽을 것만 같았다. 생각다 못해 그는 철야기도를 하러 올라온 늙은 여신도들이 있는 곳에 가서 먹을 것을 구걸했다. 처음에는 놀랐으나 부인들은 이 멀쩡한 청년의 급박한 사정을 알고는 적극적으로 도와주었다. 그들 중 키 큰 여자 하나는 자신이 입고 있던 치마, 저고리와 머릿수건, 신발, 책 꾸러미 등을 이 낯선 남자에게 모두 내어주고 반벌거숭이가 되어 숲속에 들어가 기도를 시작했다.

해가 뜰 무렵 모두 흰옷을 입고 성경책 꾸러미를 든 늙은 여인들이 천천히 산에서 내려와 순사들을 지나쳤다. 야소교 여신도들은 모두 기도하는 데 미친 사람들처럼 보였다.

민족 울분의 폭발

동경과 상하이에서 들려오는 믿을 만한 소식통에 의하면 1920년 7, 8월에 미국 상하원 의원들과 가족 150여 명이 친선과 관찰의 목적으로 아시아 여러 나라(필리핀, 중국, 일본, 조선 등)를 방문한다고 했다. 일본제국은 일부 의원들이 조선을 방문하는 계기를 이용해서 조선이 일본의 식민 보호 밑에서 얼마나 잘 발전하고 있는지 보여주고 싶은 것이다. 그때까지 일본은 국제사회를 향하여 일본의 자비로운 도움으로 작고 미개한 '은둔의 나라' 조선이 현대화되고 있다고 선전해 왔다. 그들은 안으로 조선 사람들의 모든 형태의 항의를 억압해 왔고 밖으로는 점증하는 항거의 투쟁을 은폐하려고 애썼다.

역사적으로 우리나라는 청, 몽고, 일본 등 이웃나라의 수없는 침략을 받아 왔고 국가가 외국 침략을 받아 위급할 때 백성이 스스로가 일어나 조직하고 싸우는 자위군(自衛軍) 또는 민병(民兵)이 있었다. 특히 임진왜란(1592~1598) 전부터 일본의 노략질과 침략은 390여 회나 계속되었는데 그럴 때마다 지방의 백성들이 일어나 싸웠다. 즉, 무력한 나라의 관군(官軍)이 국토를 제대로 지키지 못하면 백성들이 빈약하나마 무기를 들고 싸우는 의병이 일어났다. 외국 침략에 대한 민중의 항거는 긴 역사를 가지고 있지만 그중에 특히 조선 말기 **의병**(義兵)[8]의 싸움은 실로 끈질긴 혈투였으며 항일군의 모태가 되었다.

을사늑약(乙巳勒約)[9]은 1905년 일본의 위협과 강압으로 체결되었는데 대한제국의 외교주권을 완전히 박탈하여 일본의 보호국으로 만들었다. 고종황제(高宗皇帝)는 이런 곤경을 세계 열방에 알리기 위한 최후 수단으로 1907년에 세 특사 이준, 이상설, 이위종을 네덜란드의 수도 헤이그에서 열린 제2차 만국평화회의에 밀파하였다. 그들은 거기서 일본이 조선을 강탈하려고 강제로

헤이그 만국평화회의
실권을 상실한 대한제국 고종황제는 네덜란드 헤이그에서 모이는 제2차 세계평화회의에 세 밀사를 파송했다.

맺은 이 부당한 조약의 무효화와 조선의 완전한 외교주권 회복을 국제사회에 호소하려 하였다. 감리교 계통 미국 선교사 헐버트(Homer Hulbert)도 밀사들에게 가세하였으나 그 당시 강대국인 영국과 일본의 반대로 네 사람 모두 그 회의에 입장할 수 없었다.

나라의 외교권이 없고 밖의 세상과 소통할 길이 없어 지금까지의 모든 시도가 다 허사가 되었기 때문에 임시정부에서는 이번 8월 24일 미국 정치인들의 조선 방문을 절호의 기회로 삼기로 했다. 이 기회야말로 우리 대한 사람들이 일본 식민통치로부터 해방과 독립을 희구한다는 사실을 세계에 증명할 수 있는 마지막 방법이라고 믿었다.

임시정부 산하 광복군총영(光復軍總營)은 국내 3개 도시(경성, 평양, 신의주)에서 일본 고급관헌을 암살하고 청사 몇 곳을 파괴하기로 계획을 세웠다고 한다. 상하이에서 몇 사람이 몰래 들어와 작전을 세웠다. 평양에서는 비밀 공작대를 조직하여 세 곳(평양 경찰서, 평안남도 도청, 평양시청)을 공격하기로 하였다. 예진은 제2공격대에 일단 배치되었으나 사실 누가 누구와 어디를 공격할 것인지는 알 수 없었다. 모두가 서약하기를 만일 행동 중에 누구든 체포되면 개인행동으로 돌리고 단독범으로 또는 숨은 영웅으로 끝난다는 것이다.

1920년 8월 3일 저녁, 낯선 동지 몇 명과 '마지막 만찬'이 될지도 모르는 저녁밥을 함께 먹었다. 여성 동지도 몇 있었으나 웃음이 없었고 모두 긴장한 분위기였다. 예진은 마음이 뜨겁고 몸이 긴장해서 어쩔 줄 몰랐다. 그는 골방에 혼자 들어가 힘을 달라고 기도했다. 동지들이 들어와 힘을 잃지 말라고 격려

평안남도청 제3부 건물
1920년 8월 3일 밤에 김예진과 두 동지(문일민과 안경신)가 이 청사에 폭탄을 던졌다.

했다. 그는 다윗이 부르짖었던 시를 되새겼다.

주님께서는 연약한 백성은 구하여 주시고, 교만한 눈은 낮추십니다.

아, 주님, 진실로 주님은 내 등불을 밝히십니다. 주 나의 하나님은 나의 어둠을 밝히십니다.

참으로 주님께서 나와 함께 계셔서 도와주시면, 나는 날쌔게 내달려서 적군도 뒤쫓을 수 있으며, 높은 성벽이라도 뛰어넘을 수 있습니다.

_ 시편 18편 27~29절

그날 밤 9시 반에 평안남도 도청 제3건물(도의 경찰부가 사용 중)에서 아주 강력한 폭발음이 터져 나왔다. 폭발하는 소리와 섬광이 너무 강렬해서 6만여 평양 시민들이 큰 충격을 받았다. 엄청난 소동이 일어났다. 많은 남자들이 공포와 호기심을 가지고 소리 나는 곳으로 조심스럽게 달려갔다. 곧 헌병들이 동원되어 그 장소를 에워쌌다. 모여든 구경꾼들은 폭파된 현장을 보고 경악했다. 건물의 한쪽 벽이 완전히 무너지고 대부분의 유리 창문이 깨어졌다. 경찰들이 날카롭게 호루라기를 불며 군중들을 해산시키려 소리소리를 질러댔다.

예진도 호기심에 찬 많은 구경꾼 중의 하나처럼 보였다. 그러나 그의 심장은 공포 대신 벅찬 환희로 가득 차 있었다. 조금 전의 동지들은 어디에도 보이지 않았다. 그들이 최소한 지금은 안전할 것이라 믿으며 예진은 순사들의 호령에 밀리는 척 어두움 속으로 사라졌다.

불과 몇 분 전까지 그는 두 동지 문일민(文一民, 일명 逸民 또는 熙錫, 27세)[10]와 안경신(安敬信, 32세)[11]과 생사의 숭고한 운명을 함께했다. 이 두 사람은 상하이 임시정부로부터 밀파된 투사들이었다. 살아생전 그들을 다시 보지 못하리라 생각하며 예진은 그들을 목표장소까지 안내했던 것이다. 안경신은 임신 7개월의 몸으로 사과 광주리에 폭탄 2개를 머리에 이고 갔고, 문일민은 뒤따르며 거사를 지휘했다.

제3건물은 어둡고 고요했다. 문일민은 "대한독립만세"를 가만히 부르고 폭탄을 힘껏 던졌다. 그런데 아, 이 무슨 조화인가! 폭탄은 폭발하지 않았다. 예진은 다급하게 다른 폭탄을 던졌다. 쾅! 엄청난 굉음과 함께 폭탄이 터졌다! 셋은 잠시 죽은 듯이 엎드려 있다가 제각기 다른 방향으로 재빨리 달아났다. 그들은 드디어 압박받는 조선 민족의 쌓인 울분과 격노를 모아 일본 침략자의 심장을 폭파하는 역사적 순간을 성취한 것이다. 예진은 도망치다 그 폭파의 정황을 자세히 보기 위해 다시 밀려오는 군중과 함께 현장에 돌아갔던 것이다. 숨막히는 긴장과 공포와 격분 속에서 터진 이 폭파사건은 그 순간의 혼란처럼 그 후에도 극심한 혼돈과 오보를 남겼다.[12]

그 무서운 폭파사건 이후 평양 시가는 무엇인가 이상할 정도로 불안하고 은폐하려는 분위기가 휩쓸었다. 두어 주간 완전한 보도 통제가 계속되었고 시내와 외곽에 검문 검속이 심했다. ≪동아일보≫ 8월 7일 자 보도가 그 분위기를 아래와 같이 간략하게 보도하였다.

> 자세한 내막은 아직 들어낼 자유가 없거니와 …… 다만 눈앞에 드러나는 사실만 하여도 우물정자로 된 평양시내 각처 골목 모퉁이 모퉁이마다 사백여 명의 경관이 낮에는 칼만 차거니와 밤이면 총까지 메고 밤과 낮의 분간이 없이 지켜 서서 지나가는 사람마다 모조리 몸을 뒤지기로 일을 삼는데…… (하략)

부분적이나마 폭탄사건의 실체는 보도금지가 해제된 후 8월 19일 ≪매일신보≫가 "평양의 폭탄사건"이라는 제목하에 보도하였다. 그 기사의 일부는

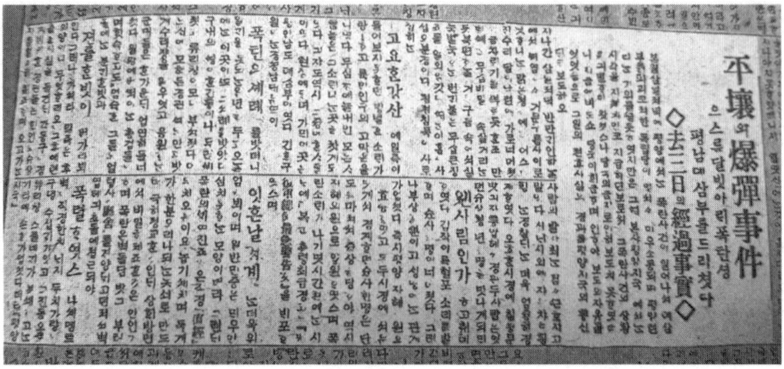
平壤의 爆彈事件
으스름달빛아래폭탄성
평남대 삼부를드리첫다
◇去三日의經過事實◇

도청폭파사건의 지연된 신문보도

≪매일신보≫, 1920. 8. 19. 이 폭파사건(1920. 8. 3)은 일제 당국의 통제로 보도가 지연되었다.

미궁에 빠진 이 엄청난 사건의 현장을 이렇게 소개했다.

(전략) 때는 밤 9시 45분경이다. 점점 침묵에 사로잡히는 강산에 일찍이 들어보지 못하던 맹렬한 소리가 탕 하고 6만 인구의 고막을 울렸다. 무심결에 놀란 모든 사람들은 그 소리 나는 곳을 찾게 되었다. 기자도 역시 그중에 한 사람이었다. 현장에 달려가매 이곳은 평안남도 제3부였다. (중략) 구내의 땅이 한 간 통이나 둘러빠졌고 유리창이 모두 부서졌다. 어느 새 모여든 경관 떼가 안팎에서 수라장을 이루었고 응원하는 군대들은 한가운데 엄연히 들어섰다. 월광에 번쩍이는 총검들이며 해쑥하고도 엄숙한 그들의 얼굴에는 분개한 빛과 전율한 빛이 번갈아 보인다. …… 그 후에 연출한 사실을 듣건대 각 도 구 경계 배치한 경관들은 행인의 수상자를 일일이 취조하여 오가는 사람의 발자취는 점점 끊어지고 말았다. 시내 시외에 횡행하는 경찰대는 더욱 엄중히 경계하였다. (하략)

교묘한 망명 계획

옛날 사람들 말에 영리한 순사 열 명이 도망치는 어리석은 도둑 하나 잡기 어렵다고 한다. 더욱이나 영리한 본토박이 도망자를 외국 경찰력이 잡기 쉽지 않았을 것이다. 세 폭파범은 모두 그 폭파 현장에서 무사히 기적적으로 탈출할 수 있었다. 면밀한 계획과 뛰어난 지원 및 유대가 큰 도움이 되었지만 아마도 이 경우에는 순전히 행운이 그들의 생명을 지켜주었다고 볼 수 있었다. 아니다. 그 행운이란 하나님의 놀라운 은혜임에 틀림없었다. 평양 지리를 잘 아는 예진은 인적 드문 거리와 외진 산길을 골라 목적지를 향해 바쁘게 걸어갔다. 평양 칠성문(七星門) 밖에 이르렀는데 순사가 장총을 들고 서 있는 것이 아닌가? 어둠 속에서도 어떻게 피할 길이 없었다. 가슴이 두방망이질을 했다. 예진은 오른쪽 조끼 주머니에 손을 넣고 걸어갔다.

"수이까? 수이까? 고레 수이까?(이거 누구냐?)" 순사의 목소리가 칼날처럼 날카로웠다. 대답 대신 그 누구인가가 방아쇠를 두 번, 그리고 또 두 번 당겼다. 누가 죽었을까? 예진은 뒤를 돌아보지 않고 죽어라 하고 달렸다.[13]

폭탄을 투하한 그날 밤 두 남자는 각기 미리 준비된 은신처에 달려가서 몇 주간 숨어 지냈다. 배가 부른 임신부는 아무도 폭탄범이라고 의심할 여지가 없으므로 아무렇지도 않게 일상적인 삶을 이어갔다.

예진은 미리 계획한 대로 유계준[14] 장로 집으로 피신했다. 유 장로는 부유하고 존경받는 산정현교회 장로인데 같은 교회 젊은 집사인 예진을 평소 사랑하고 아꼈다. 그 집 옆문으로 살짝 들어가 안내를 받아 남자들이 거하는 커다란 방의 큰 괘종시계 뒤 벽장에 숨었다.

일단 안전한 피난처에 들어서자 예진은 폭삭 누워버렸다. 온몸의 힘이 다 빠지고 엄청난 피로가 덮쳤다. 이상하게도 "이젠 살았구나!"와 "이젠 죽었구나!" 하는 처절한 절규가 교차했다. 폭파 현장에서 잡히지 않고 일단 피신에 성공했으니 산 것이 틀림없었다. 그러나 여러 달 일경의 끈질긴 추적을 받아온 '역적'이 이번 폭파사건 직후 완전 사라졌으니 범인으로 확인된 셈이고 언제 어디서든 잡히면 죽을 것이 틀림없었다. 예진은 다시 다윗의 시를 읽으며 기도를 계속했다.

> 나의 힘이신 주님, 내가 주님을 사랑합니다.
>
> 주님은 나의 반석, 나의 요새, 나를 건지시는 분, 나의 하나님은 내가 피할 바위, 나의 방패, 나의 구원의 뿔, 나의 산성이십니다.
>
> 나의 찬양을 받으실 주님, 내가 주님께 부르짖습니다. 주님께서 나를 원수들에게서 건져주실 것입니다.
>
> _ 시편 18편 1~3절

그 집은 대동강 하류로 가는 길에 있었다. 일본식 정원을 지나면, 앞쪽 입구에 두 개의 대문(하나는 자동차용, 다른 하나는 마차용)이 달린 회사 사무실이 있었다. 유계준 장로는 해양 무역과 중국 톈진(天津)과 진남포 사이에서 해상 운송업을 하고 있었다. 중간 크기의 증기선이 한약재, 죽염, 특수 목재, 장작 등을 싣고 대동강 하구를 오갔다. 그래서 그곳에는 무역 상인들과 뱃사람들로 붐볐고, 때로는 단서가 될 만한 정보를 얻기 위해 일본 형사들까지 자주 드나들곤 했다.

해운업이 번창하여 늘 분주한 회사 주인인 유 장로는 최근의 폭파사건에 대해서 관심조차 없어 보였다. 그는 사람들 앞에서 천연스럽게 웃고 너무나 태평스러웠다.

그 집 두 아들과 식모가 벽장에 숨어 있는 사람에게 음식과 밖의 소식을 날라다 주곤 했다. 큰아들 기원(13살)이는 예진 선생이 가르치던 주일학교에서 모범학생이었고 선생이 무슨 사건에 연루되어 숨어 있다는 사실을 알고 있었다. 하지만 둘째 기선(8살)이는 그 연관을 눈치 채지 못했다. 그의 아버지와 형이 매일 기선이를 불러 누구에게도 집안에 숨어 있는 사람에 대해서 절대로 말하거나 아는 척도 말라고 엄하게 주의를 주었다. 이런 이상한 제약이 순진한 아이에게 알 수 없는 긴장감을 주어 어떤 밤에는 무서운 꿈을 꾸다 밤중에 일어나기도 했다.

밖에서 들려오는 소식은 그다지 고무적인 것이 아니었다. 다른 어디에서도 폭파사건이 없었다고 한다. 평양 도청 폭파가 유일한 성공이었단 말인가? 평양의 다른 공격조나 다른 곳에서도 여러 가지 이유로 실패했다는 소식이 들려왔다. 미리 누설되고, 사전에 체포되고, 탄약도화선이 젖고, 아예 접근을 못하고……. 그 후 지휘하는 사람들이 다른 계획을 세웠으나 불가능하거나 무모하다고 판단하여 취소한 모양이었다.

일본 당국은 계획대로 미국 국회의원들에게 새로운 관개시설, 농지개혁, 사회기반시설, 식량증가 등을 보여주었을 것이다. 물론 방문객들은 이 모든 현대화가 조선의 착취를 최대화하기 위한 술책임을 알 리가 없는 것이다. 사실 **일본의 착취**[15]는 매년 개발과 더불어 엄청나게 증가하였다.

몇 주 후에 엄중한 경찰 순찰이나 거리 검문이 줄어들고 어느 정도 정상적인 분위기가 돌아왔다. 벽장에 오래 갇혀 지낸 예진은 불편하기 짝이 없었다. 안전하지 않은 감옥 생활을 끝없이 하는 듯했다. 드디어 최고 지휘자로부터 이제는 상하이로 피신해도 좋다는 전갈이 왔다! 아마도 경찰은 범인들이 이미 상하이나 만주로 다 피신했다고 결론지은 모양이었다. 예진은 마음이 놓이고 후련했다. 그러나 그는 상하이로 가기 전에 임신한 아내와 아이를 한번 보기로 마음먹었다. 잠시라도 보고 싶었다.

第8장

위대한 목적을 위해 수난을 당하다

"살아 있으면 다시 봅시다"

1920년 음력 7월 29일, 긴 총을 든 두 명의 일본 순사가 화가 잔뜩 나서 독사눈을 부릅뜨고 도신의 집에 들이닥쳤다. 그리고 도신에게 소리를 질렀다.

"너의 악당 놈이 원당거리에서 거의 잡혔는데 또 도망쳤다. 그놈이 다리에 총을 맞고 피를 흘리며 도망쳤다. 너 그놈 당장 찾아내라!"

"도망간 사람을 내가 무슨 재주로 찾습니까? 난 아이와 뱃속 아이와 함께 집에만 있는 몸인데." 도신은 얼마 전 평양에서 일어난 큰 폭파사건을 들었지만 남편이 그 사건에 관련되었는지는 알 수 없었다. 관련되지 않았기를 바라며 어디에 있든 안전하기만 기도하고 있었던 것이다.

"너는 만성 거짓말쟁이야. 넌 언제나 남편이 멀리 있다고 하면서 그놈이 와서 너와 같이 자고 아이까지 만들었지. 이게 누구 애야? 네 큰 배를 갈라서 알아볼까? 너 나쁜 거짓말쟁이! 너희 둘 다 죽여버릴까?" 그들의 모욕이 극에 달하자 도신의 분노도 극에 달했다.

"이 더러운 세상에 더 살고 싶지도 않다. 네 놈이 나를 죽이고 싶으면 당장 나를 쏘아 죽여라! 너희 천황이 아무나 마음대로 죽이라고 했다면 지금 당장 나를 쏴라!" 도신이 발악했다.

"이 나쁜 년! 그래 우리가 널 죽여주마!" 한 놈이 외치면서 총 머리로 도신의 등을 내리쳤다. 도신이 낙엽처럼 땅바닥에 쓰러졌다. 순사들이 그녀의 다리와 어깨를 군화로 짓밟고 얼굴에 침을 뱉었다. 어머니와 다른 아주머니들이 도신에게 달려와 바로 앉혔다. 순사들이 화가 나서 땀을 흘리며 걸어 나갔다.

"너희 살인자들, 왜 일을 끝내지 않느냐, 개새끼들아!"

"네 년이 일어를 하도 잘해서 네 목숨 한번 봐준다." 가족과 동네 사람들이 달려와 도신의 몸의 상처와 피를 닦아주었다. 일어로 싸운지라 노인들은 무슨 이야기가 오갔는지 이해를 못하고 도신이 그들에게 나쁜 욕을 한 것으로만 알았다. 그 모진 매질을 당하고서 도신이나 뱃속의 아기가 무사할까 걱정이 되었다.

도신은 가만히 일어나 앉아서 슬피 울었다. 몸이 아파서가 아니라 왜놈들에게 치욕을 당해야 하는 운명이 너무나 서러웠다. 다행히 크게 다친 곳은 없었고 뱃속 아기도 별일이 없었다.

바로 그날 밤, 어디서 왔는지 남편이 불쑥 나타나 인사를 했다.

"다들 잘 있었소?" 상당히 상쾌한 소리였다.

도신은 눈물과 웃음을 동시에 지으며 남편을 맞이하였다. 그리고 그날 무슨 일이 있었는지 설명했다.

"오늘 내게 무슨 일이 있었든지 간에 당신이 안전하고 건강한 것이 너무나 감사합니다. 그런데 다리에 입은 총상은 어떻게 되었습니까?"

"총상, 하하하, 내가 총을 맞은 게 아니라 나를 추적하던 순사 놈이 다리에 총을 맞았지." 낮에 순사들의 말을 잘못 들은 것이 너무나 고마웠다. 왜 그놈들이 발악을 했는지 짐작이 갔다.

남편의 행운에도 불구하고 그는 아직 도망 다니는 범인의 신세인 것을 이찌하랴. 가족은 마침 도신의 아버지를 위해 준비해 놓았던 닭국을 서둘러 대접했다. 예진은 닭을 거의 다 먹고 나서 그 밤에 '오세창'이라는 곳으로 길을 나섰다.

뒷문으로 가만히 나가서 작은 소나무 숲으로 갔다. 다른 식구들은 집에 남아 있고 선명을 업은 도신만 살며시 뒤따라 나갔다. 별도 없는 밤은 예측불허의 앞날처럼 어두웠다. 남편이 선명의 손을 잡고 통통한 뺨에 뽀뽀를 했다.

"여보, 내 곧 상하이로 떠날 것이오. 나 없는 동안 선명이 잘 기르고 새 아기 낳으면 사내이든 계집애든 사랑으로 잘 기르시오. 살아 있으면 언제 다시 봅시다. 자, 이제 슬퍼하지 말고 헤어집시다." 그는 아내의 상처 난 입술에 가벼운 키스를 하고 돌아섰다. 몇 발자국 가다 잠시 멈췄다가 다시 돌아섰다. 잠시 무엇인가 생각하다 속삭였다.

"여보, 내일 혹시 오세창에 사는 이영수 씨 집에 오면 나를 다시 볼 수 있을 거요. 만나든 못 만나든 나는 당신을 늘 사랑하고 늘 기도하겠소."

도신은 눈물을 감추려 미소 지으며 돌아섰다. 곧 다시 돌아보니 그는 어둠 속에 자취를 감춘 뒤였다.

머나먼 곳 당신을 찾아서

오세창에서 다시 만날 수 있다는 남편의 말을 믿고 도신은 다음 날 아침에 그곳을 향해 길을 떠났다. 앞에 무거운 배를 안고 뒤에 선명이를 업고 오세창 이영수의 집에 도착한 것은 정오가 거의 다 되어서였다. 20리라 했지만 퍽 멀었다. **이영수**[1] 씨는 암정감옥에서 남편과 같이 있었던 사람인데 아직도 그곳에서 복역하고 있었다. 그래서 집에는 부인과 어린 세 아들만 살고 있었다. 부인과는 처음 만나지만 같은 슬픈 신세와 같은 기독교 신앙 때문에 금세 친한 친구가 되었다.

도신은 10냥으로 이웃에서 천을 사서 그 집 재봉틀로 여름 잠방이와 남자 조끼를 서둘러 만들었다. 새 옷을 마련하고 남편을 기다리고 기다려도 해가

지도록 그는 나타나지 않았다. 가슴이 쓰리고 어제 받은 상처가 더 아파왔다. 이영수 씨의 부인 말인즉 일정이 늦어지거나 무슨 급한 일이 생기면 비밀 독립꾼들이 오세창에 들르지 않고 바로 항구로 갈 수 있다는 것이다.

불안한 도신은 저녁에 동네 어귀에 나가서 기다리기로 했다. 오세창은 산으로 둘러싸인 작은 동네인데 한쪽으로 논과 밭이 있었다. 음력으로 7월 말 달이 없는 어두운 밤이었다. 도신은 더 나아가서 장대처럼 그냥 서 있었다. 밤은 깊어가고 동네는 죽은 듯 조용했다. 그런데 갑자기 멀리서 빨리 움직이는 불빛을 보았다. 도망 다니는 독립군들이 틀림없다. 도신은 불이 움직이는 쪽을 향해 논두렁, 작은 개울, 산길을 넘어 서둘러 갔다. 드디어 그 일행과 마주쳤을 때 서로 놀랐다. 여섯 사람이 한 줄로 걸어가고 있었는데 그들 중에 남편이 없다는 것을 금세 알았다. 아차, 다른 일행이구나!

"어이, 거기 누구요?" 앞에 호롱불을 든 남자가 엄하게 물었다.

"예, 저 남편 김예진을 만나러 나왔습니다." 도신이 떨면서 대답했다.

"그 사람 여기 없소." "어디 있는지 말할 수 없소." 일행이 답변했다.

"이게 선명이 에미 아니가?" 성이 났지만 익숙한 목소리는 '원당 할머니', 이모할머니였다. 그 할머니는 전부터 도망 다니는 혁명가를 돕는다고 알고 있었다.

"너 어떻게 여기까지 나왔니? 누가 우리들 이야기를 해주던?" 화가 잔뜩 난 목소리였다.

"할머니, 저 도신이에요. 애 아빠 만나러 가지요? 우리 마지막으로 꼭 봐야 하는데 우리를 거기까지 데려다주세요. 이 보따리도 줘야 하고……." 애 엄마가 애처럼 애원했다.

"야, 너 정신이 있니 없니? 너 우리와 같이 갈 수 없다. 어림도 없다. 너무 멀어. 당장 가거라. 그건 내가 가져다주마. 당장 가거라." 그러고는 그 옷 보따리를 확 잡아챘다. 다른 한 여자가 꾸짖는 말을 던졌다.

"어이, 젊은 엄마, 우리 성스런 사명과 자네 값싼 감정과 섞지 말라우! 재수 없게……." 일행이 땅에다 침을 탁탁 뱉었다. 그러고는 다시 걷기 시작했다.

"내가 죽어도 같이 가겠습니다!" 사생결단한 여인이 그들 독립군의 뒤를 바로 따라갔다. 도신의 마음속에는 이것이 살아서 남편을 보는 마지막 기회라는 예감이 들었다. 한 줄로 선 행렬은 재빨리 움직였고 도신은 죽을힘을 다해도 그들을 따라갈 수가 없었다. 차차 거리가 생기고 껌벅이는 불빛은 점점 멀어져만 갔다. 앞뒤로 달린 애 때문에 몸이 무거워도, 그 불빛만은 놓치지 않고 계속 좇아가면 종국에는 따라잡을 수 있으리라 확신했다. 옷은 땀과 나뭇가지와 수풀의 밤이슬로 푹 젖었다. 멀리 움직이는 등불이 몇 번이나 나무와 수풀, 돌아가는 바윗길에 가려져 없어졌다 나타나곤 했다. 어둠 속에서 빛은 언제나 빛나리라 굳게 믿고 죽어라 하고 따라갔다. 그러다 어느 사이엔가 갑자기 그 등불이 아주 사라져버렸다! 흑암의 깊은 산속에서 유일한 희망이 꺼져버린 것이다. 길을 찾을 수 없었다. 이제는 어두운 산속에서 오도 가도 못하게 되었다. 언제 어떤 사나운 짐승이 나타나 공격할지 알 수 없었다.

하는 수 없이 도신은 오세창으로 돌아가기로 마음먹고 산길을 다시 돌아가기 시작했다. 그러다 그만 미끄러져 나동그라졌다. 선명이가 놀라 울기 시작했다. 얼른 아이를 앞으로 돌려 안고 마른 젖을 입에 물렸다. 엄마도 조용히 울기 시작했다.

"주님, 저는 지금 무엇을 할지, 어디로 갈지 알 수 없습니다. 이 산속에서 우리 세 생명이 사라지는 것이 당신의 뜻입니까? 아니면 저에게 빛과 힘을 주십시오."

도신은 신발을 찾을 수가 없었다. 흙투성이 옷은 찢어지고 묶은 머리는 땀에 젖어 흐트러졌다. 눈물과 땀을 씻으며 도신은 나무 밑동과 바위를 붙잡고 산등성이를 벌벌 기어 내려갔다. 개 짖는 방향으로 가다 드디어 마을을 만나게 되었다. 길이 보이지 않았다. 논두렁과 채소밭, 집 울타리, 오솔길을 마구 건너 불빛이 있는 곳으로 죽을힘을 다해 걸어갔다. 온 동네 개들이 사납게 짖어댔다. 불을 피운 넓은 마당에 동네 늙은이들이 긴 담뱃대를 물고 이런저런 이야기를 하다 일어나고 있었다. 개 짖는 소리에 아마도 날짐승이 동네에 접근하는 것으로 짐작한 것이다. 사나운 짐승 대신 수풀에서 으스스 나타난 것은 찢어진 옷과 풀어헤친 머리의 이상한 여자 귀신이었다.

"아이구야, 이게 사람이냐 귀신이냐? 거 누구냐?" 노인들은 놀라서 호통을 쳤다.

"어르신님들, 놀라게 해서 죄송합니다. 저는 이영수 씨 댁에 가는 사람입니다. 길을 잃고 헤매다 오는 길입니다. 어느 분, 저를 그 집에 데려다주시겠습니까?" 한 노인이 가까이 와서 보고 나서 진짜 사람이라고 하자 비교적 젊은 한 노인이 자기를 따라오라고 했다. 뒤에서 '미친 여자냐 아니면 변장한 독립군이냐' 하고 노인들이 수군거리는 소리가 들렸다.

한밤중에 도신이 이영수 씨 집에 다시 돌아왔을 때 부인은 너무 기뻐서 붙잡고 눈물을 흘렸다. 도신과 아이가 살아서 돌아온 것이다! 자기 집에 온 사람이 밤중에 없어졌으니 기가 막힐 일이었다. 부인은 오래 기다리다 소식이 없자 산에 수색하는 젊은이들을 두 곳에 보냈으나 허탕을 치고 돌아왔다. 자정을 넘기자 거의 희망을 잃었다. 며칠 전 밤에 승냥이떼가 동네를 습격해서 돼지 몇 마리를 훔치고 송아지 배를 갈라 죽인 일이 있었던 터라 불길한 예감을 떨칠 수가 없었던 것이다. 도신은 자기의 어리석은 행동을 깊이 사과했다. 부인은 도리어 예진이 감옥에 있지 않고 가족은 다 안전하게 살아 있지 않느냐고 위로했다.

여름밤은 짧았으나 도신은 온몸에 난 상처와 모기, 빈대와 싸우며 길고 힘든 밤을 보내야 했다. 아침이 되자 찢어지고 흙투성이가 된 옷을 빨고 꿰맸다. 이영수 씨 부인은 정성을 다해 햇수수밥과 새우젓 무국을 차려주었다. 도신은 기운을 차리기 위해 숟가락을 들었지만 식욕이 없었다. 지난밤 일이 그저 안타까울 뿐이었다.

도신은 대략 몸을 단장한 후 남편이 어떻게 된 일인지 알고 싶어 원당 이모할머니를 찾아갔다. 할머니는 해질녘이 되어서야 돌아왔다. 와서 들려주는 이야기는 서글펐다.

"옷 보따리 네 남편에게 잘 전달해 주었다. 그날 밤 너를 정말 만나보고 싶어 했지. 네가 뒤따라 나섰다니까 그 산길에서 무슨 일이라도 당할까 봐 걱정이 태산 같았지. 이것이 너를 볼 수 있는 마지막이라고 우기며 가보겠다고 나서려 했지 뭐냐." 그러나 그 은신처에 같이 있던 동료들이 극구 말렸다고 한다. 대장이 꾸짖었다.

"예진 동지, 우리 모두 구국의 위대한 목적에 투신한 몸들이오. 사적인 감정을 가지고 우리의 공동운명을 망치지 않도록 하시오." 명령이 떨어지자 다른 동지들이 예진의 손과 발을 밧줄로 묶어버렸다. 그는 묶인 채 아내와 아이가 그 산에서 죽을지 모른다며 거의 밤새 울었다고 한다. 그 말을 듣고 도신도 그 저녁을 울며 보냈다.

상하이로 가는 험한 길

용감한 다섯 남자와 대담한 두 여성. 1920년 9월 초순, 갖은 우여곡절과 비밀작전 끝에 이들 도피자들(독립운동 때문에 일본 경찰이 추적하거나 수배 중인 망명자들)모두가 당포 항구에서 상하이로 떠나게 주선이 되었다.

중국 소금배에 타게 된 이들은 서로 아는 사이도 있고 생소한 사람도 있었다. 모두가 구국의 위대한 목적을 위해 조국을 떠나는 젊고 헌신적인 애국자들이었다. 그러나 한 젊은 미남은 "좋은 장래"를 찾아 스스로 조선을 떠난다고 했다. 부잣집 아들 같은데 그 신원이 미심쩍어 다른 애국 동지들이 은근히 경계했다.

며칠을 물 위에서 지내다 어느 날 밤, 배가 작은 포구에 도착하자 선원들이 상하이 중앙 부두로 가기 전에 여기서 내리라고 했다. 그 배가 여객선이 아닌데다 선객들도 보통 여객들이 아니기에 그렇게 한 것이다.

어둡고 낯선 포구에 내린 여객들이 짐을 메고 불빛이 비치는 동네를 향해 걸어갔다. 생각보다 거리가 멀었다. 그들이 동네 근처에 이르자 수십 마리 개들이 짖어대고 동네 사람들이 나와서 마구 총질을 해댔다. 일행이 급히 물러나 근처 젖은 갈대밭에 숨었다. 너무나 갑자기 벌어진 일이라 영문을 알 수 없었다. 그들이 누구인지 왜 그처럼 적대적인지 종잡을 수 없었다. 갈대가 조금이라도 움직이면 총알이 날아왔다. 개들은 계속 짖어댔다. 그들은 동틀 때까지 죽은 척하고 기다리기로 했다.

얼마 후, 물이 들어오기 시작했다. 처음에는 신발과 다리를 적시고, 허벅지와 배, 그러고는 가슴까지 물이 차올라 왔다. 그들은 이유도 모른 채 모두 죽겠구나 생각했다. 그들에게는 기막힌 선택만이 남았다. 총에 맞아 죽든가 아니면 물에 빠져 죽든가! 그러나 알 수 없는 적들의 떠드는 소리와 총소리로 보아 일본군은 아닌 듯했다. 아마도 지방 중국인들 같았다.

동이 틀 무렵, 중국말을 좀 안다는 동지가 그 갈대밭에서 나가 자초지종을 알아보기로 했다. 그가 나가기 전에 만약 자기가 죽으면 (그리고 다른 동지들이 살면) 자기 가족에게 소식을 전해달라고 마지막 부탁을 남겼다.

몇 번인가 큰소리를 지르고는 두 손을 번쩍 들고 한 사람이 갈대늪에서 서서히 나왔다. 개와 총으로 견제하며 그들은 그 흙탕물에 젖은 포로를 잡아갔다. 그들은 갖가지 장총을 가진 중국 지역 민병대 같았다. 갈대밭 물속에 갇힌 나머지 여섯 사람은 시시각각 다가오는 죽음의 공포에 심장이 멎을 것만 같아 덜덜 떨었다. 그 시간은 영원한 지옥처럼 느리게 흘러갔다. 급기야 바닷물이 키 작은 한 여자 동지의 입까지 차올랐다.

끔찍한 고통의 시간이 얼마나 흘렀을까? 중국 사람들이 갑자기 총을 둘러메고 손짓을 하며 모두 나오라고 했다. 망명 동지들은 드디어 구원의 손길을 보는 듯했다. 나이 많은 촌장이 흙탕물에 젖고 겁에 질린 외인들을 반갑게 맞아주었다. 그러고는 모두 자기 집으로 데리고 갔다. 총을 쏘던 젊은 중국인들은 가끔 그 지역을 침입하는 마적(馬賊)과 해적(海賊) 떼들의 공격을 막는 마을 방위대였다. 그들은 중국의 침략자 일본군도 증오했다. 촌장과 동네 다른 사람들은 이 뜻밖의 비무장 침입자들이 일본의 식민지가 된 조국을 떠나서 상하이로 가는 길이라는 것을 알고는 무척 따뜻하게 대해주었다. 그 촌장집에 며칠간 쉬면서 늪에 처박힌 신발과 보따리를 찾아내고, 더럽혀진 옷을 빨았다.

그들은 가깝지도 않은 상하이로 가는 작은 배까지 주선해 주었다. 이 얼마나 갑작스런 큰 행운인가!

그들이 타게 된 배는 큰 증기선이 아니라 해안가를 항해하는 작은 목선이었다. 안타깝게도 항해하는 길에 폭우가 내리고, 곧 닥칠 폭풍을 피해 해안가로 다시 돌아오지 않을 수 없었다. 한밤중이 되자 거친 파도가 배를 삼켜버릴 기세였다. 배에 익숙하지 않은 조선 승객들은 지치고 죽을 지경이 되었다. 그때 갑자기 돌풍이 뱃머리를 치면서 닻줄이 끊어져 버렸다. 배의 심한 요동이 멎었나 싶은 순간, 배는 망망대해를 향해 유유히 흘러갔다. 배는 오른쪽으로, 왼쪽으로 제 마음대로 방향을 바꾸며 점점 해안가에서 멀어져 갔다. 선객들이 공포에 질려 도와달라고 아우성을 쳤다. 동지들은 며칠 전 만조 늪에서 겨우 살아났는데 이제는 망망한 바다에서 죽게 되었다고 탄식했다. 게다가 더 무서운 위협이 닥쳐왔다. 어떤 중국인들은 사악한 영혼이 배를 타면 바다의 신령(海神)이 분노해서 그 사악한 놈들을 바다에 넣지 않으면 배를 뒤집어 버리고 말 거라 믿는 것이다. 선원들과 다른 중국 승객들의 빨갛게 충혈된 눈이 무서웠다. 만일 그들이 조선 승객들을 사악한 자들이라고 생각한다면 바닷속에 집어넣을 수도 있는 것이다. 그래서 그들은 흉흉한 바다의 파도보다 동승한 승객이 더 두려웠다.

예진은 그 두려움을 개의치 않고 배 밑으로 내려가 기도를 시작했다. 그는 늘 지참하고 다니는 주머니 성경을 펼치고 예수가 바람과 폭풍을 잠재우는 유명한 이야기(마태복음 8장 23~27절)를 읽었다. 그리고 폭풍 중에 주께 간구할 때 평안히 항구로 돌아온다는 위로의 시편(107편 25~30절)을 읽고 또 읽었다. 그는 무릎을 꿇고 간절히 기도했다.

“능력의 하나님, 우리는 지금 소멸될 지경에 이르렀습니다. 당신의 능력으로 부디 우리를 구원하여 주소서. 우리의 영혼을 당신의 능력의 손에 의탁합니다.” 그는 정성을 다해 성경 봉독과 기도하기를 계속했다. 아마도 일곱 번 정도 기도를 마쳤을 즈음 배가 안정되고 조용해졌다.

예진이 갑판에 올라왔을 때 밤하늘은 아무 일도 없었던 것처럼 맑고 물결은 잔잔해졌다. 동료들은 다 지쳐 있었으나 모두 무사했다. 예진이 위로의 말을 던졌다.

"우리 모두 잊을 수 없는 상하이 항해를 했습니다. 이제 우리 여행의 심각한 목적도 영원히 잊을 수 없게 되었습니다."

홀로 지고 가는 이중의 짐

그 당시에는 우편물을 경찰이 검열하지 않았고 가짜 이름도 추적하지 않았다. 오세창 일이 있은 후, 한 달쯤 지나서 예진은 아내에게 편지를 보냈다. 그는 목적지에 "편하지는 않았으나 안전하게" 도착하여 잘 있다고 알렸다. 도신은 우선 마음이 놓였다. 그해(1920년) 음력 11월 28일에 도신은 친정집에서 둘째 딸을 낳았다. 재명(在明: 밝음이 있다)이라 이름을 지었다. 새 아기의 엄마는 이제 남편 없이 두 딸의 엄마가 되었다. 그렇지만 남편이 부탁했던 대로 아빠 없는 이 두 딸을 잘 기르기로 결심했다. 재명이 태어났다는 기쁜 소식을 듣고 멀리서 아빠는 축복의 기도를 보내주었다.

도신의 시급한 걱정은 앞으로 어떻게 멀리 혁명가 남편에게 근심이 되지 않으면서 친정 부모에게도 짐이 되지 않게 살아가느냐 하는 독립과 생존의 문제였다. 여자는 시집가면 남인데(出嫁外人) 어떻게 세 식구가 마냥 얹혀살 수 있나? 재단기술이 있으니 재봉사로 일할 수 있을까? 만일 재봉틀이 있다면…… 만일 아기를 돌봐줄 사람이 있다면…… 만일 시내에서 살 곳이 있다면……?

남편으로부터 또 편지가 왔는데, 상하이로 떠나기 직전에 보낸 500냥이 도움이 되었느냐는 것이다. 편지에 의하면 여유가 있는 한 동지가 딱한 예진의 집안 사정을 알고 아내가 자립할 수 있도록 그 돈을 보냈다는 것이다. 그게 무슨 소리인가? 도신은 처음 듣는 소리였다. 알고 보니 원당 이모할머니가 그 돈을 받아 시할머니에게 주었고, 시할머니는 먼 친척 되는 사람에게 높은 이자로 빌려주었다는 것이다. 이 모든 거래가 진짜 돈주인인 도신에게는 말 한 마디 없이 일어난 일이었다.

시할머니는 평시에 친절하고 정직하고 양심적인 사람이어서 그런 일을 했으리라곤 믿을 수가 없었다. 시할머니에게 가서 공손하게 여쭈었더니 당혹스러워하며 미안하다고 했다. 그러고는 그 친척을 찾아가 돈을 받아내라고 했다. 어차피 이자도 못 받는 형편이었다. 도신은 그곳을 찾아가서 돈을 돌려달라고 했다. 그 친척은 목재상을 하는데 지금 그 돈을 줄 수 없고 1년쯤 후에 돌려주겠다고 사정을 했다. 도신은 그 돈이 없으면 가족이 살길이 없으니 다 받을 때까지 그 집을 떠나지 않겠노라고 선언했다. 실제로 그 집에서 이틀을 자고 사흘째 되는 날 그 친척이 어디선가 빌려와 돈을 갚아주었다.

그 돈으로 도신은 최신 재봉틀을 사서 셋이 먹고살 수 있는 수입이 생기게 되었다. 몇 달 동안 어른들 옷을 만들어 수익을 올렸다. 만일 멋진 아이들 옷을 만들어 판다면 더 많은 수입을 올릴 수 있을 것이란 생각이 들었다. 그 당시에는 아동복이란 것이 없었고 어른 옷을 아이들 몸에 맞도록 작게 만들어 입혔다. 도신은 시내 일본 상점에 가서 아동복 디자인 견본을 빌려와서 아동복을 만들었다. 그러나 촌에서는 그런 멋진 옷을 아이들에게 사 입힐 형편들이 아니었다. 그렇다고 시내로 가서 가게를 열 수도 없었다. 도신의 시누이가 혼인할 때 양쪽 집안사람들의 여러 가지 옷을 만들었다. 그래도 도신은 자기의 기술과 재능을 값있게 활용하지 못한다고 느꼈다.

다음 해 여름에 고향집 근처 '신흥교회'에서 그곳 학교에 와서 가르쳐달라고 부탁이 들어왔다. 보수는 매달 100냥, 그리고 살 곳과 장작을 주는 조건이었다. 대우는 신통치 않았으나 빨리 독립하기 위해서 그 일을 맡기로 하고 1921년 가을 학기부터 가르치기 시작했다. 새 선생은 일본어 독본 네 권과 성경을 가르쳤다. 친정 부모가 쌀을 대주고 시할머니가 와서 두 어린것들을 돌보아 주었다. 그럭저럭 살 만하고 만족스러웠다. 받은 월급에서 반 정도는 절약해서 상하이에도 보냈다.

하루는 시내에 들어갔다가 우연히 시아버지의 오랜 친구인 이성두 씨를 만났다. 가정 사정을 알고는 자기가 지금 일하고 있는 회사에 와서 함께 일하자고 제의했다. 그 회사는 '평양고무공업사'인데 주인은 산정현교회 **김동원**(金東元)[2] 장로였다. 그가 바로 남편이 상하이로 도망가기 전에 병 치료를 위해 보증을 섰던 두 보석인 중의 하나였다. 이 씨는 도신이 한 달에 300냥까지 벌 수 있다고 했다! 그것은 참으로 물리치기 힘든 큰 유혹이었다. 그러나 도신은 어려운 선택에 직면하여 고민하지 않을 수 없었다. 존경받고 교회와 관련된 저임금 자리와, 다른 한편 전망이 있는 산업계 고임금 노동 사이의 선택. 도신은 아버지에게 사정을 이야기하고 조언을 구했으나 아버지의 대답은 너무 원론적이어서 도움이 되지 않았다.

"도신아, 그건 네가 네 인생을 위해 답해야 할 질문이다. '이상적'일 것인가 아니면 '현실적'일 것인가?"

한참 고민하다 도신은 현실적인 길을 택했다. 현실적으로 두 어린것을 잘 돌볼 뿐 아니라 혁명가 남편의 높은 이상을 지원하기 위해서였다. 그렇게 정하고 보니 "가장 좋은 선생"이라고 좋아하는 교회 사람들을 한 학기만 하고 그만두어 실망시키는 것이 너무 미안했다.

1922년 1월 하순, 도신은 회사 근처에 방을 얻고 일을 시작했다. 일주일 수련생으로 훈련을 받고 기술시험을 통과하여 바로 정규 근로자로 일해서 월 300냥을 벌게 되었다. 도신이 하는 일은 간단한 도구와 손을 써서 고무상품을 제작하는 것이었다. 원래 손재주가 있는지라 얼마 안 가서 숙련공이 되었다. 어떤 날에는 하루에 35냥을 벌 수 있었다! 역시 잘 선택하였다고 믿었다.

친정 부모들이 계속 쌀을 대주고 시할머니가 계속 어린것들을 돌보아 주었다. 숙련공이 된 어머니는 밤마다 맛있는 과자를 사왔다. 시집 식구들에게는 자기 공장의 좋은 상품(하얀색, 연청색, 연분홍색 고무신)을 보내주었다. 촌에서는 짚신을 많이 신던 시대에 고무신은 빨 수 있고 편안하고 오래 가는 좋은 신발이었다. 그리고 매달 남편에게 100냥에서 200냥을 보내는 기쁨이 있었다.

그러는 와중에 숙련공 도신은 매일 계속되는 과로로 점점 몸이 쇠하여 갔다.

매일 아침 7시부터 저녁 7시까지 일하고, 때때로 특별 주문이 들어오면 밤 12시 자정까지 일을 했다. 여러 날 해를 보지 못하고 아이들의 해맑은 얼굴을 볼 수 없었다. 늘 휘발유 냄새와 불충분한 수면 때문에 언제나 몸은 지쳐 있고 시들어 갔다. 그녀의 창백한 얼굴은 폐병 말기 환자같이 되었다. 병이 들었다는 사실을 깨달았지만 또한 일하지 않을 수 없다는 현실도 깨달았다.

훌륭한 가문의 실망스러움

위대한 인물은 위대한 가문에서 나오기 쉽다. 그러나 그런 사람이 반드시 위대한 가문의 전통에서만 나오는 것은 아니다. 물론 김씨 가문은 기독교인의 삶을 영위하기 위하여 특별한 용기와 정신을 이어왔고, 정의와 공평에 대한 개명한 의식을 가지고 있었다. 집안의 가장인 시아버지는 성실과 지성을 갖춘 훌륭한 어른임에는 틀림이 없었다. 그러나 그 집안에 긍정적으로만 볼 수 없는 면이 있었다.

예진의 부모는 실제적으로 의미 있는 부부관계가 전혀 없어 보였다. 시아버지는 총명하고, 강인하면서도 민감하고, 잘 소통하고 동정이 많았다. 그에 비해 시어머니는 좀 우둔하고 말을 잘 못했다. 비록 친절은 했지만 집안일을 돌보는 데 상식이 부족할 뿐 아니라 실수가 많았다. 한 예로, 그 당시 집안 식구들의 옷을 짓는 것은 여자의 책임인데 바느질을 전혀 못 했다. 대개 몰래 이웃에게 부탁해서 옷을 만들고 슬며시 쌀을 퍼다 주는 식이었다. 시할머니는 그 며느리를 '부적격'하다고 무시했고 시아버지는 그녀가 다만 '아기 만드는 재주'밖에 없다고 불평을 늘어놓곤 했다. 그의 열정적인 사랑과 꿈을, 더욱이 나라에 대한 울분을, 도저히 아내와 소통할 수 없었다. 그리하여 예진의 어머니는 겉보기에는 좋은 기독교 집안에서 마치 하인처럼 살아왔다.

도신이 이 집에 시집오기 전에 시외 가난한 지역에 사는 문득두 집사라는 사람이 김 씨 집에 와서 허드렛일을 하며 많은 도움을 받고 있었다. 3.1 만세운동이 일어나기 한 해 전에 그 사람이 아내와 아들을 남기고 죽었다. 시아버지는 가난한 그 집에 많은 도움을 주었다. 그 불쌍한 과부가 기대한 것 이상으로 더 도와주었던 것이다. 그러다 시아버지가 집에 들어오지 않는 밤이 늘어갔다. 알고 보니 시아버지는 새 집에서 그 과부와 새 살림을 차리고 있었다. 그 당시에는 남자가 첩을 얻는 것이나 집안에 둘째 마누라를 두는 것이 흔한 일이었다. 단지 다른 여자를 둘 만큼 재력이 있으면 되는 것이다. 그때에는 여자가 사람으로서의 권리를 가지지 못하였다.

하루는 밖에서 살던 시아버지가 몸이 아파 집으로 왔다. 도신이 점심상을 들고 들어가자 시아버지가 힘들게 입을 열었다.

"선명이 에미야, 내가 몹시 창피하다. 네가 이해하기를 바라지만 너 보기가 부끄럽구나. 너도 알겠지만 난 우리 마누라를 전혀 사랑하지 않는다. 사랑할 수가 없다. 내가 교인이 아니었다면 그 여편네를 오래전에 내보냈을 거고 내 삶은 훨씬 더 행복하고 떳떳했을 거다. 수치스럽고 슬프구나. 너희 남편에게는 말하지 마라."

이런 은밀한 이야기를 나누는 사이, 그 아내가 방으로 들이닥쳤다. 화가 잔뜩 나서 "오늘 너 죽고 나 죽자" 소리소리 지르며 주먹을 휘둘렀다. 시할머니와 도신이 겨우 말려서 폭행을 막았다. 시아버지는 미친개를 피한 듯 치를 떨었다. 그 일이 있은 이후 시어머니는 시동생들을 돌보도록 시골집으로 보내졌다. 시아버지는 그 이후 시어머니와 전혀 관계가 없어졌다. 그러니 경찰 습격을 받은 후 만주로 도망갈 때 어머니에게는 편지를 쓰면서 아내에게 말 한마디 남기지 않은 것이 놀라운 일이 아니었다.

정미소 사업이 망하자 가족은 뿔뿔이 흩어지고 온 집안이 극도의 빈곤에 헤매게 되었다. 촌에 사는 세 시동생들은 소학교도 제대로 갈 수 없었다. 전에 도신에게 가는 500냥을 가로채서 '가족 기금'이라고 썼던 것도 시할머니가 가족의 생존을 위해 꾸며낸 마지막 방도였던 것이다. 물론 후에 그 방도가 자기기만이었다고 후회하고 뉘우쳤다.

나라를 뜨겁게 사랑하는 예진에게 온 민족이 일본의 압제하에 사는 것은 모든 것을 다 잃은 아픔과 슬픔이었다. 그 피아픈 가시밭길을 헤쳐 가며 나라의 해방과 독립을 다시 찾으려는 거룩한 투쟁은 예진이나 그 부친만의 투쟁이 아니었다. 그것은 가문의 계속되는 희생과 수난과 생존의 위협을 무릅쓰고서만 가능한 일이었다.

제9장
일제 식민주의 강점에 투쟁을 넓히다

대한민국임시정부

상하이에 도착하자 7인의 용사들은 이제 안전하고 안정된 피난처에 왔다고 안심하며 대한민국임시정부를 위해서 무엇인가 헌신할 것을 기대했다. 사람들은 짧게 '임정(臨政)'이라 불렀는데 어떤 이들은 '상하이임시정부' 또는 '대한 망명정부'라고도 했다. 이 정부는 중국 국민당 정부로부터 약간의 지원과 협조를 받았지만 세계 강대국들의 인정을 받지 못했다. 그럼에도 불구하고 임정은 자유를 사랑하는 모든 대한 사람들이 충성을 바치는 정당하고 합법적인 최고의 정치기구가 되었다. 임정은 일제의 국권강탈로 해외에서 임시로 세워진 망명정부이지만 3.1 운동을 통해서 전 민족의 절대적 지지와 성원을 기초로 세워졌고, 과거 왕정이나 대한제국을 넘어 민주적인 공화국 정치체제를 표방한 혁명정부였다.[1]

예진이 고국 땅에 9개월간 가 있는 동안 임정은 더 활동적이 되고 고국과 만주, 러시아, 미국 등지에서 온 애국자들로 더 큰 조직을 갖추게 되었다. 전

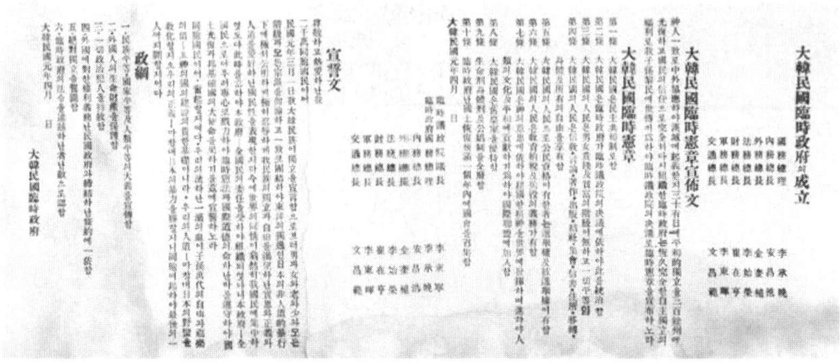
大韓民國臨時政府의成立

大韓民國臨時憲章宣佈文

大韓民國臨時憲章

宣誓文

政綱

대한민국임시정부 성립 선포문

새로 성립된 대한민국임시정부는 1919년 4월 13일 임시헌장과 선언문과 정강을 선포했다.

보다 활동범위를 더욱 넓히고 있었는데 어떤 것은 공개적이고 어떤 것은 은밀하게, 그리고 심지어 불법적인 일도 하고 있었다. 임정의 중요한 새 발전은 정식 기관지인 ≪독립신문≫과 '애국공채'의 발행이었다. 그리고 상하이와 다른 지역에 사는 동포들에게 인두세 부과를 시작한 것이다.

며칠 후 새로 도착한 이 젊은이들을 환영하는 자리에서 이들은 자신들이 겪은 호된 시련, 두 번이나 죽을 뻔한 이야기를 서로 나누며 이런 사적 수난도 후일 독립운동 역사의 한 기록으로 남기를 주장했다.

어느 날 밤 백범 선생이 그중 셋을 불러 조선에서의 용감한 활동을 치하하면서 이제는 "너무 많이 노출"되어 고국에는 다시 갈 수 없다고 알렸다. 예진은 앞으로 여생을 혼자 살아야 한다고 생각했다. 그는 10월에 임정 내무부의 한 부서에 서기로 임명되었다. 보수가 없는, 오히려 정부 활동에 기부하기를 기대하는 자원봉사자였다. 사실은 매일 별로 할 일도 없었고, 다만 정상적인 활동을 기록하고 약간의 서류를 정리하거나 여러 모임에서 이상한 일이 벌어지지 않도록 지키는 것이 전부였다.

1921년 1월에 예진은 인성학교[2]에서 가르치게 되었다. 이 학교에서는 교포 어린이들에게 우리나라 말로 다른 과목과 더불어 애국심과 나라의 독립에 대해서 열심히 가르쳤다. 이 교사직은 월 10원을 받으며 일하는 단기 봉사직이어서, 대개 정식 직업을 얻기까지 일하는 임시직이었다. 비록 낮은 월급의 임시직이었지만 인성학교에서 가르치는 일은 독립운동의 후대들을 위하여 의미 있는 공헌이라 생각했다.

예진과 다른 20여 명의 젊은 남자들이 하는 진짜 일은 경무국장인 백범 선생 지도하에 수행하는 다른 종류의 자원봉사 활동이었다. 임시정부 활동에는 언제나 위험이 따랐다. 1921년 8월 4일 밤에 여운형 선생이 4명의 테러범으로부터 공격을 받았다. 알고 보니 그 테러범들은 진짜 적이 아니라 분쟁하는 극우파에서 보낸 사람들이었다. 그 이후 3~4명의 젊은 남자들이 임정 요원들이 외출할 때마다 동행했고 정부 회의와 건물을 지켰다. 그리고 임정을 정탐하려는 상하이 일본영사관과 관련되었다고 의심되는 '적대적 침투요원'을 은밀히 내사하고 감시했다. 만일 어느 조선 사람이든 정규 학생이 아니거나 또는 일자리나 사업이 없으면서 빈둥빈둥 잘살아 간다면 그 사람은 우선 의심의 대상이 되고 특수조에 의해서 '특별대우'를 받게 되는 것이다.

한번은 그런 두 사람을 어디로 데려갔다고 한다. 그중 한 명은 상하이로 올 때 동행한 말쑥한 부자 젊은이였다. 조사해 보니 임정에 해로운 일을 한 것은 없었고 그의 조부는 독립운동에 많은 자금을 대준 분이었다. 그는 상하이로 공부하러 왔는데 영국인 학교에서 언어 때문에 제대로 따라갈 수 없었다. 그는 고국으로 다시 돌아가든가 아니면 대한 독립군으로 훈련을 받아야 했다. 그는 결국 후자를 택해서 중국 사관생 훈련소로 갔다. 다른 한 명은 임정 내의 몇 원로의 동정을 정탐하며 한 일본 회사로부터 정기적으로 돈을 받던 증거가 나왔다. 위협을 받자 자기가 스파이 노릇 한 것을 자백했다. 그는 특별대우를 받고 나서 어디에도 다시 나타나지 않았다. 아무도 그에게 무슨 일이 일어났는지 알고 싶어 하지 않았다.

흥사단과 안창호

임정에서 일하는 가장 큰 특전과 명예는 조국의 해방과 독립을 위해 거의 전생을 바쳐 헌신하는 고명하고 존경스러운 지도자를 만나는 것이었다. 나이 차이(약 20년)와 지위의 격차 때문에 예진은 그런 분들과 사적으로 만나거나 직접 의논할 수 없었다. 예외라면 백범 선생과 도산 안창호(島山 安昌鎬) 선생 두 분이었다. 백범 선생은 예진의 국내 무장투쟁을 직접 교사한 분이고, 안창호 선생과는 같은 곳에서 생활하며 독립의 먼 전망을 배우게 되었던 것이다. 이 두 분은 성격, 정치철학, 투쟁방식에 있어 현격하게 상이했는데 그럼에도 불구하고 두 분은 대단히 협조적인 동지였다.

임정 내부에는 여러 다른 계열과 이념이 있었지만 모두 나라의 독립을 추구하는 공동목적이 있었다. 초기에는 우익의 아주 온건한 개조운동으로부터 좌익 공산주의 혁명에 이르기까지 다양성이 있었다. 어떤 이들은 교육, 문화적 개량을 통하여 자기 개선, 자기능력강화 등의 중요성을 강조하는가 하면, 다른 이들은 강대국의 인정을 받고 그들의 지원을 얻는 것이 독립을 성취하는 데 가장 중요한 길이라고 믿었다. 또 다른 이들은 당장 일본 침략자들에 대항한 무력적·폭력적 투쟁이 가장 절실하다고 주장했다. 임정 내 대부분의 원로들은 초기에 이념적 차이가 그리 위험하다고 보지 않았는데 그 이유는 같은 목표를 향하여 가되 상황에 따라 여러 가능한 길 중에 최선을 찾고자 투쟁한다고 믿었기 때문이었다. 그러나 소비에트 공산혁명의 영향을 강하게 받은 극단적 좌익 계열은 민족해방과 더불어 계급투쟁을 강력하게 주장하며 결국 임정의 온건한 보수주의와 타협이 결렬되어 축출되기도 하였다.

아주 세련되고 높은 교육을 받은 지도자, 열정과 통찰력을 가지신 도산 선생과 같은 건물에서 살면서 예진은 자연히 그의 인품과 그가 세운 **흥사단**(興士團)[3]에 친근감을 가지게 되었다. 예진은 학습과 토론을 위한 흥사단 격주 모임에 충실하게 참석했다. 도산 선생은 그의 강의를 통하여 독립과 민주사회를 추구하는 투쟁에 있어서 교육을 통한 조선 사람들의 도덕적·인격적 갱신

대한민국임시정부 국무원 요인들
임시 국무총리 안창호(앞줄 가운데)를 중심으로(시계 방향으로) 신익희, 김철, 윤현진, 최창식, 이춘숙, 현순이 기념사진을 촬영했다(1919. 10. 11).

이 아주 중요한 요소라고 설파했다. 물론 그의 독립전략에 경제와 군사적인 요소도 있었지만, 그의 가장 큰 강조점은 훈련과 성격수양을 통하여 각 조선 사람이 능력을 향상하는 것이었다.

예진은 도산 선생의 인간적·사회윤리적 교훈에서 큰 감명을 받았고, 조선의 먼 장래를 조망하면서 자유롭고 민주적인 사회와 독립국가에서 갖추어야 할 지도자의 품격에 대해서 많은 것을 배웠다. 예진은 정식 회원이 아니었는데도 불구하고 그 학습반의 서기로 임명되었다.

도산 선생은 독립운동 철학에 있어서 기본적으로 '민족개조론'에 속한다고 볼 수 있다. 이 개조론은 조선 사람의 성격의 진정한 변화나 향상을 강조했으며, 개인이나 집단으로나 조선 사람들은 정직하지 않으며 잘 분열하며 나태하며 냉소적이라는 문제가 편만하다고 보는 경향이 있었다. 그래서 도산 선생은 이런 병폐가 먼저 개조되어야 조선 사람들이 주권국가의 책임 있는 시민이 된다고 역설했다. 현재 팽배한 부패, 비효율성, 갈등, 종속성 등은 조선 사람들의 고쳐야 할 약점이고 그 약점 때문에 외세의 간섭과 지배에 노출되어 있다는 것이다. 그런데 이런 논리는 자칫 미개발된 조선을 점령하고 착취하는 것을 정당화하려는 일본 지배자들에게 어떤 정당성을 부여하는 논리와 비

백범 김구, 도산 안창호, 몽양 여운형
김예진은 이 세 분을 특별히 가까운 독립운동 지도자로 삼았다.

슷했다. 그래서 따지고 보면 그의 논거는 '피해자의 잘못'이라는 자기 비하의 생각과 일맥상통했다.

예진은 근본적 원리를 인정하면서도 이런 논거에 대해서 심각히 반문하게 되었다. 현재 조선반도라는 가난한 집에 불이 나고 그 속에 사람들이 타 죽고 있다. 화재가 나지 않는 굳건한 집을 지어야 하는 중요성을 강조하는 것은 값진 일이지만 현 상황에서는 시간적으로 적절치 않으며 우선순위가 맞지 않다는 생각이 들었다. 그는 학습반에서 용감하게 자기 생각을 제기했다. 선생은 현실성을 인정하면서도 자신의 장기적인 원칙을 고수했다. 즉, 자유롭고 자주적인 국가를 건설하는 것은 집을 새로 짓는 것과 같은 장기적인 투쟁이다. 이 문제는 결코 급히 수선하여 봉합할 수 있는 한판 싸움이 아니라고 주장했다. 예진은 홍사단에 끝까지 정식 회원으로 가입하지 않았다. 그러면서도 계속 학습반에 참석하고 서기직도 잘 수행했다. 모든 강연과 토론 내용을 충실히 기록하였다. 그는 끝까지 도산 선생의 인격과 혜안을 존경하고 흠모하였기 때문이었다.[4]

혁명 동지들

예진은 가끔 평양도청을 폭파할 때 낯선 협동자였던 두 동지를 생각했다. 지금 어디서 무엇을 하고 있을까? 1921년 5월 10일 자 ≪매일신보≫에 의하면 임신한 몸으로 사과광주리에 폭탄을 현장에 날랐던 안경신은 그해 3월 20일에 체포되어 첫 공판에서 사형 언도를 받았다. 재심에서는 10년 징역을 지게 되었다. 훨씬 후에 알게 되었지만 그녀는 실제 7년 감옥생활을 하고 나와서 아무도 모르게 비참한 최후를 맞았다고 한다. 확인되지 않은 소문에 따르면, 사건 후 충격을 받고 어머니가 돌아가셨고 출산한 아들을 첫해에 감옥 안에서 키웠으나 영양실조로 아기가 시력을 잃고 말았다고 한다. 7년 후 출옥한 뒤 그녀가 언제 어디서 어떻게 생을 마쳤는지는 아무도 모른다. 세 불쌍한 영혼이 조선의 독립과 해방을 위한 어두운 투쟁 역사 밑에 영원히 묻히고 말았다.

문일민 동지는 예진이 망명한 비슷한 시기에 상하이로 망명하여 임정 안팎에서 활약하였다. 그러나 그는 다른 지역에서 무력 항쟁과 군사훈련으로 더 활발하게 일했다. 그래서 같은 항일투쟁을 하면서도 서로 연락이 없었다. 문 동지는 나중에 평양형사법정의 궐석재판에서 무기징역을 받았다고 한다.

고국에서는 대부분의 사람들이 아무런 낙이 없이 매일매일 겨우 생존해 가는 것밖에는 할 수 없었다. 그들은 더 좋은 세상을 향한 희망이 없었다. 그 운명에 비해 상하이나 국외 다른 지역으로 도망친 사람들은 최소한 다른 세상을 볼 수 있고 또 새 희망을 꿈꿀 수 있다는 점에서 차라리 행운이었다. 예진처럼 20대 초반에 상하이로 망명해 와서 임정을 위해 일할 수 있는 사람들은 특별한 자긍심과 확신이 있었다. 그들은 자신들을 "혁명가"라 불렀다. 자랑스러운 그 이름은 그들의 영웅적인 투쟁을 통하여 세상을 급격하게 변화시킬 수 있다는 확신에 찬 남녀 동지들에게 주어진 명예였다. 그리하여 비록 외국 땅에서 가난한 유랑자들로 살지만 그들은 벅찬 꿈, 해방된 조국의 빛나는 미래에 대한 희망이 있었다. 따라서 임정의 존경받는 지도자들을 수행하고 호위하는 일에 특별한 긍지를 가지고 있었다.

대한민국임시정부와 임시의정원 신년기념사진
1921년 1월 1일. 첫 줄 왼쪽으로부터 세 번째가 김구, 둘째 줄 왼쪽 세 번째부터 신익희, 신규식, 이시영, 이동휘, 이승만, 손정도, 이동녕, 남형우, 안창호가 있다.

동지들 중에는 여성 혁명가들도 있었다. 그들은 대개 미혼이거나 최소한 가족의 책임이 없는 노처녀나 과부였다. 그들은 강철 같은 마음과 결단력이 있는 펵 '잘난' 여자들이거나 신식 여성들이었다. 예진은 기홀병원의 임은심 양이 여기 온다면 미모나 지성이나 성품으로 보아 이들과 잘 어울릴 수 있을 것이란 생각이 떠올랐다. 이들 여성은 독립운동가지만 동시에 당시 조선에서 전형적인 여성의 종속적 지위나 가부장 제도를 거부하고 나선 개화된 신식 여성들이었다.

바쁘지 않은 주말에는 가끔 3~5명의 젊은 혁명가들 남녀가 황포강가나 홍커우 공원(虹口公園)에 갔다. '신선한 공기'를 쐬기 위해서라지만 실은 습하고 퀴퀴한 냄새가 진동했다. 그들은 혁명가답게 성, 나이, 가족배경에 관계없이 모두가 같은 전우, 동지, 진정 해방된 자유투사라고 선언했다. 특히 여성 동지들은 수다가 많았고 남성 동지들과 함께 외출하는 것을 무척 즐기는 듯했다. 그들은 남성 동지들과 꼭 같이 담배를 피우고 술을 마셨다. 얼굴이 하얗고 몸이 가냘픈 예진만이 그럴 수 없었다. 옛날 자기가 한 서약 때문이었다.

어느 주말에 예진과 두 혁명동지가 야자수가 많은 공원, 프랑스 조계 안 '후싱공원(復興公園)'을 가보기로 했다. 그런데 도중에 한 동지가 갑자기 일이 생겨 불려갔다. 그래서 이화선(가명) 양과 예진이 낭만적인 부부처럼 공원을 산책하게 되었다. 이 씨는 예진보다 4~5살 위이고 어여쁘고 대담했다. 걷는 동안 이 씨는 예진의 팔짱을 끼며 자기가 임정의 일을 위해서 하는 활동을 들려주었다. 몇몇 서양인 부부들이 그 아름다운 화원을 한가롭게 거닐고 있었다. 이 씨는 고국의 연통부(聯通部)를 통하여 중요한 서류를 양쪽으로 나르고 또 고국에서 군자금을 가져오기도 했다고 한다. 그리고 머지않아 중요한 임무를 띠고 다시 고국으로 간다고 비밀을 털어놓았다. 그러나 다시 돌아올 수 있을지 아무도 모른다고 속삭였다. 문득 7개월 임신한 몸으로 폭탄을 이고 갔던 용맹스러운 안경신 동지의 생각이 떠올랐다. 찬란한 저녁노을이 높고 낮은 나무들, 넓고 검푸른 잎 사이와 꽃 넝쿨 사이를 뚫고 흘러들어 왔다. 온 세상이 멈추어 선 듯 조용했다. 갑자기 이 씨가 예진의 목을 껴안고 입술에 키스를 퍼부었다!

"당신이 필요해요. 지금 당장 당신이 필요해요!" 번개 같은 기습이었다.

"사탄아, 나에게서 물러나라!" 예진은 당장 그녀의 포옹을 뿌리쳤다. 번개 같은 역습이었다. 몇 초 후 둘은 서로 놀라고 당황했다. 이 씨는 예쁘고 젖은 눈으로 이 무자비한 남자를 쳐다보았다. 예진은 바로 어색한 사과를 했다.

"방금 말한 것 정말, 정말 죄송합니다. 물론 이 양은 사탄이 아니지요. 이 양은 나의 친근한 동료 전우입니다. 솔직히 나는 나 자신을 두려워합니다. 나는 나 자신의 서약에 묶여 있습니다. 부디 나를 용서해 주세요." 예진은 그녀의 두 손을 가만히 잡았다. 한동안의 침묵 끝에 그녀는 상기된 얼굴을 들고 불쑥 오른손을 내밀었다.

"그렇지요. 우리는 혁명 동지들이지요." 두 낯선 애인이 손을 잡고 흔들었다.

예진은 다시는 그녀와 또는 다른 여성 혁명 동지와 데이트를 하지 않았다. 그 짧고 어색했던 낭만적 조우는 누구에게도 말하지 않았고 어두운 밤 속에 영원히 묻혔다. 또는 그렇게 예진은 생각했다. 그렇지만 그 저녁의 순진한 사건은 마치 황포강의 음울한 물길처럼 조용하면서도 유유하게 흘러간 듯했다. 오랜 세월이 흐른 후에 예진은 여성 동지들 사이에서 자기의 별명이 "매력 있는 고자(鼓子)"라는 것을 알아냈다.

항일 격전지의 소식

임정에서 일하며 누리는 혜택 중의 하나는 여러 지역, 즉 고국은 물론 미국, 일본, 중국 여러 지방에서 들려오는 뉴스와 소식을 쉽게 또는 빨리 접할 수 있다는 것이었다. 아시아의 가장 큰 도시로서 상하이는 사람들이 광범위하고 다양한 정보를 얻을 수 있는 통신의 중심지이기 때문이었다. 받은 정보가 완전하거나 정확하지는 않을지라도 예진과 다른 동지들은 항일부대에서 들려오는 전투와 승리의 소식을 들을 때마다 흥분하지 않을 수 없었다. 고국에서는 그런 소식을 듣기 어렵거나 몇 달 후에나 알게 될 것이었다.

일본군과 맞서 싸우는 항일 전투는 주로 시베리아 연해주 일대, 동남부 만주, 특히 많은 조선 이주민이 살고 있는 **간도**(間島)[5] 지방이었다. 들리는 바로는 그 지역 일대에 50여 개 항일 단체들이 있어 작은 게릴라 전투를 할 수 있는 기반이 마련되었다는 것이다. 크게 세 지역에 다른 지도자와 다른 지원체계를 가진 전투부대[6]가 있다고 했다. 1920년대에는 이들 전투부대가 임정의 지도나 지원을 받는 것이 아니어서 전해오는 뉴스가 완벽하지 않았다. 그럼에도 불구하고 1920년 두 전투는 큰 승리를 가져와서 임정 사람들을 크게 감격시켰다.

1920년 6월 7일 지린(吉林) **봉오동**(鳳梧洞)[7]에서 독립군 연합부대와 일본군 사이에 여러 번에 걸친 전초전이 있었다. 매복공격과 게릴라 전술로 독립군 병사들이 전투에서 첫 대승을 거두었다. 일본 병사들 157명이 전사하고 300여 명이 부상당했다. 동만주 **청산리**(青山里)[8]에서의 싸움은 같은 해 10월에 깊은 밀림에서 6일간 싸웠는데 역시 큰 승리를 거두었다. 이 전투는 조선 독립군의

북로군정서 청산리 전투 승리 기념
이 전투에서 항일 조선유격부대가 일본군을 박멸하는 대승을 거두었다(1920. 10. 21~26).

대승리이며 그들의 가장 큰 전과였다. 그러나 그런 게릴라 전투의 승리는 뜻하지 않은 참변을 가져왔다. 패배한 일본군이 나중에 **경신참변**[9]이라고 알려지는 사건을 일으켜 조선인 농부들에 대한 대학살을 벌인 것이다.

이런 군부대의 전투 이외에도 간도 지역에서는 일본 경찰이나 중국 당국과 수없이 작은 충돌과 폭력사건이 있었다. 그중 한 기이한 사건이 있었다. 영변 지역에서 조선 사업가가 운영하는 작은 여관에서 일어난 야간 습격사건이었다. 그 여관에 일본 정탐꾼과 협력하는 앞잡이들이 자주 드나든다고 의심한 한 작은 독립군 부대가 한밤에 기습공격을 한 것이다. 이 총격사건으로 2명이 죽고 여관 주인을 포함해서 7명이 부상당했다고 한다. 보고서에 나타난 여관 주인은 김두연으로 약 42세이며 평양 출신이었다고 한다!

예진은 즉시 자기 아버지라 확신하며 큰 충격에 빠졌다. 일본 경찰을 피하여 도망한 사람이 만주에서 독립군 총에 쓰러졌다니 이 얼마나 기이하고 가석한 일인가? 그는 깊은 고뇌에 차서 온밤을 새워 기도했다. 그곳에 기차로 가자면 며칠이 걸릴 것이고 기차를 탈 차비도 없었다. 다음 날 일하는 부서 내 다른 사무원의 도움으로 가장 가까운 창춘(長春) 시의 연락처를 거쳐 아버지에게 전보를 쳤다. 그는 최소한 그 여관 주인의 정확한 신분과 부상 정도를 알고자 했다.

두어 달이 넘도록 회신이 없었고 아무런 정보도 없었다. 장자인 예진은 아버지의 회복을 기원하며 매일 밤 간절히 기도했다. 그러나 실제로는 모든 희망을 버리고, 터무니없는 이유로 타향에서 아버지를 홀로 보냈다고 탄식하며 나날을 보냈다. 그러던 중 어느 날 주소가 없는 만주 어디로부터 친필 편지가 왔다. 김두연, 자기 아버지로부터 온 편지였다! 과연 엉망인 그의 글씨였다.

> 아들 보거라
>
> 주님이 너와 너희 동지들과 같이하시기 바란다. …… 내 다리의 총상은 잘 나아가고 있고 걸어 다니는 데 문제없다. …… 너는 그리스도 군병이니 그의 정의를 위하여 좋은 싸움을 잘 싸우기 바란다. …… 뒤를 돌아보지 마라. 가족 때문에 염려하지 마라. …… 우리는 다 잘 있다.
>
> 너의 애비

그렇게 애타게 오래 기다렸던 소식인데 아버지의 편지는 짧고 무정했다. 그러나 살아 계신다니 얼마나 다행인가? 그런데 "'우리'는 다 잘 있다"는 무슨 소리일까?

상하이 거리 풍경

상하이라는 곳은 경이로운 것이 많고 여러 문화적 구성과 풍조가 찬란하다. 많은 자동차, 전차, 마차, 인력거가 길옆의 보행자들과 뒤엉켜 바쁘게 돌아간다. 서로 다른 국적의 사람들이 자기네 나라 옷을 입고 자기네 관습을 유지하고 있다. 많은 영국과 서양 신사들은 검은 모자를 쓰고 멋진 지팡이를 들고 다니고 부인들은 높은 구두에 화려한 머리 장식과 모자를 쓰고 다닌다. 서양 사람들은 수적으로 소수지만 시의 부유한 지역과 모든 현대적 기간시설을 소유하고 지배하고 있다. 그중에도 전차는 1908년에 영국 회사가 건설하고

상하이 거리의 전차
1920년경, 김예진은 영국 전기회사가 운영하는 전차에서 검표원(Inspector)으로 일했다.

운영 중인데 시의 가장 편리한 대중교통수단이다.

상하이에 온 지 약 1년 후, 1922년 4월부터 예진은 영국 전차회사에서 '인스펙터(inspector)'로 일하게 되었다. 인스펙터란 전차 운행 중 속이는 것을 예방하고 보고하는 일종의 감시원이었다. 우리나라 사람들 70여 명이 이런 일을 2교대로 하였다. 전차가 열려 있고 늘 천천히 가기 때문에 인스펙터들은 차문에 매달려 가다 뛰어내리고 다시 올라타는 사람들과 부정한 거래를 감시했다. 영국 전차회사는 사기가 만연한 중국인들보다 신용이 있는 조선 사람들을 선호했다. 중국인 기사나 차장 중에는 차표를 다시 팔거나 할인해 주거나 공짜로 손님을 태우는 경우가 많아 회사 수입에 손실이 많았다. 더 신뢰가 있는 조선 사람들을 채용함으로써 회사 수입은 안정적으로 늘어갔다. 젊은이들에게는 이 직업이 별로 힘들지 않고 한 달에 중국 돈 35원을 고정적으로 벌 수 있어 좋은 자리였다. 또한 이 일을 하면서도 임정의 일을 하는 데 지장이 없었다.

인스펙터로 하루 종일 길에서 시간을 보내는 것은 좀 피곤한 일이기는 하지만 다른 한편으로는 시내의 많은 다른 사람들과 문물을 볼 수 있어 즐겁기도 했다. 대부분의 전차 승객들은 택시나 인력거를 탈 수 없는 중국인이거나 가난한 외국인들이었다. 때로 길에서 비상사대가 벌어지면 잠시 지루한 통상 일과가 정지되기도 한다. 예진은 일을 멈추고 교통사고를 보게 되고 소방차의 사이렌 소리를 들으며, 경찰의 특이한 경고소리를 듣게 되는 것이다.

한번은 이런 일이 벌어졌다. 많은 사람들이 지켜보는 거리에서 영화를 찍는 것을 보게 되었다. 모든 차와 교통이 통제된 가운데 대낮에 강도가 은행을 터는 장면을 찍고 있었다. 큰 활동사진기로 촬영하는 동안 가면을 쓴 3인의 강도가 총을 들고 은행을 습격하고 잠시 후 현금이 가득찬 자루를 둘러메고 나왔다. 문가에서 경비원과 경찰을 쏘자 그들은 피를 흘리며 진짜처럼 죽는 연기를 했다. 3인조 강도들은 대기하고 있던 자동차로 즉시 도망치기 시작했고 감독은 그들을 뒤쫓아 가며 계속 영화를 찍었다. 멀리서 "삐-뽀 삐-뽀"하는 경찰차 두 대의 경고 사이렌 소리가 요란하게 들렸지만 마비된 교통과 많은 관객들 때문에 현장에 접근을 할 수가 없었다. 은행 강도들이 완전히 시야에서 사라지자 관중들은 숨막히는 명연기에 감동하여 손뼉을 치며 환호했다. 결국 경찰이 그들을 놓치고 만 것이다. 사람들은 이 영화가 언제 상영될지, 영화의 이름이 무엇일지 궁금해서 왁작거렸다.

다음 날 아침에 예진은 깜짝 놀랐다. 영자 신문 ≪노스차이나헤럴드(North China Herald)≫가 보도하기를 전날 은행습격은 영화가 아니라 경찰이 보면서 놓친 실제 범죄 사건이었다는 것이다. 모두가 가짜에 속은 진짜였던 것이다. 얼마나 기막힌 사기극인가! 순간, 예진은 허황하면서도 간절한 상상을 해본다. '지금 고국에서 일어나고 있는 강도질과 살인행위가 모두 가짜 활동사진이라면 얼마나 좋을까?'

제10장
높은 꿈으로 낮은 인생을 살다

멀고 험난한 가족재회

1922년 7월 중순, 상하이에서 편지가 왔다. 남편이 두 딸을 데리고 상하이로 오라는 것이다! 자세한 것은 나중에 알린다고 했다. 도신은 믿어지지 않는 소식에 가슴이 벅찼다. 다음 편지에는 자세한 계획을 적었는데, 정병욱이라는 학생이 여름방학을 마치고 신의주에서 상하이로 돌아올 때 같이 오라는 것이다.

도신은 몰래 여행 준비를 했다. 우선 시집 식구들 모두에게 옷과 고무신을 사서 보냈다. 그 정씨 학생이 곧 편지를 보내와 만날 날짜와 장소를 알려주었다. 회사 사장 김동원 장로에게 남편을 만나기 위해 공장 일을 그만두겠다고 조용히 알렸다. 사장은 고맙게도 '건강 회복'을 위한 상여금이라고 적지 않은 돈을 몰래 주었다. 도신은 너무 흥분해서 잠도 제대로 잘 수 없었다. 밤낮으로 아름다운 꿈, 사랑하는 남편을 다시 만나는 꿈속에서 살았다.

8월 19일 도신의 가족을 환송하기 위해 양가 부모들이 평양 집으로 왔다.

떠나는 날 아침 도신은 일찍 시내로 가서 두 딸을 위해 예쁜 옷을 샀다. 그러고는 우편국에 가서 상하이에 1000냥을 보내기 위해 문이 열리기를 기다리고 있었다. 그런데 갑자기 몹시 어지러워졌다. 이전에 쓰러진 경험이 있어 겁이 덜컥 났다. 돈을 주머니에 넣고 급히 그곳에서 나왔다. 근처에 있는 황 목사네 집으로 가려고 비틀거리며 큰길을 건너고 있었다. 그러고는 어떻게 되었는지 알 수가 없었다. 그다음 느낀 것이란 심한 두통뿐이었다. 차차 하늘에 수많은 낯선 얼굴들이 나타나고 움직였다. 떠드는 소리가 들려왔다. 그제야 자기가 거리 전찻길에 누워 있는 것을 깨달았다. 많은 사람들이 자신을 둘러싸고 있고, 아침 교통이 막혀 있었다. 다행히 같은 공장 직공이 도신을 알아보고 인력거를 불러 집으로 보내주었다. 이를 주선한 순사가 탄식했다. "불쌍해라. 참한 색시가 아침부터 지랄병을 앓는군!"

이 기절 소동 때문에 그날 오후 1시 기차로 여러 친척들의 환송을 받으며 떠나려던 계획이 깨지고 말았다. 곧바로 정씨 학생에게 전보를 치고 친척들은 모두 실망해서 집으로 돌아갔다. 그 후 도신은 일주일을 꼬박 앓았다. 일어나자 어떻게 다시 정씨 학생을 만나 상하이로 갈지 걱정이 되었다. 사흘 뒤에 학생에게서 전보가 왔는데, 다음 날 떠나는 배로 같이 가려면 당장 그곳으로 와야 한다고 했다. 다음 날 아침, 세 식구가 양가 친척들에게는 미처 알리지도 못하고 먼길을 떠나게 되었다. 선명이와 재명이를 돌보던 할머니가 기차간에까지 들어와 눈물을 흘리며 작별을 고했다.

"네 애비에게 잘들 가거라. 아마도 내 생전에 너희들을 다시 볼 수 없겠구나!" 모두가 눈물을 흘렸다.

세 모녀가 신의주에 도착하자마자 기다리고 있던 정씨 학생과 두 대의 인력거에 나누어 타고 압록강을 건너 안동현(지금의 단둥)으로 갔다. 여섯 살이 되어가는 선명이, 거의 두 살배기인 재명이, 그리고 짐짝을 간수하느라 애를 쓴 정씨 학생과 함께 다시 목선을 타고 압록강 하류로 약 30리 길을 천천히 내려갔다. 그곳으로 가는 동안 도신은 너무 어지러워서 갑판 아래로 내려가 선원들이 덮는 담요를 의지하고 잠시 눈을 붙였다. 얼마쯤 지났을까, 갑자기 온

몸이 몹시 가려워 일어나 보니 보리쌀만 한 이가 검은 치마에 하얗게 올라와 있었다. 질겁해서 속옷까지 벗어서 털며 소동을 피웠다. 이것이 중국을 알게 되는 첫 경험일까……. 쌍루라는 곳에 와서 초저녁에 상하이로 가는 큰 배에 올라탔다. 배를 타자마자 짐짝에서 새 옷을 꺼내 갈아입었다. 드디어 상하이로 가는 배를 타고 보니 피곤하지만 마음이 푹 놓였다. 더 이상 애들과 짐짝을 끌고 기차, 인력거, 배로 갈아타며 달릴 필요 없이 며칠만 참으면 사랑하는 남편을 만날 수 있는 것이다.

그러나 배 여객실에 자리잡고 나서 네 여행자들은 또 하나의 충격을 받게 되었다. 배는 이틀 후에야 떠난다는 것이다. 정병욱 학생이 왜 출항일자를 틀리게 붙이고 속였냐고 항의하자 험하게 생긴 한 선원이 퉁명스레 대꾸했다. 그래야만 더 많은 승객을 모을 수 있다는 것이다. 나중에 다시 와도 되냐고 묻자 배삯 150냥은 환금이 안 되며 짐이 없어져도 책임을 질 수 없다고 했다. 그리고 선창까지 가는데 뱃삯이 비싸다고 했다. 그들은 꼼짝 없이 서 있는 배 안에서 구류를 당하게 된 것이다!

그뿐이랴? 배가 출항하기까지 식사를 제공하지 않는다고 했다. 아이들이 배가 고프다고 벌써부터 보채고 울기 시작했다. 가지고 온 과자를 먹였지만 얼마 후 다시 배가 고팠다. 정병욱 학생이 선원에게 사정해서 누룽지 한 판을 30전에 사서 가지고 가던 굴비와 같이 씹으며 허기를 달랬다. 이야말로 좁은 선실에 방치된 채 당하는 일종의 고문이었다.

사흘째 되는 저녁, 드디어 배가 길게 "붕– 붕–" 소리를 내며 천천히 움직이기 시작했다. 도신은 마음이 놓이면서도 한편 슬펐다. 처음으로 사랑하는 고국을 떠나는 것이다. 언제나 다시 돌아올 수 있을지 가늠할 수 없는 여정이었다. 나라가 독립되는 날에나 돌아올 수 있을까?

배가 떠나자 처음으로 저녁식사가 나왔다. 기름기 짙은 중국음식이었지만 다들 마지막 만찬처럼 정신없이 퍼먹었다. 도신은 뱃멀미가 나서 겨우 허기만 면했다. 기운을 못 차리는 엄마 대신 두 애들의 변소 가는 일, 먹는 일 등 모든 것을 '아저씨'가 돌보아 주었다. 밤낮 내내 쿵쿵거리는 배 기관소리가 도신의 머리를 뒤흔들었다. 도신은 상하이까지 갈 수 있을 것 같지가 않았다. 새벽에는 끝없는 수평선 위로 해가 뜨고 또 저녁에는 끝없는 수평선 아래로 해가 지는 엿새가 흘러갔다.

9월 10일, 맑은 주일 아침에 정씨 학생이 뱃멀미로 정신이 혼미한 도신을 흔들었다.

"아주머니, 힘내세요. 육지가 보입니다. 빨리 나가서 봅시다." 도신은 비틀거리면서 갑판으로 올라가 멀리 수평선 위로 실오라기같이 가느다란 육지를 보았다.

"내가 거기까지 갈 수 있을지 자신이 없습니다." 그녀는 다시 돌아와 누웠다. 사실 새 세상의 항구에 도착하는 데 거의 온종일이 걸렸다. 새 세상은 과연 놀라운 것이 가득했다. 높은 건물, 많은 자동차, 서양 사람들, 그리고 이상한 냄새……. 완전히 지쳐버렸지만 도신은 마침내 사랑하는 남편이 사는 큰 도시에 도착한 것이다.

어색한 첫 키스

가족이 작은 배로 승객장에 내렸을 때 실망스럽게도 아무도 마중 나온 사람이 없었다. 어찌된 일일까? 정씨 학생이 인력거 3대를 불러 가까운 곳 **해송양행**(海松洋行)[1]이라고 간판이 붙은 상점으로 갔다. 상점 2층에서 중국옷을 입은 나이 든 부인이 손님들을 따뜻하게 환영해 주었다. 예진이 가족들을 아침부터 기다렸으나 배가 연착이 되자 대한인교회로 갔다는 것이다. 그 부인이 중국 국수를 내놓았으나 아무도 먹으려 하지 않았다. 그녀가 다시 노란 참외를 내놓았다. 조선에서는 푸른 참외뿐인데 이 노란 참외는 달고 부드러웠다. 그것을 몇 개나 먹고 정신이 들었다. 상하이 거리는 복잡하고 시끄러웠다.

오후 늦게야 예진이 친구들과 함께 걸어 들어왔다. 다시는 보지 못하리라 각오한 사랑하는 남편! 첫인상은 약간 피로하고 창백해 보였다.

"아, 네가 재명이구나. 네가 선명이구!" 그가 아이들 머리를 쓰다듬자 아이들은 엄마 치마 뒤로 숨으며 아빠라는 이 낯선 남자를 피하려 했다. 아내를 맞는 그의 첫인사는 기도였다. 그는 아내의 두 손을 잡고 하나님께 감사했다.

"여호와 하나님, 3년간 생이별하고 기약 없이 살다 다시 건강하고 자유로운 몸으로, 아내와 남편으로 만나게 하신 기적을 감사합니다. 예수님 이름으로, 아멘." 그러고는 와락 껴안고 키스를 했다. 사람들 보는 앞에서 키스를! 아내는 너무나 부끄럽고 난처해서 어쩔 줄 몰랐다. 지난 며칠 세수도 제대로 못 한 꾀죄죄한 몰골인데.

저녁 식사를 마치고 가족들은 아빠와 함께 숙소인 '홍사단 집' 2층 뒷방으로 갔다. 건물 앞 큰 방은 안창호 선생이 사용하고, 옆의 두 작은 방은 **이시영**(李始榮)[2] 선생과 **이강**(李剛)[3] 선생이 사용하고 계셨다. 밤늦게 그들이 어떤 회의에서 돌아왔을 때 도신은 늘 들어 존경하는 어른들을 모두 만날 수 있었다. 도신은 그들에게 각기 큰절을 하고 건강과 평안을 기원했다. 이시영 선생은 몸이 왜소했지만 숨은 위엄이 느껴졌고 이강 선생은 인상이 좀 험한 편이나 눈매가 빛났다. 안창호 선생은 멋진 신사로 활달한 이마와 수염이 매력적이었다. 그들은 예진의 어린 자녀들과 아내가 오게 된 것을 기뻐했다. 아이들은 어른들의 환영에 아랑곳없이 이미 깊은 잠에 빠져 있었다.

새 부부의 뒷방은 작지 않았으나 목침대와 성경을 포함한 몇 권의 책 이외에는 아무것도 없었다. 놀랍게도 살림살이라고는 아무것도 없었다. 아내는 당황스럽고 기가 찼다. 정말 겁나는 사실은 남편이 자기 변기통(요강)조차 마련하지 않고 사는 것이었다! 그 당시 대부분의 상하이 집에는 통소(화장실)가 없고 침대 밑에 사기단지 같은 변기통을 두고 살았다. 아침에 청소하는 사람들이 "모오컹(茅抗)"이라고 외쳐 모두 그 변기통을 뒷대문 밖에 내놓으면 물과 대나무솔로 청소해 주었다. 그런 절대 필요한 개인 용기조차 없이 살았다니! 남편은 변명하기를 별로 먹는 것이 없고, 거의 집에 머물지 않고, 꼭 필요한 경우 남의 것을 빌린다고 했다. 도신은 기가 막혔다. 다음 날 아침 남편은 혼자 빵을 먹고 일찌감치 출근했다.

상하이 기독청년면려회 임원들
1922년경, 김예진(뒷줄 맨 오른쪽, 그 옆은 차경신)은 상하이 교민교회와 기독교청년운동에 활발하게 참여하였다.

그날 아침 아래층에서 중년 아주머니가 올라와 아침상을 차렸으니 내려오라고 했다. 위층 어르신들의 식사를 담당하는 황순덕이라는 분이었다. 신참 도신은 그분을 곧 "형님"이라고 부르게 되었다.

밥상에는 흰쌀밥, 콩나물국, 구운 생선과 김치가 있었다. 집을 떠난 지 며칠 만에 제대로 된 밥상이라 아이들과 엄마는 염치없이 맛있게 먹었다. 선생님들은 위에서 따로 잡수시는 모양이었다. 순덕 형님은 친절하고 상하이 생활에 대해서 많은 정보를 주었다. 그날 두 여인은 시장으로 가서 당장 필요한 물건들, 변기통, 숯, 가재도구, 쌀 100파운드, 채소 등을 샀다. 산 것이 단지 30냥, 중국 돈으로 3원 '꼬이냥'이었다. 100냥이면 네 식구가 한 달은 살 수 있다는 계산이 나왔다. 1000냥을 가져왔으니 10개월은 큰 문제가 없을 듯싶었다.

그날 저녁 "너무나 일찍 왔다"며 남편이 집에 돌아왔다. 어린 딸들과 더불어 맛난 저녁을 나누었다. 아빠는 무척 행복해 보였다. 도신도 너무나 행복했다. 영원히 못 볼 것으로 생각하던 남편과 이렇게 오붓한 새 살림을 차리고 살게 되었으니 얼마나 행복한가! 그러나 아무런 준비 없이 가족을 데려온 것은 너무나 무책임하지 않느냐고 나무랐다. 그러고는 아무래도 고향으로 다시 돌아가야 할 것 같다고 짐짓 은근한 협박을 했다.

남편은 사과하는 대신 천진스럽게 웃으며 하나님이 가족을 보살펴줄 것이라고 했다. 도신은 그동안의 수입은 다 어디에다 썼냐고 물었다. 전차회사에서 한 달에 35원 받는다고 들었다. 예진은 여러 비용을 알려주었다. 대한인교회 월세, 한 학생의 장학금, 정부에 바치는 지원기금, 집세와 밥값 등. 인성학교에서 가르치는 동안에는 월급 10원을 받아서 사실은 아직 30원의 빚을 지고 있다는 것이다. 그뿐 아니라 집에서 지금까지 보낸 돈은 다 "가족 기부금"으로서 정부 지원기금과 자선비용으로 바쳤다고 한다.

도신은 남편 자신이나 가족을 생각지 않고 다만 공적인 목적만을 위해서 돈을 다 써온 남편에 다시 한번 놀랐다. 도신은 30원을 주어 빚을 갚으라고 하고 다시는 빚지는 일이 없어야 한다고 다짐을 받았다.

상하이, 국제적 거점

중국 사람들이 '샹하이'라고 부르는 상하이(上海). 이 도시는 중국대륙의 중부 동해안, 양자강(揚子江) 입구에 위치한 현대 도시로서 영어로 여러 별명이 있다. "동양의 진주", "동쪽의 파리", "중국의 위대한 아테네" 등. 표면적으로 상하이는 그 당시 전 세계에서 다섯 번째로 큰 국제도시로서 교역, 해운업, 상업, 금융, 제조업, 교통 등의 제도가 잘 발달하여 실로 번영하고 발전하는 국제적 거점이었다. 이 도시의 새 주민들, 7만에 이르는 외국인들(주로 서양인들)은, 항구의 중요한 위치와 계속적인 경제적 번영의 덕으로 현대 시설과 서비스를 즐기며 향유하고 있었다.

화려해 보이지만 상하이의 발전은 서방식민주의 세력에 의해서 강요되고 왜곡된 것도 사실이다. 이 도시는 서방 열강들의 침탈이라는 격랑의 와중에 영국제국과 중국(청나라) 사이의 긴 무력충돌(1839년 3월~1842년 8월)이었던 소위 제1차 아편전쟁에서 영국이 승리하면서 외국 상선들에게 개방하게 된 5개 항구 중의 하나였다. 그 후 다른 '비등(比等)한 조약들' 때문에 상하이국제정착지(Shanghai International Settlement)와 그 안에 **프랑스 조계**(佛蘭西租界, French Concession)[4]가 형성된 것이다. 따라서 중국 본토인들에게는 화려해 보이는 상하이가 사실은 중국인들을 지배하는 국제 침략세력의 거대한 착취의

상하이 인성학교 수료식
1925년 3월, 장녀 선명(8살)과 차녀 재명(4살 반, 백범 선생의 "내 딸")이 자랑스럽게 참여했다.

마당이 되는 것이다. 그 거대한 제도 밑에서 중국 거주민들은 외국 식민지배 세력의 희생자로서 겨우 생존해 가고 있었다.

대부분의 중국인들은 '성벽 안' 구시가지에 살았지만 많은 사람들은 다섯 개의 국제 조계에 흩어져 살았다. 어떤 이들은 몇 가지 물건으로 행상을 했지만 많은 이들은 천하고 더러운 일을 하며 가난하게 살아가고 있었다.

장사꾼들은 가지각색이어서 여러 종류의 물건을 팔았다. 도신을 아주 놀라게 한 것은 작은 어린아이들을 파는 상인들이었다. 부부가 각기 어깨에 메는 장대에 달린 양쪽 광주리에 두세 명의 아이들을 싣고 홍정되는 값에 판다는 것이다. 아이들은 모두 두세 살쯤 되어 보였다. 도대체 어디서 이런 아이들을 데려오는 것일까? 아이들은 애처롭게 손을 내밀며 먹을 것을 달라고 구걸을 했다. 처음 몇 주간 도신은 그 아이들에게 음식과 옷을 가져다주었는데 끝이 없었다. 거의 매일 아이를 파는 장사꾼이 찾아왔다. 차차 이런 행상이 실제로 아이를 팔려고 하는 것인지 아니면 단지 아이들을 이용한 구걸 행위인지 의심이 들었다.

어떤 걸인들은 흉측하지만 창의적이었다. 한 남자는 자기 부모의 유훈으로 머리와 손톱을 자르지 못한다며 긴 손톱으로 도저히 일할 수 없으니 도움이 필요하다고 호소했다. 다른 한 걸인은 자기 다리에서 피와 고름이 흐르는 것을 보이며 곧 다리를 잃을 것이라며 동정을 구했다. 그런데 몇 시간 후에는 멀쩡하게 걸어서 다른 장소로 이동하는 것을 볼 수 있었다. 한 노인은 자기 뺨에 쇠고리를 걸고 줄줄 끌고 있었다. 때로는 길옆에 뚱뚱하게 보이는 여자가 팻말을 세워놓고 누워 있었다. "만삭이 넘은 임산부, 도와주세요!" 이런 구걸행각들이 모두 속임수 같았다. 그러나 모두 가난하고 절박한 상황에서 동정을 구하는 것임에는 틀림없었다. 이런 인간비극 가운데서 살아가기 위해서 대부분 대한 교민들은 그들의 수난을 아주 모른 척 무시하는 감성적 면역성을 배운 듯했다. 도신과 예진은 그런 학습된 무관심과 냉담에 대해서 슬픈 마음이 들었다. 어떻게 남의 어려움에 그처럼 무관심할 수 있을까?

도신은 늘 '왜 대국이라는 중국의 사람들이 이처럼 가난할까? 아니 가난하게 되었을까?' 하고 궁금했다. 온 세상의 '가운데 나라'라는 중국(中國)은 과거 여러 세기에 걸쳐 위대한 문명과 선진 제도를 가지고 전 아시아 국가 중 제일 크고 강한 중심이었다. 게다가 천연자원이 풍부하고 백성들은 재능이 있고 부지런했다. 그들의 훌륭한 생산품들, 이를테면 비단, 사기그릇, 차, 기타 예술작품 등은 유럽시장에서 인기가 높아서 유럽의 은괴는 계속 중국으로 흘러 들어 갔다. 중국은 자족하고 백성들은 일반적으로 만족했다. 그러나 이렇게 융성하고 평화로운 나라에 연이은 서방 해양세력의 침략과 식민지화가 부정적인 충격을 가했다. 물론 공격의 빌미는 늘어나는 무역적자를 만회하기 위한 방책이라 했지만, 실은 그들의 세력을 동양 세계로 확장하고 그들의 탐욕을 충족시키려는 식민주의였다.

중국의 몰락의 더 큰 이유는 청(淸)왕조의 내적 쇠퇴였다. 지배층의 엄청난 부패와 무능, 백성들의 필요와 요구에 대한 전적인 억압 등 시대가 요구하는 변화를 발전적으로 수용하지 못하고 거부한 것이다. 만일 어떤 형태로든 백성의 참여가 있었더라면 청조의 급격한 몰락은 방지되었거나 상당히 지연되었을 것이다. 물론 중국 대중들 속에 외국 침략세력과 왕조의 구태의연한 봉건주의를 타파하기 위한 상당한 폭동과 개혁운동이 있었다.[5] 그러나 번번이

외세를 등에 업은 왕조의 저항으로 혁명세력은 진압되곤 했다. 망명 중인 우리나라 사람들은 조선의 사정이 중국과 거의 같다는 것을, 단지 작은 규모에 더 총체적으로 착취당할 뿐이라는 사실을 통감하며 울분을 토했다.

망명의 대가와 영광

우리나라 사람들은 매 일요일 오후마다 중국교회에서 세를 얻은 건물 한쪽에서 모였는데, 교회가 상하이에 사는 우리나라 교민들 대부분의 중심이 되었다. 교회생활은 영적인 능력을 주었을 뿐 아니라 상호 위로와 교제의 시간이 되었다. 교민으로 살자면 누구나 어떤 도움과 격려와 정보가 필요하였기 때문이다. 처음에는 **조상섭**(曺尙燮)[6] 목사가 수고했고 다음에는 **장덕로**(張德櫓)[7] 목사가 와서 늘 교인 회중에게 애국적인 설교를 했다. '우리가 하나님의 영원한 왕국을 향해 이 지상에서 백성들을 위한 민주적이고 자주적인 나라를 세우기 위해 특별히 선택받은 사람들'이라는 영적인 깨달음을 주었고 그 특전에 감사하고 기뻐해야 한다고 말했다. 처음 몇 해 동안 3월 1일에는 교민들이 상하이 올림픽 강당에 모여 기념식을 가지고 애국가와 3.1절 노래를 불렀다. 그 3.1절 노래의 곡과 가사를 누가 지었는지는 모르나, 기미년 삼월 초하루처럼 울분과 결의와 희망이 넘치는 노래였다. 매절마다 '만세'를 열 번씩 부르짖는 힘찬 노래였다.

1. 참 기쁘고나 삼월 하루 / 독립의 빛이 비쳤구나
   금수강산이 새로웠고 / 이천만 국민이 기뻐한다

(후렴) 만세 만세 만세 만세 / 우리 민국 우리 동포 만세
   만세 만세 만세 만세 / 대한민국 독립 만만세

2. 십년간 받은 원수와 치욕 / 오늘에 씻어버렸구나
   삼월 하루를 기억하며 / 천만 대 가도록 잊지 마라

상하이 올림픽 대강당에서 열린 3.1 운동 2주년 기념식
기념식에 참석한 교포들이 애국가를 부르다 울음바다가 되었다.

3. 잊지 말아라 삼월 하루 / 반도에 사는 소년 소녀들아
   자자손손이 전해가며 / 억만년 무궁토록 잊지 마라

그런데 그때 같이 부른 애국가는 엄숙하면서 좀 서글펐다. 그야말로 나라 잃은 민족이 부르는 노래였다.[8] 도신은 애국가의 가사가 우선 못마땅했다. 한 나라의 애국가라면 자주와 번영과 발전과 영광이 세세에 빛나는 노래여야 하지 않겠는가? 첫 절에서 국가의 심해 동해가 마르고 민족의 성산 백두가 닳아서 결국 우리나라는 멸망할 것을 예견하는 것인가? '영원히'라고 할 표현을 왜 그런 길고 비극적 묘사로 시작하는가?

1. 동해물과 백두산이 마르고 닳도록
   하느님이 보우하사 우리나라 만세.
(후렴) 무궁화 삼천리 화려강산
   대한 사람 대한으로 길이 보전하세.
2. 남산 위에 저 소나무, 철갑을 두른 듯
   바람서리 불변함은 우리 기상일세.
3. 가을 하늘 공활한데 높고 구름 없이

밝은 달은 우리 가슴 일편단심일세.

4. 이 기상과 이 맘으로 충성을 다하여

괴로우나 즐거우나 나라 사랑하세.

사람들은 애국가 4절을 다 부르며 각자 망명한 애국자라는 자긍심을 느꼈다. 두 손을 높이 들고 만세를 불렀다. 여운형 선생이 항복하는 것처럼 손바닥을 펴지 말고 주먹을 불끈 쥐고 만세를 부르자고 역설했다. 모두 주먹을 쥐고 만세를 우렁차게 불렀다. 그리고 함께 손을 잡고 울었다. 나라 잃은 민족의 서러움이 북받쳐 왔기 때문이었다.

김예진 가족은 홍사단 집에서 반년을 신세를 지며 살다가 1923년 3월 중순에 법계 내 영길리 40호의 2층 콘도로 이사를 했다. 보증금 150원에 월세 8원, 이제는 경제 사정이 나아져서 가족이 개별 거주지를 구할 수 있어 다행이었다. 콘도 단지에는 꼭 같은 규격과 같은 모양으로 세워진 다가구 집들이 수백 호에 달했다. 작은 앞마당은 전부 콘크리트인 데다 모든 건물은 두 길이 넘는 담장으로 둘러싸여 있어 안락하지만 마치 거대한 감옥소 같았다. 그 단지 안에 여러 조선 사람들이 살았는데 앞집 41호에는 선천 사람 **박규명**(朴奎明)[9]이 살았고 그 뒷집에는 1901년 중국 하얼빈에서 **이토 히로부미**(伊藤博文)[10]를 암살한 **안중근**(安重根)[11] 선생의 가족이 임정의 보살핌 속에서 살았다. 안 선생의 모친 조마리아, 딸 현생(賢生)과 준생(俊生), 며느리 정옥녀(鄭玉女), 이렇게 넷이서 살고 있어 가까이 지냈다.

예진의 영국 전차회사 검표원직은 안정적이고 좋은 공식 직업이었지만 임정의 일로 바쁘게 지냈고, 도신의 비공식 직업은 애국자 어르신들을 섬기고 도움이 필요한 학생 몇을 돕는 일이었다. 백범 선생이 자주 집에 들렀다. 그는 자신의 수입이 없기 때문에 끼니를 가까운 동료 투사와 그들 가족의 친절과 관대함에 의존할 수밖에 없었다. 점심이나 저녁을 대접할 때마다 "상거지"라고 자신을 부르신 선생은 젊은 아녀자인 도신에게 축복의 말씀을 하셨다. "우리가 독립하는 날, 좋은 날이 있을 거요." 그 좋은 날이 언제 올지는 모르지만 도신은 어르신들 대접하는 것이 좋았고 또 상하이 생활이 점차 안정되어 불편이 별로 없었다. 비록 중국어를 하지 못했지만 도신은 간판에 쓰인 한문을 읽을 수 있어 필요한 것을 구하는 데 어려움이 없었다. 가끔 할머니들을 모시고 시장에 나가서 필요한 것을 사시도록 도와드렸다.

상하이에서는 모든 마시는 물은 끓는 물을 사서 식혀 마셔야 했다. 수돗물에는 흔히 죽은 지렁이, 흙, 낡은 수도관의 녹물이 흘러나왔기 때문이었다. 한번은 도신이 물을 사러 가는 길에 열 명도 넘는 러시아 청년들이 한 광장에서 손풍금을 타며 술을 마시고 춤을 추고 소리를 지르며 야외 파티를 하고 있었다. 갑자기 두 명의 남자가 도신 앞에 나타나서 오른팔을 넓게 벌리며 인사를 했다. 자기네 파티에 초청하거나 같이 춤을 추자는 모양이었다. 도신이 놀라서 뒤도 보지 않고 도망쳤다. 그들이 크게 웃어댔다. 돌아오는 길에 그 춤추던 무리가 갑자기 도신을 에워싸고 흥겹게 춤을 추기 시작했다. 한 키 큰 남자가 도신의 손과 치마를 잡고 빙글빙글 돌며 춤을 추었다. 작은 동양 여인은 물병을 든 채 고함을 지르며 끌려 다녔다. 음악과 환호와 갈채가 더욱 크고 빠르게 분위기를 고조시켰다. 그러고는 남자들은 차례로 그 작은 여인을 붙잡고 원을 그리며 계속 돌고 또 돌았다. 그 현란한 추행에서 벗어나려 도신은 몸부림치다 콘크리트 바닥에 넘어져 코피를 쏟았다.

"러시아 놈들이 사람 죽인다! 러시아 놈들이 사람 죽인다! 조선 여자 죽인다!" 젖 먹던 힘을 다해 소리소리 질렀다. 갑자기 음악이 멎고 그 큰 청년들이 가까이 모여들었다. 쓰러졌던 그 작은 여인이 갑자기 일어서며 끓는 물을 그들 얼굴에 뿌렸다. 그들이 소리를 지르며 도망쳤다. 그러다 그 여자를 죽일 기세로 격분해서 되돌아왔다. 바로 그때였다. 조선 청년 한 무리가 몽둥이와 칼을 들고 광장으로 달려와 술 취한 러시아 청년들을 때려눕히기 시작했다. 흥에 겨웠던 그 러시아 청년들은 비명을 지르며 도망치고 드디어 작은 조선 여자가 구출되었다!

도신과 다른 조선 여자들은 이 사건 때문에 걱정이 컸다. 그러나 후일의 안전이 약속되었다. 그 일이 있은 후 러시아지역사회 지도자들이 임정 사무실에 찾아와 정식으로 사과하며 앞으로는 그런 추행이나 괴롭힘이 절대 없을 것이라고 보증하였다. 그 당시 교포의 수는 700여 명에 불과했지만 아마 무기를 가지고 전의가 투철한 조선의 애국청년들이 두려웠을 것이다. 그때 상하이에는 러시아의 '1917년 볼셰비키혁명' 이후 수천 명의 '백계러시아인(白界露人)'과 러시아 유대인들이 살고 있었다. 이들 러시아인들은 공산혁명 세력과 싸우다 패배하여 도망쳐 나온 정치적 피난민 또는 군인 패잔병으로서 주로 러시아 시민혁명 이후 블라디보스토크 지역에서 수천 명이 함께 왔다. 따라서 그들은 고국에서 쫓겨 온 우리나라 사람과 같은 망명자 신분이었다. 그러나 그들은 잔인한 국내 공산주의이념의 혁명전쟁에서 패배한 무리인 데 반해 조선 망명객들은 소수지만 외세로부터 나라를 찾으려는 혁명가들이었다.

육삭둥이의 생명

1924년 음력 6월 18일, 도신이 셋째 아이를 임신한 지 약 6개월 반이 되던 날이었다. 도신은 앞뜰 의자에 앉아 아이들의 양말을 뜨개질하고 있었다. 그때 세를 든 2층의 네 학생 중 하나가 창문을 열려고 억지로 밀다가 그만 창문 전체가 아래로 떨어지고 말았다. 하필 그 유리 창문이 도신의 머리 위에 떨어져 깨진 유리가 이마를 찢고 창문틀이 두 다리를 쳤다. 의자가 뒤로 넘어지면서 도신이 콘크리트 바닥에 나뒹굴었다. 몇 초 후 그녀가 깨어났을 때 이마에서는 선혈이 흐르고 하혈이 시작되었다. 그리고 심한 복통이 일어났다. 학생들의 다급한 연락을 받고 달려온 예진은 도신을 근처 독일 산부인과 병원으로 데려갔다. 도신은 복통보다 유산의 두려움이 더 고통스러웠다.

새벽 2시경에 아기가 태어났다. 사내아이였는데 몸무게가 겨우 3.5파운드(거의 1.6kg)였다! 눈, 코, 입은 있으나 귀는 없고 구멍과 뒤에 살점이 조금 붙어 있을 뿐이었다. 의사가 아기는 건강하고 뱃속과 같은 환경을 만들어주면 생존할 수 있다고 말했다. 아기 엄마는 망연자실했다.

잠시 후 간호사가 유리그릇에 아기를 담아왔다. 아기는 할딱거리면서 겨우 숨을 쉬며 울지도 못하고 젖도 빨지 못했다. 아기라기보다는 검고 붉은 피부로 덮인 어떤 작은 생명체 같았다. 도신은 아기가 아마도 얼마 못 가 죽을 것이란 생각이 들었다. 그러나 그 아기는 계속 숨을 쉬었고 조금씩 자랐다. 첫 아들인데 죽을지 살지 여전히 확신이 들지 않았다.

놀랍게도 입원한 지 열흘 만에 도신은 아기와 함께 퇴원했다. 의사가 부모에게 어떻게 아기를 잘 돌볼 것인지 자세한 지도를 해주었다. 의사의 지시대로 아기를 솜과 융으로 감싼 바구니에 넣어 선반에 올려놓고 때에 따라 우유를 먹이고 기저귀를 갈아주었다. 도신은 아기의 생명이 꺼질세라, 사랑하는 하나님의 뛰는 심장처럼 조심스럽게 다루었다. 그리고 그 앞에서 매 순간 기도를 드렸다. 몇 주간 지나자 그의 검은 살결은 연분홍색으로 바뀌고, 어느새 귀가 새싹처럼 돋았다! 석 달이 되자 아기는 자주 울고 큰 아기처럼 보채기 시작했다. 그러고는 믿을 수 없을 만큼 빨리 자랐다.

백일이 되는 날 가족과 이웃이 백일잔치를 하며 기적적인 아기의 생존을 축하해 주었다. 그리고 비로소 이름을 지어주었다. 동명(東明), 과연 동쪽의 밝은 아이였다. 아기를 검진하고 나서 독일 산부인과 병원에서 아기를 성공적으로 잘 살렸다고 축하하는 상장과 선물을 보내왔다. 동명이는 그것을 알아차렸는지 한참 울다 꽃처럼 웃었다.

제11장

납치와 복수의 전쟁을 치르다

알 권리와 알 필요

예진의 삶은 늘 바빴다. 회사 교대 일정을 마치고는 늘 무슨 모임에 가거나 어르신들을 모시고 다녀야 했다. 아내의 삶은 더 바빴다. 세 어린것들을 돌보면서 여러 할머니를 보살피고 집을 떠나온 외로운 학생들을 챙겨주어야 했다. 가끔 그녀는 자기의 수고가 끝이 없고 알 수 없는 길을 계속 간다고 느꼈다. 바쁜 와중에도 그녀의 삶의 바닥에는 상하이의 검은 바다처럼 조용한 두려움과 알 수 없는 염려가 흥건했다. 이것이 다 무엇을 위한 것인가? 언제까지 이 무거운 짐을 지고 가야 하나? 힘들게 하는 것은 무슨 특별한 문제나 고통이 있어서가 아니라 안개처럼 차 있는 불확실성과 전반적으로 침체하는 목적성이라고 할까, 혁명가의 아내는 무엇인가 불안함과 무의미함을 느끼는 것이다. 비록 임정 활동에 직접 참여는 하지 못하지만 도신은 남편과 다른 동지들, 대부분 남자들이 혁명가로서 제대로 역할을 다 하도록 숨어서, 뒤에서, 옆에서 돕는 배우자요 협동자라고 스스로 각오하고 자처해 왔다. 그렇다면 그녀도 공동투쟁에 대해서 무엇이 어떻게 돌아가는지 조금이라도 알아야 할 것이 아닌가? 원로들은 늘 찌푸린 얼굴에 한숨만 짓고 말이 없으셨다. 남편은 좀처럼 임정의 사정 이야기를 나누지 않았다. 함께 투쟁하면서도 여자이기 때문에 배제되어야 하는가?

도신에게 새삼스럽게 의문과 불안이 생긴 것은 며칠 전 어느 아낙네로부터 들은 비밀이야기 때문이었다. 몇 주 전에 남편과 같은 나이의 젊은 동지, 장모씨가 갑자기 사망했다는 것이다. 교통사고도 아니고 병사도 아니었다. 그 사인이 비밀이었다. 그 비밀은 몰래 입에서 입으로 전해졌다. 그 장 동지는 다른 동지와 함께 중국 사람들이 벌이는 큰 투전판에 권총을 들고 들어갔다. 거기서 돈을 한 자루 둘러메고 나오다 총을 맞아 죽은 것이다! 그는 단순한 권총 강도가 아니라 대한 독립을 위해 자금을 갈취하려다가 희생된 것이다. 그러나 그것을 임정이 어떻게 관계할 수는 없었다. 나라를 위해 더러운 누명을 쓰고 홀로 간 **장덕진**[1] 동지였다.

어느 날 밤 도신은 성경을 보고 있는 남편에게 조용히 그가 정부에서 하는 일과 무슨 새로운 발전이 있는지 물었다.

"만일 나를 혁명적 투쟁의 한 동지로 보신다면 나도 독립 투쟁에서 무슨 일이 벌어지고 있는지 알아야 하지 않겠습니까? 저는 최소한의 알 권리가 있다고 봅니다." 남편이 약간 놀라는 표정을 짓다가 잠시 눈을 감고 무엇을 생각하는 듯했다.

"여보, 당신이 늘 애들과 바쁜 듯해서 한동안 이야기할 기회를 갖지 못했소. 사실 내가 한 부서의 하급 서기로 있기 때문에 임정에서 일어나는 중요한 일들은 잘 모른다오. 각 부서마다 지키는 비밀이 있고, 내가 알게 되는 일은 결정적인 것도 희망적인 것도 별로 없다오. 기대와는 달리 강대국으로부터 지원이나 임정을 승인하는 소식은 없고, 재정적 고충은 늘어나고 안보의 위협도 늘 커가고 있다오. 게다가 내부적 분파와 갈등도 심한 모양이오. 그래서 공식적인 공개적 활동은 제한되고 비밀결사 활동도 별 성과 없이 진행되는 듯하오. 그러니 내가 당신에게 알려줄 특별한 소식이 없는 것이 사실이오." 나온 김에 도신은 더 캐묻기로 했다.

"그런데 당신 가끔 총을 가지고 나가는데 당신이나 동지들이 그 총으로 사람을 죽이기도 하오?" 남편이 잠시 생각하다 입을 열었다.

"이렇게 생각합시다. 지금 우리는 생사를 결단하고 일본제국주의와 싸우고 있소. 이 엄숙한 의무를 수행하는 과정에서 필요하면 무기를 사용하게 되오. 그러나 필요 없이, 목적 없이 사람을 죽이는 일은 하지 않소. 주로 경고의 목적이나 정당방위로 사용하오. 간혹 어려운 경우를 당하기도 하는데 우리는 무기를 가지고 우리 자신을 보호해야 한다오. 혹시 우리가 누구를 죽이거나 죽임을 당하는 위기에도 처할 수 있지만 당신은 그런 상상으로 염려할 필요가 없소. 모든 것을 주님께 맡기고 삽시다." 예진은 잠시 후 부드러운 목소리로 말을 이었다.

"당신에게 모든 일을 자상히 말하지 않는 진짜 이유는 당신을 필요 없는 부담으로부터 보호하기 위함이오. 비밀 정보를 간직하는 일은 당신에게 무거운 짐이 될 수 있고 어떤 위협적인 상황에서는 숨겨야 할 비밀을 지킨다는 것이 위험할 수 있소. 위험한 정보는 존경이나 불경의 문제가 아니라 안전의 문제요. 만일 당신에게 무슨 좋지 않은 일이라도 생긴다면 어떤 비밀을 안다는 것이 당신이나 다른 사람에게 아주 위태로운 결과를 가져올 수 있소. 나의 투쟁의 배우자로서, 동지로서 당신을 존경하오. 동시에 당신을 사랑하오." 마치 무슨 일이 있어도 반드시 보호하겠다는 다짐을 하듯, 남편은 아내의 손을 두 손으로 꼭 잡았다.

그 후에도 남편은 총을 가지고 나가는 일이 많았다. 어떤 날은 몹시 흥분하고 지쳐서 돌아오는 밤도 있었다. 그러나 여성 동지는 사랑하기에, 보호받기 위해, 아니, 나라를 찾기 위해 모든 것을 참고 알 권리도 내려놓아야 했다.

행운의 꿈이 가져온 비극

양자강의 길고 더러운 물길 같은 초여름 날씨에 김씨 가족의 습하고 지루한 나날도 서서히 흘러갔다. 1926년 4월 17일 이른 아침, 예진이 전차 검표원으로 시내를 돌고 돌아야 하는 또 하나의 날이었다. 가족의 아침 밥상에서 예진이 어젯밤 꿈 이야기를 꺼냈다. 동명이가 큰 강에 빠진 것을 자신이 헤엄쳐 가서 구출했다고 했다. 비록 자신은 육지로 나오기 전에 꿈을 깼지만 말이다. 동명이가 막 홍역에서 회복되던 참이었다. 도신은 동명이가 완쾌될 것을 미리 알리는 좋은 꿈이라고 생각했다. 동명이는 두 살이 채 안 되었고 재명은 다섯 살 반, 선명이는 아홉 살이 넘어 인성학교에 다니고 있었다.

그날 저녁, 예진은 집에 돌아오지 않았다! 다음 날에도, 그다음 날에도 오지 않았다! 알아보니 그가 일본 기관원에 납치되어 갔다는 것이다. 상하이에서 어떻게 그런 일이 있을 수 있을까? 도신은 즉시 어떻게, 왜, 무슨 일이 일어났는지 알고자 했다. 몇 사람 말에 의하면 아침에 일본영사관에서 세 남자가 영국 전차회사 지배인을 방문했고, 최근 영사관 폭탄사건과 관련해서 직원 김예진을 잠시 심문하도록 허락해 달라고 하였다고 한다. 그들 사이에 무슨 이야기가 오갔는지는 모르지만 지배인은 머리를 끄덕이며 충실히 협조하겠다고 한 모양이었다. 그 당시 상하이 내 각국 조계에서는 테러사건 정보를 서로 교환하며 상호 협조하고 있었다. 즉시 김예진을 업무현장에서 본사로 불러들였다. 그가 본사 사무실에 들어오자 영사관 직원이 무슨 종이를 보이고 수갑을 채워 끌어갔다고 한다.

이 사실을 알고 나서 도신은 다음 날 아침에 이종선이라는 평양에서 온 학생을 통역으로 데리고 회사로 찾아갔다. 그리고 항의를 했다.

"당신네들이 당신네 구내에서 외국 공관원에게 당신네 직원을 아무런 법적 절차도 없이 넘겨주었소. 우리는 불란서 조계 주민이고 조선 사람이오. 또 가족에게는 통보도 안 했소. 어떻게 그럴 수가 있소? 당신네가 잡아다 주었으니 당장 그 사람을 데려올 책임도 있소." 그들의 답변이 애매하고 어정쩡했다.

면담한다더니 그렇게 빨리 데려갈 줄 몰랐다느니, 조선은 일본 속국이니 그럴 수 있지 않겠느냐, 죄가 없으면 '며칠 내로' 나올 것이라는 것이었다. 며칠 내로? 며칠 내로라면 일본 관헌들은 그의 과거를 알아낼 것이 뻔했다. 압력을 넣기 위해, 세 어린것들과 통역을 데리고 회사 응접실에서 온종일, 그리고 그 다음 날도 가서 기다렸다. 그들은 노력을 하는데 시간이 좀 걸린다고 했다. 도신은 계속 따졌다.

"당신네들, 가장 발전된 나라에서 온 소위 문명인들이 어떻게 침략당한 작은 나라에서 온 정치 망명인을 그리 쉽게 잡아 넘길 수가 있소? 어떻게 당신네 직원을 일본 관헌에게 넘겨 죽게 할 수 있소? 당장 그 사람을 데려오시오. 아니면 내가 이곳에서……." 그러는 동안에 도신은 일본영사관에서 일하는 친구의 친구를 통해서 전차회사에서 무슨 요청이 있었는지 알아보았다. 놀랍게도 전혀 연락이 없었고 오히려 예진의 업무시간을 알기 위해 영사관에서 전차회사에 연락을 했다는 것이다. 도신은 지배인의 거짓말에 더욱 분노가 치솟았다.

다음 날 아침에는 애들과 같이 회사에 가서 지배인 사무실을 종일 점거했다. 그는 몹시 당황하고 불편해 했다. 저녁이 되자 그는 사과하며 다음 날 같이 영사관에 가서 면회하고 빠른 석방을 요구하자고 제안했다. 그리고 차로 집까지 데려다주었다. 일말의 희망이 보였다.

다음 날 모두가 홍차오(虹橋)에 있는 일본영사관으로 갔다. 지배인이 땀을 흘리며 여러 사람과 이야기를 하였으나 난처한 표정이 확연했다. 김예진이 수사를 받고 있어서 면회가 허락되지 않는다는 것이다.

"미안합니다. 현재 내가 할 수 있는 것은 아무것도 없습니다. 이번 폭파사건 혐의는 일단 벗은 모양인데 과거에 심각한 문제가 있는 듯합니다. 만일 그 문제도 해소되면 석방될 수 있을 거랍니다." 도신은 망연자실했다. 드디어 올 것이 왔구나! 평양에서 1000원 현상금을 걸고 몇 년째 찾던 사람을 경찰이 간과할 리가 없다. 그들의 끈질긴 추적에서 벗어나 6년간 누린 자유가 드디어 끝나는구나! 한편, 나중에 알게 되었지만 당시 ≪동아일보≫(1926. 6. 4) 급보에 의하면 중국인으로 가장한 병인의용대(丙寅義勇隊)원들의 암약이 계속되고 있었다. 예진이 관여하는 병인의용대 동지들의 무력투쟁은 언제나 현재진행형이었다.[2]

어쩌면 마지막이 될지도 모른다는 절박한 마음으로 한번 얼굴이라도 보려고 도신은 아이들과 함께 여러 번 더 영사관에 갔으나 번번이 만날 기회가 주어지지 않았다. 길고도 긴박한 대치와 싸움이 석 달이나 계속되었다. 또다시 찾아간 어느 토요일 아침, 다음 월요일에 와보라는 말에 실낱같은 희망을 품고 돌아 나왔다. 오는 길에 부둣가에서 일본으로 가는 큰 증기선에 짐을 싣는 것을 보았다.

월요일 아침, 사랑하는 사람을 보러 갔을 때 '그 사람은 이미 토요일 저녁 윤선(輪船: 증기선)을 타고 일본으로 떠났다'고 하지 않는가! 앞으로는 더 올 필요가 없다고 친절하게 알려주었다! 도신은 가지고 간 여름옷과 먹을거리 보따리를 땅에 떨어뜨리고 풀썩 주저앉았다. 이 원통한 인생을 어떻게 할 것인가?

그러나 슬픈 운명을 한탄하며 마냥 주저앉아 있을 수만은 없었다. 도신은 눈물을 닦으며 회사 지배인에게 달려갔다.

"당신네가 무책임하게 내 남편을 일본 사람들에게 넘겨 이제 그는 죽게 되었소. 이제 나와 세 아이의 생명을 어떻게 할 것이오?" 지배인이 태연하고 거만하게 답변했다.

"우리 회사는 중국인이 전차에 치여 죽어도 10원도 주지 않소. 그 사람 잘못이니까. 당신 남편도 과거 범죄 때문에 체포되고 호송되었으니 그것도 그 사람 잘못이오. 우리와는 상관이 없는 일이오. 안됐지만 이 세상은 다 인과법칙에 따라 움직이는 거요. 이제는 여기 더 이상 올 필요가 없소."

"그것이 당신네들이 이 세상에서 처신하는 법이오? 정의의 하나님이 당신을 만날 것이오. 이 세상이 아니면 다음 세상에 가서라도 당신을 만나서 심판할 것이오." 작은 조선 여자는 그의 번쩍이는 책상을 꽝 내리치고는 그 큰 사무실을 나왔다.

위협과 복수

여러 날 여러 밤을 지새우며 도신은 세 어린것들과 앞으로 어떻게 살아갈 것인가 번민하였다. 기도도 열심히 하였으나 응답이 없었다. 남편은 틀림없이 일본 경찰의 고문으로 죽든가 아니면 법정에서 사형을 받을 것이다. 그렇다면 이 세상에서 살길이나 살 이유가 없다는 생각이 들었다. 그래서 생각해 낸 두려운 결론은 아이들과 함께 자살하는 것이었다.

회사 지배인에게 보낼 편지를 써서, 남편 친구인 김종상 씨에게 영어로 번역해 달라고 부탁을 했다. 그는 처음에는 위협적인 내용 때문에 주저하였으나 간곡한 부탁에 못 이겨 결국 번역을 해주었다.

친애하지 않는 스미드슨 씨에게

당신은 나의 고통과 억울함에 아무런 책임이 없다고 스스로 위로하고 있겠지요? 이제 남편 없이 살길이나 살 의미가 없기에 나는 어린애 셋을 데리고 당신 사무실에 가서 같이 죽을 생각입니다. 인스펙터 김예진이 당신 회사에서 일하는 처음부터 그가 조선의 자유와 독립을 위해 싸우며 일본인의 핍박을 피하여 여기까지 온 망명객이라는 것을 당신은 알고 있었소. 당신은 문명세계의 시민임을 주장하면서도 이 국제도시에서 그런 망명인을 위하여 최소한의 보호를 베풀 도덕적인 책임은 고사하고 법적 의무도 저버렸습니다. 게다가 법적 절차도 거치지 않고 그를 적에게 가볍게 넘겨주었습니다. 즉시 개입해 달라는 나의 간절한 호소를 계속 무시하고 지금은 자신의 책임을 완전히 부인하고 있습니다. 만일 우리의 주권이 있다면, 만일 국제정의가 살아 있다면…… 아 얼마나 원통한 일인가! 나는 억압받는 소수 민족의 슬픈 현실을 온 세계에 널리 포고할 것입니다. 당신 사무실에서 같이 자폭함으로써.

한도신

번역한 편지를 다른 사람을 통해서 재확인한 후 등기배달로 지배인에게 보냈다. 바로 다음 날 두 동료 검표원이 찾아와서 도신에게 인사를 했다.

"김 선생 구류 중에 일찍 찾아뵙지 못해 죄송합니다. 오늘 대표로 와서 위로의 인사를 드립니다. 그렇지만 동시에 우리에게 더 큰 문제가 발생한 것을 알리려 왔습니다." 그 대표들 말에 의하면 회사의 지배인은 이런 협박 편지를 그 '미개한 작은 여자'가 작성했을 리가 없고 전체 조선인 인스펙터들의 공동 작품이라며 분노했다는 것이다. 그는 모든 조선인 종업원들을 언제든 해고할 양으로 언제든 모두 제복을 벗고 일을 그만두라고 할 수 있다며 위협했다고 한다. 그래서 그들은 전전긍긍 어쩔 줄을 몰라 했다. 작고 미개한 여인은 극도로 예민해진 터라 예의를 따지지 않고 벼락같은 소리로 일갈했다.

"여보시오 젊은이들, 왜 상하이로 왔습니까? 돈 벌러 왔습니까? 인스펙터 자리를 즐기러 왔습니까? 당신네 동지가 적의 손에 납치되었을 때 아무도 관심을 보이지 않더니 지금은 일자리 떨어질 것을 그처럼 겁냅니까? 자유롭고 독립된 나라의 자랑스러운 국민으로 같이 살고 같이 죽지 않으렵니까? 만일 김예진이 미국 시민이거나 불란서 시민이었다면 그들이 그렇게 간단하게 적에게 넘겨줬겠습니까? 그들이 우리를 멸시하고 우리는 노예처럼 두려워서 그런 모욕에 굴복하고 있음을 보지 못합니까? 독립국가의 국민답게 용기와 자긍심을 가집시다. 자유는 공짜가 아닙니다. 우리가 누려야 할 정의를 위해 함께 싸워야 합니다. 나는 거기 가서 자폭하여 단연히 우리가 누구란 것을 온 세상에 알릴 것입니다."

두 대표는 아무런 대꾸도 못하고 물러갔다. 다음 날 세 대표가 다시 찾아왔다. 그들은 회사 측의 구체적인 제안을 가지고 왔는데, 만약 가족이 조선으로 떠난다면 회사에서 50원, 동료들이 거출한 위로금 10원을 제공하겠다는 것이었다.

"어림없는 소리요. 조선 사람은 그리 값싼 존재가 아니오. 그들은 내가 세 아이를 데리고 가서 자폭하여 엄청난 대가를 치러야 하오."

"김 선생 부인, 제발 폭탄 이야기는 하지 마십시오. 그런 공갈이 우리 사정을 더 악화시킬 뿐입니다." 그들은 불안하고 걱정이 컸다.

"어디 폭탄이 있기나 합니까?"

"뭐라고요? 내가 농담하는 줄 아세요? 내가 자폭한다고 할 때는 폭탄을 터뜨려서 다 죽겠다는 말입니다. 직접 폭탄을 보겠습니까?" 악에 받친 도신은 마루 널빤지를 열어 비밀항일조직이 맡겨 숨겨놓았던 폭탄 4개를 보여주었다. 그들은 충격을 받았다. 도신은 그 순간을 놓치지 않고 일장 연설을 했다.

"우리가 이 적대적 환경에서 저마다 개인적인 이해에만 몰두한다면 우리 모두 멸망할 것입니다. 그러나 우리가 공동의 선을 위해 뭉친다면 우리 모두 승리하고 전진할 것입니다. 공포가 우리 삶을 주관하지 못하게 하세요. 우리의 고귀한 목표가 우리의 권익과 자유를 증진하게 하세요. 나에 대해서는 염려하지 마세요. 내 일은 내가 알아서 할 것입니다. 다만 당신네 장래를 위해서 강인하게 싸우세요. 솔직히 회사가 정당한 사유 없이 모두 해고하지 못할 것입니다. 회사가 수입을 상당히 잃지 않으려면 당신네들을 해고하지 못할 것입니다. 노동조합을 결성하세요." 세 대표는 새롭게 눈을 뜨고 사기가 충천해서 그 집을 떠났다.

갑자기 회사의 협상이 더 심각해지고 실질적이 되었다. 보상액 제안이 100원, 그리고 200원으로 올랐다. 그동안에 가족이 사는 콘도 앞문과 뒷문에는 경비원 두 명이 와서 밤낮 있었다. 도신이 나서면 그들 경비원이 따라붙었다. 들리는 소문에는 회사 건물에도 24시간 경비원이 지키고 있다고 했다. 해고 결정이 무기한 연기되었고, '여자의 위협' 사건이 해결될 때까지 보수는 연체하지만 일은 계속하라고 했다. 인스펙터 종업원들은 '노조 모임'을 한다는 구실로 일부 교대일정을 거부했다. 그럴 때마다 그날 회사 수입은 곤두박질쳤다. 회사의 보호조치 비용이 매일 쌓여갔다.

하루는 지배인이 도신의 집을 찾아왔다. 그는 조선으로 돌아간다는 조건으로 '역사적인 보상액'인 400원을 제시했다. 작은 여자가 답했다.

"고맙지만 필요 없습니다. 문제는 돈이 아니라 조선 사람의 동등한 인권 문제입니다. 당신은 당신 눈앞에서 외국 망명객을 납치하도록 도왔습니다. 그 사람을 지금 데려오세요. 그러면 당신의 과오를 다 용서할 것입니다." 지배인은 작은 여자에게 머리를 조아리며 사죄했지만 예진을 다시 데려올 길은 없다고 했다. 그는 회사 지배인으로서 강력한 '떠오르는 태양', 대일본제국과 맞서 싸울 수 없다고 설명했다. 그 대신 부인이 요구하는 어떠한 요구도 성실하게 수용하겠노라 약속했다.

작은 여인의 커다란 승리

네 명의 가족이 아무런 수입 없이 힘들게 석 달을 버텼다. 집세도 벌써 석 달치나 밀렸고, 난징에서 어려움을 당하는 최능진(崔能鎭)[3] 동지를 위하여 재봉틀을 50원에 전당 잡히고, 시장을 보느라 100원 외상을 달았다. 도신은 400원 보상 제안에 당장 합의하고 싶은 유혹이 컸지만 우리나라 사람의 긍지와 인권의 원칙을 위하여 품위 있는 해결책에 합의해야 한다고 생각했다. 많은 생각과 기도 끝에 합의 조건을 작성해서 그 지배인에게 보내고 문서로 답변해 주기를 요구했다.

이런 싸움의 와중에 또 하나의 문제가 발생했다. 도신이 법정 심리를 위해 지방소액법정으로부터 출두 명령을 받은 것이다. 콘도 주인이 4개월째 밀린 집세 때문에 고소를 했던 것이다. 법정에서는 불란서 재판관이 심리를 주재했고 불어 통역관이 피고의 법률구조원으로 도왔다. 청문회에서 양측 이야기를 다 듣고 나서 불란서 재판관이 중국 지주에게 물었다.

"피고 김예진 씨가 매달 제때에 월세를 지불했습니까?"

"네, 늘 성실하게 냈습니다." 콘도 주인이 대답했다.

"그러면 그가 석방될 때에 밀린 월세를 다 지불하리라 생각합니까?"

"그러리라 생각합니다."

"그렇다면 그가 석방된 후 모든 월세와 이자를 다 받도록 하시오. 그러는 동안에는 그가 돌아올 때까지 가족을 위하여 최소한의 생활비를 대출해 줄 수 있겠소?"

고소인은 어이가 없었다. 즉시 고소가 취하되고 소송은 끝났다. 이 판결 이후 콘도 주인이 과자 상자를 들고 김 씨네 가족을 위해 위문차 방문을 왔다. 그는 콘도를 속히 비워만 주면 밀린 넉 달 월세를 안 받겠다고 선심을 썼다. 도신은 감사하다고 말하고, 차가인이 조선 사람이기 때문에 반드시 밀린 집세를 다 물고야 떠나겠다고 안심시켰다.

일주일 후에 회사 지배인이 편지를 보내며 도신이 요구한 모든 조건을 다 수용하겠다고 했다. 화려한 회사 마크가 붙고 꼬부랑글씨로 두 명이 서명한 문서는 항복문서 같았다. 그러나 알고 보니 문서 내용은 다음과 같이 교묘하게 작성되어 있었다.

> 첫째, 우리는 의견 상충으로 인하여 오래 지연되고 불편을 준 데 대하여 미안하게 생각하는 바입니다.
>
> 둘째, 우리는 회사 규정에 따라 정당한 사유 없이 어느 조선 인스펙터도 해고하지 않을 것과 모든 조선 종업원들에게 연체된 임금을 즉시 지불할 것임을 확인하는 바입니다.
>
> 셋째, 우리는 김예진 씨 가족이 상하이를 떠나고 조선에 정착하는 것을 지원하기 위하여 합의에 따라 총 400원을 제공하며, 그 외에 어떠한 다른 요구나 의무가 없음을 확인하는 바입니다.

이것은 법적 계약서가 아니라 '신사협정(Gentleman's Agreement)'이라 했다. 이 합의서는 엄밀한 의미에서 그들이 저지른 잘못에 대한 정식 사과는 아니었다. '의견 상충'이니 '미안', '회사 규정에 따라' 등의 단어는 만약의 경우 발생할지도 모르는 법적 책임을 회피하려는 꼼수라고 보였다. 다른 한편으로는 주권도 없는 정치적 유랑자에게, 특히 '작은 여자'에게 법적 책임을 두려워했다는 것은 조선인에 대한 존경이라 생각하며 도신은 일종의 승리감을 느꼈다.

도신은 마지막으로 임정의 몇몇 가까운 어르신들과 조용히 상의했다. 몽양 선생은 예진이 죽을 거라고 비관만 하지 말고 물적 증거도 없이 6년이 흐른 사건이라 법정에 서면 무죄 판결의 승산이 있다고 격려해 주었다. 도산 선생은 조선으로 돌아가서 남편의 옥바라지를 하는 것이 여기 있는 것보다 낫다고 했다. 백범 선생도 동의하며 지금 임정의 재정적·정치적 사정이 악화되어 머지않은 장래에 상하이를 떠나 다른 곳으로 이전해야 할지 모르는 상황이라고 했다.

도신이 드디어 그들의 신사협정을 받아들이겠노라고 회사에 통보하자 그들은 오랜 골칫덩어리를 해결했다고 기뻐하는 듯했다. 문밖의 감시원이 꽃다발을 전해준 후 다시는 오지 않았다.

떠나는 날 지배인과 신사복 차림의 영국 직원 몇 명이 나와서 거의 100여 명이나 되는 교민 친구들을 위해서 고급 불란서 식당에서 환송연회를 베풀어 주었다. 많은 조선 사람들은 그때 처음으로 '개구리 다리 요리'를 맛보았다. 그 환송회에 도신이 섬기던 몇 명의 노인들도 나오셨다. 백범 선생의 모친 곽낙원 할머니, 안중근 선생의 모친 조마리아 할머니, 조상섭 목사의 어머니, 그리고 다른 할머니들……. 그들과 헤어질 때 그들은 떠나는 도신에게 각기 한마디씩 했다.

"우리나라 사람들이 다 자네처럼 똑똑하고 강하게 행동하였다면 우리가 일본 사람들의 구속으로부터 오래전에 해방되었을 것이네."

"자네는 정말로 우리가 흠모할 영웅이네."

"이것이 우리가 이 세상에서 보는 마지막으로 시간이라 믿네. 잘 가서 잘 싸워 이기세." 뒤에 남게 되는 동생 도원(道源)이가 "누님, 잘 가라우요" 하고 큰 소리로 울기 시작했다.

부두 선착장에서 지배인이 모든 빚을 물어주고 남은 돈 270원과 배표를 도신에게 건넸다. 자랑스럽고 존경받는 작은 숙녀가 그의 따뜻하고 커다란 손을 잡았다. 통역인을 통해서 한마디했다.

"오늘 영국 신사와 악수할 수 있어 기쁩니다."

"아, 제가 조선 숙녀의 손을 잡고 악수할 수 있어 영광입니다. 숙녀님으로부터 많은 것을 배웠습니다. 조선에 가서 많은 행운이 있기를 원합니다." 속으로도 같은 말을 할 수 있었을까?

큰 기선이 붕붕 소리를 내며 서서히 움직여 나갈 때 많은 사람들이 태극기와 손수건을 흔들어 환송해 주었다. 영국 신사들도 모자를 흔들어주었다. 아마도 다른 이유로 환송해 주었을 것이다. 작은 여자는 손을 흔들며 자신에게 속삭였다. "사실 상하이에서 이처럼 외국인들과 교민들의 화려한 환송을 받으며 당당하게 떠난 조선 사람은 아무도 없었을 거야. 나는 다만 독립국가의 당당한 자주국민으로 살고 죽고 싶었을 뿐이야."

제12장

고문과 법정을 극복하고 승리하다

여장부의 애달픈 귀환

도신에게는 고국으로 돌아가는 것이 그리 희망적이거나 마음 내키는 여행이 아니었다. 어떤 의미에서는 승리한 셈이다. 그러나 오만한 영국회사 간부들은 자기네 잘못을 인정하는 공식 사과 문서를 준 것이 아니고 회사에 더 큰 손해를 입지 않도록 그녀의 분노를 진정시키기 위해 최선을 다했을 뿐이었다. 사실 도신은 불가피한 불운에 직면하게 될 아픈 현실로 찾아가고 있는 것이다. 고문실에 쓰러진 남편, 종신형으로 평생 징역살이하는 남편, 또는 사형수로 죽을 날을 기다리는 남편! 아무리 생각해도 그녀는 아무런 희망을 볼 수 없고 다만 비참한 장래가 기다리고 있는 듯했다. 망망한 바다로 가면서 도신에게는 더 깊은 우울감이 밀려왔다. 그 배에는 두 조선 학생이 타고 있었는데 하나는 신의주로 가는 김의병, 다른 하나는 평양으로 가는 이인혁[1]이었다. 도신은 두 학생에게 앙가의 주소를 주면서 놀러오라고 했다. 사실 그녀에게는 다른 의도가 있었다……. 어떤 불상사가 생겼을 경우를 대비한 것이었다.

어느 날 밤, 달은 밝고 바람은 가벼웠다. 파도소리가 누구를 부르는 듯 계속 찰싹거렸다. 갑판 제일 끝에 가서 무릎을 꿇고 기도를 드렸다.

"하나님, 제가 지금 하려는 것을 용서하소서. 아이들을 당신 손에 부탁하나이다."

바로 그때 선명이가 올라와서 소리를 높여 야단을 쳤다.

"어디에 있었어, 엄마? 아까부터 동명이가 배가 아프다고 울고불고 야단인데……."

엄마가 배 밑바닥 선실로 달려가서 동명이를 끌어안았다. 그리고 약손으로 동명이 배를 어루만져 주었다. 가만히 찬송을 불렀다. "예수는 나의 힘이요 내 생명 되시니 …… 내 맘에 근심 쌓일 때 위로하고 힘주실 이 주 예수." 울던 애가 조용해지고 곧 잠이 들었다. 선명이가 기적을 본 듯 눈이 휘둥그레져서 엄마를 쳐다보았다.

"주님, 조금 전에 제가 하려고 한 짓을 용서하소서. 저에게 희망을 주시고 힘을 주소서. 저를 당신 손에 부탁하나이다." 기도를 올리고 눈물을 닦았다.

나흘 후 가족이 안동에 내려 다시 기차를 타고 밤에 평양 근처 외성역에서 내렸다. 전보를 받고 시아버지가 역에 나와 슬프지만 당당히 귀국하는 가족을 맞이했다. 도신이 시아버지에게 인사를 드렸다.

"아버님, 평안하셨습니까? 죄송합니다. 저만 애들과 함께 왔습니다. 애비는 아마 일본에 있을 겁니다."

"아니다. 아니다. 애비는 이미 여기 와 있다. 벌써 몇 달 전에 와서 있단다. 암정 감옥소에 면회를 갈 수 있다." 놀라운 희소식이었다.

시외 감옥소에서 멀지 않은 큰 개천을 넘어 시아버지는 단칸방 셋집으로 네 식구를 데리고 갔다. 모든 것이 어두웠다. 방안에도 껌벅이는 등잔 하나가 있을 뿐 역시 어두웠다. 방에는 옛 첩(문씨 미망인)과 아들 구원(救援)이 있었다. 서로 얼굴조차 알아보기 어려웠다. 늘 60촉 또는 100촉 전등 밑에서 환하게 지내던 애들이 너무 어둡다고 불평했다. 도신도 한 방에서 다른 여섯 식구와 자게 되는 새 삶이 어둡게 느껴졌다.

다음 날 아침 집안 형편을 살펴보았다. 사정이 암담했다. 시아버지와 구원이 엄마가 2년 전에 귀국한 이래 어려운 세월을 보냈다고 한다. 경찰이 보잘것없고 가난한 노인을 더 괴롭히지는 않았지만 일은 할 수도 없었고 만주에서 가져온 돈은 거의 다 쓰고 말았다. 한때 번창하던 전기 정미소 동업자였던 그의 흔적은 어디에도 찾아볼 수 없었다. 그렇다고 본처가 사는 시골 본가에 갈 수도 없었다. 거기 있던 작은 농지는 일본 총독부와 동양척식주식회사의 정책에 따라 강제로 헐값에 팔렸다.

몹시 좁고 혼잡한 살림이었지만 감옥소와의 거리를 감안하고 비용을 생각해서 당분간 그 집에서 시아버지와 같이 살기로 했다. 도신은 곧 집안 살림을 도맡아 정리했다. 우선 가져온 돈으로 밀린 집세를 물고 다른 빚을 갚았다. 애들까지 7명이 먹어치우는 식량을 대기 위해 흰쌀 한 가마니와 좁쌀 한 가마니, 팥 몇 말을 사왔다. 또 남편 감옥에 차입할 물건들, 칫솔과 치약, 속옷, 필기도구 등을 구입했다. 벌써 상하이에서 가져온 돈의 절반을 써버렸다. 천만다행히 전에 일하던 서석리 고무공장에 다시 취직이 되었다. 6년 만에 일하게 되었지만 예전의 기술을 인정받아 하루에 1원씩 벌었다.

면회를 신청하고 여러 날을 기다려서 드디어 도신은 감옥에 살아 있는 남편을 다시 보게 되었다! 전에 수감된 남편을 보았던 것은 7년 전의 일이었다. 그가 지금 살아 있는 것을 보는 사실이 너무나 감격스럽지만 그가 심한 고초를 겪고 영양실조에 걸려 있는 것 또한 너무나 슬픈 일이었다. 그는 얼굴이 아주 창백하고 몸은 전보다 훨씬 더 가냘프게 보였다. 감옥 규정에는 죄수들이 매끼 정규 사발에 쌀 4할, 보리 6할, 그리고 5전어치 채소 반찬을 먹는다는데 사실은 그렇지가 않았다. 늘 허기가 졌다고 한다. 남편은 최대한 영양분을 섭취하기 위해 매 숟가락 100번씩 씹고, 건강을 유지하기 위해 감방 안 한 자리에서 몇천 번을 뛰었다고 한다. 미결수이기 때문에 도신은 모든 기본적인 필수품을 개인 비용으로 차입해야 했다.

'갈보리 산상'으로 가는 길

상하이에서 꿈 이야기를 꺼냈던 그날 아침 이후 남편에게는 100일 동안 많은 일들이 일어났다. 그날 오후, 인스펙터의 일상 업무를 수행하는 동안 예진은 곧 본사 사무실로 들어오라는 연락을 받았다. 사무실에 들어서자마자 잘 차려입은 일본인 신사 셋이 체포장으로 보이는 종이를 내놓고는 철컥 수갑을 채웠다. 그들은 최근 테러사건의 주 혐의자라며 일본제국의 속국 조선 사람이므로 심문하기 위해 호송해야 한다고 말했다. 예진은 무단체포를 항의하며 그들이 주장한 모든 것을 부인했다. 그러나 회사 직원들은 그들의 요구에 주저 없이 동의했다.

그리하여 그는 일본영사관으로 훌쩍 실려 가고 거기 구치소 방에 갇혔다. 가족이나 변호사 접촉도 금지되었다. 최근 영사관 폭파사건에 대해서 조사원들의 심문이 시작되었다. 그는 겁이 났지만 일단 마음을 가라앉혔다. 왜냐하면 그는 그들이 이 사건에 자신이 어떻게 연관이 되었는지 증명할 길이 없다는 것을 알기 때문이다. 그 폭파 공격의 직접 행동은 애국단의 다른 조원들이 감행한 거사였던 것이다. 영사관에 수감되어 있던 동지를 구출하기 위해 또는 그 보복으로 한 것이다. 예진은 관내 지도, 경비상황과 교대시간, 벽 높이 등 필요한 정보와 지침을 주었고 그 지침은 누가 주었는지 아무도 모르는 것이다. 그의 무죄는 범행 당시 그의 직장 업무시간표라는 완벽한 알리바이(부재 증명)에 의해 성립할 수 있었다.

그런데도 영사관에서는 그를 이 테러사건의 배후 주모자로 지목하고 있었다. 그들은 그들대로의 다른 정보를 가지고 있었던 모양이다. 예진은 일관되게 자기는 모르는 일이라고 우겼다. 폭파 시간에 그가 정확하게 어디에 있었는지는 회사의 기록으로 증명이 되었다. 그런데도 그는 석방되지 않았고 그에 대한 어떤 설명도 없었다. 분명히 조사원들은 조선에서 그에 관한 배경보고와 특별지시를 받았을 것이다. 5월 15일 토요일, 체포된 지 약 한 달 만에 그는 인스펙터 제복이 아닌 세비로 신사복 차림에 수갑은 수건으로 가리고,

영사관 무관인 '우에하라(上原)'에 의해 야마시로 마루(山城丸)라는 우편선으로 이송되었다. 5월 17일, 우편선이 일본 모지(門司)에 정박했고 예진은 19일에 부산과 경성(京城: 서울)을 거쳐 평양까지 호송되었다.

그의 호송은 지난 7년간 그의 체포를 집요하게 추적해 온 평양 경찰의 큰 개가로서 아직도 미해결 상태인 그 악명 높은 폭파사건을 풀 수 있는 중대한 계기가 될 수 있는 것이다.

두 일간신문이 상하이에서 그의 급작스러운 체포와 평양으로의 강제 송환을 크게 보도했다. 신문들은 그가 1920년 평안남도청 폭파와 더불어 얼마 전 상하이 일본영사관 폭파사건에도 연루된 것으로 추정했다.[2] 김예진의 친척들과 친구들은 그의 뜻밖의 도착 소식에 놀랐다. 그들은 옛 동지를 환영해야 할지 그의 뒤틀어진 운명을 통탄해야 할지 알 수 없었다.

상하이를 떠나는 순간부터 그는 자기 생명이 가느다란 끈에 매달린 것처럼 위태롭다는 것을 깨달았다. 그는 믿음을 잃지 않고 '갈보리 산상'으로 가는 험한 길을 제대로 갈 수 있도록 특별한 능력을 달라고 하나님께 간절히 기도했다. 그는 사형언도를 받거나 무기징역을 받을 수 있다고 믿었다. 무슨 일이 생기더라도 그가 지금까지 투쟁하여 온 원칙과 성실성을 저버리지 않도록 기도했다. 그는 죽을 때까지 싸울 것과 적의 어떠한 위협에도 굴복하지 않을 것을 다짐했다. 그는 혹심한 고문과 더불어 달콤한 유인을 예견했다. 많은 옛 동지들이 그런 이중 올무에서 실패하고 투쟁을 포기하거나 심지어 전향해서 친일 행각을 하는 경우를 보았다. 고문에 항복하거나 유혹에 굴복하면 살아도 죽어도 결국 불의의 노예가 되는 것이다. 고생하는 아내에게, 고초를 겪는 동지들에게, 수난당하는 민족에게 노예로서의 추한 모습을 보여줄 수 없었다. 그는 자신에게 맹세했다. 첫째, 어떠한 상황에서도 취조자에게 협력하거나 동조하지 않을 것이다. 사악한 세력과 아무리 작은 타협일지라도 그것은 도덕적 부식의 시작이고 사랑하는 조국과 동지들에 대한 배신이다. 그러므로 자신이나 다른 동지들에 대해서 일체 정보를 제공하지 않는다. 둘째, 그는 자신의 능력을 넘어서는 혹독한 형편에서 투쟁해야 하기 때문에 매 순간 전능하

日本領事館爆彈犯
平壤으로護送
상해로부터문사를거쳐

平南道廳投彈
亦是金禮鎭
【平壤으로護送된上海의爆彈犯】

拳銃을携帶하고
平南一帶를橫行
학생으로상일운동에참가
平壤에護送된金禮鎭

1926년 김예진의 체포와 평양 압송에 관한 여러 신문 보도
≪동아일보≫, 1926. 4. 25(맨 위 왼쪽), 5. 20(맨 위 오른쪽), 5. 21(가운데); ≪조선일보≫, 1926. 5. 22(맨 아래). 이들 보도들은 이전에 군자금 모금, 평양도청 폭파, 상하이 일본영사관 폭파사건 등의 혐의를 부연했다.

신 하나님의 능력에 전적으로 의존할 것이다. 그는 그분의 은혜와 자비를 기원했다. 면회 때마다 이런 마음의 결의를 아내에게 말하지는 않았지만 명철한 아내가 그의 마음을 읽었으리라 믿었다.

잔인한 고문실

평양 경찰 취조관들은 김예진에 관한 옛 문서와 수사기록을 샅샅이 파냈다. 위태한 여러 번의 공격, 검속을 비웃는 피신술, 구치소에서의 도망 등의 경력으로 보아 그들은 예진을 술책이 뛰어나고 위험도가 높은 흉악범으로 낙인을 찍었다. 그는 특별 감시하에 독방에 갇혔다. 초기 심문에서 고등계 형사(高等係 刑事)[3]들은 수없이 질문을 던졌다. 누구와 활동했는지, 누가 범행을 교사했는지, 어느 단체에 소속되어 있는지, 임정의 어느 부서에 속했는지, 누가 누구에게 자금을 보냈는지……. 끝없는 질문 공세에 지친 그는 자신에게 계속 타일렀다. 자신의 모든 투쟁은 개인적인 정직이나 솔직함의 문제가 아니라 악한 세력, 곧 조국을 점령하고 탄압하는 악의 세력에 줄기차게 항거하는 성스러운 의무라고. 모든 질문에 대해서 그는 침묵하거나 전적으로 부인했다. 지치고 화가 난 심문자들이 주먹으로 그의 얼굴을 치고 구둣발로 다리를 걷어찼다. 때리는 횟수가 늘어나다 드디어 '특별 치료'의 시작을 알렸다.

어느 날 심문과정에서 역시 그들이 원하는 것을 하나도 얻지 못하자 그들은 화가 치밀었다. 그들은 죄수의 두 팔을 의자 뒤로 묶었다. 헝겊으로 입을 틀어막고는 머리채를 뒤로 당긴 후 수건으로 덮은 얼굴에 물을 들이붓기 시작했다. 물이 콧구멍으로 계속 들어갔다. 끙끙거리며 발버둥치다 의자와 함께 뒤로 벌렁 넘어졌다. 잠시 정신을 잃었다가 깨어나자 흉악하게 생긴 두 놈이 바닥에 쓰러진 김예진을 발로 찼다.

"네가 혁명가야? 너무 흥분하지 마라. 이건 단지 시작이야." 둘이 낄낄거리며 웃어댔다.

다음 날 같은 '치료'가 주어졌다. 그러나 이번에는 다른 종류의 물을 코에다 부었다. 아마도 고춧가루를 탄 듯, 참을 수 없이 따끔거렸다! 신음소리를 내고 발버둥쳤다. 그래도 질문을 무시했다. 나중에 간수의 도움으로 겨우 작은 독방으로 돌아왔다. 완전히 녹초가 되어 풀썩 쓰러지고 말았다.

그들의 말이 옳았다. 그것은 단지 시작일 뿐이었다. 이틀 후 그는 다른 방으로 심문을 받으러 끌려갔다. 평양도청 폭파사건에 대한 질문이 좀 더 구체적이었다. 죄수는 모든 것을 부인했다. 이번에는 옷을 몽땅 벗기고 팬티 바람으로 젖은 가죽조끼를 입혔다. 네 개의 혁대로 조인 조끼가 마르면서 점점 더 조여들었다. 조끼가 너무 끼어서 가슴이 으스러질 것만 같았다. 그러나 취조자들은 그 자리에서 계속 뛰도록 채찍질을 했다. 마른 가죽조끼가 갈비뼈와 배를 압박해서 뛰기는커녕 숨도 쉴 수가 없었다. 그가 쓰러졌다. 그들이 얼굴에 찬물을 끼얹었다. 그러고는 조롱을 했다.

"이놈이 생각했던 것보다 도망질을 잘 못하는군."

사흘 후 그는 다시 심문을 받으러 어느 방에 끌려갔다. 그들은 양팔을 뒤로 묶고 그 팔을 몽둥이에 끼어 공중에 매달았다! 온몸이 커다란 '모빌'처럼 공중에서 빙빙 돌았다. 양팔이 빠질 듯한 극한의 고통이 짐승 같은 처절한 괴성을 계속 지르게 했다. 고문하는 악마들은 여유롭게 담배를 피우면서 그들의 새 장난감을 즐겼다. 그리고 충고를 했다.

"언제든 이야기할 준비가 되면 알려주게. 그러면 네 놈을 내려놓지. 우리는 시간이 얼마든지 있네." 담배 연기를 고통으로 잔뜩 일그러진 얼굴에 후 하고 뿜어냈다.

"지옥으로 꺼져라, 이 악마들아! 나는 아무 할 말이 없다." 죽음 같은 고통의 시간은 영원히 이어질 것만 같았다.

밤늦게 내려놓아졌을 때, 그는 어깨가 부러져 죽을 거라고 생각했다. 두 간수가 그를 끌어다 감방에 다시 집어넣었다. 그는 비틀린 두 팔 때문에 쓰러진 채 꼼짝을 할 수가 없었다.

비슷하게 잔혹한 고문이 그날 이후로 여러 날, 여러 주 계속되었다. 지옥 같은 세월이 끝없이 흐르는 듯했다. 어쩌다 고문이 없는 날에는 전날의 반죽음 상태에서 회복하느라 하루가 훌쩍 지나갔다. 며칠은 죽은 듯 조용하게 지나갔다. 그러다 또다시 고문과 심문이 이어지곤 했다. 지쳐가는 죄수는 왜 이런 무의미한 고문이 계속되는지, 언제까지 이어질지 몹시 두려웠다. 그 와중에도 잠시나마 고요한 순간을 맞게 되면 불현듯 멀리 두고 온 가족 생각이 났다. 선명, 재명, 동명, 세 어린것들과 사랑하는 아내는 모두 무사할까? 안전하게 살아 있을까? 언제쯤 이 세상에서 다시 볼 수 있을까? 여기서 내가 이렇게 죽어가는 것을 알 수 있을까? 눈물을 삼키면서 그들을 위해 기도했다.

어느 날 '고약한 죄수'에게 새 생각이 떠올랐다. 경찰 고문자들이 실제로는 그로부터 새 정보를 캐려는 것이 아니라는 느낌! 그들은 그의 정신을 꺾어 항복하도록, 그래서 그들이 이미 알고 있는 것을 고백하도록 하려는 것이 아닐까? 매번의 심문과 고문 끝에 그들은 별로 기록하는 것 같지도 않았다. 오히려 피심문자가 무엇을 쓰도록 강요했던 것이다! 이것은 마치 평양 경찰의 오만한 자존심과 한 독립운동가의 변절 없는 인내심 사이의 긴 싸움 같았다. 그는 특별히 한 고문자가 했던 말이 기억났다.

"누구도 무릎을 꿇고 나에게 용서해 달라고 빌지 않고 이 방에서 살아 나간 놈이 하나도 없다. 한 놈도 없다!" 순간적으로 그들이 원하는 것을 주고 그 죽을 것만 같은 고통에서 벗어나 살고 싶다는 유혹이 들기도 했다. 그러나 예진은 비록 죽을지언정 부도덕하고 비인간적인 일본 놈들에게 결코 굴복하지 않으리라는 결의를 다시 다졌다. 이 몸이 죽어서라도 나라 사랑과 정의를 위하여 기어코 승리하리라. 만약 자백을 통해서 어떤 사람들의 이름을 발설하게 되면 필시 그들에게도 자신이 당하는 지옥 같은 고문이 가해질 것이다. 그는 결코 그것을 원치 않았다.

생존보다 더 큰 투쟁

어느 날 아들을 면회하고 돌아온 시아버지가 난처하고 우울한 표정을 지었다.

"오늘 예진이가 내가 첩과 사는 한 자기를 보러 오지 말라는구나. 내가 기독교인으로서 늘 이 일 때문에 괴로웠는데…… 내가 이 일을 청산해야 하리라 믿는다."

다음 날 도신이 직장에서 돌아왔을 때 구원이 엄마가 짐을 모두 챙겨놓고 다음 날 어디론가 떠날 것이라고 했다. 가련한 마음이 들어 잘 생각해 보고 더 계시라고 했지만 이제는 자기도 아들의 이름처럼 '예수의 구원'을 따라 '존경받을 삶'을 살아야 하겠다고 말했다. 두 여자는 서로 끌어안고 울었다. 다음 날 구원이 모자는 떠나갔다. 시아버지도 그날 시골집으로 돌아갔다. 그래서 도신은 그 집을 월세 3원으로 물려받았다.

매달 수입이 50원에서 60원이 넘었지만 미결수를 위한 차입과 책값 등의 고비용 때문에 생활이 무척 어려웠다. 도신은 아직 어두운 새벽 7시에 직장에 출근해야 하고, 이미 어두워진 저녁 7시 이후에야 퇴근해야 했다. 그 바람에 어린것들의 저녁밥은 너무 늦어지곤 했다. 따뜻한 상하이에서 자란 아이들은 북조선의 혹독한 추위에 제대로 적응하지 못했다. 세 아이의 손가락과 발가락이 동상에 걸린 것도 엄마는 미처 알아채지 못했다. 먹고사는 일에 치여 아이들을 제대로 돌보지 못하고 너무 방치한 것이다.

도신은 세 아이를 돌봐야 하는 의무와 감옥에 있는 남편을 지원해야 할 책임 사이에서 마음이 찢어질 듯 아팠다. 얄궂게도 도신은 7년 전에 그랬듯이 같은 감옥에서 다시 남편을 면회하고 도와주어야만 하는 상황이 된 것이다. 좋아진 것이 있다면 이제는 큰 어려움 없이 그를 만날 수 있고 그가 필요한 것이면 무엇이나 감방에 넣을 수 있다는 것이다. 독방에서 의지를 잃지 않도록 성경은 물론 여러 종교서적을 넣어주었다. 겨울 동안 두터운 겉옷, 솜바지, 모양말, 내복을 차입했다. 비싼 사식(私食)을 늘 대주었지만 남편의 건강은 날로 악화되고 거의 죽어가는 것 같았다.

미결수와 그 가족의 수난은 끝없이 계속되는 듯했다. 상하이에서 납치되어 온 이후, 감옥 생활은 1년이 넘도록 재판 없이 이어졌다. 감옥 안에서나 밖에서나 초조했다. 속히 중형을 받기를 고대하는 것은 아니지만 왜 이렇게 오래 걸리는지 알 수가 없었다. 예진은 아무 말이 없었지만 점점 더 쇠약해 가고 있었다. 아내는 악형과 고문을 받으리라 짐작이 갔지만 차마 말을 꺼낼 수 없었다.

감옥 안에서는 밖의 세상 누구도 모르게 잔인한 심문과 고문이 계속되었다. 간헐적인 고문은 이어지고 그 잔인성은 더욱 심해졌다. 어느 날 밤, 그들은 예진을 어느 방으로 끌고 가서 옷을 몽땅 벗긴 후 아주 작은 못이 많이 박힌 널빤지에 눕히고는 이리저리 마구 굴렸다. 온몸이 수백 개의 바늘에 찔리고 피멍이 들었다.

어떤 날에는 양팔을 묶어놓고 손톱 밑에 대나무 이쑤시개를 박아 넣었다. 예진은 이를 악물고 그들이 기대하는 어떤 말도 뱉지 않았다.

다른 밤에는 역시 홀랑 옷을 벗기고 기둥에 묶었다. 석회줄을 생식기에 달고 불을 붙여 천천히 태워 올렸다. 그러고는 작은 종이쪽지를 접어 요도구 속으로 밀어 넣었다. 예진은 고통에 몸부림치며 끝없이 비명을 질렀다. 그러고는 저주를 퍼부었다. 고문 기술자는 마치 야만적인 가학성 음란증 환자처럼 고문을 즐기다가 갑자기 격정과 좌절감에 빠지곤 했다. 고약한 죄수의 입을 열기 위해 이런 변태적인 고문이 종종 벌어졌다.

1927년 8월 12일, 상하이에서 피랍된 지 1년 4개월 만에 ≪동아일보≫가 예진에 대한 보도를 했다. 수사기록이 1만 4500쪽에 이르는 김예진 사건은 "너무 복잡하고 중대해서" 예비판사 '마사다(眞田)'가 1년이나 걸린 후에 다른 예비판사 '아라마키 마사유키(荒巻昌之)'에게 인계했다고 한다. 아라마키 판사는 평양감옥에서 6, 7년째 복역 중인 안경신을 포함해서 몇 명의 증인을 불러 이달 내로 예심을 마치리라고 했다. 예심은 9월 19일 끝나고 이 사건은 '형법소송법 320항'에 따라 정식 재판을 받도록 지방법원에 공식적으로 회부되었다. 최종보고는 4개의 범죄혐의를 열거했다.

(1) 격문을 인쇄하고 배분한 행위

(2) 무력집단을 조직하는 데 참여한 행위

(3) 비밀 결사대를 조직한 행위

(4) 1920년 8월 3일 폭파사건을 야기한 행위

예진과 가까운 동지들은 첫 3개 혐의는 사실상 경범죄이고 마지막 혐의가 가장 중범죄일 터인데 그것을 제일 나중에 열거한 것은 그에 대한 상황적 심증은 크지만 물적 증거를 별로 갖지 못했기 때문일 것이라고 느꼈다. 아마도 그래서 증거를 보강하기 위해 이 사건 소송을 그토록 오랫동안 끌어오지 않았나 의심이 갔다. 마지막 보강 수단은 어떻게 취득하였든 간에 본인의 자백이었을 것이다. 그러나 16개월간 이어진 혹심한 고문에도 어떤 증거도 아무것도 확보하지 못했다. 경찰의 고된 노력에도 불구하고 단 한 사람의 이름이나 새로운 정보도 얻지 못했던 것이다. 또 고소장을 보면 검찰은 너무도 경직되고 민감해서 '獨立(독립)'이라는 한자도 쓰지 못하고 대신 '××'로 대체했다. 예진의 투쟁은 자기 생명을 보전하는 것보다 더 큰 목적을 위한 것이었다. 그런 투쟁에서 예진은 끝내 승리했다.

격렬한 법정투쟁

첫 재판은 1927년 10월 25일 오전 10시 법정 7호실에서 재판관 '고미(五味)'와 검사 '시모무라(下村)' 밑에서 개정되게 시간이 잡혔다. 변호사는 산정현교회에서 세운 한근조(韓根祖)[4] 씨와 숭실대학교 동창인 이춘두(李春斗) 씨가 선임되었다. 그날 아침 가족들, 친척들, 친구들, 교회 사람들, 심지어 법을 공부하는 학생들까지 몰려와 약 300여 명의 청중이 법원 마당을 가득 메웠다. 복잡한 군중 때문에 약간의 혼란이 있었고 재판은 연기되었다가 이유 없이 다시 한번 연기되었다.

11월 29일 오전 11시에 첫 재판이 평양지방법원 제2법정에서 개정되었는데 담당법관이 상승되어 법원장인 '다케오(竹尾)'가 재판장으로, 상급 법원으로부터 온 '이시가와(石川)'가 새 검사로 나섰다. 그러나 새 법관들은 시간이 더 필요하다고 단지 인증심리를 하고, 전 예비 보고서를 읽고, 몇 가지 질문을 하고는 12월 8일까지 재판을 연기한다고 선언했다. 이 새 재판일이 예진의 운명을 완전히 판정하는 날이리라. 산정현교회에서는 일주일간 연속 교대기도를 시작했다. 중형을 면하기 위해서는 기적이 절실히 필요했다. 가족들은 기적에 의존할 수밖에 없었다.

12월 8일 운명의 날 아침, 방청석이 꽉 찬 법정 안에는 무겁고 팽팽한 긴장감이 감돌았다. 12시 정오, '923'이라는 붉은 번호가 옷에 붙은 죄수가 두 간수에 이끌려 법정에 입장했다. 그는 몹시 창백하고 허약해 보였다. 그러나 방청석을 향해 미소를 지어 보였다. 잠시 후 그는 재판석을 향해 가벼운 목례를 하고 자리에 앉았다. 그리고 눈을 감고 기도를 드렸다.

"아빠-, 아빠-." 갑자기 어린 소녀의 간절한 외침이 엄숙한 법정 분위기를 깨트렸다. 그 외침은 이제 막 11살이 되는 선명이의 가냘픈 절규였다. 그 아이의 머리 위에는 '얽매여 있는 사람들의 행운'을 기원한다는 빨간 꽃장식이 달려 있었다. 방청석에 있던 선명의 엄마, 할아버지, 증조할머니, 모두가 놀랐지만 곧 한숨과 눈물로 범벅이 되었다. 법정은 다시 정적을 회복했다.

심문이 시작되자 피고는 네 가지 기소 중에 폭탄사건을 완강히 부인했다. 검사 측은 피고의 주장을 반박할 구체적인 증거를 제출하지 못했다. 피고가 기침을 심하게 하며 숨 쉬는 것을 고통스러워했다. 변호사들이 피고의 건강을 고려해서 재판을 연기하자고 요청해서 수락이 되었다. 폐정 전에 검찰 측 증인으로 고등계 형사 '나카무라(中村)' 경부와 피고를 위한 증인으로 한성은(김예진의 장인)이 수락되었고 12월 13일에 재판을 계속하기로 했다.

재판이 시작되면서 모든 고문은 완전히 중지되어 허약한 피고는 그나마 기도와 성경봉독을 하고 어려운 삶에 대해서 되돌아볼 기회가 생겼다. 어느 날 밤 희한한 일이 벌어졌다. 갑자기 금줄과 별이 붙은 제복 차림의 사람이 그의 감방에 뛰어들어 왔다. 그가 즉시 바닥에 꿇어앉아 큰절을 했다.

"센세이(선생), 당신을 깊이 존경합니다. 당신에게 감복했습니다." 놀랍게도 그는 감옥소의 간수장이었다.

"나는 단지 당신의 피감자요. 나는 항일 투사요. 당신의 적이오. 왜 나를 존경하오?" 죄수가 의아한 표정으로 이 놀라운 한밤중 방문자에게 물었다.

"우리 일본인들은 용기와 애국심 있는 사람을 존경합니다." 그는 또 큰절을 하고는 쏜살같이 사라졌다. 그날 밤 당황한 죄수가 이 황당하고 놀라운 심야 사건을 되씹으며 약간의 혼란과 불편한 고뇌에 빠져 쉬이 잠을 이룰 수 없었다. 도대체 이것이 무엇인가? 그의 지위와 태도로 보아 무슨 흉계는 아닐 것이고 간수장 나름의 심각한 진실을 말하는 것이 아니었을까? 그의 용기 있는 진실된 고백에 대해서 자기는 왜 한마디의 진실도 말하지 못했던가? 자신에게는 원수를 놀라게 할 정도의 진실이 없었던가? 예진은 초라한 자신을 돌아보았다. 지금까지 그는 자신을 죽도록 괴롭히는 일본 경찰과 또한 온 민족을 탄압하는 일본제국주의를 증오하고 싸우는 데 자신의 모든 것을 바쳤다. 그 증오의 근본 이유와 궁극적 목적이 무엇인가? 그것은 나라와 민족을 향한 그의 진실한 사랑 때문이다. 그 사랑은 일차적으로 정의롭지 못한 일본 침략세력과 투쟁하고 그 세력으로부터 자기를 방어하는 것이겠지만, 궁극적으로는 그 불의한 세력 자체를 바로잡으려는 외롭고 의로운 싸움이 아닐까? 성경은 우리에게 진정한 사랑의 속성을 말해주고 있다. "사랑은 불의를 기뻐하지 않으며, 진리와 함께 기뻐합니다"(고린도전서 13장 6절). 그렇다면 왜 그가 존경한다고 덥석 큰절을 할 때 자신은 '종국적으로 악한 일본을 정의로운 나라로 만들기 위해서도 싸운다'고 말하지 못하였을까?

12월 13일, 알 수 없는 이유로 90분간 지연된 끝에 같은 법관들 밑에서 재판이 다시 개정되었다. 이번에 피고는 좀 더 편안해 보였고 청중에게 '깊고 의미 있는 미소'를 보냈다. 재판이 진행됨에 따라 나카무라 경부가 증인대에 서서 자기는 폭파사건 이전부터 피고를 알고 있었으며 사건 직후 그를 범인으로 의심하고 추적했다고 진술했다. 그는 피의자 김효록(金孝綠)[5]과 기결수인 안경신의 심문에서 김예진이 폭파범의 일원이라 들었다고 했다.

한성은 증인은 자기 사위가 아파서 7월 26일부터 8월 6일까지 자기 집에서 간호했다고 반대 진술했다. 검사는 피고가 그 당시 계속 쫓기는 상황에서 그렇게 장기간 장인 집에서 앓고 있었다는 한 씨의 증언은 전혀 신뢰성이 없다고 기각했다. 또한 검사는 나카무라 경부의 진술이 모두 풍문이지만 피고의 범죄행각의 오랜 역사에 비추어 보아 경찰의 증언이나 예비심리보고가 더 신빙성이 있다고 주장했다. 그는 '국가보안법 7조 위반'과 '폭발물질의 불법취급'에 대해서 징역 15년을 구형했다.

변호사들은 사실이 아닌 편견에 근거한 검사의 조작되고 불공정한 기소를 거부하며 '길고 격렬한 논쟁'을 벌였다. 그들은 '김예진이 공범이었다'고 말했다는 안경신의 고백이 극도로 의심스러운 상황에서 나왔음을 지적하였다. 왜냐하면 안경신은 후에 '김예진이라는 인물을 전혀 모른다'고 번복했기 때문이었다. 그들은 또한 오래전에 한 익명의 편지에서 지금은 고인이 된 '장덕진이 그 폭파사건에 관련되었다'는 정보가 있었다는 사실도 지적했다. 재판부는 깊은 생각에 잠겼다가 오후 4시 반에 정회를 선언했다.

정회를 선언하고 재판부가 물러가자 도신은 분에 차서 나카무라 경부에게 달려갔다. 그리고 날쌔게 그의 뺨을 후려갈겼다.

"그가 한 것을 네가 어떻게 아느냐? 네 눈으로 직접 보았냐?" 경부가 놀라서 돌아보자마자 또 한 대를 갈겼다. 시동생 둘이 의자를 들어 그를 내려치려고 했다. 작은 키의 나카무라 경부가 후다닥 법정의 높은 단을 뛰어넘어 뒤로 도망쳤다. 곧 순사와 법정 경비원이 달려들어 도신을 법정 밖으로 밀어냈다. 일본말을 몰라 무슨 일이 일어났는지 모르는 늙은이들은 "왜 도신이를 잡으려 하느냐?" 하고 외쳤다. 잠깐의 소동 끝에 모두 법정에서 쫓겨나고 말았다.

다음 날, 신문들은 나카무라가 상기된 얼굴로 껄껄 웃는 사진을 실었다.

"내가 조선에서 20년 일하는 동안에 여자에게 뺨을 맞은 첫 경험을 했소. 하하하."

자유를 쟁취한 기적

바로 다음 날인 12월 14일, 김예진과 같은 사건으로 거의 8년간 복역한 안경신이 가석방으로 풀려났다! 경찰로서는 기의 다 끝나다시피 한 깉은 사건을 가지고 별 뚜렷한 증거도 없이 15년 동안 감옥에 가두려는 시도가 사실 무리라고 생각했을 것이다.

법원의 한 서기로부터 은밀한 정보가 변호인들에게 들려왔다. 재판정 밖에서 검사의 무리한 기소를 나무랐다는 것이다. 실은 고등계 경찰과 검사와 법원 사이에서 서로 상당히 언짢은 이야기가 오간 모양이었다. 자료는 방대한데 법리 해석으로 보면 내용은 없다고 불평하며 서로 이 사건을 맡지 않으려고 미뤄왔다는 것이다. 엄청난 내부 갈등의 소식이었다. 변호사들은 희망이 있다고 가족들을 위로했다. 그래서 가족들은 높은 구형량이 반 정도로 줄여지기를 기대했다. 친구들이 진정한 기적이 일어나기를 기도했다. 12월 20일 다케오 재판장의 최종선고는 틀림없는 기적이었다!

'평남도청폭탄투척사건의 김예진'에 대한 판결언도는 그날 오후 12시 30분 평양지방법원 다케오 재판장으로부터 내려졌다. 폭탄투척 사실은 증거가 불충분하여 무죄! 불온문서의 배포, 비밀결사의 조직에 대하여는 「대정8년 제령 이반 급 치안유지법(大正八年 制令違反 及 治安維持法)」에 의하여 실제 징역 2년(미결구류 360일 통산하여 3년) 판결이 나왔다. 재판장은 아주 낮고 인자한 음성으로 선고를 했다. "정치범으로서 당하는 어려운 가족 사정과 미결수로서 이렇게 긴 세월 복역한 것을 고려하여 이 법정은 가석방 조항을 포함하여 통상 2년의 징역을 선고하노라." 15년 구형에서 단 2년의 복역! 이것이야말로 모든 사람들에게 놀라운 선고이며 특히 김씨 일가와 친구들에게 큰 기적이고 승리였다. 도신은 너무 기뻐서 이것이 꿈이 아닌가 두려웠다.

그러나 다음 날 변호사가 좋지 않은 급한 소식을 가족에게 보냈다. 검찰 측에서 곧 상소를 준비할 것 같다는 소식이었다. 도신은 신속하고 영리한 행동을 취했다. 그녀는 검찰장 집으로 비싼 비단과 모시 몇 필을 보내며 결과에 관계없이 그의 "성실하고 정직한 노력에 감사한다"고 치하했다. 그리고 비슷한 선물을 가지고 다케오 재판장 집을 찾아갔다. 그는 조용하고 점잖은 신사였다.

"당신도 알다시피, 재판장이 검사의 구형을 반 이상 삭감하는 것은 도리에 맞지 않는 일이오. 그러나 나는 당신 가족 사정, 특히 어린것들을 보며 이 사건의 인간적인 면을 고려하지 않을 수 없었소. 그래서 내가 과감한 결정을 내린 것이오.” 그는 부드럽게 자기 속마음을 털어놓았다. 도신은 깊이 감사하며 몇 번이나 절을 하였다. 그 후 법정에서 아무 소식도 없었다. 그 무소식은 희소식이었다.

며칠 후 도신은 형을 사는 남편을 보러 감옥에 갔다. 그는 행복한 ‘기결수’로서 붉은 죄수복을 입고 비록 허약했으나 만족한 모습이었다. 그는 독방에서 9명이 같이 자는 감방으로 옮겨와서 매일 면양말을 짜며 시간을 보낸다고 했다. 다른 죄수들은 대개 싸우다 사람을 많이 다치게 하거나 도둑질하다 잡혀온 잡범들이었다. 양말 짜는 일은 반복해서 팔을 움직여야 하는 힘든 일이었지만 독방에서 지낼 때보다 좋았다. 재미있는 것은 5년형을 받은 감방 두목이 새 입소자를 ‘감빵 선생’으로 임명했다는 것이다. 그는 감빵 선생에게 밤마다 “무슨 좋은 말”을 하고 감방에서 다투거나 싸움이 나면 재판관 노릇을 하라고 명했다. 새 선생은 그 소명을 잘하기 위해 밤마다 쉽고 재미있게 ‘좋은 말’(좋은 백성이 되는 길, 기독교 신앙, 애국심, 독립운동 등)을 했다. 미결수로서 독방에서 지내던 악몽에 비하면 지금 복잡한 감방은 더없이 편안한 죄수의 생활이었다.

미결수 때는 아무도 말할 상대가 없었고 무한한 고독에서 허공을 부유하는 무존재였다. 고문이 아니면 그 고문에서 벗어나도록 기도하는 것뿐이었다. 기도할 때에는 눈물과 땀과 피를 흘리는 심정으로 간구했다. 그때 하나님은 오직 유일한 생명의 상대자였다. 그는 진공 같은 미결수의 허공을 메우기 위해 미친 듯이 성경을 읽었다. 그때 신구약성서를 19번 읽었다. 이상한 체험도 했다. 그때 특별한 성령의 힘이 없었더라면 육신은 물론 정신적으로 살아남지 못했을 것이다. 가장 어려운 시련과 훈련의 기간이었다. 밖에서 고생하던 가족들에게도 너무나 힘든 시련의 시간이었다.

그 모든 막연한 수난이 일단락을 짓고 이제 3년 복역기간에서 이미 미결수로 복역한 20개월을 제한 짧은 시간을 기다리면 되니 감사한 일이었다. 약 16개월을 지내면 드디어 자유를 쟁취하는 것이다! 그의 석방을 기다리는 것은 참으로 간절하면서 기쁜 기간이었다. 도신은 기결수를 위해 감옥에 아무것도 차

平南爆彈事件嫌疑
金禮鎭氏出獄
지난이일평양감옥에서
【二十三日의減刑으로】

김예진의 출옥 보도
≪동아일보≫, 1928. 12. 4. 김예진은 모진 고문과 복역을 견디고 만기 23일 전에 가석방되었다.

입할 필요가 없게 되었다. 그 대신 남편이 석방되는 날을 위해 검은 모자, 두루마기, 두터운 내복, 솜바지, 비단 조끼, 유행하는 구두 등을 착실하게 준비하기 시작했다. 1926년 11월, 쇼와(昭和) 일본 천황의 즉위식 기념으로 예진의 복역 기간이 단축되고, 다음은 공주의 출생으로 또 기간이 줄어들었다. 그리하여 단지 11개월을 복역하고 23일 잔여 형기를 두고 가석방이 결정되었다.

1928년 12월 2일 오전 10시, 예진의 가족, 친척, 친구, 교회 사람들이 미소를 띤 가냘픈 신사를 열광적으로 환영하였다. 같이 출옥한 두 사람은 대규모 환영 군중에 눈이 휘둥그레졌다. 이틀 후 ≪동아일보≫가 그의 석방을 사진과 함께 크게 보도하였다. 그날 약 200여 명의 환영 인파가 거리에서 그가 쟁취한 승리와 자유를 축하하는 즉흥 시위를 했다. 그들은 기쁨에 차서 행진하고 외쳤으나 "만세"를 부르거나 태극기를 흔들 수는 없었다. 그와 몇 친구가 필요한 등록을 하기 위해 경찰서로 갔다가 감사예배를 드리기 위해 교회로 갔다. 예배에서는 감사의 눈물이 넘쳤다. 저녁이 되어서야 가족들이 여전히 흥분에 들떠서 암정 셋집으로 돌아왔다. 집에는 상당히 많은 선물(대부분 쌀)과 돈이 산정현교회와 다른 개인들로부터 와 있었다. 이날은 그들 삶에 가장 길고 기쁘고 축복받은 날이었다. 가족이 서로 마주 보며 이것이 꿈인지 생시인지 믿을 수 없어 마냥 눈물을 흘리며 감사기도를 올렸다.

제13장

영적 도전과 세속적 패배 사이에서 방황하다

쇠사슬에 매인 자유

예진의 자유는 감미로웠고 가족들은 이를 같이 즐겼다. 그러나 그의 자유는 잠시였다. 만기에서 23일 모자라는 가석방이었기에 여러 가지 제약이 따랐다. 그는 경찰서의 허락 없이 사는 곳에서 10리 이상 여행할 수 없고, 모든 오가는 편지는 경찰의 사전 검열을 받아야 하고, 경찰이 수시로 그를 검문하고, 특별한 시기에는 '예비 검속'을 해서 며칠에서 몇 주까지 구속했다. 공식적으로 그는 감옥에서 석방되었지만 아직도 긴 사슬에 매인 몸이었다. 따라서 그의 활동은 제한되고 통제를 받았다.

예진은 단지 여기저기 임시직(평양고무공장, 한씨 동양약방, 정의유치원 등)을 가질 수 있었다. 나중에 한 양말공장에서 서기로 일하며 한 달에 200냥을 벌었다. 그 수입이 다섯 식구의 생계비로 충분하지는 않았으나 그래도 안정된 고정수입이어서 다행이었다. 도신은 잘 버는 일을 포기하고 아이들을 돌보기로 했다. 집에서 양말목을 짜며 100냥을 벌었다.

1929년 8월 31일 넷째 아이가 태어났다. 셋째 딸인 광명(光明)이의 출생은 기쁜 일이었지만 솔직히 가난한 가정에 축복이라기보다 추가된 짐이자 먹여야 할 또 하나의 입이었다.

9월 10일 새 아기 아빠는 예비조치로서 6일간 검속되었다. 정확한 이유도 알 수 없었다. 이처럼 임의의 조사와 검속은 자주 있었다. 여섯 식구의 가장이 이런 제약 속에서 살아야 하는 것은 무척 어려운 일이었다. 그러나 그에게 더 힘든 것은 좀 더 의미 있는 일을 영위할 수 없는 그의 실존적 상황이었다. 한동안 예진은 깊은 회의와 무력감에 빠져 고민했다. 이런 보이지 않는 족쇄에 매여 평생 무엇을 할 것인가? 엄청난 불의의 세력 앞에서 그리고 그 안에서 변절하지 않고 굴복하지 않으면서 무엇을 추구할 것인가? 무엇보다 정의와 사랑의 창조주 앞에서 자신이 어떤 존재가 되어야 할 것인가? 그의 고뇌는 긴 기도로 이어졌다. 어두운 밤의 별빛처럼 그의 영적 각성은 새로운 가능성의 빛을 보기 시작했다. 아니, 잠시 세상의 고난이 가리고 있었을 뿐 그는 오래전부터 그 빛을 보고 있었다. 하나님의 영의 세계에서는 그의 영원하고 전능하신 은총이 넘치고 세상의 어떠한 불의한 세력도 침탈할 수 없다. 그에게 13살 때의 간절하였던 서원이 새로이 간절하게 다가왔다. 그렇다. 그의 전 존재는 주님의 일꾼으로서 살고 죽는 것이다. 주님의 종으로서 점령당한 땅에서 수난을 당하는 다른 모든 사람들을 섬기는 일이다.

3.1 만세운동 이후 일본 식민지 지배가 '무단통치'에서 소위 **'문화통치'**[1]로 변동되면서 점점 더 많은 조선 사람들이 이에 동조하고 기용되고 있었다. 이 정책 아래서는 좀 더 넓은 교육의 기회와 더불어 제한적이나마 언론의 자유와 사회적 조직이 허용되었다. 헌병들이 민간인 관리로 대체되고, 학교 선생들이 긴 칼을 차고 위협적인 태도를 보이지 않게 되었다. 그러나 모든 변화는 더 체계적으로 교육적 주입과 법률적 규제를 통하여 일제 식민 지배를 강화하려고 고안된 교묘한 방책이었다. 많은 조선 사람들이 직접 싸우기보다 그 정책 안에서, 정책을 이용하면서, 심지어 정책과 잘 협력하면서 해방의 기회를 기다리게 되었다.

이 시기에 많은 지성인, 교육받은 애국자들이 여러 합법적 방법(교육, '계몽', 사회운동, 문학, 대중언론, 상업, 스포츠 등)을 통해서 피식민지의 탄압을 이겨내고 종국적으로 나라의 해방을 준비하기 위해 노력했다. 일본이나 미국에서 고등교육을 받은 기독교인들이 귀국하여 몇몇 사립학교를 세워 젊은 남녀를 애국정신으로 훈련하도록 노력했다. 정주에 세운 오산중학(五山中學)은 민족정신과 새 교과과정으로 널리 알려진 사립학교 중의 하나였다. 체제 내에서 그런 합법적인 활동도 민족사상을 문제삼아 일본 당국의 방해와 탄압을 받았다. 고당(古堂) **조만식**(曺晩植)[2] 선생은 오산학교의 교장이었는데 여러 번 그런 제재를 받고 고역을 치렀다. 그는 또 조선물산장려회(朝鮮物産獎勵會)를 통해서 경제적 자족운동을 힘차게 벌였다. 국산품애용운동으로 경제침략과 지배를 배격하려 한 것이다. 그는 예진과 달리 총을 사용하지 않았지만 조용한 독립투쟁의 강력한 지도자였다. 15년 선배인 그는 예진이 15년 전 19세에 집사가 되었던 같은 산정현교회에서 1932년에 장로가 되었다. 그는 '조선의 간디'로서 교인들은 물론 많은 사람들에게서 존경을 받았다.

예진은 원하는 것은 아무것도 할 수 없었지만 생의 고귀한 목적을 위한 강한 갈망에 불타서 자연히 마음과 정성을 영적인 영역에 쏟았다. 그는 억압받는 민중을 기독교인의 신앙과 생활로 섬기고 구원할 수 있고 또 그래야 한다고 확신했다. 그는 지금까지의 무력투쟁이 허사나 잘못이라 생각지 않았지만 그 노선이 민족을 구할 최선의 방도가 아니고, 진정한 자유와 평화와 사랑의 기독교 복음만이 종국적으로 민족을 구원할 유일한 길이라 확신하게 되었다. 민족을 향한 김예진의 사랑은 평생 변함이 없었다. 그리고 그 사랑의 투지와 희생정신은 한결같았다. 그러나 그 방법에 있어서는 시대의 상황에 따라서 다른 형태 또는 새 단계로 변천하고 있었다. 그 극명한 분기점은 모든 세속적 방법을 포기하고 복음에 전적으로 의존하는 새 삶이었다.[3]

그는 33세의 나이로 **평양신학교**[4]에 지원했다. 이것은 19세 때 숭실대학교 진학과 동시에 신학교육을 꿈꾸던 그에게는 멀고 먼 우회였다. 1931년 4월 2일 그는 그 신학교에 신입생이 되었고 한 학기 후에 평양에서 잘 알려진 장대

1901년에 설립된 평양신학교(조선기독교장로회신학교)
김예진은 이 신학교에 1931년에 입학하여 1938년에 졸업했다(1939년에 신사참배 문제로 폐교).

현교회의 시간제 전도사로 임명되었다. 비록 신학생 현장실습의 자리였지만 대우가 좋았다.

과거 12년간 혁명가로서 한 것처럼 그는 영적 생활에도 뜨거운 열정과 충성을 다 퍼부었다. 그에게는 신학교육이 단지 종교지식의 발전이 아니라 그리스도의 충성된 제자로 살아감으로써 자기 삶을 그리스도에게 전적으로 바치는 일이었다. 그는 자기 시간과 힘을 성경 공부, 기도, 전도, 그리고 자선활동에 모두 바쳤다. 그는 자원해서 그 교회에서 작은 기도모임을 인도했다.

대략 그 시절에 그는 일본 고베(神戶)에서 목사와 사회활동가로 잘 알려진 **가가와 도요히코**(賀川豊彦)[5]의 삶과 사상에 심취되었다. 그 일본 목사는 예수와 같은 삶의 실천으로 빈민굴에서 살면서 가난한 사람들을 위하여 헌신적으로 노동운동을 이끌었다. 비록 잔인한 원수의 혈통이었지만 그가 충성된 그리스도의 제자로 사는 모습에서 예진은 큰 감동과 영감을 받았다. 예진이 만난 대부분의 일본인들은 잔인하고 가증스러운 인간들이었지만 반면에 그는 어떤 일본인들은 정직하고, 잘 훈련되고, 선한 모습을 가진 사람들이라는 것을 인정하지 않을 수 없었다. 많은 일본 서적을 읽으면서 일본에도 군국주의와 외국 침략을 반대하는 많은 양심적인 학자, 교육가, 신학자, 과학자, 시민들이 있다는 시실을 알게 되었다. 예진은 자기 속에 깊이 새겨진 인종주의적 편견을 조용히 뉘우쳤다. 과거에 그는 "천국에 가서도 일본 사람들은 친구로 상종하지 않겠다"고 맹세했는데, 이제 새로 거듭난 신학생 행동가는 새로운 희망과 빛을 보게 되었다. 즉, 그리스도 안에서는 일본인이나 조선인이나 그의 자비로 인하여 아무 차별이 없고, 하나님의 무한한 사랑이 온 인류의 죄와 잘못을 다 용서한다는 것이다.

평양기도단(平壤祈禱團)

빈곤과 억압에서 수난당하는 사람들에 대한 예진의 간절한 사랑과 동정은 그로 하여금 더 심각하고 극단적인 길로 그리스도의 사도직을 추구하게 만들었다.

조선은 일본의 혹심한 지배 밑에 온 강산이 철창 없는 거대한 감옥소가 되어가고, 사람들은 자유뿐만 아니라 희망을 잃었다. 그는 자기와 다른 기독교인들이 극도의 절박감을 가지고 하나님께 부르짖어야 한다고 생각했다. 그와 일곱 신앙의 동지들이 뜻을 모아 같이 기도하고 예수가 말한 것을 문자 그대로 실천하기로 결단했다.

"그때에 예수께서는 제자들에게 말씀하셨다. 누구든지 나를 따라오려거든, 자기를 부인하고, 제 십자가를 지고, 나를 따라오너라"(마태복음 16장 24절). 그들은 밤낮 개인 또는 집단 기도에 빠져 있었다. 이들 진보성 과격 신자들은 정체된 형식주의와 무력감으로 훼손된 기성교회의 권위주의를 비판했다. 그들은 대신 예수의 명령을 문자 그대로 살아감으로써 영적 능력을 새롭게 얻으려고 힘썼다. 그들의 철저한 실천능력은 많은 사람들에게 큰 감명을 주었다. 그들이 곧 **평양기도단**[6]으로 알려졌고, 그 수와 영향력이 빠르게 확장되어 갔다. 많은 개혁적이고 지성적이고 실천적인 기독교인들이 이 기도단에 합류하고 활발하게 움직였다. 그 기도단의 핵심회원은 20명 정도였지만 이 운동의 열정적인 기도모임에는 보통 50명에서 100명 정도 참석했다. 이들은 흡사 13세기 프란체스코 수도회처럼 금욕주의와 신비주의의 강력한 체험과 영향력을

평양기도단의 주요 단원들
1937년 4월 28일, 방지일 목사의 중국선교사 파송을 기념하여[이민성(2010), 125쪽]. 앞줄 왼쪽부터 박윤선, 방지일, 마두원 선교사. 둘째 줄 왼쪽부터 김진홍, 박기환, 김예진, 안광국, 도승주. 별도 사진 이유택(왼쪽)과 김인서.

보였다. 이탈리아 아시시의 성 프란체스코가 세운 프란체스코 수도회는 청빈, 정적, 복종의 서약으로 이웃과 자연 사랑에 전적으로 헌신하였다.

이 기도운동을 특별히 북돋운(그리고 후에는 몰락시킨) 계기는 **이용도**[7] 목사와의 자연스러운 관계였다. 이 목사는 1930년대에 원산과 평양의 여러 교회에 혜성처럼 나타나 신비한 능력을 보인 영성운동 개척자였다. 예진의 눈에는 이 목사야말로 고통당하는 예수의 삶을 그대로 닮으려고 노력하는 가장 겸손하고 성결한 사람으로 비쳤다. 그는 영적 능력을 가지고 설득력 있게 외치는 설교자였다. 그래서 기도단 단원들은 1929년 후반부터 그와 가까운 유대를 이루며 성장해 나갔다.

한번은 김예진 부부가 1930년 2월 26일부터 3월 9일까지 평양중앙감리교회에서 열리는 이용도 목사 부흥회에 큰 기대를 가지고 참석하였다. 그 집회에서 재난과 기적이 동시에 일어났다. 약 500명을 수용할 수 있는 교회 건물에 1000명이 넘는 청중이 참석하였다. 밀고 당기는 혼란 중에 건물의 한쪽 벽돌 벽이 무너졌다. 그런데 아무도 다친 사람이 없었다! 모든 참석자들이 하나님의 사랑에 대한 이 목사의 숭고한 증언설교에 감동을 받아 무너지듯 회개의 눈물과 갱신을 위한 기도로 완전히 몰입되었다.

헌금 시간에 많은 사람들이 돈과 함께, 외투, 금가락지, 은가락지 등을 바쳤다(그때에는 많은 사람들이 현금을 지니고 다니지 않았다). 이런 행동은 그들이 받은 영적 축복에 대한 감사를 소박하게 표시한 것이다. 도신은 속주머니에 붙은 작은 은장신구를 바쳤다. 긴 예배시간 후에 남편이 미소를 지으며 나오는데 그가 석방될 때 입었던 두루마기가 보이지 않았다. 다음 날 도신이 돈 5원을 꾸어서 가져다주고 그 두루마기를 되찾아왔다.

진정한 기적은 이 목사의 설교를 들은 후 많은 기성 그리고 새 교인들이 주님을 위하여 성격과 생활방식, 심지어 직업과 사업까지 완전히 변경하는 일이었다. 성령의 참 열매가 분명하게 보였다.

이런 놀라운 변화는 기대하지 않았던 이상한 변화까지 동반했다. 많은 이들이 기도운동에 전념하면서 세속적 의무를 등한시한 것이다. 그들은 뜨겁고 긴 기도를 하기 위해 밤낮을 가리지 않고 모였다. 그들은 일반 교회의 정식예배에 만족하지 못했다. 그들은 공식적으로 조직된 교회에 대해서 비판적이고 냉소적인 태도를 보였다. 그들의 영혼은 영적 갈망으로 맹렬하게 불타서 자기네 교회의 차고 정숙한 예배형식을 혐오하게 되었다.

한번은 이런 소동이 있었다. 기도단원 중의 한 명이 평양 모란봉에서 밤새 기도하고 내려와서 자기 교회 목사 사택의 문을 쾅쾅 치면서 큰 소리로 외쳤다.

"회개하시오. 양떼들을 위하여 늘 기도할 목사가 집에서 잠만 자고 있다니. 회개하시오. 회개를!"

개화된 신학생들의 행동

기도단의 끈질긴 헌신과 힘찬 운동은 기도와 행동에 관심이 많은 여러 그리스도인 동지들을 모이게 했다. 새로 유입한 특출한 인물 중의 한 명은 김인서[8] 장로였는데 그는 예진이 신학교에 들어간 1931년 바로 그해에 신학교를 졸업한 선배였다. 그의 나이는 예진보다 4년 위였고 조선 독립을 위한 임시정부 연통부(聯通府) 활동 때문에 3년간 복역한 애국자였다. 그는 기독교 문학계에서 유능한 문필가로 알려졌다. 1931년 12월 21일 그는 예진의 집에서 ≪신앙생활(信仰生活)≫이란 정기간행물 1호를 편집하여 출간했는데 그것이 후에

基督信仰中心

게자씨

第三卷 第八·九合號

一九三四·八·九

八·九月合號

目次

社友朴允韓君을보냄

십원을받겟읍니까구원을받겟읍니까……馬斗元(一)

사랑이第一……李裕澤(五)

너의가먹은것을주라……金禮鎮(八)

참으로할줄뿐이로다……金鎮鴻(一二)

한사람의힘……方之日(一五)

新 綿……李裕澤(一七)

{主日工課參考}

엘니사가린한과부를도음……(二〇)

정의의선지아모쓰!……(二三)

호세아가하나님의사랑을전파함……(二三)

미가의정의의변호……(二四)

히스기야가제익한때서울主께로인도함……(二五)

이사야가참예배를가르침……(二六)

이사야가참된생활을가르침……(二七)

이사야가왕의고문이됨……부(二八)

世界宗教統計表……(二九)

社告……

김예진이 처음부터 출판과 운영에 관여한 신앙 월간지 ≪게자씨≫

본지 3권 8~9월호(1934. 8-9)에서는 800여 독지가들에게 후원을 호소하고 있다.

기독교 신앙과 사상 면에서 중요한 영향을 끼친 출판물이 되었다. 그 두 협동자는 어두운 시대에 기독교인들의 개화와 교회의 갱신을 강하게 주창했다. 같은 생각을 가진 성직자와 평신도들이 기도단에 가입하여 운동의 새로운 물결을 일으켰다.

예진이 나중에 찾은 또 한 명의 동지는 예진보다 13세 아래의 숭실대학교 1933년 졸업생인 **방지일**(方之日)[9]이었다. 그들은 가까운 기도의 동지이고 또한 예진이 김진홍 씨를 도와 시작한 평양신학교 학생들의 동인지 발간의 협력자였다. 이 작은 ≪**게자씨**(겨자씨)≫[10] 월간지(30~40쪽)를 발간하는 데 여러 기도단원들이 글을 쓰고 회비로 도움을 주었다. 그 월간지는 5년 넘게 계속되었는데 예진이 오랫동안 편집과 많은 기고(설교, 신학논리, 성경 주석 등 27개의 글)로 참여하였다.

평양기도단의 통찰력과 영향력의 첫 시험이 1931년 6월 14일 닥쳐왔다. 장로교와 감리교의 연합위원회가 찬송가의 새 출판인 『합동찬송가』를 발행하게 되었다. 기도단은 그 새 찬송가의 314개 전곡을 자세히 분석하고 신학적으로 문제점을 제기했다. 전통적 영성 곡이 삭제되고 대신 비기독교적인 내용이 포함되었다는 것이다. 특히 찬송곡 219장 '하나님이 주신 조선반도 강산의 아름다움을 노래하고 열심히 일하자'고 권면하는 내용은 사실상 남궁혁 박사가 작사한 애국의 노래로서 도니체티(Gaetano Donizetti)의 오페라 〈람메르무어의 루치아(Lucia di Lammermoor)〉의 혼인곡 일부에 가사를 붙인 것이었다. 애국의 노래는 그 자체로 좋은 것이기는 하나, 이를 기독교 영적 찬양의 일부로 삽입하는 것은 옳지 않다는 것이 기도단의 판단이었다. 열렬한 애국 투사들이 찬송가 속에 애국의 노래를 거부하는 것은 언뜻 이상하게 보일 수 있지만, 그렇게 하면 기독교 복음의 순수성이 훼손될 수 있다고 본 것이다. 그래서 예진과 다른 기도단체들이 장로교 총회에 반대하는 탄원서를 내었고 다음 해 총회는 새 합동찬송가를 채택하지 않기로 결정하였다.

1931년 7월 초에 우리나라 여러 도시에서 중국인들을 배척하는 가장 슬프고 수치스러운 폭동이 일어났다. **만보산 사건**(萬寶山 事件)[11]이라 알려진 폭동 사태였다. 만주 지린(吉林)으로부터 조선 이민농부들과 중국 본토인들 사이에 심각한 충돌이 있었다는 확인되지 않은 보도가 있었다. 조선인들이 개발한 관개수로 공사를 놓고 중국인들이 조선인 농부들을 공격해서 많은 사상자가 생겼다는 보도였다(≪조선일보≫, 1931. 7. 2; ≪경성일보≫, 1931. 7. 4). 이 불확정 오보에 격하게 반응하여 수천 명의 조선인들이 서울, 평양, 원산, 부산, 인천 등 도시에서 아무런 경찰의 제재를 받지 않고 중국인들을 난폭하게 공격한 것이다. 어떤 면에서 볼 때, 여러 중국촌의 상업적 지배와 성공에 대해서 조선인들 사이에 쌓였던 그동안의 불만과 시기가 폭발한 것이기도 했다.

예진과 기도단 동지들이 평양의 중국촌을 갔을 때, 온 동네가 지옥처럼 아수라장이었다. 식당의 밀가루와 설탕이 눈처럼 길거리에 뒤덮였고, 각종 비단천이 전선주에 걸려 있었고, 핏자국이 선명한 옷가지와 가재도구들이 길가에 널려 있었다. 살아남은 중국인들은 혹심한 공포에 싸여 있었다. 억압받고

조선의 이주농민들이 만주 만보산에 건조한 관개시설과 평양에서 일어난 중국촌 보복사건(1931. 7)

비천하게 된 조선 사람들마저 무고한 사람들을 무참하게 학살할 수 있다는 사실을 목격하면서 예진은 울부짖으며 하나님께 용서를 구했다. 그는 특히 기독교인이 제일 많다는 평양에서 가장 심각한 집단범죄가 일어났다는 사실을 통탄했다.

이 사건으로 중국인 127명이 죽고, 400여 명이 다치고, 재산피해가 250만 원에 이르렀다고 했다. 며칠 후 원래의 만보산 보도는 사과와 함께 취소되었고 보도했던 당지 기자는 알 수 없는 이유로 피살되었다고 했다. 며칠 후 한 유명 미국 일간지(≪뉴욕타임스≫, 1931. 7. 6)는 지린성에서 조선 농부 만여 명이 중국 농부들에 의해서 학살되었다고 보도했다. 직접 보복성 대학살이었다. 이 전체 비극이 만주에서 중국인들과 조선인들을 서로 이간시키려는 일본 당국의 교활한 술책에 의한 것이라는 소문이 돌게 되었다. 이는 만주와 중국 본토를 침략하려는 일본에 대항해서 두 민족이 반일 연합전선을 형성하리라는 두려움이 있었기 때문이었다. 그해 7월 18일 중국 국민당은 다음과 같은 성명을 발표하였다. "만보산 사건은 일본의 계획적인 음모에 의한 것이고 조선인들의 국내 폭거도 일본인들의 사주에 의한 것이다."

평양의 13개 장로교회가 500원을 거출하여 위문단을 보냈다. 기도단원들은 이 공식 위문단 방문을 전후하여 추가 구제활동과 정서적·영적 위로를 하며 중요한 역할을 담당했다. 고마움에 겨운 이떤 중국인들은 위문단원의 이름과 주소를 물었다. 몇 달 후 그들은 중국 본향으로 가서 고맙다는 편지와 함께 값비싼 선물을 보내기도 했다. 예진은 가장 열성적으로 활동했지만 아무것도 받지 못했다. 그들에게 자신의 이름이나 주소를 알려주지 않았기 때문이었다.

예진이 특별히 고마워해야 할 한 인물이 있었다. 새뮤얼 마펫(Samuel Austin Moffett) 박사는 조선에서 1890년부터 사역한 잘 알려진 미국 선교사다. 그는 평양신학교를 설립하고 초대 학장을 지냈으며 또한 숭실대학교 총장을 역임했고 여러 교회를 설립한 사람이었다. '조선의 새 문화건설의 개척자' 그리고 '조선 교회의 창시자'로서 그의 뛰어난 성역 40주년을 기념하기 위하여 1930년과 그 이후 여러 축하행사를 가지게 되었다.

제19차 장로교 총회가 위촉한 기념위원회에서 두 개의 중요계획을 발표하였다. 마펫 박사의 전기 출판과 그의 동상 건립이었다. 흥미롭게도 동상 건립에 가장 큰 첫 반대는 가장 예상하지 못했던 측, 즉 예진과 그의 기도단에서 나왔다. 나중에 다른 진보 그룹에서도 반대가 나왔지만 그들의 반대 이유는 '존경받는 사람의 동상은 일반 사람들로 하여금 우상숭배 같은 교묘한 제식을 불러올 수 있다'는 우려 때문이었다. 이런 작품은 주님의 겸허한 종으로서의 숨겨진 표시라기보다는 자랑하는 표상으로 비치기 쉽기 때문이었다. 본래의 계획을 강행하려 하자 예진과 채정민 목사를 포함한 네 신앙동지들이 만일 동상이 세워지면 도끼로 부수겠다고 공개적으로 위협했다.

이런 과격한 입장에는 진보주의 청년들 사이에 팽배하던 반선교사 정서도 있었던 듯했다. 이런 공개적 반대는 서로 가까운 친구들 사이에 한때 아주 어려운 대결을 가져왔다. 이 현상은 서울의 경우와는 아주 대조적이었다. 서울에서는 '교육, 전도, 문학, 자선사업에 뛰어난 공헌'을 한 첫 선교사로서 호레이스 언더우드(Horace G. Underwood) 박사의 동상을 연희전문 교정에 건립하는 일이나, '조선의 현대의학 개척자'로서 올리버 애비슨(Oliver R. Avison) 박사 동상을 세브란스(Severance) 의학전문(양 학교가 지금은 연세대학교)에 건립하는 데 아무런 문제가 없었던 것이다. 이런 동상 앞에서 어떤 이들은 모자를 벗고 조용히 기도를 드렸다고 한다. 이런 것이 우상숭배의 전조일까? 평양의 경우에는 원래의 계획을 결국 취소하고 대신 8000원을 들여 서양식 2층 마펫 선교사 기념관을 건립했다. 평양에는 어디에도 동상이 없어 혹시나 어떤 형상 앞에 절을 하는 위험은 없어진 것이다.

거룩한 용맹인가 허망한 바보짓인가

초기에 많은 교회들이 이용도 목사가 인도하는 부흥회를 환영했고 평양기도단이 성원하는 그의 개혁운동에 대해서 의심을 가지지 않았다. 집회마다 놀라운 부흥과 변화가 있었다. 그러나 거의 매 집회 이후에 목사와 교인들 간에, 또는 교인들 사이에 분규와 분열이 생기는 것을 보게 되었다. 분명히 뜨거운 불이 생겨 교회 안의 평화와 합일성을 불태웠던 것이다. 교단 지도층을 감시하는 미국 선교사들은 평양기도단이 보이는 신비주의적 경향에 대해서 우려심을 품었다. 그들의 기도하는 모양이 다른 이들에게 불편을 끼치기도 했다. 같이 기도할 때 그들은 소리 높여 부르짖고 울며 손뼉을 치고, 또는 두 손을 하늘 높이 치켜들었다. 심지어 환자들에게 손을 얹고 성직자들만이 할 수 있는 안수기도까지 했다.

그렇게 자유롭고 열린 기도는 일반 교인들이 배운 대로 조용하고 엄숙하게 주님과 교통하는 경건한 기도 모습과는 아주 대조적이었다. 그리고 하나님의 계시가 신약교회 시기 이후에는 종결되었느냐 아니면 현 시대에도 계속되는가 하는 의문, 또한 성령의 기적과 역사가 지금도 일어나고 있느냐 하는 의문이 있었는데 기성교회에서는 일반적으로 보수적인 제한론에 묶여 있었다. 예진과 다른 기도단 동료들은 교회 정치권력에 의해 부과된 어떤 제한도 성서적 진리가 아니고 전통 교단의 권위주의라고 비판했다. 그들은 성령은 어떤 결정적 순간에는 불쌍한 영혼들을 자유로이 움직이고 감동시키고 부활시킨다고 굳게 믿었다.

교회 지도자들은 이용도 목사가 평양지역에 종국적으로 새 교회(아마도 새

감리교회)를 세울 것이고 그렇게 되면 열정적인 기독교인들, 대부분 장로교 교인들이 그리로 몰려가리라고 두려워했다. 기성교회의 목사들은 이 목사와 기도단이 시작한 불길을 잡을 수 없었다. 그래서 1932년 4월 5일 제22차 장로교 평양노회에서 다음과 같은 교회 내 행동지침을 결정하고 모든 교회에 통보하기로 했다.

(1) 다른 교단에서 연사를 초청하지 말 것.
(2) 집단 기도는 조용히 할 것.
(3) 공인되지 않은 단체는 해산할 것.

그해 7월에 예진은 장대현교회에서 그의 기도모임이 금지되어 신암교회로 옮겨갔다.

10월 4일, 연화동교회에서 모인 제23차 장로교 노회에서는 중요한 결정이 내려졌다. 즉, 심사위원회의 건의에 따라 이용도 목사는 평양노회 소속교회 어느 강단에도 서는 것이 허용되지 않는다는 결의를 한 것이다. 이용도 목사에 대해 평양시내 교회에 금족령이 내린 것이다!

그 노회 회무 중 한 조용한 중년 청중으로 보이던 예진이 갑자기 발언권 없이 일어나 앞으로 달려나가 단상에 올랐다. 그는 청중을 향해 큰소리로 외쳤다.

"노회 회원 여러분, 당신네들이 회개하여야 할 터인데 언제까지 진리를 거역하시렵니까? 이용도면 어떻습니까? 진리면 받을 것이지!"

노회는 대번에 아수라장이 되었다. 2~3명에게 붙들려 자기 자리로 내려오자 그는 기도를 시작했다. 이 행동이 너무 순식간에 일어나 모두가 놀랐다. 그러나 몇 명의 청년들은 손뼉을 치며 "아멘, 아멘!" 하고 외쳐서 장내에는 금세 혼란이 일어났다.

노회 임원들이 즉시 이 소동을 조사해서 그 불법 발언자의 신분을 알아냈다. 장대현교회 전 전도사, 평양신학교 2년생, 평양기도단 주도자의 하나. 바로 그날로 예진은 자기 교회의 자리에서 쫓겨나고 노회 추천을 취소함으로써 신학교에서 추방되었다!

이 사건은 그의 후일 목회경력 발전에 결정적 타격을 주고 당장 가족생활에 위협이 되었다. 몇몇 기도단 단원들은 그의 용감한 행동을 칭찬하고 어떤 이들은 그의 어리석은 행동을 나무랐다.

그날 저녁 김인서 장로가 집으로 찾아와 위로하기보다 닥쳐온 암담한 현황을 개탄했다. 그는 심지어 화를 냈는데 그럴 만한 이유가 있었다. 그는 지난 5월호 ≪신앙생활≫ 잡지에 노회 지도층이 이용도 목사 축출을 위해 치사한 술책을 세우는 것을 자세히 보도했었는데, 그 후 노회의 한 위원회에 불려가 구두심문에서 혹심한 공격을 받았다. 그는 결국 공개 사과문을 내기로 하고 겨우 그들의 출교명령을 피할 수 있었던 것이다. 이제는 예진의 행동으로 인해 노회가 기도단에 대해서 더 적대적이 되었다. 김 장로는 예진이 '철부지 아이'같이 행동해서 안 그래도 불편한 관계를 최악의 관계로 더욱 악화시켰다고 공박했다.

"김 형, 오늘 악마 같은 행동을 하였소! 어떻게 교회 지도자들에게 회개하라고 명령할 수 있단 말이오? 교회와 목사들에게 그렇게 말할 권위가 있소?"

"썩은 세상을 접했을 때 세례 요한은 회개하라고 했소이다. 많은 선지자들도 그랬고요. 누군가가 그들이 변화해야 한다고 말해야 할 것이오." 예진이 대꾸했다.

"그래요? 그럼 그들이 돌보아야 할 가족이 있었소? 그들이 우리처럼 교회에서 월급을 받았소? 이제는 좋은 교회 자리와 신학교에서 쫓겨났으니 앞으론 먼 시골에 작은 미자립 교회에나 갈 수 있을까, 다른 어디도 갈 곳이 없을 것이오."

김 장로는 과연 정치적 수완이 능숙한 현실주의자였다. 그러나 예진은 자기 행동이 가져올 대가나 결과에 관계없이 자기가 해야 할 일을 했다고 조용히 자기주장을 고집했다. 예진은 과연 자신이 믿는 진리에 관해서는 극단주의적이었지만 현실에 대해서는 지극히 유치하고 눈이 어두웠다.

스스로 짊어진 십자가

김 장로가 예견한 곤경이 예진의 가정에 저주처럼 찾아왔다. 6명의 가족에게 무기한의 무수입 생활이 시작된 것이다. 놀랍게도 예진은 조용하고 평화로웠다. 그는 줄곧 기도를 했고 예수의 설교를 암송했다.

> 그러므로 무엇을 먹을까, 무엇을 마실까, 무엇을 입을까, 하고 걱정하지 말아라. 이 모든 것은 모두 이방사람들이 구하는 것이요. 너희의 하늘 아버지께서는, 이 모든 것이 너희에게 필요하다는 것을 아신다. 너희는 먼저 하나님의 나라와 하나님의 의를 구하여라. 그리하면 이 모든 것을 너희에게 더하여 주실 것이다.
>
> _ 마태복음 6장 31~33절

도신은 남편이 가족의 생계에 무관심하고 무책임한 것이 몹시 안타깝고 화가 났다. 마치 아무 일도 없는 듯, 그는 밤낮 기도모임에만 더 열성적이고 시내의 가난한 사람들을 돕는 일에 더 많은 시간을 보냈다.

도신은 성경 구절을 인용하여 남편에게 도전했다. "누구든지 자기 친척 특히 가족을 돌보지 않으면, 그는 벌써 믿음을 저버린 사람이요, 믿지 않는 사람보다 더 나쁜 사람입니다"(디모데전서 5장 8절).

남편은 천진스럽게 웃으며 대답했다.

"비록 내가 지금 가족을 위해 돈벌이를 못하지만 수천 명의 굶주린 사람들을 먹이신 선하신 주님(마가복음 8장 1~8절)께서 믿는 자들을 다 돌보실 것이오." 또 그는 다른 성경 구절을 읽었다. "주님은, 당신을 경외하는 사람들에게는 먹거리를 주시고, 당신이 맺으신 언약은 영원토록 기억하신다"(시편 111편 5절).

그들은 불안하고 슬픈 형편에서도 하나님이 여러 가지 신비스러운 방법으로 돌보시는 것을 경험하게 되었다. 하루는 도신의 남동생 도준이가 자전거로 시골집에서 찾아왔다.

"누님, 입을 크게 열어보시라우요."

"왜?" 도신이 물었다.

"오, 누님이 자주 굶으셨다니 혹시 입안에 거미줄이 쳐졌는지 볼라구요." 그는 낄낄 웃으며 자전거에서 쌀자루를 내려놓았다. 누나는 눈물을 삼켰다. 그 후에도 동생은 자주 들렀다. 어느 날 이른 아침에 집 앞에 놓인 커다란 쌀가마니를 발견했다. 그 속에는 현미와 돈 50원이 들어 있었다. 도신은 새벽에 그 무거운 짐을 져다 놓은 천사를 찾을 수 없었다. 그런 기대하지 않았던 알 수 없는 기적이 가끔씩 일어났다. 도신은 지쳐 있었지만 그렇게 감동을 받곤 했다. 과연 여호와 하나님은 옛날 시내 사막에서 그의 백성을 먹인 것(출애굽기 16장)처럼 지금도 자기 백성을 기적처럼 먹이시는 것일까?

평양 교외에는 굶주리고 집 없는 가난한 사람들이 많이 살았다. 예진과 그의 기도 동역자들은 그들을 도우며 행복해하고 기뻐했다. "가난하고 힘없는 사람을 돌보는 사람은 복이 있다. 재난이 닥칠 때에 주님께서 그를 구해주신다"(시편 41편 1절). 복 있는 사람들처럼 즐거워하며 그들은 가난한 사람들에 깊은 연민을 가지고 기독교인으로서의 의무를 다해야 한다고 확신했다. "선을 행함과 가진 것을 나눠주기를 소홀히 하지 마십시오. 하나님께서는 이런 제사를 기뻐하십니다"(히브리서 13장 16절).

기도단 사람들은 교외의 '토성당'이라는 곳에 자주 갔는데 거기에는 가난한 폐병(결핵) 환자들이 격리되어 살았다. 불치의 병으로 알려진 그들 환자들을 위해서 그들은 예배를 인도하고, 위로하고, 때로는 연고자가 없는 환자가 죽으면 그 시체를 묻어주었다. 그리고 시장 근처에 모여 지내는 약 70명의 걸인들을 위해 헌옷이나 모자를 나누어 주고 같이 예배를 드렸다. 예진은 간혹 병을 앓는 노숙자 2~3명을 집으로 데려와 며칠씩 따뜻한 온돌방에 재우고 약과 따끈한 국을 먹이며 돌보았다. 그들이 떠난 다음 이불을 빨고 온 집안을 청소해야 하는 도신의 수고가 많았다. "너희는 세상의 빛이다. …… 이와 같이, 너희 빛을 사람에게 비추어서, 그들이 너희의 착한 행실을 보고, 하늘에 계신 너희 아버지께 영광을 돌리게 하여라"(마태복음 5장 14, 16절).

어느 날 예진은 마비로 손이 안으로 굽어버린 늙은 거지를 집으로 데려왔다. 그는 얼굴이 새까맣고 장발의 긴 머리를 하고 있었다. 아마도 반평생 몸을 돌보지 못한 듯했다. 예진은 그의 긴 머리를 깎아주고, 두 시간이나 걸려서 더운 물로 그의 온몸을 씻겨주었다. 기도하며 찬송하며 몇 년 묵은 때를 깨끗이 벗겨냈다. 그러고는 농짝에서 자신의 깨끗한 옷을 꺼내서 입혀주었다. 그 노인 걸인은 그야말로 새 사람, 새 신사가 되었다! 그 노인은 눈물을 흘리느라 떠나기 전에 대접한 간단한 저녁밥조차 거의 먹지 못했다.

> 내가 기뻐하는 금식은, 부당한 결박을 풀어주는 것, 멍에의 줄을 끌러주는 것, 압제받는 사람을 놓아주는 것, 모든 멍에를 꺾어버리는 것, 바로 이런 것들이 아니냐? 또한 굶주린 사람에게 너의 먹거리를 나누어 주는 것, 떠도는 불쌍한 사람을 집에 맞아들이는 것이 아니겠느냐?
>
> _ 이사야서 58장 6~7절

이런 봉사는 실로 사랑의 거룩한 수고였다. 그러나 이것은 또한 무거운 십자가를 지는 일이었다. 특히 도신에게는 너무나 무거운 짐이었다. 스스로 기쁜 마음으로 시작한 예진과 달리, 도신은 하는 수 없이 따라갔지만 더 큰 봉사를 묵묵히 감당해냈다. 끼니 걱정도 컸지만 아이들의 위생도 염려하지 않을 수 없었다. 예진은 기독교 복음이란 사람들에게, 특히 가난한 사람들에게 사랑의 실천적 행동을 보임으로써 하나님의 구속적인 사랑을 증거하는 것이라고 설명하며 아내를 위로했다. "하나님을 사랑하는 사람은 자기 형제자매도 사랑해야 합니다. 우리는 이 계명을 주님에게서 받았습니다"(요한1서 4장 21절). 그렇게 공개적이고 적극적인 사랑을 통하여 사람들은 비로소 하나님의 사랑을 알게 된다는 것이다.

> 이제 나는 너희에게 새 계명을 준다. 서로 사랑하여라. 내가 너희를 사랑한 것 같이, 너희도 서로 사랑하여라. 너희가 서로 사랑하면, 모든 사람이 그것으

로써 너희가 내 제자인 줄을 알게 될 것이다.

_ 요한복음 13장 34~35절

예진과 그의 기도 동지들은 그러한 담대한 사랑의 행위가 하나님의 사랑을 증거하는 최선의 길일뿐 아니라 애국심을 실천하는 가장 효과적인 방법이라고 생각했다. 왜냐하면 참된 나라사랑은 수난당하는 모든 사람들을 실제로 껴안고 사랑하는 일이기 때문이다. 예진은 기독교 사랑의 실천적 과시가 일본제국주의 밑에 얽매인 모든 사람들의 치유와 구원의 종국적 방법이라고 굳게 믿었다. 그의 근본주의적 입장을 반대하는 것은 아니었지만 도신은 우선순위의 선택과 지혜라는 측면에서 남편의 무모한 행동을 모두 이해할 수는 없었다.

"여보, 당신의 숭고한 생각과 행동을 다 찬성해요. 그러나 당신은 우선적으로 돌보아야 할 처자가 있지 않아요? 먼저 가족을 살려야 하지 않아요? 언제까지 이렇게 살아야 해요?" 그녀의 질문에는 다분히 불만과 항의의 현실성이 차갑게 담겨 있었다. 예진이 목사답게 가만히 눈을 감고 있다가 미소를 띠며 입을 열었다.

"사랑하는 아내여, 당신의 느낌을 이해하오. 그러나 이렇게 생각해봅시다. 비록 힘은 없지만 당신은 남편이 있소. 귀여운 아이들이 같이 있소. 무엇보다 당신에게는 우리의 구세주인 예수 그리스도가 있소. 이렇게 저렇게 해서 굶지 않고 다 건강하게 살아가고 있소. 그러나 길에서 사는 불쌍한 사람들은 아무도 의존할 사람이 없고, 살아갈 길이 없고, 무엇보다 희망이라는 것이 없소. 우리가 그들과 조그마한 사랑이라도 나누면, 그들은 인간으로서의 희망을 다시 찾을 수 있소. 그들은 모두 우리의 형제자매이고 우리의 이웃이오. 그들과 우리의 사랑을 있는 그대로 나눌 수 없겠소?" 그러고는 아내에게 다음 성경 구절을 읽어주었다.

"가난한 사람에게 은혜를 베푸는 것은 주님께 꾸어드리는 것이니, 주님께서 그 선행을 넉넉하게 갚아 주신다"(잠언 19장 17절). 도신은 아무 말도 할 수 없었다. 그녀는 다만 남편과 함께 십자가를 지고 가고 있을 뿐이라고 생각했다.

제14장
혁명가 가족으로 수난을 당하다

첫 자녀의 첫 희생

예진과 도신 부부의 가정에 꽉 찬 빈곤은 영원히 계속될 것만 같았다. 그 가정에 또 하나의 짐이 될 일이 생겼으니, 1933년 9월 12일에 넷째 딸, 순명(順明)이가 태어난 것이다. 순명이는 통통하고 아주 순해 보이는 아기여서 아빠가 가장 좋아했다. 가난했지만 최소한 도망 다니며 낳은 아기가 아니었다.

이 건강하고 행복한 아기는 '사고'라 하겠지만 놀라운 축복이기도 했다. 4년 전 순명이에 앞서 언니 광명이가 태어날 때, 도신은 평양기독병원에서 나팔관 수술을 하여 단산이 된 것으로 알았으나 의학기술의 부족이었는지 하나님의 특별한 축복이었는지 순명이가 세상에 태어났다. 이제는 다섯 아이를 먹여 살려야 하기에 가족의 생존문제가 더욱 어려워졌다. 그러나 이들은 가난하지만 사랑하는 부모 슬하에서 씩씩하고 행복하게 잘 자랐다.

첫째 딸 선명이는 영리하고 온순해서 늘 어린 동생들을 잘 돌보아 주었다. 선명이는 다니는 소학교에서 좋은 학생이었고 장차 선생이 되는 것이 꿈이었다. 매일 학교에 '벤또(도시락)'는 못 가지고 갔지만 높은 희망을 가지고 다녔다. 점심시간에는 슬그머니 교실 밖에 나가서 하늘을 바라보며 먼 훗날의 꿈을 그려보았다. 담임선생인 박중일 선생(도신이 상하이 가기 전에 일본어를 가르쳐준 제자)은 선명이네 집안 사정을 잘 알고 있었다. 그녀는 교실에서 벤또 뚜껑에 아이들이 한 숟가락씩 밥을 덜게 해서 교무실로 가져갔다. 그러고는 선명이를 교무실로 불러 그것을 먹게 했다. 얼마 후 교실로 돌아온 박 선생은 독립운동한 집안이 얼마나 고생하며 굶주리는지 이야기를 하며 눈물을 흘리기도 하였다. 어떤 아이들은 그 이야기에 눈물을 글썽거렸다. 선명이도 조용히 눈물을 훔쳤다. 그 슬픈 이야기에 감동해서가 아니라 교무실에서 보여준 선생님의 아름다운 사랑에 감격해서였다.

선명이가 16살이 되어 평양의 정의여자중학교(지금의 고등학교 수준)에 다닐 때였다. 하루는 먼 친척뻘 되는 여자가 와서 숭실중학교에 다니는 멋진 남학생과 선명이의 혼사를 주선하려고 했다. 그녀는 남자가 잘사는 '믿는 집안'의 맏아들이라 했다. 도신은 귀가 솔깃했다. 이제 어리지 않은 선명이가 이 가난뱅이 집에서 벗어나 좋은 집에 시집가면 얼마나 좋을까 마음이 움직였다. 그래서 선명에게 이 축복의 길을 택하면 어떻겠느냐고 설득했다.

"애야, 나는 네가 이 남자와 결혼해서 꼭 행복하기를 바란다. 우리는 너의 장래 포부는 고사하고 지금 너의 배도 채우지 못하는 형편이 아니냐? 그리고 그렇게 하는 것이 부모를 돕는 일이다."

선명이는 공부에만 열심일 뿐 결혼에는 전혀 관심이 없었다. 그러나 얼마 후 불쌍한 부모에게 순종하기로 결심했다. 눈매가 빠르고 얼굴이 매끈한 중학생 청년 김정수(金鼎壽). 선을 한 번 보고 대사는 결정되었다. 몇 달 후에 신랑집에서 전통적인 혼인예식을 하게 되었다.

신랑은 지독한 중년 홀어머니 밑에서 자란 세 아들 중 첫째였다. 중신아비 말처럼 신랑은 잘생긴 청년이고 집은 잘사는 듯했지만 기독교인 가정 같지 않았다. 예진의 친척과 친구들이 보낸 혼인 선물이 제법 많았음에도 신랑집에서 혼인 선물이 적다고 대놓고 불평을 했다. 아차, 이를 어쩔 것인가? 신랑이 숭실중학 채플(예배당)에는 다니지만 그의 가족은 비교인일 뿐 아니라 알고 보니 사실은 여자들을 두고 술집을 하고 있었던 것이다!

결혼 첫 주부터 새 신부에 대한 시어머니의 어처구니없는 구박이 시작되었다. 밤에 신랑이 자기 방에 들어갈라치면 소리소리 질러 아들을 끌어냈다. 자기는 '청춘과부로 고생하며 혼자 살았는데 요새 젊은 것들은 버릇이 없다'고 야단을 치곤 했다. 게다가 남편의 무례와 학대가 첫 달부터 시작되었다. 남편은 술 먹고 담배 피우고 도박하고 젊은 난봉꾼 같았다. 순진한 신부 선명은 큰 충격을 받았다. 그 사실을 알게 된 도신과 예진의 마음도 찢어질 듯 아팠다. 그들은 딸의 세속적 안정에만 너무 집착해서 신랑집의 영적 건강을 전혀 알아보지 않고 서둘러 딸을 결혼시킨 것을 크게 뉘우쳤다. 이리하여 선명은 부모의 성급하고 잘못된 판단의 첫 희생자가 되었다. 가난한 가정에 첫딸로 태어난 불운이었다.

몇 달 뒤, 선명이 와서 이제는 지옥 같은 결혼생활을 더 이상 참지 못하겠다고 울며 사정했다. 부모도 같이 울었다. 그 당시에는 여자는, 특히 가난한 집의 여자는 별 선택의 여지가 없었다.

"사랑하는 딸아, 너의 고통에 대해서 너무나 미안하다. 우리도 너와 같이 울고 있단다. 우리는 늘 너를 위해 기도한다. 그러나 네가 이혼한다면 나는 후일에 목사로서 살 수 없다. 너의 여동생들도 아마도 결혼할 기회가 없어질 것이다. 그러니 예수님이 죄인들을 위하여 고통을 당한 것처럼 제발 너도 이 어려운 길을 참아나가기 바란다. 우리가 너를 위해 기도한다." 아버지는 눈물을 흘리며 타일렀다.

부모의 눈물어린 호소에 순종하여 선명은 눈물을 흘리며 시집으로 돌아갔다. 그때에는 여자가 이혼한다는 것은 사유에 관계없이 큰 죄를 짓는 것과 같았고 가문의 이름에 크게 먹칠하는 일이었다. 그 후에도 선명은 두어 번 더 찾아왔으나 매번 순종과 희생의 눈물어린 각오를 가지고 다시 돌아가곤 했다.

그즈음 예진은 신학교로부터 반가운 통지를 받았다. 퇴학당한지 3년 만에 드디어 그 퇴교조치가 취소되어 다음 해 1935년 봄 학기부터 2학년생으로 다시 등록할 수 있게 되었다는 것이다. 그동안 불쌍하도록 순박한 예진을 위하여 그의 동창들과 교회 지도자들이 많은 탄원서를 제출한 모양이었다. 그의 장래 목회에 밝은 희망이 되는 이 기쁜 소식이 선명의 사정 때문에 짓눌렸던 그의 감정적 부담을 다소나마 덜어주었다.

이를 준비하기 위하여 예진은 1934년 12월 19일 평양 북쪽에 있는 덕천(德川)장로교회의 전도사 일을 맡기로 했다. 이 교회는 안수받은 목사를 청빙할 수 없을 정도로 작은 교회였다. 봉급은 매달 다른 교회에서 지원해 주는 것에 따라 10원 정도 되었고, 그 외에 충분한 쌀과 땔나무를 주었다. 전도사 예진은 다음 해 3월에 신학교에 등록했다. 그의 계획은 덕천교회에서 일하면서 신학교 공부는 시간제로 하려는 것이었다.

아버지 마지막 병상에서 형제의 싸움

키 작은 한 남자가 담배를 빨며 덕천교회 사택 앞에 나타났다. 그에게서 술 냄새가 풍겼다. 그는 김창진(金昌鎭)으로 전도사 예진의 막냇동생이었다. 그 때는 기독교 신자는 절대로 술과 담배를 금하던 때라 새 전도사는 무척 난처했다. 그가 형을 보자 인사도 없이 대뜸 입을 열었다.

“아버지가 지금 병원에서 위급한 상태라 곧 임종을 위해 집으로 데려와야 하겠습니다. 형이 집안의 첫아들인 만큼 형이 데려와야 하겠습니다.” 형이 대답을 하기도 전에 동생은 오만하게 말을 계속했다.

“그 늙은이가 형을 대학까지 보냈지만 나와 순진(淳鎭) 형은 소학교도 못 마치게 했소이다. 왜 내가, 첫아들 대신, 그 노인의 마지막 책임을 져야 합니까?” 예진은 즉시 그리고 사죄하는 마음으로 동생의 요구를 받아들이기로 했다.

“동생, 미안하네. 여기가 좀 불편은 하시겠지만 우리가 아버지의 마지막을 돌보는 책임을 하지. 우리가 곧 모셔 오겠네.” 그 이야기를 듣자마자 창진의 태도가 돌변했다.

"정말이오? 정말이오? 형이 모셔 온다니 좋소. 그러면, 좋습니다. 그렇지만 염려 마십시오. 내가 모셔 가겠습니다. 만일 형이 교회 사택에 산다는 핑계로 모셔 오지 못한다거나 않는다고 말했으면 …… 다른 교인들 앞에서 큰 싸움을 벌이려던 참이었습니다. 내가 다시 모셔 가지요. 형은 빨리 아버님 병문안이나 오십시오. 내가 무례하게 행동해서 미안합니다." 희한한 소동이 너무나 갑작스럽게 평화로운 결말을 가져왔다.

이틀 후에 예진은 임종을 앞둔 아버지를 뵙기 위해 시골집으로 갔다. 세 아들과 남자 친척들이 아버지 병상 옆에 둘러앉아 이런저런 이야기를 조용히 나누고 있었다. 노인은 기침이 심하고 숨 쉬는 것이 몹시 힘들어 보였다. 그의 마지막 시간이 다가오는 듯했다. 여자들은 수의를 준비하고 음식을 장만하고 있었다. 나무관은 이미 만들어져 집 뒤에 놓여 있었다.

갑자기 숨도 제대로 못 쉬던 아버지가 머리를 들고 곁에 있던 옛날 친구 최경락 씨에게 물었다.

"자네, 내가 말한, 말한, 300냥 가져, 가져왔나? 내, 내, 내 장례를 위해 그 돈, 돈이 필요하네. 지금, 지금." 잠시 침묵의 시간이 흘렀다. 노인이 숨을 헐떡이면서 또다시 볼멘소리로 물었다. 잠시 머뭇거리다 최 씨가 모깃소리처럼 가늘게 대답했다.

"에- 에- 자네가 나에게 맡긴 그 돈 창진이에게 오래전에 주었네. 창진이가 자꾸 달라고 해서 할 수 없이 주었네."

"뭐라고? 그 돈 누구에게 주었다고? 그 마지막 돈, 마지막 돈을 나 죽을 때 쓰려고 지금껏 감춰놓았는데, 놨는데……." 아버지는 거의 마지막 힘을 짜내듯 큰소리를 지르고 뒤로 쓰러졌다. 그 순간 예진이 벌떡 일어나 그 돈의 행방을 따져 물으며 막내를 몰아세웠다. 한동안 대답이 없었다. 둘째 순진이도 셋째에게 따지고 들었다. 예진이 창진의 어깨를 흔들며 따졌다. 그가 비웃는 태도로 고백했다.

"그 돈 오래전에 다 썼습니다. 모두 썼습니다. 이젠 내가 어쩔 수 없습니다." 방안에 있던 사람들이 모두 놀라고 화가 나서 소리를 질렀다.

"그 돈을 어디에 썼단 말이냐? 어디에 썼어." 창진은 비아냥거리듯 웃고 있었다. 화가 잔뜩 난 예진이 창진의 뺨을 후려쳤다. 그러자 창진이가 거친 말로 반격했다.

"형이 나를 쳤어. 형이 나를 죽일 작정이야? 형, 이 망할 놈 가문의 장자가 이제야 죽어가는 아버지를 보러 왔소! 장례 치를 돈 한푼 없이. 형은 도대체 어디에 있었소? 우리가 굶주려 죽어갈 때 형은 어디에 있었소? 형, 이 가문의 첫아들이라는 작자가……." 큰소리가 나고 주먹을 휘두르고, 여자들은 뒷방에서 불안에 떨며 울음을 터뜨렸다. 순진과 다른 사람들이 싸움을 말려서 겨우 어느 정도의 안정된 분위기를 되찾았다. 가장 엄숙해야 할 임종을 지켜보는 시간에 돈 때문에 이런 수치스러운 소동을 벌이다니, 모두 슬프고 애석해서 눈물이 났다.

예진은 신학교 강의를 들어야 하기 때문에 더 이상 집에 머무를 수 없었다. 며칠 후 불쌍한 노인은 조용히 숨을 거두었다. 온 동네가 나서서 음식을 차리고 장사를 치렀다. 별로 돈이 필요 없었다. 나라의 해방을 위해 거의 평생을 바친 노인, 그가 집안의 평화도 못 본 채 영원히 잠들었다. 생각해 보면 장하고도 슬픈 일이었다. 그와 그의 맏아들이 고귀한 목적, '나라 찾는 일'을 위한다고 가문의 모든 재산을 다 살라버렸던 것이다. 그리고 그것은 다른 가족의 희생을 수반했다. 동생들은 두 개명한 애국자들의 위대한 투쟁 때문에 무고하고 억울한 희생자들이 되었던 것이다. 예진은 동생들과 자기의 생각과 마음을 나누지 못한 잘못이 컸다. 그는 고귀한 목적을 위하여 싸우는 데에만 너무나 바쁘게 지냈던 것이다. 고상하다고 믿었던 자기 이상과 자존심이 이번 일로 무참히 부서지고 말았다.

사랑하기에 보내야 하는 아픔

광명이는 아주 진지하고 생각이 많은 아이였다. 그러나 그 아이는 집안에서 네 계집아이 중 하나일 뿐이었다. 어느 날 밤 부모들이 어떻게 하면 자녀들을 모두 잘 양육할 것인가 고심하다 송 장로 댁의 간청에 따라 잠정적으로 광명이를 그 댁으로 '보내기로' 했다. 송 장로에게는 이미 세 아들이 있고 큰 과수원을 갖고 있어 여유가 있는 데다, '수양딸'처럼 잘 돌보아 줄 따뜻한 마음이 있다고 생각했다. 광명이를 그 댁에 보내는 것은 위탁가정처럼 임시 양육조치이지만 어쩌면 입양처럼 영구적이 될 수도 있다는 것을 누구나 알고 있었다. 특별히 여아의 경우 호적에 올리거나 법적 절차를 거치지 않고 영구히 수양딸로 기르는 일이 흔했기 때문이다.

아빠가 모든 자녀들에게 광명이가 좋은 가정에 오래 가 있을 것이고 광명이가 행복할 것이라고 조심스럽게 설명해 주었다. 그런데 의외로 광명이 외의 다른 아이들은 모두 불안하고 의심스러워했다. 거의 여섯 살이 되어가는 광명 자신은 선택되었다는 행운감과 형제들과 헤어져야 한다는 불행감 사이에서 오락가락 하는 듯했다.

어느 일요일 오후에 잘 차려 입은 중년 부부가 과일 한 바구니와 엿 한 상자를 들고 김 전도사네 집에 찾아왔다. 그들은 '그 아이를 보러' 온 것이다. 그들이 광명이와 어떻게 이야기를 걸어보려고 하자, 놀랍게도 아이들은 엿 같은 것은 거들떠보지도 않고 광명이를 꼭 끌어안고 데려가지 말라고 울면서 애원을 했다. 아이들이 너무 심하게 울어대는 바람에 그 부부는 서둘러 떠났다. 그들이 돌아간 후 부모도 눈물을 흘렸다. 아빠가 선언했다.

"언제 우리 모두가 굶게 될지도 모른다. 그러나 다 같이 언제나 행복하게 지내자. 영원히 다 같이. 아멘!"

순명이의 기적적인 개척의 덕으로 1936년 3월 5일 새벽에 또 하나의 아기가 태어났다. 동수(東秀)는 가족의 여섯 번째 아이이면서 두 번째 사내아이였다. 그해 가을, 그 애가 기어 다닐 때쯤 예진의 가족은 새 임지로 순안(順安)골이라는 곳의 평리교회로 이사를 하게 되었다. 다시금 교인 수가 35명 정도밖에 안 되는 작은 시골교회로 간 것이다. 그러나 그곳은 덕천보다는 훨씬 평양에 가까워서 신학교 가기가 수월했다. 재명이도 평양에 통학할 수 있게 되었다. 그 교회에서는 땔나무를 제공하지 않아서 도신이 저녁마다 마른 나뭇잎, 볏짚, 솔잎, 부러진 나뭇가지 등을 주워모아서 아궁이에 넣고 풍구(風甌)로 불을 지폈다. 비나 눈이 올 때에는 나무를 한 짐씩 져다 주는 교인이 있었으나 전도사 아내로서 무척 불편하고 창피한 일이었다.

김예진 학생-전도사 가정처럼 빈곤한 생활 속에서는 조그만 실수도 큰 대가를 치르게 마련이었다. 어느 아침에 도신이 치마 주머니에서 1원이 없어진 것을 발견했다! 아무데도 나간 일이 없고 돈을 쓴 일이 없었는데 참으로 이상한 일이었다. 아침에 조개젓 장수가 와서 부엌에서 5전을 주고 한 그릇 산 것 외에는…… 퍼뜩 이상한 생각이 들었다. 부엌으로 내려가서 아궁이 속에서 재를 조심스럽게 긁어냈다. 그 재 속에 꼬치꼬치 접은 1원짜리 지폐의 거의 다 타버린 조각이 나왔다! 틀림없이 5전을 꺼내줄 때 1원 지폐를 부엌 바닥에 떨어뜨리고 나중에 지푸라기와 함께 아궁이에 쓸어 넣은 것이 분명했다. 도신은 자신의 바보 같은 실수가 화가 나고 억울했다. 쌀 한 자루(8킬로)에 70전, 장작 한 다발에 35전인데 이것은 너무 비싼 실수였다. 오늘 아침밥은 가족들과 같이 안 먹겠다고 말하고는 부엌 한구석에 웅크리고 앉아 있었다. 이상하게 여긴 남편이 그 사유를 알고는 부엌으로 나와 조그만 아내의 몸을 번쩍 들어 방으로 들어가 밥상에 억지로 앉혔다.

"일본 천황도 돈을 때서 밥을 지어 먹지는 못할 것이오. 그러나 우리는 오늘 그렇게 했소. 자, 맛있게 먹읍시다." 남편의 터무니없는 농담이 우습지도 않았고 밥을 먹을 기분도 아니었다.

"하나님, 감사합니다. 집이 타지 않았고, 누구도 다치지 않았고, 작은 종이 조각만 타버렸습니다. 대신 맛있는 밥을 주시니 감사합니다. 아멘." 남편이 기도를 마치고 자꾸 같이 먹자고 도신을 얼렀다. 결국 어두웠던 얼굴에 어색한 웃음이 번지고 할 수 없이 숟가락을 집어 들었다.

그날 오후에 도신의 아버지가 찾아왔다. 도신이 아침에 있었던 불행한 실수와 남편의 싱거운 빈중을 이야기했다.

"도신아, 보통 남편이라면 그런 어리석은 일을 저지른 여편네 뺨을 치고 온갖 욕설을 퍼부었을 거다. 그 사람 성자다, 성자야. 네 성자 남편에게 잘 복종하고 존경하여라." 그렇게 말하고는 15냥(1원 50전)을 꺼내어 오늘 매 안 맞은 '행운상'이라며 주었다.

첫째 딸 선명이 임신 막달에 헐떡이며 메마른 순안마을을 찾아왔다. 임신 중에 하혈을 하며 종종 배가 아팠지만 시댁에서는 별로 신경을 쓰지 않았다고 했다. 도신은 가슴이 아프고 애처로웠다. 당장 사람을 사서 자전거로 옆 동네 한의원으로 데려갔는데 무슨 성병이 걸렸다며 한약 두 첩을 지어주었다. 10월 15일 사내 아기를 출산했지만 몇 시간 안에 죽고 말았다. 슬픔에 찬 아기 엄마는 그 후 출혈은 멎었지만 여러 날을 앓았다.

그 슬픈 소식을 평양 가는 사람 편에 시집에 전했다. 며칠 후 남편으로부터 편지가 왔다. 편지 내용은 짧고 잔인했다. "죽었든 살았든 네가 속한 곳으로 곧 돌아오라. 너 동정 받을 생각 마라. 남편." 선명과 다른 식구들이 망연자실하고 비통해 했으나 다른 길이 없다는 생각이 들었다.

어느 쌀쌀한 아침, 아직 완전히 몸이 회복도 되기 전에 선명은 재명의 부축을 받으며 평양 시댁으로 향했다. 순안골 오거리에 가서 기차를 타고 외성 정거장에서 내려서 시댁으로 갔다. 죄 지은 사람처럼 시댁의 마음을 달래기 위해 자기네는 먹을 수 없는 귀한 선물, 구운 통닭과 도토리묵 한 판을 사서 보냈다.

두 자매가 그 집에 들어갔을 때 시어머니는 인사도 받지 않고 "꼴도 보기 싫다!"고 내뱉고는 나가버렸다. 남편의 구박은 더 심했다. "아들놈을 죽이다니! 여기 오기 전에 왜 죽지 않고 왔니?" 그는 채 몸이 회복되지 않은 아내를 쳐다보지도 않고 술집 여자들과 화투를 계속 쳤다.

두 자매는 기막힌 모욕을 당한 셈이었다. 재명은 떨고 있는 언니와 따뜻한 음식을 부엌에 남겨두고 학교로 달려가 버렸다. 저녁 때 재명이는 학교에서 돌아왔을 때 큰소리로 울며 자기는 누구와도 결혼하지 않겠다고 맹세를 했다. 그녀는 그런 혹독하고 억울한 삶을 살 수 없다고 했다.

긴 우회로와 종착지

예진은 원래 1919년에 신학교 입학원서를 준비했었는데 3.1 만세운동 때문에 오래 지연되었고, 1931년에 입학하였지만 그다음 해에 퇴학당했다가 1935년에 다시 등록하고 결국 1938년에 졸업하게 되었다. 그래서 남들은 평양신학교를 정규학생으로 3년에 마치는데 예진은 7년이 걸렸다. 1938년 3월 16일, 오랜 우회 끝에 그는 41명[1]의 학우들과 함께 평양신학교 33회[2]로 졸업장을 받았다. 물론 대부분의 동창들은 나이가 훨씬 적었고 한 동창은 옛날 주일학교 학생이었다. 그는 나이 40세에 여섯 자녀의 아버지였다.

한 달 후 예진은 안주(安州)노회에서 장로교 목사로 안수를 받았다. 그는 많은 인생역정을 겪은 후 하나님 나라의 복된 소식을 전파하는 거룩한 사명을 겸손히 받았다. 그는 그 긴 여정에서 가족의 인내, 친구들의 지원, 무엇보다 하나님의 은혜로우신 돌보심에 감사를 드렸다. 그의 긴 우회는 단순히 그의 개인적 운수의 불행한 결과가 아니라 일본인들의 불의한 지배와 이에 대한 그의 격렬한 투쟁의 불가피한 결과였다. 아이들도 교육을 추구하는 과정에서 비슷한 결과를 경험하게 되었다. 즉, 일본 당국은 혁명가 자녀들이 고등교육을 받지 못하도록 조직적으로 탄압하는 정책을 펴고 있었다.

선명은 앞서 말한 대로 그 불행한 결혼으로 공부를 계속할 수 없었는데 그 자체가 탄압받는 부모의 빈곤 때문이었다. 재명이는 정의여자중학교에서 뛰어난 학생이어서 경성(서울)사범전문학교의 장학생으로 선발되었다. 그러나 놀랍게도 구두시험에서 떨어지고 말았다. 공식적으로 그 이유를 알려주지 않았지만 비밀은 아니었다. 그녀의 아버지가 '정치범'이었다는 것이다. 몹시 실망했지만 대신 미국 선교사가 경영하는 평양기독병원의 간호학교에 들어가서 여러 훌륭한 기독교인 의사를 만나게 되었다. 거기서 간호 전문 기술은 물론이고 영어, 피아노, 사교댄스, 서양인들의 다른 삶의 스타일을 배웠다. 졸업하면서 바로 그 병원에 들어가 간호원(간호사)으로 즐겁게 일하게 되었다. 재명은 거기서 김명선(金鳴善) 박사(병원장), 장기려(張起呂) 박사 등 귀한 은인들

평양신학교 졸업 시(1938. 3. 16)에 김예진과 그 가족
부모와 여섯 자녀들[시계방향으로 뒷줄 왼쪽 동명(장남), 선명(장녀), 재명(차녀), 동수(차남), 순명(4녀), 광명(3녀)]들이 가난하지만 단란한 가정을 이루었다.

을 만나게 되었다. 특히 장 박사는 헌신적인 기독교 의료인으로서 재명에게 큰 감화를 주었다. 간호사 재명은 장 박사의 수술실에서 수간호원으로 같이 일했고, 해방 후 남한에 와서도 계속 협력관계를 유지하였다.

장자인 동명은 여러 질병 때문에 자주 그리고 오래 결석하여 공부에 뛰어난 성적을 보인 적이 없었다. 성장기에 그는 말라리아, 홍역, 늑막염, 구토증, 관절염, 기타 알지 못하는 많은 병을 앓았다. 그는 자신을 '종합병원'이라 부르기도 했다. 해방 후 김구 선생이 학비를 대줄 터이니 대학을 가라고 격려하였으나 실력문제 때문에 그 귀한 기회를 활용할 수 없었다. 특히 대학의 영어와 수학을 도저히 따라갈 수가 없었다.

광명은 평양 명륜소학교를 일등으로 나왔지만 어떤 중학교에도 진학할 수가 없었다. 심지어 사립학교에서도 그녀를 받아들이지 않았다. 이유는 그 언니의 경우와 마찬가지였다. 그녀의 울분과 좌절감이 더욱 깊은 사색과 신앙의 세계로 이끌었다.

예진이 신학교를 졸업하던 1938년 그의 모교가 될 뻔한 숭실(崇實)전문(일제 총독부가 1925년 대학을 전문학교로 강등시켰다)이 3월 31일 '자발적 폐쇄'를 단행했다. 숭실은 조선에서 처음으로 시작한 현대식 고등교육기관으로서 1897

년 미국 선교사 베어드(William M. Baird) 박사가 평양에 설립한 최초의 서양식, 사립, 기독교 교육기관이었다. 그 학교의 교육이념은 기독교 정신에 입각한 '진리와 봉사'였으며 주요 공헌은 40년간 새 문화를 소개함과 더불어 많은 뛰어난 교회지도자와 애국자들을 배출한 것이다.

1910년 이후 미국 선교사들 사이에는 조선의 기독교 고등교육의 성격과 장기계획에 대해서 심각한 논란이 있어왔다. 이 갈등을 일반화한다면 서울을 중심으로 한 진영에서는 기독교 교육의 과제를 선교의 광범위한 장기적 목적에 기여하기 위한 것으로 보며 좀 더 넓고 개방적으로 생각했고, 평양을 중심으로 하는 서북부 진영에서는 기독교 지도자 양성을 위한 선교목적에 국한하고자 했다. 한편, 일제 당국은 모든 기독교 계열 사립학교가 새로 수립한 공교육 제도와 규정에 따르도록 압력을 가하고 있었다. 1938년 발표한 '제3교육령'은 모든 학생들이 일본제국의 충성된 식민지 국민이 되도록 교육내용과 과정을 규제하는 데 목적이 있었다. 그 교육령의 분명한 일차적 의도는 조선의 민족주의 정신과 기독교 신앙을 억압하는 것이었다.

숭실은 그런 통제와 간섭을 '교회와 국가의 분리'라는 강력하고 보수적인 입장에서 저항하였다. 그런 긴장에 최종적 철퇴는 모든 학생들이 단체로 일본신도 신사나 신궁(神宮)에 참배하라는 일제의 명령이었다. 기독교인들에게는 **신도주의**[3]를 숭상하는 일은 혐오스러운 우상숭배의 행위였다. 이러한 위기 상황에서 서울의 연희전문이나 배재학당의 경우 교육의 비정치화와 조선의 젊은이들을 위해 어떻게든 교육의 기회를 보전하자는 타협의 견해가 있었다. 그러나 평양의 소위 삼숭(三崇: 숭실대학, 숭실중학, 숭의여자중학)은 일본 신 "가미(神, かみ)"에게 절하기보다는 차라리 학교 문을 닫기로 하였다. 이 세 기독교 학교야말로 기독교 신앙과 정절을 지키기 위해서 순교한 것이다. 영적인 관점에서 이것은 위태로운 투쟁이었으며 우상숭배와 이교에 대한 승리였다. 예진은 이 폐쇄가 세속적인 안목에서 패배였지만 자신의 삶처럼 슬프고도 자랑스러운 승리라고 믿었다.

전도의 길로서의 정직

1938년 겨울에 목사 예진은 평원군에 있는 갈원교회 목회자로 초청받아 가게 되었다. 비록 시골교회이기는 하나 교인 수가 100명이 넘었고 많은 사람들이 젊고 복음적이었다. 월급이 35원이나 되어 처음으로 가족을 돌보기에 충분한 보수였다. 더하여 교인들이 마음이 좋아서 늘 사과, 배, 감자, 밤 등 많은 농산물을 가져다주었다. 생활에 부족함이 없었고 정은 넘쳐흘렀다. 새 목사는 시간과 정력을 다해 교인들을 잘 돌보았다. 그는 목회에서 그리스도의 진정한 사랑을 설교뿐 아니라 실천으로 보여주었다.

목사 부인인 도신 사모는 동네 사람들에게 나름대로 기독교 사랑의 복음을 전했다. 때로는 의도적이지 않은 정직한 행동이 우연히 전도의 길을 열기도 했다. 1939년 음력으로 10월 어느 날, 도신은 다음 날 아침에 본가에 가려고 마을 장터에 갔다. 한 노인 장사꾼에게 1원 25전을 주고 큰 닭 한 마리를 샀다. 오는 길에 친구를 만나서 이야기를 하는 중에 친구가 닭이 병든 것이라고 일러주었다. 자세히 보니 벼슬도 허옇고 눈을 감은 채 부리에서는 물이 줄줄 새어 나오고 있었다. 도신은 곧 돌아가서 그 노인에게 물러달라고 했다. 그 노인은 씁쓸한 표정으로 동전 25전과 지전 하나를 건네주었다. 도신은 이번에는 고깃간으로 가서 돼지고기를 샀다. 주인이 1원짜리 4개와 5전을 거스름돈으로 주었다!

"이게 다 무슨 돈입네까?" 도신이 눈이 휘둥그레져서 물었다.

"방금 5원짜리 지폐를 주지 않았나요? 그 거스름입니다." 도신은 깜짝 놀랐다.

"그럼 그 돈을 다시 주세요. 내 다시 금시 오리이다." 도신은 곧 장마당 닭장수 노인에게 달려갔다. 그는 닭을 다 팔고 막 자리를 뜨려던 참이었다.

"떠나기 전에 다시 만나서 다행이네요. 아까 그 병든 닭 물려주면서 얼마를 나에게 주었는지요?" 설명을 듣기도 전에 그 노인이 아주 불쾌해서 화를 냈다.

"얼마를 주었냐고? 내가 다 물러주었는데! 오늘 골치 아픈데, 더 속 썩이지 마시오. 젊은 여편네, 재수 없게…….” 혼잣말로 무어라 중얼거렸다.

“그래요? 확실해요? 노인 양반, 나에게 1원 대신 5원짜리 지폐를 주었답니다. 여기 당신의 5원이오. 내가 예수를 안 믿는다면 구태여 여기 다시 올 필요가 없었을 것입니다.” 금세 자기 돈주머니를 뒤져보더니 노인이 갑자기 재수 없다던 여편네에게 절을 하며 용서를 빌었다.

“아이고, 말실수를 했습니다. 정말 감사합니다. 오늘 아침 볏단 팔은 돈인데 잘못 보고 주었군요. 아주머니, 사과합니다. 감사합니다.”

다음 주일 예배 시간에 두 낯선 남자가 교회에 나타났다. 도신이 그 닭장수 노인과 고깃간 주인을 알아보았다. 예배 후에 그 노인이 고백하기를 젊었을 때 자기가 교회에 한동안 다닌 적이 있었는데 이제 다시 교회에 나오겠노라고 했다. 고깃간 주인은 동네의 정직하고 친절한 사람들을 만나보고 싶다고 말했다. 갈원교회의 정직한 사람들이 그 고깃간에 자주 들르곤 했다. 두 사람은 독실한 교인이 되어 다음 해 김 목사네가 그 교회를 떠날 때까지 계속 출석했다.

영적 싸움

갈원교회에서 두 번째 겨울이었다. 일본 당국과 잘 협력한다고 알려진 그 지역의 길 목사(그는 공적으로 일본 이름을 사용하였다)라는 사람이 시찰차 갈원교회에 방문을 왔다. 교회 안팎을 둘러보고는 목사 예진에게 왜 군(郡)에서 지시한 대로 성전 안에 “가미다나[かみだな, 신붕(神棚)]”를 성전 앞 오른쪽 벽 위에 모시지 않았느냐고 따졌다. 가미다나는 신도교의 가미, 즉 신을 모시기 위해 차려놓은 신궁 모형의 작은 나무 제물상이었다.

“나의 신앙 양심이 그것을 예배 처소에 놓도록 허락하지 않았습니다. 그래서 그것을 내 책상 서랍 안에 넣어두었습니다. 그거 우상 아닙니까?”

“아니오. 그렇지 않소. 혹시 아직 소식을 모른다면 알려주지요. 장로교 최고 지도자층이 얼마 전에 신도교 신사는 다른 신을 예배하는 것이 아니라 국민의

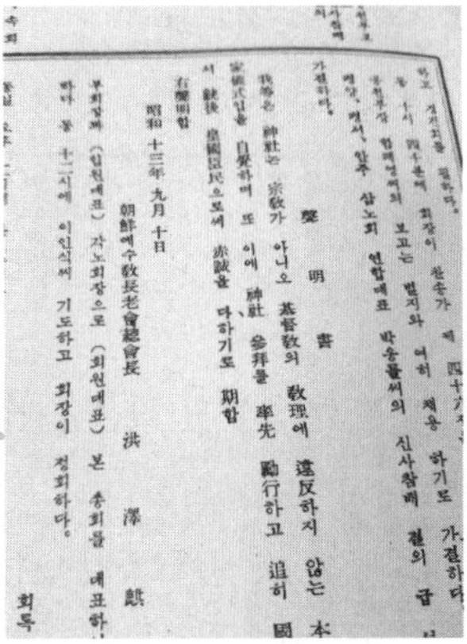
聲 明 書
我等은 神社는 宗敎가 아니오 基督敎의 敎理에 違反하지 않는 本
이에 神社 參拜를 率先 勵行하고 追히 國
皇國臣民으로써 赤誠을 다하기로 期함
昭和十三年 九月 十日
朝鮮예수敎長老會總會長 洪 澤 麒
(회원대표) 본 총회를 대표하
하야 동 十二시에 이인식씨 기도하고 회장이 정회하다。

조선예수교장로회 제27차 총회록의 일부
이 총회에서 일본 신사는 기독교 교리에 위반하지 않으며 참배를 솔선한다는 결의를 날치기 통과했다.

례라고 결의하였소. 따라서 가미나다는 우상이 아니고 애국심의 상징이오."

길 목사의 생각은 완전히 그릇되었지만 불행하게도 그의 정보는 정확했다. 예진은 사실 몇 달 전에 그런 기막힌 결의가 있었다는 소식을 들었다. 즉, 1938년 9월 9일, 평양 서문밖교회에서 모인 장로교 제27차 총회 둘째 날에 '신도 의식은 기독교 신앙과 배치되지 않는다!'라는 결의를 날치기로 통과했던 것이다. 세 노회(평양, 평서, 안주)를 대표하는 193명의 총대들이 모였고 97명의 일본 순사들의 위협 아래서 총회장 홍택기(洪澤麒) 목사가 30여 명의 미국 선교사의 항의를 무릅쓰고 전격적으로 결의를 선언하였다. 회의 후 모든 지도자들이 모범으로 평양 신사에 가서 절을 했다. 비록 이 결의가 일본 경찰의 위협으로 강제되었지만 총회의 비겁한 결정은 조선 장로교 역사에서 심각하고 수치스러운 영적 죄이며 실패였다. 천주교와 다른 교단들(감리교, 성결교, 안식교 등)도 이미 신사참배를 수용하기로 결의했다. 신사참배는 기독교를 공개적으로 탄압하는 가장 혹독한 시험과 표준 근거가 되었다. 이 문제 때문에 전국적으로 50여 명의 목사가 생명을 잃었고, 200여 개의 교회가 문을 닫고, 약 2000여 명의 교인들이 체포되어 수감되었다. 어쩌면 예진은 시골 작은 교회를 목회하기 때문에 이런 핍박을 면할 수 있어 다행이었다. 과연 그럴까?

며칠 후 예진은 '간단한 심문'을 한다고 해서 군청 법원에 불려갔다. 거기

일본 신사에서 참배한 후 조선기독교 지도자들(일본 나라, 1943)
그들은 신사참배가 일본제국을 위한 애국시민 의례이지 우상숭배가 아니라고 과시하여 기독교 신앙을 배신했다.

있는 일본 관헌이 친절하게 설명을 해주었다.

"가미다나는 우상이 아니오. 그것은 대일본제국의 모든 황국신민들이 존경하고 충성을 보여줄 국가 신의 거룩한 상징이오."

"나는 전능하신 하나님을 믿기로 헌신한 기독교인입니다. 우리 성경에 있는 십계명은 이렇게 시작합니다. '너희는 내 앞에서 다른 신들을 섬기지 못한다. 너희는 너희가 섬기려고 위로 하늘에 있는 것이나, 아래로 땅에 있는 것이나, 땅 아래 물속에 있는 어떤 것이든지, 그 모양을 본떠서 우상을 만들지 못한다. 너희는 그것들에게 절하거나, 그것들을 섬기지 못한다. 나, 주 너희의 하나님은 질투하는 하나님이다. 나를 미워하는 사람에게는 그 죗값으로, 본인뿐만 아니라 삼사 대 자손에게까지 벌을 내린다'(신명기 5장 6~9절). 가미다나는 기독교인들에게 우상숭배입니다. 나는 그런 배신행위를 결코 할 수 없습니다."

군청 관헌들과 길고 신랄한 격론이 일어나 위협, 욕설, 사정, 유혹하는 말이 계속되었다. 목사 예진은 한 치도 물러서지 않았다. 힘에 부친 그들은 예진을 비어 있는 군청 감방에 집어넣었다. 다음 날 그들은 다시 같은 말로 공박했다. 그러나 고집 센 억류자는 변화가 전혀 없었다. 화가 치밀어 오른 그들은 예진이 항복하지 않으면 그 구치소에서 절대 풀어주지 않을 것이라고 선언해 버렸다. 목사 예진은 이 일이 심각한 영적 전쟁이고 반드시 싸워서 이겨야 한다고 생각했다. 교인들이 그의 석방을 위해서 간절히 기도하고 수차례 구치소에 억류된 그를 방문했다. 예전의 미결수 감방 시절과는 달리 그곳에는 최소한 고문 기술자나 고문시설이 없었다. 그래서 그들의 괴롭힘과 불편함이 힘들었음에도 예진은 구치소가 견딜 만했다. 날씨가 추웠지만 낮에는 햇볕이 잘 들어 따뜻했고 밤에는 하나님의 사랑이 따뜻했다. 그는 마음을 편하게 먹고 이 계획하지 않은 휴가를 기도와 성경 읽는 데 잘 활용하기로 하였다.

최후까지 예진은 신도 신사에 참배하는 것을 거부했다. 만일 타협한다면 그것은 일본 식민주의에 정신적 항복이 될뿐더러, 또한 우상숭배로 영적 패배를 의미하기 때문이었다. 예진 자신을 제외하고는 모두가 그에게 무슨 일이 일어날까 걱정하게 되었다. 안주노회가 나서서 군청 직원들과 협의를 해서 목사 김예진에 대해 개선의 희망이 없는 강경파 독성분자로 낙인을 찍었다. 40일간의 계획에 없던(어쩌면 법에도 없는) 구류를 끝내고 그들은 김 목사가 앞으로 교회에서 설교를 할 수 없다는 조건으로 석방했다.

온 교회 회중이 그의 석방을 찬양과 감사로 환영했다. 그러나 설교할 수 없는 설교자는 '날개 없는 새'와 같았다. 주일마다 외부 강사목사가 와서 설교를 하고 예진은 평신도석에 앉아 예배를 드려야 했다. 교회 장로들은 "목사님의 임재만으로도 교회의 축복"이니 아무 염려 말고 사정이 바뀔 때까지 한 일 년 정도 가만히 앉아 있으라고 안심시켰다. 그러나 목사의 주 의무인 설교를 하지 않고 봉급만 받는다는 것이 죄스러웠고 난처하게 느껴졌다. 두 달 후에 평안북도 용천군에 있는 구읍교회의 청빙을 받고 그리로 가기로 했다. 그곳은 신의주에 가까운 북쪽 산간 마을로, 예진은 그곳이 당국의 괴롭힘을 당하지 않을 조용한 곳이기를 바랐다.

김 목사네가 동네를 떠나는 싸늘한 아침에 대부분의 갈원교회 교인들이 나와서 짐을 실은 소달구지를 둘러서서 조용히 울었다. 여자들이 도신을 껴안고 크게 울기 시작했다. 이 광경은 마치 장례 행렬처럼 느리고 슬펐다. 잠시 후 예진이 그의 마지막 짧은 설교를 했다.

"사랑하는 교우 여러분, 전능하신 우리 하나님은 천지를 창조하시고 그 안에 있는 모든 것을 창조하신 분입니다. 그분은 이 세상과 우리의 인간 역사를 주관하십니다. 그의 진리는 영원하시고, 그의 사랑은 가장 강력하십니다. 우리는 그가 우리를 진정으로 사랑하시는 것을 믿습니다. 우리는 그가 모든 죄악과 속박으로부터 우리를 구속하실 것을 압니다. 어느 날, 머지않은 어느 날, 우리는 모두 두려움이나 슬픔 없이 그분을 예배하고 찬양할 수 있도록 자유로워질 것입니다. 그런 영광스러운 날을 바라보면서 지금 기쁨과 감사와 찬양으로 우리 서로 헤어집시다. 할렐루야!"

제15장

세계평화와 번영을 위한 태평양전쟁?

설교할 수 있는 자유

용천(해당 지역에서는 '룡촌'이라 불렀다)의 구읍 고을은 낮은 산으로 둘러싸여 대부분 가난한 농부들이 사는 작은 마을이었다. 1906년에 설립된 구읍교회는 제법 큰 벽돌 건물을 가지고 있었는데, 60여 명의 교인이 출석하는 시골 교회였다. 목사 사택은 교회 옆 돌담 너머에 방 두 칸짜리 집과 사랑방이 따로 있었다. 그 교회는 한동안 목사 없이 두 장로와 몇 명의 집사들이 교회를 겨우 유지해 왔다. 겉으로는 평화롭고 순진한 하나님의 백성들이 모인 회중이었고 성장할 수 있는 잠재력도 있어 보였다. 물론 신사참배 문제는 교회나 동네에서 문제되지 않을 곳이라 믿었다. 김 목사네가 하필 이런 곳을 찾아온 것은 당국의 감시를 피해 조용히 복음을 전파하기 위해서였다. 그런 이유에서 호적도 평양에서 평안북도 용천군으로 옮기고 평양과 관련된 것은 일체 피했다. 큰 자녀 둘이 이미 집에서 나갔기 때문에 생활도 크게 걱정되지 않았다.

그의 이런 노력에도 불구하고 그곳 면사무소와 파출소에서는 그가 누구인지 알아냈다. 어쩌면 이미 알고 있었을 것이다. 그들은 그가 다른 지역으로 여행갈 때에는 사전 허락을 받아야 하고, 오가는 모든 편지는 먼저 검사를 받아야 한다고 통고했다. 예진은 어디로 가든 민족주의자나 혁명가로서의 과거 활동에 관한 악명이 늘 따라다니는 것이 분명했다.

용천 사람들은 순진하고 진솔했다. 교인들은 먼 시골길이나 산길을 한참 걸어서 교회에 출석했다. 어떤 사람은 한 시간이나 걸려서 왔다. 매주 아침, 도신은 노인들을 사택에 모시고 몸을 녹이게 하고 예배 후에는 점심을 대접했다. 예진은 새로 부임한 목사로서 그들 집이나 농지를 방문하여 기도해 주고 격려해 주었다. 오래지 않아 교회가 새 활기를 띠고 성장했다.

전형적인 목회 활동 이외에 그는 그곳에서 다른 중요한 역할 하나를 개척하게 되었다. 즉, 민간의료 활동을 시작한 것이다. 딸 재명이 평양에서 간호사 일을 하는 덕에 거기서 응급치료약과 간단한 검사와 치료 기구, 그리고 가정상비약을 구해왔다. 예진은 응급치료와 건강관리에 관한 일본 책을 보면서 기본적인 치료 방법을 배웠다. 그 지역의 많은 농부들이 질병과 부상으로 고생하고 있었는데 대개 침이나 약초로 치료를 하든가 그마저도 돈이 없는 사람은 그냥 견디고 있었다. 예진은 주중에 많은 시간을 들여 사람들의 위급한 상처(낫이나 풀에 벤 상처, 돌에 살갗이 벗겨진 찰과상, 화상, 동물에 물린 상처 등등)를 치료해 주고 또한 흔한 병(감기, 두통, 복통, 설사, 피부병 등등)에 적절한 양약을 주었다. 그는 농촌 전반에 더 심각한 건강 문제[영양실조, 폐병(결핵), 기생충, 술중독, 여러 전염병 등]가 편만해 있는 것을 알게 되었다. 그는 자신이 할 수 있는 한 최선을 다해 치료해 주고 기도해 주었다. 소문이 퍼져서 교인이 아닌 사람들과 다른 동네 사람들도 꾸역꾸역 몰려들었다. 농촌의 많은 아이들이 제대로 치료를 받지 못해 죽는 것을 보고 가슴이 아팠다. 평균 수명이 남자들은 55살, 60살을 넘기기가 어려웠다. 전반적으로 먹는 것이 부실한 데다 위생 관념이 없고 술, 담배가 과했다. 예진은 그들의 몸과 마음의 병을 고쳐주기 위해서 부지런히 약을 주문하고 기도하고 상담했다.

그런데 '창피하게' 46살의 도신이 또 딸을 낳았다. 1940년 6월 19일 출생한 명자(明子)는 김 목사 가정의 일곱째 아이였다. 예진은 추가된 늦은 축복을 기뻐했다. 명자는 얼굴이 빼어나게 예쁜 데다 명철해 부모와 형제들의 사랑을 독차지했다.

이처럼 행복한 아빠에게 읍사무소로부터 과히 행복하지 않은 통지가 왔다. 매주 설교 제목과 성경 본문을 미리 제출하라는 것이다. 이것은 그의 목회를 부당하게 감시하는 일이었다. 그는 내키지 않았지만 크게 부담이 되는 것이 아니기에 그 지시에 따르기로 했다. 바로 다음 주일에 조선 보조 순사가 예배당에 와서 설교 내용을 적어갔다. 어떤 주일에는 일본 순사도 같이 왔다. 그들은 긴 칼을 차고 장화를 신은 채 예배당에 들어와서 창문 쪽으로 길게 놓인 의자에 앉아 마루에 앉은 교인들을 내려다보고 있었다. 교인들은 그들의 이상한 참석을 불편하게 느꼈지만, 예진은 평소와 다름없이 진지하게 예배를 인도했다. 예진은 혹시나 그들이 설교를 듣다가 어느 날에 진짜 기독교인이 될 수 있지 않을까 하는 낙관적인 환상도 가져보았다.

전쟁과 검열

1941년 12월 중순, 그 작은 마을에 바깥세상의 중대한 소식이 날아들었다. 일본제국과 미합중국이 큰 전쟁을 시작하였다는 것이다. 그 마을의 아무도 그 전쟁에 대해서 이해하거나 관심을 가진 사람이 없는 듯했다. 그러나 예진은 즉시 이 전쟁의 심각한 의미를 감지했다. 그 전쟁의 결과가 장차 조선의 해방과 독립에 지대한 영향을 미칠 것이라고 믿었기 때문이었다. 일본제국이 **대동아전쟁**(大東亞戰爭)[1]이라고 부른 이 전쟁은 일본군이 1941년 12월 7일 하와이 군항에 정박 중인 미 태평양함대를 기습 공격함으로써 시작되었다. 이 공격은 미군에게 엄청난 피해와 충격을 주었고, 미국은 즉시 연합국의 일원으로서 추축국에 속한 일본을 대적하여 제2차 세계대전에 돌입했다.

예진은 일본이 내세운 이 전쟁의 구실이 어이가 없다고 생각했다. '서방의 식민지 세력으로부터 아시아 국가들을 해방하고 대동아공영권(大東亞共榮圈)을 통하여 아시아 국가군의 새 질서와 번영을 구축한다'는 것이다. 그 주장은 이미 조선과 중국, 인도차이나 지역을 포함한 많은 국가를 침략하고 있던 일본의 위선이었다. 일본이 무력 식민지 확장을 위해 기름과 전쟁 물자를 비축하는 것을 미국이 반대하여 '금수령을' 내리자 일본 군부가 이를 해결하기 위해 강력한 기습공격을 감행했던 것이다.

의식화된 조선 기독교인 대부분은 속으로 미국이 이 전쟁에서 이기기를 기원했다. 왜냐하면 그들의 '원수의 원수는 친구'이며 미국 선교사들은 조선 복음화의 은인이기 때문이다. 그러나 전쟁 초기에 일본군이 크게 승리하는 듯했다. 그들은 싱가포르, 필리핀, 인도네시아, 태평양상의 많은 작은 섬들을 점령했다고 선전이 대단했다. 그러나 전쟁이 진행될수록 일본제국은 특히 식민지에서 전황이 점차 긴박해지고 군부가 초조감을 느끼고 있다는 것이 역력해 보였다. 1942년 6월에는 조선에서 모든 미국 선교사들이 강제로 추방되었다.

절박한 전시 분위기 속에 군청으로부터 통지서 하나가 예진에게 배달되었다. '제국의 군사 출격의 승리에 기여하기 위하여' 교회 종과 그 종각을 바치라는 명령의 통지였다. 전쟁목적을 위하여 교회 종을 압수하는 것이다! 교회 종은 지금까지 동네와 그 너머 많은 사람들에게 예배 시간(예배 전 두 번, 후에 한 번)을 알릴 뿐 아니라, 이 땅에 기독교의 평온과 합치의 정신을 알리는 높은 봉화 같은 역할을 해왔다. 그런데 이제는 그것이 군사적 영광과 무자비한 승리의 이름으로 모두 제거되는 것이다.

어느 저녁에 서글픈 사람들 몇이 모여 이상한 야외 예배(떠나가는 교회 종을 앞에 둔)를 드렸다. 철거된 철제 종각이 소달구지(우차) 위에 실리고, 크고 검은 구리종이 그 위에 엄숙히 놓였다. 이 쇳조각들은 어느 제련소에서 부서지고 녹아서 뜨거운 철판이 될 것이고, 총탄이나 폭탄이 되어 다른 곳으로 보내질 것이고, 다시 날아가 어느 순진한 청년의 가슴을 뚫거나 아름다운 박물관이나 학교나 심지어 교회를 폭파해 버릴 것이다. 김 목사가 간단하게 그러니 눈물 어린 설교를 마치고 마지막 송별 기도를 했다.

"오, 평화의 하나님, 우리가 좋아하던 이 교회 종을 아픈 사랑으로 보냅니다. 우리를 매일 새벽에 깨우던 종, 모든 사람에게 따뜻한 사랑의 소식을 알리던 종이 지금 우리를 떠납니다. 바라옵건대 우리 한 사람 한 사람이 그리스도와 그의 사랑의 소식을 전하는 새 종이 되게 하옵소서. 예수님 이름으로 기도합니다, 아멘." 조용히 저녁 예배가 끝났다. 그러나 종은 더 이상 울리지 않았다.

그 후 한 특별한 주일 아침예배에서 아주 무례한 사건이 발생했다. 예진이 고대 애굽(이집트) 왕국의 속박에서 이스라엘 민족을 구원하는 모세의 역할에 대해서 설교하는 동안에 두 순사가 갑자기 일어나 손을 들고 설교를 정지시켰다! 그의 설교가 성서적 이야기가 아니라 일본제국의 권력과 위엄을 거스르는 민족주의적 연설이라고 화를 냈다. 한동안 예배 보는 교인들이 조용히 동요하였으나, 예진은 간단히 설교를 마무리하고 예배를 불안하게 마쳤다. 다음 날 경찰은 예진을 불러 설교 요약문을 벗어났다고 주의를 주고 다음부터는 좀 더 자세한 설교 요약문을 제출하라고 지시했다.

예진은 다시금 새로운 곳으로 떠나야 할 시간이 왔다고 절실하게 느꼈다. 더 북쪽으로, 아마도 이번에는 만주로 가야 하리라 생각했다. 그는 만주 봉황성이라는 곳에 있는 조선인 교회에 자리가 있다는 소식을 알고 있었다. 그래서 그곳을 알아보고 구읍교회에 사직서를 제출했다. 그의 사임을 알고는 많은 교인들뿐만 아니라 교인 아닌 사람들까지도 말렸다. 그 일대에서 병 치료를 받았던 사람들이 몹시 아쉬워했다. 떠나는 날 김 목사네 가족을 전송하기 위해 30여 명이 피현역(枇峴驛)까지 20리 길을 따라왔다. 이렇게 순진한 사람들을 두고 어떻게 떠날 수 있겠는가? 떠나야 하는 사람들의 가슴이 더 슬프고 아팠다.

대용 은신처

김 목사 가족이 남만주 '랴오닝성(遼寧省)'의 '펑황청(鳳凰城, 봉황성)'으로 이

주한 것은 1942년 초가을이었다. 중국의 동북부인 만주는 그 당시 일본의 지배하에 있었다. 1931년 9월 이른바 **만주사변**(滿洲事變)[2] 이후 일본은 만주를 침략하여 '만주국(滿洲國)'이라는 괴뢰국을 만들고 청국의 폐위된 황제 푸이[애신각라 부의(愛新覺羅溥儀)]를 꼭두각시 황제로 세웠다. 실제로는 만주국의 모든 것을 일본 관동군 사령관이 지배하고 통치하고 있었다. 그러나 조선인에 대한 감시는 조선반도에서처럼 심하지는 않았다.

봉황성(또는 봉성)[3]은 압록강 건너 안동에서 북쪽으로 110리 정도(기차로 열 정거장) 올라가 높은 산을 끼고 있는 고대 도시, 옛 고구려 땅이었다. 만주국이 세워진 이후, 이 도시는 강을 끼고 두 지역으로 나뉘었다. '구시가지'는 전통적인 중국 도시로 여러 가지 상업이 번창하고, '신시가지'는 일본인이 개척하고 사는 곳으로 현대 시설(철도역, 우편국, 경찰서, 학교, 신도 신사, 군대 막사 등)이 있었다. 대부분의 조선인들과 약간의 중국인들이 신시가에서 살았다. 목사 김예진이 찾아간 조선인 교회는 신시가지에 있었는데 그 옆에 '시키시마(敷島)'라는 재만(在滿) 국민학교와 거기에 부설된 고등부가 있었다.

교회는 1933년에 세워졌다는데 비교적 큰 건물에 150명 정도의 교인이 있었다. 그 교회는 유치원을 경영했고 비상대피소로도 사용되었다. 김 목사 가족은 교회 건물 바로 옆 교회 사택에 정착했다. 피난 온 것 같은 기분도 들었지만, 그래도 안도감을 가지게 되었다.

예진은 다른 조건은 어떻든 무례한 개입이 없이 예배를 볼 수 있기만 바랐다. 두 큰 자녀, 동명과 광명이 그 학교 고등부에 등록해서 잠시 중단된 공부를 계속할 수 있게 되었다. 순명, 그리고 1년 후 동수도 그 재만 국민학교의 학생이 되었다. 일본인 학교라 모든 것이 일어로 진행되었는데 가르침의 초점은 항상 서양 양키들을 섬멸하고 불가피한 최후 승리를 강조하는 것이었다. 아이들은 조선집과 조선 교회에서 살면서 일본 학교에 잘 적응해 나갔고 중국 동네에서 중국 아이들과도 잘 어울려 지냈다.

새로 부임한 예진은 교인들을 돌보고 사랑하는 목회에 그의 정열을 모두 쏟았다. 교인은 늘 이동이 많은 탓에 늘 유동적이었음에도 불구하고 점차 늘어났다. 만주에 사는 조선 사람들은 대부분 농부들이지만 다른 한편으로는 장사꾼, 숨어 있는 독립군, 조선에서 심한 박해를 피해온 피난민, 또 넓은 만주 땅에서 더 좋은 삶의 기회를 찾아 떠도는 사람들도 있었다.

두어 번 시 경찰서 부서장이 교회에 찾아와 예배를 일본어로 진행하는 것이 어떻겠냐고 물었다. 예진은 자신은 그렇게 할 수도 있지만 교인들이 우리말로 된 성경과 찬송가를 사용하기 때문에 따라 하기가 어려울 것이라고 했다. 부서장은 **내선일체**(內鮮一體)[4] 정책을 상기시키며 만주국에 사는 조선 사람들은 모든 면에서 일본인의 생활양식과 일치시켜야 한다고 압력을 넣었다.

그즈음에 조선인의 일본화를 위해 소위 창씨개명(創氏改名), 즉 조선 사람들이 선조로부터 물려받아 온 성씨를 버리고 두 음절로 된 일본인의 성씨를 따르도록 강제되었다. 그래서 아이들은 학교에서 다른 성을 받아 사용하게 되었다. 가족의 성, '기무'[김(金)의 일본식 발음]에서 '가나이(金井)'가 되어 한 가족 내에서 다른 혈족처럼 되었다. 이런 압박은 조선반도에서 더 혹심해졌다고 전해졌다.

그나마도 봉황성에 온 지 1년이 채 못 되어 예진의 목회가 완전히 종결되는 일이 생겼다! 일본 기독교의 구조에 합치하기 위해 그의 교회는 다른 교회와 합쳐 교단이 없는 '조선기독교 봉황성교회'가 되었다. 김 목사의 본래 교회건물은 공공 사무실로 전환되고, 목사 자리는 자연히 사라지고, 가족은 사택에서 나와야 했다. 시에서는 예진에게 도시의 어느 부서의 한 사무직을 제의했으나 예진은 그들과 한 사무실에서 일할 의향이 전혀 없어 사양하고 잠시 대책 없는 실직자가 되었다.

새로 형성된 교회에서는 몇 가지 변화를 채택했다. 찬송가 몇 곡을 일본어로 부르고 일어판 신약성경을 사용하게 되었다. 그런데 예진을 가장 놀라게 한 것은 교회생활에서 시행되는 극심한 검열제도였다. 모든 교인들의 성경이나 찬송가에서 하나님의 유일한 권능을 주장하는 부분이나 페이지는 모두 검은 잉크로 지우거나 찢어버리게 했다. 많은 교인들은 자기 책을 훼손시키지 않으려고 집에다 감추었다. 그럼에도 불구하고 예진은 충실하게 그 새 교회에 출석하고 예배시간에 풍금을 탔다. 그는 비록 설교는 못하지만 그의 음악이 사람들 마음에 예수 그리스도의 좋은 소식을 전달하기를 기도했다.

이처럼 목사-비목사의 애매한 시절에 그의 삶에서 감화를 받은 젊은 사람들이 몇 명 생겼다. 그중에 권용성(權龍成)이라는 젊은이는 전라도에서 어렵게 지내다 품은 뜻을 이루고자 무작정 만주로 왔다. 한동안 김 목사네 집에 기거하며 예진의 과거 항일투쟁 이야기를 듣고 감동을 받았다(해방 후 그는 남으로 내려와 육군 고급장교로 있다가 제대한 후 미국으로 건너가 목회를 시작했다). 또한 젊은이는 동수의 학교 담임선생인 홍동근(洪東根)[5]이었는데 그는 민족의식이 투철한 사람으로 예진의 신앙과 애국사상에 심취되어 많은 시간을 같이 보냈다. 그는 어려워도 김 목사처럼 살겠노라 서원했다.

목사직을 잃은 후 김 목사네는 생업을 위해 새로운 사업을 시작하게 되었다. 예진 부부는 콩이 만주에서 주 농산물 중 하나인데 주로 기름을 짜거나 축산용 또는 공업용으로 사용되는 것을 알게 되었다. 그래서 사업가로 둔갑한 김 씨네는 콩을 이용하여 부족한 식품을 생산하는 일에 착수했다. 즉 콩나물을 길러 영양이 풍부한 보조식품을 만들기로 한 것이다. 그러나 만주의 콩은 질이 떨어지고 수확과정에서 많은 이물질이 혼합되는 것이 문제였다. 그래서 콩을 고르는 아이들을 20여 명 채용하고 지하실과 간단한 배수관 등 다량 생산을 위한 시설을 만들었다. 중국인, 조선인, 일본인들은 각기 선호하는 콩나물의 길이와 조리법이 달랐다. 또 사료와 튀김콩, 기타 부산물을 도소매로 판매했다. 전시의 어려운 경제사정에도 불구하고 점차 사업이 번창하고 수입이 늘어났다. 비록 목회의 성역은 탈취당하였지만 세속적 사업의 보상은 어느 정도 풍성해졌다.

조선에서는 물론 만주에서도 1938년 4월에 공포된 「국가총동원법(國家總動員法)」에 근거한 광범위한 전시 통제조치에 따라 인적·물적 자원을 마음대로 동원하고 통제하는 비상조치가 실시되었다. 전쟁에 전력을 집중하기 위하여 모든 젊은이들을 군대에 징병하고 사람들을 강제로 징용하여 국내외 공장, 광산, 군사시설 건설, 운송 등 전쟁에 관련된 여러 노동 활동에 투입했다. 당국은 모든 가정에서 수저, 냄비, 화로 등 모든 놋쇠 제품을 공출해 갔다. 모든 식량과 필요불가결한 물품은 배급제로 되고 일반인들의 활동이 엄중하게 통제되었다. 학생들도 공부보다는 전쟁에 조금이라도 관련된 물품(쇠붙이, 피마자유, 송진, 고무제품 등)을 수집하기 위해 동원되었다. 특히 식량난이 극심하고 생활여건이 더욱 어려워졌다.

이 시기에 예진은 조선에서 고생하는 자기 두 동생네 가정을 봉황성으로 불러왔다. 그들을 만주에 안주시켜서 처음으로 큰형 노릇을 한 셈이었다. 최소한 조선에서 당하는 강제동원과 기근을 면하게 도운 것이다.

만주에서 목사 아닌 김예진 목사
1944년, 일제 당국은 그의 목사직을 없이 하고 콩나물 장사로 내몰았다.

봉황새 같은 희망

북쪽으로 '펑텐'[奉天, 봉천: 지금의 선양(瀋陽, 심양)]은 랴오닝성의 성도로서 조선 사람들이 가장 많이 사는 곳이었다. 거기에는 몇 개의 조선 교회와 심지어 조선인의 '동북신학교'도 있었다. 그 신학교에서 박형룡(朴亨龍), 박윤선(朴允善) 교수 등이 몇 번 봉황성의 예진을 찾아와 옛 우정을 나누었다. 예진은 경찰의 허락 없이 다른 곳으로 여행을 할 수 없었기 때문이다. 그들은 유명한 봉황산에 올라가 온천을 즐기면서 머지않아 일본의 압제에서 벗어날 희망의 날을 속삭였다. 그들은 그때에는 서울에서 수백 명의 학생을 가진 대학교 수준의 신학교를 같이 설립하자고 꿈을 꾸었다. 멋지지만 허망한 생각이었다.

어떤 밤에는 다른 젊은 방문객들이 있었다. 토론의 주제는 다양했다. '신도'

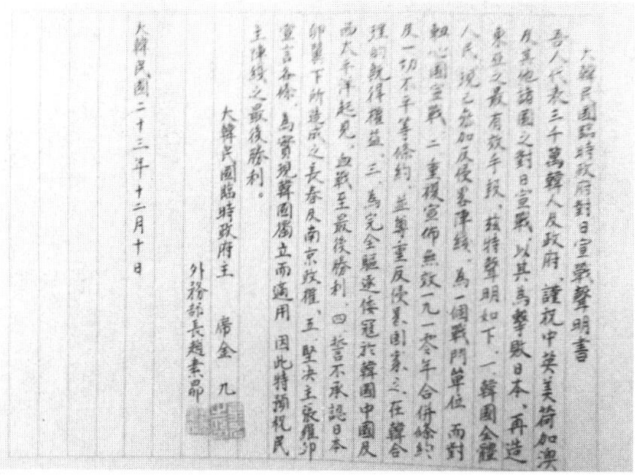
大韓民國臨時政府對日宣戰聲明書
吾人代表三千萬韓人及政府，謹祝中英美荷加澳
及其他諸國之對日宣戰，以其爲擊敗日本，再造
東亞之最有效手段，玆特聲明如下，一，韓國全體
人民現已參加反侵略陣線，爲一個戰鬪單位而對
軸心國宣戰。二，重複宣佈無效一九一〇年合併條約
及一切不平等條約，並尊重反侵略國家之在韓合
理的既得權益。三，爲完全驅逐倭寇於韓國中國及
西太平洋起見，血戰至最後勝利。四，誓不承認日本
卵翼下所造成之長春及南京政權，五，堅決主張羅邱
宣言各條，爲實現韓國獨立而適用，因此特預祝民
主陣線之最後勝利。
大韓民國臨時政府主席　金九
外務部長趙素昂
大韓民國二十三年十二月十日

대한민국임시정부의 대일 선전 성명서
1941년(대한민국 23년) 12월 10일 주석 김구, 외무부장 조소앙의 명의로 침략자 일본을 향해 선전포고를 했다.

예식이 종교예식이라면 어떻게 피할 것인가? 조선 사람들은 일본과 싸우기 위해 중국인들과 연대하여야 할 것인가? 전쟁은 일본이 승리할 것인가 아니면 미국이 승리할 것인가? 등 정답이 없는 토론을 하였지만 종국적 목적은 민족의식을 일깨우는 일이었다. 때로는 늦은 밤에 어느 외지에서 찾아오는 손님들이 있었다. 그들은 '옛 동지'라고 했는데 조선의 독립운동에 관한 놀라운 새 소식과 또 알지 못하던 옛 소식을 가져왔다. 그들에 의하면 한때 러시아 연해주지역에 조선 독립혁명군 활동이 왕성하였다고 한다. 그러나 스탈린의 안보정책에 따라 많은 지도자들이 학살되고, 1937년 가을에는 17만 4000명에 이르는 조선인 거류민(고려인)들이 강제로 화차에 실려 멀리 카자흐스탄, 우즈베키스탄 등 소비에트연방의 중앙아시아 위성국가들에 이주시켰다는 것이다. 이 **고려인 강제이주**[6] 사건은 무자비한 대대적 인간추방이었다. 이 비밀조치로 인하여 연해주 지역의 항일 투쟁세력은 모두 사라졌다.

밤손님들은 '충칭(重慶)'의 대한민국임시정부 산하에 1940년 9월 17일 새로 편성된 **한국광복군**(韓國光復軍)[7]에 대한 비밀도 알려주었다. 같은 해 12월 9일에 임시정부가 독일과 일본에 선전포고를 함에 따라, 광복군 일부 부대가 연합국 군대(영국군)와 동남아시아에서 합동작전을 수행하기도 하고 미군의 특별훈련도 받아 앞으로 국내 잠입도 시도할 것이라고 했다. 과거 김예진의 무

한국광복군사령부 성립 전례식 기념사진
충칭 가릉빈관, 1940년 9월 17일. 첫 줄 가운데 군복차림이 이청천 총사령, 오른쪽 김구, 차리석, 하나 건너 이시영 등, 그리고 여성 군관들도 보인다.

력항쟁은 임정 초기 공식적인 군 조직에 의해 본격적인 무력 활동을 할 수 없는 시절의 한계 때문에, 다만 은밀하고 산발적인 개인 의열 활동에 국한되었었다. 그러나 이제는 중국 국민당의 승인과 지원으로 공식적으로 광복군 활동이 이루어진다는 사실이 너무나 기뻤다. 그들의 은밀한 대화는 긴장되고 심각한 것이었지만 조용히 그러나 힘찬 승리의 내일을 보는 듯했다. 그들은 주먹을 흔들며 〈광복군 군가〉[8]를 불러주었다. "나가 나가 싸우러 나가"라는 이 군가는 당장 독립전쟁에 나가는 독립군 용사들을 눈앞에 보여주는 듯했다.

1. 신대한국 독립군의 백만 용사야 조국의 부르심을 네가 아느냐
삼천리 삼천만의 우리 동포들 건질 이 너와 나로다
(후렴) 나가 나가 싸우러 나가, 나가 나가 싸우러 나가
독립문의 자유종이 울릴 때까지 싸우러 나가세

2. 원수들이 강하다고 겁을 낼 건가 우리들이 약하다고 낙심할 건가
정의의 날쌘 칼이 비끼는 곳에 이길 이 너와 나로다
3. 너 살거든 독립군의 용사가 되고 나 죽으면 독립군의 혼령이 됨이
동지야 너와 나의 소원 아니냐 빛낼 이 너와 나로다
4. 압록강과 두만강을 뛰어 건너라 악독한 원수무리 쓸어 몰아라
잃었던 조국강산 회복하는 날 만세를 불러보세

그런데 집안에 반영구적으로 들어온 새 방문자가 있었다. 어떤 교인의 소개로 '옥녀'(玉女)라는 약 17세의 전라남도 처녀가 식모(食母)로 들어와 살게 되었다. 어린 나이에 생소한 곳에 와서 낯선 가정의 부엌일과 다른 집안일을 도왔다. 처음에는 몹시 슬퍼하고 두려워해서 식사 때 온 가족과 함께 먹지 않고 부엌에서 혼자 먹는다고 고집을 부렸다. 주인아줌마인 도신이 타일렀다.

"옥녀야, 같이 먹자. 우리는 귀하고 사랑하는 한 식구들이다. 같이 먹고 같이 즐겨야 한다." 그녀가 마지못해 크고 둥근 밥상에 앉자 주인어른 김 목사가 감사기도를 드리고 다 같이 즐겁게 음식과 이야기를 나누었다. 시간이 흘러감에 따라 옥녀는 이 사랑이 넘치고 민주적인 가정 분위기에 잘 적응하면서 무척 행복하고 수다스러운 아가씨가 되어갔다. 1년의 약속 기간이 되자 옥녀는 돈과 '밥과즐'[9]을 가지고 전라남도 고향으로 떠났다.

놀랍게도 옥녀는 2주 만에 되돌아 왔다. 그녀는 목사님 가족과 더 있게 해 달라고 사정했다. 그녀가 들려준 이야기는 무섭고 놀라웠다. 그녀에 의하면 자기네 동네나 이웃 동네 처녀들은 모두 반강제로 유인되어 일본 또는 알지 못하는 곳으로 보내진다는 것이다. 그들은 **여자정신대**(女子挺身隊)[10]를 통해서 군수공장에서 일하거나 보조간호사로 일한다고 했다. 그러나 음침하게 돌아가는 풍문은 그 여자들이 야전군과 같이 다니거나 '위안소(慰安所)'에 갇혀서 병사들의 사기를 위해 노리개로 이용된다는 것이었다. 즉, '일본군의 위안부'나 나중에 알려진 대로 '성노예'가 된 것이다. 옥녀는 제빌 곁이 있게 해서 자기를 보호해 달라고 애원했다. 물론 기꺼이 그녀를 받아들였다.

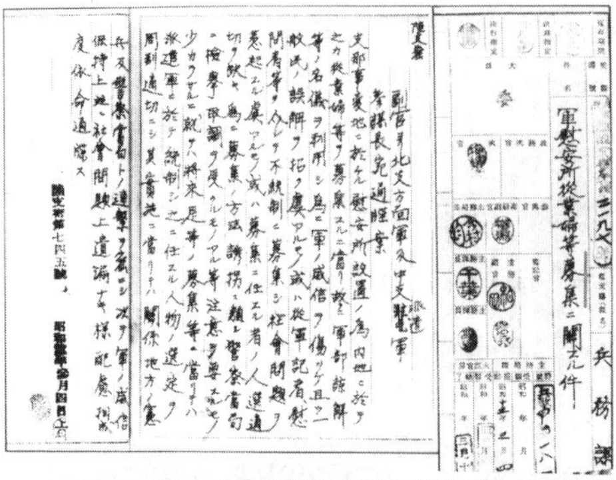

兵務課

軍慰安所従業婦等募集ニ関スル件

陸支密

副官ヨリ北支方面軍及中支派遣軍参謀長宛通牒案

支那事変地ニ於ケル慰安所設置ノ為内地ニ於テ之カ従業婦等ヲ募集スルニ当リ故ラニ軍部諒解等ノ名義ヲ利用シ為ニ軍ノ威信ヲ傷ツケ且ツ一般民ノ誤解ヲ招ク虞アルモノ或ハ従軍記者慰問者等ヲ介シテ不統制ニ募集シ社会問題ヲ惹起スル虞アルモノ或ハ募集ニ任スル者ノ人選適切ヲ欠キ為ニ募集ノ方法誘拐ニ類シ警察当局ニ検挙取調ヲ受クルモノアル等注意ヲ要スルモノ少カラサルニ就テハ将来是等ノ募集等ニ当リテハ派遣軍ニ於テ統制シ之ニ任スル人物ノ選定ヲ周到適切ニシ其実施ニ当リテハ関係地方ノ憲兵及警察当局トノ連繋ヲ密ニシ次テ軍ノ威信保持上並ニ社会問題上遺漏ナキ様配慮相成度依命通牒ス

陸支密第七四五号 昭和十三年三月四日

1938년 3월 4일 군위안소 종업원부 모집에 관한 비밀 명령서와 위안소의 여인들

끝내 김 목사 가정에 불가피한 일이 닥쳤다. 고등부를 졸업하는 동명에게 일본군에서 징집장이 날아온 것이다. 갓 스물이 된 새신랑이 결혼한 지 20일 되는 신부와 부모를 남겨두고 1944년 11월 말에 입대하게 되었다. 태평양 여러 전선에서 치열한 전투가 벌어지고 있었다. 어디로 배치가 될지, 살아서 다시 돌아올 수 있을지 아무도 알 수 없는 길을 떠나야 하는 것이다. 어쩌면 미지의 어느 곳에서 부모들이 그처럼 증오하는 대일본제국을 위해서 죽을지도 모르는 일이었다. 앞에 '勝利(승리)'라는 글씨를 붙인 기관차가 봉황성 역을 서서히 떠나갈 때 어머니와 새신부는 눈물을 흘렸다.

어디에서나 일본 당국은 악마 같은 미국의 패배와 대일본제국의 임박한 승리를 열성적으로 선전했다. 그러나 시간이 갈수록 그들은 더욱더 절박해지고 광신적으로 되어가는 것이 완연했다. 학생은 물론 일반 민간인들에게조차 침공하는 양키 원수들과의 마지막 결전을 준비하라고 지시했다. 총칼이 없는 일반인들에게 죽창을 준비하라고 했다. 죽을 경우가 닥치면 "덴노헤이카 반자이(天皇陛下 萬歲, 천황폐하 만세)!"를 외치고 영광스러운 최후를 맞으라고 주입했다. 가끔 넓은 만주벌판의 광활한 푸른 하늘에 3~4개, 때로는 6~7개의 은색 점이 희고 긴 꼬리를 남기며 서서히 지나가곤 했다. 어떤 이들이 그것이 미국의 무적의 장거리 전략 폭격기 B-29라고 했다. 1945년 3월 초에 이런 전폭기 수백 대가 도쿄와 고베의 중요 부분을 소이탄으로 다 살라버렸다는 소식도 들려왔다. 그 비행대는 너무 높이 날아서 고사포나 전투기가 접근조차 할 수 없었다고 한다. 그들은 평화롭고 당당하게 순항했다. 예진은 미국의 임박한 승리에 확신이 갔다. 이는 마치 맹목적으로 충성하는 일본 무사 '사무라이'가 어쩌다 잠자는 호랑이를 깨운 셈이었다. 그런데 이제 칼도 없이 성난 호랑이를 상대하게 된 것이다. 이제는 시간문제였다.

드디어 해방!

간절히 기다리는 자에게는 기적이 오는 법이다. 1945년 8월 15일 라디오에서 일본 천황의 엄숙하고 알 수 없는 '신의 소리'가 들려왔다. 내용인즉, 일본제국이 연합국에 **포츠담 선언**[11]을 수락한다는, 즉 조건 없이 항복한다는 슬픈, 아니 기쁜 소식이었다! 이것이야말로 김 목사 가정에, 대부분 조선 사람들 '2등 국민'에게, 그리고 '3등 국민'으로서 서러움을 당하던 중국 사람들에게도 너무나 놀랍고 다행한 소식이었다. 그토록 오랫동안 기다리던 해방의 날이 드디어 온 것이다.

김 목사는 약간 혼란스러워 하는 어린 자녀들에게 해방이 무엇인지 설명해 주었다. 안방 높은 벽에 붓으로 쓴 두 개의 한문 현수막을 붙였다. "大韓獨立萬歲(대한독립만세)!", "祖國解放萬歲(조국해방만세)!" 그리고 그 중간에 태극기를 그려 넣었다. 아이들은 처음으로 우리나라 국기를 보았다. 예진은 너무 기쁘고 흥분해서 잠을 이룰 수 없었다. 조국이 드디어 해방되고 모든 우리나라 사람들이 우리 땅에서 자유롭고 평화롭게 살아갈 수 있게 된 것이다. 무엇보다 두려움 없이 교회에 나가서 예배를 볼 수 있을 것이다. 딸들에게 이제는 마음놓고 고운 조선옷을 입고 다니라고 했다. 광명이와 순명이는 색깔이 화려한 색동옷을 즐겨 입고 다녔다. 한번은 길에서 누가 "에잇" 하는 큰소리가 뒤에서 들려왔다. 깜짝 놀라 돌아보니 험악하게 생긴 한 일본 군인이 서 있었다. 그는 긴 칼을 반쯤 뽑았다가 칼집에 도로 집어넣으며 조선 처녀들을 무섭게 쏘아보고 있었다. 두 소녀는 질겁하고 도망쳐 집으로 왔다. 하마터면 해방되고 나서 일본 군인에게 두 딸이 살해당할 뻔한 것이다. 아직은 안전한 해방이 아니었다. 침울한 신시가에서는 일본 군인들이 주요 거리를 순찰하면서 사람들의 침묵이 무겁게 흘렀다. 한편 구시가에서는 매일 밤 폭죽과 큰 환성이 터져 나왔다.

종전 직후의 세상은 혼란과 혼돈이라는 새 질서를 가져왔다. 모든 것이 불확실하고 불안했다. '일등 국민'으로 거만하게 행세하던 일본 거류민들은 갑자기 자기네 사업체, 학교, 사무실, 농장에서 돈과 절대 필요한 것만 가지고 황급히 빠져나갔다. 기차, 전화, 치안, 보건소 등 거의 모든 공공 서비스가 다 마비되었다. 일본인 가족들은 군대의 보호를 받으며 차례로 철수할 준비를 하고 북에서 오는 기차를 기다리고 있었다. 중국인들은 공공 사무실을 습격하여 움직일 수 있는 것은 모두 가져갔다. 고국으로 당장 돌아가려는 조선 사람들은 기차표를 구할 수 없어 애를 태웠다. 더 무서운 일이 거의 매일 밤 일어났다. 중국 청년들이 구시가에서 떼를 지어 와서는 신시가에 사는 조선 사람들의 집을 털어가고, 죽이고, 불을 질렀다. 그들은 일본 사람처럼 행세하거나 일본 사람 밑에서 몹쓸 짓을 하던 조선 사람들을 몹시 증오했다. 물론 후퇴하는 일본 군인이 조선 사람을 보호할 턱이 없어 조선 거류민들은 무방비 상태에서 매일 밤 공포에 떨어야 했다. 예진은 중국인 친구들의 도움을 받아 '조선거류민단(朝鮮居留民團)'을 조직하고 단장으로서 조선 사람들의 보호조치를 마련하느라 애를 썼다. 일본군 군복을 입고 돌아올 아들 동명이는 아직 오지 않았다. 와도 무사할지 걱정이 앞섰다.

구시가에서는 인민재판이 조직되어 일본 괴뢰정부와 야합해서 일하던 악질 친일분자를 처벌한다는 뉴스가 들렸다. 이틀 후에 그런 범죄자 중 첫 10명이 공개 처형되었다고 했다. 그중 2명은 조선 사람이라고 했고 앞으로 더 많은 친일분자가 처형될 것이라고 했다. 모든 것이 불투명하고 모든 사람이 불안했다. 거류민단장 예진은 중국 친구들을 동원하여 밤에 교인 가족들, 최소한 친일분자가 아닌 집들을 보호하도록 노력했다.

김 목사 가족에게 큰 기쁨을 안긴 것은 해방이 되고 약 한 달 후에 일본군으로 출정 나갔던 큰아들 동명이가 무사히 돌아온 것이다. 그는 일본군에서 복무하는 동안 만주-소련 국경을 따라 고장 난 기관차와 철로를 분쇄하여 남쪽으로 보내는 힘들고 위험한 일을 하였다. 그러고는 조선으로 내려와 청진, 원산, 평양, 철원, 양동, 목포 등으로 가서 다시 철로 복선공사 일을 했다. 해방이 되자 그는 누런 일본군 군복을 벗고 봉황성 집으로 향했다. 그러나 황달병에 걸려 평양에 있는 삼촌집에서 한 달가량 쉬어야 했다. 모든 사람들이 남쪽으로 오려고 할 때 그는 만주로 거슬러 올라가려니 무척 어려웠다.

하루는 세 사람이 목사 예진을 찾아와 긴 이야기를 나누었다. 그들은 '옛 동지들'이었다. 그들은 같이 평양에 가서 사회주의 이상을 가지고 "건국하는 일"을 돕자고 했다. 그때 평양에서는 소련군의 지원을 받으며 김일성이 마르크스주의에 기반한 노동당을 조직하고 있었다. 예진은 아무런 답변을 하지 않았다. 그는 유물사관에 근거한 공산주의는 그가 헌신하는 기독교 신앙과 융화되지 않는다고 확신했기 때문이다.

그즈음 그는 믿을 만한 출처로부터 대한민국임시정부가 서울로 온다는 것을 알게 되었다. 그는 백범 선생과 다른 위대한 독립운동 지도자들을 만날 기쁨에 들떴다. 그는 옛 동지들에게 말하지 않고 그해 9월 하순에 가족을 둔 채 서둘러 서울을 향해 떠났다. 어떻게 보면 그는 모든 기회와 동시에 모든 위기로부터 탈출한 것이다. 그가 떠난 후 동명과 어머니는 서서히 그리고 몰래 가족의 대탈출을 계획했다. 아버지의 부탁으로 동명은 우선 아버지의 책들을 소달구지에 싣고 나갔다. 안동으로 가는 길에 그는 중국 깡패들의 공격을 받았다. 그들은 "만주에서 돌 하나도 가져갈 수 없다"고 선언했다. 그러나 짐의 대부분이 일본책(주로 성경주석과 신학서적)인 것을 보고는 몇 대 때리고 "가서 태워버려라" 하고는 그냥 보내주었다.[12] 어머니는 자녀들을 평양으로, 그리고 서울로 세 번에 걸쳐 모두 데려왔다. 넉 달 만에 온 가족이 봉황성에서 최종 종착지인 서울, 새로 해방된 조국의 수도에 도착하였다.

第16장
무엇을 위한 해방인가?

'인민의 낙원' 건설

예진은 서울로 가는 길에 고향인 평양에 머무를 의향이 없었다. 다만 가두에서 벌어지는 일들을 잠시 지켜보았을 뿐 옛 동지나 친척을 만나지 않았다. 그는 오직 임시정부 요인들이 서울에 도착할 때 환영할 영광스러운 순간을 빨리 경험하고 싶었다.

그러나 그의 가족들은 후에 몇 번에 나누어 서울로 가면서 평양에서 몇 주씩 머물러야 했다. 어린 순명과 동수는 평양까지 와서 선명의 집에서 겨울을 지내고 1946년 초봄에 서울로 오게 되었다. 가족들이 평양거리에서 본 것은 놀라웠다. 거의 황홀경에 빠진 사람들이 환성을 지르며 태극기를 흔들었고 여기저기 많은 선전물을 붙였다. "김일성 장군 만세!" "조선 해방 만세!" 나중에는 다른 선전물도 보였다. "김구, 이승만 타도하자!" 또 다른 놀라운 시가 광경은 '붉은 군대'가 어디에도 넘쳐나는 것이었다. 소련군 사병들은 '비니니' 모자를 쓰고 온 거리를 누비고 다녔는데 그들은 늘 '따발총'이라는 자동소총을 소지하고 있어, 마치 해방 전 '니혼도(日本刀, 일본도)'를 지니고 다니던 일본 순사나 헌병과 같은 위협을 느끼게 했다. 김 목사 가족은 만주에서와 같은 불확실성과 막연한 공포심을 느꼈다. 일본이 항복하면서 바로 북조선을 점령한 소련군은 곧 소련 민정청을 설립하고 자칭 '해방군'이라 천명하며 조선 사람 자신들이 행복한 나라를 세우는 것을 도울 것이라고 했다. 해방 직후 점령군 사령관 '이반 미하일로비치 치스차코프(Ivan Mikhailovich Chistyakov)'의 첫 포고문이 이 정책을 대변했다.

> (전략) 조선 사람들이여 기억하라! 행복은 당신들 수중에 있다! 당신들은 자유와 독립을 찾았다. 이제는 모든 것이 당신들에게 달렸다. 붉은 군대는 조선 인민이 자유롭게 창조적 노력에 착수할 만한 모든 조건을 지어주었다. (후략)
>
> _"소련 극동군 제25군 사령관 이반 치스차코프 포고문" 제1호

해방 초기에 북조선은 국내는 물론 중국, 만주, 러시아 등지에서 온 공산주의 투사나 혁명가들의 여러 계파 대표들과 더불어 국가형태를 조직하느라 바빴다. 1946년 2월에 여러 지역, 정당, 사회단체 대표들로 구성된 북조선임시인민위원회(北朝鮮臨時人民委員會)가 조직되어 **민주개혁**[1]이라는 이름으로 과감한 개혁과 건설을 추진해 나갔다. 당면과제 11개를 제시하고 이를 해결하기 위해 1946년 3월 23일 '20개 정강'을 발표하고 이에 의거한 민주개혁을 실시하였다.[2] 1946년 말 이 민주개혁의 목표가 어느 정도 완성되자 위원회는 더 안정적으로 "인민의 낙원"을 약속하며 인민의 민주적 사회주의로 가는 전환기에 들어섰다. 후에 이 변화는 북조선노동당에 의해서 조직적으로 수행되었다. 그 과정에서 공산주의 집권세력은 소련 민정청의 지원 또는 지시를 받아, 점차 증가되는 기독교와 민족주의 계열의 반공활동을 억압하기 시작했다.

김일성(金日成)[3]은 항일 유격전의 전설적인 영웅이며 북조선노동당의 중심인물이었다. 흥미롭게도 그의 집안 배경은 김 목사네 집과 간접적으로 연관이 되어 있다. 그의 고향집(지금은 만경대)은 도신의 집과 한 고을 너머인 7골

해방 후 북한의 김일성 출현
1945년 10월 14일, 김일성은 평양공설운동장에서 붉은 군대를 찬양하며 승리의 연설을 했다.
고향 만경대에서 동리 사람들의 환영을 받았다.

에 있었고, 그의 부모는 김일성이 김성주(金成柱)라고 불리던 어린 시절부터 서로 아는 사이였다. 김일성의 어머니 강반석의 이름(康盤石)에는 기독교적 의미가 담겨 있었으며 그의 아버지 김형직(金亨稷)은 김예진의 숭실중학 4년 선배였다. 그의 외삼촌인 강양욱(康良煜) 목사는 김 목사보다 5살 아래지만 평양신학교 15년 선배였다.

김일성이 1945년 8월에 고향에 '개선장군'으로 돌아왔을 때 대부분의 마을 사람들은 반갑고 두려운 마음으로 맞이했으나, 어떤 사람은 몰래 조소하는 태도를 보였다. 도신의 친척 중 한때 일본에서 공부한 '관진이 삼촌'은 자칭 '비관적 철학가'였는데 술에 취해서 동네가 배출한 그 위대한 영웅을 "목을 비틀어 죽일 공산당 새끼"라고 욕을 했는데 1년 후 누가 밀고를 해서 3년이나 징역을 살았다고 한다.

평양의 보통 사람들을 가장 불만스럽고 화나게 한 것은 공산주의 혁명 세력을 지원한다는 소련 붉은 군대 병사들의 난폭한 행동이었다. 그들은 아주 무례하고 야만적이었다. 아무에게나 원하는 것을 달라고 강요했고 조선 사람들은 들어줄 수밖에 없었다. 남자들의 손목시계를 압수하는 것이 가장 흔한 일이었다. 점차 그 폭행의 수위가 높아지면서 일반 가정집을 무단 침입하여 약탈하고 강간하는 사건이 일어났다. 그런 일이 자주 일어나자 동네 사람들은 비상망을 짜서 자체 방위를 하게 되었다. 각 집에 줄을 연결해서 냄비나 깡통이나 종을 매달고 무슨 일이 일어나면 줄을 흔들어 소리를 내면 온 동네 남자들이 몽둥이를 들고 그리로 몰려가는 것이다.

한번은 이런 일이 있어 집안 친척들이 놀란 적이 있었다. 예진의 처남으로 상하이에서 돌아온 **한도원**[4]이 저녁에 친구들과 생일잔치를 즐기고 있었다. 그때 갑자기 군대 트럭이 뒤로 들어오고 무장한 세 '**로스케**'[5]가 들이닥쳤다. 친구들은 모두 두려움에 꽁꽁 얼어붙었는데 도원은 몇 마디 아는 짧은 러시아 말로 그들을 환영하며 우선 들어와 한잔하자고 설득했다. 그들은 영문을 몰라 어리둥절했지만 일단 들어와 맛있는 음식을 먹기로 했다. 고기와 보드카를 즐겼다. 술에 취하자 노래를 부르기 시작했다. 어깨동무를 하고 함께 어우러져 큰소리로 노래를 불렀다. 그들은 만취되어 노래를 부르며 차를 몰고 가버렸다. 잔치는 망쳤지만 한도원은 안도의 한숨을 내쉬었다. 아무도 다치지 않았고 값비싼 살림살이들(큰 라디오, 재봉틀, 자개가 박힌 농짝, 자전거 등)도 모두 무사했으니 말이다.

도원은 그날 밤 가족들에게 침착하게 말했다. 남쪽으로 피난 가야겠다고. 그리고 몇 년 후 남으로 피난을 갔다. 남한으로 와서는 38선에서 먼 목포에 정착했다.

북조선 전반에 걸친 사회주의 혁명은 너무 급속하고 강압적이어서 법적 절차나 많은 사람들의 참여 없이 진척되었다. 혁명과업에 걸림돌이 되는 어느 단체나 개인들도 '인민의 원쑤'로 낙인이 찍히면 변명의 여지없이 핍박을 받거나 배제되었다. 예를 들면, 일본 지배자들과 협조하던 부역자들은 '반역자'로 일차 공격의 대상이 되었다. 그들은 대개 '인민재판'을 거쳐 숙청되어 졸지에 집과 동네에서 쫓겨났다. 대지주들도 농민착취의 표본으로 지목되어 인민의 적이 되고 큰 농지는 강제 몰수되었다. 여기서 그친 것이 아니었다. 기독교인, 부유한 사업가, 지성인들은 사회주의 국가의 위험한 계급으로 인식되었다. 만일 예진이 평양에 정착했더라면, 비록 그가 평생 항일투쟁을 하고 무산대중의 진정한 벗이었음에도 그 역시 인민의 적이 되었을 것이다. 만주에서 바로 서울로 간 목사 예진은 그 어두운 가능성을 미리 감지한 듯하다.

북조선의 사회주의 혁명은 인민의 낙원을 이루기 전에 모든 민주주의 요소가 제거된 무자비한 '프롤레타리아(proletariat, 무산계급)의 독재'가 현현하고 있었다. 그래서 해방된 조선에는 다시 자유를 박탈하는 독재지배가 형성되고 있었다. 기독교 민족주의와 보수적인 중산층이 상당한 주류를 이루고 있는 북조선 서북지방(평안남북도와 황해도 일부)에서는 이런 독재에 대해서 혐오하고 저항하는 기류가 점증했다. 해방군이라는 소련군의 민간인에 대한 행패는 계속되고 공장, 철도, 시설물을 소련으로 밀송한다는 소문이 파다하게 퍼져나갔다. 여러 지역에서 소규모 충돌이 있었으나 1945년 11월 23일 '**신의주학생사건**(新義州學生事件)'[6]은 본격적인 대규모 반공, 반소 격돌이었다. 많은 사람들에게 '인민의 낙원'에서 살기 어렵다는 인식이 팽배해졌다. 이런 기류가 많은 사람들로 하여금 인민의 원수든 아니든, 개인의 자유와 더 좋은 삶을 찾아 38선을 넘어 남쪽으로 오게 했다.

38선을 넘는 것은 처음에는 그리 어려운 일이 아니었으나 탈북하는 사람들이 점차 많아지면서 위험한 일이 되었다. 1945년 9월 하순 예진이 38선을 넘을 때에는 경의선 북쪽 마지막 역인 려현(礪峴)까지 와서 다음 역인 토성(土城, 개성전 역)까지 약 8km를 걸어가는 수고가 전부였다. 그러나 경비가 심해짐에 따라 38선을 넘는 일이 점점 더 어렵게 되었고, 넘는 시간, 경로, 운에 따라 각기 다른 경험을 하게 되었다. 대개 피난민들이 몇 가정 또는 무리를 지어 38선 근처 작은 동리에 모여 어두워질 때까지 기다리다가 그 지역 안내원의 도움으로 경계선을 조용히 넘었다. 운이 좋으면 그냥 넘는 수도 있지만, 대개 로스케 군인들에게 양주나 시계를 주고 경비선을 통과했다. 때로는 피난민, 장사꾼, '반역자'들이 인근 마을에서 기회를 보며 며칠씩 기다리다 넘어가기도 했다. 월경하는 사람의 수가 더욱 늘면서 북쪽의 경비가 더 삼엄해지고 때로는 사고가 나기도 했다. 몇 해 뒤 김 목사 집안의 먼 친척인 '이찌로 삼촌'의 가족이 월남하다 북한 경비원에게 붙잡혔다. 삼촌은 무모하게 도망치다 다리에 총을 맞았고 그대로 방치되어 있다 결국 숨지고 말았다. 다음 날 부인과 아이들이 시체를 소달구지에 싣고 평양으로 돌아갔다는 소식을 후에 들었다.

미국식 자유와 질서

한편, 남쪽에서는 다른 어려움이 벌어지고 있었다. 1945년 9월 7일, 연합군 남서태평양지역 최고사령관인 더글러스 맥아더(Douglas MacArthur) 장군이 조선인에게 포고령 1호를 발표하였다. 이 포고령은 6조로 되어 있는데 "나의 지휘하에 있는 승리에 빛나는 군대는 금일 북위 38도 이남의 '조선영토를 점령한다(occupy the territory of Korea)'"라고 선언했다. 첫 두 조항은 다음과 같다.

> 제1조: 북위 38도 이남의 조선영토와 조선 인민에 대한 정부의 모든 권한은 당분간 나의 관할을 받는다.
>
> 제2조: 정부의 전 공공 및 명예 직원과 사용인 및 공공복지와 공공위생을 포함한 전 공공사업 기관의 유급 혹은 무급 직원 및 사용인과 중요한 사업에 종사하는 기타의 모든 사람은 추후 명령이 있을 때까지 종래의 기능 및 의무 수행을 계속하고, 모든 기록과 재산을 보존·보호해야 한다.

9월 9일 미 육군 10군단 24전투단이 인천에 상륙하고, 9월 19일 서울에 38선 이남 조선반도의 유일한 통치체제로서 재조선미육군사령부군정청(在朝鮮美陸軍司令部 軍政廳, United States Army Military Government in Korea, USAMGIK, 미군정청)을 설립하였다. 첫 포고령이 명시한 대로 이 군정청은 기존 구조와 질서를 유지하는 것이 주목적일 뿐 새로운 시대 변화와 국가건설에 대해서는 아무런 준비가 되어 있지 않았다.

9월 8일 상륙 전에 **하지**(John R. Hodge) **중장**[7]은 야전 사령관으로서 조선 사람들과 그들의 역사, 정치적 염원, 문화, 신앙에 대해서 전혀 아는 바가 없었

1945년 8월 15일 해방의 날 서울의 만세 함성과 여운형 선생의 '건국준비위원회' 모임(1945. 8. 17)
일제 압박 36년을 마무리하며 온 민족은 곧 자유와 독립을 갈구했다.

다. 초대 군정청 장관으로서 그는 처음에 일본 총독부 관료를 포함해서 일본 식민정치를 그대로 보존하려고 했다. 그러나 조선인들의 완강한 반대에 직면하자 일본 관리들을 자문위원으로 위촉하였다가 10월에 일본인들이 다 돌아가자 조선 사람들로 조선인자문위원회(Korean Advisory Council)를 만들었다. 새로 임명된 위원회는 주로 대지주, 부호 사업가, 일본치하의 조선관리들로 구성되었다. 군정청은 조선 사람들의 해방과 독립의 강력한 열망을 공식적으로 인정하려 들지 않았다. 오히려 해방과 더불어 조선인들이 스스로 시작한 독립촉성 움직임을 신속하게 억압했다.

해방 초기에 몇몇 계파의 여러 독립운동이 태동하였는데 최초로 시도한 것이 여운형(呂運亨)이 주도한 건국준비위원회(建國準備委員會, 건준)였다. 그는 자기의 기존 비밀결사체 '건국동맹'을 모체로 하여 1945년 8월 17일 상기 위원회를 전국적인 조직으로 만들고, 패망하여 떠나야 하는 총독부로부터 행정권과 치안권을 잠정적으로 인수했다. 그러나 이런 주선은 미군 선발대의 요구로 취소되었다. 이어 건준은 전환하여 각 지역 지부인 '인민위원회'를 만드는 데 앞장섰을 뿐 아니라 9월 6일에 '전국인민대표자회의'를 열고 박헌영이 건준을 조선인민공화국(인공)으로 선포하였다. 이런 일련의 급속한 움직임은

일본제국기의 하향식과 미국 성조기 게양식
미군정은 38선 이남 한반도를 1945년 9월 8일부터 1948년 8월 15일까지 통치했다.

다른 계열(민족진영, 온건 우파, 해외운동체 등)의 반발과 갈등을 초래했다. 여러 세력의 난립과 분열상황에서 미 군정청은 여러 모양으로 남조선의 민족주의, 사회주의, 기타 자주적 또는 중도적 정치운동을 경계하고 억압했다. 이러한 전반적 억제를 통하여 거의 모든 친일 부역자들이 오히려 보호를 받고 기득권 세력이 유지되었으며, 특히 일제강점기에 가장 혐오하던 경찰이, 제복만 갈아입었을 뿐 거의 그대로 보전되었다. 이런 정책의 목적은 권력전환 과도기의 불확실성과 혼란 중에서 질서를 유지하고 개인의 자유와 권리를 보호하기 위해서라고 했다. 그러나 무엇보다 미 군정청은 공세적인 소련 공산주의 세력에 대응해서 아시아 대륙 한쪽 끝에 자유민주정치세력을 설립해야 한다는 전 지구적 반공망 설치에 전적으로 치중하였던 것이다.

예진이 9월 말경 서울에 도착했을 때 미 군정청 치하의 분위기는 표면적으로 북쪽보다는 훨씬 더 자유스럽고 덜 위협적이었다. 미군 사병들은 호기심에 찬 아이들에게 미소 지었고, 흔히 사탕, 초콜릿, 껌 등을 주기도 하고 함께 사진을 찍기도 했다. 목사 예진이 교회에 참석하거나 복음을 나누는 것에 아무런 문제가 없었다. 그는 미국이 지난 반세기 동안 조선의 복음화와 현대화를 위하여 선교사, 의사, 선생들을 보내준 나라라는 것을 잘 알고 있었다. 많은 미군 병사들 자신이 기독교인인 듯했고, 군목들은 어려운 조선 교회를 돕는 데 많은 관심을 보였다. 대부분의 기독교인들과 다른 종교인들이 새로운 신앙의 자유를 만끽하였다.

그러나 민중 속에는 오랜 봉건주의 질서와 일제치하에서 시행된 착취제도에 항거하는 강한 사회주의 운동과 투쟁으로 곳곳에서 폭력적인 충돌이 자주 일어났다. 여기에 이념적 갈등이 더하여 거의 매일 항의, 파업, 폭력 등의 혼란이 발생했다. 북으로부터의 피난민과 해외에서 돌아오는 귀환 동포들이 산업 기반이나 경제적 자원이 거의 없는 남한으로 계속 밀려들어 왔다. 예진은 해방된 조국의 암울하고 소란한 현실에 대해서 탄식이 절로 나왔다. 그럼에도 불구하고 예진은 앞으로의 삶은 정치적 또는 사회적 활동이 아니라 오직 기독교 복음운동에만 집중하기로 결심했다. 그는 지금 우리나라가 당면하고 있는 모든 문제와 갈등의 뿌리를 근본적으로 해결하는 길은 기독교 복음에 있다고 강하게 확신했기 때문이다.

대한민국임시정부의 고독사

날로 증가하는 사회혼란을 보면서 예진은 미 군정청이 '자유와 독립을 향한 모든 조선 인민의 오랜 염원과 투쟁'에 대해서 몹시 둔감하다고 느꼈다. 그뿐 아니라 미 군정청의 입장에 대한 모든 반대와 항의가 '모두 반미와 공산세력의 준동에 의한 것'이라는 잘못된 가정이 놀라울 정도로 무책임하다고 느꼈다. 그러한 무지 또는 오해는 우선 조선인에 대한 일본 자문역들의 잘못된 정보 제공 탓이라고 믿었다. 또한 조선의 장래, 즉 존중되고 자유로운 주권국가를 건립하기 위한 근본적 정책을 미국이 전혀 준비하지 못한 잘못이라고 보았다. 그들에게는 조선반도가 다만 날로 위협적이 되어가는 공산주의의 팽창을 저지하기 위한 전략적 군사기지로만 여겨졌을 것이다.

그즈음에 실망과 환멸을 느낀 조선 사람들 사이에 재미있지만 냉소적인 격언이 널리 유행했다.

"미국을 믿지 말고, 소련에 속지 말라!"

그런 의심과 불신은 이들 두 나라에 대한 조선 사람들의 과거 경험에서 나왔을 것이다. 한동안 대한제국의 보호자 역할을 하던 러시아제국은 1904년 만주와 조선에 대한 야욕으로 일어난 노일전쟁(露日戰爭)에서 무참히 패하고 말았다. 바로 다음 해 조미통상조약(1882)을 맺었던 미국은 일본과 소위 가쓰라-태프트 협정(Katsura-Taft Agreement)을 맺어 필리핀에서 미국의 지위를 인정받는 대신 '일본의 조선에서의 영향권'을 인정함으로써 조선의 신뢰를 배신했다. 강대국들은 자기네 야욕만을 위해 서로 경쟁하고 경합했던 것이 명백했다.

예진은 임시정부의 지도자들이 일단 국내로 들어오면 정치적 싸움과 분리를 해소시킬 수 있으리라 믿었다. 그런데 그들의 입국이 지연되고 있었다. 점차 알게 된 것은 임정이 조선에서 행사할 수 있는 합법성과 권위를 미 군정청이 전혀 인정하지 않는다는 것이었다. 실은 임정에서 일단의 대표단이 왔으나 미 군정청은 그들을 만나주지도 않았다는 사실을 예진은 뒤늦게 알게 되었다.

오랜 지연 끝에 드디어 대한민국임시정부 요인들이 입국하게 되었다. 해방된 해 11월 23일 백범 선생과 그의 국무위원들이 제1진으로 서울에 도착했다. 그 1진 일행에는 김구, 김규식, 이시영, 조소앙, 유동열, 김상덕, 손갑진, 장준하, 안미생[8] 등이 포함되었다. 김포공항에 도착했을 때 그들을 환영하는 인파는 전혀 없었다. 제2진은 12월 1일에 역시 미국 수송기 편으로 귀국했는데 그 일행에는 김성숙, 신익희, 장건상 등이 있었다. 그들은 악천후 때문에 남쪽 옥구비행장에 오후 3시경에 내려 미군 트럭을 타고 엄동설한 시골길을 마구 흔들리며 달리는 고역을 치렀다. 그들은 26년의 긴 망명생활 끝에 충칭에서 상하이를 거쳐 해방된 조국에 돌아왔지만, 미 군정청의 강요로 어떤 정치적 실체로서가 아니라 개인자격으로 입국한 것이었다.

대한민국임시정부 환영시위
1945년 12월 19일 서울, 대한민국임시정부 요인들을 환영하여 약 10만의 시민들이 환영식과 시위에 참여했다.

귀국 후 약 1주일 만에 예진은 백범 선생을 만나 긴 사적 대화를 나눌 수 있었다. 선생이 기거하시는 경교장 2층 집무실에서 처음 뵈었을 때 예진은 넙죽 큰절을 올리고 아이처럼 울었다. 1926년 4월 17일 상하이 일본영사관 요원에 의한 납치로 예진이 갑자기 선생의 목전에서 사라진 후 거의 20년이 흘렀다. 한때 젊은 투사였던 그가 눈물로 지나온 고문 같은 삶을 보고하고 지금은 기독교 목사가 되었다고 고백했다. 선생은 모든 사실을 이미 알고 있는 듯 예진을 오히려 칭찬과 감사로 위로해 주었다. 예진은 이제는 목사로서 정치 풍토에서 별로 도울 길이 없을 것이라고 간곡한 양해를 구했다. 존경하는 선생은 기대치 않았던 답변을 주었다.

"아니오. 지금 김 선생 목회활동은 더 중요하오. 우리 민족이 이 분열되고 갈등하는 세계에서 살아남기 위해서는 서로 화해하고 하나로 뭉쳐야 하오.

그런 일을 하기 위해서는 경찰서 열 개를 개설하는 것보다 교회 하나를 더 세우는 것이 더 중요하오. 김 선생, 우리 동포들이 서로 사랑하고 그 정신으로 성장하도록 목사로서 도와야 하오."

예진은 선생의 말씀에 크게 감동을 받고, 과연 자신이 사랑의 하나님의 종으로서 현재 풍파에 처한 사람들을 위해 더 많은 일을 할 수 있을 것이라는 확신을 갖게 되었다. 그는 애국심의 목적은 종국적으로 동족을 사랑하고 불행과 죄악으로부터 그들의 운명을 구출하는 것이라고 믿었다. 그 인상 깊은 첫 만남 이후 그는 바쁜 선생을 자주 찾아가 잠시나마 뜻있는 대화를 나눌 수 있었다. 선생은 언제나 남과 북이 속히 합쳐지고, 외국 군대의 지배로부터 조속히 벗어나기를 기원했다.

그해 12월 19일, 서울에서는 임정 요인들을 환영하는 대회가 열려 10만 명이나 되는 학생과 시민이 서울운동장에 모여 환영식을 하고 시가행진을 했다. 백범 선생은 전설적 항일투사이며 임정의 주석으로서 남조선 대중의 엄청난 인기와 지지를 받았다. 이에 비해 임정의 초대 대통령이었던 **이승만**[9] 박사는 미국으로부터 10월 16일 귀국했지만 국내 지지기반이 약했고 시민들도 열광적이지 않았다.

초기 해방정국의 국내외 정치현실은 복잡하고 혼란스러웠다. 소위 좌익, 우익, 중도, 지역, 이념, 이익집단들이 좌충우돌하며 경쟁과 대결을 계속했다. 백범 선생과 그의 임정동지들은 여러 정치단체 및 조직들과 협의하며 연대하느라 분주했다. 그의 굳건한 지지기반인 민족주의 계열은 이념적으로 온건한 우익진영이어서 사회주의나 공산주의 계열을 반대하였다. 그러나 동시에 친일세력을 기반으로 독자적인 반공국가를 선호하는 친미 우익진영의 활동에도 저항했다. 민족주의 계열은 이념적 분리보다 우선 대부분의 정치단체들이 연합하여 독립된 자주국가를 건설하도록 하나의 연합전선을 구축할 것을 독려했다.

이런 노력에 진짜 공동 적수는 강대한 외국세력에 의존하려는 사대주의 사상이었다. 좌우익에 잠재하는 이 사대주의는 우리 민족의 자주성보다 특정

외세를 더 의존하여 우리 민족을 분열시키는 악영향을 끼쳤다. 이런 외세 의존 사상은 대부분 친일관료 부역자들로 기능을 유지하는 미 군정청의 정책과 일맥상통하였다.

1946년 3월 5일 민족주의 진영은 미 군정청에 대담한 요구를 했다. 가까운 장래에 통치권한을 임정에 양도할 것을 요구한 것이다. 이런 비현실적이지만 정당한 요구에 대해서 미 군정청은 단호하게 거절할 뿐 아니라 임정을 의도가 불순하고 준적대적인 대상으로 보았다. 태도나 실천에 있어서 자주성은 반미로 의심하게 되었다. 당시 군정장관인 러치(Archer L. Lerch) 대장을 상대하는데 있어 백범 선생은 한마디의 영어도 구사할 수 없는 반면, 영어에 능통한 이승만 박사는 러치 장관을 우회하여 동경에 있는 맥아더 총사령관과 직접 협상할 수 있었다.

또한 일련의 사건은 김구 선생과 임정의 위상을 불리한 위치로 몰아갔다. 한민당의 초대 당수 송진우 암살[10]과 그 후 장덕수 암살사건[11] 이후 김구 선생은 미 군정청의 혐의를 받고 1948년 3월 13일 미 군정청 군사법정에 증인으로 출두해야 하는 수모를 겪게 되었다. 또한 정략적으로 능숙한 이 박사는, 비록 국무성에 적대적인 외교관들도 있었지만, 하버드-프린스턴 대학 동창들을 동원하여 미국 정계에서 주목받을 수 있었다. 서로 경쟁하고 갈등하는 여러 진영과 조직들을 통괄하면서 미 군정청은 자연스럽게 때로는 하는 수 없이 이 박사 진영의 강력한 반공주의와 미국식 실용주의 세력을 지지하게 되었다. 민족주의 계열의 임정은 조선 민중의 강력한 지지에도 불구하고 결국 해방된 조국에서 반목과 음모의 정치난장판 어디에도 설 자리가 없음을 절감하게 되었다. 사대주의가 편만한 정국에서 민족 자주성이란 현실성이 없기 때문이었다.

부서진 꿈

1945년 크리스마스 전날 밤에 사모 도신과 재명, 동명이 처음으로 경교장으로 김구 선생을 방문하게 되었다. 두 장성한 자녀는 상하이에서는 '살짝 곰보 할아버지'[12]에다 그들 식탁에서 거의 '상거지'로 알려졌던 그분이 위엄 있게 변모한 것에 황홀해했다. 그때 할아버지는 늘 아이들에게 친절하고 따뜻했다. 특별히 어린 재명이를 좋아해서 늘 자기는 딸이 없으니 "내 딸 하자"고 했던 것이다.

잠시 후 흰 장갑을 낀 청년 둘이 할아버지와 이시영(李始榮) 선생 앞에 화려한 큰 저녁상을 올렸다. 각기 통닭 삼계탕을 같이 나누어 먹자고 해서 생각지도 않게 옛날처럼 가족식사를 함께 즐기게 되었다. 식사 후 백범 선생이 도신에게 집안 사정에 대해서 물었다. 도신은 어렵지만 점차 안정되어가는 피난민 생활에 대해서 자세히 이야기를 드렸다. 선생은 예전에 약속했던 것처럼 "머지않아 좋은 날이 오리라"고 위로해 주었다.

그다음 주에 선생은 예진을 불러 서울에서 가족이 정착하는 데 사용하라고 3만 원을 하사했다! 그 뜻밖의 돈으로 예진은 서울에서 임정요인들을 기다리며 빌려 쓴 생활비와 다른 비용을 갚을 수 있었다. 나머지 절반으로는 용산구 일본 동네 삼판통(三板通, 지금의 후암동)에 세 채의 복식 일본가옥을 매입했다. 매입이라기보다 패전하고 떠나는 가여운 일본인 여섯 가족에게 계약금조로 2500원씩을 지불하고 모두 사용하기로 했다. 전시복 '몸뻬'를 입고 어린애들을 둘러메고 보따리를 끌고 일본의 집으로, 또는 집도 없는 일본으로 떠나려는 일본인 여성 피난민 가족들은 몹시 처량해 보였다. 그들은 그나마 그 돈이라도 받을 수 있는 것이 고마워 몇 번이나 절을 했다. 목사 예진은 그들에게 지금 그들의 비참한 사정이 미국의 정복으로 인한 것이 아니라 자기네 군부 지도자들이 무자비하게 다른 나라들을 침략하고 찬탈했던 죄과라고 상기시켰다. 그 말에 동의하든 안 하든 그들은 두렵고 감사한 마음으로 몇 번이나 허리를 굽혀 절했다.

예진은 꿈이 있었다. 그는 구입한 주택 중 나머지 5채에 애국동지들을 수용할 잠정적인 계획을 가지고 있었다. 해외에서 돌아오는 많은 애국투사들이 서울에 집이 필요할 것이라 생각한 것이다. 그는 또 근처 적산(敵産) 공터를

1946년 여름 백범 김구 선생의 모습
선생은 이 사진에 친히 서명하고 인장을 찍어 저자와 형제들에게 하나씩 주었다.

정부 공매에서 사기로 했다. 그 땅은 주택지대 안에 있는 비교적 큰(500~600평 정도) 집터인데 일본인 주민들이 사찰을 지으려고 지하실 일부를 이미 만들어 놓은 곳이었다. 목사 예진에게 이곳은 교회 건물을 세우기에 안성맞춤이었다.

그러나 그 꿈은 곧 깨어지기 시작했다. 2주도 안 되어 빈집들은 낯선 사람들이 부수고 들어와 차지했다. 왜냐하면 어떤 적산 가옥이나 비어 있으면 먼저 차지하는 피난민들이 살 권리가 생기는 때였기 때문이었다. 그 피난민들은 나중에 절차를 밟아 합법적인 집의 소유주가 되었다. 그때 혼란의 질서는 소유권이 아니라 '우선권'이었다. 도망가는 과거의 적에게 돈을 지불한다는 것은 완전히 바보 같은, 그리고 심지어 부도덕한 행위로 보였다. 목사 예진의 순진한 동정심은 어리석은 낭패의 본보기가 되었다.

그래서 김 목사네 가정은 희망에 찼던 꿈이 값싼 동정으로 깨어지는 큰 실수를 범하고 나서 자긍심에 상처를 입었다. 그런데도 예진은 그들 무법 점유자들이 최소한 쉼터가 필요한 우리나라 사람들이라는 점에서 불만이 없었다. 공터도 피난민들에게 점유되었다. 일고여덟 명의 피난민 가족이 큰 군대천막을 반지하방에 치고 겨울을 나도록 허락해 달라고 예진에게 요청했다. 물론 예진은 그들에게 겨울을 나도록 허락했다. 봄이 왔건만 그들은 나갈 생각이 없었고 결국 또 한겨울을 지내게 되었다. 시간이 흘러감에 따라 그들의 임시 거처는 점점 견고해 갔다. 삼 년째 되는 해에 그들은 그냥 그 자리에서 살겠노라고 예진에게 일방적 통고를 했다. 예진은 피난민 거주처를 강제로 철거시킬 수 없었다. 땅의 소유권을 그냥 물려주고 말았다. 교회당을 세우려던 그의 꿈은 완전히 사라졌다.

1946년 2월 중순까지 김 목사네 자녀들과 가족들이 모두 서울에 도착했고 한동안 한 집에서 살았다. 피난민으로 혼잡하고 붐비는 서울에서 일감을 구하는 것은 무척 힘들었고 따라서 살아가는 일이 쉽지 않았다. 우연히 근처 '피난민 수용소'(전 한국기술개발공사) 2층 회의실에서 15여 명의 만주 피난민들(여신도들과 청년들)이 정기적으로 모여 예배드리는 것을 알게 되어 같이 참여하게 되었다. 그들의 열정과 헌신은 어려운 사정에도 불구하고 매우 뜨거웠다. 김 목사는 정식으로 예배를 인도하고 설교를 하였다. 급격하게 교인 수가 늘어났다. 청년들의 열성적 지도로 주일학교 학생들이 몰려왔다. 그 청년들 중에는 나중에 저명한 민중신학자가 된 안병무(安炳茂)와 유명 목회자 조덕현(曹德鉉)이 있었다. 또 최세태, 윤자숙 전도사, 박영주, 오경패 권사 등이 헌신적으로 교회를 도왔다. 김 목사는 노회에 등록하여 정식으로 후암장로교회(厚岩長老敎會)를 설립하였다. 남녀 집사들을 임명하고 나중에는 장로를 선출하게 되어 공식적인 교회 조직을 완성했다. 이 교회는 그가 자유로운 남조선에 와서 얻게 된 첫 영적 수확이었다. 비록 식민지의 멍에는 벗어났지만 많은 사람들이 혼란과 빈곤 속에 희망을 잃고 헤매는 현실 속에서 목사 김예진의 목회와 전도는 큰 위로가 되었다.

김 목사네가 후암동에 정착한 일본 주택은 2층 집으로 큰 방 4개와 부엌, 목욕실, 변소, 작은 현관방, 그리고 붙어 있는 복식가옥 지붕 위 베란다로 되어 있었다. 큰 방 하나를 둘로 나누고 2층 지붕 밑 빈 공간을 개조하여 방 하나를 더 만들었다. 그들은 찾아오는 친척과 친구들에게 집과 마음을 열어주었다. 늘 몇몇 개인과 가족이 김 목사네 집에 몇 주, 몇 개월, 심지어는 1년이나 머물렀다. 한때는 세 가족이 그 집에서 같이 살았는데 12명의 아이들이 집 안팎을 뛰어 다녔다. 3년 동안 총 11 가족이 김 목사네 임시 쉼터를 거쳐 다른 곳에 정착하였다. 공동으로 혹은 개별적으로 식사를 준비하는 것이 무척 힘들었다. 수돗물이 자주 끊겨서 큰 애들은 매일 물지게를 지고 남산 기슭 우물에서 물을 길어 오는 것을 일상 의무로 여겼다.

이런 힘들고 바쁜 준공동생활에서 도신은 제일 막내인 명자를 영양실조에 빠지도록 제대로 돌보지 못했다. 늘 몸이 허약하고 자주 아팠다. 나중에 짐작하게 되었지만 명자는 아마도 감정박탈증(emotional deprivation)과 분리불안증(separation anxiety)을 앓았는지도 모른다. 명자는 만주에 마지막까지 남겨두었다가 맨 마지막에 아주머니와 함께 서울에 왔던 것이다. 서울에 와서도 같이 사는 모든 아이들에게 공정하고 평등하게 대우해야 한다며 어머니는 세심한 돌봄이 필요한 어린 환자에게 특별한 대우를 해주지 못했다. 따뜻한 온돌방은 해산하는 친척집 식구에게 양보하고 명자와 주인집 식구는 한기가 도는 '다다미방'에서 자야 했다. 종국에 명자가 뇌막염을 앓는 것을 알게 되었을 때에는 효과적인 치료를 받기에는 너무 늦었다. 어느 날 밤 명자가 갑자기 일어나 "나 엄마랑 같이 서울 갈래!"를 두 번 외치고는 그대로 쓰러졌다. 그러고는 며칠 동안 의식을 잃고 말았다. 1947년 4월 10일 집안의 작은 천사는 하늘로 조용히 떠나갔다. 어머니의 마음은 깊은 슬픔과 회한으로 무너졌다.

예진은 막내딸의 죽음을 애통해하면서 또한 외국 군대의 지배와 민족의 분열로 인하여 나라의 독립이 계속 지연되는 것에 더욱 슬퍼했다. 그는 종종 혼잣말처럼 한탄했다.

"일본으로부터 해방되었다지만 여전히 우리는 자주성을 성취하지 못했다. 외국 군대가 우리의 운명을 완전히 지배하고 있는데 어떻게 우리가 독립을 쟁취했다고 말할 수 있는가?"

민족주의적 관점에서 볼 때 해방 이후 남에서는 진정한 변화가 없었다. 이 잘못된 분위기 속에서 일본 제도와 관습의 잔재가 넘쳤다. 일본 식민통치하에서 일하던 대부분의 정부 관료들, 지배인들, 교육자들, 사업가들, 종교인들, 심지어 잔인한 경찰관들까지, 직명만 바뀌었을 뿐 그들의 기능은 전과 다름없이 지속되고 있었다. 나라의 독립을 위해 해외에서 죽음을 불사하고 투쟁을 해왔던 애국투사들은 해방된 조국에 와서 불쌍한 피난민 신세가 되었다.

제2차 세계대전 당시 4년간(1940~1944) 독일의 침략을 당한 프랑스는 망명정부와 국민들의 줄기찬 저항(Conseil National de la Résistance) 속에서도 독일점령군의 프랑스행정부(Occupation de la France par l'Allemangne)에 적극 협조한 개인들과 단체들이 있었다. 그들은 공산주의를 두려워하여 차라리 나치 침략세력을 지지하였다는 것이다. 이들 나치 부역자들은 여러 방면에서 여러 수준으로 독일군과 협조하였는데 후에 이들은 프랑스와 다른 유럽 국가에서 엄하게 그러나 정당하게 처벌되었다.[13] 이렇게 민족반역자들에 대한 무자비한 숙청과 처단으로 그들의 부끄러운 역사가 깨끗이 정리되고 자유 프랑스인들의 자주국민적 긍지와 자존심이 확보되었다. 자기 나라와 민족을 배반하고 외적에 협조한 매국노에 대한 처벌은 다른 여러 나라에서도 시행되었다.[14]

미 군정청이 견지하는 일본제도의 보호정책 아래에서 예진은 나라의 식민지 위치를 혐오하고 통탄하지 않을 수 없었다. 그뿐이 아니었다. 그를 정말 실망시키고 분노케 한 것은 소위 친일파[15] 존속문제였다. 이를 근본적으로 해결하려는 민중의 공식적 결의를 후일 이승만 정권이 전반적으로 분쇄한 것이다. 친일파 인물들은 일제강점기 조선인들을 억압하고 착취한 일본 지배자들에 적극 협조하고 도운 매국노들, 새 시대에 반드시 청산되어야 할 민족반역자들이었다. 제헌국회는 「반민족행위자처벌법」(1948년 9월 7일 제정)에 따라 10월 23일 「반민족행위특별조사위원회」(反民族行爲特別調査委員會, 반민특위)를 조직하고 중요한 친일행위 범법자를 수사하고 처단하기로 하였다. 그러나 이승만 정권 아래에서 그 반민특위의 활동은 여러 정치적 방해를 받아왔고, 종래에는 법적·행정적, 심지어 정치 깡패의 공격을 받아 해산되고 말았다.[16] 그에 앞서 3월부터 8월 사이에 소위 국회프락치사건을 조작하여 국회부의장 김약수(독립투사)를 비롯하여 반민특위법을 주도하던 국회의원 13명이 구속되는 사건이 발생했다. 그들은 "남로당과 내통하여 외국군대 철수, 남북통일 협상 등 북한의 입장과 일맥상통하는 주장을 했다"는 혐의로 구속되어 헌병대의 극심한 고문을 당하고 사광욱 제1심 재판장(일제 판사)으로부터 모두 장기 실형 선고를 받았다. 그리하여 친일파 세력은 실질적으로 남조선의 각 분야(경찰, 군대, 정치, 정부 관료, 산업, 교육, 문화 등)의 중요한 지위와 역할을 차지하고, 항일 투쟁한 사람들은 이승만 정권에 순응하는 극소수만이 그 지배 세력에 상징적으로 포함되었다. 그뿐 아니라 그들 친일파 세력은 새로운 적, 즉 공산주의자들과 그 '동조자'들을 색출 및 처벌하는 책임을 지속적으로 수행했다. 동조자란 미군정이나 이승만 독재정권에 비판적인 민족주의자들도 쉽게 포함되는 애매한 정치적 적이었다. 이런 친일파의 적반하장(賊反荷杖) 술책은 후일 대한민국 반공정책의 중요한 기반이 되었다. 여기서 제기되는 문제는 친일세력의 매국적 범죄는 결국 심판받을 수 없는 것인가 하는 역사적·도덕적 의문이었다. 예진은 일본 식민주의와 그 잔재에 대한 뼈저린 증오와 적대감을 쉬이 지울 수가 없었다.

친일파 문제가 대두되기 여러 달 전의 일이었다. 예진은 후암동 집 앞에서 어떤 두 남자가 일본말로 떠들며 웃고 가는 소리를 들었다. 그는 집에서 뛰쳐나와 그들을 세워놓고 일본인들인가 물었다. 그들은 일본인이 아니었다. 그는 재빠르게 두 사람의 뺨을 때리고 호령했다.

"여기는 조선이오. 당신들이 조선 사람이라면 조선말을 하시오. 일본말은 우리의 원수인 일본인들의 언어요!"

이 번개같이 빠른 공격을 본 아내는 당황하며 두려움에 떨었다. 천만다행으로 기습을 당한 두 남자는 정중히 사과하고 자기네들이 일본에서 온 지 얼마 안 되어서 조선말이 서툴지만 곧 배우겠노라 약속했다.

"여보, 목사가 지나가는 사람을 때렸으니 이를 어떻게 하면 좋겠소? 누가 알면 뭐라 할 것이오?" 아내가 타이르듯 따졌을 때 예진은 괴로웠다. 목사 예진에게 이런 폭행 사건은 무슨 이유에서든 수치스러운 일이어서 후암교회 사람들에게는 일체 말하지 않았다. 그는 여러 날 밤 어떻게 자기 울분과 좌절감이 하나님의 영광을 위해 건설적인 힘과 능력으로 변화될 수 있을지 눈물로 기도했다.

김 목사에게는 또 하나 합리적이라고는 볼 수 없는 이상한 버릇이 있었다. 매일 새벽기도회에 갈 때 그는 성경, 찬송가와 함께 작은 손톱을 두루마기 주머니에 넣고 갔다. 기도회를 마치고는 근처 남산 기슭으로 올라가 일본 국화인 사쿠라(さくら, 벚꽃) 나무를 몇 그루씩 톱으로 반쯤 잘라서 며칠 후 결국 죽게 만들었다. 그의 지론은 일본인들이 경성(서울) 중심부에 있는 남산에 잔뜩 심어놓은 사쿠라를 애국가 2절에 나오는 가사("남산 위에 저 소나무 철갑을 두른 듯")대로 소나무로 대체하여야 한다는 것이었다. 예진은 아마도 남산의 사쿠라 나무를 몇백 그루는 죽였을 것이나 아무도 새벽마다 일어난 이 기행을 알지 못하였고 그는 이로 인하여 심문받은 일도 없었다.

외세의 손아귀

평소 명랑한 성격의 예진의 가슴속에는 슬픈 그늘이 계속 자라고 있었다. 그의 가슴은 나라를 사랑하는 마음으로 가득 차 있었지만 외부로부터 강요된 분단과 상호 적대감으로 휩쓸린 조국의 현실이 가련하게 생각되었기 때문이었다. 해방되면서 조선반도가 둘로 갈라지는 것은 어떤 누구의 사전 의도나 계획 같지는 않았다. 나중에 밝혀진 사실에 따르면 분단선 설정은 거의 '우연'인 듯싶었다. 1945년 8월 9일 대일본 선전포고 직후 극동의 소련군이 너무나 빨리 만주와 북조선에 진입하여 미국 정부는 소련군이 조만간 조선반도 전체를 점령할 것을 우려했다. 1945년 8월 10일 미 국방성 전략정책위원회의 젊은 두 장교 **딘 러스크**(Dean Rusk)[17]와 찰스 본스틸(Charles H. Bonesteel)이 제1포고령에 명시될 해방되는 조선반도에서의 미국점령지역을 구획하도록 임명되었다. 그들은 긴급하고 준비 없는 상황에서 미국 유명 지리잡지 ≪내셔널 지오그래픽(National Geographic)≫의 지도를 사용하여 북위 38도선을 점령 분계

신탁통치 반대의 맹렬한 시위
1945년 12월 31일 서울. 모스크바 외상회의의 신탁통치 결정에 항의하여 남한 전역에서 격렬한 반대시위가 미소공동위원회가 해산될 때(1947년 8월 말)까지 계속되었다.

선으로 제안했다. 이 분계선은 조선반도를 대략 반으로 분할하면서도 수도인 서울이 미군점령지역에 남게 되어 있어 만족스러웠다. 8월 15일 포고령 초고를 소련 측에 보냈는데 다행인지 불행인지 다음 날 소련 측은 그 제안을 수락했다. 이렇게 급격하게 임시로 합의한 점령 분할선이 3000만 우리 동족에게 결정적인 운명의 분단선이 되었던 것이다.

제2차 세계대전 전에 해방될 조선의 운명에 대해서는 **국제적 합의**[18]가 있었다. 그러다가 1945년 12월 '모스크바 외상회의'에서 조선이 독립하기까지 5년간 4강(영국, 미국, 소련, 중국)에 의한 신탁통치를 결정했다. 이 합의가 발표되자 거의 모든 남조선 단체들은 즉시 강력한 반발을 했다. 반탁 시위와 파업이 전국적으로 일어나고 그 투쟁은 2년 이상 계속되었다. 다만 공산계열이 신탁통치안을 지지하자 거리에서 충돌사건이 일어났다. 원래 신탁통치 결정은 1943년 미국 대통령 루스벨트(Franklin D. Roosevelt)가 구상하였던 것으로 미국이 주도하였으나 모스크바 외상회의 결정의 초기에는 러시아의 음모처럼 비쳤다. 예진도 신탁통치 반대집회에 참석하고 거리로 뛰쳐나가 반탁을 외쳤다. 그는 정치활동을 하지 않고 목회와 전도에만 전념하겠다고 했지만 외국의 신탁통치를 반대하는 것은 독립운동의 연장이라고 믿었다. 1946년 12월 30일 그는 '신탁통치반대 국민총동원위원회' 중앙위원에 선임되어 열렬히 투쟁했다.

모스크바 합의에 의해 하나의 독립국가안 합의를 추천하도록 설립된 '미소 공동위원회(The Joint Commission of the US and USSR)'는 이런 강력한 조선 민중의 반대에 부딪친 데다, 그보다도 냉전시대의 도래로 미국과 소련이 서로 불신하고 불협해서 아무런 합의도 도출할 수 없었다. 그 위원회의 실패는 결국 하나의 독립국가 건설을 위한 국제적 합의를 불가능한 것으로 만들었다.

예진과 뜻을 같이하는 동지들은 이 모든 혼란과 실패의 근본적 문제가 조선 인민의 소망을 총체적으로 무시하는 데 있다고 생각했다. 주요 조선 정치 단체의 목소리 하나도, 민중 대표들의 청원 하나도 조선을 위한, 또는 조선에 관한 중요 국제적 결정과정에 반영되거나 고려되지 않는 것이다. 이것은 식민지정책처럼 조선의 국가 운명을 좌우하는 외국 지배의 또 다른 형태였다.

공동위원회가 아무 성과 없이 사실상 해체되자 미국은 '코리아 문제'를 유엔에 회부하여 1947년 11월 14일 유엔총회 결의문 #112를 채택하게 되었는데, 이 결의문은 8개국으로 새로 구성되는 유엔임시한국위원회(United Nations Temporary Commission on Korea, UNTCOK)의 감시하에 인구비례 총선거로 대표를 선출하여 하나의 독립정부를 구성하고 외국군 철수를 성취한다는 것을 골자로 하고 있었다. 그러나 외국군 우선 철수를 내세운 소련 측의 반대로 38선 이북 소련 점령지역의 선거가 불가능해졌다. 이 사실을 유엔 소총회에 보고하자 1948년 2월 유엔 소총회는 소련 등 7개국의 반대에도 불구하고 선거가 가능한 지역에서만이라도 총선을 하겠다는 미국의 제안을 따르기로 했다. 그에 따라서 남한에서는 1948년 5월 10일 단독으로 총선거를 치르게 되었다. 이 단독선거는 이승만 계열의 반공우익진영에서는 환영했으나 대부분의 사람들은 극렬하게 반대했다. 이것은 틀림없이 남쪽의 단독정부 수립과 이에 따른 실질적 국가 분단을 가져오리라 믿었기 때문이었다. 좌익은 물론 민족주의 진영 대부분의 사람들이 5.10 선거를 거부하기로 하고 싸웠다.

소위 '2.7 구국투쟁(二七救國鬪爭)'은 그 대표적인 투쟁으로서 1948년 2월 7일 전국적으로 시위와 파업을 단행하여 남조선에 단독정부를 수립하려는 의도를 결사반대했다. 이에 더하여 제주도에서는 **제주 4.3 봉기**(濟州四三蜂起)[19]로 알려진 무력폭동이 대대적으로 일어났는데 그 발단은 1947년 3.1절 행사에서 경찰의 발포였지만 그 근본 배경은 남한 단독선거에 대한 반대였다. 점증하는 갈등 속에 1948년 4월 3일 일부 좌익분자들과 제주도민의 폭동이 미군의 지원을 받는 경찰을 상대로 일어났다. 그들의 선동과 무력충돌이 점차 증대하자 미군정과 경찰은 결국 제주도민 거의 전체를 공산주의 폭도처럼 보고 무자비한 토벌과 학살로 대응했다.

이런 절박한 사정에서 백범 선생과 임정의 요인들은 북쪽의 지도자들과 직접 대화로 문제를 해결하도록 최종 노력하기로 했다. 1948년 2월 10일 백범 선생은 '삼천만 동포에게 읍고(泣告: 울며 알리다)함'이란 눈물어린 호소를 발표하였다.

> 현시에 있어서 나의 유일한 염원은 삼천만동포와 손목 잡고 통일된 조국, 독립된 조국의 설을 위하여 공동 분투하는 것뿐이다. 이 육신을 조국이 수요한다면[받아준다면] 당장에라도 제단에 바치겠다. 나는 통일된 조국을 건설하려다가 삼팔선을 베고 쓰러질지언정 일신에 구차한 안일을 취하여 단독정부를 세우는 데는 협력하지 아니하겠다.

선생은 2월 25일 북쪽의 김일성과 회담을 하자고 제의했다. 미 군정청은 이 움직임을 승인하지 않았고 온건 우익을 포함한 여러 계열에서 반대가 있었다. 그들의 반대 이유는 김일성을 신뢰할 수 없고 백범 선생이 오히려 정치적으로 이용되거나 악용당하리라는 의심 때문이었다. 그해 4월 19일, 백범 선생 일행이 떠나는 아침에 많은 '애국 청년들'이 그들 일행이 타고 갈 차 앞에 드러눕는 일이 벌어졌다. 모두가 혼란 속에 정신이 없었다. 예진도 우려에 찬 얼굴로 선생을 찾아가 작별인사를 드리려, 아니 드리지 않으려 했다. 선생이 김 목사의 두 손을 붙잡고 낮은 목소리로 속삭였다.

"비록 내가 개인적인 위험을 당하더라도 내 사랑하는 조국이 두 동강 나는 것을 막아보려 내 최선과 최후를 다해야 하지 않겠나? 난 사랑하는 동포들에

38선 상의 김구 선생 일행
1948년 4월 19일, 하나의 독립국가 건설을 위해 남북 지도자들은 평양에 모여 협상을 했다.

게 눈물로 호소하네. 나보다 나라를 위해서 열심히 기도하게나." 혼란 속에서 선생은 '우리의 유일한 이정표는 나라의 통일'이라는 눈물의 호소를 남기고 길을 떠났다.

백범 선생 일행이 혼란 속에 떠나간 후 예진은 지친 몸을 이끌고 깊은 슬픔에 잠겨 집으로 돌아왔다. 그는 조용히 그러나 억장이 무너지는 심정을 하나님께 부르짖었다.

"주님, 왜, 왜 공산주의니 자본주의니 하는 외제 이념에 눈먼 기회주의자들이 이 나라의 운명을 팔아먹게 하시나이까? 왜? 왜?"

얼마 후 '남북회담'이 평양에서 4월 19일부터 23일까지 어떻게 진행되었는지 신문보도가 있었다. 이 회담을 통해서 양측이 '외세에서 벗어난 하나의 나라'라는 원칙을 확인했지만 조선의 모든 사회, 정당, 시민 단체의 대표성 문제를 위시하여 방법론의 차이 때문에 구체적인 진전을 볼 수 없었다. 남쪽의 김구, 김규식, 북쪽의 김일성, 김두봉의 구수회의에서도 별 해법을 찾을 수 없었다. 결국 백범 선생은 김일성 장군이 자신의 진로를 쟁취하지 못하면 독자적인 공산정권을 수립하려는 야욕을 숨기고 있음을 알아냈다. 그 발견은 커다란 실망이었고 자신의 발의가 실패라는 것을 인정하지 않을 수 없었다. 김일성의 2차 회담 제의를 받고 백범 선생은 가슴 아프게 사절했다. 이 실패한 회담의 한 애석한 후일담은 한때 광복군의 부사령관이었던 김원봉이 회담 후에 북조선에 남기로 한 사건이었다. 그는 평생 항일 무장투쟁을 한 영웅적 존재였으나 그가 남조선에 돌아왔을 때 공산주의자로 지목되어 어려움을 당했고 특히 일제 시 항일투사들을 혹독하게 고문하였던 악질경찰 노덕술[盧德述, 일본명 마쓰우라 히로(松浦 鴻)]의 끈질긴 박해에 분노하여 월북을 감행했던 것이다.

남조선에서의 단선(單選)에 대한 반대와 항의는 전국적으로 계속되었지만 5월 10일에 유엔한국임시위원회의 감시하에 삼엄한 경비와 강요를 받으며 총선이 실시되었다. 그 결과 제헌국회(制憲國會)가 성립되어 첫 모임을 5월 31일 198명의 피선의원으로 개회하였다. 예상대로 이승만 박사가 국회의장으로 선출되었는데 흥미롭게도 두 부의장 중의 하나에 전 평양고무공업주식회사 사장이었던 김동원(金東元) 장로가 선출되었다. 그는 1920년대 예진의 가족이 어려움을 당할 때 도신에게 적지 않은 도움을 준 분이었지만 또한 일제강점기에 부호 사업가로서 후일 일본 식민정책에 적극 협력한 친일인사였다. 도신은 해방 후 남조선에서 그의 초기 선거운동을 잠시 도운 일도 있어 그의 일약 정계 진출을 축하하기 위해 연락하려 하였으나 남편의 만류로 그만두고 말았다. 개인적인 은혜와 사랑도 민족사적 아픔과 적개심으로 깨어지는 경험이었다.

그해 8월 15일, 일제로부터 해방된 지 3년 만에 38선 이남에 대한민국(大韓民國, Republic of Korea, ROK) 정부가 착잡한 축복 속에서 수립되었다. 외국 위원단의 감시와 독려, 그리고 많은 사람들의 우려와 반대 속에 새 반쪽 정부가 태어났지만, 새 정부는 "당당한 대한민국, 빛나는 유엔 승인"(정부의 정식구호)으로 조선반도에서 유일한 합법정부처럼 군림하였다. 더욱이나 새 헌법 전문에는 "기미 3.1 운동으로 대한민국을 건립하여……"라고 합법화하였다. 현행 헌법 전문에도 "우리 대한민국은 3.1 운동으로 건립된 대한민국임시정부의 법통"을 계승한다고 명시되어 있다. 그러면 대한민국임시정부의 법통이란 무엇인가? 구체적으로 대한민국임시정부의 건국강령은 무엇인가? 그것은 기본이념 및 정책노선으로 확정된 "**삼균주의**[20]로써 복국(復國)과 건국을 통하여 일관한 최고공리인 정치·경제·교육의 균등과 독립·자주·균치(均治)를 동시에 실시할 것"을 명시했다. 새로 독립된 대한민국 정부는 과연 그 노선을 이어갈 의도나 방책이 있는 것일까? 남한 단독정부수립을 기다렸다는 듯 북조선 노동당의 김일성은 8월 25일 그들의 선거를 치렀고 9월 9일에 그들대로의 단독 정부인 조선민주주의인민공화국(朝鮮民主主義人民共和國, Democratic People's Republic of Korea, DPRK)을 선포하였다. 역시 반쪽 분단의 국가체제였다. 그리하여 불과 25일 사이에 두 적대적인 정권이 같은 동족, 같은 반도 땅에 38선을 사이에 두고 수립된 것이다. 그 이후로 남조선은 주로 대한민국, 대한, 한국, 남한 등으로 부르거나 표기하고, 북조선은 조선민주주의인민공화국, 조선, 북한, 심지어 북괴로 불리게 되었다. 점차 38선은 넘기 어려운 국경선이 되었고, 자유진영에 속한 남쪽의 자본주의 국가와 공산진영에 속한 북쪽의 사회주의 국가로, 완전히 적대적인 분단국가로 나누어지게 되었다.

불투명한 현실로부터의 새 영감

여러 변동과 대혼란 속에서도 김 목사네 서울 피난민 생활은 점차 안정되어 갔다. 최소한 서울은 치안상 안전했다. 1948년 여름까지 김 목사네 식구들은 새 생활에 다 잘 적응하는 편이었다. 가족 중 막내인 동수는 삼광국민(초등)학교를, 순명은 수도여중을 졸업하게 되었고, 광명은 상명여중과 수도여고 과정을 3년에 마치고 서울여자의과대학(한때 우석대학 소속이었으나 지금은 고려대학교 의과대학)에 입학하게 되었다. 아이 아빠가 된 동명은 잠시 막일을 하다 국방군(국군의 전신) 포병대에 입대하였다. 아직 28세 미혼인 재명은 한동안 철도병원에서 간호사로 지내다 나중에 평양기독병원에서 피난 내려온 동료 간호사들(김순봉, 이충실 등)과 함께 초창기 육군 간호장교로 임관하였다. 큰딸 선명이와 남편은 다음 해에 어렵게 남으로 피난을 왔다.

가난해도 이제는 집안에 세 큰 자녀가 출가하여 먹고사는 염려는 줄었다. 남은 세 자녀의 어머니 도신은 여전히 자주 찾아오는 방문자와 손님이 늘 부담이었다. 도신은 교회 여전도회에서 권사로 봉사하고 밖에서는 기독교여자절제회(基督教女子節制會), 3.1 동지회(三一同志會), 대한애국부인회(大韓愛國婦

人會) 등에 참여하였다. 무엇보다도 사모로서 목사 남편을 돌보고 지원하는 일이 제일 중요한 사명이었다. 김 목사는 너무나 열정적인 사람이어서 그가 믿는 진리와 정의에 관련된 일에는 양보나 타협을 몰랐다. 그래서 가까이에서 성원하면서 그의 행동을 적절히 조정하고 관리할 필요가 있었다.

예진이 후암교회의 초대 목사로서 성경 공부와 새벽기도회를 열성적으로 이끌면서 교회가 성장하기 시작했다. 그리고 얼마 후 피난민 수용소 예배처소에서 삼광초등학교 근처 2층 일본가옥을 사서 개조하여 예배당으로 만들었다. 개조라기보다 아래층 벽을 터서 기둥이 13개나 되는 예배용 작은 강당을 만든 것이었다. 그리고 특별헌금을 모아 철탑 종각을 세웠다! 그 일을 위해 광명의 수도여자고등학교 선생인 김천일 씨가 많은 힘을 보탰다. 김 목사는 옛날 구읍교회에서 교회종을 일본 당국에 상납해야 했던 슬픈 기억을 새삼 떠올렸다. 교회가 성장하자 그는 담임목사직을 평양신학교 선배인 김경종(金庚鍾) 목사에게 넘기고 협동목사로서 일하며 연구와 가르치는 일을 주로 하게 되었다. 그는 남대문교회 김치선 목사가 시작한 대한신학교에 합류하여 행정을 도우며 시간 강사로서 성서희랍어와 영어를 가르쳤다. 그 당시 이 신학교는 재단, 교수진, 학교교사 어느 하나도 제대로 갖추지 못한 야간학교였는데 북한에서 피난 온 젊은 사람들이 낮에는 일하고 밤에 공부하여 목회자 또는 전국 복음화 운동에 필요한 일꾼으로 성장하게 하는 것을 목적으로 세워졌다. 목사 김예진은 수색과 다른 지역의 작은 교회와 새 교회 개척에도 힘을 보탰다. 그는 열성적이고 정력적으로 활동했다.

언제부터인가 예진은 이스라엘 백성에 대한 연구에 심취하게 되었다. 물론 그는 성서(구약)에 기록된 대로 이스라엘 백성은 인류를 구속하기 위한 영원한 섭리를 성취하시려는 '여호와 하나님의 택한 백성'이라는 사실을 알고 있었다. 그는 유대인들이 전 세계적으로 많은 전문 영역(이를테면 학계, 철학, 의학, 과학, 금융, 상업, 역사, 복지와 자선사업 등)에서 특출하고 우수하다는 사실에 크게 인상을 받았다. 그를 더 매혹시킨 것은 이스라엘 민족과 우리 민족의 역사와 특성이 놀라울 정도로 비슷하다는 새로운 깨달음이었다. 두 민족이 비슷하게 장구하고 특수한 4000년 이상의 역사를 가진 것, 양쪽이 강대국에 둘러싸인 약소국가였다는 것, 이웃 국가의 억압과 통치와 점령을 여러 번 당해왔다는 것, 많은 사람들이 세계 여러 곳에 흩어져 살고 있다는 것, 한때 남북으로 분단되어 있었다는 것, 교육을 중시한다는 것, 비상한 영성과 종교적 열정이 있다는 것, 오랜 고통으로 인한 강한 공동체적 민족주의를 지닌 것 등…….

대영제국은 1920년대부터 유대인들이 '성지'로 여기는 팔레스타인에 유대인들의 대량 이민을 추진하였으나 후에는 그 지역을 자국의 군사적·전략적 관점에서 지배하는 데만 완고한 입장을 고수하여 이스라엘의 독립에 걸림돌이 되었다.

제2차 세계대전 이후 복잡한 국제관계와 내전 속에서 유엔은 이스라엘 국가의 창립을 승인했고, 우리나라에 두 정부가 설립된 것과 같은 해인 1948년 5월 14일에 이스라엘 국가(State of Israel) 독립이 선포되었다.

이 두 민족국가의 유사성은 김 목사의 유별난 발견은 아니었다. 과거에 몇몇 신학자들이나 목사들이 비슷한 관찰을 했었다. 그러나 그의 연구가 유난히 특이하고 흥미로운 것은 이 두 민족의 놀라울 정도의 유사성으로 볼 때 우리 민족에게도 비슷하게 하나님의 특별한 계획이 있으리라는 통찰과 강한 믿음이었다. 즉, 창조주 하나님은 이 시대 그의 나라의 거룩한 사명을 성취하기 위하여 작고 완고하고 수난당하는 우리 민족을 사용하실지 모른다는 엄청난 생각이었다. 그는 마치 하나님이 인류 구속의 목적을 위해 이스라엘 민족을 사용하신 것처럼 우리 민족을 '제사장직 도구'로 사용하실 것이라는 영감에 가슴이 벅찼다. 그래서 전능하신 하나님께 감사함으로 찬양했다. 그러나 이것은 아무런 가시적 증거가 없는 신비스러운 묵시였고 그는 무슨 일이 일어날지 또 어떻게 일어날지 알 수 없었다. 그는 겸손히 기도를 드릴 수 있을 뿐이었다.

제17장

기울어진 운명을 은혜와 사랑으로 극복하다

반공(反共)의 이름으로

1948년 10월 하순에 전라남도 어떤 지역에서 새 정부를 반대해서 군사폭동이 일어나 많은 사상자가 생겼다는 어두운 소식이 들려왔다. 며칠 후 더 무서운 일이 육군 간호장교 김재명 중위에게 직접 벌어졌다. 그녀에게 당장 제1육군병원으로 출두하라는 명령이 내려졌다. 실은 '**여수순천사건**'[1]이 발생한 지역에 민간인 응급치료를 위해 몇 명의 간호장교를 급파할 것이라는 소문을 들은 터였다.

재명이 병원 구내에 들어가자 육군 헌병대 대원들이 즉시 그녀를 체포했다! 그리고 알지 못하는 곳으로 순식간에 끌려갔다. 거기서 그들은 그녀의 계급장을 떼어버리고 피의자 신분으로 수사를 개시했다. 재명은 도대체 무슨 일이 일어나는지 몰라 거세게 항의하였다. 그러나 수사관들은 그녀가 유죄라고 전제하고 그녀의 자백을 강요했다. 그들은 이 모 대위라는 사람을 언제 어디서 만났는지, 어떻게 그녀가 폭동지로 가서 공산당 반란자들을 돕겠다고

여수순천사건(1948)의 민간인 희생자들과 공산당 협의자들
많은 우익 시민들이 공산 반란군에 의하여 학살되고 진압 후 많은 양민들이 반란군의 동조자로 체포되고 처형되었다(*Time & Life*, 1948. 5. 26, Carl Mydans).

자원하였는지, 얼마나 많은 간호장교들이 관련되어 있는지, 왜 반역 모반을 상부에 보고하지 않았는지 등을 심문했다. 터무니없는 심문이었다. 재명은 전 육군병원 근무 시 구매장교로서 이 대위를 알았을 뿐, 이 사건의 성격에 대해서 전혀 아는 바가 없었다. 이런 생소한 질문에 그녀는 아무 대답도 할 수가 없었다. 그들은 '페양(평양) 말씨'를 트집 잡으며 모욕적인 상소리를 퍼부었고, 밤에 잠을 자지 못하도록 괴롭히고 심지어 전기기구로 충격요법을 가하기도 했다. 고문을 받는 동안 재명은 이유도 모른 채, 세상이 알지도 못한 채 그곳에서 홀로 죽을지도 모르겠다는 공포감이 들었다.

닷새째 되는 날, 수사관들은 재명이 머리를 빗고 계급장이 달린 군복을 다시 입게 했다. 그런 다음 한방으로 데려갔다. 거기에 계급장 없는 이 대위가 수갑을 차고 밧줄로 묶인 채 있었다. 수사관들이 이 대위를 가리키며 "이놈이 진짜 문젯거리"라고 선언하였다. 그들은 재명 앞에서 주먹과 몽둥이와 군홧발로 이 대위를 마구 폭행했다. 그러고는 재명에게도 몽둥이를 주며 그를 때리라고 명령했다. 이런 기괴한 행동은 재명에게 또 다른 고문이었다. 몽둥이를 거부하자 다음에는 차호성 소령이라는 헌병대 대장의 방으로 데려갔다. 살지고 얼굴에 개기름이 흐르는 젊은 대장이 물에 빠진 쥐처럼 초라한 몰골의 김 중위를 향해 한마디 던졌다.

"귀관의 이름이 다 해명되어 이제는 자유롭게 갈 수 있소. 그러나 누구에게도 이 사건을 절대 말하지 마시오." 엄한 경고였다.

"현역 장교로서 나는 이유도 없이 체포되고 심문과 고문을 받았습니다. 이런 행위가 무엇인지 압니까? 대장님 이름은 결코 해명되지 못할 것입니다."
분노한 김재명 중위의 답변이었다. 차 소령은 설핏 두려워하는 기색을 보였다.

"결국 모든 게 다 공산당 공격으로부터 나라를 지키기 위해서 한 일이오. 이해하시오." 그가 조용히 말했다.

"나중에 봅시다, 군사재판정에서" 그녀가 받아 넘겼다.

화가 난 차 소령은 갑자기 자기 권총을 재명에게 던지며 외쳤다.

"지금 둘 중 하나를 당장 선택하시오. 지금 나를 쏘든가 아니면 영원히 입을 닥치든가!"

한마디의 사과도 그의 입에서 나오지 않자 재명은 모욕의 눈초리를 매섭게 쏘아 보내고는 그 지옥 같은 곳을 걸어 나왔다.

이 해괴한 사건에서 이 대위란 사람이 폭도 쪽에 의료 지원을 주기 위해 김재명 중위와 다른 간호장교를 실제로 유괴하려고 했는지, 아니면 간호장교들이 반란군을 돕고자 했다고 거짓 보고를 하였는지 확실치 않았다. 재명은 충격과 대한민국 국군에 대한 큰 실망감으로 거기서 하루속히 나오고만 싶었다. 군의 이런 행위는 과거 조선 독립투사들을 잔인하게 고문했던 일본 제국주의 군대나 고등계 경찰의 사실상 계승이거나 **정신적 복제판**[2]인 것 같았다.

여수순천사건의 전모가 상세히 알려지자 그 반란의 결과가 얼마나 비극이었는지가 드러났다. 어떤 의혹을 받았다 하더라도 너무 많은 민간인이 양쪽에 의해 학살되었다. 개인적인 관계에서 볼 때, 예진의 평양신학교 동기동창 손양원(孫良源) 목사의 고등학교 학생인 두 아들 동인과 동신이 이때 공산 폭도들에 의해 살해되었다. 두 젊은 학생들의 죄과는 두 가지, '친미와 예수쟁이'였다. 공산 계열 폭도들의 이런 잔인한 살상은 결코 정당화될 수 없는 범죄였다. 수많은 무고한 민간인들이 사회주의 운동에 동조하지 않거나 반대한다는 이유로 무참히 희생되었다.

그러나 동시에 이 시기 사회주의 진영의 잔인성은 친공산주의이거나 분단에 반대하는 반정부 활동가에 대한 정부의 광폭한 잔학성과 무자비한 조처에 대한 보복성 반응이라고도 볼 수 있었다. 남한 정부 관료나 경찰은 혐오스러운 일제 부역자들이었는데 오히려 대부분의 반정부 활동가들을 공산주의자로 의심하고, 판정하고, 심지어 조작하였다. 공산주의자나 동조자에 관한 한 여러 가지 폭력행위와 범죄가 정당화되고 용납이 되었다. 그래서 이승만 정권에서는 여러 곳에서 그러한 개인들이나 단체들을 상대로 공개적으로 또는 은밀하게 집단 학살을 자행했다. 일반적으로 '국가폭력'은 정의와 인권의 문제와 관계없이, 법적인 근거나 절차 없이, 개인과 집단을 정치적 이유로 학살하고 폭압하는 국가잔학행위를 말한다. 남한의 **국가잔학행위역사**[3]는 기막힌 반인륜적 범죄였지만 국제사회에 국가범죄로 노출되지 않았다. 훨씬 후에 진보적인 정권이 들어서고 나서야 일부가 인권 차원에서 해명 또는 보상되었다. 모두가 반공의 이름으로 묵인되거나 오랫동안 은폐되었기 때문이다.

복음화 전략

후암교회에서 목회 책임을 일단 벗은 후 목사 김예진은 1948년 초부터 남한 전반에 걸친 복음화운동 계획에 집중하였다. 그에게 복음화는 하나님의 구원의 복음을 널리 전파하여 인간사회를 기독교화하는 전도와 선교의 과정이었다. 그는 오래 수난을 겪으며 하나님의 자비에 전적으로 의존해야 했던 우리 민족, 특히 지금 종교의 자유를 누리고 있는 남한 사람들을 하나님이 사용할 위대한 계획이 있다고 강하게 느꼈다. 전 세계를 향한 하나님의 구속의 목적을 성취하기 위하여 한국인들은 먼저 그리고 깊이 그분을 알아야 했다. 마치 이스라엘 민족이 오래전에 40년간 광야에서 유랑하며 여호와 하나님의 율법과 섭리를 배우고 훈련되었듯이. 그런데 남한은 북한보다 덜 복음화되어 있고 불신자와 토속 신앙인이 많았다. 물론 불교나 유교의 전형적인 추종자들이 있지만 대부분 시골에 사는 사람들은 삶의 진정한 희망과 빛을 희구하면서 영적인 암흑에서 사는 듯했다. 그들은 토속신앙이나 미신의 올무에 잡혀 있었다. 예진은 속히 기독교 복음을 가지고 그들에게 다가가기를 원했다. 그는 여러 날 여러 시간 하나님의 인도하심과 그 일을 위한 능력을 위해 기도했다.

여름 어느 날 예진은 전에 하던 대로 7일간 금식기도를 하려고 강원도 어느 깊은 산속으로 들어갔다. 간절한 기도의 목적은 하나님 섭리의 첫 단계로서 한국인의 신속한 복음화였다. 그는 신비한 영성이 강했다. 일단 주님과 깊고 신비한 교통의 경지에 들어가면 그는 물리적 시간과 공간의 감각을 잃어버리곤 했다. 땀을 흘리며 길고 간절한 기도를 하지만 예진 자신은 무슨 말을 했는지 알 수 없었다. 아마도 방언의 기도가 계속된 모양이었다. 간혹 절실한 육체적 필요나 갑자기 뛰어들거나 이상한 소리를 내는 야생동물들의 방해가 있었지만, 그의 시간은 밤낮이 없는 영적 평화의 비범한 승화 속에서 흘러갔다.

하루는 한밤에 그런 흔하고 시끄러운 교란이 갑자기 정지되고 온 주위가 죽은 듯 조용해졌다. 무슨 일이 일어난 걸까? 그는 호기심에서 눈을 뜨고 둘러보았다. 놀랍게도 일고여덟 마리의 호랑이가 그의 주변을 서성이고 있는 것이 아닌가! 고작 10여 미터나 될까……. 번쩍이는 눈들이 어둠 속에서 조용히 움직이고 있었다. 더욱 놀라운 사실은 그가 조금도 무섭게 느껴지지 않는 것이었다! 그는 우주를 창조하신 분이 그들을 보냈다고 확신했다. 오히려 자신을 지켜주는 것을 감사하며 그는 평온하게 기도하다 깊은 잠에 빠졌다. 눈을 뜬 아침에도 호랑이 떼가 여전히 어정거리고 있었다. 예진은 호랑이들이 자기에게 '미소' 짓고 있다고 생각했다. "친구들, 안녕!" 하고 그가 외치자 그들이 서서히 사라져 갔다. 다음 날 밤에도 그 친구들은 찾아와서 김 목사를 보호해 주었다. 예진은 이런 신비한 경험을 달리 설명할 길이 없었다. 집에 돌아와 가족들과 그의 무서운, 아니 무섭지 않은 경험을 나누었다. 그러나 다른 사람들에게는 발설하지 말 것을 당부했다. 왜냐하면 성령의 놀라운 일들을 경험하지 않은 보통 사람들은 이러한 초자연적인 현상을 믿지 않거나, 또는 반대로 초월 세계의 신비한 능력에 대해서 어떤 미신적인 두려움에 사로잡힐 수 있기 때문이다. 성령의 역사하심에는 절제된 조심성이 필요했다.

꾸준한 기도와 진지한 연구를 통해서 예진은 하나님이 복음화 사업을 위하여 자신을 사용하시리라는 확신이 생겼다. 그는 영락교회 한경직 목사를 위시해 안광국 목사, 이학인 목사 등 교회 지도자들 몇 명과 이에 대해서 상의하였다. 한 목사는 교계에서 널리 존경을 받고 영향력 있는 목사로서 숭실대학교를 1925년에 졸업했으니 예진이 숭실대학을 무사히 졸업했다면 한 목사는 예진의 5년 후배가 되었을 것이다. 한 목사의 지원을 받으며 예진이 해야 할 우선작업은 남한에서 교회가 아직 없는 면(面)의 수를 파악하는 일이었다. 그러나 면은 읍(邑)의 하부 행정구역으로서 대개 2만 명이 넘지 않는 작은 농어촌 지역이며, 어디에도 전국의 각 면에 대한 정보나 통계를 구할 수 없었다. 남한에는 1000여 개도 넘는 면이 있었으므로 예진이 무작위로 표본조사를 하는 데만도 여러 달이 걸릴 작업이었다. 그래서 그는 이 정보를 얻기 위해 여러 곳으로, 특히 교회가 적다고 알려진 경기도 일부, 충청북도, 강원도, 제주도, 전라남도를 직접 찾아가야 했다. 특히 그의 발길이 미친 곳은 춘천, 가평, 양평, 충주, 청주, 이리, 완도, 순천, 해남, 서귀포, 성산포 등이었다. 이렇게 해서 교회가 하나도 없는 면을 하나씩 확인해 갔다. 이렇게 얻은 정보로 예진은 각 도에서 교회가 없는 면을 색깔로 표시한 지도를 작성했다. 집 2층 지붕 밑에 그가 만든 공부방은 마치 작전계획을 세우는 상황실같이 여러 지도와 도표로 넘쳤다.

서울에 있는 대부분의 교회는 이런 조사의 중요성을 이해하지 못하고 냉담했지만, 몇몇 큰 교회는 관심을 가지고 여행비로 약간의 재정 지원을 해주었다. 그는 전도에 특별한 관심을 가진 목사, 장로, 안수집사, 청년지도자 등 10여 명을 모아 비정기적으로 기도회를 가졌다. 전국의 전도가 얼마나 절실하고 긴급한지 서로 생각을 나누고 기도를 계속했다. 그중 두어 명은 자신이 전도 활동에 나서겠다고 자원하기도 했다. 조사차 여행하는 동안 예진은 교회가 없는 지역에서 몇몇 기독교인들을 만나 자기네 면이나 동리에 작은 교회가 세워지기를 원하는 것을 알게 되었다. 그럴 경우 직접 가서 조사하고 교인들과 관심이 있는 비교인들을 모아 정기 예배를 시작했다. 그런 후에 전도사 한 사람을 파송해 교회를 계속하도록 주선하고, 지원을 원하는 도시교회나 개인 독지가를 구하여 서로 연결시켜 주었다. 이런 개인적 복음화 활동은 너무나 막연한 노력 같았으나 예진은 꿈이 있었다. 만일에 전국 각 면에 최소한 한 개의 교회가 설립된다면 그 교회들이 지역 사람들에게 복음을 전파하여 전국이 빠른 시일 안에 복음화될 수 있을 것이라고 믿었다. 그는 우선 이런 방식으로 3년 사이에 총 13개 **교회**[4]를 새로 설립하도록 도왔다.

그가 내세운 명제는 '한 면에 한 교회'였다! 점차 교회 지도자들이 이 복음화 계획에 관심을 가지게 되고 좀 더 조직적인 접근을 위한 노력에 합류하기 시작했다. 10여 명의 영향력 있는 목사와 장로들이 모여 예진의 일을 돕는 비공식적 그룹을 만들었고 그들은 점차 더 광범위한 복음화 운동 조직을 모색하게 되었다. 이와 관련하여 대한신학교의 **김치선**[5] 목사의 '전국복음화운동'은 목사 예진에게 큰 자극과 도전을 주었다. 김치선 목사는 '300만구령운동' 결성 등 전국 복음화운동에 특별한 관심을 가지고 있어 예진과 서로 같은 관심과 열정과 꿈을 나누고 있었다. 그는 열렬한 복음주의자로 수많은 금식기도회를 인도하였고 설교 시 우리 겨레를 언급할 때는 늘 눈물을 흘리는 버릇도 예진과 비슷했다. 복음의 진수가 민족사랑에 직결되어 있다는 공통의 신념이 특출했다. 그때에 남대문교회 집사 **박태선**[6]이 당시 성결교회 부흥사였던 이성봉(李聖鳳) 목사의 부흥회에서 '하늘에서 내려오는 불'의 역사를 체험하였다고 하며 부흥운동에 뜨거웠다. 그는 예진에게 남선(남한) 지방에 같이 다니며 부흥회를 인도하자고 간청과 도전을 해왔다.

목사 예진은 전국복음화운동에 관심과 열정이 많았지만 그 전략에 있어서 다른 부흥사들과 생각이 달랐다. 예진은 기도 끝에 박태선 장로(당시 집사)의 제안을 정중히 사절하고 차차 관계가 멀어졌다. 그는 김치선 목사나 박태선 장로의 부흥운동은 일시적·감정적, 심지어 신비적 경험을 안겨주지만 사람들의 신앙의 토착화와 연속성장에 별로 도움이 되지 않는다고 믿었다. 다만 지역 교회를 통한 지속적인 영적 양육이 진정한 민족복음화로 성공할 수 있다고 확신했다. 따라서 각 지역에 교회를 설립하는 것을 중요한 복음화의 전략이라 생각했던 것이다.

하나님의 떨리는 손

예진은 한번은 혹독한 사고를 당했는데 그 경험이 어떻게 풀뿌리 복음화 사업의 길이 열릴 수 있는지 알려주는 놀라운 교훈이 되었다. 그는 어느 날 강원도 홍천군의 교통이 좋지 않은 어느 산악지방(백두대간 지맥의 협곡 산악지대)을 가게 되었다. 그는 다른 사람들과 함께 화물자동차 위에 올라타고 좁고 꼬불꼬불한 언덕길을 올라가고 있었다. 자리가 아주 불편하고 시멘트 부대 외에는 잡을 것이 없었다. 자동차는 꼬부라진 길을 조심조심 끝없이 흔들리며 기어갔다. 예진은 잠깐 눈을 감았던 모양인데 깨어보니 온몸이 부서진 듯 아팠다. 그는 땅바닥 수풀 위에 넘어져 있었다. 여기저기 살갗이 벗겨져 피가 났지만 크게 다친 데는 없었다. 그는 혼자였다. 아니, 여기저기서 아우성이 들려왔다. 그러고 보니, 방금 전에 자기와 다른 사람들이 탔던 화물차가 뒤집힌 것 아닌가! 시멘트 부대에 깔린 사람들의 비명으로 일대는 아수라장이었다. 그는 자동차로 달려가 많이 다친 기사와 조수를 겨우 차에서 끌어냈다. 다른 사람을 구출하기 위해서는 트럭을 뒤집어야 할 터인데 어림도 없는 일이었다. 그는 동네에서 도움을 받기 위해 언덕길을 뛰어 내려가기 시작했다. 그는 몇 번 넘어졌지만 한 사람이라도 더 살리기 위해 계속 달렸다. 첫 동네에 이르렀을 때 대부분의 사람들이 밭일을 나가고 없었다. 그는 미친 사람처럼 "사람 살려요! 사람 살려요!" 소리소리 지르면서 뛰어다녔다. 약 20분 후에야 장정 10여 명을 동원할 수 있었다. 큰 나무기둥과 밧줄을 가지고 사고 현장에 도달했을 때 사람들은 여전히 고통스럽게 신음하고 있었다. 여러 번 시도하였으나 엎어진 자동차는 꿈쩍도 하지 않았다. 차의 한쪽을 밧줄로 당기면서 몽둥이로 받쳐서 공간을 만들어 시멘트 부대와 사람들을 끄집어내기 시작했다. 다섯 명은 중상을, 세 명은 경상을 입었으나 네 명은 이미 죽어 있었다. 아마도 질식사였는지 그들의 눈, 코, 입이 시멘트 가루로 하얗게 덮여 있었다. 대략 구출 작업을 마치자 예진은 몹시 지치고 떨리고 혼란스러웠다.

"주님, 왜 나만 멀쩡하게 살았습니까? 살아남은 자의 책임이 무엇입니까?"

그날 밤 다친 사람들은 모두 인근 부대 의무실과 군 진료소에서 응급치료를 받았다. 다음 날 아침에 사고 현장은 군 장비를 동원하여 수습하고 경상자들은 퇴원을 했다. 그 지역 경찰서에서 이번 큰 사고를 수사한다고 하였다. 군청 사무실은 유가족의 애도장이 되고 동시에 생존한 사람들 가족에게는 경사의 자리가 되었다. 이런 뒤섞인 감정의 자리에서 예진은 순식간에 영웅, 문자 그대로 많은 생명의 '구세주'가 되었다. 많은 사람들이 이 낯선 구세주에게 감사를 드렸다. 구세주가 거기 모인 사람들에게 자기 소개를 했다.

"저는 서울에 사는 기독교 목사인데 이 지역 어느 곳에 새 교회를 세우려고 이곳을 지나가던 길이었습니다. 이번 사고로 여러 사람이 다치고 목숨을 잃게 되어 가슴이 아픕니다. 모두 살리지 못해 미안합니다. 아랫동네에 교회 종이 있었더라면 더 많은 사람들을 살릴 수 있었을 터인데……." 그곳을 떠나기 하루 전날, 두 사람이 예진을 찾아왔다. 한 기독교인은 자기의 큰 사랑방을 예배당으로 내놓을 터이니 일주일에 며칠씩이라도 좋으니 전도사 한 사람을 보내줄 수 있느냐 물었고, 또 한 사람은 비기독교인인데 자기 면 안에 교회당을 세울 수 있다면 논 판 돈을 다 내놓겠다는 것이다. 예진은 감격했다. 이런 일은 그의 계획이 아니었다. 실은 이번의 무서운 참사로 그의 원래 계획이 다 어긋나 버린 것이다. 그는 하나님의 신비한 방법을 통해서 하나님 나라가 전진한다는 것을 알게 되었다. 이것은 이해하기 어렵고 받아들이기 힘든 일이지만 하나님의 영원한 경륜과 섭리를 믿는다면 비극 속에서도 그의 거룩한 뜻이 신비스럽게 이루어진다고 믿을 수밖에 없었다. 하나님의 진리는 비극의 현장에서 그리고 현재 나라의 우울한 현실(공식적 분단과 상호 분노와 증오의 현실)에도 불구하고 앞으로 전진한다는 사실을 믿게 되었다.

다른 한편으로, 하나의 행복한 사건이 목사 예진을 통해서 어떻게 하나님이 역사하시는지를 보여주었다. 그는 제주도의 서귀포에서 여러 달 목사 없이 운영되는 한 작은 교회를 발견했다. 주일 예배는 거의 매주 은퇴한 박 장로가 인도했지만 출석 교인은 두 명에서 12명까지 통 종잡을 수 없었다. 교회를 다시 활성화할 목적으로 두 사람은 사흘 밤 부흥회를 가지기로 합의했다. 박

장로가 동네 사람들에게 집회를 알려 많이 참석하게 하고, 예진은 감동적인 설교를 하기로 한 것이었다.

흥분과 기대에 찬 첫날 밤, 약 17~18명의 동네 사람들이 왔는데 대부분 그 지역에 사는 중년의 해녀(海女)들이었다. 듣기로는 그들의 남편은 대부분 공산주의자들에게 학살되었거나 공산주의자들로 간주되어 사살되었고 나머지는 한라산으로 들어가 숨어 있다고 했다. 그들은 지치고 가난하고 절망에 차 있었다. 목사 예진은 그들의 어려운 입장이 마치 목자 없이 방황하는 길 잃은 양 떼같이 보여 깊은 연민을 느꼈다. 그는 속으로 눈물을 흘리며 우리에게 참 평화와 행복과 축복을 주실 하나님의 아들 예수 그리스도를 소개하고 그가 우리에게 얼마나 좋은 친구가 될 수 있는지 간절한 마음으로 말씀을 나누었다. 그는 한 시간이 넘는 설교에서 우리의 사정이 어떠하든 우리가 예수를 우리의 구세주로 영접하면 하나님의 사랑이 우리 인간을 죄악과 수난에서 구원하실 것이라고 힘주어 말했다. 진정한 연민과 사랑의 눈물을 흘리며 말을 겨우 이어갔고 많은 참여자들도 같이 울었다. 설교가 끝나고 초청의 시간에 한 남자와 네 여자가 예수를 그들의 구주로 영접하였다. 그 후 주님의 은혜를 받기 원하는 사람들에게는 머리에 손을 얹고 중보 기도를 드렸다. 많은 참석자들이 그의 특별 기도를 원해서 예배는 결국 두 시간도 넘게 길어졌다. 예배 후 김 목사와 박 장로는 몹시 지쳐 있었지만 감격이 넘쳤다.

다음 날 저녁은 더욱 놀라웠다. 약 30여 명이 참석했다! 설교가 30분 정도 진행되는 사이 청중 중에 어떤 동요가 일어나는가 싶더니 급기야 울음이 터져 나왔다. 사람들 사이에 이상한 힘의 물결이 느껴졌다. 그들은 목사 예진에게 개별적인 중보 기도를 요청했다. 김 목사는 그들에게 무슨 체험을 했는지 간증할 사람이 있느냐고 물었다. 몇 사람이 지난밤 예배 후에 일어난 체험에 대해서 간증하기를 자원했다. 놀라운 이야기가 쏟아져 나왔다! 한 여인이 자기의 고질적인 요통이 완전히 사라졌다 하고, 다른 한 여자는 자기가 늘 시달려 온 악귀에 대한 두려움이 없어졌다고 했다. 한 남자는 집에 도착하니 병을 앓던 아들이 현저히 회복되었다 하고, 다른 한 여자는 헤어져 있던 남편과 다시

화해하기로 했다고 말했다. 저마다 놀라운 경험을 한 사람들이 주님을 찬양했다. 더 많은 사람들이 기도받기를 원했다.

목사 예진은 정말 놀랐으나 다른 한편으로는 큰 부담을 느꼈다. 이 놀라운 성령의 역사를 어떻게 감당할 것인가? 그는 청중에게 이런 기적은 자기가 한 것이 아니라 하나님의 성령의 역사라고 밝혔다. 그는 또한 하나님의 말씀에서 오는 축복이 몸의 치유나 물질적 풍요보다 더 중요하다고 강조하였다. 그의 기도와 설교는 한 시간도 넘게 계속되었다. 박 장로는 아주 감격했다. 그러나 목사 예진은 어쩐지 무기력감을 느꼈다.

그날 밤 예배 후 예진은 깊은 기도 속에서 그의 치유의 은사를 거두어달라고 하나님께 간구했다. 그는 '하나님의 떨리는 손'을 보는 것이 너무나 고마웠다. 그러나 그는 이로 인해 유명해지고 그래서 사람들 눈에 너무 능력이 있는 존재로 비쳐질 것이 두려웠다. 그는 다른 데 관심이 분산되지 않고 오직 하나님 말씀에만 겸손하게 더 집중하기를 원했다. 마지막 날 밤 더 많은 사람이 모여들어 자리가 없을 정도였으나 예진은 설교 후 개인 안수기도 없이 축복기도로 마무리했다. 어떤 사람은 실망하는 눈치였지만 어떤 사람은 그래도 흥분을 감추지 못했다. 김 목사는 자기가 이 고장을 떠난 후에도 성령의 힘이 그들과 같이하기를 기도했다. 이 놀라운 경험을 통해서 그는 흑암에 사는 사람들에게 그가 찾아갈 때 하나님께서 늘 그와 동행한다는 것을 알게 되었다. 그는 더욱 충성되고 겸손한 주의 종이 되는 법을 배우게 되었다.

주어진 은혜

목사 예진은 몸이 가늘고 키가 큰 편이고 늘 아이처럼 순진한 미소를 지녔다. 그는 거의 창백한 얼굴로 누구에게나 부드럽고 남을 돌보는 사람이라는 인상을 주었다. 그는 사실 유연한 마음으로 사람들을, 특히 도움이 필요한 사람들을 돌보고 사랑하는 사람이었다. 그러나 그의 내적 태도는 강한 도덕성과 높은 자존심으로 단련되고 강인했다. 이렇게 모순되어 보이는 성격은 가끔 번갯불처럼 불현듯 내비쳤다.

1948년 5월 김 목사가 참석한 경기노회 안동교회 모임에서는 노회 총대들 사이에 큰 분쟁이 있었다. 싸움의 발단은 북미 장로교단 세계선교부로부터 받은 선교 기금의 부적절한 분배문제였다. 그 기금은 본래 일제강점기 핍박으로 문을 닫았거나 파괴된 교회들을 재건하는 데 돕도록 보내준 것이었다. 그러나 자격이 있는 교회들이 알기도 전에 노회 간부들을 포함한 몇몇 큰 교회의 수리나 확장에 모두 사용하도록 이미 분배된 것을 발견하였다.

수혜 자격이 있다고 생각한 교회들은 이 오용을 분명한 횡령사건이라고 들고 일어났다. 방어하는 쪽에서는 1947년 여름 그 기금이 도착했을 때에는 지금 문제를 제기하는 교회들이 노회에 등록도 되어 있지 않았고 또 그때에는 합의된 할당 기준과 절차에 따라 분배하였기 때문에 아무 문제가 없다고 반박했다. 양측에서는 감정적 격돌이 커져서 분노와 적대감을 가지고 서로 싸움을 이어갔다. 이 싸움 때문에 노회 일정이 진전되지 못하고 둘째 날에도 다른 안건을 처리할 수 없었다. 예진은 겨우 발언권을 얻어 의분을 느끼면서 불같은 설교 아닌 설교를 퍼부었다.

"노회 회원 여러분, 우리가 우리 자매교회에서 보낸 지원금 분배를 놓고 누구누구가 그 돈의 일부를 차지해야 하느냐고 이틀 동안이나 싸웠습니다. 만일 우리가 다른 나라에 선교비를 보낸다면 며칠 걸려서라도 얼마의 돈을 어디로 보낼 것인가 싸울 수 있겠지만 우리는 지금 남이 보낸 자선금을 서로 차지하려고 싸우고 있습니다! 어떻게 우리 성직자들이 이렇게 시간을 낭비할 수 있습니까? 우리는 이미 하나님의 놀라운 은혜를 받은 자들이 아닙니까? 우리는 지금 하나님 말씀을 마음대로 전할 수 있는 특권과 자유를 누리고 있지 않습니까? 해방 전 우리 선배 목사들과 장로들은 그것을 위해 헌신하다 많이 희생되었습니다. 지금의 우리 자신이 부끄럽지 않습니까? 나의 속 영혼이 통곡합니다." 그는 눈물을 철철 흘렸다.

청중이 아주 조용해지고 주의 깊게 경청하였다. 노회 사회자가 기도로 발언을 마치도록 부탁하였다.

"하나님 아버지, 우리의 구원을 위해 당신의 아들 예수 그리스도를 우리에게 주신 당신 앞에서 우리의 죄를 고백합니다. 우리의 이기심을 회개합니다. 우리의 부족함을 용서하여 주시옵소서. 우리를 당신의 성령으로 새롭게 하소서. 우리에게 다른 사람들의 필요를 먼저 보고, 당신의 명령대로 그들을 내 몸처럼 사랑할 수 있는 당신의 마음을 주시옵소서. 오, 주님이여……." 그는 큰 소리로 우느라 끝내 기도를 끝맺을 수 없었다.

그가 울부짖는 동안 모든 노회 참석자들이 그의 눈물 어린 기도에 동참했다. 통성 기도 소리가 너무 크고 길어서 끝날 기미가 보이지 않았다. 사회자가 회의 종을 여러 번 울려 기도를 중지시켜야 했다. 이 사건은 노회 모임에서 전혀 예기치 않았지만 용솟음치는 샘물처럼 터져 나온 회개의 눈물이었다. 회의가 다시 시작됐을 때 모두 과거를 용서하고 도움이 필요한 교회들을 성원하기 위하여 곧 자발적으로 성금을 모으기로 합의했다. 이런 특별한 일이 있은 이후, 별로 알려지지 않았던 목사 예진은 "예레미야, 눈물의 선지자"라는 별명을 얻게 되었다.

이 외에도 한국 교회의 현실은 김 목사에게 눈물의 기도를 늘 요구했다. 해방 후 한국 교회는 많은 분규와 분리를 경험했다. 일제강점기 일본이 강제 조립한 하나의 교단 '일본기독교 조선교단'은 해방이 되면서 곧 장로교, 감리교, 성결교 등 본래의 교단으로 복귀했다. 1946년부터 대부분의 교단들이 혹심한 갈등과 분열을 경험하였다. '신사 참배자'와 그 강요에 굴하지 않은 '옥중 성도', 또는 더 근본주의적인 반대자 '재건파(再建派)', 그리고 '신신학' 진영과 '보수' 또는 '정통' 진영, 그 후 더 많은 계파와 분열이 일어났다. 표면적으로 신학 노선을 문제시했지만 내면적 실상은 자리, 권력, 이권, 지방색 등이 분열에 더 크게 작용하였다. 김 목사는 그런 분파 싸움에 신경을 쓸 수 없었지만 늘 마음이 아파서 눈물로 기도했다.

큰 별 지다

아주 슬프고 충격적인 사건이 갑자기 일어났다. 1949년 6월 26일 온 국민이 애통해할 일이 생긴 것이다. 백범 선생이 홀연히 돌아가셨다! 총을 맞고 서거하신 것이다. 그는 온 국민이 존경하고 받드는 애국지사였고, 그분 밑에서, 그이의 격려로 김예진은 온 청년기를 일본 식민주의와 생명을 걸고 싸울 수 있었다. 그는 단지 유명한 정치인이 아니라, 자유롭고 열린 하나 된 독립국가를 진실로 원했던 헌신적인 애국자요 혁명가였다.

그 일요일 오후, 서대문 근처 대한적십자병원에서 일하던 백성숙 씨가 이 엄청난 비보를 전해주며 빨리 들어가 보라고 했다. 마침 집에 있던 사모 도신과 재명이가 곧 택시를 잡아타고 백범 선생이 조금 전 암살자의 총알에 쓰러지셨다는 경교장으로 달려갔다. 슬프고 떨리는 가슴으로 2층 큰 거실에 들어갔을 때 바닥과 옷의 핏자국은 천으로 덮여 있고, 아직 온기가 가시지 않은 어른의 사체는 높은 침상에 눕혀져 있었다. 흰 이불을 덮어드렸다. 한바탕 울고 나서 집으로 달려가서 막내아들 동수를 데리고 다시 경교장에 들어갔다. 마지막으로 할아버지의 모습을 보여주기 위해서였다. 동수는 그분이 돌아가신 것을 믿을 수 없었다. 그는 평화롭게 잠자는 듯했다. 그러나 그분 얼굴 한편에 붙어 있는 반창고와 유리 창문에 난 총알구멍이 이 비극의 실체를 보여주는 듯했다. 도신과 동수가 가까이 침대로 다가가서 큰절을 드리고 조용히 울기 시작했다. 도대체 누가 이 어른을 살해했을까? 왜 이런 위대한 애국자를 죽였을까? 무섭고 슬펐다. 놀라고 흥분한 조객들이 몰려오기 시작했다. 저마다 슬픔과 울분을 큰소리로 또는 작은 소리로 쏟아냈다. 얼마 후 L19 육군항공기가 경교장을 맴돌고 나중에 여의도 비행장에서 선생의 작은아들 **김신**[7]이 들어왔다. 마라톤 왕 **손기정**[8] 선수가 들어와 "선생이 늘 좋아하시던 호떡"을 내놓고 울었다. 장내에 잠시 웃음이 일었다가 다시 숙연해졌다. 잘 알려진 사람들이 많이 모일수록 침울한 분위기는 더 고조되었다.

그즈음에 예진은 '한 면에 한 교회' 사업을 위해 신문도 라디오도 없는 먼

김구 선생의 암살 현장 첫날
경교장 2층 총탄 구멍을 통해서 통곡하고 있는 조객들의 모습이 보인다(*Life*, 1949. 7, Carl Mydans).

산골을 여행하고 있었다. 큰 동리로 내려왔을 때 온 나라가 크나큰 애도의 물결에 젖어 있는 것을 알게 되었다. 민족의 큰 별, 위대한 항일투쟁의 지도자, 평생의 정신적 은사인 백범 선생이 동족에 의하여 살해된 것이다! 가슴에서 뜨거운 울분이 치밀어 올랐다. 무거운 마음으로 기차역으로 가는 길에 우연히 **서북청년단**(西北青年團)[9]이라는 젊은이 패거리와 맞닥뜨리게 되었다. 그들은 북에서 반동분자로 숙청되어 내려온 반공주의 청년들로 구성된 고약한 극우 깡패집단으로, 어떤 문제 지역에든 가서 공산주의자들과 그 동조자들을 박멸하기 위해 갖은 폭력을 행사하는 비공식 안보요원들이었다. 그들은 백범 선생이 김일성과 타협한 준공산주의자이며 그의 죽음을 애석해하는 자들은 공산당 동조자들이라고 욕설을 했다. 예진은 그들의 잘못된 생각에 너무 화가 나서 큰 말싸움을 벌였다. 물론 이 과격한 젊은 패거리들은 자기네들이 10대도 되기 전부터 백범 선생이 이미 사회주의, 공산주의 계열을 반대하고 나섰던 것을 알 턱이 없었다. 사실은 1938년 8월 5일 중국 후난성(湖南省) 창사(長沙) 남목청(枏木廳)에서 민족주의 진영 세 계파의 통합 문제를 논의하던 중 조선혁명당 당원 이운한의 총격을 받아 한 사람이 숨지고 몇이 다친 일이 있었

김구 선생의 장례 행렬과 15주기 추모회
10일장 기간에 124만의 조문객이 선생의 서거를 애도했고 15년 후 추모식(1964. 6. 26)에서 옛날 상하이에서의 "젊은 아주머니"(한도신)와 "양딸"(김재명, 오른쪽) 노릇을 한 차녀가 그날을 추억했다.

다. 김구 선생은 심장 옆에 총탄을 맞고 쓰러져 많은 피를 흘렸으나 겨우 회생했다.[10] 이런 민족주의 지도자를 준공산주의자로 몬다는 것은 말이 안 되었다. 이 극악한 극우 폭도들과는 합리적인 토론이 불가능했다. 이틀이나 잡혀서 끝없는 괴롭힘을 당하다 간신히 기독교인 지방경찰의 중재로 서울행 기차를 탈 수 있었다.

몹시 지치고 슬픔에 젖은 채 집으로 돌아온 김 목사는 온 나라의 애도의 물결에 함께 휩쓸렸다. 그는 깊은 비탄에 빠졌는데 단지 그의 존경하는 은사의 비극적 최후 때문만이 아니라 새로 선 나라에 죄악의 세력이 번창한다고 보았기 때문이었다. 그는 주님께 울부짖었다. "주님, 어떻게 우리가 이 분단된 땅에서 이런 증오와 살상의 죗값을 감당하겠습니까?"

장례는 10일 '국민장'[11]으로 치러질 계획이었다. 각계각층의 거의 모든 지도자들과 유명 인사들이 장례 예식에 참여하게 조직되어 늦게 온 예진은 어디에도 낄 틈이 없었다. 그는 그 기간을 차라리 조용히 기도하고 명상할 시간으로 삼았다. 경교장에는 매일 수백수천 명의 조문객이 전국에서 몰려와 북새통을 이루었다. 재명이는 오래전 선생이 말한 대로 그의 "딸"로 그의 마지막을 보내기로 하였다. 그래서 며느리(김신의 부인)와 함께 베옷을 입고 머리를 풀고 애도의 기간을 보냈다. 도신은 매일 다른 여인들과 함께 지방에서 조문 오는 분들의 음식을 준비하고 대접하느라 정신이 없었다. 하루에 열 가마니도 넘는 쌀로 밥을 지어 조객을 맞이했다.

선생을 암살한 범인은 육군 소위 안두희였다. 그 당시 백범 선생은 이승만 단독정부 수립과정에서 가장 큰 반대세력이었기에 그는 우익 폭력단의 공격의 주목표가 되어 있었고, 또한 점차 의혹을 확인할 수 있는 여러 상황적 증거가 나왔다. 안두희는 법정에서 단독범[12]이라고 주장하였고 종신형을 받았는데 곧 15년으로 감형되었다. 그러나 한국전쟁 중 그는 단지 1년만 복역하고 다시 중위로 군에 복귀하여 3년 후 소령으로 제대하였다. 4.19 학생혁명 이후 그는 길에서 여러 번 테러를 당했고 가명으로 은신하여 살다가 1996년 10월 23일 자신의 집에서 박기서(朴琦緖)의 "정의봉(正義棒)"에 맞아 피살되었다.

용서할 수 없는 용서

1950년 이른 봄철에 남한 전국의 전도활동에 몰두하는 목사 예진의 앞길에 뜻밖에 새로운 발전의 기회가 열렸다. 대한예수교장로회 총회 선교부에서 예진에게 일본으로 선교사 파송을 고려할 수 있는지 문의가 왔다! 좀 더 구체적으로 일본 교토(京都)에 있는 한인교회에 가서 섬길 수 있느냐는 것이었다. 이 가능성은 그가 전혀 꿈도 꾸지 않았던 다른 길이었다. 추천하는 이유가 적절치 않았지만 흥미로웠다. 즉, 김 목사가 일본이나 일본인을 가장 잘 알기 때문에 그들에게 기독교 복음을 '담대하게' 전파하기에 가장 적격이라는 것이다.

예진은 그것이 잘못된 이유일 뿐 아니라 정확하지 않은 전제라고 생각했다. 그가 알고 경험한 일본인이란 악독하고 잔인하다는 것뿐, 그래서 자신이야말로 일본인들에게 사랑과 자비의 말씀을 자연스럽게 전달하기에는 가장 부적절한 선택이라 생각했다. 그러나 그는 선교부의 제안을 단번에 사절하지 않고 기도하며 잘 생각해 보고 알려주겠다고 약속했다.

그는 이 특별한 기회에 대해서 사흘 동안 기도하고 하나님의 뜻을 묻기 위해 산으로 올라갔다. 우선 그는 이것이 주님으로부터의 부르심인지 아닌지 분별하기 어려웠다. 만일 그렇다면 그는 '니느웨 큰 성'으로 가라는 하나님의 명령을 받았던 '요나 선지자'처럼 되지 않겠나 하는 두려움이 컸다. 요나는 그 성 사람들의 회개 가능성에 대한 회의와 분노 때문에 하나님으로부터 도망쳐서 대신 스페인(다시스)으로 향하다 낭패를 당했다(요나서 1장 1~16절). 그는 일본이 마치 니느웨 성처럼 온갖 악독이 넘쳐 그 원성이 주님께 이르렀다고 믿었다. 일본은 아시아의 많은 나라, 대만, 조선, 만주, 중국, 남부 사할린, 필리핀, 버마, 네덜란드령 동인도, 프랑스령 인도차이나, 말레이시아, 태국 등을 침략하고 수백만의 인명을 죽였다. 그들의 군사진군은 외국의 땅을 침략한 것만이 아니고, 대량 민간인 학살, 집단강간, 약탈, 의도적 파괴, 고문, 그 외에 온갖 기괴한 짓을 포함한 **전쟁범죄**[13]를 엄청나게 많이 범한 것이다. 김 목사 개인의 경우에도 고문 시기에 양팔을 오래 묶어놓아 생긴 검은 피부자국이 증오의 기념비처럼 양팔에 영구히 남아 있었다.

대부분의 전쟁이나 큰 재난은 비인간적이고 잔인한 범죄를 불러오기 쉽다고 예진은 인정했다. 강대국들, 즉 독일, 영국, 러시아, 미국 등도 심각한 전쟁범죄나 인권유린의 경우가 있었다. 그러나 일본과 다른 나라들의 근본적 차이라면 일본은 전쟁 후에도 그들의 전쟁범죄나 잔학성을 결코 인정하거나 충분히 사과하지 않는다는 사실이었다. 예진은 소수 양심적인 일본인은 유감스럽게 느낄지 모르지만 대부분의 일본인들은 자기네 나라가 저지른 범죄와 비극에 대해서 잘 알지 못하거나, 알고 싶지 않거나, 또는 알아도 진정으로 뉘우칠 줄 모른다고 믿었다. 그들의 맹신적인 호국주의, 군국주의적 이념 때문에 인류 공동의 정의나 평화, 세계인권의 소명 같은 것에 순복할 수 없었다. 아시아에서 태평양전쟁이 종결되고 5년이 넘도록 그들은 한국이나 다른 피해국가에 공식 사과한 일이 없었다. 모든 일본 전쟁행위의 최고 책임자인 **쇼와 천황**[14]은 정치적인 이유로 맥아더 장군에 의하여 전범재판에 회부되지 않고 면죄처분되었다. 또한 만주 내 일본군 **제731부대**[15]의 가공할 인체실험 범죄에 대해서도 극동 국제군사재판정에 회부되지 않았고 모든 실험결과를 미군에게 이전한다는 밀약에 따라 비밀리에 무마되었다. 강대국 간의 밀거래로 정의가 짓밟히는 또 하나의 경우였다. 대부분의 일본 전쟁범들은 **야스쿠니 신사**[16]에 정중히 모셔져 있다. 제1급 전쟁범죄자로 정죄된 두 명은 후에 전후 일본정부의 각료가 되었다. 아시아의 수많은 피해자들에게 간헐적으로 밝힌 유감 표시는 진정한 의미에서의 회개의 뜻이 결여되어 있었다.

예진은 불순한 것일지는 몰라도 자기의 생생한 인상을 지울 수 없었다. 일본이 당해온 수많은 큰 재난, 즉 **관동대지진**[17]을 포함한 많은 지진, 해일, 폭풍, 심지어 원자탄 피폭[18] 등은 그들이 받아야 할 하나님의 징벌이 아닐까 하는 인상이었다. 이런 생각은 김 목사 마음속에 일본인들에 대한 깊은 증오와 분노가 엉켜 있다는 증거였다. 자유와 독립, 진리와 정의를 위해 많은 세월을 싸워온 사람에게 용서하지 못할 사람들을 용서한다는 것은 무척 어려운 일이었다. 그러나 동시에 그는 자신이 분노와 증오에 사로잡혀 있는 한 기독교의 사랑과 은혜의 복음을 자유롭게 전파할 수 없다는 사실도 잘 알고 있었다. 주님은 위대한 명령을 주셨다. "그러나 나는 너희에게 말한다. 너희 원수를 사랑하고 너희를 박해하는 사람을 위하여 기도하여라. 그래야만 너희가 하늘에 계신 너희 아버지의 자녀가 될 것이다"(마태복음 5장 44~45절). 이런 거북한 명령 때문에 그는 솔직히 고민이 되어 주님께 어떻게든 충성된 제자가 되도록 도와달라고 간절히 기도했다. 그는 하나님의 참 자녀로 변화하기를 원했다. 다음 날 새벽 산에서 내려오는 길에 이상한 정황을 보게 되었다.

"날 죽이지 마세요, 잘못했어요. 날 죽이지 마세요, 용서하세요!" 한 소년이 코피를 흘리며 맨발로 도망치고 있었다. "망할 자식, 불효자 놈이구나!" 길가에 앉아 있던 한 늙은이가 영문도 모르고 욕을 퍼부었다. 그 뒤를 한 중년 남자가 역시 맨발로 몽둥이를 들고 쫓아갔다. 그 소년을 도저히 잡을 수 없다는 것을 알고 남자는 숨을 헐떡이며 주저앉아서 눈물을 흘렸다. "이 나쁜 놈아, 돌아오라. 무조건 돌아오라. …… 결국 이 모든 게 내 잘못이다. 네 애비 잘못이다, 이놈아!" 도대체 무슨 일이 일어났는지 알 수가 없었다. "자식 하나 못 챙기는 애비로군" 하며 또 한 늙은이가 흉을 보았다. 누가 누구를 용서하는 것일까? 무엇을, 왜 용서하는 것일까? 사랑의 관점에서 본다면 무서운 잘못과 엄청난 용서의 경계는 애매해지는 것일까? 용서 못할 일본도, 용서를 빌지 않는 일본도 용서를 해야 할까? 하나님의 심정도 저 주저앉아 우는 아버지의 마음일까?

사랑의 복수

한때 아시아에서 가장 강력하고 발전했던 일본은 처참한 전쟁 파괴와 폐허로부터 점차 회복되고 있었다. 실제로 연합군 총사령관 맥아더 장군 집정하에서 일본은 빠르게 재건과 개혁을 진행했다. 산업과 경제구조를 재건할 뿐 아니라 군국주의와 극단의 국가주의를 제거하고 민주주의 형태의 정부를 준비하며 정치적·시민적 자유를 증진하고 있었다. 1947년 5월 3일 발효하게 된 새 헌법안은 의회제도와 여러 사회개혁을 도입했다. 특히 주목할 것은 새 헌법에 제9조 "평화조항"을 넣어 국제간의 분규를 전쟁의 방법으로 해결하는 것을 금한 것이다. 전쟁으로 폐허가 된 일본은 급속하게 평화적인 경제건설에 매진하고 있었다. 목사 예진은 이런 새 발전이 일본 사람들에게 기독교를 다시 소개하는 데 아주 좋은 기회라고 생각했다.

일본 사람들은 대다수가 토속종교로서 신도교(神道敎)를 신봉하는 것 같았으나 대부분은 불교, 유교, 도교 등 다양한 종교가 혼류하는 듯했다. 일본에는 약 10만 개의 신도 사당이 있다는데 사람들이 믿는 신은 800만 개나 된다고 알려져 있다. 일본에서 기독교인은 단지 0.5% 이하라고 했다. 사람들의 속마음과 영혼을 감동시키지 못한 채 어디에도 다신론적 종교의식이 편만한 형국이었다. 이런 혼잡한 영적 정글 속에서도 일본 사람들은 어디에선가 참 진리와 행복을 갈망하는 것이 아닐까?

예진은 이들을 용서하고 사랑할 수 있기 위해서는 먼저 자신이 변화해야 한다고 믿었다. 그의 한 맺힌 분노와 증오는 이해할 수 있고 정당화할 수 있지만, 정당화할 수 있는 모든 것이 옳은 것이 아니었다. 옳은 것도 사랑의 목적에 순복할 때 진정한 의로움으로 성립되는 것이었다. 결국 인간의 모든 총체적·종국적 의미는 은혜(恩惠), 즉 그냥 값없이 사랑의 선물을 받고 누리는 것이다. 예수는 사람을 용서할 때 어떤 조건이나 한계를 두지 말라고 명령하셨다(마태복음 18장 21~22절). 우리는 모두 하나님의 자비와 용서를 받아야 할 죄인이고, 하나님의 공의는 온 인류를 구속하시는 능력이기 때문이다(로마서 1장 16~17절). 주님은 또한 우리에게 도전하셨다. "무엇보다도 먼저 서로 뜨겁게 사랑하십시오. 사랑은 허다한 죄를 덮어 줍니다"(베드로전서 4장 8절). 기독교 선교는 누구냐에 관계없이 사람들을 진심으로 사랑하는 마음에서 출발하여야 한다. 그런 사랑 없이 하나님의 사랑과 그의 구원의 좋은 소식을 전파할 수 없고 또한 전파해서는 안 되는 것이다. 희생적 사랑은 기독교인 증거의 참된 길이고 방법이어야 하는데 그 이유는 하나님의 은혜와 자비가 인간의 온갖 불의와 죄를 극복하기 때문이다. "너희가 서로 사랑하면, 모든 사람이 그것으로써 너희가 내 제자인 줄을 알게 될 것이다"(요한복음 13장 35절). 목사 예진은 이런 의미에서 과거 일본 사람들의 핍박에 대해서 참다운 사랑을 대신 보여줌으로써 의롭게 복수할 수 있다고 믿었다. 예진과 도신은 함께 생각하며, 토론하며, 기도하는 중에 특별히 다음 성경 구절들이 마음에 와 닿았다.

> 사랑하는 여러분, 서로 사랑합시다. 사랑은 하나님에게서 난 것입니다. 사랑하는 사람은 다 하나님에게서 났고, 하나님을 압니다. 사랑하지 않는 사람은 하나님을 알지 못합니다. 하나님은 사랑이기 때문입니다. …… 지금까지 하나

님을 본 사람은 없습니다. 그러나 우리가 서로 사랑하면, 하나님이 우리 가운데 계시고, 또 하나님의 사랑이 우리 가운데 완성된 것입니다. …… 사랑에는 두려움이 없습니다. 완전한 사랑은 두려움을 내쫓습니다. 두려움은 징벌과 관련이 있습니다. 두려워하는 사람은 아직 사랑을 완성하지 못한 사람입니다" (요한1서 4장 7~8절, 12절, 18절)

한동안 고민하고 회개하고 새로워지면서 예진은 총회 선교부에 일본에의 선교사 파송을 수락하겠다고 통보하였다. 집안의 세 자녀들(광명, 순명, 동수)은 일본에 가서 산다는 미지의 전망에 대해서 흥분하고 막연히 기뻐했다. 미혼 자녀 중에는 재명이 유일하게 일본에 같이 가지 않을 것인데 그 이유는 그녀가 간호학 공부를 하려고 미국으로 유학을 떠날 것이기 때문이었다. 그녀는 운이 좋아 필라델피아(Philadelphia, PA)에 있는 한 교회 부인회로부터 전액 장학금을 받아 7월 11일 그 도시에 있는 한 작은 대학에 가게 되었다. 그곳까지는 한 달도 더 걸릴 긴 여정이 될 것이다. 동경에서 배를 타고 태평양을 건너야 하고 샌프란시스코에서 버스로 닷새를 걸려 대륙횡단을 하게 되어 있다. 가족들은 늦은 여름철 또는 그 후에 일본으로 떠날 예정이었다. '한 면에 한 교회' 사업의 대부분을 동료들에게 넘기고 예진은 서울 집에 머무르면서 새 선교사명을 준비하고 특히 부임할 교토(京都) 시에 대해서 공부를 시작했다.

교토는 천년 이상 일본의 황도였다. 그 도시 안에 1600개 정도의 불교 절과 400개의 신도 사원이 있었다. 김 목사가 섬길 그곳 한인교회는 대부분 일본교회처럼 작고 약해 보였다. 일본에 거주하는 우리나라 사람들은 흔히 재일외국인의 대표적인 다수로서 "자이니치(在日)"라 불렸는데 고국의 분단에 따라서 친북 조선인(ちょうせんじん)과 친남 한국인(かんこくじん)으로 나뉘어 있었다. 그들은 전통적으로 "센진(鮮人)"으로 불리며 오랫동안 일본인들의 멸시와 차별을 받는 소수민족이었다. 그들은 제1차 세계대전 이후 값싼 노동력을 위해 일본에 유입되기 시작했으며 대부분이 일제강점기의 슬픈 역사에 뿌리를 두고 있었다. 대동아전쟁 시절에 우리나라에서 540만 명의 젊은이들이 징용

되어 67만 명이 일본으로 강제 동원되었는데 그들은 광산, 공장, 군수 산업의 참혹한 환경에서 혹사당했다. 종전 후 많은 조선인들이 고국으로 돌아왔지만 일부는 돌아올 길이 막히거나 그냥 일본에 남게 되었다. 1948년 제주 4.3 사건 이후 정치적 피난자들이 일본으로 넘어가기도 했다. 또한 한국전쟁 전후에 살길을 찾아 흔히 경제적 난민으로 일본에 밀입국하기도 하였다. 그래서 목사 예진은 전반적으로 비우호적인 환경에서 오래 억압당하고 차별받고 희생된 동족, 소수민족을 목회하러 일본으로 가는 것이었다. 김 목사에게는 일본행이 더 좋은 삶을 위한 다행스러운 이민이 아니라 개인적 갈등을 넘어 또 하나의 어려운 도전을 향해나가는 신앙적 순례였다. 한번은 도신이 약간 피곤해 보이는 예진에게 걱정스러운 표정으로 물었다.

"여보, 당신 정말 일본 사람들 다시 상종하는 것 무섭지 않소? 그 사람들이 당신에게 한 짓을 정말 잊고 용서하고 복된 소식을 전할 수 있겠소?"

"쉽지는 않은 일일 거요. 그러나 나에게는 엄청난 무기가 있소. 그들을 정복할 수 있는 무기!"

"그게 뭔데요?" 부인이 더 염려스러운 표정으로 물었다.

"하나님의 사랑이오. 그들의 마음과 영혼을 뒤집고 바꿀 수 있는 사랑의 힘이요."

제18장

'조국해방 전쟁'?

휴식 없는 일요일

1950년 6월 25일 일요일. 이날은 또 하나의 무더운 여름 아침 같았다. 사람들은 저마다의 일상에 따라 바쁘거나 여유로운 휴일이었다. 김 목사 가족은 주일날이라 옷을 차려입고 아침부터 저마다 성경 공부, 예배, 회의, 약속 등에 참석하느라 분주했다. 그런데 그 주일은 무엇인가 비상한 일이 있었다. 군 지프차나 트럭, 그리고 경찰차 확성기에서 "모든 군인들은 자기 소속부대로 즉시 복귀하라"는 심상치 않은 안내방송이 계속 쏟아져 나왔다. 라디오에서도 같은 내용의 방송이 아나운서의 격양된 목소리로 반복적으로 흘러나왔다. 거리는 38선에서 큰 전투가 벌어졌다는 소식에 놀란 사람들로 몹시 뒤숭숭했다.

다시 또 하나의 전투가 일어난 것이다! 최근 몇 달 동안 남과 북 사이에 몇 번의 무력충돌이 있었다. 언제나 남쪽의 "승리"로 끝났었다. 이런 충돌은 미군군사고문단(US Military Advisory Corps)이 지원하는 막강한 대한민국의 군대 '국군'에 대한 북쪽의 소용없는 소요술책 같았다. 국방장관 신성모(申星模)는 여러 번 반농담조로 말하고는 했다. "만일 진짜 전쟁이 어느 날 아침에 일어난다면 우리 국군 장병들은 점심을 평양에서 먹고 저녁은 신의주에서 먹을 것이다."

그날 정오에 좋은 소식이 들려왔다. 남한의 국군이 38선 전역에서 용감하게 싸우고 있으며 서부전선 옹진반도(甕津半島)에서는 약간 북진하며 북한의 해주시를 점령했다는 것이다.

저녁에는 전 전선의 사정이 조금 심각해 보였다. 용감하게 싸움을 계속한다는 말뿐, 이겨서 전진한다는 말이 없었다. 다음 날 26일, 상황은 더욱 긴박하고 위험해 보였다. 계속 용감하게 싸운다고 하지만 절박한 사정이 확연하게 느껴졌다.

그날 오후 북한의 전투기 두 대가 서울 하늘에 나타났지만, 남한 공군기는 단 하나도 도전하지 못했다. 바로 몇 개월 전에 국민의 헌금으로 공군은 열 대의 구식 연습기를 구입했었다. 그 연습기들은 공중전에서 아무 소용이 없는가? 김포 육군 항공기지에 있던 미군 수송기(C-54 Skymaster) 한 대가 북한 공군기의 첫 희생물이 되었다.

다음 날 27일 화요일, 라디오 방송은 군 당국이 여러 전선에서 '작전상 후퇴'를 하였다고 인정했다. 그러나 곧 '결정적 반격'을 개시할 것이라고 했다. 사람들은 전선에 대해서 불안해지기 시작하고 전쟁이 어떻게 되어가고 있는지에 대해 불안해했다. 예진은 6월 27일 아침 평양신학교 선배이며 한때 신사참배 반대운동과 전남지역 복음전파에 앞장섰던 황보익(黃保翼) 목사를 찾아가 사태를 문의했다. 황 목사는 아들 **황성수**[1]의 정부 소식통을 신뢰하여 비록 일시 전세가 불리하더라도 정부는 반드시 서울을 사수할 것이라고 안심시켜 주었다. 그날 밤 이승만 대통령이 대국민 중대 방송을 했다. 떨리는 노인의 목소리는 다음과 같았다. "우리 대한민국 정부는 결코 서울을 포기하지 않을 것이며 끝까지 사수할 것입니다. 모든 국민들은 안심하고 조용히 안전과 평안을 도모할 것입니다."

그 약속과 보증은 바로 다음 날 새벽, 6월 28일에 산산이 깨지고 말았다. 무시무시한 북한군의 탱크와 중화기 차량들이 '붉은 깃발' 또는 '인공기(人共旗)'를 휘날리며 서울 중심가를 누볐다. 대부분의 서울 사람들은 막연한 불안감과 공포심을 가지고 그들을 지켜보았다. 어떤 이들은 흥분해서 외쳤다. "전 인민의 해방 만세!" 그들은 방금 감옥에서 해방된 사람들 같았다. 온 세상이 하룻밤 사이에 바뀌었다. 김 목사네가 사는 후암동 좁은 언덕길에는 총칼이 없는 많은 국군 패잔병들이 남산으로 도망치고 있었다. 그들은 절박하게 민간인 옷과 음식을 구걸했고 어떤 군인은 다쳐서 절룩거렸다. 그들이 한때 강력하고 자랑스러운 국군이었다는 흔적은 어디에도 찾아볼 수 없었다.

새벽 2시 30분경, 북한의 인민군(人民軍)이 서울 북쪽에 이르기 6~8시간 전에 유일한 한강대교가 폭파되었다는 소식이 들려왔다. 그 폭파로 인하여 민간인 800여 명이 사망하고 국군 6개 사단(약 4만 4000명의 병력)의 중장비와 소총까지 버리고 후퇴해야 했다고 알려졌다. 그리고 많은 민간인 피난민들이 서울에 갇히게 된 것이다.

그날 오후, 붉은 깃발을 꽂은 지프차 한 대가 후암동 좁은 골목을 올라와 김 목사네 옆집 앞에 멈췄다. 차 앞에는 '서울지구 지하공작대 만세!'라고 붓글씨로 크게 쓴 흰 종이가 붙어 있었다. 김 목사네 옆집 젊은이는 공산당 지하공작대원이었던 것이다! 더 놀라운 발견은 김 목사 집에 붙은 복식주택의 주인 '이 선생'이 '후암동인민위원회' 위원장이었다! 지난 몇 년간 김 목사 가족은 공산당 비밀 활동가들에 둘러싸여 살아온 것을 전혀 모르고 있었던 것이다. 어떻게 보면 그들과 이웃으로 살아온 것이 다행인지도 몰랐다. 이 위원장은 과거 일본에서 교육받은 점잖은 사람이었다. 누군가가 김 목사네 현관 유리문에 정치 포스터를 붙였다. "조선 인민의 종교가들이여 일어나라! 공화국 정부는 모든 인민의 종교의 자유를 보장한다! 조국의 승리를 위하여 일어나라!" 어느 날 밤에 이 위원장이 찾아와 목사 예진에게 자기 활동에 '협조'해달라고 부탁했다. 예진은 미소를 짓고 아무 대답을 하지 않았다. 52세의 기독교 목사가 그들 공산당 혁명에 무엇을 협조할 수 있을 것인가?

흥미롭게도 두 해 전에 용산 부대 기지에 있던 국군 포병대가 반란을 일으키려다 실패한 적이 있는데 그때 김 목사의 안전을 말한 사람이 바로 이 위원장이었다. 그 당시 공산당 반란군 지도자들이 모두 체포되고 군 정보기관이 '정리 명단'이라는 비밀문서를 발견하였는데, 그 명단 안에 예진의 이름도 있었던 것이다. 그 명단은 서울에서 유명한 정치인, 경찰서장, 우익 정당대표, 대지주 등 200여 명의 '정리할 사람들'이었다. 그런데 왜 조용한 목사인 김예진의 이름이 들어갔을까? 예진은 위험을 감지하기보다 호기심을 느꼈다. 그때 이 위원장은 괜찮을 거라고 자기 이웃을 안심시켰었다. "목사님, 염려 마십시오. 이 젊은 군인들이 누가 진짜 애국자이고 누가 아닌지 전혀 몰랐을 겁니다."

예진이 직접 경험한 위협은 그보다 몇 달 전 삼각지 외진 곳에서 세 괴한이 따라와서 덤비려 했을 때였다. 다행히 그가 늘 가지고 다니던 지팡이로 공격을 막아냈고 때마침 지나가던 사람들이 도와주었다. 확실히 그들은 심각한 가해자는 아닌 듯싶었다. 그들은 도망치며 "김구 도당을 타도하자!" 하고 외쳤다. 아마도 그들은 공산당이 아니라 극우파 깡패였을 것이다.

전쟁과 반동분자

남침한 북한, 즉 조선민주주의인민공화국(朝鮮民主主義人民共和國)은 이 전쟁은 '조국해방전쟁'이라 했고 이 무력투쟁은 곧 승리로 끝날 것이라고 선전했다. 그러나 예상 밖으로 미군이 전쟁에 참여하게 되었다. 공산주의 세력을 저지한다는 세계적 전략 측면에서 본다면 **미국의 한국전 참전**[2]은 자연스럽거나 불가피한 것으로 보일 것이지만, 초기에 이 결정은 아주 우연히 발생했다. 한국동란 전에는 한국이 **애치슨 방위선**[3]이라는 미국 군사 방위선에 들어 있지 않았다.

전쟁이 발발하자 그 피해는 엉뚱한 민간인들로부터 시작되었다. 해방 후 김 목사네가 사는 동네 옆, 남산 동남쪽 언덕(전에 일본군이 사격장으로 사용하

북조선의 남한 침략을 즉시 중지하도록 결의하는 유엔안전보장이사회 회의
다음 회의에서 남한을 지원하는 결의문 84호를 7대 0(기권 3)으로 통과했는데(1950. 7. 7), 회의장에서 거부권을 행사할 수 있는 소련(가운데 빈자리)이 불참하여 이 결의가 가능했다(*New York Times*, 1950. 6. 27).

던 곳)에는 많은 이북 피난민들이 '해방촌'이라는 임시 거주지를 이루고 있었다. 대부분 커다란 미군 천막을 치고 여러 가구가 모여 살았는데, 전쟁이 발발한 며칠 뒤 어느 새벽 미군 전투기가 그곳에 폭격과 기총소사를 퍼부어 엄청나게 많은 사상자가 발생했다. 아마도 북한 인민군 막사로 오인한 모양이었다. 공산당을 피해 미군이 주둔하는 남한에 와서 아이러니하게도 미군에 의하여 몰살을 당한 것이다. 많은 사람들이 죽은 가족을 바로 그 언덕에 묻었다. 전쟁의 황망한 비극을 처음 목격하게 된 것이다.

북한 침략 후 기대하지 않았던 일들이 빠르게 진행되었다. 인민군은 계속 전진하였고 남한의 많은 지역을 점령했다. '6.25 사변'이라고 불리게 된 이 전쟁은 공산치하로 들어간 모든 한국인들의 삶을, 특히 서울에 남아 있는 사람들의 생활을 비참하게 만들었다. 일상생활 필수품은 잘 공급되지 않았고 식량은 비싼 가격에도 구하기 힘들었다. 병원, 전차나 버스 등 교통수단, 전기, 수도 등 공공 서비스, 일반 가게, 사업 등 모두가 자주 정지되거나 제대로 돌아가지 않았다. 더 무서운 것은 길거리를 지나가는 젊은 남자들을 강제로 끌고 가서 며칠 훈련시키고는 '의용군'으로 남쪽 전지로 보내버리는 것이었다. 낮에는 미군기의 폭격과 기총소사로 많은 인명과 재산 피해가 있었다.

어느 날 아침, 용산에 살던 첫째 딸 선명과 사위가 혼비백산해서 후암동 부모 집으로 달려왔다. 그들이 사는 4층 아파트에 폭탄이 떨어져 건물 한쪽이 무너지고 여러 사람이 죽었다고 했다. 후암동은 남산으로 가는 언덕길 주택 지대라 비교적 안전했지만, 밤에는 폭격을 피하기 위해 불을 끄거나 모든 창문을 두터운 담요로 가려야 했다. 모두에게 참기 어려울 만큼 무덥고 무서운 밤이었다.

김 목사네 집이 다른 면으로 위태롭고 우려되는 점은 그 집에 세 명이 숨어 있어야 하기 때문이었다. 첫째 아들 동명(26세)은 군대 사병으로 있다가 의병 제대한 지 두 달밖에 안 되었고, 간호장교였던 재명(30세)은 유학을 가기 위해 3주 전에 제대했지만 점령군 당국은 그들이 아직 군대에 있다고 생각할지 모르는 일이었다. 큰사위 김정수(35세)는 키가 크고 아직 젊어 보여서 의용군으로 끌려갈 위험성이 컸다. 그래서 두 남자는 아래층 큰방 벽장 안 천정과 이층 사이 좁은 공간에 숨을 자리를 만들어놓았다. 어둡고 먼지가 많은 숨막히는 좁은 공간이었다.

전쟁은 무한정 진행되고 폭격은 계속되었다. 어느 날 밤 옆집 이 위원장이 슬그머니 찾아와 예진에게 이상한 말을 남기고 갔다.

"목사님, 전쟁이 좀 이상하게 돌아가는데 잠시 어디 가 있는 게 좋을 듯합니다." 예진은 그 말의 뜻을 도저히 이해할 수 없었다. 자신은 중년도 넘은 준노인이니 의용군에 끌려갈 위험은 전혀 없었다. 진짜 염려는 숨어 지내는 세 사람의 안전문제였다. 게다가 식량문제가 심각해서 어차피 서울을 곧 떠나야겠다고 생각하던 차였다. 언제나 중요한 문제를 놓고 그랬듯이 예진은 사흘간 금식기도를 하러 삼각산으로 올라갔다. 그는 증오와 불신으로 분열된 동족이 결국 서로 피를 흘리게 된 것을 가슴 아프게 통회하였다. 진정한 회개가 평화를 가져다주리라 믿으며 하나님의 자비를 간구했다. 사흘을 굶은 그는 몹시 피곤해 보였다. 그는 이 땅의 평화와 가족의 안전을 위해서 기도한다고 했다.

8월 2일 수요일 이른 아침, 그는 찬밥을 한 술을 떠먹고 경기도 광주군에 산다는 옛 친구 **최 장로**[4] 댁으로 길을 떠났다. 그의 목적은 온 가족들을 위해 시골에 피난처를 알아보기 위해서였다. 그의 배낭에는 시골에서 귀한 석유 한 병과 성경이 들어 있었다. 가는 길은 70~80리 거리지만 전차나 버스가 없는 곳은 걸어야 하고, 한강을 나룻배로 건넌 다음 또 얼마를 걸어야 했다. 도중에 공습이라도 있으면 더 지체될 수 있었다. 모두가 간절한 마음으로 아버지가 좋은 소식, 안전한 피난처를 알아오기를 바랐다.

그가 떠난 바로 다음 날 끔찍한 일이 가족에게 일어났다. 밤중에 15~20명가량 되는 젊은이 무리가 느닷없이 집을 습격해 들어왔다. 기겁을 한 두 남자는 천정 위에 올라가 숨었다. 무리 중 몇 명은 밖에서 지키고, 10여 명이 신발을 신은 채 방안으로 뛰어들었다. 도대체 이들이 누구일까? 이들 무뢰한들은 몽둥이와 칼을 들고 '반동분자의 집'을 조사하기 위해 나온 '정치보위부' 사람들과 민청런 부하들이었다. 그들은 1층, 2층을 모두 뒤지고 서재 책들과 원고들을 뒤엎었다. 그러고는 각자 이름을 대라고 윽박질렀다. 도신은 자신의 이름을 말하고 첫째 선명이는 시골에서 세탁하는 일자리를 얻으러 온 '이화자'라고 둘러댔다. 시골 주소를 묻자 혹시 뒤에 피난 갈 것을 염두에 두고 잘 외워두었던 진짜 이화자의 주소를 말해주었다. 그녀의 연출이 아주 자연스러워서 더 캐묻지 않고 다음 둘째 딸 재명에게로 갔다. 재명은 잠들어 있는 선명의 양자 광호를 안고 과부 김선명이라고 했다. 다음 세 어린 자녀들 광명, 순명, 동수가 불안에 떨면서 각자 이름을 댔다. 그들은 가장의 행방을 물었다. 도신이 시골에 피난처를 알아보고 식량을 구하기 위해 전날 시골로 갔다고 설명했다. 한 남자가 싱겁게 웃으며 남편의 여행을 위해서 기도 많이 해야겠다며 빈정댔다.

그리고 드디어 김동명과 김재명을 내놓으라고 겁을 주었다. 모두 가슴을 졸였다. 도신은 침착하게 설명했다. 그들은 국방군 군인이기 때문에 여러 날 전에 다른 남조선 군인들과 같이 남으로 도망갔다고 말했다. 그들은 의혹에 차서 다시 집안을 수색했다. 방, 벽장, 가구 뒤, 변소 밑까지 들여다보았다. 가족 모두 절절한 마음으로 기도했다. 촛불과 희미한 전등이 구석구석을 살펴보는데 별 도움이 되지 않았다.

그들은 가족들을 작은 현관방에 한참 세워놓았다. 그러고는 한 명이 몽둥이를 휘두르며 "침략자 양키 놈들과 반동분자들은 인민의 힘으로 분쇄한다"고 외쳤다. 그리고 두어 시간의 난동을 끝내고 갑자기 모두 떠나갔다. 이때가 자정쯤이었다. 숨이 멎을 듯한 공포에서 풀려나자 모두의 가슴에 서서히 안도감이 스며들었다. 벽장 안 2층 마루 밑에 숨어 있던 두 남자가 기어 나왔다. 그놈들이 찾아내어 죽이기 전에 숨이 막혀 죽는 줄 알았다며 찬물을 몇 사발이나 들이켰다. 아무도 다치거나 끌려가지 않은 것을 감사했다. 아버지가 마침 멀리 나가 있게 된 것이 천만다행이었다. 어려운 수난 속에서도 하나님께 감사하지 않을 수 없었다.

기약 없는 기다림

예진은 나흘 후에도 돌아오지 않았다. 시골에 마땅한 피난처를 구하는 것이 그렇게도 어려울까? 다음 날 걱정 끝에 도신은 최 장로 집의 정확한 주소는 모르지만 남편을 찾아 나서기로 작정했다. 그러나 도신은 그날 오후에 나쁜 소식을 가지고 곧 되돌아왔다. 김 목사가 한강을 건널 즈음인 그날 오후 '광나루 나루터' 일대에 큰 공습으로 많은 사상자가 있었다는 소식을 알아낸 것이다! 사모 도신과 동수는 사실 확인을 위해 곧 그곳으로 몇 시간 길을 떠났다.

광나루 동네는 많은 사람으로 붐볐다. 주민들, 나룻배를 기다리는 사람들, 장사꾼들, 과일과 채소 꾸러미를 이고 진 농사꾼들, 뛰노는 어린아이들. 그리고 군복을 벗은 인민군 병사들이 큰 나무 그늘 밑에서 낮잠을 자고 있었다. 그들의 자동차와 오토바이들도 옷이나 풀과 짚 따위로 만든 위장막으로 덮인 채 세워져 있었다. 동네 사람에게 확인한 결과 과연 지난 수요일 오전에 미군 제트전투기의 공습으로 나룻배들이 뒤집히고 수십 명의 민간인들과 일부 군인들이 죽었다고 했다.

다음 날 아침 나루터에 내려가 그 비극의 현장을 살펴보았다. 강물은 마치 아무 일도 없었다는 듯 평화롭게 흐르고 있었다. 행인들은 무거운 짐을 지고 전과 다름없이 강을 건너는 배에 계속 밀려들고 있었다. 언제 나타났는지 미군 제트기 두 대가 소리도 없이 아주 낮게 떠서 행인들을 일일이 검색하듯 스쳐갔다. 철없는 아이들이 손을 흔들자, 어른들이 기겁을 해서 말리고는 모르는 척 하던 일을 계속했다. 무서운 제트기 폭음이 뒤따랐다. 그리고 다시 평온이 돌아왔다.

어머니는 뱃사람들에게 그날 대략 몇 명이나 죽었는지, 혹시 시체를 건졌는지 물어보았다. 8월 2일 오후에 있었던 비극적 사건에 관한 정보는 혼란스럽고 번잡한 사람들 사이에서 재빨리 사라지는 듯했다. 강 건너 광주군 미사리에 보냈던 젊은이가 최 장로로부터 좋은, 아니 나쁜 소식을 가지고 왔다.

"김예진 목사님 가족이 오신다면 언제나 환영입니다. 곧 뵙기 바랍니다."

어머니의 최악의 의혹이 확인된 셈이었다! 희망이 사라져버린 어머니는 그곳을 쉬이 떠날 수 없었다. 강가의 어느 집 울퉁불퉁한 마루에서 하룻밤을 더 자기로 했다. 밥을 사먹을 수 없어 대신 참외를 사먹었다. 한밤중에 군 중장비 엔진 소리에 잠이 깼다. 어머니가 동수에게 속삭였다.

"네 아버지가 물에 빠져 죽은 게 틀림없다. 내 꿈에 네 아버지 손수건이 강물에 떠내려가는 것을 보았다. 'ㄱ.ㅇ.ㅈ.' 내가 수놓은 손수건이."

동수는 어머니 말에 큰 슬픔에 빠졌다. 그러나 믿을 수 없었다. 차라리 믿고 싶지 않았다는 것이 더 솔직한 심정이었다. 아침에 어머니는 강바닥을 조사해 줄 사람을 수소문했으나 헛수고였다. 어부들의 반응은 오히려 퉁명스러웠다.

"그게 닷새 전 일입니다요. 그 사람이 물에 빠져 죽었다면 지금쯤은 황해 어디에 떠 있을 겁니다요. 여기저기서 많이 죽어나가는 이 바쁜 세월에 어떻게 닷새 전에 수장된 사람을 찾겠습니까요?"

깊은 슬픔 속에 모자는 서울 집으로 향했다. 아름다운 여름철 저녁노을을 보며 동수는 조용히 항의했다.

"하나님, 이건 너무합니다. 30여 년 동안 그 모든 수난을 겪은 아버지를 미군 총에 맞아 한강에 빠져 죽게 하다니요. 아무 목적도 의미도 없이! 그것이 당신의 은혜와 자비입니까?"

슬픔에 잠겨 집에 돌아온 후 가족들은 모진 현실을 받아들이고 가장이 없는 삶을 계속하도록 애썼다. 전쟁의 최전선은 더 남쪽으로 내려가고 미군의 폭격은 더 북으로 올라가고 있었다. 그 와중에 살림은 날로 어려워져 갔다.

며칠 후 또 한 번의 밤중 집안 습격이 벌어졌다! 이번에는 적은 수가 왔지만 몇 사람은 총을 가지고 왔다. 그들은 온 집안을 다시 뒤졌다. 천만다행으로 그들이 찾는 젊은이들은 그날 밤 다른 곳에 숨어 있었다. 그들은 큰 일본집의 어둡고 복잡한 내부 구조를 알아낼 수 없었다. 그들은 천정, 담벼락 구석, 지붕 등을 쏘겠다고 위협했다. 어머니가 "집에 구멍은 여기저기 내겠지만 당신네들이 찾고 있는, 없는 사람들은 만들어 낼 수 없소"라고 조롱조로 대꾸했다. 좌절감을 느꼈는지 그들은 온 식구를 현관방에 한 줄로 세웠다. 두 명이 장전을 하고 식구들을 겨냥하였다. 모두들 이것이 마지막 순간이라 직감했다. 가족 모두 눈을 감고 조용히 마지막 기도를 드렸다. 용감한 어머니가 화가 나서 항의했다.

"그래, 너희들 소위 인민의 군대는 죄 없는 인민을 함부로 죽이느냐? 그게 너희들 혁명이냐?" 한 명이 외쳤다. "그래, 다 죽이겠다. 죽도록 기도해 보라!" 그리고는 놀랍게도 20대 젊은 폭도들은 물러갔다! 하지만 그들은 도신을 끌고 갔다. 나머지 가족들이 걱정이 되어 죽을 지경이었고 함께 죽도록 기도했다.

다음 날 새벽에 도신은 초죽음이 되어 돌아왔다. 당찬 도신은 끌려가서도 굽힘 없이 그 흉폭한 젊은이들과 논쟁을 벌였다. 그들은 말로 지면 도신의 뺨을 때리고 모욕을 주었다. 그러나 도신은 당당했다. 잠든 어머니의 팔과 다리에 시퍼런 멍자국이 선명했다. 모두 눈물이 났다.

산다는 것이 누구에게나 힘들고 위험했다. 가족은 아버지가 그처럼 좋아하던 풍금(오르간)을 팔아서 보리쌀을 샀다. 재봉틀과 벽시계를 팔거나 곡식과 교환했다. 마치 겨울이 다시 오지 않을 것처럼 겨울옷들을 처분해서 식량을 샀다. 마지막으로 기근과 폭격을 피하기 위해 서울에서 벗어나기로 결정했다. 한 새벽에 열 식구가 두 그룹으로 나누어 집을 빠져나와 시골의 안전한 곳을 찾기로 했다.

특정한 목적지도 없이 다른 피난민들과 이틀을 걸어 경기도 동남쪽 어느 작은 산동네에 들어가 정착하게 되었다. 그 마을은 산언덕 기슭에 약 50가구의 농가가 흩어져 있었다. 그곳 어딘가에 다른 서울 피난민도 숨어 사는 듯했으나 잘 알 수는 없었다. 밤에 정체를 알 수 없는 청년들이 와서 곡식을 왕창 사갔다. 가끔 낫이나 개, 돗자리가 없어진다고 농부들이 불평했다. 그곳은 완전히 다른 세상이었다. 그곳 사람들은 모두 농민들이었는데 전쟁에 대해서 알지 못하거나 알아도 관심이 없어 보였다. 어디에도 신문, 라디오, 전화, 기타 세상과 소통할 어떤 길도 없었다.

가족을 두 그룹으로 나누어 두 농가에 빌붙어 살게 되었지만 비교적 평화로운 삶이었다. 돈과 옷가지가 거의 다 없어져서 무엇이든 얻을 수 있는 것으로 연명해 나갈 수밖에 없었다. 농사를 짓는 집주인이 밭에 남은 채소, 산나물, 도토리묵, 묵은 감자, 마른 옥수수 등을 가져다주었지만, 정규 식사는 매일 같은 것, 묽은 호박죽에 보리쌀을 조금 섞은 것을 아침, 점심, 저녁으로 먹었다. 그리고 무엇이든 산에서 구할 수 있는 것으로 허기를 보충했다. 산딸기, 머루, 다래, 대추, 씨, 칡뿌리 등. 그 외딴 산골 마을에서 한 달 반가량 가난하지만 평화로운 날들을 보냈다. 9월 말경에 이상하게도 멀리 서북쪽 하늘에서 아득한 대포소리가 계속 들려왔다. 치열한 전투는 부산 근처에서 벌어질 터인데 이런 대포소리는 이상한 일이었다. 동네 어떤 이가 30리 길을 걸어 내려가 국도(國道)에서 놀라운 광경을 발견했다. 미군 트럭과 군 장비차량의 긴 수송대가 서울로 이동하고 있었다. 먼지가 날리는 국도에는 '서울 해방'의 벅찬 기쁨이 물결쳤다. 이 갑작스러운 전세의 전환은 맥아더 장군의 기적적인 인천상륙작전[5]의 결과였다. 서울은 격심한 포격 끝에 9월 28일에 북한 인민군으로부터 탈환되었다.

도신의 가족은 며칠 후 다시 걸어서 그리운 서울 집으로 돌아왔다. 일부 큰 거리는 파괴되고 불탔지만 후암동은 주택지대인지라 거의 그대로였다. 골목

미 함정 매킨리 선상에서 참관하는 맥아더 유엔군사령관
1950년 9월 15일, 성공적인 인천상륙이 유엔군에게 전세를 결정적으로 유리하게 전환했다.

에 어떤 집 유리창이 깨지고 지붕 기와가 좀 흩어진 정도였다. 도신네 뒷집, 옆집 사람들은 온데간데없이 사라졌다. 도신은 그들이 어디로 갔든지 무사하기를 바랐다.

'지하공작대' 젊은이 집에는 두 어린것이 있었는데 무사한지 걱정이 되었다. 전쟁은 아직 계속되는 상황이지만 사람들은 가까운 장래에 자유로운 정상적 생활의 회복을 기대하면서 행복해 보였다. 최소한 폭격이 없고 밀가루 배급이 있어서 굶어 죽을 염려는 없어진 것이다.

서울에서는 국군 특무대와 경찰 보안과에 의하여 이상한 종류의 수배자 색출작업이 시작되었다. 100일간의 피점령 기간의 '공산당 부역자들'. 그들은 누구인가? 협박과 강요로 인민군 군가를 가르친 학교 선생들, 불려 나와 군인들 밥을 해준 아주머니들, 군대 말을 먹이거나 물을 가져다준 노인들, 물건을 날라다 준 지게꾼들, 이들은 모두 적군의 부역자들로서 심문을 받고 어떤 경우에는 매를 맞아야 했다. 대한민국 정부는 기본적으로 모든 국민이 공산당 치하에서 지낸 것을 죄로 상정하는 듯싶었다. 사실 고관 가족들은 몰래 도피해 버리고 순진한 국민들만 적의 손에 버려졌던 것인데.

영광스러운 종말: 순교

1950년 10월 중순 어느 날, 이상한 노인 한 분이 젊은이의 부축을 받으며 도신의 집을 찾아왔다. 그는 매우 지치고 근심에 차 보였다. 그가 천천히 백기준(약 60세)이라고 자기소개를 하며 옛날 상하이에서부터 김예진 씨와 아는 사이라고 했다. 그는 자기가 김 목사의 최후를 안다고 했다! 그 노인은 예진에 관해서 슬픈 소식을 가져온 '검은 천사' 같았다. 그는 김 목사가 물에 빠져 죽은 것이 아니고 아주 어렵게 최후를 맞이했다고 털어놓았다. 노인은 가슴 아픈 이야기를 피를 토하듯 쏟아냈다. 그에 의하면 예진은 집을 나간 바로 그날 8월 2일 오후 2시경 서울을 벗어나 '천호동'에서 체포되었다고 한다. 그는 공산당 내무서원(경찰)에 붙잡혀 며칠 동안 긴 심문과 고문 같은 조사를 받았다. 8월 5일, 그는 다른 죄수들과 함께 광주군 '경안'이라는 곳으로 이송되었는데 거기서 백 노인과 우연히 만나 서로 사정을 알게 되었다. 그때 김 목사는 몹시 굶주렸고 허약했다고 한다. 잡혀온 30~40여 명의 죄수들은 심한 더위와 목마름, 그리고 굶주림과 구타 때문에 고통이 혹심하였다. 모든 취조자들이 지옥 속의 악마 같았다. 그런데 김 목사는 정신이 혼미해져서인지 이상한 독백을 했다고 한다.

"나는 이 사람들 미워하지 않아요. …… 그들을 …… 사랑해요. …… 언젠가 그들도 사랑으로 변화되어 하나가 될 …… 사랑의 힘이 반드시 이겨요. 어느 날 ……." 김 목사의 횡설수설이 심해 백 노인의 걱정이 컸다고 했다. 백 노인은 김 목사가 어느 날 어느 순간에 정신을 잃고 쓰러질 듯 싶어 가슴이 떨렸다. 두 죄수는 누구든 먼저 나가는 사람이 상대방 집에 소식을 알리기로 비밀 약속을 했다. 그래서 그는 예진의 서울 주소를 몇백 번이나 반복해서 외웠다.

그 구치소에서 예진은 다시 혹심한 조사를 받고 중범자로 분류되었다. 그의 범죄 경력은 다양했다. 기독교 목사, 친미분자, 자본주의와 반인민 이념에 젖은 인텔리, 공화국으로부터의 도주자 등. 거기에 비해 백 노인은 한때 동회장 노릇을 한 경범죄자여서 며칠 후 석방이 되었다. 그러나 너무 매를 심하게

공산군에게 순교당하기 전의 김예진 목사
1950년 8월 10일 순교한 그는 진정한 사랑을 가지고 나라와 민족을 위하여 살고 죽어서도 그 정신으로 승리하였다.

맞은 탓에 며칠 동안 의식을 잃고 누워 있었다고 한다. 그 이후에도 멀리 서울까지 걸어와서 김 목사 형편을 알려줄 몸이 못 되었다. 그때는 몹시 더울 뿐 아니라 공습이 너무 심해서 대중교통은 거의 마비 상태였다.

그가 병상에 누워 있는 동안 김 목사에 대한 마지막 기막힌 소식을 들었다고 한다. 노인은 자기가 옛날 친구로서 가족에게 알리기로 한 엄중한 약속을 속히 이행하지 못한 것을 깊이 사죄하며 눈물을 쏟았다. 가족들도 눈물을 흘리며 그를 위로하고 감사했다.

다음 날 도신은 백씨 노인의 이야기를 근거로 경안으로 찾아가서 여러 사람들로부터 더 자세한 정보를 탐색했다. 그때 목격자 또는 그 친구라고 하는 사람들로부터 겹치는 이야기와 또는 상반되는 이야기를 수집하고 보니 비록 희미하지만 남편과 관련된 무시무시한 사건의 그림이 나타났다. 그 그림은 그의 삶의 참혹한 최후를 보여주는 장면이었다!

8월 9일 아침에 악질 반동분자로 낙인찍힌 한 홀쭉한 남자가 거리에서 내무서원과 민청련 젊은이들로부터 몰매를 맞고 있었다. 분명히 그는 그들의 명령을 잘 따르지 않았다. 그들은 그의 두 손을 뒤로 묶은 채 몸 앞쪽에는 커다란 팻말을 붙이고 행진을 시켰다. "딸을 미국 놈에게 팔아먹고 일본으로 도망하려던 인민의 적, 반동분자!" 그들은 목사 예진이 길가에 구경하는 사람들에게 자기 죄과를 큰 소리로 외치도록 협박했다. 그가 기진맥진하여 절뚝거리며 잘 가지를 못하자 그들은 그를 리어카에 싣고 밀고 나갔다. 다시금 자기 죄과를 외치라고 명령했으나 그는 죽을힘을 다해 울부짖었다. "나는 인민의 적이 아니고 기독교 목사입니다. 나는 우리 민족을 모두 사랑합니다. …… 회개하고 예수를 믿으십시오. 예수님은 여러분을 사랑하고 구원할 것입니다."

화가 난 그들은 주먹으로, 총대로, 몽둥이로 때렸다. 선혈이 머리에서 흘러내렸고 오른팔은 부러진 듯 보였다. 어떤 증인은 그의 입이 찢어져서 피를 흘렸다고 했다. 그들은 또 명령하고 그는 다시 매를 맞아야 했다. 열댓 명 되는 시위대가 리어카를 뒤따르며 주먹을 불끈 쥐고 외쳤다. "반동분자 죽여라! 반동분자 죽여라!" 대부분의 동네 사람들은 공포에 떨며 창문 뒤에서 그 참혹한 광경을 몰래 훔쳐보았다고 한다. 흐르는 피와 흐트러진 머리칼 때문에 그의 얼굴을 잘 볼 수 없었으나 헐떡거리며 찢어진 목소리로 외치던 그의 울부짖음은 아직도 귓가에 쟁쟁하다고 사람들이 증언했다. "예수 …… 사랑 …… 구원 ……."

그다음 날인 8월 10일 이른 아침에 그와 10명(또는 20명?) 정도의 죄수가 경안리 석반이 '쌍용(雙龍)이 고개'(후에 '충신골')로 끌려갔다. 조금 후에 여러 번의 총성이 인근 산마다 처절하게 울렸다. 그리고 영원한 침묵이 그 언덕을 덮었다.

시신을 찾아서

일본의 점령에 맞서 나라의 독립과 자유를 쟁취하기 위하여 처절하게 투쟁했던 사람, 같은 동족들의 영적 축복을 위해 자신을 충성스럽게 헌신하였던 사람, 그가 같은 동족의 야만적 살해로 인하여 끝내 52년의 생애를 마감하고 말았다. 그러나 그는 영광스러운 순교로 그의 생명을 주님께 바쳤다! 일면 이것은 그의 평생소원을 성취한 것이다. '사람들을 위해서 살고, 주님을 위해서 죽는다.' 슬픔과 마음의 짐을 안고 도신은 헌신적 아내로서, 그의 영원한 배우자로서, 남편의 사라진 신체를 기어코 찾아 소중히 다시 묻기로 결심했다.

며칠간의 준비 후 도신은 경안으로 다시 가서 쌍용이 고개에서 발굴 작업

한국동란 중 남과 북에서 벌어진 민간인 학살 현장

한국동란 중 많은 무고한 양민들이 이념 문제로 이렇게 무참히 학살되고 가족들이 시신을 찾기 위해 처절하게 헤매었다.

을 위해 장정 셋을 삯꾼으로 샀다. 그들은 언덕으로 올라가 손삽과 때로는 맨 손으로 집단 매장지를 파기 시작했다. 한참 뒤에 드디어 시체가 나타났다. 점차 더 많은 시체들이 나왔다! 어떤 이들은 사이사이 누워 있고, 또 어떤 이는 엎어져 있고, 어떤 이는 웅크리고 있었다. 그들은 무차별 총격을 받고 흙더미에 묻힌 것이 틀림없었다. 다른 구덩이에서 반쯤 부패된 시체들과 해골, 검은 핏자국이 묻은 옷, 흰 뼈, 썩은 살들이 쏟아져 나왔다. 고약한 냄새가 땅을 파는 일꾼들이 수건으로 가린 코와 눈을 찔렀다. 시체를 뒤질 때마다 석회가루를 뿌렸다. 10월 중순인데도 쉬파리와 구더기와 갖가지 벌레들이 들끓었다. 대부분의 시체가 심하게 변형되어 얼굴을 알아볼 수 없었다. 남편의 경우 짧은 소매의 흰 셔츠와 연녹색 바지, 그리고 앞 금니가 유일한 증거였다. 아, 그 금니는 오래전에 반(半)약혼 시절에 변함없는 사랑의 표시로 해주었던 것이었다.

옷들은 피와 땀과 흙과 세월에 검게 변색되어 있었다. 결국 시체를 꺼낼 때마다 도신은 일일이 죽은 사람의 입을 벌려 확인할 수밖에 없었다. 남편은 짧은 콧수염이 있었는데 죽은 사람들은 모두 콧수염과 턱수염이 있었다. 매번 죽은 남자들의 검푸른 입술을 억지로 열 때마다 해골의 주인이 억울한 자신의 하소연을 쏟아낼 듯했다. 눈에 독이 오른 도신은 그 해골에서 금니를 보지 못할 때마다 아무 이야기도 들으려 하지 않고, 그 시신들을 다시 그들의 저주받은 운명의 깊은 미로에 냉혹히 던져버렸다. 도신은 20개가 넘는 시체를 하나하나 세심하게 검사했지만 앞니에 금니를 가진 시체를 발견하지 못했다. 쓰러질 것처럼 지쳐, 해가 지기 전에 발굴하는 일을 일단 중단했다. 그 밤에 도신은 다음 날에는 꼭 성공하기를 간절히 기도했다. 꿈에라도 그가 나타나 주기를 바랐다.

다음 날 아침, 한낮의 무더위를 피하기 위해 그 괴로운 작업을 일찍 시작했다. 비록 지난밤 꿈에 그가 나타나지는 않았지만 이날 남편을 만나기를 간절히 소원했다.

일꾼들이 또 하나의 구덩이를 파헤쳐 더 많은 시체를 찾아냈다. 어떤 이들은 덜 상했지만 다른 이들은 몹시 부패되어 있었다. 일꾼들은 구더기와 쉬파리를 쫓으며 비 오듯 땀을 흘렸다. 뿌리는 석회가루에 범벅이 되어, 고약한 냄새와 치열한 싸움을 벌여야 했다. 도신은 비슷해 보이는 죽은 몸뚱이마다 미친 듯이 샅샅이 검사했다. 불행하게도 그녀는 죽은 남편을 찾을 수 없었다.

잠시 점심을 마치고 다시 고통스러운 일을 시작했다. 동네 사람 몇이 올라와 '미친 여자'가 하는 일을 구경 왔다가 바로 자기네 뒷산에 학살되어 매장된 수많은 사람들의 시체를 보고는 경악을 했다. 그들은 이런 야만적 행동이 동네에 어떤 화를 부를지도 모른다고 불안해했다. 해가 지기 전에 그날도 금니를 발견하지 못한 채 고통스러운 작업을 끝냈다. 그날 밤 미친 여자는 비탄과 실망 사이를 정신없이 방황했다.

셋째 날, 마지막 힘을 다해 일찍이 일을 시작했다. 일꾼들이 끝없이 무덤을 파는 일에 지친 듯 처음 시작과 달리 자꾸 뒤처졌다. 그러나 도신은 더 많은 시체를 찾아내도록 그들을 계속 다그쳤다.

오후 늦게 동네 사람 10여 명이 삽과 음식과 막걸리를 가지고 올라왔다. 이 얼마나 고마운 일인가? 순간적으로 도신과 일꾼들은 일을 도우러 온 것으로 생각했다. 천만의 말씀! 그들은 미친 여자에게 몹시 적대적인 태도를 보였다. 그들은 불쌍한 영혼들을 또 괴롭히는 이 야만적인 만행을 당장 중지하라고 요구했다. 그 순간 세 일꾼이 품삯을 두 배로 올려줘도 이 더러운 일을 더 이상

못 하겠노라고 선언했다. 그들은 자신들의 수건과 장갑을 불태워 버렸다. 사실은 돈도 거의 바닥이 난 상태였다. 미친 작은 여자는 다른 방법이 없었다. 결국 도신은 유감스럽게도 일을 중지하기로 동의하고 이미 노출된 시체를 다시 큰 구덩이 속에 묻기로 했다.

사체 매장을 마치고 나서 땅 아래 그들 상처받은 영혼들을 위로하기 위해 떡과 술을 차려놓고 간이 위령제를 올렸다. 도신은 그 공동 매장지 어딘가에 남편이 있다는 것을 알았지만 마지막 인사도 못하고 그곳을 떠나야 했다. 도신은 남편을 그곳에 홀로 영원히 남겨놓고 떠나야 하는 것이다. 무덤 흙더미처럼 그녀의 마지막 희망이 무너졌다.

제19장

하나님의 느린 역사는 계속되다*

끝에서 끝으로: 1.4 후퇴

예수 그리스도를 위한 순교자로서 아버지의 마지막 신앙 유산을 확인하고, 우리 가족은 냉엄한 현실에 조용히 체념해야 했다. 이 세상에서 그의 존재 없이 우리의 여생을 살아가야 하는 것이다. 그러나 그 당시 우리 가정의 형편이 독특하거나 유별난 것은 아니었다. 우리는 그 짧은 공산군 점령기간에 수많은 유명 인사들이 죽임을 당하거나 납치되거나 또는 사라진 것을 알게 되었다. 그 인사들은 정치인이나 정부 고급관리나 경찰뿐만 아니라 대학교수, 목사, 큰 사업가, 언론인, 알려진 예술가, 작가도 포함되어 있었다. 그들은 모두 석연치 않은 이유로 실종된 희생자들이었다. 훗날 발표된 통계를 보면 이 시기에 남쪽에서만 약 38만 8000명의 사람들이 끌려가거나 행방불명이 되었고,

* 이 장부터는 김예진, 한도신 부부의 차남이자 이 책의 저자인 '김동수'의 시점으로 서술한다.

1.4 후퇴 시 남으로 향하는 피난민의 대이동 행렬
진격해 오는 중국지원군을 피하여 평양과 서울에서 움직일 수 있는 대부분의 피난민들이 남으로, 남으로 피난길을 떠났다.

더 많은 사람들이 부상당하거나 죽었고, 전쟁이 계속되면서 그 숫자는 더 늘어났다. 사라진 사람들 중에는 아버지와 가까운 친구들도 여럿 있었다. 앞에서 말한 신학교 동창 손양원 목사, 아버지의 뒤를 이어 후암교회 2대 목회를 맡았던 김경종(金庚鍾) 목사, 옛날 평양에서 친일 사업가였지만 어려운 시절에 우리 부모를 돌보아 주었던 김동원(金東元) 장로, 그 외 여러 동료 목사들이 사살 또는 납치되었다.[1]

서울을 탈환한 후 16개국 참전국을 포함한 **유엔군**(UN Forces)[2] 산하의 국군과 미군에게 전쟁은 유리하게 진전되는 듯했다. 아군은 그해 10월 1일 38선을 넘어 10월 10일 북한의 수도 평양을 점령했고, 10월 19일 조선과 중국의 경계인 압록강까지 접근했다. 이것이야말로 이승만 대통령의 정통적 '북진통일'의 노선이었고 머지않아 민주주의와 자본주의 체제하에 하나의 통일국가가 실현될 것 같았다. 1950년은 전쟁으로 남북에서 수많은 사람들이 죽었지만 민족이 다시 하나가 되는 해가 될 것 같았다.

그러나 엄청난 사태의 변환이 그 꿈을 무참히 깨고 말았다. 바로 한 해 전에 사회주의로 통일한 중화인민공화국(中華人民共和國) 또는 '중공'이 적대적인 미군이 자기네 국경 가까이 접근하는 것을 막기 위해 한국전쟁에 참전하게 된 것이다. 중무장은 하지 않았으나 초기에 20만이나 되는 '인민지원군(人民支援軍)'이 밀고 내려와 10월 25일 유엔군 부대를 처음으로 공격하였다. 그러고는 총 60만으로 추산되는 병력이 계속 남으로 진군해 내려왔다.

유엔군 부대들이 북한에서 후퇴를 시작하자 그 점령지역에 있던 많은 북한 사람들이 그들과 함께 남하했다. 그동안에 서울 시민들, 움직일 수 있는 대부분의 사람들이 이번에는 기회를 놓치지 않고 공산군이 서울에 오기 전에 피난을 가기로 작정하고 나섰다. 후퇴하는 유엔군 부대에 앞서, 또는 그들과 같이 거대한 피난민 대열을 이루어 남으로, 남으로 향하였다. 피난민들은 군대 트럭, 기차 화물칸, 기차 지붕, 소달구지, 리어카 등 무엇이든 탈것에 올라타거나 먼 눈길을 걸어서 남으로 갔다. 1951년 1월 4일은 중공군에게 서울을 빼앗긴 날이어서 이런 공황의 대탈출을 '1.4 후퇴'라 불렀다.

우리 가족은 아주 다행이었다. 재명 누님은 철도병원 임시 간호부장으로 이미 부산에 가 있었다. 광명, 순명 누나들은 부산에서 간호사로 일할 수 있다고 해서 우선 부산으로 떠났다. 비록 화물차 위에 타고 갔지만 걸어가는 것에 비하면 행운이라 여겼다.

크리스마스 며칠 전에 미국 선교사들이 순교당하거나 납치된 목사의 부인과 어린 자녀들 약 200명이 단체로 피난을 떠날 수 있도록 주선해 주었다. 한 사람이 하나의 짐만 가져갈 수 있었다. 몇 가지 갈아입을 옷 외에 나는 가장 중요한 소유물을 가방에 넣어갔다. 학교 교과서 책들! 전쟁이 계속되면 학교 책이 없으리라는 걱정이 앞섰던 것이다. 선교사들은 우리를 인천 모 교회에 데려가서 며칠 묵게 한 후에, 인천 앞바다에 정박해 있는 한 커다란 오스트레일리아 화물선에 승선시켰다. 그 배에는 망가진 군 장비, 차량, 무기 등으로 가득했다. 500여 명의 피난민 중 노인이나 어린애들이 그런 장비나 차량의 틈바구니 또는 그 밑에 자리를 잡았다. 나머지는 수직 사다리로만 접근할 수 있는 두 개의 거대한 창고 안에 들어갔다. 날씨는 그다지 춥지 않았지만 우리는 배부된 군 담요를 뒤집어쓰고 떨었다. 매일 주먹밥과 치즈 덩어리, 우유 가루와 물을 두 번 배급받았다. 우리는 남들처럼 화물차 지붕에 타거나 눈길을 걸어가지 않아도 되어서 퍽 다행스럽게 여겼다.

크리스마스 전날 커다란 회색 미 해군 군함이 우리 화물선 근처에 와서 정박했다. 우리 배의 모든 아이들이 흥분해서 손을 흔들었다. 군함에서 바쁘게 일하는 수병들도 "메리 크리스마스!"를 외치며 손을 흔들며 화답했다. 저녁이 되자 오색등으로 장식한 배 갑판에 불이 들어오고 커다란 스피커에서 크리스마스 캐럴이 흘러나왔다. 해군 장병들이 선내에서 흥겨운 파티를 하는 모양이었다. 우리와는 완전히 다른 세상이었다. 다른 끝에서 온 사람들이었다. 우리는 살아남기 위해 어디론가 다른 끝으로 가야 했다.

드디어 우리 배가 남쪽으로 항해하기 시작했다. 거제도(巨濟島)로 간다고 했다. 그러나 항해가 순탄하지 않았다. 두 번째 밤에 목포 근처에서 큰 폭풍을 만났다. 거대한 그네처럼 뱃머리와 선미가 산처럼 올라갔다 바다처럼 내려갔다. 많은 피난민들이 뱃멀미를 하고 여기저기서 토했다. 얼마 후, 배가 잠시 멈추는 듯싶다가 다시 천천히 움직였다. 우리는 폭풍으로 분명 배에 문제가 생겼을 거라 생각하며 불안에 떨었다. 우리 모두 목적지까지 갈 수 있을까 두려웠다. 그러나 선원들은 너무나 태연했다. 그 위험한 상황에 대해 어떤 설명도 하지 않았다. 정확히 말하자면 우리나라 말로 설명할 선원이 없었던 것이다.

나흘째 되는 날 배는 낯선 항구로 들어갔다. 누군가가 우리가 갈 수 있는 끝이라고 했다. 알고 보니 거제도가 아니라 부산항이었다. 또 하나의 행운! 우리가 원래 가려던 곳이었다. 순교하신 아버지의 돌봄 덕분으로 우리 가족은 별 어려움 없이 안전한 피난처로 직접 온 것만 같았다. 고마운 화물선은 모든 피난민들을 제3부두에 쏟아냈다. 아무런 안내도, 지원도, 환송이나 환영도 없이, 주인 없는 짐짝처럼 내버려졌고 부두에서는 모두가 빨리 나가야 했다. 나흘간의 불안한 운명을 함께했던 낯선 피난민들끼리 서로 아쉬워서 손을 잡고 눈물을 흘렸으나 대개는 딱히 갈 곳이 없었다.

아버지 없는 우리 모자는 그래도 갈 곳이 있었다. 부산 초량교회(草梁敎會)로 가서 미리 약속한 곳으로 연락을 취한 것이다. 초량교회는 피난민으로 가득 차서 겨우 며칠 밤을 그곳에서 지새웠다. 일제강점기에 신사참배 반대로 투옥되어 유명해진 **한상동**[3] 목사의 길고 긴 경상도 사투리 설교를 몇 번이나 들어야 했다.

드디어 세 누님과 연락이 되어 반갑게 다시 만났다. 재명 누님은 경제적인 이유로 미군 부대로 일자리를 옮겼고 광명, 순명 누나는 우리를 기다리고 있었다. 그들의 기차여행은 순탄치 않았다고 했다. 목재를 잔뜩 실은 무개 화물차 위에서 얇은 홑청을 뒤집어쓰고 갔지만 추위가 너무 심했고 얼굴은 석탄재로 새까맣게 되었다. 지붕 위에 타고 가는 피난민들의 고통은 더 컸다. 달리는 기차 밖으로 무엇인가 쿵! 하고 떨어지면 "악~!" 하는 비명 소리가 들렸고 기차는 냉혹한 운명처럼 계속 달려갈 뿐이었다. 그런 일이 몇 번이나 벌어지자 모두들 극도의 불안감에 가슴을 조였다. 기차는 기약 없이 섰다 달렸다를 반복했고, 사람들은 지치고 졸리고 허기가 졌다.

대구에 도착해서 불을 쪼이며 몸을 녹이고 있는데 다리를 약간 저는 한 남자가 나타났다고 했다. 두 아가씨가 지쳐서 더 가기 힘들어 보이는데 자기 집으로 가서 쉬었다 가면 어떻겠냐고 호의를 보였다는 것이다. 서울 법무부에 출장을 다녀오는 길이라는 그 사람은 집이 부자였다. 그 집에서 잘 씻고 먹고 자고 사람처럼 되어 다음 날 부산까지 무사히 올 수 있었다고 하니, 생사가 낙엽처럼 휘날리는 와중에도 여기저기 이름 모를 천사들이 있었다.

부산 피난민 생활

부산, 남한에서 두 번째로 큰 이 항구도시는 피난민과 군인들로 초만원이었다. 많은 사람들이 집도 없이 구걸을 하며 거리를 방황하고 있었다. 어디나 혼란스럽고 지옥 같았다. 이 혹독한 외지에서 옷 보따리 하나 외에는 가진 것 없이 새 삶을 재건하여야 했다. 어머니와 두 누님과 나, 네 식구가 아버지의 옛날 친구 **박윤선**[4] 목사 집에 찾아가서 방 하나를 빌려 몇 달 동안 신세를 지게 되었다. 그분은 신학교 일과 다른 활동으로 얼굴조차 보기 어려웠다. 그 댁은 그 댁대로 형편이 복잡하고 힘들었다. 미안하고 불편한 생활이었다. 그러다 초량동 어느 가정집에 이어서 만든 '하코방(箱子房)'을 세 얻어 정착하게 되었다. 이곳은 '단칸방 집'인데 밤이면 여덟 개의 몸뚱이가 포개지다시피 해서 자야 했다. 따로 남하한 동명이 형네 네 식구까지 함께 지내게 된 것이다.

집 밖 천막 밑에는 간이 풍로와 큰 물항아리, 그리고 알루미늄 냄비와 플라스틱 그릇 등의 취사도구들을 내놓고 부엌으로 썼다. 주인이 사는 본채에는 방 두 칸과 부엌이 있었는데, 주인아주머니는 세 들어 사는 할머니 한 분과 각 방을 쓰고 있었다.

주인아주머니는 우리가 무엇이든 필요한 것이 있으면 흔쾌히 빌려주었다. 중년 과부인 그녀는 신실한 불교 신자였다. 몸도 마음도 아주 너그럽고 편안한 사람이었다. 그 부인은 반거지인 우리 가족을 존경과 사랑으로 대해주었다. 간혹 예기치 않은 우리 방문객이 들이닥치면 자기 방을 흔쾌히 내어주어 밤을 지내게 했다.

우리가 어느 정도 안정이 되자 그녀는 어떤 대가도 없이 동명 형네가 그 집 울타리 안에 새 하코방을 짓도록 허락해 주었다. 인심이 각박한 세상에서 그녀를 만난 우리는 감사하며 만족스러운 생활을 하게 되었다.

무엇보다 다행인 것은 재명 누님이 먼저 부산에 내려와서 가족의 정착을 돌보게 된 것이다. 이것은 하나님의 은혜였다. 누님은 마치 이스라엘 민족의 모세처럼 광야길 같은 우리 가족의 피난민 생활을 인도한 것이다. 미혼인 누님은 가장처럼 온 집안의 필요를 다 감당하고, 형님은 부두에 나가서 일용직 노동자로 자기 가정을 돌보았다. 더 좋은 수입을 위해 누님은 부대 일을 그만두고 산파와 간호사로 활동하는 한편, 미국 선교사 가족들을 돌보고 번역하는 일도 도왔다. 그때에는 많은 사람들이 좋은 직장, 아니 어떤 직장도 구하기 어려운 시기였다.

어려운 시절임에도 또 하나 축복이 있었다. 어머니의 남동생인 외삼촌 한도준(韓道俊)과 그의 작은아들 창익(昌益)과의 만남이었다. 그들은 1.4 후퇴 시 우연히 평양을 떠나 월남하게 된 것이다.

그들은 '유엔군은 중국의 지원군 때문에 작전상 후퇴를 하지만 며칠 내로 반격할 것이라는 소식'을 듣고, 다른 가족을 다 남겨두고 평양시에서 나왔다. 남자들은 며칠간 피해 있는 것이 안전하다고 믿었던 것이다. 그래서 외삼촌은 가벼운 마음으로 돈 대신 금붙이 몇 개와 마침 집 근처에서 놀고 있던 작은 아들을 데리고 집을 나왔던 것이다. 며칠간만 함께 지낼 생각이었다. 그러나 뜻밖에 그들의 짧은 피신은 자꾸 길어지고 중공군은 계속 피난민들을 밀고 남으로 내려왔다.

그들이 고생 끝에 서울에 이르자 다시 다른 피난민들과 함께 또 남으로 피난 가지 않을 수 없었다. 그들은 눈길을 걸어서 남쪽 몇 개의 도시를 거쳐 마침내 부산에 이르는 데 한 달도 더 걸렸다. 12살 된 외사촌 창익이는 알지도 못하는 종착지를 가기 전에 죽을 것이라 생각했다고 했다. 창익이는 자기 어머니에게 작별 인사도 못하고 멀리 떠난 것이 너무나 가슴에 아프게 사무쳤다. 결국 어머니와 나머지 식구들과 영원히 헤어진 생이별이 되었다.

그러나 한국동란 중 이런 생이별은 한 개인의 이야기가 아니었다. 수많은 가족의 이산과 이별은 남과 북에서 모두가 겪는 아픔이었다. 서로 생사도 모른 채 헤어져 살게 된 것이다. 남과 북 합쳐 1000만에 이르는 이산가족들은 민족의 분단과 전쟁을 매 순간 온몸으로 느끼는 가장 아프고 안타까운 경험을 했다. 이들 이산가족에 입힌 영구한 상처와 고통은 비교할 수 없는 대비극이 되었다.

이산가족은 남과 북 사이에서만 생기는 문제가 아니었다. 반드시 전쟁의 불가피한 결과만도 아니었다. 한국동란 중 많은 가족들이 우연히 또는 어쩔 수 없이 헤어지거나 죽게 되었는데 연락이 안 되어서, 움직일 수가 없어서, 건강이 나빠서, 또는 순전히 운이 나빠서 이별하게 된 경우도 있었다. 남쪽 안에서도 대거 이산가족을 만든 가장 슬프고 미친 사건들이 있었는데 그 원인은 주로 정부 관료들과 군 장성들이 고의적으로 저지른 부정과 착복 행위였다. 한 예로, 후암교회에서 부모님과 가까웠던 한 친구분의 가정은 중년의 남편을 **국민방위군**(國民防衛軍)[5]에 보내게 되었다. 이것은 1.4 후퇴 때 전력 보전을 위하여 18~44세 남자들을 징집하여 급조한 제2국민병이었다. 남편이 남으로 간 것을 알고 그 가족은 자녀 2명과 고모와 같이 많은 고생을 하며 남하했다. 부산에 정착한 후 여러 곳에 수소문하여 남편을 찾았다. 방위군에 대해서 큰 혼란과 많은 소문이 돌았다. 결국 남편이 속한 부대가 '해산'되고 그가 '행방불명'된 것을 알아냈다. 나중에 알려진 것은 중공군 공격으로 후퇴하면서 식량과 피복의 보급이 제대로 안 되어 도중에 적어도 5만 명의 방위군 민병대원들이 굶어 죽거나 얼어 죽었다는 것이다! 몇몇 고위 지휘관들이 할당된 기금을 착복하여 이런 비극이 발생한 것이다. 그 집 남편도 그 수많은 희생자 중의 이름 없는 하나로 남게 되었다. 정부로부터 공적 기록이나 공식적인 사죄가 없었고, 물론 보상은 생각조차 할 수 없었다.

이런 어려운 시절, 어머니는 세 미성년 자녀를 거느린 56세의 과부로서 어떻게 살아남고 어떻게 함께 의미 있는 삶을 계속할 수 있을까 깊이 생각하며 간절히 기도했다. 일제강점기에 많은 고통스러운 일로 단련된 어머니는 결코 용기와 희망을 잃지 않았다. 하나님이 언제나 가족과 같이 한다는 것을 굳게 믿었고, 모든 자녀들이 기독교인으로서 건강한 몸과 건실한 정신을 가지도록 양육하는 것이 그녀의 첫째 목표라 다짐했다. 그것은 구체적으로 잘 먹이고 공부를 계속시키는 것이다. 극도의 불안과 빈곤 속에서 그것이 어떻게 가능할지 알 수 없는 일이었다.

그 당시 상당히 많은 구제품(헌옷)들이 여러 **미국 구제기관들**[6]로부터 들어왔다. 그러나 그들의 도움은 주로 고아원, 양로원, 난민 수용소, 병원 같은 수용기관에 집중되어 있었고 분배는 임의적이고 늘 부족했다. 가까운 장래에 기독교 계통의 기관으로부터 좀 더 지속적인 지원이 온다고 했지만 우리 가족은 당장 그리고 매일 도움이 필요했다.

그러는 동안에 광명 누나(22세)와 순명 누나(18세)는 부산 제3육군병원에 간호보조사로 자원해서 일하게 되었다. 1.4 후퇴 직전 서울에서 받은 단기 간호훈련이 도움이 되었다. 그들의 주 임무는 전선에서 돌아오는 부상병들을 씻겨주고, 먹이고, 돌보고, 다른 비상조치를 돕는 일이었다. 군복은 입었지만 계급이나 보수 없이 때로는 하루에 12~15시간까지 수많은 부상병들의 위급

상황을 돌보았다. 피로 범벅이 되고 찢어진 군복의 젊은 군인들이 계속 전선에서 들어오는데 그들의 비참한 모습에 두 소녀의 가슴은 찢어질 듯 아팠다. 속살이 드러난 전쟁의 비극과 그 추악한 실체를 그들은 매일 눈으로 확인하게 되었다.

그들의 마음을 더욱 아프게 한 것은 1951년 봄에 들어오는 대부분의 상해 군인들은 전투로 인한 부상병들이 아니라 심각한 동상 환자들이었다는 것이다. 수많은 보병 사병들이 심한 동상을 입어 다리를 절단해야 할 정도였다. 그런 동상에 대해 잘 알려진 민간요법은 가지를 삶은 찬물에 오래, 몇 주 또는 몇 달, 다리를 담그는 것이다. 그러나 심각하게 부상당한 많은 환자들 때문에 육군병원은 그렇게 한가한 민간 치료법을 시험할 시간이나 자원이나 의향이 없었다. 군의관의 진단이나 결정이 나오면 젊은 병사들의 다리를 절단해야 했다. 여러 날 밤 나의 두 누나는 나라를 위해 싸우다 총탄의 부상이 아니라 발이 얼어서 평생 이동의 자유를 잃게 되는 수많은 젊은 군인들을 생각하며 눈물을 쏟았다.

누나들의 병원에는 약 25세의 박 대위라는 장교 한 사람이 입원해 있었다. 그는 아군의 우발사격으로 복합 부상을 입었는데 여러 차례 수술을 받기 위해 장기 입원 중이었다. 박 대위는 앞으로 자기가 걷게 될지 아닐지 확실치 않다고 했다. 그는 퍽 현철해 보였지만 자기 장래에 대해서 비관적이었다. 두 누나는 잠시라도 시간이 나면 박 대위 병실로 가서 이야기를 나누고 찬송을 불러 그를 위로해 주었다. 어느 저녁 그들이 그 병실에 있을 때 병원 군목인 문 대위가 들렀다. 그가 '박 대위를 위해 기도를 드려도 좋으냐'고 물었다.

"군목님, 기도를 드리기 전에 무엇 좀 물어봅시다. 기도는 어차피 필요 없지만." 박 대위가 문 군목에게 물었다.

"미국이라는 나라가 많은 사람들이 믿는 대로 '기독교 국가'입니까, 아닙니까? 만일 기독교 국가라면 어떻게 이 세상의 죄 없는 수많은 사람들에게 큰 고통과 수난을 안기는 부질없는 행동을 합니까? 한국을 분단한 것은 그들이 저지른 많은 잘못된 정치행위 중의 가장 큰 하나인데 어떻게 우리에게 안보와 민주주의와 구제품을 준다고 주장합니까? 이게 우리가 말하는 '병 주고 약 주는' 친절입니까? 잠깐, 또 하나 질문이 있습니다. 지금 우리가 당하는 무분별한 수난이 하나님의 거룩한 뜻입니까, 아닙니까? 그가 선하다면, 어떻게 그가 지금의 엄청난 파괴와 끝없는 살상이 일어나도록 방임합니까?" 군목은 적절한 답변을 찾는 듯 한참 침묵하고 있다가 조용히 입을 열었다.

"에- 쉽지 않은 질문이군요. 박 대위의 첫 질문에 대한 나의 답변은 단연 '아닙니다'요. 미국은 성실하거나 명색만인 기독교인은 많지만 기독교 국가는 아닙니다. 미국이라는 나라는 국가종교가 없는 나라입니다. 미국은 사람들의 끝없는 욕구를 충족시키고 개인적인 자기 방종까지 성취시킬 수 있는 자유와 기회가 보장된 커다란 자본주의 국가입니다. 두 번째 질문에 대해서는 나는 '그럴 수도 있고 그렇지 않을 수도 있다'고 말하겠습니다. 한정된 피조물로서 인간 역사의 한 작은 시점에서 하나님의 뜻과 성품을 바로 판단하기란 쉽지 않을 것입니다. 그는 공의를 위하여 자신의 영원한 섭리에 따라 역사를 주관하십니다. 그는 아마도 현재 우리의 비극과 수난 속에서도 어떤 신비한 방법으로 그의 위대한 목적을 이루실 것입니다. 잘은 모르겠습니다마는 나 자신은 그가 이 암담한 시대에도 그의 신성한 뜻을 어떻게든 이루신다고 믿습니다."

이런 신학적인 토론의 의미를 잘 이해하지 못했던 두 젊은 간호사는 조용히 그 병실을 나왔다.

모세시대 이후의 가나안

며칠 후에 갑자기 박 대위가 죽었다. 두 누님은 박 대위가 총으로 자살한 것을 알고 충격에 빠졌다. 더 이상 피부로 느껴지는 아픔을 견디기도 어렵고, 또 다른 일도 겹쳐서 두 누님은 육군병원 일을 사임했다. 그들은 여자지만 나라를 위해 군복무를 했다고 자부했다.

1951년 가을, 우리 세 자녀가 모두 학교에 가게 된 것은 축복이었다. 부산에 가건물이나 천막을 친 임시 피난학교가 몇 군데 설립되어 공부할 수 있게 된 것이었다. 이것은 어머니의 소원인 자녀들 건강과 교육의 길이 임시나마 열린 것이다. 어머니는 늘 '배를 채우고 머리를 채우는 일'에 관심이 컸다. 그리하여 부산에 있는 피난 학생들은 북에서 전쟁이 계속되는 동안에도 임시 또는 연합 피난학교에서 공부를 계속할 수 있었다.

다음 해에, 순교하거나 납치된 목사 유가족들에게 아주 기쁜 소식이 들려왔다. 미국 감리교 선교사 **헨리 다지 아펜젤러**(Henry Dodge Appenzeller) **박사**[7]가 그들을 위하여 특별한 새 마을을 건설한다는 것이다.

그는 부산 서면 근처에 넓은 땅을 구입하여 한 울타리 안에 두 가구씩 연결된 25채의 연립주택과 커다란 작업실을 지었다. 각 가정은 작은 방 하나와 부엌이 딸려 있고, 변소와 우물은 공동으로 사용하도록 했다.

작업실에는 커다란 작업용 책상들과 약 30대의 재봉틀을 들여놓았다. 이 새 동네를 미실회(美實會)라 이름을 짓고 50가구의 목사 유가족이 '아름다운 열매를 맺는 모임'이 되기를 바라며 부푼 마음으로 입주했다. 이곳은 깨끗하고 안전한 곳이었지만, 무엇보다 모든 가정에 안정적인 경제적 기반을 마련해 주었다.

미국 원조기관에서 보내주는 구제품 옷은 많았으나 안타깝게도 치수가 크고, 색깔과 모양이 특이해서 보통의 한국 사람들이 입기에는 곤란한 것들이었다. 게다가 애들 옷은 거의 없었다. 그래서 재단사의 도움을 받아 목사 사모들이 각자 재봉틀로 낡은 미제 옷을 멋진 기성복으로 고쳐 만들었다. 그 생산품을 도매시장에 넘기고 그 수익은 공동계좌에 넣었다가 매달 두 번 50가구의 사모들에게 '임금'으로 주었다. 이것은 상호 부조적인 동업조합 같았다. 그리고 함께 옷을 수선하는 동안 같이 찬송을 부르기도 하고, 지나간 이야기를 나누거나 서로 상담도 해주고, 때로는 논쟁도 하면서 유익한 치유의 환경이 되었다.

어느 아침이었다. 커다란 구제품 옷상자 하나를 여는 순간, 모두 폭소를 터뜨리고 말았다. 웃음을 멈추지 못하는 이들 과부 중에는 젊은이도, 중년인 사

부산 피난민 시절의 '미실회'
어려운 피난시절에도 미실회는 목사 유가족을 위한 간이주택과 직장을 주었다.

람도 있었다. 한 여자가 키득거리며 속에 솜을 채워 만든 커다란 물건을 다른 여자에게 던졌다. 그 여자는 그것을 다시 다른 이에게 던지며 깔깔 웃어댔다. 마치 아이들이 베개 싸움을 하는 것 같았다. 서로 던지고 받으며 장난을 치는 동안 둥근 알 하나가 물건에서 떨어져 나가자 여자들은 숨이 넘어가게 웃어댔다. 그들은 너무 웃어서 눈물이 날 지경이었다. 그 커다란 물건은 남자의 성기 모양이었다! 한 여자가 그 물건에 붙은 영문 쪽지를 발견해서 책임자에게 주었다.

> 우리는 당신네들을 절대로 놀리려는 의도가 있는 것은 아닙니다. 어려운 사정에 있더라도 한번 크게 웃어보라고 이 물건을 보내는 것입니다. 여러분 사랑합니다.
>
> _ ㅇㅇ교회 여신도회

이제 어떤 여자들은 조용히 눈물을 훔쳤다. 그 커다란 물건 때문이 아니라 지구 저편에 있는 모르는 여자들이 전하는 관심과 사랑에 감동해서 흐르는 눈물이었다. 진정한 사랑은 눈물어린 얼굴에도 미소를 꽃피게 한다. 과연 웃음은 이들 슬프고 외로운 과부들에게도 가장 좋은 행복의 처방이 된 것이다. 울타리 밖의 대부분 피난민 가족과는 달리 여기 사모들과 자녀들은 건강하고 행복했다. 남편이 없거나 아버지가 없는 가족들이 그리스도의 사랑 안에서 진정한 위로와 도움을 받았다.

1953년 한 여름날 오후, 우리 집에 참담한 소식이 전해졌다. 재명 누님이 응급실에 들어갔다는 위급한 소식이었다! 어머니가 부산 도립병원 중환자실로 달려갔다. 누님은 마취상태였는데 대단히 위중했다. 큰 교통사고를 당한 것이다! 동행했던 증인의 말에 의하면 그녀와 다른 세 사람이 박윤선 목사 며느리의 해산을 돕기 위해 가는 길이었다. 젊은 미국인 선교사가 운전하던 차의 엔진이 고장 나서 길에 멈춰 서게 되었다. 운전사가 길에서 차 앞 후드를 열고 고쳐보려고 애를 썼다. 동행인들과 호기심어린 구경꾼들이 둘러서서 구경을 하고 있었다. 그때 갑자기 커다란 미군 트럭이 달려와서 차 왼쪽 옆구리를 들이받고 구경꾼과 옆에 있던 다른 차를 덮쳤다는 것이다. 그 자리에서 6명이 즉사하고 여러 사람이 중상을 입었다고 했다. 박 목사 사모님이 그 자리에서 숨지고 옆에 서 있던 재명 누님은 오른쪽 몸이 완전히 다 부서졌다. 그 트럭 운전사는 미군 사병이었는데 술이 잔뜩 취해 있었다. 한국 경찰은 유엔군을 전혀 간섭할 수 없어 미군 헌병이 와서 연행해 갔다. 재명 누님의 부상은 전투에서 입은 것은 아니지만 전쟁 상황에서 일어난 피해 상해자임에 틀림없었다.

복합 골절상과 근육파열 때문에 도립병원의 의사들은 누님을 어떻게 치료해야 할지 몰라 다만 지혈과 통증 관리만 주로 하고 있었다. 우리 집안의 모세가 복합 부상을 입고 죽어가고 있었다. 가족들은 기적을 바라면서 열심히 기도했다. 사흘이 되는 날 중태에 빠진 누님이 여전히 생명을 부지하고 있는 것에 놀란 의사들은 더 큰 고민에 빠졌다. 그때 선교사 친구들의 특별 주선으로 재명 누님은 부산 항만에 정박하고 있던 스웨덴 병원선으로 이송되었다. 병원선에서는 그들의 선진 기술과 기계들을 활용하여 누님의 재활을 위해 최선을 다했다. 6개월이나 걸려서 부서진 뼈들을 쇠막대로 고정시키고 몸의 다른 부분에서 떼어낸 피부조직을 이식하였다. 오랜 물리치료와 재활운동을 통해서 마침내 목발이나 지팡이 없이 자유로이 걸을 수 있게 되었다. 비록 오른손 엄지손가락은 잃었지만 다시 피아노도 칠 수 있게 되었다. 그녀는 오른쪽 다리의 일부 신경감각을 잃었지만, 절룩거리지 않고 교회에 갈 수 있어 감사했다. 우리 가정에 이 사건은 너무나 생생한 기적이었다. 1년 후에 누님은 부산 고려신학교에 늦깎이 학생으로 입학했다.

살육 상황의 임시 정지: 휴전

1951년 중반부터 전쟁은 약간의 변동이 있을 뿐 지지부진하게 이어졌고, 그다음 2년은 전선이 38선 근처에서 거의 고착상태에 빠졌다. 그동안 서울은 네 번이나 점령군이 바뀌었다. 양측은 소모전과 포격과 폭격만 계속할 뿐 더 크게 진격하고 승리하고자 하는 열정도, 자원도, 필요도 다 소진된 듯했다. 양측은 정전협상에 들어갔다. 이때가 미군 폭격기가 매일 정기적으로 북한을 '융단 폭격'을 해서 더 폭격할 중요 목표물이 없다고 하던 때였다. 약 2년간 서로 밀고 당기는 협상 끝에 드디어 1953년 7월 27일 중공군과 북한군 대 미군을 주축으로 하는 유엔군 사이에 **휴전협정**[8]이 성립되어 서명했다. 이 협정은 종전이 아니라 임시로 전쟁을 중단하기로 합의한 것이고 그 중단을 확인하기 위하여 8개국 **중립국 감시위원단**[9]이 감시하게 되었다. 좁은 땅에서 계속된 3년간의 전투로 인하여 양측에서 **한국동란 사상자**[10]는 엄청나게 늘어났다.

이렇게 양측이 바라는 휴전이 성립되는 데 오랜 시간이 걸리게 된 주요 걸림돌은 전쟁 포로의 교환문제였다. 많은 중국 지원군과 북한 인민군 병사들이 공산주의 고국으로 돌아가기를 거절하였는데 공산 진영은 그것을 허락할 수 없었다.

이승만 대통령은 대한민국이 통일되기 전에 휴전하는 것을 원치 않았기 때문에, 전쟁에서 참전 군인의 희생이 가장 컸는데도 불구하고 휴전협상에 참여하지 않았을 뿐만 아니라 유엔군과 상의 없이 과감한 파상행위를 단행했다. 1953년 7월 18일 자정에 7개 수용소에 분리 수용되어 있던 2만 7000명의 '반공포로'들을 일방적으로 석방했던 것이다. 이 석방은 유엔 측 협상자들을 난처하게 만들고 공산진영을 분노하게 했지만, 대부분의 남쪽 국민들은 환영하였고, 부득이 포로 교환 문제도 일단락 짓게 만들었다.

이 갑작스러운 석방은 남한의 많은 사람들에게 예상치 못 했던 가족 재회의 축복을 가져왔다. 그러나 다른 한편으로는 뜻하지 않았던 슬픔과 탄식의 운명을 가져오기도 했다. 재명 누님의 같은 교회 가까운 친구 하나는 어린 아들을 데리고 북한에서 내려온 젊은 여자였다. 그녀의 남편은 전쟁이 나기 직전에 징집되어 전쟁에 나갔는데, 그는 남쪽에서 유엔군에 포로로 잡힌 것으로 알려졌다. 기독교인인 남편의 생각과 의향을 잘 아는 부인은 생각 끝에 1.4 후퇴 때 남으로 내려오게 되었다. 그녀는 대부분의 공산군 포로가 잡혀 있다는 **거제도 포로수용소**[11]가 있는 거제도로 가서 정착했다. 그녀는 거기서 군인들 빨래를 해주며 어떻게든 남편을 만나려는 일심으로 살았다. 철조망 안으로 잠시 남편의 얼굴을 볼 수 있기를 기대하면서. 그러나 모두 똑같은 군복 차림의 수천, 수만의 포로들 중에서 남편을 찾을 길이 없었다. 그들은 천막에서 나오면 늘 집단으로 움직였다. 수용소 군목을 통해서 남편 비슷한 사람이라도 찾아보려고 사진과 이름을 주었으나 소용이 없었다. 약 20개월간 그런 간절한 소원을 품고 그곳에 머물다 포기하고 부산으로 와서 살게 되었다. 그러던 중 포로들의 갑작스러운 석방이라는 놀라운 소식을 듣고 너무 기뻐 어쩔 줄 몰랐다. 그녀는 사방으로, 여러 교회로, 다른 고향 사람들을 통하여 남편을 찾아보았으나 그는 이 세상 어디에도 존재하지 않는 듯했다. 너무나 허무했다. 마지막으로 북한으로 환송된 인민군 공식 명단을 알아보았다. 거기에 너무나 반갑게, 아니 슬프게도 그의 이름이 나타났다! 그녀는 무너지듯 주저앉고 말았다. 잘못된 판단으로 이제는 영구히 이산가족이 된 것이다. 남편은 북쪽에, 아내와 아들은 남쪽에. 정신을 차려 가만히 생각해 보니 4년 전 남편이 집을 떠나며 남긴 말이 떠올랐다.

"여보, 내가 반드시 돌아오리다. 살아서 아니면 죽어서라도. 당신을 영원히 사랑하오……."

휴전이 되고 약 1년 후 민간인들이 서울에 돌아올 수 있게 허락이 되었다. 서울의 집, 그리운 나의 집! 1954년 봄에 우리 가족은 슬픈 듯 따뜻한 미실회 마을을 뒤로 하고 서울의 집으로 돌아왔다. 예상했던 대로 서울의 파괴상은 엄청났다. 후암동의 우리 집을 처음 보는 순간 놀라지 않을 수 없었다. 창문은 모두 없어지고 2층 지붕에는 풀이 한 자나 자랐다. 집안에는 아무것도 없고, 다만 썩은 다다미 바닥만 있었다. 아버지의 책과 연구 자료들은 몇 개의 방에 다 재로 남았다. 집의 기둥만 빼놓고 모든 것이 뜯겨져 재로 변해 있었다. 아마도 지나가던 피난민들이 들어와 추운 몸을 녹이려고 닥치는 대로 땔감으로 써버린 것 같았다. 희미한 삶과 죽음을 직면하면서 도망가는 피난민에게 무엇이 중요하겠는가?

우리는 집에 돌아와서 새로 시작된 피난민 생활이 난감했다. 어머니는 그동안 모은 돈으로 우선 지붕을 고치고 부서진 유리 창문을 새로 달았다. 그러나 가구가 전혀 없고, 무엇보다 아버지의 존재가 없는 집은 공허하기 그지없었다.

가을에 우리는 집을 팔아 작은 조선식 집으로 이사했다. 어머니는 자녀들 학교 등록금을 내기 위해 집을 팔아야 했다. 어머니의 변함없는 결심은 어떻게 해서라도 자녀들에게 최고의 교육을 시키는 것이었다. 다음 해 봄에 그 집을 다시 팔고 작은 셋집으로 들어갔다. 하루는 어머니가 낡은 영문 타자기를 들고 와서 선언했다. "이게 우리 집의 나머지 잔재다!" 어머니는 학교 등록금을 다 내고, 다른 비용을 모두 갚고 남은 돈으로 타자기를 교육용으로 사온 것이다. 어머니는 모두 타자를 배우라고 했다. 어머니는 늘 우리에게 일러주었다. "지식은 힘이다. 집은 힘이 아니다." 그런 철학이 우리 자녀들에게 심어진 확신이었다. 그러나 어떤 친척들은 어머니를 빈정거리기도 했다.

"계집애들을 교육시키려고 집을 판다고? 가장도 안 계신데. 그게 정상적인 행동일까?"

제20장

인생 드라마의 마지막을 장식하다

가난하지만 값진 축복

1954년 늦은 여름 우리 가족은 서울 장충동에 '순혜원(殉惠園)'이란 곳으로 이사를 했다. 이곳은 부산의 미실회와 거의 같은 협동 공동체인데 장로교 목사 유가족뿐이어서 작은 규모였다. 이곳은 동북고등학교 바로 옆에 옛 목재 공장을 개조해서 각기 방 하나와 간이부엌으로 24가족이 모여 사는 좁은 구조였다. 큰 공장건물에 사방으로 돌아가며 큰 유리창 하나하나가 한 가구를 이루고 한편에 큰 작업실이 있었다. 모두가 하나의 공동변소와 공동수도를 쓰자니 불편한 점이 많았다. 그러나 판잣집이나 천막에서 사는 다른 많은 사람들에 비하면 그래도 안정되고 편리했다.

순혜원 안에는 서로 '사모님'이라고 부르는 순교한 목사 부인들 23명과 재단사 한 명이 작업 활동을 꾸려갔다. 나이는 갓 서른에서 예순 살에 이르렀지만 같은 동료로서 협동 작업을 했다. 미실회에서처럼 전체 수익에서 각기 공평한 소득을 분배받아 어느 정도 안정된 생활을 영위할 수 있었다. 사모님들

1956년경 순혜원의 일부 식구들과 60세의 한도신
어려운 살림살이에도 '작은 눈에 작은 키'의 한도신은 작지 않은 용기와 지혜가 빛났다. 우측 화살표는 한도신, 좌측 위 화살표는 차남 김동수

은 저마다 전쟁 중에 남편을 잃은 안타까운 사연을 갖고 있었다. 작업을 같이 하며 때로는 눈물을 흘리기도 하고, 어떤 때는 함께 찬송을 부르며 서로 위로했다.

순혜원 안에는 미취학 아동으로부터 대학생에 이르기까지 거의 60명의 자녀들이 같이 살았다. 그들은 모두 활동적이고, 재능이 있으며, 경쟁적이었다. 서로 다른 학교와 교회를 다녔지만 나이와 성별, 그리고 취미와 생각에 따라 작은 그룹을 만들어 게임이나 성경 공부, 때로는 합창 연습을 하였다. 우리 자녀들 중에는 악기 연주자와 뛰어난 독창자도 몇 있었다. 합창단을 조직하고 작은 교회를 방문해서 몇 차례 특별 공연을 가지기도 했다. 시간이 흐름에 따라 성장한 자녀들은 그곳을 떠나 각자 다른 곳에서 자기 삶을 개척해 나갔다.

하루는 미국 어느 교회에서 보낸 낡은 피아노가 순혜원에 도착했다. 서로 피아노를 배우고 싶어 해서 18세 이하 여자들만 하루 30분씩 연습하도록 결정되었다. 우리 식구는 누구도 피아노 근처에도 갈 수 없었다. 우리는 피아노 방 옆에 있는 입구 첫 번째 방이어서 학교 시간을 빼고는 매일 아침 6시부터 밤 11시까지 계속되는 약 20명의 피아노 연습 소리를 가까이에서 들어야 했다. 물론 지도 선생은 없었다. 연습생의 수준과 속도와 재능이 각기 달랐다.

그래서 그때 통일된 연습곡인 '바이엘' 1번부터 '체르니 40번'까지, 매일 천차만별의 연주를 감상해야 했다. 작은누나와 나는 피아노는 손도 못 대고 대신 하나님이 주신 악기인 성대를 밑천으로 각기 '성종합창단'과 '기독교방송국합창단'에 가입하여 음악을 즐겼다.

경제적인 어려움에도 불구하고 어머니의 소원인 자녀들의 최고 교육이 실현되어 갔다. 1955년 나는 연희(지금의 연세)대학교 이공대학에 입학하고 순명 누나는 이화대학교 약학대학에 다녔다. 광명 누나는 이미 서울여자의과대학을 졸업하고 부산의 장기려 박사가 시작한 복음병원에서 인턴을 하고 있었다. 우리 집의 모세 재명 누님은 고려신학교를 마치고 칼빈대학교에 입학했다. 물론 어머니의 수입으로는 살기에 빠듯해서 자녀들의 비싼 대학등록금을 낼 수 없었다. 그렇지만 하나님의 축복으로, 만일 '바른 뜻이 있으면 반드시 좋은 길이 있다'는 것을 우리는 배우게 되었다. 위의 두 누님, 재명과 광명은 스스로 자기 문제를 해결했고, 순명 누나는 기독교 계통 출판사의 편집 관계 아르바이트를 했다. 나는 한동안 가정교사 노릇을 했지만 학비가 문제되자 한 해 전에 서울에서 재건된 숭실대학교에 전액 장학금[1]을 받고 전학하게 되었다. 이렇게 하여 아버지 없는 피난민 가정에서 (이미 가정을 가진 두 형제를 빼고) 넷이 다 대학 학위를 받게 되었다.

우리 어머니는 키도 눈도 작은 시골 여자였으나, 아버지는 그녀를 '귀중한 보석'이라 불렀다. 어머니는 지혜와 용기를 가진, 아주 실용주의 정신이 강한 여걸이었다. 나의 누님들은 좋은 옷이나 화장품이 없었는데 어머니는 누님들에게 늘 얼굴에 아름다운 미소를 띠라고 격려해 주었다. 여자의 진정한 아름다움은 내면에서 우러나오는 미소와 교양과 겸손이라고 했다. 우리는 가난했으나 모두 건강하고 행복했다.

1954년 가을에 광명 누나는 군목 최찬영(崔燦英)과 결혼했다. 미남인 매형은 홀어머니와 두 남동생이 있는 무척 가난한 사람이었으나 큰 꿈이 있었다. 제대하면 미국 캘리포니아 로스앤젤레스 근처에 있는 풀러신학교(Fuller Theological Seminary at Pasadena)로 유학 갈 계획이었다. 누나도 레지던트(Resident) 과정

태국으로 떠나는 3녀 김광명 의사와 남편 최찬영 목사
1956년 5월 20일, 그들은 기독교 복음만을 들고 해방 후 첫 선교사로 미지의 세계로 향하였다.

을 위해 그 지역에 가도록 임용계약을 받아놓은 상태였다. 목사와 의사, 그들은 이상적이고 행복한 신혼부부였다. 그런데 어느 날 대한예수교장로회 총회 선교부에서 태국으로 해외 선교 파송을 제의해 왔다.[2] 그들은 고민과 기도 끝에 화려해 보이는 미국 유학을 포기하고 선교사의 길을 택했다. 어머니의 간절한 기도와 충고가 있었다. 그들의 선교사 파송은 해방 이후 우리나라 교회의 첫 해외 선교였다. 그들이 준비하는 동안 여권 수속을 하는 데 1년도 더 걸렸다. 그 당시 정부 공무원 사이에 만연한 '급행열차'라는 뇌물을 주지 않았기 때문이었다.

1956년 5월 20일, 그들은 빈손으로 그러나 하나님을 의지하는 큰 믿음을 가지고 불교도가 대부분(93%)인 태국으로 떠났다. 우리는 그들로 인하여 기뻤고 그들의 길고 충성된 여정을 위해 기도했다. 기독교 가정으로서 우리는 우리가 가진 복음과 영원한 진리를 기쁜 마음으로 남과 나누기를 바라고 이에 열정을 다했다. 우리는 주 안에서 믿음과 소망과 사랑의 위대한 자원을 안고 있었다. 어머니는 이런 것이 하늘로부터의 진정한 축복이라 했다. 우리는 가난했지만 진정한 축복을 받은 가정이라 믿었다.

다른 종류의 혁명

대한민국의 초대 대통령 이승만 박사는 정치술이 무척 능란했고, 초기에 단독 정부 수립에 대한 반대가 격렬했지만 상당수 일반 국민으로부터 노련한 애국자로 존경과 사랑을 받았다. 그러나 그는 반대 세력에 대해서 오만하고 권위적으로 군림했다. 사실 남한 국민들의 지지기반이 약한 그는 일제 잔재인 기회주의적 친일파 세력과 미 군정청 지원에 많이 의존했다. 그는 기민한 정치 정략에 능했고 심지어 '정치깡패'를 서슴없이 이용했다. 그는 자기의 정치적 목적과 야망을 성취하기 위해 그의 자유당과 함께 많은 법을 위반하고, 설정된 민주제도를 왜곡하고, 다수인 야당을 탄압했다. 그가 통치하던 몇 년 동안 몇몇 정치적 반대자들이 폭행이나 암살을 당했고, 어떤 정치인은 공산당으로 조작되어 처형되기도 했다. 그때 많은 정치적 탄압과 법적 처벌이 있었으나 그 대표이고 극심한 예가 야당 정치인 조봉암[3]이었다.

무엇보다 1954년 11월 29일 그의 자유당은 초대 대통령의 무제한 임기를 허용하는 2차 개헌을 일방적으로 추진했다. 이 개헌은 국회에서 개헌에 필요한 3분의 2 득표를 얻지 못해 폐기되었는데, 바로 다음 날 '사사오입(四捨五入)'이라는 변칙적인 반올림으로 필요한 총득표를 한 것으로 번복하였다. 그리하여 그의 자유당 집권세력은 불법으로 영구 독재체제를 구축했다. 그의 독재정권을 종국적으로 붕괴시킨 것은 1960년 3월 15일 제4대 대선에서의 광범위한 부정선거 사건이었다.

그 당시 나는 대학을 졸업하자마자 징집되어 경기도 금촌 지역에서 육군 사병으로 복무하고 있었다. 우리 부대 내에서는 선거일에 모든 사병들에게 자유당 후보인 이승만 박사와 부통령 후보 이기붕을 찍으라고 공개적으로 지시했다. 투표소에서 "100% 바로 선거하기 위해" 기표한 후 감시원에게 투표지를 보여주어야 했다. 몇몇 사병들이 비밀투표를 주장하자 투표 자체를 상급자들이 알아서 하기로 결정하고 아예 투표를 정지했다. 나는 이런 부정한 독재정권은 속히 무너져야 한다고 믿었다. 그런데 일부 보수 교회에서는 선

거기간 중 두 자유당 후보가 '진실한 기독교 장로님들'이라고 찬양했다. 나의 아버지는 평생 기독교인들은 자유와 정의와 진리를 위하여 싸워야 한다는 믿음으로 살았는데 해방된 조국에서 어떤 기독교 신자들은 이기적인 욕망과 불의한 목적을 위해, 민주주의를 뒤엎고 시민의 권리를 박탈하려는 불의한 세력에 동조하는 것이다. 나는 부대 안에 있었기에 바깥 사정을 잘 알 수 없었지만, 여러 도시에서 격렬한 데모가 벌어지고 경찰과 학생 간에 충돌이 자주 일어나고 있었다.

점증하는 경찰의 폭압과 전날 정치깡패의 폭력사건으로 전국이 들고 일어나자 독재정권의 경찰은 1960년 4월 19일 항거하는 학생들에게 발포를 시작했다. 그날 서울에서 186명이 죽고 6026명이 부상을 입었다. 계엄령이 선포되었지만 계엄군은 비교적 중립적이었고 분노에 찬 국민들의 소요로 온 나라가 혼란에 빠졌다. 이로 인해 결국 이승만 독재정권이 무너지고 말았다. 4월 26일 이승만 대통령은 하야를 선언하고 29일 하와이로 망명길에 올랐다. 전날 이기붕 부통령 후보자는 가족과 함께 집단 자살했다. 이 '4.19 혁명' 또는 '학생혁명'으로 새 선거와 헌법 개정을 거쳐 민주당이 집권한 '제2공화국'이 탄생했다. 이 정권은 처음부터 내분과 행정적 미숙, 경제적 문제로 어려움을 겪었다. 특히 물가 폭등, 높은 실업률, 사회불안 등으로 혼란이 심했다.

1년 후 5월 16일 또 하나의 혁명이 일어났다. 후에 '5.16 군사정변'으로 규명된 이 혁명은 박정희 소장 주도로 일으킨 '군사쿠데타'였다. 그 정변의 '군사혁명위원회(軍事革命委員會)'는 초기에 제2공화국에서 편만한 부패와 무능을 일소하기 위해서 잠시 봉기한 것이라고 포고했다. 그 혁명주체세력은 '국가재건최고위원회(國家再建最高委員會)'라는 것을 급조하여 헌정과 민주체제를 파괴하고 국가 3권을 장악했다. 또한 중앙정보부(中央情報部)를 만들어 막강한 정보정치권력을 구축했다. 이 군사정권은 약 25만 명의 '과잉관료'를 축출하고 현역 또는 군 출신 인사로 대체하여 종국에는 '제3공화국'이라는 군사독재정권을 만들었다. 장기집권을 위하여 급속한 개발과 경제발전을 표방했다. 이런 군사정변은 대개 미국이 지원하는 남미나 동남아의 여러 친미 약소국의 경우와 비슷했다.

그러나 미국은 박정희 장군이 한때 '남조선노동당(南朝鮮勞動黨)' 당원이었던 전력을 근거로 그의 진정한 혁명동기를 의심했다. 군사혁명위원회가 즉시 "반공(反共)을 국시(國是)로"[4]를 선언하자 미국의 태도가 돌변하였다. 케네디(John F. Kennedy) 대통령은 5월 20일 자 메시지에서 혁명세력과 우호관계를 확약했고, 7월 27일 미 국무성 장관 딘 러스크(Dean Rusk)는 국가재건최고위원회 정권을 정식으로 인정한다고 공고했다. 공산주의는 자유세계에서 최고의 적이기 때문에 외교관계에서 '반공'의 약속은 가장 중요하며 어떤 형편에서든 신뢰할 수 있는 최종 보증이었던 것이다. 미국은 자유세계에서 민주주의를 수호하기 위해 군사개입도 마다하지 않는다지만 실은 어떤 정권이라도(공산주의와 비슷한 독재국가라도) 반공이라면 지원하는 위선을 보였다.

그런데 이 군사정권하에서 이상한 일이 나에게 생겼다. 그해 군복무를 가을에 마치고 곧 미국으로 유학을 떠날 계획이었다. 모든 유학생들은 '외국유학국가시험' 외에 새로 생긴 중앙정보부의 신원조회를 통과해야 했다. 반공사상이 투철하지 않은 젊은이는 외국에 내보낼 수 없다는 것이 정부 방침이었나 보다. 놀랍게도 나의 신원 확인에서 '부적격'으로 판정되었다! 나는 도대체 내 신원이 어떻게 위험인물이 될 수 있는지 이해할 수 없었다. 우리는 항일투사의 가정이고, 기독교인이고, 북에서 월남했고, 자녀 5명이 군복무를 했는데 누가 감히 우리 가족이 애국자 집안이라는 사실을 의심하겠는가? 나는 친구의 친구를 통해서 중앙정보부의 결정의 이유를 알아냈다. 그들 정보에 의하면 나의 아버지는 '1950년 8월 2일 북괴에 납치'된 것으로 되어 있었다. 서울 환도 직후 우리는 혹시나 해서 다른 행방불명자들처럼 '납치'라고 신고하였던 것이다. 그 후 순교의 정확한 시일과 장소를 확인하였지만 시체를 찾지 못했기에 굳이 사망신고를 하지 않았던 것이다.

나는 그 중앙정보부 젊은 장교에게 이게 말이 되냐고 조용히 항의하였다. 그러나 그는 자기의 논리대로 설명했다. 즉, 한 사람이 '납치'되거나 '자진 월북'한 것이나 그 사람이 적의 손에 들어가 있는 이상 위험도는 같다는 것이다.

"어떻게 같습니까? 신분으로나 사상적으로나 엄청나게 차이가 있지 않습니까? 어떻게 납치당한 사람을 월북한 공산주의자와 같은 취급을 합니까?" 나는 어처구니가 없어 약간 흥분해서 따졌다. 그는 냉소적인 미소를 보이며 다시 설명했다.

"만일 당신이 미국에 가 있는 동안 북한에 있는 아버지로부터 편지를 받았다고 합시다. 미국에서는 편지 교환이 가능하니까요. 당신은 크게 흥분하고 기뻐서 곧 회신을 보내지 않겠습니까? 만일 아버지가 다시 어떤 소식을, 예를 들어 아저씨의 주소나 삼촌의 사업에 대해서 물어오면 답하지 않겠습니까? 물론 답하겠지요? 그리하면 당신은 이미 공산당 스파이가 되는 겁니다! 간단하죠."

반공을 국시로 하는 군사혁명군의 이성은 거의 광적이고 강박관념에 묶여 있었다. 사실은 아버지가 납치가 아니고 사살당했다고 주장하였으나 문서로 증명하지 못하면 소용없다는 것이다. 반공사상에 투철한 그와 어떻게도 인간적으로 토론을 할 수 없었다. 안전한 신분을 인정받기 위해 나는 몇 가지 상황 증거물을 제출하여 가호적의 아버지 란의 '납치'를 '사망'으로 고쳤다. 나는 11년 전에 돌아가신 아버지를 공식적으로 다시 죽여야 했다. 그러고 나서 그해 1961년 9월 6일에야 겨우 나는 안전한 학생 신분으로 미국에 갈 수 있었다.

영광과 명예의 흠집

나의 어머니는 나라의 자유와 독립을 위해 싸우고 죽은 모든 사람들에게 언젠가는 국가가 공식적으로 그들의 희생과 공로를 인정해 주기를 늘 소망했다. 그것은 어머니가 정부로부터 특별한 찬양이나 개인적 보상을 원해서가 아니었다. 우리나라 독립투쟁의 피어린 역사가 우리 국민뿐만 아니라 전 세계에 널리 알려지기를 바라서였다. 진정한 애국심은 모든 동포들이 따라야 할 '옳은 길, 의도(義道)'로 인정되어야 하고, 정의는 나라를 위하여 반드시 승

건국공로훈장 수여자들과 그 배우자들
1962년 3월 1일, 존경하는 208명 애국투사(생존자 20명 포함)들이 박정희 군사정변 실세로부터 훈장을 받다.

리해야 할 '바른길, 정도(正道)'로 설립되어야 한다고 믿었다. 공식적으로 옳고 바른길을 인정하고 표창함으로써 자랑스러운 정신 유산을 후대들에게 전수할 수 있고 또 해야 하는 것이다. 그것만이 민족정기를 살리고 조국에 대한 긍지와 충성을 세우는 길이다.

일찍이 북한에서는 생사를 막론하고 모든 애국투사들을 '인민의 영웅'으로 높이 찬양하고 그들에게 특별대우와 존경을 바쳤다. 그것은 독립을 위해 싸운 혁명가들이 북조선의 주체세력으로 자리 잡았고 모든 외세 의존적 사대주의자들이 배제되었기에 가능한 일이었다. 이와 대조적으로 친일파 세력이 지배적인 남한의 이승만 정권하에서는 그런 인정과 보상의 정책이 전혀 없었다. 학생들 교과서나 언론매체에서는 일부 애국 영웅들에 관한 영광스러운 이야기가 여기저기 있었지만 그것은 사실 허울 좋은 빈 찬사였다. 대부분의 항일 애국투사 가족들은 계속 빈곤과 홀대 속에서 살았고 그 자녀들은 대부분 교육을 받을 수 없었다. 불평하는 애국투사들은 흔히 공산주의자로 몰려 곤욕을 치르기도 했다. 6.25 동란 중 어머니는 의지할 곳 없는 옛날 혁명가 몇을 도운 일이 있었다. 특히 부산에서 조신성[5] '할머니'는 몇 달 우리 하코방에서 같이 살았다. 평생 목숨을 걸고 나라의 독립을 위해 싸운 그분은 해방된 조국에서 거지처럼 살다 아무도 모르게 돌아가셨다.

그러나 놀랍게도 군사정권은 잘 알려진 애국지사 208명(사망 188명과 생존

한도신과 건국공로훈장증 및 메달

1962년 3월 1일, 김예진이 30여 년간 벌여온 항일투쟁을 해방 후 17년 만에 인정받게 되었다.

자 20명)에게 1962년 3월 1일에 정부의 공로훈장을 수여한다는 기쁜 소식을 발표하였다. 이 발표는 3.1 운동이 일어난 지 43주년 만에, 조국이 일본 강압으로부터 해방된 지 17년 만의 일이었다. 그날 서울운동장에서 애국지사 김예진은 다른 수여자와 함께 '대한민국 건국공로훈장(大韓民國 建國功勞勳章) 단장(單章)'으로 추서되어 어머니가 포상을 받았다. 훈장은 순금으로 태극 모양의 메달, 대통령이 수여하는 훈장증, 그리고 2대까지 내려가는 연금이 포함되었다. 이 포상은 처음 있는 일로 대단한 영광이었다. 지난 40여 년간 나의 부모님 김예진 목사와 한도신 권사는 고문 같은 삶을 겪어왔다. 나의 아버지는 '역적'으로, '사상범'으로, '폭탄범'으로, '혁명가'로, '수배자'로, '탈옥범'으로, '반동분자'로 도망 다니며 굶주리고, 갇히고, 고문당하고, 결국은 동족의 총에 맞아 죽었다. 그 후 "우리나라 자주독립에 이바지한바 많은" 애국 충정을 드디어 인정받고 국가로부터 공로훈장을 수여받은 것이었다. 이것이야말로 십자가의 영광이었다.

그러나 어머니는 영광스러운 상장에 쉽게 유혹되지는 않았다. 실은 어머니와 수혜 예정자 몇몇은 이 수상에 대해 회의감이 있었다. 그 이유인즉 이 영광스러운 훈장을 누가 주느냐 하는 문제였다. 비록 상장은 제2공화국의 명색뿐인 윤보선 대통령[6]의 이름으로 주어지지만 실질적 수여자는 한 해 전에 군사정변을 일으킨 박정희 장군이었다. 그는 누구인가? **박정희**[7]는 잘 알려진 대로 일본제국을 위해 충성하던 일본군 장교였다. 1939년 3월 31일 만주국 일본제국군에 복무하기 위해 혈서로 일본제국에 충성을 맹세한다는 서약을 제출했던 인물이다. 그는 그때 '다카기 마사오(高木正雄)'라는 일본 창씨명을 사용했다. 1944년 일본제국 육군사관학교를 졸업하고 만주국 일본제국군 중위로서 연대장의 부관으로 활약했다. 그때 이름을 다시 '오카모토 미노루(岡本實)'로 바꾸어 그 지역에서 활약하던 조선 항일 게릴라 부대와 중국 팔로군(八路軍)에 대한 첩보활동을 했다고 한다. 다시 말하면 그는 김예진 같은 항일투사나 그 이후의 젊은 혁명 동지들을 적극 추적하던 일본 주구 중 하나였다. 결국 항일 애국투사들이 그런 반민족 일본제국주의 충견으로부터 건국공로훈장을 받는 셈이었다. 황당하고 고민스러웠다. 그러나 어머니는 참 애국자의 유훈은 현재 친일부역자가 지배하는 나라 사정에도 불구하고 후세에 길이 전속되어야 한다는 믿음에서 그 흠집 있는 훈장을 받기로 했다. 정의의 희미한 불길은 어두운 반역의 역사 물결에도 계속 떠 있어야 했다.

여기 또 하나의 착잡한 축복과 공훈을 보게 되었다. 아버지가 1946년에 설립하도록 도운 후암교회는 우리에게 특별한 의미가 있었다. 아버지의 순교에다 제2대 목사였던 김경종 목사도 6.25 동란 중 공산군에게 납치되어 순교한 것으로 알려져 있다. 교회는 그 두 충성된 주의 종의 희생을 발판으로 자라났다. 그 교회는 1952년 12월에 건물이 다 타버려서 다음 해 8월에 임시 건물을 세워 교회활동을 계속했다. 놀라운 일은 가건물에서 예배를 보면서도 그 교회는 1954년 5월부터 1955년 9월까지 지방에 4개 교회를 새로 개척한 것이다. 이것은 나의 아버지가 시작했던 '한 면에 한 교회' 전도운동의 전통을 계승한 것이라 볼 수 있었다.

서울 국립현충원 김예진의 묘(애국지사묘역 29번)와 후암교회에 세운 순교기념 머릿돌
김예진의 묘는 비어 있으나 그 묘비는 영구적인 국가 기념비가 되었고, 교회 머릿돌은 (지금은 비록 없어졌지만) 교회사에 영원한 횃불이 되었다.

1960년 9월 19일에 조동진 목사가 후암교회 제5대 담임목사로 부임했다. 그는 나의 아버지와 오래전부터 특별한 연관이 있었다. 생후 백일 되는 날 유아세례를 받았던 그는 17세 때 용천 구읍교회에서 아버지로부터 입교문답을 받고 이웃 교회의 정식 교인이 되었다. 그의 아버지 조상항은 독립군으로 6년간 옥고를 치렀고 해방 후 한때 이승만 정권에 반항하다 모함을 받아 사형 언도까지 받았던 민족주의자였다. 그런 만큼 우리 아버지의 민족주의 배경도 잘 알고 있었다. 조동진[8] 박사는 민족주의적 견지에서 선교를 연구하고 실천한 학자이다. 그는 국제선교계에서 '미스터 미션(Mr. Mission)'으로 널리 알려진 대가이기도 하다.

1963년 10월 14일 아름다운 새 성전의 헌당식을 할 때 조 목사는 교회의 앞면에 자랑스러운 신앙 유산으로서 김예진 목사의 순교를 기념하는 거대한 대리석(가로 541cm, 세로 180cm) 머릿돌을 세웠다. 그 머릿돌에는 유명한 성경 구절을 희랍어, 한글, 영어로 새겨 넣었다.

> 수고하고 무거운 짐을 진 사람은 모두 내게로 오너라. 내가 너희를 쉬게 하겠다.
>
> _ 마태복음 11장 28절

조 목사는 나의 아버지의 민족주의적 열정과 복음주의적 영혼을 같이 나누어 가졌었고 그 신앙 전통이 그의 후암교회 목회를 통해서 계속되었다. 그가 시무한 18년 목회 기간에 그의 교회는 다섯 가정을 해외 선교사로 파송하였고 (홍콩 1969년, 아프가니스탄 1970년, 태국 1971년, 인도네시아 1976년, 태국 1976년) 그 후에도 그 추세는 계속되었다.[9] 그의 지도력과 헌신은 그 교회에 큰 축복이 되었을 뿐 아니라 한국 교회가 불이 붙기 시작한 세계 선교 모델의 변화를 가져왔다. 불행하게도 교회가 영구히 세운 그 아름다운 순교 기념 머릿돌은 조 목사가 1978년 은퇴한 후 5년 만에 후대 목사가 폐기 처분하고 말았다. 교회 건물을 개조한다는 명목으로 영구 기념물이 영원히 사라진 것이다.

꿈의 실현

신약성서에서 저자가 불분명한 히브리서는 서기 1세기 로마에서 큰 핍박에 당면한 기독교인들에게 다음과 같은 편지를 보냈다.

> 믿음은 바라는 것들의 확신이요, 보이지 않는 것들의 증거입니다. 선조들은 이 믿음으로 살았기 때문에 훌륭한 사람으로 증언되었습니다.
>
> _ 히브리서 11장 1~2절

나의 부모님은 그들의 소망과 꿈을 믿었으며, 그 믿음으로 그들 당대를 넘어 그 꿈들이 종국에는 성취되는 것을 미리 보았을 것이다. 반세기 후에 나는 나의 아버지의 꿈과 비전이 엄청나게 확장되고 발전되는 것을 보는 증인이 되었다. 그 꿈과 비전이란 성령의 능력과 하나님 축복의 자원으로 한국인들을 준비한 후, 이 세상에 '하나님 나라'를 확장하기 위해 한국을 사용하시리라는 하나님의 섭리에 대한 것이었다. 약 70년 전에 나의 아버지의 비전은 모호한 것이었고 그의 꿈은 헛된 소원처럼 아주 비현실적인 것이었다. 그러나 그의 여러 믿음의 동지들과 젊고 헌신적인 주님의 일꾼들이 지난 몇십 년 동안 남한에 거의 기적적인 변화를 가져왔다. '한 면에 한 교회' 목표는 '한 면에 여러 교회'를 세우는 결과를 낳았다. **새벽기도회**[10]는 거의 모든 교회에서 매일 정규 예배가 되었다. 역사적으로 한국은 기독교를 비교적 늦게 받아들였다. 개신교는 단지 약 130년, 가톨릭은 약 230년의 역사가 있다. 반면에 대부분의 다른 아시아 국가들(중국, 인도, 일본, 필리핀, 태국 등)은 16세기 중엽 또는 그 이전에 기독교가 전래되었다. 그에 비해 가장 늦게 전수받은 한국의 기독교 신앙이 가장 빠르게 꽃을 피웠다.

2015년도 통계에 의하면 남한의 개신교 기독교인은 968만 명(19.7%)이고, 가톨릭 신도는 389만 명(7.9%)이었다. 남한은 아시아에서 유일한 그리고 첫 번째로 '기독교(개신교) 주도국가'가 되었다(필리핀은 '가톨릭 주도국가'로 알려져 있다). 이처럼 비교적 짧은 기간에 한반도에서 기독교 신앙이 널리 그리고 쉽게 수용된 가장 중요한 요인 중 하나는 나의 아버지와 다른 여러 충성된 성도들의 삶과 죽음을 통해서 드러난다. 즉, 일제강점기 때 많은 기독교인들이 독립투쟁에 참가하여 민족 역사의 주류에 동참하였던 것이다. 또한 좋든 나쁘든 한국의 기독교는 대부분 남한 국민들이 증오하는 북한 공산주의를 반대하는 이념적 방패 역할을 했기 때문이었다. 이유야 어떻든 남한의 성공적 복음화는 가시적 사실이고, 그 사실은 하나님 섭리의 강력한 실증이 아닐까?

또한 남한은 사회경제 면에서도 엄청난 변화와 발전을 경험하게 되었다. 1950년대까지 한국은 전 세계에서 가장 가난한 미개발 국가들 중 하나였다. 1인당 수입이 100달러 이하로서 외국 원조에 전적으로 의존해야 하는 국가였다. 그러나 2016년 남한의 국내총생산액(명목)은 1.4조 달러(세계 11위)로서 1인당 수입은 2만 7633달러(세계 27위)가 되었다. 지금은 '경제개발협력기구(OECD)' 35개 회원국 중 하나로서 대한민국은 국제연합과 다른 국제기구에서 발표하는 여러 통계와 발전지표[문자 해독률, 컴퓨터 사용률, 대학 졸업률, 중학생 수학과 과학 점수, 인간개발지수(Human Development Index), 경제자유지표(Index of Economic Freedom), 민주주의지표(Democracy Index), 법률지배 지표(Rule of Law Index) 등]에서 최선두를 달리고 있다. 2015년에 상기 기구의 '개발원조위원회(DAC)'의 회원으로서 대한민국은 19.1억 달러를 기부하여 '공적개발원조(ODA)'에서 14위를 기록했다. 이런 국제 공조에서 진짜 중요한 점은 대한민국이 개발원조를 받던 나라에서 2000년에 개발원조를 주는 나라로 전환한 최초의 그리고 유일한 사례를 만들었다는 사실이다. 한국 정부는 2015년에 '국제협력기구(Korea International Cooperation Agency, KOICA)'를 통해서 126개 국가와 15개 국제기관을 지원했다.

이 모든 변화는 세계 선교의 목적을 위하여 무엇을 의미하는가? 하나님은 오늘의 세계에서 그의 나라를 확장하기 위하여 어떻게 한국을 사용하는 것인가? 엄청난 변화의 현실에서 우리는 무엇을 읽을 수 있는가? 국내 전도 활동이 어느 정도 적정 한계에 도달했을 때 한국 교회는 전 세계에 복음을 전하고

자 하는 커다란 열정과 사명감으로 불타올랐다. 대부분의 교단, 선교단체, 지역 개별 교회, 심지어 개인 신자들이 그들의 자원, 시간, 인력, 기술, 에너지를 지구촌 선교사업에 앞다투어 투자하게 되었다. 많은 이슬람 세계와 대부분의 사회주의(공산주의) 국가들, 과거 제3세계 식민지 등지에서는 미국과 다른 서방 선교사들을 환영하지 않거나 입국을 허용하지 않지만, 한국 선교사들은 기독교의 사랑과 믿음을 가지고 갈 수 있었다. 식민주의 침략국의 인상을 갖고 있지 않은 한국인들은 선교지 사람들의 빈곤의 고통을 잘 이해하며, 압박받는 자의 심정을 깊이 동감하고, 그들의 권리와 정의를 위해 지혜롭게 그들과 같이 할 수 있었다.

지금 세계 최대 국가인 중화인민공화국은 1949년 전국을 공산주의로 통일하였을 때 모든 외국 선교사들을 추방했다. 중공은 모든 선교사들을 서방 제국주의와 연관시켰던 것이다.[11] 그때 중국의 기독교인들은 약 70만 명(인구의 0.6%)으로 추산되었고, 그 후 그들은 반세기 이상 전 세계 기독교인들로부터 완전히 격리되어 있었다. 김예진 목사의 가까운 동지였던 방지일 목사는 1957년 추방될 때까지 산둥성 임지에서 일했다. 잘 알려진 '문화혁명(1966~1976)' 이후 헌법상 종교자유는 보장되었으나 그 자유는 다분히 국가에서 공인하는 기독교 기관으로 통제해 왔다. 즉, 개신교를 대상으로 하여 '제삼자애국운동(第三者愛國運動)'이, 그리고 가톨릭을 대상으로 '중국천주교애국회(中國天主教愛國會)'가 모든 공식적인 기독교 활동을 관할해 왔다.[12] 1992년 한중 수교 이후 많은 한국 기독교인들이 여러 연대와 협업을 통해 기독교 사랑의 창의적인(때로는 은밀한) 방법으로 중국 인민에게 접근하였다. 그 협력관계는 농업, 교육, 의료, 스포츠, 문화, 그리고 최근에는 상업, 예술, 디지털 기술 등으로 확산되었다. 사회주의 국가 내의 한국 선교사 파송 현황은 비밀로 되어 있으나 가장 많은 한국 선교사들이 중국대륙과 내몽고 각지에서 조용히 그러나 열성적으로 활동하고 있다. 그들의 실제 공헌과 성과가 어떤 정도인지 알 수 없다. 국가가 승인한 삼자교회와 소위 지하교회로 불리는 가정교회를 종합하면 현재 중국 기독교인은 약 1억에 이른다고 추산하고 있다. 조용하지만 아주 놀라운 이 증폭은 복음화의 폭발이 아닐 수 없다. 이 복음의 폭발상황에 한국 선교사들의 숨은 공헌은 어느 정도일까?

인간역사 속에 하나님의 손길

세계 복음화 폭발현상과 관련하여 우리 가족이 현재 중국 선교 역사의 가장 놀라운 기적이라고 볼 수 있는 사건에 직접적으로 관련되어 있다. 1956년 나의 누님 김광명 의사와 함께 최초로 한국에서 태국으로 파송되었던 최찬영 목사는 점차 그의 선교활동 범위를 동남아시아 여러 나라로 확장해 나갔다. 1978년 그는 연합성서공회(United Bible Societies) 아시아-태평양지역 총무가 되었다.

1980년대에 중국이 점차 개방하면서 전 세계 기독교인들이 '지상명령'으로 받아들인 사명은, 40여 년간 외부세계 기독교인들로부터 격리되어 온 12억 중국인들에게 합법적으로 기독교 복음을 전달하는 것이었다. 최 목사는 이 위대한 목적을 위하여 오래 기도하며 이 거대한 문제를 공식적으로 해결하고자 여러 번 시도하였다.[13]

참으로 믿는 사람들에게 기적은 나타나는 법이다. 1985년 1월 7일 최 목사는 당시 삼자교회 대표들과 기적적으로 중대한 거래의 합의를 보았다. 즉, 연합성서공회가 중국의 대표적 기독교 지도자 팅광선(丁光訓, K. H. Ting) 감독이 세운 애덕기금회(愛德基金會, Amity Foundation)와 합의하여 중국 내지에 성경 출판을 위한 대형 출판회사를 세우기로 한 것이다! 1987년 12월 5일 난징 애덕인쇄유한공사(南京愛德印刷有限公司, Nanjing Amity Printing Co. Ltd.)가 설립되었다. 미국, 영국, 독일, 한국을 포함한 여러 국가 성서공회의 공동기부로 담보 없이 초기에 760만 달러를 투자하고, 이어서 7억 달러가 넘는 최신 인쇄시설을 무상 지원하여 세계에서 가장 큰 현대식 성서 인쇄소가 되었다. 30년이 지난 오늘날 약 620명의 직원과 자동화된 인쇄시설이 매 초당 1권, 또는 매

1985년 3월 홍콩에서 애덕기금회와 연합성서공회 대표 사이에 애덕출판사를 설립하기로 양해각서를 서명했다(왼쪽 두 번째가 최찬영 총무).

1995년 애덕출판사의 성경 1000만 권 인쇄 축하 기념사진(맨 앞줄 오른쪽에서 네 번째가 김광명 누님, 다섯 번째가 최찬영 총무)

해 1400만 권의 성경과 600만 권의 다른 책을 90개 국어로 출판하고 있다. 2016년 4월 25일부 보고에 의하면, 지금까지 1억 4700만 권의 책이 출판되었고 그 절반가량이 외국으로 수출되었다. 가장 큰 공산주의 국가가 전 세계에서 가장 많은 성경을 생산하고 보급하고 있다는 놀라운 사실은 하나의 커다란 기적이 아닐 수 없다. 이것은 나의 매형의 노력으로 얻은 성과가 아니라, 한 겸허한 한국 선교사를 이용하여 하나님이 큰 능력으로 역사하신 것이었다.

한국 기독교의 세계선교는 그 추세나 속도에 있어 전례가 없이 계속되고 있다. 2016년에 170개국에 217개의 선교단체와 39개 교단이 파송한 한국인 선교사 수는 2만 7205명이었다. 보고되지 않은 개인 자원자들, 지방교회에서 단독으로 보낸 사람들, 단기 선교활동가들을 고려한다면 한국 선교사 수는 더 많을 것으로 추산되고 있다. 이 수치는 미국 해외선교사 수(약 6만 5000명으로 추산) 다음이라는 점에서 지극히 감동적이라 하겠다. 두 나라 사이의 인구(미국의 3억 2450만대 남한의 5080만), 또는 국내총생산액(미국의 18조 5580억 달러대 남한의 1조 4000억 달러)을 비교해 보면 한국은 현재 전 세계에서 비례적으로 가장 많은 해외 선교사를 보내는 셈이다.

이것은 세계인구의 단지 0.68%(2016년 통계)를 구성하고, 땅의 크기로 보아 세계에서 107번째인 반토막 나라 남한이 74억 세계인구(2016년 8월 현재)의 선교를 위하여 가장 무거운 짐을 감당해 오고 있는 것을 보여준다. 어떻게 이런 일이 일어났는가? 나의 부모와 아울러 주님의 영원한 진리와 정의를 위하여 살고 죽은 다른 많은 성도들의 이야기가 인간 역사(歷史) 속에서 활동하시는 하나님의 역사(役事), 보이지 않는 그의 손을 분명하게 증언하고 있다. 그들의 믿음으로 위대한 비전과 언약이 마침내 성취되는 것을 보게 되는 것이다. 반세기도 넘는 그 옛날에 저 보이지 않는 하나님의 손길을 확실히 보듯이 믿은 나의 아버지는 지금 이런 엄청난 변화를 어떻게 보실까?

1962년 건국공로훈장 수훈 이후 우리 가족에 몇 가지 중요한 일이 있었다. 1963년 5월 5일에 어머니는 서울특별시장으로부터 표창장을 받았다.[14] 어려운 형편 중에도 모범가정을 영위하고 자녀들에게 최고의 교육을 시킨 것을 인정하여 서울특별시는 '모범어머니상'을 수여했다. 1966년 5월 18일 원호처(현 국가보훈처)에서 아버지 김예진 목사를 '애국지사'로 추대하여 국립서울현충원 '애국지사묘역(29번)'에 안치했다. 신체를 찾지 못해 아버지의 사물—명함, 도장, 만년필, 돋보기 안경 등—을 대신 무덤에 넣었다. 같은 묘역에는 문일민 선생, 주기철 목사, 스코필드 박사[15] 등이 안장되어 있다.

어머니는 하나님의 큰 손길을 보면서 자신의 작은 손길을 부지런히 사회봉사하는 데 바쳤다. 특히 삼일동지회, 대한애국부인회, 기독교여자절제회, 대한여자애국단, 가정법률상담소(백인회원), 한국병원선교연합회 등에서 활동

서울시로부터 받은 '모범 어머니' 표창장
1963년 5월 5일, 어머니 한도신은 어려운 형편에도 불구하고 자녀들이 다 건강한 몸과 마음을 가지도록 최선을 다해 교육했다.

했다. 어머니는 우리 부부가 미국에서 신학과 사회복지(사회사업)를 공부하는 동안 아이들을 돌보아 주기 위해 1967년 봄 처음 미국을 방문했다. 그 후 미국의 1965년 새 이민법(1968년 발효)으로 이민의 길이 열리면서 우리 형제들이 하나씩 몇 년에 걸쳐 미국으로 이주하게 되었다. 나의 어머니는 몇 차례 자녀들을 방문하다 1977년에 로스앤젤레스(Los Angeles, 나성)에서 혼자 정착하게 되었다. 어머니는 당시 82세의 나이에도 불구하고 비교적 건강하고 당당한 노장으로 생활하시며, 어느 누구에게도 의존하지 않고 자유로운 노년 생활을 즐기셨다. 물론 지역 한인교회의 위로와 주정부의 복지혜택을 받았으나 정신적으로 어느 자녀에게도 짐이 되지 않으려 했다.

어머니는 교회생활 외에 나성 '국민회' 여성부와 나성 한인회 활동에 참여

김예진·한도신 부부 관련 출판물

『꿈 갓흔 옛날 피 압흔 니야기』(돌베개, 1996), 『한도신의 회고록』(개정판, 민족문제연구소, 2010), 『김예진 평전』(쿰란출판사, 2010), 김예진-한도신 영문 전기(2018)가 출간되었다.

85세 생신을 맞아 자녀들과 함께

1980년 7월 5일, 미국 로스앤젤레스에서 어머니 한도신이 여섯 자녀에 둘러싸여 있다. 왼쪽에서 시계 방향으로 선명(장녀), 동수(차남), 재명(차녀), 광명(3녀), 순명(4녀), 동명(장남).

한도신에게 추서된 건국훈장 애족장 훈장증과 메달

2018년 8월 15일, 3.1 운동 99년 만에 한도신은 여성 독립운동가로서 국가 훈장을 수훈했다.

했고, 한국의 신학생을 재정적으로 도왔다. 성경은 물론 여러 자서전과 수필집을 부지런히 읽었고, 약 30년간 계속하여 일기를 쓴 것은 물론 매달 40여 통의 편지를 썼다(그 당시는 장거리 전화가 너무 비쌌다). 무엇보다 약 15년간 육필로 원고지 1200매 분량의 회고록을 기록했다. 거의 평생 고생하면서도 슬퍼하거나 한탄하거나 원망하거나 실망하지 않은 어머니는 그의 말년에도 희망과 용기와 지혜를 가지고 사셨다. 그리고 늘 승리하는 생활을 하셨다. 1986년 2월 19일 그 작은 여걸, 조용한 영웅은 향년 92세를 일기로 풍파 많은 이 세상의 삶을 마감했다. 어머니는 캘리포니아의 아름다운 장미언덕기념공원(Rose Hills Memorial Park)[16]에 고요히 잠드셨다. 그 후 32년, 기미 만세운동 99년 만인 2018년 8월 15일 정부로부터 건국공로훈장 애족장이 추서되었다.

후기

이어지는 이야기

두 분 인생의 끝이 그 세대의 투쟁의 종지부로 끝날 수 없다. 왜냐하면 하나님의 거룩한 뜻은 언제나 편만하고 그의 섭리는 영원하기 때문이다. 우리 자녀들은 다음 반세기 동안 김예진-한도신 가족의 애국적·신앙적 유산을 계승하려고 노력했다. 이런 노력을 여기에 열거하는 것은 우리 가문의 자랑을 과시하려는 것이 아니라 오히려 겸손하게 거룩하신 하나님의 은총과 영광이 어떻게 우리 세대에서도 피어나는지를 증언하기 위함이다.

2007년 4월 7일 숭실대학교는 '김예진기념장학기금'을 설립하여 사회복지와 목회에 종사할 대학원생들을 지원하게 되었다. 같은 해 10월 10일 동 대학교로부터 88년 전 3.1 독립운동으로 인하여 학업을 마치지 못한 고 김예진 학생에게 명예졸업증서를 추서하였다. 2010년 5월 22일, 서울에서 가족, 친척, 친구들에 의해 그의 순교와 애국애족심을 기리기 위하여 '김예진목사기념사업회'가 설립되었고, 10월 17일 그의 '순교 60주년기념예배'를 성대하게 가졌다. 다행히 옛 동지인 방지일 목사(99세)와 조동진 목사(86세) 등이 참여하여 귀한 설교와 기념사를 남겼다.

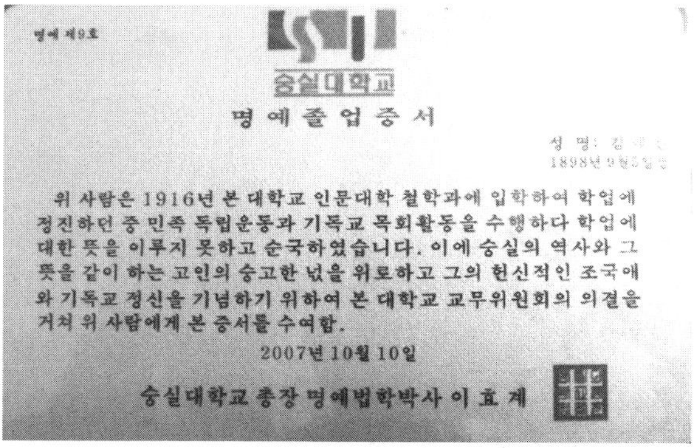
명예 제9호

숭실대학교

명예졸업증서

성 명: 김 예 진
1898년 9월5일생

위 사람은 1916년 본 대학교 인문대학 철학과에 입학하여 학업에 정진하던 중 민족 독립운동과 기독교 목회활동을 수행하다 학업에 대한 뜻을 이루지 못하고 순국하였습니다. 이에 숭실의 역사와 그 뜻을 같이 하는 고인의 숭고한 넋을 위로하고 그의 헌신적인 조국애와 기독교 정신을 기념하기 위하여 본 대학교 교무위원회의 의결을 거쳐 위 사람에게 본 증서를 수여함.

2007년 10월 10일

숭실대학교 총장 명예법학박사 이 효 계

숭실대학교로부터 받은 명예 졸업장

2007년 10월 10일. 아버지 김예진은 평양숭실대학교에서 1916년에 학업을 시작하였으나 3.1 만세운동으로 인하여 졸업할 수 없었다.

'김예진목사기념사업회'에서는 정부 훈장 수여자에게 주는 보훈처 연금과 가족의 기부금을 합쳐 매년 여러 작은 규모의 현장 사업을 지원해 오고 있다. 이 지원은 선교, 인도, 애국, 교육 분야의 활동을 단기 보조하는 것인데, 지난 7년간 국내뿐만 아니라 과테말라, 브라질, 레바논, 몽골, 미얀마, 베트남, 북한, 중국, 필리핀의 활동을 포함하였다. 이런 지원 활동은 우리 아버지의 평생의 목표인 "사람을 사랑하여 살고, 죽어서도 그 정신으로 승리하리라"는 거룩한 뜻을 계승하는 일이라고 믿는다. 하나님의 은혜로 두 어른의 사랑과 정의의 유산은 지금도 계속되고 있다.

우리 자녀들은 어떻게 되었는가? 늦은 나이에 부산에서 공부를 마친 둘째 재명 누님은 서울에서 한동안 송죽원(松竹園)이라는 고아원을 운영했다. 누님은 1953년에 미군에 의해 교통사고를 당했는데, 1960년대 그때 피해에 대한 보상금을 일부 받게 되었다. 원래 전시에 유엔 군인이 의무 수행 중 민간인에게 입힌 피해는 일절 보상하지 않는 법인데, 미국 선교사 친구들이 군 관계 보험회사와 10여 년간 싸움 끝에 일부 승소하여 약 15만 달러를 수령한 것이다. 그 돈으로 누님은 연희동에 정의원(正義園)이라는 3층짜리 어린이집을 지어 운영하게 되었다. 당시 보건사회부의 모범 시설로 그 지역에 맞벌이하는 가난한 가정의 어린이 60여 명을 돌보았다. 그 후 미국에서 은퇴 생활을 하다 1989년에 어머니 곁에 묻혔다. 1996년 한국의 첫 의료선교사인 넷째 광명 누님은 선

숭실대학교에 설립된(2007. 4. 7) '김예진기념장학기금'과 섬김교회에서의 순교60주년기념예배(2007. 10. 16)
나라와 민족과 교회를 위한 김예진 목사의 희생과 공헌이 여러 형태로 추념되었다.

교지에서 네 자녀를 양육하며 한때는 가족이 세 곳에 흩어져 살면서 의사로 또는 의료봉사원으로 일했다. 또한 그녀는 남편의 지역 본부의 이동과 활동을 따라 방콕, 마닐라, 싱가포르, 홍콩 등으로 옮겨 다녔다. 남편 최 목사가 아시아 39개국에서 성서의 출판과 분배를 늘 지도하고 지원하여야 했기 때문이다. 1992년, 그들이 태국과 홍콩에서의 37년 선교사 사역을 마치고 미국으로 가서 최 목사는 한동안 풀러신학교의 특임교수가 되어 가르쳤다. 순명 누나(2017년 현재 84세)는 돌아가신 박수권 목사의 사모로서 아직 부산의 은화 요양병원에서 약사로 일하며 지난 몇 년간 상기 기념사업회를 이끌고 있다.

가족의 막내이며 이 책의 저자인 나는 1976년 겨울에 긴 유학생활의 끝에 시카고대학교에서 박사학위를 받았으나 계획한 대로 귀국할 수 없었다. 그 이유는 1961년 군사정변을 일으킨 박정희 군사정권이 1972년부터 '유신' 독재체제로 국민을 억압하자 미국 내 각 지역의 몇몇 교수, 학생, 성직자들과 연대하여 '반정부 활동'을 시작했기 때문이다. 북미기독학자회, 한국민주회복통일촉진국민회의(한민통), 조국통일북미주협의회(통협), 해외동포통일심포지움 등을 통하여 점차 캐나다, 유럽, 일본 등지의 민주 동지들과 연대하여 국내의 민주주의와 인권을 회복하기 위해 그리고 조국의 평화통일을 위하여 강력한 해외 운동에 적극적으로 참여했다. 그래서 나는 오랜 시일 고국으로 돌아갈 수 없는 몸이 되었다. 2006년 이후 고국에 돌아와서 횃불트리니티신학대학원대학교와 숭실대학교에서 초빙교수로 가르치다가 지금은 평화운동에 참여하고 있다.

현재 김예진 목사와 한도신 권사 가문에 16명의 손주(2명 작고)와 32명의 증손이 모두 미국에 있는데 거의 모두 전문직에 종사했다. 그중에 한 조카, 동명 형의 둘째 아들인 김성익(金聖益) 목사는 아프리카 스와질란드(Swaziland)에서 여러 해 선교활동을 하고 있으며, 다른 조카, 순명 누나의 둘째 아들인 유영준(Timothy Yoo) 목사는 로스앤젤레스의 아가페선교교회에서 영어목회를 여러 해 계속하고 있다. 그리하여 후손이 모두 진실한 기독교 신앙과 생활을 통하여 우리 가문의 신앙 유산을 이어가도록 노력하고 있다. 우리 후손들은 부모님 또는 조부모님의 삶이 보여준 신앙의 본을 계승하도록 최선을 다하여 힘쓰고 있다. 그 삶은 데살로니카 사람들이 보여준 '믿음의 행위, 사랑의 수고, 소망의 인내'이기도 하다.

> 또 우리는 하나님 우리 아버지 앞에서 여러분의 믿음의 행위와 사랑의 수고와 우리 주 예수 그리스도께 둔 소망을 굳게 지키는 인내를 언제나 기억하고 있습니다.
>
> _ 데살로니가전서 1장 3절

김예진·한도신 연표

연도	김예진·한도신	당대 주요 사건
1895	7월 5일: 한도신, 평안남도 고평군 신흥리에서 한성은과 홍필례의 장녀로 출생	10월 8일: 을미사변, 명성황후가 일본 무사들에 의해 살해당함
1896		2월 11일~1897년 2월 20일: 아관파천, 고종 러시아공관 망명
1897		10월 3일: 고종, 황제 칭호 수락 10월 10일: 숭실학당 개설 10월 12일: 고종황제, 대한제국 선포 11월 12일: 명성황후 국장 거행
1898	9월 5일: 김예진, 평안남도 강서군 성태면 성삼리 가왕동에서 김두연과 장두찬의 장남으로 출생	10월 3일: 남산대신궁 완공
1904		2월 8일: 러일전쟁 발발 2월 23일: 한일의정서(조일공수동맹) 강제 체결
1905		9월 5일: 러일전쟁에서 일본 승리 7월 27일: 가쓰라태프트 비밀 협상 11월 7일: 을사늑약 체결
1906		2월: 조선에 일본 통감부 설치
1907	한도신, 소안론 선교사로부터 유아세례 받음	2월: 국채보상운동 시작 4월: 고종황제 헤이그평화회의에 밀사 파견 7월 20일: 고종황제의 양위식(강제 퇴위) 7월 24일: 한일신협약(정미협약) 체결 7월 27일: 대한제국 보안법 공포 7월 31일: 대한제국 군대 해산명령 8월 17일: 순종의 황태제로 영친왕을 결정
1908		4월 30일: 통감부 「신문지규칙」 공포 대한제국 학부로부터 '대학 숭실' 인가
1909		2월 23일: 대한제국 출판법 공포(출판물 검열과 압수 합법화) 9월 4일: 간도협약 조인(일본이 간도를 중국 영토로 인정) 10월 26일: 안중근이 이토 히로부미를 사살

연도	김예진·한도신	당대 주요 사건
1910	김두연, 장남 김예진의 교육을 위해 평양으로 이사함	3월 14일: 조선의 토지조사사업 시작 6월 30일: 헌병 경찰제도 발족 8월 29일: 한일병탄조약 강제 체결, 대한제국 멸망(경술국치) 8월 30일: ≪대한매일신보≫를 ≪매일신보≫로 개제(조선총독부 기관지) 9월 14일: ≪황성신문≫ 폐간 10월 1일: 경성에 조선총독부 설치 11월 15일: 「사립학교설립인가령」 시행 12월: '안악 사건'으로 김구, 김홍량 등 18명 체포
1911	김예진 가족, 강서군에서 평양 순영리로 이사	6월 20일: 산림령 공포 9월: 105인 사건(총독 암살미수 사건을 조작해 민족지도자 약 600명 체포) 8월 23일: 제1차 조선교육령(일본어를 국어로 사용)
1912		3월 18일: 「조선형사령」, 「조선민사령」 공포 8월 13일: 「토지조사령」 공포 조선총독부로부터 숭실대학 인가
1913		10월 30일: 부제(府制) 공포
1914	1월: 김예진과 한도신 비정식 약혼	6월: 박용만, 하와이에서 대조선국민 군단과 사관학교 창설 6월 10일: 총독부, 각급 학교에 교련과목 신설
1915	12월 23일: 김예진과 한도신 결혼	3월 24일: 「사립학교 규칙」 개정 및 「전문학교 규칙」 공포
1916	3월: 김예진, 숭실대학 입학	1월 4일: 총독부, 식민지교육 강조 「교원심득(教員心得)」 발표 5월 22일: 남산대신궁 '경성신사'로 개칭
1917	1월 22일: 장녀 김선명 출생(평양) 1월: 김예진, 산정현교회 집사 시무 7월: 숭실대학에서 "민족의 십자가를 지자"라는 애국연설로 총독부로부터 무기정학 받음 평양 장별리로 이사	3월: 평양숭실학교 졸업생 장일환·배민수 등, 조선국민회 결성 11월 7일: 러시아혁명 발발
1918	9월 1일: 김예진, 제남교회 전도사로 섬기다	3월 7일: 「서당규칙」 공포 11월 11일: 제1차 세계대전 종료
1919	2월: 김예진, 숭실대학 복학, 평양신학교 입학 수속 2월 28일: 집에서 숭실대학 동료들과 태극기 대량 생산 / 한도신, 대형 태극기 제작 3월 1일: 김예진, 평양에서 독립만세운동 주동자의 하나로 체포, 평양 암정 감옥소에 미결수로 수감	1월 21일: 고종 승하(독살설) 2월 8일: 도쿄에서 조선유학생 독립선언(600명 참가, 60명 체포) 3월 1일: 기미년 3.1 만세사건, 조선의 자주독립을 선포하는 평화로운 시위가 전국적으로 일어나 일경 및 군대와 격렬하게 충돌하고 많은 피해를 입으며 수개월 계속됨

연도	김예진·한도신	당대 주요 사건
	8월 9일: 평양복심법원에서 보안법 위반으로 징역 6개월 언도받음 9월 6일: 고등법원 형사부에서 상고 기각 10월: 심장병으로 병보석, 평양기홀병원에 입원치료 11월 중순: 병원에서 상하이로 탈출 12월 중순: 상하이 대한민국임시정부의 지령으로 평안남도 청년단과 결사대 조직 사명을 띠고 밀입국 활동 개시 (음)11월 2일: 신흥리 처가에 들렀다가 체포됨. 그날 밤 신태평 주재소에서 탈주하여 그 후 약 9개월간 평안남북도와 만주 일대에서 지하조직과 무력항쟁	3월 3일: 김규식 파리 도착. 파리 강화회의를 상대로 외교활동 개시 4월: 「정치에 관한 범죄 처벌령」 공포 4월 11일: 상하이에 임정 임시의정원 구성 4월 13일: 대한민국임시정부 공식 선포 4월 15일: 제암리 학살사건 발생 8월: 임정 기관지 ≪독립신문≫ 발간 8월 25일: 이승만, 미국 수도에 임정 구미위원부 설치 9월 11일: 임정, 「대한민국임시헌법」 제정 11월 10일: 김원봉, 만주 지린에서 의열단 창립
1920	2월?: 김예진, 진남포에서 짐(폭탄?)을 가지고 처가에 재출현. 그날 밤 한도신과 함께 그 짐을 평양으로 운반함 2월 29일: 숭실중학교 동창 최봉민, 박성식 등과 함께 "나라의 운명과 우리(吾等)의 운명은 같다"는 내용의 3.1 운동 1주년 기념전단을 제작, 다음 날 배포 4월(음): 세 동지와 함께 만주 모 지역에서 독립운동 비밀회의에 참석하고 무기 운반 중 2명 사망 6월: 평양기홀병원에서 대한민국의용단 단장 김석황과 함께 의용단 평남지부 결성, 서무부장에 임명됨 6월 중순: 평남 강서군 반석면에서 김경하, 최봉국 등 청년 20명을 모아 대한일신청년단을 조직하여 군자금 모집 7월 중순: 강진석, 이춘성과 함께 평남 대동군 용산면에서 군자금 모집 8월 3일: 대한민국임시정부 독립군 총영 지시로 문일민, 안경신과 함께 평안남도 도청(제3부) 폭파 의거. 도주 중 밤 10시 30분경 동지 3명과 함께 칠성문에서 검계 중인 일순사 저격 (음)7월 29일: 일본 순사 2명이 김예진 추적차 집에 와서 한도신 폭행. 그날 밤 김예진 몰래 가족방문 (음)7월 30일: 한도신, 오세창·이영수 집에 갔으나 남편 만나지 못하고 산에서 재난당함 9월 10일: 김예진, 은신처(유계준 자택)에서 상하이로 무사히 탈출 (음)11월 28일: 차녀 김재명 출생(평양)	3월 5일: ≪조선일보≫ 창간 4월 1일: ≪동아일보≫, ≪시사신문≫ 창간 6월: 대한독립군(홍범도), 봉오동 전투에서 대승 8월: 일본 관동군 훈춘사건 조작 10월 21~26일: 북로군정서(김좌진), 청산리 전투에서 대승 10~11월: 일본군 북간도에서 조선촌락 습격, 학살과 방화 자행(경신참변)

연도	김예진·한도신	당대 주요 사건
1921	1월: 김예진, 상하이 인성학교 교원 임명 9월: 한도신, 신흥학교에서 가르치기 시작	6월 28일: 자유시 참변, 자유시에서 러시아 혁명군과 자유대대(이르쿠츠크파)가 사할린의용대와 독립군단을 포위공격 하여 많은 사상자 발생
1922	봄: 한도신, 평안고무공업사에 기술공으로 취직 4월: 김예진, 상하이 영국전차공사 검표원(Inspector)으로 취업 (음)7월 15일: 한도신, 두 딸과 함께 평양 출발 9월 6일: 한도신과 두 딸 상하이 도착. 홍사단 건물에 거주	2월 4일: 「제2차 조선교육령」 공포 8월: 북만주에서 대한독립군단, 남만주에서 대한통의부 결성 10월 18일: 조선노농연맹회 창립
1923	3월: 가족 홍사단집에서 영길리 40호(연립주택)으로 이사. 한도신, 기독교여자절제회에서 활동, 노인과 유학생 돌봄	9월 1일: 일본 관동대지진 발생. 이를 빌미로 하여 일본 주민 자경단과 경찰들이 조선인 6000~1만 명을 학살함
1924	7월 19일: 장남 김동명 출생(상하이)	5월 1일: 경성제국대학 개교 9월: 임정 임시의정원, 국무총리 이동녕에게 대통령직 대리로 추대
1925	6월 13일: 김예진, 상하이 임시정부 휘하의 정위단(正衛團) 수사원으로 활약 7월: 상하이 임시정부 규정에 따라 인구세 납부 10월 6일: 김예진, 제6회 상하이민단 의사원(議事員)으로 당선	3월 23일: 임시의정원, 이승만 탄핵. 박은식 임시대통령 선출. 헌법 개정하여 국무령 중심의 내각책임제 채택 4월 1일: 숭실, 전문학교로 격하 4월 23일: 이화여자전문학교 인가 5월 12일: 사회주의운동 탄압을 위해 총독부 「치안유지법」 발동 6월 11일: 총독부 중국 동북군벌정부와 「미쯔야(三矢)협정」 체결(재만 조선인 단속책) 11월 22일: 신의주 사건(신만 폭행사건)으로 조선공산당 조직 발각, 김재봉 등 220명 검거
1926	1월: 김예진, 일제주구 숙청, 반동분자 엄단, 적의 중요시설 파괴 및 중요인물 격살을 표방한 병인의용대(丙寅義勇隊) 대원으로 암약 4월 17일: 상하이 일본총영사관 폭파 혐의로 일본 형사에 체포되어 불법 구금됨 5월 15일~19일: 일본으로 비밀 압송됨. 그 후 부산, 서울을 거쳐 평양으로 호송됨. 그 후 16개월간 자백을 강요하기 위하여 미결수로 독방 감금, 모진 고문을 받음 6월 8일: 한도신, 남편 체포를 도운 영국 전차회사와 투쟁, 사과와 보상 받음 8월 중순: 한도신, 세 자녀와 함께 귀국	6월 10일: 6.10 학생만세사건 9월: 제3차 조선공산당(ML당) 조직 12월: 김구, 임정 국무령 취임 12월 25일: 일본 쇼와 천황 즉위

연도	김예진·한도신	당대 주요 사건
1927	9월 19일: 평양지법에서 예심 종결 11월 25일: 1차 공판예정이었으나 연기하고 사건의 중대성으로 인해 법원장이 직접 담당하기로 결정 11월 29일: 간단한 사실 심리만 하고 12월 8일 속개하기로 결정 12월 8일: 1차 공판. 일본 경찰 나카무라와 장인 한성은 증인으로 채택 후 폐정 12월 13일: 2차 공판. 나카무라와 한성은 증언. 징역 15년 구형. 이춘두·한근조 변호사의 변론 12월 20일: 징역 2년 언도(미결수 구금 통산)	2월 15일: 신간회 창립 2월 16일: 라디오 경성방송국 방송 개시 3월: 임정 헌법 개정. 「대한민국임시약헌」 공포, 국무령제 폐지, 국무위원 주석제 채택 5월 27일: 근우회 창립 9월 2일: 제2차 간도공산당 사건
1928	12월 2일: 김예진, 은사령(恩賜令)에 의해 잔여형기 23일을 남기고 가출옥	6월 29일: 「치안유지법」 개정, 사형제 도입 12월: 코민테른, 조선 사회주의운동에 관한 지침 「12월 테제」 발표
1929	8월 31일: 3녀 김광명 출생(평양) 9월 10일: 김예진, 평양 양말공장 사원으로 있던 중 조선박람회를 기회로 관공서폭파 공작과 연루 여부 조사차 검속되었다가 6일 만에 석방 12월 13일: 김예진, 평양 차가인동맹(借家人同盟) 상임집행위원에 선임	1월: 원산총파업 발생 11월 3일: 광주학생항일운동 발발
1930	2월 26일: 김예진, 평양 중앙감리교회에서 열린 이용도 부흥회 참석. 그의 성령운동에 다른 동지들과 함께 합류 3월: 김예진과 동지 6인에 의하여 평양기도단 형성	1월 25일: 안창호·이동녕·이시영 등 상하이 임정 청사에서 한국독립당 결성 5월 30일: 5.30 간도 봉기, 북간도에서 항일 폭동 발생하여 친일기관 일본영사관 습격. 12월까지 계속하여 2000여 명 체포, 서울로 압송
1931	4월 2일: 김예진, 평양신학교 입학 7월 3일: 만보산 사건 소식을 듣고 평양 교회와 평양기도단원들과 피해 화교를 지원	7월 4일: 만보산 사건으로 평양에서 중국촌 공격, 94명 사망 9월 18일: 만주사변의 시발점이 된 묵단에서 폭발사고. 일본 관동군 만주 점령
1932	1월: 김예진, 평양 장대현교회 전도사 시무 7월: 신암교회 전도사 시무 10월 4일: 노회 결정에 반발하여 단상에서 항의. 평양신학교 퇴교 처분. 신양리감리교회로 이전	1월 8일: 이봉창 의거, 한인애국단원인 이봉창이 도쿄에서 천황 일행에 폭탄 투척 1월 28일: 상하이사변, 일본군 상하이에 상륙하여 한 달간 중국군과 전투 3월 1일: 일본 관동군 괴뢰국 '만주국' 건립 4월 29일: 윤봉길 의거, 한인애국단원인 윤봉길이 상하이 홍커우공원에서 일본 전승 기념식 연단에 폭탄 투척 5월: 상하이 임정, 항저우로 이전 9월 30일: 「농촌진흥위원회 규정」 공포 10월 4일: 제23회 평양노회에서 이용도 목사 노회 내 교회에 출입금지령 결정

연도	김예진·한도신	당대 주요 사건
		10월: 상해에서 한국독립당, 한국광복동지회, 조선혁명당, 한국혁명당, 의열단 대표가 만나 '대일전선통일동맹' 결성 합의
1933	9월 12일: 4녀 김순명 출생(평양)	3월 17일: 육삼정 사건, 상해서 백정기, 원심창, 이강훈 등 아나키스트들이 일본 공사 암살 시도 9월 9일: 총독부 알선 첫 만주이민단 서울 출발 11월: 북만주 한국독립당과 한국혁명당 합당하여 신한독립당 창당
1934	12월 19일: 김예진, 평안북도 덕천교회 전도사 부임	일본 관동군 중국 하얼빈에 731부대 설립하여 비밀리에 다양한 인체실험 수행 9월 13일: 노기신사 완공
1935	3월: 평양노회의 징계 만료로 김예진 평양신학교 2학년 복학	7월: 대일전선통일동맹 참가단체들과 미주 4개 단체, 민족혁명당 결성 11월: 김구, 송병호, 차리석 계열, 임정 여당으로 한국국민당 창당
1936	3월 5일: 차남 김동수 출생(덕천) 가을: 순안 평리교회 전도사 부임	8월: 손기정의 일장기 사진 말소사건, ≪조선중앙일보≫(12일), ≪동아일보≫(25일) 12월 13일: 조선총독부, 「조선사상범보호관찰령」 공포
1937		2월: 조선총독부, '사상범'(항일투사)의 보호관찰, 공동수용, 친일전향을 위하여 '대화숙'(大和塾, 야마토주쿠) 설치 운영 5월 10일: 일본 척무성 조선인 만주이민 정책 결정(10만 명) 6월 4일: 보천보 전투, 동북항일연군 제1로군 제6사(사장 김일성), 함남 갑산군 보천보 습격. 갑산의 조선민족해방동맹 관련자 739명 피검 7월 7일: 중일전쟁, 상해 교외 노구교 사건으로 발발 10월 1일: 「황국신민서사」 제정 10월 말: 소련 연해주에서 고려인(약 17만 4000명) 중앙아시아로 강제이주 시작
1938	3월 16일: 김예진, 평양신학교 33회 졸업(31기) 4월 10일: 안주노회에서 목사 안수	2월 22일: 「육군특별지원병령」 공포 3월 10일: 안창호 선생 병보석 중 간장염과 고문후유증으로 병사 3월 4일: 「제3차 조선교육령」 공포 3월 24일: 「일본정부 국가총동원법」 공포, 동법 조선 적용(5월 10일) 3월 31일: 숭실전문, 신사참배 반대로 자진 폐교 7월: 임정, 광둥, 류저우로 이전

연도	김예진·한도신	당대 주요 사건
		9월 9일: 장로회 제27회 총회에서 신사참배 가결
1939	10월: 김예진, 평원 갈원교회 부임. 신사참배 거부로 40일간 구류 및 설교정지 처분	3월: 평양신학교, 신사참배 반대로 자진 폐교 3월: 임정, 쓰촨 성 치장으로 이전 4월 17일: 총독부, 국민정신총동원위원회 조직 7월 8일: 「국민징용령」 공포, 시행규칙 공포(9월 30일), 실시(10월 1일) 8월: 치장에서 광복운동단체연합회와 조선민족전선연맹의 7당 통일회의 개최 10월: 총독부, 경방단 조직 11월: 총독부, 「조선민사령」 개정. 창씨개명 강요
1940	3월: 김예진, 용천 구읍교회 부임. 여행 및 통신 제한 처분 6월 19일: 5녀 김명자 출생(용천)	2월 11일: 창씨 개명 실시 5월 8일: 3당 합당하여 한국독립당 결성(위원장, 김구) 8월 10일: ≪동아일보≫, ≪조선일보≫ 폐간 9월: 임정, 치장에서 충칭으로 이전 9월 17일: 만주 일대의 여러 항일부대를 규합하여 대한민국임시정부 휘하에 광복군을 공식 출범
1941		2월: 「조선사상범예방구금령」 공포 5월: 「치안유지법」 개정, 적용범위 확대 6월: 임정, 주미외교위원부 설치(이승만 정식대표 임명) 9월 3일: 조선임전보국단 출범 11월: 임정, 「대한민국 건국강령」 제정 12월 8일: 일본, 하와이 진주만 공습. 태평양전쟁 발발 12월 10일: 임정, 일본에 선전포고
1942	9월: 김예진, 만주 봉황성교회 부임	5월: 김원봉 휘하 조선의용대 본부 잔류병력이 광복군에 합류 6월: 조선에서 외국인 선교사 추방 8월: 민족혁명당, 조선혁명자연맹, 조선민족해방동맹 인사들, 임시의정원에 참여
1943	교회통합으로 김예진 목사 시무정지 처분 두야채(콩나물) 재배 사업	3월 1일: 징병제 공포 3월 8일: 제4차 조선교육령 공포 3월 22일: 생산확대를 위한 「학생동원령」 발동 7월: 「해군특별지원병령」 공포 8월: 여운형, 조동호, 이상백 등 서울에서 조선민족해방연맹 조직 11월 27일: 카이로선언

연도	김예진·한도신	당대 주요 사건
1944	11월: 김동명, 일본군에 징집됨	3월 19일: 「학도군사교육강화요강」 발표 봉황성 2개 교회 조선기독교회로 통합됨 4월 23일: 「여자정신대근무령」 발효 4월: 임시정부, 좌파 인사들을 국무위원으로 참여시키고 주석 권한 강화 7월 1일: 학도근로동원 출동 시행 8월: 일반징용 실시 8월 10일: 여운형, 현우현, 조동호 등 조선건국동맹 조직
1945	9월: 김예진, 만주 봉황성 조선인거류민단 조직 및 단장 취임 10월: 김예진 단신 월남, 서울 후암동에 정착 11월: 경교장에서 김구 선생 재회 12월 30일: 신탁통치반대국민총동원위원회 중앙위원 선임	5월 21일: 「전시교육령」 공포, 학도대 조직 7월 26일: 미, 영, 중 수뇌, 포츠담 선언 발표 8월 15일: 일본제국, 연합국에 항복. 조선반도 해방 8월: 소련군 조선반도 38선 이북지역 점령. 소련민정청 설립(1948년 철수) 8월 17일: 조선건국준비위원회 설립 9월 9일: 미군 조선반도 38선 이남 지역 점령. 재조선미육군사령부 군정청(USAMIG) 수립(1949년 대부분 철수) 10월 24일: 국제연합(UN) 설립 11월 23일: 충칭에서 대한민국임시정부 요인 제1진 상해를 거쳐 환국(개인자격) 12월: 모스코바 3상 회의, 신탁통치 가결
1946	2월 14일: 기미독립선언기념전국대회 준비회에서 증선위원에 피선 5월: 후암교회 조직 및 초대목사 시무	2월 18일: 극동 국제군사재판 개정 3월 5일: 북조선에서 토지개혁 실시(자작 5정보 이상 몰수, 무상분배) 9월 23일: 노동자 총파업(25만)과 반탁운동의 전국화 계속 11월 3일: 일본국 민법 공포
1947	2월: 수색교회 임시 담임목사 시무 4월 10일: 5녀 김명자 병사 전국 순회전도	5월 21일: 미소 공동위원회(제2차) 종결 7월 19일: 여운형 암살당함 11월 14일: 유엔결의문 112호 채택하여 국제연합임시한국위원회(UNTCK) 설립 결정
1948	2월: 김예진, 대한신학교 교수 취임. 양평 담내리교회 임시 시무 전국 "한 면에 한 교회" 설립운동 준비	2월 7일: UNTCK 반대를 위한 전국 2.7 구국투쟁 전개 2월 16일: 상기 결의문에 근거하여 미국의 제안(선거가 가능한 남한에서만 선거 실시) 채택 4월 3일: 단독정부 반대하여 제주 4.3 봉기 발발 5월 10일: 남한 단독선거 실시 8월 15일: 대한민국(남한) 정부수립 8월 25일: 북조선 단독선거 9월 9일: 조선민주주의인민공화국(북한) 정부수립

연도	김예진·한도신	당대 주요 사건
		9월 29일/10월 23일: 반민족행위특별조사위원회 발족(그러나 1949년 6월 6일 피격과 1951년 2월 14일 법 개정으로 해체됨) 10월 19일: 여수순천사건 발생 12월 1일: 「국가보안법」 제정 12월 10일: 유엔총회, 「세계인권선언」 채택
1949	1월: 김예진, 전국 순회 개척전도 조직 및 활동 6월 26일: 한도신, 김구 선생 장례준비 기간 접대봉사	4월 4일: 북대서양 조약기구(NATO) 창설 4월 19~23일: 평양에서 남북협상 6월 5일: 전향자 중심 국민보도연맹 창설 6월 26일: 김구 선생, 안두희 소위에게 피살 9월: 학도호국단 창설
1950	8월 2일: 김예진, 공산치하 내무서원에게 체포, 회유와 고문당함 8월 10일: 경기도 광주군 경안리에서 20여 명의 양민과 함께 총살당함(순교) 12월 30일: 한도신과 가족, 부산으로 피난	6월 25일: 인민군 남침, 한국전 발발 6월 27일: 북한의 남침을 저지하기 위한 유엔안전보장이사회 결의문 83호 결정에 따라 유엔군 참전 결정 9월 15~19일: 유엔군 인천상륙
1951	1월: 부산에서 피난민 생활 시작	2월: 국민방위군사건 발생 9월 8일: 샌프란시스코 강화조약 체결 여당, 자유당 창당
1953	8월: 김재명, 교통사고로 심한 부상 부산 피난민 학교에서 자녀들 교육 계속	3~8월: 북, 남로당 계열 숙청 7월 27일: 휴전협정 체결 10월 1일: 한미상호방위조약 체결
1954	한도신, 삼일동지회와 대한애국부인회 가입 활동 3월: 가족, 서울로 귀환	11월 27일: 자유당, 사사오입 불법개헌
1955		야당, 민주당 창당
1956	5월 20일: 김광명·최찬영, 첫 선교사로 태국행	
1959		≪경향신문≫ 폐간 12월 14일~1984년: 재일교포 북송사업(9만 3340명)
1960		4월 19일: 4.19 학생혁명 발발
1961	9월 6일: 차남 김동수 도미 유학	5월 16일: 군사정변 발발
1962	3월 1일: 대한민국 정부, 김예진에게 건국공로훈장 단장 추서	군사정권, 공화당 창당
1963	5월 5일: 한도신, 서울특별시로부터 모범어머니 표창장 받음	12월 21일: 서독에 광부 파견(1977년까지 7968명)
1965		6월 22일: 한일협정 체결(한일기본조약과 4개 협정문)
1966	5월 18일: 서울 국립현충원 애국지사 묘역에 안장	서독에 간호사 파견(1977년까지 약 1만여 명) 7월 9일: 한미주둔군지위협정(SOFA) 체결(1967년 2월 9일 효력 발생)

연도	김예진·한도신	당대 주요 사건
1967	한도신, 자녀들 따라 도미	
1972		7월 4일: 7.4 남북공동성명 발표
1973		1월 23일: 미국, 베트남에서 정전협정(파리 평화협정) 체결 8월 8일: 일본에서 김대중 납치사건 발생
1974		1월 8일: 박정희 긴급조치 1호 발표(9호 1975년 5월 13일)
1975		4월 8일: (2차) 인혁당재건위 사건 사형선고 및 전격 집행 4월 30일: 베트남 전쟁 종결(1976년 7월 2일: 베트남 사회주의 공화국 선포)
1977	한도신, 나성(로스앤젤레스) 정착, 국민회 여성부에서 활동	
1979		10월 26일: 박정희, 김재규에 의해 사살 12월 12일: 신군부, 쿠데타 감행
1980		5월 18~27일: 광주에서 5.18 민주혁명 발발
1986	2월 19일: 한도신, 92세를 일기로 미국 로스앤젤레스에서 별세	
1987		6월: 6월 항쟁
1988		9월: 서울, 하기 올림픽 경기 11월 3일: 제5공화국 관련 국회 청문회
1989	5월 10일: 차녀 김재명 사망	6월 4일: 중국, 제2차 톈안먼 사건 발생
1990		10월 3일: 독일 통일
1991		9월: 남북 유엔 동시 가입 12월 13일: 남북 기본합의서 채택 12월 31일: 비핵화 공동선언
1992		12월 18일: 제14대 대선 김영삼 후보 당선 (1993년 2월 25일 문민정부 출범)
1994		10월 21일: 북미 제네바 기본합의서 체결 (핵동결과 미국의 원조)
1995		6월: 지방자치제 실시 11월 16일: 노태우 구속 12월 3일: 전두환 구속
1996	2월 23일: 한도신 회고록 『꿈 갓흔 옛날 피압흔 니야기』(김동수·오연호 정리, 돌베개) 출간	
1997		11월 21일: 외환위기(40억 달러 잔고 대 1500억 달러 외채)로 국제통화기금(IMF)에 구제금융 신청 12월 18일: 제15대 대선 김대중후보 당선

연도	김예진·한도신	당대 주요 사건
2000		6월 15일: 6.15 남북공동선언(김대중-김정일)
2002		12월 19일: 제16대 대선 노무현후보 당선
2007	4월 7일: 숭실대학교에서 '김예진목사장학기금' 설립 10월 10일: 숭실대학교에서 김예진에게 명예졸업증서 수여	10월 2일: 10.4 남북정상선언(노무현-김정일) 12월 19일: 제17대 대선 이명박후보 당선
2010	5월 22일: '김예진목사기념사업회' 출범, 최찬영 회장 10월: 김예진 전기 『김예진, 그의 생애와 사상』(이민성 지음, 쿰란) 출간 10월 16일: 서울 섬김교회에서 '김예진 목사 순교 60주년기념예배' 행사. 방지일 목사(99세) 설교, 조동진 목사(86세) 기념사	
2011	9월 21일: 장남 김동명 사망	
2016	10월 7일: 한도신 회고록 『꿈 갓흔 옛날 피압흔 니야기』(김동수·오연호 정리, 민족문제연구소) 재출간 11월 4일: 장녀 김선명 사망	
2017	9월 16일: 삼녀 김광명 사망	3월 10일: 박근혜 대통령 탄핵, 파면 5월 10일: 문재인, 제19대 대통령 취임
2018	2월 15일: 영문 전기 *To Live for the People, To Die for the Lord*(Oaklea Press) 발간 3월 11일: 후암교회 장학회에 '김예진목사기념장학기금' 설립 8월 15일: 정부로부터 한도신에게 '건국공로훈장 애족장'이 추서됨	

* 참조: 박찬승, "주요 사건 일지", 『한국독립운동사』(역사비평사, 2014); 이준식, "주요 사건 일지", 『일정강점기 사회와 문화』(역사비평사, 2014).

주

제1장

1 **양도**(洋道)란 그 당시에 서양에서 들어온 야소교 또는 기독교의 도를 일컫는 호칭이다.
2 학질 또는 말라리아.
3 **언문**(諺文)은 한글이 어리석은 여자들이 배우는 글이라고 업신여겨 일컬은 호칭이었다.
4 **빌 스왈른**(W. L. Swallen, 1859~1954)은 조선에 1892년 2월 10일 입국한 미북장로교 선교사이다.
5 그 당시에는 여자들은 이름이 없었고 남자와의 관계나 출생 순위에 따른 별명을 쓰는 것이 상례였다.
6 **권학가**(대개 6절)는 1900년도 초에 유행하던 노래로 가사가 약간 다르며 작사와 작곡가가 확실하지 않다.
7 **조사**는 초기 장로교회에서 목사를 도와 전도하던 교직(敎職) 또는 그 교직에 있는 사람이다.
8 **명성황후 시해사건**은 후에 '을미사변'으로 불리게 되었다. 이 가공할 범죄는 일본의 조선 공사(公使)였던 미우라 고로(三浦梧樓)의 주도하에 자행되었다. 이를 알게 된 미국, 러시아, 영국 등이 도전하자 관련된 48명의 낭인들이 일본 히로시마 법정에 서게 되었지만 후에 "증거 불충분"으로 모두 석방되었다.

제2장

1 그 당시에는 10대 초기에 결혼을 시키며 여자가 남자보다 몇 살 위인 경우가 허다했다.
2 **윌리엄 베어드**(William Baird, 1862~1931) 박사는 미국북장로교 선교사로 1891년 1월 29일 부산에 도착해서 여러 곳에서 교육활동을 하다 1897년 10월 10일 평양에서 숭실학교를 설립하여 교장이 되었고, 1906년 9월 감리교회와 연합하여 숭실대학으로 발전시켰다.

제3장

1 1884년 개신교가 조선에 소개된 이후 평양을 중심으로 한 서북지역에 기독교(개신교)가 크게 성장하여 기독교의 성지이며 이스라엘 민족의 고도인 예루살렘으로 널리 비유했다. 평양 시내에만도 18곳에 크고 작은 예배당들이 세워져서 일요일이면 장대현(章臺峴), 산정현(山頂峴), 서문밖(西門外), 남문밖(南門外), 남산현(南山峴) 등 큰 교회 종각에서 일제히 울리는 종소리가 전 시가지와 인근 촌에 메아리쳤고, 거리의 큰 점포들은 대부분 '주일휴업'하였다.
2 **산정현장로교회**(山亭峴長老敎會)는 미국 북장로회 선교사 번하이즐(C. F. Bernheisel, 片夏薛)의 노력으로 1906년 1월 평양 장대현교회(章臺峴敎會)에서 분립하여 평양의 닭골[鷄洞] 산정현에 세워진 평양의 굴지의 장로교회다. 1917년 11월 제4대 목사로 강규찬(姜奎燦) 목사가 부임하였는데, 105인 사건 때 옥고를 치르기도 했던 그는 3.1 운동 때 평양의 만세시위를 주도

하였으며 후일 김예진과 그 가족을 도왔다. 이 교회의 역사적 중요성은 항일, 반공 투쟁으로 한국 교회에서 가장 많은 순교자를 배출한 신앙 전통이다. 주기철 목사는 일제의 종교탄압에 대항하여 신사참배 반대운동을 강력히 추진하다가 1944년 4월 13일 49세로 옥중 순교하였다. 그 과정에 최봉석 목사, 박관준 장로, 최상림 목사 등도 순교하였다. 북한 정권하에서는 김철훈(金哲勳) 목사, 정일선(丁一善) 목사, 조만식(曺晩植) 장로, 유계준(劉啓俊) 장로, 백인숙(白寅淑) 전도사가 순교하였고, 후일 이 책의 주인공 김예진 목사가 그 전통의 마지막을 장식했다.

3 **동양척식주식회사**(東洋拓殖株式會社)는 일제가 조선에서 (나중에는 동아시아 다른 나라에서) 조직적인 식민지 자원착취를 수행하기 위하여 1905년에 설립한 국책 기업이다. 초기에는 형식상 조선과 일본의 합자투자 회사였으나 한일병탄과 더불어 일본의 회사가 되었다. 이 회사는 1920년 말까지 조선에서 경작할 수 있는 모든 토지의 1/3(9만 700여 정보)을 개발, 투자, 취득, 몰수하여, 이민 온 일본인 농민들이 경작주로서 농지를 경영하고 75%의 조선 농민은 소작인으로 전락하여 소작 산출의 반 이상을 임대료로 내도록 만들었다. 토지를 획득함과 더불어 일본으로부터 농업이민 초치사업(招致事業)을 전개해 나갔고, 한편 생활기반인 농토를 빼앗기고 만주 이주를 감행한 조선 세농민들이 1926년까지 29만 9000여 명(1945년에는 150만 명)이었다. 또한 이 회사는 임야 경영에도 주력해 1942년 말까지 이 회사가 국유지 불하의 혜택을 받아 소유한 임야는 16만여 정보에 이르렀다. 그러나 후에 이 회사 수입의 95% 이상을 차지하는 사업 부문은 대부금(48%), 유가증권(37%), 토지·산림·건물(11%)과 그 밖의 특수사업(4%)이었다.

4 그러나 그때 전공으로서 농과를 선택하였다는 것은 한도신의 착오일 수도 있다. 숭실대학에 현대식 농업실습장이 있어 많은 학생들이 참여하고 또 주말이나 여름에 농촌봉사와 계몽활동을 하였으나 숭실대 내에 정식으로 농과가 신설된 것은 1931년 3월이었다(그러나 김양선에 의하면 1923년).

5 **조선총독부**(朝鮮總督府)는 1910년부터 1945년까지 일본이 조선을 병탄하고 지배한 식민지 최고통치기구였다. 이 총독부는 무력(군대와 경찰)을 배경으로 정치, 경제, 사회, 교육, 문화 전반에 걸쳐 식민통치를 수행하였고, 입법, 사법, 행정의 전권을 행사한 총독을 정점으로 고도의 중앙집권체계를 식민지 조선사회에 이식하였다. 총독은 '천황에 직예(直隷)'하며 그 지위는 민간인 신분이어야 했으나 일본군 육군과 해군의 장성이 독차지해 왔고 민족운동 탄압과 수탈을 총지휘하였다. 일본 식민지 통치권위의 상징과 도구로 1926년에 경복궁 앞에 거대한 4층 대리석 건물을 세웠다[1945년 해방 이후 이 건물은 미 군정청의 중앙청(中央廳)으로, 1948년 한국 정부수립 이후에도 정부청사로 사용되다 1986년 6월 국립중앙박물관으로 사용되기 시작했으며 1996년 11월에 해체했다).

6 **105인 사건**(百五人事件)은 우리나라 민족운동에 대한 일본 식민주의 통치의 가장 큰 첫 탄압이다. 1910년 11월 안명근(安明根, 1879~1927: 안중근의 사촌동생)이 만주 동북지방에 독립군 무관학교를 세울 목적으로 황해도 신천 지방에서 모금운동을 하다 일본 경찰에 체포되었다. 체포된 안명근은 심한 고문으로 총독 암살계획을 자백했다[1998년 번역 발표된 일기 사료에 의하면 조선 천주교의 수장 뮈텔(Gastav-Charles-Marie Mutel, 1854~1933, 한국명 민덕효)이 고해성사를 받은 빌렘(Wilhem, 1860~1935, 한국명 홍석구) 신부의 편지에 근거하여 1911년 1월 11일 조선총독부 아카시 모토지로(明石元二郞) 경무총감(警務總監)에게 '야고보(안명근)를 중심으로 한 조선인들의 총독암살 음모'를 밀고함으로 발단되었다고 함]. 이를 빌미로 일제는 황해도 일대에 활약하던 애국활동가 160여 명을 체포하여 갖은 고문 끝에 18명에게 5~15년의 중형을 부과하였다(안악사건). 그뿐 아니라 이를 계기로, 민족의식으로 교육과 계몽을

추진하던 신민회(新民會)를 테라우치 마사다게(寺內正毅) 총독 암살계획에 연관시켜 본격적인 민족운동 탄압을 시작하였다. 1911년 10월부터 전국적으로 윤치호, 안창호, 이동녕, 이승훈, 신채호, 이회용, 장지연 등 600~700여 지도자들을 구금하고 고문하여 암살음모 사건을 조작 확대하였다. 다음 해 9월 28일 공판에서 105인이 반역죄로 5년 이상의 중노동에 처해지고 신민회는 해산되었다. 그리고 여러 명이 그 과정에서 사망했다. http://www.sejongeconomy.kr/news/articleView.html?idxno=1819

7 **채정민**(蔡廷敏, 1872~1953)은 1911년에 평양신학교를 졸업하고 중화읍교회를 섬긴 목사이며, 은퇴 후 신사참배반대운동의 기수였다. 그는 김예진에게 신앙적인 영향을 많이 준 대선배로서 '신비에 치우치는 좌경신앙과 지성에 치우치는 우경신학'을 동시에 경계한 복음주의 보수 전통의 목사였다.

8 **기홀병원**(紀忽病院)은 미국 감리교 의료선교사 윌리엄 제임스 홀(William James Hall, 1860~1894)이 입국 3년 만인 1894년 11월에 환자치료 중 과로와 전염병으로 숨지자 부인 로제타 홀(Rosetta Sherwood Hall, 1865~1951)이 미국에 가서 모금한 기금으로 1897년 2월 평양에 남편을 기념하여 설립한 최초의 근대식 병원이다. [1923년에 장로회병원과 통합하여 평양(연합)기독병원으로 발전하였다.]

9 그러나 이 원칙선언의 실체는 미국식 잣대로 본 세계평화론으로서 제1차 세계대전 승전국들이 패전국들의 식민지를 서로 공정하게 가로채자는 것이었고, 1년 전 러시아 공산혁명 정부가 발표한 민족자결권 선언에 맞대응하기 위하여 만들었다는 평가가 유력하다. 따라서 이 선언의 본래 의도를 아주인수 격으로 잘못 이해한 면이 있다.

10 **고종황제**(高宗皇帝, 1852~1919)는 조선왕조의 제26대 마지막 '왕'이며, 일본의 강제병합 이전 1897년 10월 12일 새로 선포한 대한제국(大韓帝國)의 첫 '황제'이다. 1863년 철종이 후사 없이 죽자, 안동 김씨와 반목하던 조 대비는 흥선군의 둘째 아들을 익선군에 봉하고 왕으로 옹립했다. 12세에 즉위한 후 10년간은 아버지 흥선대원군의 섭정이 이어지고, 친정 이후에는 민비를 중심으로 척족 일가가 정권을 독점했다. 그의 통치기간 중 여러 난과 변—'병인양요(1866)', '셔먼호 사건(1866)', '신미양요(1871)', '강화도조약(1876)', '을미사변(1895)', '갑오개혁(1894~96)', '을사늑약(1905)' 등—으로 혼란스러운 대내외 도전과 변혁을 겪었다. 그는 조선의 일본 식민지화를 반대하여 전 세계에 일본제국의 침탈의 잘못을 알리려 노력했다. 그 대표적인 예로 그가 승인하지 않은 을사늑약(1905)을 항의하기 위하여 1907년 제2차 헤이그 국제평화회의에 세 밀사를 파송했다. 그러나 그 밀파의 사명은 강대국들의 반대로 무산되었다. 그 결과 일본은 대한제국이 선포되면서 황태자에 책봉되었던 순종을 34세가 되던 1907년 7월 20일에 강제로 대한제국 황제의 자리에 앉혔다. 덕수궁에 유폐되었던 고종은 1919년 1월 21일 향년 67세에 갑자기 승하했다. 일본 관헌에 의하여 독살되었다는 증거가 확정설로 남아 있다.

11 '조선청년독립단'의 이름으로 발표된 이 문서는 이광수가 기초하고 최팔용을 비롯한 11명의 대표가 서명하였다.

12 독립선언문의 원문은 다음과 같이 시작한다. "宣言文. 吾等은 玆에 我朝鮮의 獨立國임과 朝鮮人의 自主民임을 宣言하노라. 此로써 世界萬邦에 告하야 人類平等의 大義를 克明하며, 此로써 子孫萬代에 誥하야 民族自存의 正權을 永有케 하노라." 여기 인용한 번역문은 최근 '3.1운동 및 대한민국임시정부 수립 100주년 기념사업추진위원회'가 배포하는 "쉽고 바르게 읽는 '3.1 독립선언서'" 원본이다. https://terms.naver.com/entry.nhn?docId=3536450&cid=43667

13 이 선언문은 손병희의 대원칙에 따라 최남선이 작성하고 한용운이 공약 3장을 첨가한 것으로 알려져 있다.

14 천도교(天道敎)는 과거 전래된 거의 모든 종교와 달리 20세기 우리나라 토종 민족종교이다. 1860년 수운(水雲) 최제우(崔濟愚)에 의해 창도된 동학을 모태로 하며 1905년 의암(義菴) 손병희(孫秉熙)에 의해 개칭되었다. 최제우의 시천주(侍天主) 사상, 즉 '천주는 초월적 의미와 내재적 의미를 동시에 지니고 있다'는 사상과, 최시형의 사인여천(事人如天) 사상, 즉 '천주(天主)라는 인격적 존재 대신에 천(天)이라는 비인격적 존재가 강조'된 사상을 계승하였다. 제3대 교주인 손병희는 한걸음 더 나아가 인내천(人乃天) 사상, 곧 '사람이 하늘'이라는 사상을 전개했다. 따라서 천도교는 개인적 수양, 평화 만들기, 현세 복지, 그래서 후생의 일을 배격하고 현실적 민중의 진정한 해방을 바라는 이상세계의 건설을 추구했다. 이런 교리 때문에 일제강점기에 천도교는 민족해방운동에 많이 참여하였다. 3.1 운동 당시 평양에서 기독교인들이 열성적으로 참여하고 동원된 반면, 전국적으로 천도교는 만세운동의 조직, 준비와 훈련, 재정, 연락 등에 중추적 역할을 하였다. 따라서 전국적인 민중혁명으로서의 3.1 운동의 성사는 천도교의 큰 공로라고 볼 수 있다. 해방 후 교세는 상당히 약화되어 전 교도의 90%가 살던 북한에는 약 280만 명이 남아서 조선노동당의 우당으로서 천도교 청우당(天道敎青友黨)으로 명색을 유지하는 것으로 알려져 있고(2000년), 남한에는 200여 교구와 5100여 교역자와 100만 신도가 남아 있다(1993년 현재).

15 나중에 집계된 한 통계에 의하면 3.1 만세운동의 총참가자 약 1600만 중에 기독교인이 약 20만(약 12.5%)이었고 총 투옥자 9458명 중에 2087명(22.7%)이었다고 한다. 이 수치는 각각 실제 기독교인 비율(1.3%)의 9.6배와 17.5배라고 할 수 있다.

16 도인권(都寅權, 1880~1969)은 대한제국 군대 출신으로 1911년 2월 안악사건으로 김구, 김홍량 등과 함께 6년간 서대문형무소에서 옥고를 치렀으며, 1919년 평양에서 교회를 중심으로 만세운동을 준비하고 주도하였다. 망명하여 상해 임시정부에서 군무계통의 여러 책임을 맡았으며, 1922년 10월 남감리교회 목사로서 시베리아와 만주에서 목회를 하였다. 광복 후에는 황해도 옹진교회에 있다가 6.25 전쟁이 일어나자 제주도로 피난 가서 목회하였다.

제4장

1 3.1 운동(三一運動)은 '기미년 만세사건', '3.1 혁명' 등으로 불리는데 이 사건은 일본의 식민지 지배에서 우리나라의 독립을 갈구하는 첫 거국적 민중 봉기였다. 1919년 3월 1일 전국적으로 대부분의 조선 사람들이 이 평화적 시위에 참여하게 되었는데, 그 후 몇 개월 동안 계속되어 자유와 독립을 부르짖는 민족운동의 시초가 되었다. 3.1 운동에 대해 당시 일본 측에서는 초기에 공식 사건 명칭을 '조선만세소요사건(朝鮮萬歲騷擾事件)'이라고 하여 축소했다. 그러나 전국적으로 총 202만 3000명이 1542회의 시위에 참가했다. 이 많은 시위 군중을 통제 또는 해산할 수 없게 되자 일본 경찰과 군대는 첫날부터 무자비한 무력으로 압살했다. 나중의 한 통계에 의하면 7509명이 사살되고 1만 5961명이 부상당하고 5만 2770명이 체포되었다. 또한 47개 교회, 2개 학교, 715개 가옥이 소실되었다. 이런 막대한 희생을 통하여 독립을 추구하는 민족정신이 확립되고 상해에 대한민국임시정부를 수립하게 되었다. 일본 식민지 지배는 만세사건 이후 경찰과 헌병을 앞세운 '무단통치(武斷統治)'에서 소위 '문화통치(文化統治)'로 전환되었으나 실은 식민지 지배를 영구적으로 확고히 하기 위해 법률, 교육, 문화, 체제를 더욱 강화하는 결과를 가져왔다.

2 3.1 만세운동 이후 많은 잔인한 학살행위가 있었는데 이 **제암리교회학살사건**(堤岩里敎會 虐殺事件)은 가장 널리 알려진 일본군의 잔악한 학살사건 중 하나였다. 1919년 4월 15일 일본군 아리타 토시오(有田俊夫) 중위와 그 부대가 경기도 화성시 향남읍 제암리 동네에 도착하여 전날부터 계속되는 만세운동을 제압하고 보복하려고 했다. 그들은 동네 사람들을 제암리교회 안에 모은 후 불을 지르고 총격을 가해서 29명을 죽였다. 그들은 인근 31채의 개인 집을 불사르기도 했다. 이 학살 현장을 캐나다 선교사 스코필드(Frank W. Schofield) 박사가 이틀 후 몰래 사진을 찍어 미국으로 보내서 외부세계에 알려지게 되었다.

3 중국의 **5.4 운동**은 1919년 5월 4일부터 베이징(北京)의 3000여 명의 대학생 중심으로 일어났던 반제국(반일)주의, 반봉건주의 민중혁명이다. 제1차 세계대전 후 패전국인 독일로부터 되찾아야 할 산둥성, 칭다오(青島) 등의 식민지 이권을 열강의 이해관계로 일본이 대신 전수하고자 하고 이에 중국의 군벌세력들이 지배하는 북양정부[北洋政府, 혹은 북경정부(北京政府)]가 동조하자 온 민중이 각지에서 봉기하여 전국적인 운동으로 확산되었으며 종래에는 승리를 거둔 중국 민족주의의 획기적 사건이다.

4 **김규식**[金奎植, 호는 우사(尤史), 교명은 요한(Johann), 1881~1950) **박사**는 유력한 항일독립운동가로서 진보적 정치가이며 교육자였다. 미국 프린스턴대학원을 마치고 귀국하여 교계와 학계에서 활약했다. 그의 가장 중요한 정치적 활동으로는 (원래 신한청년단 파견으로 갔지만) 1919년 4월 파리강화회의에 참석하여 대한민국임시정부 대표 명의로 된 탄원서를 배부하고 활동한 것이었다. 이어 대한민국임시정부 구미위원부(歐美委員部) 위원장, 학무총장 등에 선임되었으며, 1921년 동방피압박민족대회에 참석하여 상설기구를 창설하고 1927년에 그 회장직을 맡았다. 1935년 7월 난징에서 민족통일전선의 원칙 아래 조소항, 김원봉과 함께 대표인 대한독립당과, 의열단, 조선혁명당, 한국독립당, 신한독립당 등 5당 통합으로 민족혁명당을 창당하여 주석이 되었다. 민족혁명당은 삼균주의와 사회주의를 수용한 진보적 민족주의를 주창하였다. 1943년 임시정부 부주석으로 선출되어 김구 주석을 보필했다. 1945년 광복이 되자 11월 23일 김구 주석과 함께 귀국, 그해 12월 27일 모스크바 3상회의의 결정문을 국민에게 발표하고 즉각 반탁운동을 전개하였다. 그 이후 좌우합작을 위하여 여러 가지 노력을 기울이고 1947년 10월 민족자주연맹 의장이 되었다. 1948년 2월 이승만의 남한 단독정부 수립안에 반대하고, 김구와 연합하여 남북협상 5원칙을 제시하고, 4월 21일 38선을 넘어 평양을 방문하여 4자회담을 가졌다. 그러나 성과 없이 돌아온 그는 5월 21일 통일독립촉성회를 결성하여 그 이전의 5.10 남한 단독 총선거에 '불반대·불참가'했다는 성명을 발표하여 그의 정치활동에 종지부를 찍었다. 그는 1950년 납북되어 12월 10일 평북 만포진 부근에서 70세를 일기로 서거하였다. 1989년 '대한민국장'이 추서되었다.

제5장

1 **대한민국임시정부**(大韓民國臨時政府, Provisional Government of the Republic of Korea, PGRK). 이 기관은 1919년 4월 11일부터 1945년 8월 15일까지 일제강점기 우리나라 망명정부의 공식명칭이며, 3.1 운동의 가장 중요한 산물이다. 원래 1919년에 3개의 임시정부가 설립되었다. 러시아 블라디보스토크(3월 21일), 중국 상해(4월 13일 발표), 국내 한성(서울)(4월 21일). 한성의 임시정부는 전국 각 도와 군의 대표들로서 비밀 연통부(聯通制)를 조직하여 그 정통성이 인정되었으나 그해 9월 11일 상기 세 임시정부는 정치적·전략적·안보적 이유에서 한성 정부의 거점과 운영을 상해에 두기로 했다. 이름이 명시하는 대로 이 정부는 조선의 왕조나

대한제국의 체제 회복을 추진하지 않고, 임시헌법을 통하여 국호를 '대한민국'으로 하고 정치체제는 '민주공화국'으로 하며, 국토와 국민을 통치할 수 없는 해외에서 수립되었지만 대한제국의 전 영토(한반도 전체)를 통치하는 정부라 하였다. 임시정부 26년간의 존속기간에 정부의 규모, 활동영역, 조직, 재정 등에 상당한 굴곡과 변화가 있었으며, 민주공화제를 유지하였으나 지도체제에서 대통령제(1919~1925), 내각책임제 (1925~1927), 집단지도체제(1927~1940), 주석제(1940~1948)를 채택했으며 정부 소재지는 일제의 끊임없는 위협에 따라 상해(1919~1932)부터 충칭(1940~1945)에 이르기까지 26년간 모두 8번이나 옮겼다. 1940년 9월 17일 임시정부는 대부분의 항일무력투쟁세력을 규합하여 광복군을 조직함으로써 대일전을 준비하였고 연합군과 더불어 일부 항일전에 참여하였다. 그러나 해방 후 남한을 점령한 미군정은 임정의 권위를 인정하지 않아 1945년 11월 23일에 임정요인들은 개인자격으로 귀국하여 남한 정부수립까지 통일한국을 위해 투쟁하다 해산했다. 1948년 8월 15일 대한민국(남한 단독정부)이 수립되면서 헌법 서문에 "대한민국임시정부의 법통을 계승한다"고 천명했다.

2 **난징조약**(南京條約)은 제1차 아편전쟁에서 중국(청나라)의 패배의 결과로 1842년 8월 29일 영국과 맺게 된 평화조약이다. 이 조약은 강요되었고 '불평등한' 조약으로서, 중국 정부의 관동 독점체제(1760년 이후)의 완전 변경, 전쟁비용으로 2100만 온스의 은전 보상, 영토의 할양, 홍콩(나중에 다른 4개 항구)의 개항 등을 포함하였다. 이 조약 뒤 미국은 '왕샤 조약', 프랑스는 '황푸 조약'을 체결하여 중국 내륙까지 시장을 확대하려고 하였다.

3 **김구**[金九, 호는 백범(白凡), 이명은 창암(昌巖), 창수(昌洙), 1876~1949]. 그는 한국현대사에서 가장 잘 알려져 있는 민족주의 정치인이며 남과 북에서 가장 존경받는 항일투쟁가이다. 17세에 '동학운동'에 참여하였고 그 후 교육과 항일활동에 헌신했다. 그의 첫 명성은 1896년 2월에 치하포 주막에서 변복한 일본인 쓰치다(土田讓亮)를 '국모시해죄'로 처단한 대담한 사건에서 시작되었다(그는 광무황제의 특사로 사형 직전에 집행정지되었다가 탈옥했다). 1919년 상해로 망명하여 대한민국임시정부 초창기부터 경무국장을 위시하여 국무령, 국무위원, 재무장 등 여러 직책을 수행하였다. 1931년 한인애국단(韓人愛國團)을 조직하여 특무공작으로 이봉창 의사와 윤봉길 의사의 의거를 실행시켜 침체된 독립운동을 활성화했다. 그는 장개석 총통의 지원으로 1940년 9월 17일 한국광복군을 창설하였고, 또한 미군전략첩보국(Office of Strategic Servie, OSS)과 고국 정진작전을 계획했다. 그는 임정에서 6대(1927), 12~13대(1939~1948) 주석으로 임정의 26년 정통을 꾸준히 이었다. 해방 후에는 임정의 권위를 인정하지 않는 미육군 군정청(USAMGIK)의 통제, 반공 단독정부를 추진하던 이승만 세력과의 갈등, 그리고 남북협상의 실패로 어려움을 겪었다. 1949년 6월 26일 육군 소위 안두희의 총격으로 서거했다. 정부에서는 그의 공훈을 기리기 위해 1962년에 건국훈장 대한민국장을 추서하였다.

4 격문은 대개 자유를 사랑하는 조선 민중들이 조국의 해방을 위해 일어나 싸우자는 정치적 선동의 삐라였는데, 대개 등사판으로 소량을 찍어 작은 지역에 몰래 배포했다.

제7장

1 **대한독립의용단**(大韓獨立義勇團)은 1920년 1월 상해 임정에서 손정도(孫貞道), 김철(金徹), 김립(金立), 윤현진(尹顯振), 김구(金九), 김순애(金淳愛) 등의 주도로 조직된 독립운동결사조직이었다. 의용단의 목적은 정연한 조직과 견고한 단결 아래 정부의 뜻을 체득하고 명을 받들어, 일단 대일 선전포고가 내려지는 날에는 일거에 일어나 조국광복을 쟁취하려는 것이었다.

2 **김석황**[金錫璜, 일명 김윤황(金潤璜), 1894~1950)]은 일본 와세다 대학 재학 중 1919년 2.8 독

립선언에 가담하였고 9월에 임정 내무총장인 안창호의 주도로 '임시사료편찬회' 사업에 참여하였다. 1920년 4월에 국내로 잠입하여 의용단 지방조직과 군자금 모집활동을 하였다. 해방 후 신탁통치반대운동을 하였고 1948년 장덕수 암살의 배후로 지목되어 미 군정청 재판에서 수감되어 복역 중 6.25 전쟁 시 인민군에 의해 사형되었다. 1982년 건국훈장 독립장이 추서되었다.

3 **대한독립일신청년단**(大韓獨立日新青年團)은 1920년 음력 6월 김예진이 20여 명을 결속하여 상해 대한민국임시정부를 지원하는 평양지방 단체로서 조직한 결사대였다. 이 작은 조직은 장덕진(張德震), 안경신(安敬信) 등과 함께 평안도 일대에서 임시정부와의 연락, 군자금 모금, 임시정부 간행물의 배포 등 활발한 활동을 전개하다 1921년 5월 일본 경찰에 탐지되어 단장 김경하(金景河) 등 단원 24명이 잇달아 붙잡힘으로써 해체되었다.

4 **반석대한애국부인청년단**(盤石大韓愛國婦人青年團, 일명 대한애국부인청년단)은 본래 1919년 8월 기독교 장로인 박승명의 주도로 평양에서 상해 임시정부를 후원하기 위해 결성된 '대한국민회'의 강서지회로 조직되었다. 1920년 4월 조형신, 안인대 등은 대한독립일신청년단 고문 김예진의 지도로 국민향촌회청년부와 여자부를 '반석대한청년단'과 '반석대한애국부인청년단'으로 개편했다.

5 후일 신문보도(≪조선일보≫, 1926. 5. 22; ≪동아일보≫, 1926. 5. 21)에 의하면, 당시(1920년) 김예진 일당은 군자금 모집 목적으로 육혈포를 가지고 중화(中和), 강서(江西), 대동(大同), 진남포(鎭南浦) 등지를 횡행하였다고 한다. 그런 "가장 모험적 활동"을 하다 일부 발각이 되자 그해(1920년)에 상해로 도망갔다고 보도하였다.

6 한도신의 회고록에는 이 사람이 장덕수(張德秀)의 형 장덕준(張德俊, 1891~1920)이라고 하였으나 이는 장덕준의 활동기록으로 보아 한도신의 착각이거나 동명이인일 수 있다.

7 **허영진**(許永鎭, 1882?~1921)은 평안남도 평원(平原) 출생으로 3.1 운동 이후 국권을 회복하기 위해 주석환(朱錫煥) 등과 함께 독립단을 결성하고 상해 임정과 국내 독립결사 간의 연락을 도모하였다. 1920년 9월 중국 간도 지역의 무장독립단체들의 국내 진격작전에 참여하여 성천군(成川郡) 대곡면(大谷面)의 주재소를 습격하였고, 추석 무렵에 대동군(大同郡) 율리면(栗里面) 동창리(東倉里)—자래옷—에서 일본 경찰의 습격을 받아 교전하던 중 현장에서 순국하였다. 1982년 대통령 표창이 수여되었고, 1991년 건국훈장 애국장이 추서되었다.

8 조선 말기의 항일 **의병**은 크게 제1차 전쟁인 을미의병(乙未義兵, 1894~1896), 그리고 제2차 전쟁인 을사의병(乙巳義兵, 1905~1906)과 정미의병(丁未義兵, 1907~1910)이 있었는데 그 중심세력은 전라, 경상, 충청 지방의 가난한 유생(儒生)들과 빈농(貧農)들이었다. 평균 40~50명 정도로 편성된 소부대들이 여러 지방에서 처절하게 싸웠으나 일부 관군과 일본군에 의하여 괴멸되었다.

9 **을사늑약**[乙巳勒約, 원명 제2차 일한협약(第二次日韓協約)]은 1905년 러일전쟁에 승리한 일본제국의 강압에 의해서 그해 11월 17일 체결된 것으로, 이로 인하여 대한제국이 외교주권을 상실하고 일본제국의 보호국으로 전락했을 뿐 아니라 1910년 한일병탄의 토대를 닦게 되었다. 대한제국의 대신 8명 중 참정대신 한규설과 탁지부대신 민영기는 협약에 끝까지 반대하였으나(법무대신 이하영은 소극적 반대) 학부대신 이완용을 위시하여 내무대신 이지용, 외무대신 박제순, 농상공부대신 권중현, 군부대신 이근택, 소위 '을사오적'만이 서명하고 대한제국 고종황제의 자필 서명과 옥새가 찍혀 있지 않다.

10 **문일민**(文一民, 이명 文熙錫, 1894~1968)은 3.1 운동에 참가한 후 그해 7월에 남만주로 건너가 신흥무관학교를 졸업하고 한족회(韓族會)에 가입하여 활동했다. 1920년 8월 미국 국회의

원단이 내한한다는 정보에 따라 광복군총영(光復軍總營)에서는 일제기관 폭파, 일제요인 암살 등으로 우리의 독립의지를 국제적으로 표현하고자 특공대를 국내에 파견하였는데 당시 대한청년단연합회에 소속되어 있던 문일민도 이 대열에 참가하게 되었다. 장덕진(張德鎭), 박태열(朴泰烈), 우덕선(禹德善), 김예진, 안경신(安敬信) 등과 함께 제2대에 편성되어 평양에 특파되었고 평남도청/경찰부에 폭탄을 던진 후 피신하여 상해로 망명하였다. 문일민은 궐석재판에서 무기징역형을 받았다. 그 후 1921년 9월 삼육대학(三育大學)에 취학했으며 1924년에는 운남(雲南) 육군군관학교에서 군사학을 전공했다. 1933년 1월 15일에는 상해에서 한국독립당대회에 참가하였으며, 흥사단(興士團) 원동반(遠東班)에 가입하여 활동했다. 1943년 4월 2일에는 임시정부 교통부 총무과장에 임명되었고, 1944년 10월 23일에는 참모부 유동열 참모총장 휘하에서 참모로 활약했다. 이후 1945년 2월 신한민주당 중앙집행위원에 선출되어 조국의 광복 시까지 독립운동에 헌신했다. 정부에서는 1962년에 건국훈장 독립장을 추서하였다.

11 안경신(安敬信, 1888~?)은 무력 투쟁에 헌신한 극소수의 여성독립운동가 중 한 명이다. 그녀는 3.1 운동 참가로 1개월 구류를 당하고 그 후 분발하여 1919년 11월 감리교 여성 지도자 오신도(吳信道, 손정도 목사의 모친), 안정석(安貞錫) 등과 같이 대한애국부인회(大韓愛國婦人會)를 조직하고, 평양본부의 교통부원(交通部員) 겸 강서지회(江西支會) 재무(財務)를 담당하여 활약했다. 동 회에서는 많은 군자금을 거두어 상해 임시정부에 보내는 등 크게 활동하다가 1920년 초에 동지 106명이 일경에 체포되자 김행일(金行一)을 따라 상해로 망명했다. 그 당시 독립운동계에서 논쟁하던 '예비론', '외교론', '개화론' 등의 온건한 노선보다 무력응징의 필요를 확신한 그녀는 1920년 8월 미국의원단 일행이 내한(來韓)하는 기회를 이용하여 항일투쟁의 실상을 보여주려고 광복군총영이 파견하는 결사대에 합류했다. 그녀는 임신 7개월의 몸으로 제2대에 참가해서 장덕진(張德震), 박태열(朴泰烈) 등과 평양까지 들어와서 8월 3일 문일민, 김예진 등과 함께 평안남도청/경찰국을 폭파했다. 그 후 함남 이원군 남면 호상리(南面 湖上里)에 숨어 지냈으나 1921년 3월에 체포되었다. 모진 고문과 악형 끝에 평양지방법원에서 사형언도를 받았다가 항소하여 평양복심법원에서 징역 10년형이 확정되어 7년 옥고를 치렀다. 그즈음에 상해 임정에서는 김구, 이탁, 장덕진의 이름으로 '이 사건은 광복군총영의 거사이지 그녀와는 무관하다'고 탄원했다. 이 투서가 형량 결정에 고려되었는지는 확실치 않다. 이 일로 충격을 받아 모친이 죽고 한때 감옥 안에서 돌보던 어린 아들은 영양실조로 실명했으며 출옥 후 그녀의 여생이 어떻게 되었는지는 알려져 있지 않다. 정부에서는 1962년에 건국훈장 독립장을 추서하였다.

12 일부 역사기록물과 국가보훈처 공훈록에는 비일률적으로 여러 무장 독립운동가들, 장덕진(張德鎭), 박태열(朴泰烈), 우덕선(禹德善), 김예진, 안경신, 권기옥(權基玉), 김효록(金孝錄), 문일민, 김찬성(金粲星) 등이 '평안남도 도청 폭파사건'(유일한 성공적 거사)에 직접 관련된 것으로 나오는데, 이는 극비 상황 중에 광복군총영이 밀파한 13명과 현지 결사대원들이 여러 지역 공격목표물에 협동작전을 수행하는 과정에서 생긴 혼선일 수도 있고 또는 다른 사람들은 후방의 지원요원일 수 있다. 한편, 일본 외무성의 한 육해군성문서 "고경 제32778호(1920년 11월 6일)", "폭탄투하 및 자동차저격범인 검거의 건" 검사에게 송치한 수사보고에 따르면 미체포 피고 3명(김예진, 장혜근, 장인갑)과 더불어 12명이 이 폭파사건을 7월부터 모의하였다고 하는데 체포된 20명 중에는 김효록(17세)과 김석황(29세) 외에는 이 사건에 연루된 것으로 알려진 상기 이름들이 없다. 김예진 본인의 진술에 의하면 이 폭파사건에 직접 참여한 행동대원은 단 3명－김예진(안내), 안경신(운송), 문일민(지휘)－이었다(『한국민족운동사료』

제5집(3), 777~779면에 수록).

13 『한국독립운동사』 제3권 109쪽에는 김예진이 도망하며 "일경 2명"을 살해한 것으로 되어 있다.

14 **유계준**(劉啓俊, 1879~1950)은 평안남도 안주군에서 부호가 유선덕의 세 아들 중 둘째로 태어났다. 그가 젊은 시절 전도한다고 관가에 고발하여 구속시켰던 한석진과 김창식이 생환하여(마펫 선교사가 알현한 고종의 어명을 받아 기적적으로 석방됨) 다시 전도하는 것을 듣고 회개하였다. 후에 산정현교회가 설립될 때 장대현교회에서 교적을 옮기며 열심히 봉사하던 중 조만식, 오윤선과 함께 삼총사로 장로가 되었다. 그는 염전과 목재, 해운사업 등에 크게 성공하여 상해 임시정부에 독립자금을 보냈다. 그는 1920년 김예진이 평양도청 폭파를 감행한 직후 위험을 무릅쓰고 그를 자택에 몇 주간 은닉해 주었다가 상해로 망명시켰고, 주기철 목사가 순교한 뒤 그 가족을 돌보았다. 해방 후 북에 공산당 정권이 들어서고 1950년 한국동란 시 평양에서 오윤선, 조만식 장로 등과 함께 순교하였다.

15 한 예로 주곡인 쌀의 경우 강제병합(1910년) 이전에는 알려진 수탈량이 별로 없었던 것이 1920년도 와서는 총 생산의 14.6%(1270만 석 중 185만 석), 후에 1933년에 가서는 53.4%(1830만 석 중 870만 석)로 증가하였다.

제8장

1 **이영수**(李英守, 생년월일 미상)는 1944년 10월에 광복군 제3지대에 입대한 것으로 알려져 있다. 그는 일본군 군속으로 있다가 입대한 경력 때문에 만주 일본군 내 조선병사의 탈영과 광복군 귀환작전(倭軍內 韓籍兵士 招募工作 使命)을 수행하다 1945년 5월에 일본 헌병에 체포되었다. 그러나 조선으로 압송 도중 탈출하여 만주(錦州省 田莊台)에서 피신 중 8.15 해방을 맞았다. 사망일 미상이지만 1990년 건국훈장 애족장이 추서되었다.

2 **김동원**[金東元(金岡東元), 1884~1951]은 평양의 대부호 대윤(大潤)의 맏아들로 소설가 김동인의 형이다. 그는 일제강점기 초반에 신민회 회원으로서 '105인 사건'으로 인하여 고초를 당했다. 그 후 평안도 지방을 대표하는 민족주의계 실업인으로서 조만식과 함께 '조선물산장려회', '민립대학설립운동', 'YMCA 창립' 등 교육과 관련된 사회활동을 했다. 1924년 평안고무공업사를 설립함으로써 산업자본가로 전환하였다(이 기간에 그는 어려운 형편에 있던 김예진 가족에게 여러 도움을 주었다). 그러나 1937년 수양동우회(修養同友會)* 사건 이후로 친일파로 변절하여 '황도학회(皇道學會)', '조선임전보국단'에 참여했고, 비행기 헌납운동, 내선일체, 학병 권유 등 친일을 권장하는 글을 기고했다. 해방 후에는 남하해서 1948년 대한민국 정부수립에 참여하여 제헌국회의원에 당선되고 국회부의장으로 활동하였다. 1950년 한국전쟁 중 납북되었다.

* 일제강점기에 안창호, 이광수, 조요한, 조요섭, 김동원 등에 의해 결성된 교육, 계몽, 사회운동 단체로서 비정치적 분야에서 무실역행(務實力行) 정신으로 건전한 인격을 함양하는 것이 한민족 재생의 근본 방략이라고 여기고 활약하다가 1937~1941년 기간에 멤버들이 체포되고 강제 해산됨.

제9장

1 국호(대한민국), 건국강령(삼균주의), 임시헌장(사회민주주의 경향), 정부형태[임시의정원(臨時議政院, 입법부), 국무원(國務院, 행정부), 법원(法院, 명목상의 사법부)]에서 3권 분립의 민

주주의 정치체제를 갖추었다는 점에서 새롭고도 진정한 민주혁명정부였다.

2 **인성학교**(仁成學校)는 1917년 2월 상해 한인회 회장인 여운형이 거류민의 자녀들을 교육하기 위해 세운 초등학교였다. 처음에는 교회 소속의 사립학교였으나 임정 수립과 함께 1920년 그 산하의 공립학교가 되었으며 1929년에는 학생 수가 50명에 달했다. 가장 치중하였던 교과목은 한국어와 한국 역사로 한국혼을 불어넣어 주려 했으며, 그 밖에 한문, 외국어 등을 교육하였다. 광복 이후에도 존속하였으나 점차 학생 수가 줄어 1975년 폐교되었다.

3 **흥사단**(興士團)은 1913년 5월 13일 미국 샌프란시스코에서 안창호의 주도로 'Young Korean Academy'라는 명칭으로 8도 대표들에 의하여 창립된 민족개혁운동단체이다. 초창기에는 이민교포 및 유학생을 중심으로 학업과 인격수양, 생활개선, 경제력 증진에 주력하다가 3.1 운동 이후 상해에 흥사단 원동부를 조직하여 독립운동의 정신적 기초를 담당했다. 흥사단 헌장은 시대와 지역에 따라 다소 다른 표현을 하였지만 기본 설립목적은 동일했다. "우리 민족이 세계 최고의 일등국민이 되고, 인류의 존경과 신뢰를 받는 모범 민족이 되기 위하여 국민 개개인의 인격혁명을 통해 민성혁신(民性革新)과 민력증강(民力增强)을 도모함으로써 민족 앞길에 번영의 기초를 수립하고자 한다." 그 기능과 역할에 있어 "흥사단은 무실(務實), 역행(力行), 충의(忠義), 용감(勇敢)의 4대 정신을 지도이념으로 하여 건전한 민주시민이 갖추어야 할 덕(德), 체(體), 지(智)의 삼육(三育)을 기본 덕목으로 하는 인격, 단결, 공민의 3대 훈련을 실시한다. 단우(團友)는 자아혁신, 신성단결(神聖團結), 단무봉사, 책임완수, 대공복무(大公服務)를 5대 생활지표로 삼아 실천"했다. 흥사단의 특징은 민족의 자주독립 국가건설을 위한 준비론이었는데 그 기초는 인격훈련과 인재양성의 단계를 강조한 운동이었다. 현재 국내(남한)에 25개 지부와 해외 8개 지부가 활동하고 있다.

4 도산 선생의 독립국가 건설론에는 1920년 중후반부터 상당한 변화 또는 발전이 있어 '대공주의'에 입각한 사회민주주의적 국가건설을 강조하였다. 정치적 자유를 근본으로 하면서도 정치적·경제적·사회적 평등을 매우 강조하는 특징을 보였다. 즉, 정치적으로 보통선거제, 경제적으로는 토지 및 대생산기업의 국유제와 국비 의무교육제 실시로 전 민족의 평등을 보장하겠다는 것이었다. 이런 구상은 먼저 한국독립당의 강령에 반영되었고, 그 후에도 임정을 비롯한 민족주의 각 단체의 정치사상이 되었다.

5 **간도**(間島), 주로 북간도—중국에서는 동젠다오(東間島)—는 중국 둥베이(東北: 滿洲)의 지린성(吉林省)을 중심으로 랴오닝성(遼寧省)과 헤이룽장성(黑龍江省) 일부 지역을 통칭한다. 과거 조청(朝淸) 간의 국경분쟁이 있었으나 본디 고구려, 발해의 땅이었다. 일제강점기에 조선인이 많이 거주하며 우리나라 무력독립운동의 근거지였던 곳인데 1909년 9월 4일 일제가 대륙침탈을 위해 남만주철도부설권을 청나라로부터 얻어내는 대신 독단으로 간도의 영토권을 청나라에 넘겨주었다.

6 1910년대 말부터 남만주 일대에는 크고 작은 여러 무장독립단체들이 형성되어 항일무력투쟁을 간헐적으로 수행했다. 그중에 대표적인 것이 '북로군정서(北路軍政署)'와 '서로군정서(西路軍政署)'였다. 북로군정서군은 3.1 운동 이후 만주 왕칭현(汪淸縣)에서 조직된 무장독립운동단체로 1919년 12월 대한민국임시정부의 지시로 부대명을 개칭하고 김좌진·이범석 장군의 탁월한 지휘하에 1920년 10월에 일본군을 대파하였고(청산리대첩), 일본군의 후속 공격을 피하여 소·만 국경지대인 밀산으로 이동하여 피했다가 그 뒤 다른 10여 개 무장독립군 조직과 연계하여 연해주로 건너가 대한독립군단(大韓獨立軍團)을 형성하였다. 그러나 1922년에 소련에 의해 무장해제당하여 더 이상 무장독립운동을 하지 못하였다. 서로군정서군은 1919년 4월 류허현(柳河縣), 퉁화현(通化縣), 지안현(輯安縣) 중심으로 결성되어 사령관 지청천(池青天)

밑에서 국내 및 서간도 지역의 일제통치기관을 습격, 파괴하고 민족 반역자와 친일파를 처단하는 활동을 전개하였다. 1920년 10월에는 일본군 토벌작전을 피해 이동했다가 1922년 2월 다른 부대들과 함께 대한통군부(大韓統軍府)에 통합되었다.

7 **봉오동전투**(鳳梧洞戰鬪)는 1920년 6월 4일부터 독립군 홍범도(洪範圖), 최진동(崔振東, 일명 明錄) 부대가 험준한 지형을 이용, 여러 번의 잠복과 기습으로 일본군을 유인하여 6월 7일 봉오동(두만강에서 40리 거리에 위치한 고려령의 험준한 산줄기) 전투에서 크게 승리한 첫 대전투였다(일본군 157명 전사, 200여 명 중상).

8 **청산리대첩**(青山里大捷)은 1920년 10월 김좌진(金佐鎭), 나중소(羅仲昭), 이범석(李範奭)이 지휘하는 북로군정서군과 홍범도(洪範圖)가 이끄는 대한독립군 등이 연합한 독립군 부대가 그들의 토벌을 위해 간도에 출병한 일본군을 청산리 일대에서 10여 회의 전투 끝에 대파한 전투였다. 10월 21일부터 시작된 청산리대첩에서 독립군은 26일 새벽까지 10번의 전투를 벌인 끝에 적의 연대장을 포함한 1200여 명을 사살하였고, 독립군 측은 전사자 100여 명을 낸 것으로 알려져 있다 (그러나 일본군 문서는 이 성과를 대부분 부정하거나 축소하고 있다).

9 1920년 10월 일본군은 만주침략을 위한 훈춘사변(琿春事變)을 일으킨 후 이어서 점차 강력해지는 독립군을 소탕하려는 목적으로 만주에 거주하는 조선인들을 전멸시키는 소위 초토화 작전을 감행하였다. 그러나 깊은 산림지형과 게릴라 전술을 구사하는 여러 군소 독립군과의 전투에서 실패하자 그 보복으로 화룡현 장암동(和龍縣獐巖洞), 연길현 의란구(延吉縣依蘭溝), 연길현 와룡동(延吉縣臥龍洞) 등에서 민간인 학살, 겁탈, 소각, 가축 약탈을 감행하였다. 이 **경신참변**(庚申慘變, 일명 간도참변)으로 그해 10월 9일부터 11월 5일까지(27일간) 조선인(대부분 부녀자와 어린이) 3469명이 무참한 학살을 당했다.

제10장

1 **해송양행**(海松洋行)은 한진교(韓鎭教, 1887~1973, 해방 후에는 한에녹)가 1914년 6월 상해로 이주하여 설립한 회사이다. 거기서 나오는 수익금을 독립운동자금으로 헌납하였으며 홍성린(洪成麟), 선우혁(鮮于赫)과 협의하여 1917년 인성소학교(仁成小學校)를 설립하였다. 한진교는 1919년 4월 대한민국임시정부를 수립하는 데 참여하여 임시의정원 의원으로 입법활동을 전개하는 한편, 신한청년당(新韓青年黨)을 조직하였다. 1977년 건국포장이 추서되었다. [연세대학교 한태동(韓泰東) 명예교수의 부친이다.]

2 **이시영**(李始榮, 1868~1953)은 원래 대한제국의 관료였으나 한일병합조약 이후 일가족 50인과 함께 만주로 망명하여 신흥무관학교를 설립, 독립군 간부를 양성하였다. 임정수립에 참여하여 법무총장, 재무부장, 국무위원 등으로 활약하며 백범과 함께 임정을 끝까지 사수하였다. 그러나 광복 후에는 단정을 반대하는 임정의 입장과 달리 이승만, 지청천, 이범석, 장택상, 신익희 등과 함께 단독정부 수립에 참여하여 1948년 제1공화국 부통령이 되었다. 그렇지만 강직 결백한 그는 정권의 부정과 부패에 실망하여 1951년 5월 9일 부통령직을 사퇴하였다. 1949년 건국공로훈장 대한민국장을 받았다 (나이 때문에 한도신 부부의 아이들은 '할아버지'라 불렀다).

3 **이강**(李剛, 1878~1964)은 1904년 미국이주민 초기 시절부터 안창호와 가까운 관계를 가졌으며 귀국 후 그의 신민회에 참여했다. 러시아 블라디보스토크에 와서 언론활동을 하면서 안중근과 가깝게 지내며 그의 이토 히로부미 저격 거사를 후원한 것으로 알려져 있다. 후에 임정에 참여하여 의정원 의장을 지냈다. 1962년 건국훈장 독립장이 수여되었다.

4 프랑스 조계 또는 **불란서 조계**를 조선인들은 짧게 법계(法界)라 불렀는데 이 법계는 영국과 포

르투갈과 공동운영하던 시의회에서 탈퇴하여 1862년부터 상해국제정착지(공공조계)와 독립적으로 운영하였다. 상해 임시정부와 조선인들 대부분이 망명자들에게 우호적인 이 법계에 거처를 두고 있었다.

5 여러 번 여러 곳에서 반란이나 혁명이 있었는데 태평천국의 난(太平天國之亂), 의화단운동(義和團運動), 신해혁명(辛亥革命) 등이 그 예이다.

6 **조상섭**(曺尙燮, 1885~1942)은 독립운동가이자 목사이다. 1919년 3.1 운동 직후 상해로 망명하여 임시정부를 통해 독립운동에 정진하다 다른 목사들과 협력하여 그해 8월부터 상해대한인교회에 부임하였다. 의정원 의장과 인성학교 교장을 역임하였고 1924년 임시대통령 이승만 탄핵에 주도적 역할을 한 바 있다.

7 **장덕로**(張德櫓, 호는 聖山, 1883/4~미상)은 목사이며 독립운동가이다. 1913년 평양장로회신학교를 졸업하고 그해에 평북노회에서 목사안수를 받았다. 1918년에는 신의주제일교회를 개척하여 담임하다가, 1919년 4월 상해 임시정부 수립에 참여하였으며 홍사단 간부직을 맡아 활동했다. 1921년 난징(南京)에 교포교회를 설립하였으며 1928(?)년부터 상해 고려인기독교회에서 목회하였다. 광복 후 1949년에 옥인동교회를 창립하기도 하였으나, 6.25 동란 중 납북되었다.

8 애국가의 가사는 윤치호가 짓고 안창호가 수정한 것으로 알려져 있다(윤치호의 〈찬미가〉(1907)에 수록). 그때 부른 곡은 세계적으로 유명한 스코틀랜드 망년가(또는 작별가) 〈올드 랭 사인(Auld Lang Syne)〉[1788년 시인 번스(Robert Burns)가 지은 시]에 흐르는 전형적인 민요의 슬픈 이별의 가락이었다. 현재의 애국가는 안익태(安益泰, 1906~1965)가 1936년에 작곡한 것으로 알려져 있는데 1948년 남한정부가 수립되면서 애국가로 채택되었다. 안익태는 문화포상(1957), 문화훈장 대통령장(1965)을 받았고 국립묘지 제2유공자 묘역에 묻혔다. 그러나 1940년 일본정부의 요청으로 '황기 2600년 기념 봉축음악'을 작곡 및 연주했으며, 1942년에 환상곡 〈만주〉를 작곡하고 연주한 일 등으로 민족문제연구소(2009)의 『친일인명사전』 2에 친일인사로 수록되어 있다.

9 **박규명**(朴奎明, 1898~1937)은 1921년 4월 상해로 망명하여 정위단(正衛團)을 조직하고 임시정부 경무국 업무를 지원하였다. 1926년 정위단을 확대 개편한 병인의용대(丙寅義勇隊)에 들어가 일본영사관에 2개의 폭탄을 던진 후 1931년 일본영사관 경찰에 체포되어 평양복심법원에서 6년 징역형을 선고받고 옥고를 치렀다. 감옥에서 나온 뒤 다시 상해로 건너갔으나 현실을 비관하고 자살하였다. 1977년 건국포장, 1990년 건국훈장 애국장이 추서되었다.

10 **이토 히로부미**(伊藤博文, 1841~1909)는 1880년대 일본 메이지(明治) 유신 초기에 헌법을 초안한 법학자이며 메이지 유신 정권에서 강력한 정치인이었다. 그는 일본제국의 내각총리대신을 네 번 역임했으며 제1대 조선통감으로서 조선의 완전한 병탄으로 조선 식민지화에 큰 역할을 했다. 그는 1909년 10월 26일 하얼빈 역에서 러시아 만주 대표 코콥초프(Vladimir Kokovtsov)를 만나고 나서 안중근에게 총탄 3발을 맞고 사망했다.

11 **안중근**(安重根, 1879~1910)은 대한제국기의 항일 의병장이며 정치사상가이다. 그는 돈독한 천주교 신자[세례명 토마스(Thomas)]로서 계몽운동과 국채보상운동 그리고 교육활동에 참여하다 의병운동에 투신했다. 1907년 7월에는 대한의군참모중장(大韓義軍參謀中將) 겸 아령지구(俄領地區) 사령관으로 100여 명의 부하를 이끌고 두만강을 건너 일본군 수비대를 습격하는 등 항일 무력경력이 빛났다. 그러나 그의 특별한 명성은 1909년 10월 26일 하얼빈(哈爾濱) 역에서 일본의 초대 조선통감 이토 히로부미(伊藤博文)를 사살한 것에서 기인하며 이로써 현재까지 남북에서 가장 존경받는 애국열사가 되었다. 그의 경력에도 불구하고 그는 평

화주의자로 널리 존경받고 있으며, 뤼순(旅順) 감옥에서 1920년 3월 26일 처형되기까지 『동양평화론(東洋平和論)』을 집필(미완성)하고 조선, 일본, 중국 간의 평화적인 관계와 발전을 역설했다. 1962년 정부로부터 대한민국장이 추서되었다.

제11장

1 **장덕진**(張德震, 1898~1924)은 김예진과 고국에서도 활동한 동지로서 상해 교민단(僑民團) 의경대원(義警隊員)으로 활동하였다. 그의 큰 형 장덕준은 애국투사 겸 언론인으로 활약했고 작은 형 장덕수는 한국민주당에서 활약했다. 1963년 건국공로훈장 단장이 추서되었다.

2 ≪동아일보≫에 보도된 상해로부터의 전보에 의하면, "상해 황포탄(黃浦灘) 하류를 통과하던 기선 안에서 권총과 폭탄을 휴대한 조선 청년 4명이 상해 세관 관리에게 피착되었다. …… 그들은 평안북도(平安北道) 선천(宣川) 출생의 이 모(李某) 외 3명으로 요전에 상해 일본영사관에 폭탄을 던진 김예진(金禮鎭)의 일파로 금년에 새로이 조직된 병인의용대(丙寅義勇隊)이라는바 압수된 무기는 권총 4자루와 폭탄 2개라 하며, 그들은 즉시 상해 일본영사관 경찰서로 넘어갔다더라"(≪동아일보≫, 1926. 6. 1).

3 **최능진**(崔能鎭, 1899~1951)은 미국과 중국 여러 곳에서 흥사단을 중심으로 활약한 독립운동가였다. 1937년에는 '동우회사건'으로 2년의 옥고를 치렀다. 해방 이후 미 군정청 경무부 수사국장으로 봉직하며 친일경찰의 등용에 저항했다. 1948년 5.10 총선거와 8.15 대한민국 정부수립에 이르는 기간에는 반이승만 활동을, 그리고 6.25 전쟁기간에는 정전과 평화운동을 벌였다.

제12장

1 국가보훈처 독립유공자 공훈록에 2012년에 건국훈장 애족장을 받은 **이인혁**(李仁赫, 1883?~?)이 있으나 그는 나이가 많은 듯하고 평양 복심원에서 1922년 7월 19일부터 징역 5년을 받고 옥고를 치르고 있었으므로 동명이인이거나 착오로 보인다.

2 ≪동아일보≫(1926. 5. 20, 21)와 ≪조선일보≫(1926. 5. 22)에는 큰 제목으로 "일본영사관 폭탄범 평양으로 호송"이라고 김예진의 도착을 보도했다. 그러나 상해 일본영사관 폭파사건의 자세한 진상이나 김예진과의 관련성은 확실하지 않다. ≪동아일보≫ 1926년 4월 25일 보도에는 '정간중의 사회상'란에 4월 10일부 중대 뉴스로 다음과 같은 요약문을 보도하였다. "일 영사관 폭탄범. 상해에 있는 일본총영사관에 폭발탄을 던진 조선청년이 있었는데 그 후 불란서 조계로 피난하여 간신히 잡히지 않았다 한다. 그 청년은 김모라는 사람으로……." 같은 해 9월 17일 ≪동아일보≫는 9월 15일 오전 열한시 반에 "상해 일본영사관에 조선청년이 폭탄투척"했다는 내용의 제1보, 제2보를 '상해 전보'로 보도하였다. 그 후에도 김예진은 "상해폭탄사건의 주모자"로(≪조선일보≫, 1929. 9. 13; ≪동아일보≫, 1929. 9. 12), 또는 "상해 나카다 대장(中田大將)의 저격범"으로 (≪동아일보≫, 1927. 8. 12) 추정 보도되었다.

3 일본 **고등계 경찰**(高等係 警察, 高警)은 일제강점기에 점증하는 대한독립운동의 활동을 색출하고 탄압하기 위하여 만들어진 경찰의 특수 부서였다. 이들은 조선인 형사(けいじ)와 보조원을 활용하여 정탐과 고압적 위협, 그리고 혹심한 고문 등 친일반민족 행위로 악명이 높았다.

4 **한근조**(韓根祖, 1895~1972)는 평안남도 강서 출신으로 1921년 일본 메이지대학 법과 전문부를 졸업하고 평양에서 변호사 활동을 했다. 조선물산장려회 부회장을 지냈고 해방 후 조선민주당 중요 인물과 함께 월남하여 미 군정청 대법관, 4, 5대 국회의원으로 활약했다.

5 **김효록**(金孝綠, 1904~?) 대동군 청호면 출생으로 8.3 폭파사건 당시 숭실중학 4년생. 그는 안경신이 그 사건에 연루되었다고 증언한 것이 경찰서에서의 고문에 의한 거짓 증언이라고 검사국에서 번복함으로써 법정위증죄로 6개월 징역형을 받았다.

제13장

1 조선총독부의 **문화통치**(文化統治)하에서 몇 가지 변화가 있었는데 그 한 중요한 발전으로 1920년에 "민족의 표현기관"으로 ≪조선일보≫(3월 5일 창간)와 ≪동아일보≫(4월 1일 창간)가 발간되어 부분적으로 민족주의적 사상을 표현하였다. 그러나 후일 그 매체들은 다분히 친일화되었고 그나마 1940년에 이르러서는 조선총독부가 민족 말살정책의 일환으로 정간시켰다.

2 **조만식**(曺晩植, 호는 古堂, 1883~1950?)은 널리 존경받는 독립운동가이며 일제강점기의 교육자, 종교인, 언론인, 시민운동가였다. 그는 간디(Mohandas Karamchand Gandhi)의 비폭력저항운동의 영향을 받아 비폭력과 자력갱생의 투쟁을 강력히 실천했다. 1922년 그는 조선물산장려회(朝鮮物産奬勵會)를 설립하여 경제적 자립운동을 하였고, 교육활동과 국내 민간자본으로 민립대학 기성회 운동, YMCA 평양지회 설립, 신간회 등을 주도하였다. 해방 후에는 북한에서 조선민주당을 창당하고 공산당세력에 대항하며 남하하지 않은 유일한 기독교인 민족주의자였다. 한국동란 직후 북한에서 처형된 것으로 알려져 있다. 1970년 정부로부터 건국훈장 대한민국장이 추서되었다.

3 김예진 연구자 이민성(2010)에 의하면 김예진의 첫 단계는 민족이 자기 구원을 위해서 복음을 필요로 하여 이용한다는 "민족 복음주의", 즉 민족이 주체가 되고 복음은 그 도구가 되는 개화기 청년 의식층의 투쟁방식이었다. 그러나 출옥 후 1930년대 이후로 그의 방식은 "복음 민족주의"로 전환해서 주체로서의 복음이 '오직 복음만을 통해서' 민족을 구원하게 된다는 신념의 방식이었다. 민족신앙운동사가 민경배 교수(1991)는 한국 기독교의 '과격독립운동'을 논함에 있어 종국적 변화를 불가피하게 만든 무력저항의 한계를 지적했다. 즉, 기독교의 신학적 비폭력의 원칙, 장기적 일본 문화정치의 효과성, 전략적 장비나 조직의 불비 등으로 대부분의 과격운동가들이 결국 전통적 기독교 영역으로 돌아오게 되었다는 것이다.

4 **평양신학교**는 1901년 합동공의회 결의에 의해 설립된 첫 장로교 신학교로서 평양 새뮤얼 마펫(Samuel Austin Moffet, 馬布三悅) 선교사 집에서 시작하였는데 최초의 공식 학교명은 대한야소교장로회신학교(大韓耶蘇教長老會神學校)였다. 건물은 시카고의 사이러스 맥코믹 (Cyrus McComick)의 후원으로 1908년에 건립되었고 1922년에 재건되었다.

5 **가가와 도요히코**(賀川豊彦, 1888~1960)는 일본 고베 지방의 목사이며 사회운동가로서 평생 빈민들과 노동자들을 위해 활동했으며 소설 『사선을 넘어서(死線を越えて)』 등 150권의 저서와 25권의 번역서를 남겼고 몇 번에 걸쳐 노벨평화상 후보에 올랐다.

6 **평양기도단**은 애초 조직된 단체가 아니라 교회의 갱신과 실천적 신앙을 갈구하는 젊은이들의 기도운동이었다. 이 기도모임은 1932년 형성되었는데, 이민성(2010: 147)에 의하면 초기 구성원은 김익선, 이조근, 김지영, 김영선, 김용진, 김예진이었고, 김예진이 대표적 역할을 하였다.

7 **이용도**[李龍道, 호는 시무언(是無言), 1901~1933]는 독립운동 참여로 4번이나 옥고를 치른 감리교 목사로서 기도 중에 성령체험을 하여 신앙생활에 커다란 변화를 일으켰으며, '예수에 대한 신비주의적 사랑과 헌신'이 주조를 이룬 그의 부흥집회 설교는 1930년대에 대단한 반응을 일으켜 전국 각지에 교회부흥을 이루었다. 그러나 그의 신비주의적 신앙은 기존 교회의 의심과 규제를 받고 1933년에는 '이단'으로 정죄되었다. 1998년 10월에 감리교 제23회 총회에서

목사복권청원이 만장일치로 통과되고 1995년에 독립유공자로 대통령 표창을 받았다.

8 **김인서**[金麟瑞, 호는 유촌(柳村), 1894~1964]는 1920년대에 헌신적 독립운동의 경력을 가지고 있으며 평양기도단의 중요 단원이었고 1930~1960년대에 기독교 문필가로 유명하였다. 그의 ≪신앙생활≫ 지는 약간의 휴간이 있었지만 총 129회 출간했다. 나중에 목사가 되었다. 1963년 대통령 표창, 1977년 건국포장, 1990년 애국장이 추서되었다.

9 **방지일**[方之日, 호는 곽송(郭松), 1911~2014]은 평양기도단의 중요 단원이었으며 1937년 조선 장로교 총회가 중국 산둥성(山東省)에 파송한 첫 선교사였다. 그는 그 임지에서 21년간 선교하다 1957년에 중국 공산당에 의해 축출되어 귀국한 후 영등포교회에 부임, 1979년에 원로목사로 추대되었다. 그는 기독교 기관들의 중책을 역임하고 약 30권의 책을 저술했으며 3개의 명예박사 학위를 받고 1998년 정부로부터 국민훈장 모란장을 받았다. 104세까지 활발한 활동을 하다가 2014년 10월 10일 소천했다.

10 ≪**게자씨**≫는 1931년 6월에 김진홍(金鎭鴻)을 중심으로 윤병식(尹炳植), 방지일(方之日), 김예진이 자신들의 신앙 간증문을 등사판으로 발행(약 30부)하다, 주기철(朱基徹), 이유택(李裕宅), 박윤선(朴允善) 등이 동인으로 참여한 후 1933년 12월(제2권 제12호)에 국판 30여 면의 인쇄판 첫호(500부)를 내게 되었다. 이후 재정 사정으로 정간한 뒤 ≪신앙세계≫로 개제하여 발행되다가 1939년 11월 통권 97호로 폐간되었다.

11 **만보산 사건**(萬寶山事件)의 발단은 1931년 7월 2일 중국 지린성(吉林省) 창춘현(長春縣)에서 약 30km 떨어진 완바오산(萬寶山) 지역의 미개간지 약 15만 평의 조차계약을 맺은 조선 이농민 약 180명이 개간하면서 이퉁허(伊通河)강으로부터 수로를 만드는 과정 중에 일어난 중국 농민들과의 갈등에서 시작되었다. 이 갈등에서 조선 이농민들은 일본 관헌의 비호를 받으며 사실 살상은 일어나지 않았지만 ≪조선일보≫는 호외에 "중국 관민 800여 명과 200여 동포 충돌 부상, 주재 경관대 급보로 창춘 주둔군 출동 준비, 삼성보에 풍운점급"(7월 2일 석간과 3일 조간)이라는 표제로 게재하였다. 이에 분격하여 조선 여러 도시에서 며칠 동안 반중국인 폭동이 발생하여 127명이 사망하고 392명이 부상했으며(국제연맹보고서) 상당한 재산피해가 발생했다.

제14장

1 이 기수의 졸업생 중에는 한국 교회에 상당한 영향력을 끼친 사람들이 특히 많은 것으로 알려져 있다. 예로 손양원(소록도 애양원 목사, 3부자 순교), 김양선(기독교박물관 창립관장), 계일승(장로회신학대학장), 강신명(숭실대 총장, 새문안교회 목사), 설명화(숭실대 연설로 동시정학), 김규당[장로회총회(야간)신학교(서울장신대) 초대교장] 등이 있다.

2 1926년과 이듬해에 전기와 후기 졸업식을 하였기 때문에 33회로 되었으나, 현재 후신인 장로회신학대학원에서 산출하는 졸업기수로는 31기이다.

3 일본의 **신도주의**(神道主義)는 고대 신화, 우주론, 샤머니즘적 다신론에 근거한 일본의 최대 민간인 신앙체계였지만 점차 황실주의를 강화하기 위한 국가종교가 되었다. 조선에서는 신도주의가 일본 문화와 신앙으로부터 벗어난 조선인들의 자유와 독립의 정신, 즉 조선인의 민족주의를 말살하기 위해서 강요되었다. 이와 더불어 궁성요배(宮城遙拜)라 하여 아침마다 모든 일본 본토와 식민지 국민들이 일본 궁성이 있는 동쪽을 향해 충성을 맹세하여 90도 굽혀 절하도록 강요하였다.

제15장

1 태평양전쟁(太平洋戰爭)으로 널리 알려져 있고 제2차 세계대전의 아시아 영역이 되었다.

2 **만주사변**(滿洲事變, 일명 9.18 사변)이라는 이 사건은 1931년 중국의 동북부인 만주땅을 침략하기 위해 일본군이 자작으로 연출한 폭파사건이었다. 1931년 9월 18일 일본 관동군은 침략의 구실을 만들기 위해 밤 10시 30분 류타오후(柳條湖)에서 일본회사 소유의 남만주철도 선로 일부를 폭파하고 이를 중화민국 군벌정치가인 장쉐량(張學良)의 동북군의 소행이라 발표하였다. 이를 빌미로 관동군은 며칠 만에 만주 거의 전체를 점령하게 되었다.

3 **봉황성**은 그 성산이 유명한데 봉황산의 최고봉은 해발 836미터에다 자연미와 위엄이 뛰어났다. 고구려 산성 중 제일 큰 것의 하나로, 천연 산벽과 돌로 쌓은 성벽은 길이가 거의 16킬로미터나 되고, 많은 부분이 남아 있다. 이곳은 오골성(烏骨城)으로 불려왔으나 명나라 때부터 봉황성이라 불려졌다.

4 **내선일체**(內鮮一體)는 일본 내부와 보호국 조선이 하나['센 이타이(せん いったい)]라는 표제로서, 조선인들이 일본 문화와 이념에 동화되도록 강요한 일본 식민통치이념과 전략이다. 이 정책은 정치적 참여나 교육의 동등권은 없이 일본 언어, 성명, 관습, 교육, 종교를 따르도록 유인 내지 강제하였다.

5 **홍동근**(洪東根, 1926~2001) 박사는 평북 피현 출신으로 평양신학교 예과, 서울 장신대, 뉴욕 유니언신학교, 풀러신학교(선교학 박사)를 졸업하고 서울에서 영락교회, 일본의 교토한인교회, 미국 나성(로스앤젤레스)의 '선한 사마리아인 교회' 등에서 목회를 하였다. 그는 남북의 화해와 남북교회의 교류를 위해 많은 활동과 공헌을 하였다. 특히 통일신학동지회를 창설하고 말년에는 미국장로교 선교부의 지원으로 북의 김일성종합대학 종교학과에서 유일하게 기독교 강의를 하였다. 그는 주로 주체사상과 민족화해에 관련된 저서 13권을 남겼다.

6 **고려인 강제이주**(高麗人 强制移住) 사건은 소련의 절대권력자 이오시프 스탈린(Iosif V. Stalin)의 명령(정책결정 2428-326CC)에 의하여 1937년 9월 말에 소련 극동 연해주지역(하바롭스크, 블라디보스토크, 우수리스크)에 거주하던 고려인(조선인) 전체를 중앙아시아 지역으로 강제 이주시킨 사건을 말한다. 약 10만 명을 화물차로 40~50일 걸리는 카자흐스탄(Kazakhstan)으로, 약 7만 4000명을 우즈베키스탄(Uzbekistan)으로 이송했다. 그리고 거기에서 또다시 각기 다른 지방으로 분산시켰다. 이 긴 강제이주와 척박한 외지 정착 과정에서 약 4만 명이 기근, 질병, 노출로 사망하였다. 이 강제이주의 공식 목적은 "극동지역에 침투하는 일본 첩보활동을 억제하기 위하여"였지만 실은 그 지역에 집중적으로 거주하던 고려인들은 그 지역을 항일투쟁의 중요한 본거지로 사용하였던 것이다. 일본제국의 위협에 당면한 소련은 오히려 고려인들의 항일투쟁을 괴몰시켰다[J. Otto Pohl(1999), Ethnic Cleansing in the USSR, 1937~1949; "Deportation of Koreans in the Soviet Union."]

7 **한국광복군**(韓國光復軍)은 공식적으로 1940년 9월 17일 중국 충칭(重慶)에서 설립된 대한민국임시정부의 정규군이다. 광복군의 유일한 목적은 일제의 강점에서 조국의 해방과 독립을 성취하는 것이었다. 윤봉길 상해의거로 중국 국민당 정부와의 관계가 좋아지면서 장제스(蔣介石, 장개석)의 특별배려로 중국의 중앙군관학교 뤄양분교(中央軍官學校 洛陽分校)에 한인특별반(韓人特別班)을 설치하여 대한인 독립군 사관을 양성할 수 있었다. 사관생도는 92명이었는데 1935년 4월 62명이 졸업하였다. 이때 만주에서 온 지청천(池青天), 이범석(李範奭)이 한인특별반을 주관하였다. 1941년 12월 9일 대동아전쟁 발발과 더불어 임정은 일본과 독일에 선전포고를 하고 명목상 대일전에 나서게 되었다. 광복군은 1942년 김원봉의 조선의용대(朝鮮

義勇隊)를 통합하고 일본군 사병으로 징집되어 온 조선인의 귀순으로 그 수가 늘어나자 광복군사령부(사령관 지청천) 밑에 3개 지대로 편성하였다. 1943년에는 연합군(영국군)과 함께 버마 전선에 참전하였고, 1944년 8월에 임정은 중국으로부터 광복군 통수권을 받아 1945년 미국 CIA의 전신인 특수 전략첩보국(US Office of Strategic Services, OSS)의 훈련을 받으며 국내정진작전을 계획하였다. 일설에 따르면 그해 8월 20일에 일부 부대가 한반도에 진입할 준비를 하였으나 8월 15일 일본제국이 항복함으로써 일본군과의 직접 교전의 기회가 없어졌다. 해방 후 남한을 점령한 미군에 의해서 광복군의 존재와 국내 조직은 말소되고 다음 해 대부분(339~560명)이 개인 자격으로 귀국했다. 중국주재 광복군은 1946년 5월 16일 중국 국공(國共) 내전의 혼란 속에서 해체를 선언했다.

8 한국 〈**광복군 군가**〉의 원곡은 미국의 남북전쟁 말 1865년에 클레이 워크(Henry Clay Work)가 작곡한 미국의 군가 〈조지아 통과 행진곡(Marching Through Georgia)〉인데 전 세계적인 히트를 기록하면서 조선에도 소개되어 신흥무관학교에서 개사하여 교가로 사용하던 것이다. 그것을 다시 개사하여 독립군 군가로 널리 사용했다. 약간 다른 가사가 있으나 현 가사와 연도는 확실치 않다.

9 누룽지의 평안도 사투리. 그때에는 배급품인 생쌀을 가지고 조선과 만주 국경을 넘을 수 없어서 마른 음식으로 만들어 가져가야 했다.

10 **여자정신대**(女子挺身隊)는 태평양전쟁 말기 1944년 8월 23일 제정된 「여자정신대근무령(女子挺身隊勤務令)」에 의하여 국내에서 전국적으로 12세 또는 14세부터 40세까지 여성들을 모집 또는 강제 동원하였으며, 표면적으로 여성들의 일본 전쟁지원조직이었다. 그러나 이들 대부분은 일본군의 위안부(慰安婦), 즉 성노예로 강제되었다. 그전에는 민간인 알선업자들(일본인, 조선인)을 통하여 가난과 가족의 빚 청산, 취업 유인, 납치와 유괴, 정신대 탈영자, 공개모집 등을 통하여 인원을 충당하였으나 전쟁이 본격화하면서 일본군이 관여했고 더욱 강압적이 되었다. 위안부들은 인도, 태국, 버마, 인도네시아, 중국 전선, 그리고 태평양 도서의 일본군 부대 '위안소'에 배치되어 매일 매인당 평균 29명의 병사들에게 강간당했다. 이들 중에 중국, 말레이시아, 필리핀, 네덜란드 여자들도 있었지만 대부분(80~90%)은 조선 여자였고 그 수는 17만 명에서 20만 명으로 추산되고 있다[요시미(吉見) 교수 계산법]. 제2차 세계대전 패전 이후 일본군은 이 사실을 은폐하기 위하여 그들을 사살하거나 생매장하거나 불에 태워 죽였으며 정글에 유기하거나 연합군에 인계하기도 했다. 종전 후 일본 정부의 공식 표명은 이 범죄의 완전 부인 내지 보상 없는 일부 시인에 그쳤다. 2007년 7월 30일 미국 하원에서는 (일본국도 이미 승인한) 「1921년 여성과 아동의 밀수금지 국제협약(1921 International Convention for the Suppression of the Traffic in Women and Children)」과 유엔 안전보장이사회 결의문 1325호(United Nations Security Council Resolution #1325)에 근거하여 정신대 사건을 전쟁범죄로 규탄하는 하원결의문 121호(US House Resolution #121)를 만장일치로 통과시킨 바 있다. 그 외에도 일본군 위안부 문제를 규탄하는 결의가 여러 나라—네덜란드(2007. 11. 8), 캐나다(2007. 11. 28), 유럽의회(2007. 12. 12), 필리핀 하원(2008. 3. 11), 유엔 인권이사회(2008. 10. 30)—에서 있었다. 주한 일본대사관 앞에서 1992년 1월 8일부터 시작한 '일본군 위안부 문제 해결을 위한 정기 수요시위'는 가장 긴 시위의 역사를 가지고 있다.

11 **포츠담 선언**(Potsdam Declaration)은 1945년 7월 26일 미국, 영국, 중화민국, 소련(참전 직후)이 독일의 포츠담에서 발표한 선언인데 내용은 일본군의 무조건 항복과 전후 처리 문제 등을 규명한 13개 항목으로 되어 있다.

12 그 책은 신의주까지 무사히 가져와서 신의주 제2교회(한경직 목사가 전도사로 시무했던 곳)

지하실 창고에 보관하였다. 그러나 그 후 다시 가서 그 책들을 서울로 운송할 수 없었다.

제16장

1 북한의 **민주개혁** 중에 특히 토지 무상분배, 일본인이나 친일 정상배가 틀어쥐고 있던 기간산업의 국유화, 노동자 인권과 성평등 등은 대한민국임시정부나 다른 독립단체들이 주창하여 온 정책 및 제도와 거의 동일하며 이를 먼저 실천함으로써 북조선 지배세력은 인민 대중의 광범위한 지지기반을 구축하게 되었다.

2 민주개혁은 「토지개혁법령」(3월 5일), 「노동자 및 사무원에 대한 노동법령」(6월 24일), 「농업현물세에 관한 결정서」(6월 27일), 「남녀평등권에 대한 법령」(7월 30일), 「중요산업 국유화법령」(8월 10일) 등을 통해 실현되었다. 이 개혁의 주목적은 우리 사회의 전통적 봉건주의와 외세 제국주의를 괴멸시킴으로써 북조선에 강력한 혁명적인 민주 기지를 구축하는 것이었다.

3 **김일성**[金日成, 1912~1994, 전 김성주(金成柱)]은 대일 항전에서 잘 알려진 투사이며 북조선에서 사회주의 혁명의 가장 큰 인물이다. 그는 북한(조선민주주의인민공화국)에서 1948년부터 그가 사망한 1994년까지 유일한 '위대한 지도자 동지'였다. 혁명에 대한 그의 노력과 절대권력은 북조선의 후진적 봉건주의 사회, 그리고 완전히 파괴된 전후 사회를 상당히 현대적인 사회주의 산업국가로 발전시켰다. 그러나 그의 높은 명성과 찬양은 북한 전역에 500개가 넘는 조형물 등 강요된 개인 우상화 정책으로 크게 과장되어 있다. 반대로 남한에서 그는 일반적으로 가장 증오하는 공산주의 독재자이며 한국동란을 감행한 최고의 적으로 간주되고 있다. 1980년 그는 남한정부에 "1국가 2체제"를 표방하는 고려민주연방공화국(高麗民主聯邦共和國)을 제의하고 평화통일을 위한 여러 추가적 제스처를 취했다. 그의 주체사상(主體思想)은 그의 유명한 정치이념으로서 제3세계 해방투쟁에 상당한 영향을 끼치고 있다. 1997년 그의 아들 김정일이 그의 절대적 권위를 계승하였고, 2016년 그의 손자 김정은이 다시 세습하였다.

4 **한도원**(韓道源, 1906~1984)은 1925년 매부 김예진에게 의탁하여 상해로 건너가 항일무장단체인 병인의용대(丙寅義勇隊)에서 활동했으며 1936년에는 동지들과 함께 항일비밀결사인 맹혈단(盟血團)을 조직하고 활동하였다. 특히 그는 일본 총영사관의 후지이(藤井) 경부보와 김구 주석 사이에서 이중첩자로 활약하며 임정의 안보를 위해 위험한 역할을 감당하기도 하였다. 활동 중 체포되어 1937년 6월 해주지방법원에서 징역 5년형을 선고받고 복역하였다. 한도원 가정에 기막힌 비화가 있다. 김구 선생이 자주 한도원 집에 들러서 식사를 했는데 어느 날 소지하고 다니던 권총을 만지다 오발사고가 났다. 이웃까지 놀라자 선생은 도망을 치고, 임신한 부인이 유산이 되었을까 두려워 한동안 방문할 수 없었다. 얼마 후 그때 태어난 사촌 누이 한순옥(2019년 현재 89세)이 두어 살 때 한도원은 아기의 유모차 밑에 폭탄을 싣고 가서 이봉창에게 전달해 주었다고 한다. 1963년 대통령 표창, 1977년 건국포장, 1990년 애국장이 추서되었다.

5 **로스케**(露助)는 러시아인을 일본어 발음으로 비하하여 부르는 호칭이었다.

6 **신의주학생사건**(新義州學生事件)은 1945년 11월 23일 평안북도 신의주에서 중학교 학생들이 학원의 자유와 공산당 타도를 외치며 벌인 첫 대규모 반소(反蘇), 반공(反共) 시위였다. 이날 오후 2시부터 신의주의 6개 중학교와 부근의 5000여 명의 학생이 함께 궐기해 공산당 본부, 인민위원회 본부, 보안서 등을 점거했다. 이에 공산당 보안대와 소련군이 무력으로 대응해 24명이 사망하고 230명이 중경상을 입었으며 1000여 명이 검거됐다.

7 **하지**(John R. Hodge) **중장**(1893~1963)은 상륙 첫날 "조선 사람은 일본 놈과 같은 종류의 들

고양이다(The Koreans are the same breed of cats as the Japs)"라고 중얼거린 것으로 알려져 있다.

8 **안미생**(安美生, 1914~2007)은 김구 선생의 장남 김인의 부인이며 안중근의 조카딸로서 임정 김구 주석의 비서를 역임했다. 한때 영국 대사관에서 활동한 바 있다.

9 **이승만**[李承晩, 호는 우남(雩南), 1875~1965]은 국제적으로 가장 잘 알려진 한국의 독립운동가로서 야망과 능력이 뛰어나 임정 제1대 임시대통령(1919~1925), 임정 제5~6대 주석, 대한민국 제1~3대 대통령(1948~1961) 등을 역임한 유능한 정치가였다. 그는 구한말 독립협회를 중심으로 계몽운동과 그로 인한 문제로 5년 7개월간 옥고를 치렀고 1904년 특별사면으로 종신형에서 석방되어 일제의 침략행위를 알리고자 하는 민영환의 사절로 미국에 갔다. 그러나 별 성과를 이루지 못하고 그곳에 남아서 미국 명문대학에서 학사, 석사, 박사 학위를 수여받았다. 임정 초기 그는 초대 국무총리로 추대되었으나, 미국에서 자칭 대통령으로 활동함으로써 임정은 부득이 그를 대통령으로 추대했다. 그는 임정과 미국 내 의열 활동을 반대하고, 외교독립노선을 주장하여 임정과 계속 갈등을 빚었다. 그가 독점한 구미위원회를 통하여 재미동포의 자금지원을 차단하고, 1921년 자의로 국제연맹(國際聯盟, League of Nations)에 대한의 위임통치를 청원한 사건을 계기로 1925년 3월 23일 임시 의정원에서 임시대통령 이승만을 심판하여 파면한 바 있다. 광복 이후에는 귀국하여 신탁통치를 반대하였고, 광범위한 저항에도 불구하고 자유민주주의 체제의 대한민국 단독정부 수립을 주도하였다. 반민족 친일세력 청산을 방해하고 사회주의 활동 내지 민족주의 진영을 탄압하고 압살했다. 한국전쟁 중에는 휴전을 반대하고 멸공통일노선을 유지했다. 그의 자유당 정권은 종신 독재체제로 발전하여 정치적 탄압과 부정부패가 극심해졌고 국민의 격렬한 저항에 부딪혔다. 1960년 3.15 부정선거가 직접적인 계기가 되어 4.19 혁명이 일어나자, 대통령직에서 하야하고 미국 하와이로 자진 망명하였다. 1965년 7월 19일 사망한 후, 7월 23일 그의 유해가 고국으로 운구되어 서울 국립현충원에 안장되었다.

10 송진우(宋鎭禹, 1890~1945)는 신탁통치 반대에 대한 신중론을 제기했다가 찬탁론자로 낙인찍혀 1945년 12월 30일 임정계열로 알려진 백의사 청년단원들에게 암살당하였다.

11 장덕수(張德秀, 1894~1947)는 미소공동위원회 참가 여부를 놓고 김구, 이승만과 갈등관계에 있었는데 제2차 미소공위 결렬 이후 단정 지지 노선으로 선회했다. 1947년 12월 2일 자택에서 현직 경찰관을 포함한 저격수의 총격을 받아 사망했다.

12 백범 선생은 어려서 마마를 앓은 연고로 얼굴이 약간 얽었다.

13 프랑스가 해방되면서 국내 저항군이 6000~1만 명이 넘는 이들 반역자들을 즉결 처단했다. 1944년 6월부터 드골(Charles de Gaulle) 장군의 프랑스공화국 임시정부가 들어서면서 법적인 절차를 통한 숙청(épuration légale)을 수행하여 12만 명을 처벌하였다. 1944년부터 1951년 사이에 공식 법정선고에서 6783명이 사형언도를 받았고(3910명은 궐석재판) 실제 791명이 처형되었으며 4만 9723명이 공민권 박탈과 제재를 받았다.

14 유럽의 다른 나라들에서는 인구비례로 더 심한 처단을 감행했다. 노르웨이는 나치 독일군에 협력한 국민 9만 2805명을 법정에 세워 4만 5212명에게 유죄판결을 내렸고(인구 10만 명당 1656명꼴, 네덜란드는 10만 명당 1250명, 벨기에는 963명), 중국(국민당 관할지역)에서는 소위 '친일한간(親日漢奸)' 사건재판에 2만 5000건이 회부되어 369명이 사형, 979명이 무기징역을 언도받고 1만 3570명이 장기 복역하였다. 중국 공산지역과 베트남, 북한에서도 비슷한 처형과 숙청이 대대적으로 진행되었다. 이에 비하여 남한에서는 36년간 우리나라를 찬탈한 일본에 충견 노릇을 한 반민족 친일 매국노가 한 명도 처벌되지 않았다!

15 **친일파**는 일제강점기에 민족 반역, 부일 협력 등 적극적으로 친일반민족행위를 자행한 한국인을 지칭한다. 후일 『친일인명사전』(민족문제연구소, 2009)에 의하면 매국, 중추원, 관료, 경찰, 사법, 종교문화예술, 언론출판 등 16개 분야에서 엄격한 기준으로 4776명을 확인, 수록하고 있다. 그러나 이런 매국노들이 남한에서는 전혀 처단되거나 처리되지 않았다. 친일파의 더 큰 문제는 과거 매국행위보다 그들과 그 후손들이 매국행위를 통하여 축적한 막대한 재산을 계속 전수하고 지속적인 권력을 보전하는 데 있다. 즉, 친일의 보수노선이 애국의 정도로 둔갑하고 이에 반대하는 민중은 오히려 반국가세력으로 탄압을 받게 된 기막힌 현실이다.

16 1949년 6월 6일, 당시 내무부차관 장경근(일제 판사)과 치안국장 이호(일제 검사)의 지휘하에 약 40명의 무장 경찰이 반민특위 사무실을 습격하여 35명의 직원을 불법으로 체포하고 혹심한 고문을 가하였다. 종국적으로 반민특위의 모든 수사, 기소, 언도가 무효화되고 마침내 기능이 종결되었다.

17 **딘 러스크**(Dean Rusk)는 후일 제54대 미 국무장관(1961~1969)을 역임했다.

18 카이로 선언(1943년 11월 27일)과 포츠담 선언(1945년 7월 26일)에서는 연합국 사이에 종전 후 조선의 독립을 승인 또는 암시하는 합의가 있었다.

19 **제주 4.3 봉기**(濟州四三蜂起)는 1948년 4월 3일 제주도 전역에서 일어난 가장 큰 무력 폭동이다. 이를 진압하는 과정에서 무고한 양민을 포함하여 막대한 희생이 발생했다. 1949년 5월까지 계속된 토벌작전에서 제주도의 70%인 230개 마을이 불타버리고 도민 약 30만 명 중 10%가량의 양민이 무자비하게 살해—그중 86%가 국군과 서북청년단(西北青年團)에 의해서—되고 약 4만 명이 일본으로 도망했다. 이 봉기사건은 한국동란이 발발하면서 재차 대량학살과 토벌로 이어져, '한라산 금족령'이 완전 해제된 1954년 9월 21일까지 첫 갈등이 시작한 후 7년 7개월 만에 비로소 완결되었다. 2000년 1월에 「제주 4.3 사건 진상규명 및 희생자 명예회복에 관한 특별법」이 공포되었고 이에 따른 진상조사 끝에 2003년 대통령의 공식 사과가 이루어졌다.

20 **삼균주의**란 독립운동의 기본방략 및 조국건설의 지침으로 삼기 위하여 대한민국임시정부가 체계화한 민족주의적 정치사상이다. 이 사상은 개인, 민족, 국가 사이의 균등과 정치, 경제, 교육의 균등이라는 삼균주의를 통해 이상적인 사회를 만들자는 내용을 담고 있다. 이러한 대전제 위에서 개인 간의 균등은 정치·경제·교육의 균등을 통하여 이룰 수 있고, 민족 간의 균등은 민족자결을 통하여 이룰 수 있으며, 국가 간의 균등은 식민정책과 자본제국주의를 부정하고 침략전쟁 행위를 금지함으로써 이룰 수 있다고 하였다. 이 사상은 동서양의 기존사상을 보완하여 1931년 임시정부의 '대외선언'에서 체계가 정립되었고, 조소앙(1887~1958)이 중지를 모아서 초안을 만들어 1941년 11월 28일 충칭의 임시정부 국무회의에서 약간의 수정을 거쳐 임시정부의 기본이념 및 정책노선으로 확정하였다(따라서 임시정부의 기초정당인 한국독립당과 독립군의 강령이 되었다). 그런데 그 세부내용을 보면 의료비 면제, 학비 무료, 최저 임금제, 노동자의 경영권 참여, 실업보험, 사형제 폐지, 이익의 노동자 균점제, 몰수한 재산의 (무산자를 위한) 국영 생산기관에의 귀속 등 놀라울 정도로 사회민주주의 성향의 복지국가를 지향하고 있다. 이 강령은 자본주의 체제와는 거리가 먼 조국건설의 기본 이상이었다.

제17장

1 **여수-순천 사건**(麗水順天事件)은 1948년 10월 19일 국방경비대(국군의 전신) 제14연대가 주

둔하던 여수지역의 한 대대가 일으킨 무력폭동사건이었다. 발단은 좌익 계열의 장병이 많았던 그 부대가 4.3 제주 반란지역에 가서 진압하라는 군 상부의 명령을 거부한 것이었다. 단독정부에 불만을 가진 청년들이 가담하여 여수, 순천지역을 장악하고 경찰 74명을 포함하여 우익진영 민간인 150명을 학살했다. 일주일 후 정부 측 진압 군경이 반란군과 그 협조자를 색출하는 과정에서 민간인 2500여 명이 억울하게 살해되었다.

2 사실상 대한민국 국군을 처음 형성하게 된 '남조선국방경비대'는 주로 일본군과 만주 관동군 인맥들(백선엽, 이용무, 양국진, 최덕신, 김백일, 유재홍, 신학진, 박동균 등)이 주축이었고, 무기와 전술은 미군을 모방하였으나 실제 규율과 문화는 일본군의 것을 계승하였다.

3 국가잔학행위역사(대한민국)
이승만 정권하에서 공산주의 운동을 억압하기 위하여 국가가 주관한 민간인 학살행위가 많이 있었다. '민간인희생자유족회'는 6.25 전쟁 기간 남한정부가 학살한 희생자를 약 백만 명으로 잡고 있다. '진실화해위원회'가 밝혀낸 남한의 집단학살현장(킬링필드)이 163곳이라고 보고되었다(2005). 동란을 전후하여 크고(500명 정도) 잘 알려진(매체에 노출된) 대량학살 사건을 열거하면 다음과 같다.

1948년 제주 4.3 사건(濟州四三事件)	14,000~30,000명
1948년 여수, 순천사건(麗水順天事件)	2,500명
1950년 보도연맹학살사건(保導聯盟虐殺事件)	100,000~200,000명
1950년 대전 형무소(大田刑務所)	1,800명
1950년 남양주민간인학살사건(南楊州民間人虐殺)	460명
1951년 강화양민학살사건(江華良民虐殺事件)	212~1,000명
1951년 산청, 함양양민학살사건(山淸咸陽良民虐殺事件)	705명
1951년 거창양민학살사건(居昌良民虐殺事件)	719명

이 모든 국가범죄는 대한민국 정부의 군과 경찰이 공산주의자, 그 혐의자, 동조자로 의심되는 민간인(어린이, 여성, 노인 포함)들을 학살하고 은폐한 경우이다.

4 김예진 목사의 13개 교회 개척은 지역을 확인할 수 없고, 교회창립자로서의 이름이 어디에도 없다. 그 교회들의 창립경과와 지원기록은 한국동란 시 다 소실되었고, 각 교회의 첫 전도사 또는 목사가 창립목사로 기록되어 있다.

5 김치선(金致善, 1899~1968)은 목사, 신학자, 교육자이다. 그는 미국과 일본에서 공부하고 1944년 귀국하여 남대문교회에 부임하여 교회 안에 야간신학교를 세웠는데 이것이 대한신학교의 전신이 되었다. 후에 그는 대한예수교장로회(대신) 교단을 창립했다.

6 박태선(朴泰善, 1917~1990)은 1954년에 창동교회에서 장로에 임직된 후 전국적으로 대집회를 인도하면서 유명한 부흥사로 활동하였다. 그러나 후에 그의 산업공동체 활동에 대한 의혹 때문에 한국기독교연합회에서는 박태선이 이끄는 집단을 사이비 종교로 규정하였고, 창동교회에서 제명 처분되었다. 1956년 1월 그는 '한국예수교부흥협회'를 '한국예수교전도관부흥협회'로 개칭하였고, 부흥집회와 전도관이 전국 각지에서 열렸다. 소사신앙촌(1957), 덕소신앙촌(1962), 기장신앙촌(1971)을 세웠다. 그는 1980년 4월 탈기독교를 선언하고, 8월에는 교명을 천부교(天父敎)로 바꾸었다.

7 김신(金信, 1922~2016)은 백범 선생의 차남으로서 한국동란 당시 국군 공군 중령으로 옹진반도에 배치되어 있었다. 그는 1962년 대한민국 공군 중장으로 예편한 이후 중화민국 주재 대한

민국 대사와 제21대 대한민국 교통부 장관을 거쳐 제9대 유신정우회 국회의원 등을 역임하였다.

8 **손기정**(孫基禎, 1912~2002)은 1936년 베를린 올림픽대회에서 당시 마라톤의 세계신기록을 갱신하며 금메달을 획득해서 유명해졌으나 일제강점기여서 일본 국적과 이름(손 기테이)으로 출전한 것을 개탄했다. 국내에서는 그의 승리를 보도하는 사진에서 일본 국기를 지운 '일장기 말소 사건'(≪조선중앙일보≫, 1936. 8. 13; ≪동아일보≫, 1936. 8. 25)과 그로 인한 많은 수난으로 유명해져서 나중에 백범 선생의 특별한 사랑을 받았다고 한다.

9 **서북청년단**(西北青年團)은 해방 정국에 북한 사회개혁 당시 월남한 각 도별 청년단체가 1946년 11월 30일 서울에서 정식 결성한 극우 반공행동단체였는데, 일제강점기의 경제적·정치적 기득권을 잃고 숙청되어 남하한 지주집안 출신의 청년들이 주축을 이루었다. 이들은 우익 정치인들과 친일 기업가들로부터 자금을 받아 경찰의 좌익 색출 업무를 돕고 우익진영의 선봉으로 자처하며, 미군정이나 경찰의 지시나 비호하에 공산주의자로 의심되는 개인이나 집단에게 불법적인 폭력을 행사하였다. 특히 좌익 계열의 봉기지역에서는 토벌 과정에서 갈취와 약탈, 폭행을 비롯한 무자비한 살상을 주도하였다.

10 그때 겨우 치료를 받고 퇴원하였으나 이후 가슴에 남아 있는 총알로 인해 움직일 때마다 불편을 느끼게 되었다. 이후 김구는 상당히 떨리는 모양으로 글씨를 썼는데 이를 일명 "총알체"라 불렀다.

11 정부에서는 원래 '국장'을 계획했으나 한독당이 '민족장'을 고집하여 결국 '국민장'으로 타협이 되었다.

12 그러나 안두희(安斗熙, 1917~1996)는 1992년 4월 13일 ≪동아일보≫ 지면을 통하여 백범 암살의 배후가 전 육군 소장 김창룡이었다고 증언한 바 있고, 안두희가 미군 방첩대(CIC) 정보요원이었으며 우익청년 단체였던 백의사 특공대원으로 활동하였다는 설이 있다.

13 **일본군 전쟁범죄**(日本軍 戰爭犯罪)
일본이 한국을 강점하고 있던 시기(1910~1945) 수많은 전쟁범죄가 여러 곳에서, 특히 동남아 지역에서 자행되었는데 다음은 극히 잘 알려진 일부 경우이다.

3.1 운동(1919): 자주 독립을 위하여 평화시위를 하는 조선민중 약 7500명을 사살했다.
간토 대지진(1923): 대지진 직후 혼돈, 공포, 허위소문, 혐오감 등으로 인하여 자경대/경찰이 그 지역 조선인 약 6000명을 사살했다.
난징학살(1937): 중국 난징(南京)을 점령하면서 26만 내지 35만 명의 중국인 민간인을 학살하고 수만 명의 여성을 강간하였다.
731부대 실험(1935~1945): 일본 관동군 731부대가 여러 가지 생체실험을 약 32만 5000명의 중국인, 러시아인, 몽골인, 조선인에게 자행하여 약 3000명의 생명을 희생시켰다.
정신대(1940~1945): 대부분 조선여성으로 약 20만 명이 일본 군인의 성노예로 이용되고 많은 수가 귀가하지 못하였다.
바탄(Bataan) 살인행진(1942): 강제 행진을 통하여 5650명에서 1만 8000명에 이르는 필리핀 군인과 500~650명의 미군포로가 희생되었다.
마닐라(Manila) 학살(1945): 약 10만 명의 필리핀 민간인이 학살되었다.
우쿠시마 마루 침몰사건(浮島丸號沈沒事件)(1945): 배의 의도적 침몰로 귀국하는 조선인 징용자 7000여 명이 희생되었다.

14 **쇼와 천황**(昭和天皇, 1901~1989)은 일본 제124대 천황으로서 쇼와는 히로히토(裕仁) 시대의

연호이다. 서력(西曆)으로 바꾸려면 1925를 더하면 된다. 집권 기간(1926~1989) 동안 군국주의 팽창, 동아시아 정복, 대동아전쟁 촉발, 전후 재건 등에 중요 역할을 하였다.

15 **제731부대**(第七三一 部隊)는 중국의 하얼빈(哈爾濱)에 처음에는 관동군 방역급수본부(關東軍防疫給水部)로 위장되었던 특수부대인데, 1934년부터 전쟁연구를 위해 비밀리에 세균, 곤충, 약물, 폭발물 등으로 광범한 생체실험을 감행한 특수부대였다. 그 거대한 시설(6평방킬로미터에 150여 개 건물)과 야외 실습장에서 중국인(약 70%), 러시아인, 조선인, 몽골인, 일부 연합국 포로들을 번호만 붙은 '마루타'(丸太, 통나무)로 활용하는 잔혹하고 비인간적인 생체실험을 진행했다. 총 17개 연구팀이 약 25만 명의 남녀와 심지어 아동들을 여러 형태와 단계로 사용하여 약 3000명이 살해되었다. 가장 가공스러운 것은 인간 마루타의 상해와 사망의 과정을 관찰하고 측정하는 체계적인 실험이었다. 놀랍게도 이 전쟁범죄에 관여한 일본군 책임자들은 종전 후에 실험 자료를 미국에 모두 인계하는 조건으로 미군에 의하여 모두 면죄 처분되었다.

16 **야스쿠니 신사**(靖國神社)는 일본 도쿄도 지요다 구 황궁 북쪽에 있는 신사로, 주변국 침략과 대동아전쟁을 위해 싸우다 목숨을 잃은 군인들을 신(영령)으로 모시고 제사를 지내는 곳이다. 일본에 있는 신사 중에서 가장 규모가 크며 일본 국수주의/군국주의의 성스러운 상징으로 알려져 있다. 영미권의 언론에서는 '전쟁 신사(War Shrine)'란 용어를 주로 사용하고 있다.

17 **관동대지진**(關東大地震)은 1923년 9월 1일 아침 일본 혼슈(本州) 간토지방에 강도 7.0로 강타한 대지진(4~10분간 계속, 57번의 여진)으로 그 일대에 막대한 피해를 입혔다. 약 14만 2800명이 사망하고 12만 개의 건물이 파괴되었으며 45만 채의 가옥이 전소되었다. 다른 큰 비극이 뒤따랐다. 이 재난 중 조선인들이 방화와 절도를 저지르고 우물에 독약을 뿌렸다는 등 헛소문이 퍼져 두려움에 찬 일본 주민들이 자경단을 조직하여 군경의 지원을 받으며 조선인과 다른 소수인종 6000~1만 명을 학살했다.

18 1945년 제2차 세계대전이 다 끝나갈 무렵 미국은 일본에 두 개의 원자폭탄을 투하했는데, 8월 6일 히로시마(廣島) 시에 한 개, 8월 9일 나가사키(長崎) 시에 또 한 개를 떨어뜨렸다. 인류사 최초로(그리고 지금까지 유일하게) 원자폭탄이 전쟁에서 사용된 사건이었다. 이 투하로 두 곳에서 12만 9000~24만 6000명 이상 사망하였는데 당일 피폭뿐 아니라 섬광화상, 질병과 부상으로 많은 사람들이 죽었다. 대부분의 피해자는 일반 민간인이었고 나가사키에서는 강제 징용된 조선인 4만 명의 희생이 있었다. 원자탄 사용이 일본제국의 신속한 무조건 항복을 촉발하였다고 하나 수많은 민간인 학살로 후유증도 크게 남아 있다.

제18장

1 **황성수**(黃聖秀, 1917~1997)는 법조인이자 제7대 전라남도지사와 제2·3(국회부의장)·4·5대 국회의원을 지낸 정치인이다. 정치는 주로 이승만 정권하의 여당인 자유당에서 하였고, 그 뒤 학계와 기독교 청년운동에서 활동하였으며, 1980년대 이후 미국 로스앤젤레스 충현장로교회 원로목사에 선임되어 그곳에서 별세하였다.

2 **미국의 한국전 참전**은 우연과 필연의 교차 속에서 일어난 국제경찰 행위였다. 본래 한국은 미 방위선(애치슨 방위선) 밖에 있었지만 가까운 일본의 안전 때문에 남한의 중요성이 점차 부각되었다. 1950년 6월 25일, 한국전 첫날에 유엔 안전보장이사회가 북한의 침략을 만장일치로 단죄하는 결의를 했다(UNSC Resolution #82). 이 가결은 거부권을 가진 소련이 '중화인민공화국(중공) 대신 중화민국(대만)이 안보리의 상임이사석을 차지하고 있는 것을 항의'하여 그해

1월부터 이사회 참석을 거부해 온 탓에 가능했다. 이틀 후에 이사회는 남한에 대한 군사적 지원을 회원국에게 추천하는 결의문 #83호를 채택했다. 바로 그날 트루먼(Harry S. Truman) 미 대통령은 남한 방위를 위해 공군과 해군을 파송하라는 명령을 내렸고 그것은 곧 전면전 참여로 이어졌다. 후일 트루먼 대통령은 그 당시 미국의 즉각 개입은 '국가안보위 보고서 #68호(1975년에 비밀해제됨)에 설정된 '전 세계 공산주의 봉쇄'라는 미국의 장기정책목표에 절대 불가결한 결정이었다고 인정했다. 한편 그런 공산세력 봉쇄정책에도 불구하고 최전선인 남한에 군사력(방위력)을 준비하지 않은 이유는 당시 이승만 정권의 호전적인 '북진통일' 정책에 대한 우려와 또한 '소련의 위성국'인 북한이 스탈린의 승인과 지원 없이 전쟁을 도발할 수 없을 거라는 안도감의 복합적 유산이라 보는 견해가 지배적이다. 이런 연유로 일부 학자들[대표적으로 브루스 커밍스(Bruce Comings)]은 한국전이 미국의 고의적인 유인 내지 비의도적 정책 실패로 시작되었다는 의혹을 제기했다.

3 **애치슨 방위선**은 1950년 1월 12일 애치슨(Dean Acheson) 미 국무장관이 선언한 태평양지역 미국 방위선을 말한다. 이 선언에 의하면 대공 방위선은 알류샨 열도, 일본, 오키나와, 필리핀을 연결하는 선이고 한국과 대만은 그 선 안에 포함되지 않았다. 따라서 이 발표는 한국이 공산진영의 공격을 당할 경우 미국의 보호를 받지 못할 것이란 인상을 주었다.

4 **최 장로**는 후에 1960년 이승만 정권에서 내무부장관을 지내다 3.15 부정선거와 이에 따른 불상사의 총책임자로 다음 해 군사정권하에서 다른 정치깡패들과 함께 사형을 당한 최인규(崔仁圭)의 부친이었다.

5 **인천상륙작전**은 미군이 주도하는 유엔군이 1950년 9월 15일부터 19일까지 인천해역에 감행한 대규모 상륙작전이었다[작전 암호명 크로마이트(Chromite)]. 이 전투의 승리는 수세에 몰린 유엔군에게 결정적인 전세 전환을 가져오게 하였고 2주 후 북한 공산군으로부터 서울을 탈환하고 이어서 북진하게 하였다. 이 상륙작전에 약 7만 5000명의 부대원과 261척의 해군 군함 및 상선이 동원되었다.

제19장

1 한국동란 시 남침한 북한 인민군이 잠시 통치하는 석 달 동안, 그리고 퇴각하면서 그들이 납치하거나 사살한 목사와 평신도들의 수는 기록적이었다. 김예진 목사 이외에 김응락 장로와 김창화 집사, 김유연 목사, 남궁혁 박사, 문준경 전도사, 송창근 박사, 신석구 목사, 김방호 목사와 허상 장로와 그들의 전남 염산교회 교인 77명 등 모두 212명으로 확인되었다.

2 **유엔군**은 다국적 군대로서 국제평화를 위해서 유엔이 형성된 지 5년 만에 처음으로 시행한 "경찰 행동"이며, 북한의 남한 침범을 저지하기 위해 1950년 6월 27일 유엔 안전보장이사회 결의문 83호에 근거하여 편성되고 한국전에 파견되었다. 이 결정에 따라 21개국이 (전투, 의료, 전략 부문에) 참여하였지만 미국이 유엔군 인원의 88%를 담당했다. 실제 전투에 참여한 16개 국가는 오스트레일리아, 벨기에, 캐나다, 콜롬비아, 에티오피아, 프랑스, 그리스, 룩셈부르크, 네덜란드, 뉴질랜드, 필리핀, 남아프리카공화국, 태국, 터키, 영국, 미국이었다. 유엔군에 대항해서 싸운 나라는 북한과 중화인민공화국, 그리고 상징적으로 소련이었고, 8개 공산진영국가(불가리아, 체코슬로바키아, 동독, 헝가리, 폴란드, 루마니아, 인도, 몽고)가 의료와 인도적 지원을 했다.

이 유엔군은 북한의 침략을 응징하고자 하는 미국을 위시한 자유세계의 반공전선 연합군이었으므로 후에 형성된 '유엔평화유지군(UN Peace-keeping Forces)'과는 목적과 성격이 다르다. 지금의 유엔평화유지활동(UN Peace-keeping Operation, PKO)은 전 세계의 분쟁지역에서 유엔안전보장이사회의 지시에 따라 분쟁 후 휴전이나 정전상태가 안정적으로 유지될 수 있도록 군사적·사회적·경제적 지원을 하는 것이 주업무이다.

3 **한상동**(韓尙東, 1901~1976) 목사는 1936년 평양장로회신학교를 졸업(32회)하고 마산 문창교회에서 목회하다 신사참배 반대운동으로 6년간 평양형무소에서 수감생활을 하였다. [일제 말 신사참배 거부로 투옥된 성도 중 고문과 추위, 기아 등으로 50여 명이 순교하였고 20여 명의 성도가 살아서 평양에서 출옥하였다. 출옥성도의 다수가 경남 출신이었는데 이들 중심으로 총회의 신사참배의 공적불경건죄(公的不敬虔罪)에 대한 회개법안, 즉 재건원칙을 제출하였는데 총회가 이를 거부하고 한국동란 중 부산에서 열린 장로교 총회에서 이들을 축출한 바 있다.] 한 목사는 1952년 경남노회를 탈퇴하고 박윤선, 송상석 등과 함께 소위 "고려파" 예장총회를 조직하고 초량교회를 떠나 삼일교회를 개척하였다. 1970년 고려신학대학 초대 총장을 역임했다.

4 **박윤선**(朴允善, 1905~1988)은 한국의 대표적인 개혁주의 신학자이자 목회자로서 한때 평양신학교와 봉천 동북신학교에서 가르쳤으나 해방 이후 주로 고려신학교(현 고신대학교)에서 교수직과 교장을 역임하였다. 보수적 근본주의 신학, 혹은 '개혁주의 신학(Reformed Theology)'의 초석을 다지고 이를 발전시킨 대표적인 인물이었다. 신구약 주석(총 1만 1602쪽), 6개의 단행본, 250여 편의 논문을 남겼다(김예진 목사보다 7살 어리지만 평양신학교 4년 선배이다).

5 **국민방위군**(國民防衛軍)에 약 40만 6000명이 징집되었는데 1950~1951년 겨울에 이들은 남쪽으로 퇴각하는 과정에서 (때로는 걸어서) 약 5만 명에서 9만 명(수치가 불명확)이 기아, 동상, 질병으로 목숨을 잃었다. 이 어처구니없는 사건은 후에 방위군 고급지휘관들이 방위군을 위해 사용할 기금을 착복해서 일어난 비극으로 밝혀져 결국 4명의 장성이 처형되었다.

6 한국동란 중 **미국 구제기관**들은 예를 들면 Church World Services, World Vision, Compassion, Catholic Charities, Christian Children's Fund, CARES, UNICEF 등이 있었다.

7 **헨리 다지 아펜젤러**(Henry Dodge Appenzeller, 1889~1953) **박사**는 1885년 4월 5일(부활절 주일) 장로교 선교사 호레이스 그랜트 언더우드(Horace Grant Underwood, 1859~1916)와 함께 첫 개신교 선교사로 한국에 왔던 감리교 선교사 헨리 거하드 아펜젤러(Henry Gerhard Appenzeller, 1858~1902)의 아들이며 서울 출생이다. 그는 미국에서 학업을 마치고 돌아와서 1920년부터 20년간 그의 부친이 설립한 배재학당의 교장을 역임했고, 1931년 『신정찬송가』 발간에 공헌했다. 한국동란 중 많은 전쟁고아를 돕고 구호활동을 했다.

8 휴전협정은 1953년 7월 27일 미군을 위시한 유엔군과, 적군인 북한 인민군과 중국의 '인민지원군' 사이에 체결된 것으로서, 한반도에서 전쟁을 중지하고, 외부로부터 새 무력유입을 금하고, 외국군의 철수를 약속하는 합의였다. 남한은 전쟁의 주당사국이었지만 (통일되기 전에) 휴전하는 것을 반대해서 이 협정에 참여하지 않았다. 이 협정에 따라 중국의 인민지원군은 1958년 10월에 북조선에서 철수를 완료하였으나 미군은 이 협정 조항을 위반하면서 남한의 방위를 위하여 65년간 계속 주둔하고 있다. 1958년부터 1991년까지 미군은 남한에 핵전략무기를 유지하고 있었다.

9 휴전협정에 따라 쌍방 간의 무력충돌을 방지하기 위해서 비무장지대(DMZ, De-military Zone)를 설정하고 **중립국 감시위원단**(NNSC, Neutral Nations Supervisory Commission: 스웨덴, 스위스, 폴란드, 체코슬로바키아)이 감시하게 되었다. 이 임시조치가 평화협정으로 종결되지 못하자 점차 이 감시위원단이 기능상 무의미하게 되어 해체되면서 오랜 세월 비무장지대는 남북 간의 영구적 분단선이 되었다.

10 한국동란의 사상자 수는 출처에 따라 다소 다르지만 대략 다음과 같다. 남측: 사망자 17만

8000명, 행방불명 3만 3000명, 부상자 55만 6000명, 민간인 희생자 99만 9000명. 북측: 사망자 36만 7000~75만 명, 부상자 68만 7000~78만 9000명, 민간인 희생자 155만 명. 미군: 사망자 3만 6574명, 부상자 10만 3284명, 행방불명 7926명, 포로 4714명(CNN Library).

11 **거제도 포로수용소**(巨濟島 捕虜收容所)는 한국동란 중 가장 많은 공산군 포로들을 수용하였던 시설이다(총 수용인원 17만 명: 인민군 85%, 중국지원군 15%). 이 수용소의 가장 유명한 사건은 포로에 의한 '감시자 포로화 사건'이었다. 1952년 5월 7~10일 사이에 제76호 캠프에서 일어난 폭동으로 그 첫날 수용소 소장인 다드(Francis Dodd) 소장이 납치되어 78시간 동안 그들의 포로가 되었다. 그들은 휴전 후 포로교환 시 '자유의사에 의한 귀환결정' 정책을 철회하도록 강요했다. 동시에 반란 포로들은 북으로 귀환을 거절하는 반공포로 105명을 살해했다. 이 사건으로 인하여 모든 반공포로들을 거제도 포로수용소에서 다른 수용소로 옮기게 되고 나중에 석방하게 되었다.

제20장

1 그 당시 학장이었던 한경직 목사는 미국에서 모금된 특별 장학금으로 순교자 유가족 자녀들에게 장학금 전액을 지원해 주어서 1955~1957년 사이에 약 30여 명의 학생들이 서울대, 연희대, 이화대, 고려대 등에서 숭실대학으로 전학해 왔다.

2 당시 교단 종교교육부총무인 안광국(安光國) 목사가 추천하고 한경직 목사가 자기 영락교회 교인인 최찬영 목사를 적극 추천하였다. 그러나 그 이면에서는 나의 어머니 한도신이 나서서 모두를 설득하고 있었다.

3 **조봉암**(曺奉岩, 호는 竹山, 1898~1959)은 공산계열 항일투사였으나 해방 이후 여운형과 남북합작 노력을 하며 1946년 5월 박헌영과의 갈등을 계기로 진보주의로 전향하여 남한 정부에서 정치적·경제적 혁신과 개혁을 추진하였다. 특히 진보당을 기반으로 남북평화통일론을 내세워 제3대 대통령선거에서 30% 이상의 득표율을 얻자 국가보안법 위반, 간첩죄(무역인 양명산을 통한 조작된 '북한 정치자금 수령' 혐의)로 사형선고를 받고 1959년 7월 30일 처형되었다. 2011년 1월 20일 대법원에서 무죄판결을 받아 복권되었다.

4 **"반공(反共)을 국시(國是)로"**는 공산주의를 반대하는 것이 국가의 이념과 정책의 기본방침이라는 정치철학이다.

5 **조신성**(趙信聖, 1873~1953)은 걸출한 여성교육가이며 항일운동가였다. 22세에 과부가 된 후 요코하마여자전문학교(横濱女子專門學校)에서 교육학을 전공하였으며, 1910년 안창호가 세운 평양 진명여학교를 맡고 교장에 취임했다. 1928년에 근우회(槿友會) 평양지회를 조직하고 2년 후 전국회장이 되었다. 그러나 그의 추후 주요 활동은 항일무장투쟁과 군자금 모집이었다. 광복 후 평양에서 북조선여성동맹위원장에 임명되었으나 1948년 월남하여 대한부인회 부총재에 추대되었다. 한국전 이후 '됴신성 할머니'는 무의탁 노인으로 한동안 부산 한도신의 피난집에 거류하다 1953년 5월 5일 신망애 양로원에서 외롭게 팔십 여생을 마감했다. 1977년 대통령 표창, 1991년 건국훈장 애국장이 추서되었다.

6 군사정변 이후 윤보선 대통령은 유명무실한 존재였다가 훈장을 추서한 후 3월 24일 사임하였다.

7 **박정희**(朴正熙, 1917~1979)는 1948년 10월 19일 여수순천사건에 연루되어 군법회의에서 무기징역을 언도받았으나 육군본부의 동료·상사들의 구명운동과 변절 전향으로 복역이 면제된 바 있었다. 그는 1961년 군사정변으로 집권한 후 18년 5개월간(5~9대 대통령) 통치하였다. 통치기간 중 한일회담 타결과 월남 파병 등으로 경제적·정치적 혜택을 누리며 '놀라운 경제발전'

을 이루었다. 그러나 1972년 유신체제 이후 인권유린과 민주주의 말살로 국민의 끈질긴 저항을 받았고, 1979년 10월 26일 중앙정보부장 김재규(金載圭)의 저격으로 사망했다.

8 **조동진**(趙東振, 1924~) 박사는 미국에서 '애즈버리신학교'와 '윌리엄캐리대학교' 등에서 교육을 받고 와서 교회행정과 교회건축 강사로 유명했지만 그의 전문분야는 세계선교학(world missiology)이었다. 세계선교학의 이론과 전략에서 그가 가장 크게 공헌을 한 것은 '비서구적 전망(non-Western perspectives)'의 창시였다. 즉 전통적으로 추종해 온 서구적, 교단 중심의 선교철학, 방법, 실천에서 탈피하여 새로운 비서구적 패러다임을 제창하여 획기적 발전을 가져왔던 것이다. 그는 '제3세계선교협의회(The Third World Missions Association)' 등 여러 국제 선교기구를 창립하고 초대회장을 역임했다. 김일성종합대학교 종교학과 초빙교수를 역임한 바 있고 근년에 '조동진선교학연구소'를 설립하였다.

9 선교사 파송: 리비아(1980), 인도네시아(1984), 외항선교(1987, 1990) 등.

10 원래 **새벽기도회**는 1905년 길선주(吉善宙, 1869~1935: 민족대표 33인 중 한 명이며 한국 최초의 목사 7인 중 한 사람) 당시 조사가 평양 장대현교회에서 새벽에 박치록 장로와 함께 정기적으로 기도 모임을 시작한 것이 그 시초였고, 그 새로운 시도는 그가 개종 전에 선도(仙道)를 수행하면서 새벽에 주문 수련하던 것을 기독교 신앙실천에 옮긴 것으로 볼 수 있다. 이 새벽기도운동이 '1907년 한국 교회 대부흥'의 불을 일으킨 하나의 불씨였다. 그러나 1927년 길 목사가 장대현교회를 사임한 후 새벽기도회가 점차 시들어가던 시절 평양기도단원들이 새벽기도운동을 다시 재활시키고 확대하였다.

11 16세기부터 지난 세기 중엽까지 서방 선교사들의 선교 활동은 식민주의 제국들의 역동적 움직임과 불가피하게 맞물려 수행되었기 때문에 '선교는 곧 식민주의였다'는 통속적 인식이 팽배하게 되었다. 특히 식민주의의 침략과 찬탈을 오래 경험한 공산주의 중국은 초기부터 '선교는 식민주의의 종교적 팔'[Stephen Bevans(2002)의 평가]이라는 강한 신념하에 (반서방) 종교정책을 수행했다.

12 1980년에 와서 중국 정부는 외부와의 유대를 고려하여 개신교 협력단체로서 또 하나의 단체, 중국기독교협회(中國基督教協會)를 조직하여 두 단체를 중국기독교양회(中國基督教兩會)라 칭하며 동 협회는 세계교회협의회(World Council of Churches, WCC)와 함께 활동하고 있다.

13 어떤 보수적인 복음주의 단체에서는 개인적으로 또는 소그룹으로 성서를 중국으로 밀수하려고 시도하였지만 이는 불가능한 사명이었다. 12억의 잃어버린 영혼들에게 몇십 권 또는 몇백 권의 성경을 전달한다는 것은 대개 헛수고이고 대개 불법행위로 드러나 오히려 난처한 처벌을 받았다.

14 최근 2018년 8월 15일, 대한민국 정부는 나의 어머니 한도신의 구십 평생의 숨은 애국·애족 활동을 인정하여 건국훈장 애족장을 수여하였다.

15 1966년 스코필드(Frank W. Schofield) 박사는 미국 피츠버그에서 공부하던 내 아내(백숙자)와 나를 잠시 방문한 바 있다. 내 아내는 박사가 준 여비 보조로 유학을 올 수 있었던 것이다. 결과적으로 박사는 우리의 결합을 도와준 은인이 되었다.

16 2월 22일 오전 11시 30분, 영결식은 김승곤 목사(나성 서부교회 담임)의 집례와 김성락 박사(전 숭실대 학장)의 조사로 고인의 유업을 추모했다. 여섯 자녀, 아버지의 동료목사 30여 명, 친척, 교인, 교포 유지 등 120여 명이 후일 "요단강 건너가 만나리" 약속하며 나의 어머니를 성대히 환송했다. 그 후 세 큰 자녀들(선명, 재명, 동명)이 어머니 묘역 옆에 한 사람씩 묻혔다.

참고문헌

신문보도(해방 이전 "김예진"에 관련된 보도)

≪기독신보≫, 1920. 8. 20.

≪동아일보≫, 1926. 4. 25; 5. 20; 5. 21; 5. 22; 6. 4;
1927. 8. 12; 9. 17; 9. 21; 9. 22; 10. 16; 11. 30; 12. 2; 12. 10; 12. 15; 12. 22;
1928. 12. 4; 1929. 9. 12; 9. 14; 9. 15; 9. 17.

≪매일신보≫, 1919. 3. 12; 1927. 12. 26.

≪신한민보≫, 1929. 1. 10.

≪조선일보≫, 1926. 5. 22; 1927. 9. 22; 12. 1; 12. 10; 12. 15; 12. 21;
1929. 9. 13; 9. 17; 9. 22.

인터넷 "김예진" 검색

국가보훈처. 독립유공자 공훈록 및 공적정보 "김예진"(2017. 10. 10 검색)
http://e-gonghun.mpva.go.kr/user/ContribuMeritList.do?goTocode=20002

두페디아. "김예진"(2017. 10. 1 검색)
http://www.doopedia.co.kr/doopedia/master/master.do?_method=view&MAS_IDX=101013000764388

위키백과. "김예진(1896년)"(2017. 11. 1 검색)
https://ko.wikipedia.org/wiki/%EA%B9%80%EC%98%88%EC%A7%84_(1896%EB%85%84)

한국민족문화대백과사전. "김예진"(2017. 10. 5 검색)
http://encykorea.aks.ac.kr/Contents/SearchNavi?keyword=김예진&ridx=0&tot=3

정기 간행물 및 단행본

김광수. 1984.「건국공로훈장 받은 김예진」.『한국기독교순교사』. 한국교회사연구원, 158~161쪽.

김동수. 1981.「나의 어머니, 한도신」. ≪복음의 전령≫(8권 3호), 5~17쪽.

_____. 1991.「후암교회와 나의 아버님 김예진」.『후암교회 45년사』, 132~139쪽.

김예진(1934. 7~1935. 9). 신학논문 8개. ≪게자씨≫

_____(1934. 10~1937. 8). 산상보훈 강해. ≪게자씨≫(19회 연재).

김요나. 1996~1999.『한국교회100년 순교자전기 1~13』, 제4권. 대한예수교장로회총회.

김인서. 1974.「건국공훈자 김예진 목사」.『김인서저작집 5권』. 신망애사, 548~551쪽.

김정명. 1967.「조선독립운동, 제1권 분책」.『민족주의운동 편』. 동경: 원서방, 466~469, 561~563쪽.

김춘배. 1969.「건국공로훈장을 탄 김예진」.『한국기독교수난사화』. 대한기독교서회, 193~194쪽.

대한민국임시정부기념사업회·대한민국임시정부기념관건립추진위원회. 2016.『사진으로 보는 대한민국임시정부 1919~1945』. 도서출판 지성사.

민족문제연구소. 2010.『거대한 감옥, 식민지에 살다』(강제병합 100년 공동행동).

박용규. 1975.『한국교회인물사 순교자편 5』. 복음문서선교회 출판부, 325~332쪽.

방지일. 1986.『복음역사반백년』. 반도문화사.

_____. 2003? "내가 본 김예진 목사"(사적 평가문).

이민성. 1993.「김예진 연구」. 연세대학교 석사학위논문.

_____. 1993.「한국교회사의 횃불 김예진 목사」≪현대종교≫(9~12월, 4회 연재).

_____. 1995.「김예진과 민족 교회론」. ≪오늘과 내일≫(겨울호).

_____. 2010.『김예진, 그의 생애와 사상: 민족의 십자가를 지고 간 애국지사, 순교자』. 쿰란출판사.

_____. 2013. 6. 22~2014. 12. 6. "민족의 십자가를 지고 간 위대한 애국지사, 순교자, 김예진." ≪장로신문≫(63회 연재).

임영섭. 1991.「나라의 독립과 겨레에 복음을 위한 일생, 김예진 목사(1898~1950)」.『한국 기독교 순교자』(100인 전기) 제1집, 77~80쪽.

한도신. 1996/2016.『꿈 갓흔 옛날 피압흔 이야기』. 김동수·오연호 정리. 돌베개/민족문제연구소.

한일문제연구원. 1995.『빼앗긴 조국, 끌려간 사람들: 7백만 조선인 강제동원의 역사』. 아세아문화사.

후암교회 35년사편찬위원회. 1981.『후암교회 35년사 1946~1981(제1편 교회사)』, 44~65쪽.

국가보훈처 참고문헌기록(김예진 공훈록 관련)

『한국독립운동사』(문일민), 178·214면.
『한국독립사』(김승학) 하권, 96면.
『일제침략하 한국 36년사』 8권, 147·626·634·646·943면.
『기려수필』(송상수), 291·292·294면.
『명치백년사 총서』(김정명) 2권, 995·996면.
『국외용의조선인명부』(총독부경무국), 57면.
≪동아일보≫(1921. 10. 4; 1921. 10. 8; 1927. 12. 22; 1928. 12. 4).
『독립운동사』(국가보훈처) 2권, 366면.
『독립운동사』(국가보훈처) 5권, 289면.
『독립운동사』(국가보훈처) 7권, 303면.
『독립운동사자료집』(국가보훈처) 14권, 468·493·494·515·517·952·960면.
『한국민족운동사료(중국편)』(국회도서관), 421·562·596면.
『명치백년사총서』(김정명) 1권 분책, 466·561·606·643면.
『독립운동사자료집』(국가보훈처) 11권, 425면.

공공 기록물

국가보훈처. 『독립유공자 공훈록』.
국사편찬위원회. 1965~1969. 『한국독립운동사 1~5』(특히 3권)
국사편찬위원회. 1973. 『일제침략하 한국36년사』, 4권.
대한민국임시정부선전부. 1946. 『대한민국임시정부에 관한 참고문건』(제1집).
독립운동사편찬위원회. 1970~1978. 『독립운동사자료집 제1-14집』, 별집 1-3(독립유공자 사업기금 운용위원회)(특히 제4-9집, 별집 2).
독립운동사편찬위원회. 1976. 『독립운동사 7권』. 의열투쟁사.
일본외무성 육해군성문서. 1979. 『한국민족운동사료』(대한민국 국회도서관), 제5집.
(1) 584, 914~915, 979~980, 990~991
(3) 777~779

간접 참고자료

곽안금. 1970. 『한국교회사』.
김광수. 1978. 『한국기독교수난사』. 한국교회사 연구원.
김구. 1947. 『백범일지: 김구 자서전』[원본은 국사원(1947) 출판물이었으나 현재 약 150종의 재판, 해설서, 증보판, 만화 등이 있음].
김자동. 2014. 『임시정부의 품 안에서』. 푸른역사.
_____. 2018. 『영원한 임시정부 소년』. 푸른역사.

김양선. 1956.『한국기독교해방십년사』. 예수교장로회총회교육부.
_____. 1962.『간추린 한국교회사』. 대한예수교장로회총회.
민경배. 1981.『교회와 민족』. 대한기독교출판사.
_____. 1982.『한국기독교회사(개정판)』. 대한기독교출판사.
_____. 1991.『일제하의 한국기독교: 민족·신앙운동사』. 대한기독교서회.
바른역사연구회 편역. 2016.『항일독립운동사』. 유페이퍼.
박은식. 1920.『한국독립운동지혈사(韓國獨立運動之血史)』.
박찬승. 2014.『한국독립운동사』. 역사비평사.
변종호. 1982.『이용도 목사 서간집(전)』. 성광문화사.
숭실대학교. 2004.『한국기독교박물관』. 숭실대학교 출판부.
_____. 2007.『숭실 110년 화보』. 숭실대학교 편집부.
윤경로. 1992.『한국근대사의 기독교사적 이해』. 역민사.
일맥사. 1978.『사진으로 보는 한국 신교 백년』(제1집).
현대출판사. 1995.『한국의 역사: 애니메이션 학습만화』, 제14~21권, 제23권.

Bevans, Stephen B. 2002. *Models of Contextual Theology*. Maryknoll, NY: Orbis Books.
Cumings, Bruce. 1981. *The Origins of the Korean War* (Vol. 1). Princeton Univ. Press.
Helbert, Homer B. 1985. *The Passing of Korea*(신복용 옮김,『대한제국멸망사』, 평민사)
Im, Peter Yuntaeg. 2011. *My Cup Overflows*. William Carey International University Press.
McKenzie, F. A. 1989. *Korea's Fight for Freedom*(이광인 옮김,『한국의 독립운동』, 일조각)
Paik, L. G. 1929. *The History of Protestant Mission in Korea*. Union Christian College Press(『한국개신교사, 1832~1910』, 연세대학교출판부).
Shearer, R. E. 1981. *Wildfire: Church Growth in Korea*(이승익 옮김,『한국교회성장사』, 대한기독교서회).

사전, 백과사전, 디지털 서비스

김웅천, 김덕련 외 3명. 2013.『세계사와 함께 보는 타임라인 한국사 5: 1945~2010』. 다산북스. 책 또는 디지털 서비스에서 주제별 항목 검색(http://100.daum.net/book/741/list?sort=vcnt&index=&page=5)
두산그룹. 2010.『두산백과사전』. 두산 두페디아. 책 또는 디지털 서비스에서 특정항목을 검색(http://www.doopedia.co.kr/)
박찬승. 2014.『한국독립운동사: 해방과 건국을 위한 투쟁』. 역사비평사. 책 또는 디지털 서비스에서 주제별 항목 검색(http://terms.naver.com/list.nhn?cid=55640&categoryId=55640&so=st4.asc)
서정민. 2003.『한국교회의 역사』. 살림출판사. 책 또는 디지털 서비스에서 5주제별 항목 검색(https://terms.naver.com/list.nhn?cid=50762&categoryId=50776&so=st4.asc)

한국사사전편찬회. 1990. 『한국근현대사사전』. 책 또는 디지털 서비스에서 시대별 특정항목 검색(http://terms.naver.com/entry.nhn?docId=1834230&categoryId=42958&cid= 42958)
한국학중앙연구원. 1991. 『한국민족문화대백과사전』(2017년 제2차 개정증보)(http://encykorea.aks.ac.kr/). 책 또는 디지털 서비스, 〈역사〉 분야에서 〈근대사〉와 〈현대사〉 기간에서 특정항목을 검색(http://terms.naver.com/list.nhn?cid=46605& page=14&categoryId=46605)

인물 색인

자

차

하

영어권 외국인

기타 외국인

성경 인용

구약

신약

지은이 김동수(金東秀)

평안남도 덕천 출생(1936)
숭실대학교 문학사(철학, 1959)
육군사병 군 복무(1959~1961)
도미 유학(1961)
피츠버그신학교 목회학 석사(1965)
피츠버그대학교 사회사업 석사(1969)
펜실베이니아주 사회복지 공무원(1966~1967, 1969~1971)
시카고대학교 철학박사(사회복지정책, 1976)
테네시대학교 조교수, 버지니아 노퍽주립대학교 부교수, 정교수, 명예교수(1974~2005)
버지니아주 대법원 공인중재사 봉사(2000~2005)
한동대학교, 횃불트리니티신학대학원대학교, 숭실대학교 초빙교수(2003, 2006~2012)
수필가(한국산문작가협회, 2008), 시인(순수문학, 2009) 등단
저서: 『국제사회복지』(공저, 2013), 『오늘의 이별은』(2013), 『피스메이커 김동수 이야기』(2016)
등 7권(2006년 귀국 後)
관심 분야: 해외 입양, 민족 화해, 국제평화 등
이메일: peace.dskim@gmail.com

하늘나라가 그들의 것이니라

독립투사 김예진·한도신 부부가 살아온 길

지은이 | 김동수
펴낸이 | 김종수
펴낸곳 | 한울엠플러스(주)
편집책임 | 최진희

초판 1쇄 인쇄 | 2019년 5월 23일
초판 1쇄 발행 | 2019년 6월 7일

주소 | 10881 경기도 파주시 광인사길 153 한울시소빌딩 3층
전화 | 031-955-0655
팩스 | 031-955-0656
홈페이지 | www.hanulmplus.kr
등록번호 | 제406-2015-000143호

Printed in Korea.
ISBN 978-89-460-6660-1 03810 (양장)
978-89-460-6661-8 03810 (무선)

* 책값은 겉표지에 표시되어 있습니다.